Knaur

Über die Autorin:

Kiana Davenport widmete sich schon früh der Schriftstellerei, den letzten Schliff aber erhielt sie während eines zweijährigen Studiums am Radcliff´s Bunting Institute. 1992 bekam sie ein Autorenstipendium des *National Endowment for the Arts*. Kiana Davenport ist hawaiisch-amerikanischer Abstammung und lebt in Boston und Hawaii.

Kiana Davenport

Haifischfrauen

Roman

Aus dem Amerikanischen von
Margarete Längsfeld

Knaur

Die amerikanische Originalausgabe erschien unter dem Titel
»Shark Dialogues« bei Atheneum, New York.

Besuchen Sie uns im Internet:
www.droemer-knaur.de

Vollständige Taschenbuchausgabe 2003
Droemersche Verlagsanstalt Th. Knaur Nachf., München
Dieser Titel erschien bereits u. a. unter den Bandnummern
71102 und 60568.

Umschlaggestaltung: büroecco, Augsburg
Druck und Bindung: Clausen & Bosse, Leck
Printed in Germany
ISBN 3-426-62351-X

2 4 5 3 1

Zum Gedenken an meine Mutter
Emma Kealoha

❖

Zum Gedenken an meine Tante
Minnie Kelomika Kam

❖

Für meine 'ohana,
die Houghtailings aus Honolulu

❖

Und für die Kämpfer von Kalaupapa,
die vergangenen und jene,
die mit Courage und Würde weiterleben

Danksagung

Für Zuschüsse und Stipendien, die ihr während der Jahre, in denen dieser Roman entstand, gewährt wurden, dankt die Autorin: dem *Mary Ingraham Bunting Institute* am *Radcliffe College,* dem *National Endowment for the Arts,* der *New York Foundation for the Arts,* der *Ingram Merrill Foundation,* der *Ludwig Vogelstein Foundation,* dem *Barbara Deming Memorial Fund,* der *MacDowell Colony,* der *Corporation of Yaddo,* dem *Blue Mountain Center,* der *Syvenna Foundation* und *Cottages* in Hedgebrook.

Herzlichen Dank auch an Lee Goerner
und Harriet Wasserman.

»Hanau Kumulipo i ka po, he kane
Hanau Po' ele i ka po, he wahine
O kane ia Wai'ololi, O ka wahine ia Wai'olola
... Ua hanau-mano ko'u akua ...
... Hanau mano iloko o Hina-ia- 'ele'ele ...«

❖

»Geboren ward Kumulipo in der Nacht, ein Mann,
Geboren ward Po'ele in der Nacht, eine Frau,
Mann für die schmalen Wasser, Frau für die weiten Wasser,
... Geboren als Hai ward mein Gott,
Geboren als Hai im Monat Hinaia'ele'ele ...«

❖

Aus *Kumulipo,* dem hawaiischen Schöpfungsgesang,
neu interpretiert von Rubellite Kawena Johnson

❖

»... Sie wurde auf einer Insel geboren,
und das ist schon der Beginn der Einsamkeit ...«

MARGUERITE YOURCENAR, *Feux*

Ka 'olelo makuahine
Muttersprache

Run Run

❖

Matrosen, Leprakranke, Opiumraucher, Spione – mit so 'ner Familiengeschichte, wie haben wir da was anderes werden können als Schlampen?«

Das war'n Jess' letzte Worte zu ihrer Großmutter Pono. In der Nacht, wo Pono ins Meer gegangen is'. Aber das war später, viel später. Da wo Ming, voll von Drachensaat, schon rausgespült war aus unserem Leben. Da wo Vanya Terroristin geworden war und Hiro an seinen Tätowierungen erstickt. War schon viele Jahre her, daß die kleinen Halbwaisenmädchen – Vanya, Ming, Rachel, Jess – in Ponos Leben geschwommen kamen. Ich hab's gesehen. Hab alles gesehen. Die Jahre, wo sie von ihr weggerannt sind. Die Jahre, wo sie sie zurückgezogen hat, wie 'nen Köder. Drum is' das auch meine Geschichte, irgendwie.

Jetzt is' Zeit zu erzählen, was war. Es is' Anfang der neunziger Jahre. Die vier Cousinen kommen nach Haus. Sind jetzt erwachsene Frauen, das Leben hat sie schon ganz schön in der Mangel. Aber hier auf dieser Insel heißen sie immer noch »Ponos Mädchen«. Und wenn Pono ruft, kommen sie.

Das Haus der weißen Sarongs

Jess Montgomery saß in einem Flugzeug, das nach Westen schwebte, dem Sonnenuntergang entgegen. Der Mann neben ihr, der einen giftfarbenen Drink umklammert hielt, musterte sie eindringlich, ein für allemal, damit er keinen Gedanken mehr an sie verschwenden mußte; denn sie war hübsch, aber ziemlich unscheinbar.

Sie sah hinunter auf ihre kräftigen, kantigen Hände. Es waren die Hände einer Heilerin, einer Frau, die ihre Tage in feuchten Räumen mit rostigem Blutgeruch verbrachte, einer Frau, deren Sprache der Jargon der Operationen, der Einschnitte und Austreibungen war. Sie lächelte, als ihr wieder dieser hübsche, bocksbeinige Retriever einfiel, der während der Operation aufgewacht war und sie ins Handgelenk gebissen hatte, während seine Geschlechtsteile *wuschwusch* den Abfluß hinuntergespült wurden. Ihre Wunde war verheilt, während seine verheilte. Oder dieser sterbende Siamkater, sein Endgesicht, das in seinem Käfig auf sie wartete, die Augen blitzend wie Nadeln, distanziert bis zuletzt, als Jess ihm feierlich den Kopf hielt.

Manche waren wie Menschen: Scheinschwangerschaften, bösartige Brusttumore, Selbstmordversuche. Sie heilte sie und benutzte sie, ihre Geduld, ihre Resignation, hoffend, die Kraft dieser Tiere würde eindringen in das undurchdringliche Etwas ihres Lebens. Manchmal lehnte sie den Kopf an einen Käfig und ließ sich treiben. *Man kann leben, ohne zu denken.*

Manchmal, wenn sie sich gehen ließ, dachte sie an ihren Ex-Mann und daran, wie sie gegen Ende ihrer Beziehung jedesmal, wenn sie mit ihm schlief, hinterher das Gefühl hatte, den Tod gestreift zu haben. Oder sie dachte an ihn und ihre Tochter, an dieses Gespann, aus dessen Welt sie ausgeschlossen war, und wie sie an dem Tag, als sie das begriff, aus dem Haus wankte, hinaus auf die Straße, hinein in die Menschenmassen, in Dämmerung und Dunkelheit und Nichts.

In manchen Nächten saß sie, nachdem ihre Mitarbeiter gegangen waren, in der Klinik zwischen den Käfigen, nur um atmenden Wesen nahe zu sein, die ihr erlaubten, sich zu sehnen, unkommentiert, unbeobachtet. Sie wußte nicht mehr, was sie sich wünschte, so vieles im Leben war unbegreiflich.

Ein Bischof, herrisch und grausam anzusehen, rauschte im Gang an ihr vorüber. Hinter ihr begannen zwei Geschäftsleute eine Diskussion über die drei großen Inflationszeiten seit Christi Geburt. Erschöpft lehnte Jess sich zurück und fiel in einen so tiefen Schlaf, daß später, als sie aufwachte, die menschlichen Stimmen um sie herum ihr den Atem verschlugen.

Junge Gesichter träufelten in ihre Träume; sie und ihre Cousinen, aufgewachsen im Hause ihrer Großmutter mit Blick auf den Pazifik. Das Haus stand zwischen Kaffeepflanzungen in den dunstigen blauen Bergen nahe der Stadt Captain Cook, Teil eines Archipels aus winzigen Ortschaften mit »Singsang«-Namen – Holualoa, Kainali'u, Kealakekua, Honaunau –, dem Kaffeegürtel des Bezirks Kona, hoch oben auf einer Insel, so üppig grün, lebendig und mystisch, daß sie zu viele Namen hatte. Insel Hawai'i. Peles Insel. Vulkaninsel. Orchideeninsel. Weil sie so riesig war, so groß wie alle anderen Hauptinseln von Hawai'i zusammengenommen, nannten die Einheimischen sie schlicht die Große Insel.

In den Sommern in jenem Haus hatten die vier jungen Mädchen geschlafen wie Tote, waren im Schlaf durch sengend-süße Nächte gestreift, hatten sich durch dunstig verschleierte Nachmittage geträumt. Etwas legte seine Hand auf sie, das es ihnen unmöglich machte wachzubleiben. Später hätten sie schwören mögen, daß ihr Schlaf Jahre gedauert hatte, daß sie sich an diesem seltsamen, verzauberten Ort ins Frau-Sein hineingeschlafen hatten. Selbst in anderen Zeitzonen, anderen Breitengraden brauchte Jess nur die Augen zu schließen, um sie wieder zu spüren, jene feucht-schwere

Atmosphäre. *Der Wind streicht durch die gespenstischen Räume, blättert in einem Buch. Ein zarter Unterrock, über einen* Koa-*Stuhl gebreitet, atmet von selbst. Ein Brief zittert. Orchideen schweben über die* lanai. Das Leben eines jeden Mädchens hatte begonnen, bevor es hierherkam, aber dieses Haus hielt sie so fest umschlossen, daß sie es in ihrer Erinnerung gerne als den Punkt ansahen, wo alles begann.

Anfangs kamen auch Männer: Väter, Ehemänner, Brüder. Doch etwas in Ponos Haus ließ Männer schwinden. Sie konnten nicht bleiben. Es wurde ein Ort für Frauen, die verhalten, flüsternd in den klaffenden Mündern der Türen standen. In den frühen Jahren wurden die Mädchen von ihren Müttern gebracht (Jess ausgenommen, die die Reise vom Festland ohne Begleitung machte). Und als die Mütter die Last des Hauses, die Bürde dessen, was es enthielt, nicht mehr ertragen konnten, schickten sie ihre Töchter alleine, warfen sie übers Meer wie Menschenopfer. Die Mädchen wuchsen unauflöslich zusammen, kehrten sich ab vom Rest der Welt. Wenn sie Ponos Haus betraten, traten sie in eine Art Eiszeit.

In den frühen Jahren, als sie noch keine Teenager waren, überkam sie, wenn sie ihre Großmutter an der Tür warten sahen, so etwas wie eine Lähmung. Sie bewegten sich langsamer, weil es ihnen die Furcht gebot. Pono war eine gewaltige Frau, reinblütige Hawaiianerin, ihre Schönheit Legende. Zudem war sie *kahuna:* Sie konnte einen Menschen zu Tode blicken. Der Stock, den sie bei sich trug, war aus einer menschlichen Wirbelsäule geschnitzt, angeblich der eines Liebhabers, der sie betrogen hatte. Sie besaß einen Rosenkranz aus menschlichen Backenzähnen. Nachts, so erzählte man sich, wuchsen ihren Zähnen Spitzen. Wie sie in den Besitz des großen Hauses, der Kaffeeplantage, von soviel Land gelangt war, wußte niemand. Es gab Gerüchte. Jeden Monat verschwand sie eine Zeitlang.

»Wir hatten keinen Vater«, flüsterte Vanyas Mutter.

»Sie hat uns nie gewollt«, sagte Jess' Mutter.

Mings Mutter schüttelte nur den Kopf; sie verfügte über ein furchtbares, unaussprechliches Wissen.

Eines Sommers fanden die Mädchen sepiabraune Schnappschüsse – ihre Mütter, in katholischen Schuluniformen, in den Augen einen kummervollen Großmut, als verziehen sie dem Betrachter über all die Jahrzehnte hinweg seine Vergehen. In den Jahren nach dem Zweiten Weltkrieg waren ihre Mütter ausgerastet. Eine heiratete einen chinesischen Abkömmling von Bambusschnittern, Kulis, deren Rücken von der Arbeit in gebückter Haltung dauerhaft gekrümmt waren. Eine ließ sich mit einem Filipino ein, einem Pidgin sprechenden Hilfskellner. Rachels Mutter hinterließ ihr Kind in Ponos Küche und verschwand für immer. Jess' Mutter trieb es am weitesten; sie brannte mit einem *haole* durch, der sie an die Ostküste des amerikanischen Festlands brachte. Somit waren Ponos Enkelkinder allesamt Mischlinge, die Rache ihrer Mütter. Mit sechzehn verdoppelte Rachel diese Rache, indem sie einen *yakuza* heiratete, eine wandelnde Tätowierung.

Als die Sommer ins Land gingen, wurden die Mädchen mehr und mehr ein Teil der Stadt Captain Cook, und doch schienen sie außerhalb zu schweben, unberührt, Lichtpunkte vor Ponos gewaltigem Hintergrund. Sonntags lugten sie aus ihrem alten schwarzen Buick wie Blumen in einer Schale. Pono saß majestätisch am Steuer, gekleidet wie eine Herzogin. Wenn sie ihren allradgetriebenen Jeep fuhr, war sie eine Pionierfrau, vornübergebeugt, wachsam, während die Mädchen um sie herum tüchtig durchgerüttelt wurden. Saß sie aber am Steuer ihres verrosteten Transporters, ihre Mädchen hinten aufgeladen wie Geiseln, fuhr sie wie eine Geisteskranke, übersah Stoppschilder und Ampeln, als ob das Blut von Seemännern in ihr pulsierte, sobald sie hinter diesem Lenkrad saß. Hatten kannibalische Krieger, die dreitausend Meilen Ozean überquert hatten, sich etwa an Vorfahrtsregeln gehalten?

Die meisten Einheimischen konnten die Mädchen nicht unterscheiden. Sie nannten sie einfach »Ponos Mädchen«, ungeachtet der verschiedenen Hautschattierungen. Nur Run Run, die Köchin, und Ponos Feldarbeiter konnten sie auseinanderhalten. Ming, hawaiisch-chinesisch, war zart und bleich, wie mit einer pfundschweren Schicht Puder überzogen. Vanya, hawaiisch-philippinisch, hatte eine robuste, braune Inselhaut und ein waches Temperament. Rachel, hawaiisch und vielleicht japanisch (oder koreanisch oder mongolisch, wer weiß?) besaß die helle Farbe von Pfirsichblüten und Apfeljade. Ihre Schönheit war so vollkommen, daß es weh tat, sie anzusehen. Jess war ein rötlicher Typ, im Winter hell, im Sommer erst rot und dann braun.

Ihre Jahre als schlaksige Teenager verbrachten sie mit Jeepfahrten rund um die Insel, nach Waimea und Honoka'a zum Rodeo, dem großen Festspielereignis, zu den atemberaubenden Darbietungen der Meister-*paniolo*, der hawaiischen Cowboys, die ungesattelte Mustangs zuritten und sich im Stierreiten maßen.

Pono liebte das Schauspiel. »*Paniolo*, das sind die einzigen Männer, die noch echte Hawai'i-*mana* haben.«

In Jess' Erinnerung blieben diese Sommer immer vermischt mit Pferdeschweiß Menschenschweiß Geruch vom Dung und der Angst zorniger Bullen Wassereis mit Fruchtsirup nassem Heu Ananas am Stiel Zirkusgeruch Aufregung Erwartung wenn sie sich dem Gelände näherten auffliegendem Staub aus Arenen in ihre Augen steigend umkränzten Zaunpfosten an der Bande *paniolo* die alles in einen Traum verwandelten und Clowns die die Menge anheizten und *Hula*-Mädchen und Musikkapellen dann die *paniolo* prachtvoll auf ihren Pferden einreitend der Menge und ihr zuwinkend und Minuten später verschwindend um sattellos auf wilden Mustangs in die Arena zu preschen Jess schreiend kauernd auf hölzernen Tribünenbänken unter Ponos Fittichen entsetzt wenn Blut spritzte auf bestickte Cowboyhemden aus azurblauem Flanell und leuchtend rosa- und purpurrote Überhosen und wenn goldene muskulöse hawaiische Bäuche aufgeschlitzt wurden Eingeweide hervorquollen wie blaue Austern rohe Seeigel so daß die puertoricanischen *Kachikachi*-Bands nach Blut riechen Peitschen und Sättel überspült von dem schweren Duft von Zuckerrohr und dem süßen Gardeniengeruch von »Kona-Schnee« dem Geruch der weißen Blüten der Kaffeesträucher auf den Feldern ihrer Großmutter. Ihre Jugend.

In der Küche jenes großen, unruhigen Hauses voll wäßrigem Sonnenlicht war es gewesen, wo sie ihre wahre Geschichte entdeckten. Erzählungen, vernommen von Run Run, der Köchin, berauschten und erschreckten sie, gaben ihrem Werden Fleisch und Kontur. Während Run Run erzählte, klopften ihre Hände emsig Hühnerteile, ließen Fett von *laulau* tropfen, und ein Stumpen aus getrocknetem Tintenfisch hing zwischen ihren Lippen.

»Der Finger, der wo eurer *tutu* an der Hand fehlt, das kommt vom

Ananasschnippeln in der Dole-Konservenfabrik. Wißt ihr, wie viele Jahre sie die Uhr gestempelt hat in dieser mistigen Bude? Wißt ihr, warum? Damit sie eure Mütter auf 'ne katholische Schule schicken konnte, daß sie keine gummikauenden Huren in der Hotel Street werden. Das is' die Wahrheit, verlaßt euch drauf!«

Jedes Jahr im späten Frühjahr, wenn sie eintrafen, bekamen die Mädchen getrennte Zimmer. Pono wollte nicht, daß sie ihre Träume vermischten. Doch kaum hörten sie sie schnarchen, flackerten ihre weißen Schlaf-Sarongs im Dunkeln wie Kerzenflammen, wenn sie geheime Räume erforschten, Lagunen des Verbotenen, und dann purzelten sie in ein großes *Koa*-Himmelbett, dessen Moskitonetz, einer Albinohaut gleich, ihr Lachen dämpfte. Mit konzentrierter Aufmerksamkeit untersuchten sie sich gegenseitig, verglichen, stellten die Veränderungen fest, die jedes Jahr mit sich brachte. Jess' neuen Körpergeruch, wie Vanyas Brüste Gestalt annahmen, wie ihnen Haare unter den Armen wuchsen. Sie waren alle zur einen Hälfte vom selben Blut; was einer geschah, geschah auch allen anderen.

In manchen Nächten plapperten sie stundenlang, so voneinander beflügelt, daß sie das Gefühl hatten, nichts im Leben würde ihnen widerstehen können, nichts würde ihnen aus Zufall geschehen. In einem Gewirr von Gliedmaßen schliefen sie schließlich ein, die Fenster weit offen, nur ein flatterndes Netz zwischen sich und dem unendlichen Pazifik, den explodierenden Planeten am außer Rand und Band geratenen Himmel. Manchmal galoppierten Passatwinde mit solcher Gewalt durchs Haus, daß es, wenn sie erwachten, aussah, als hätte ein Riesenfinger die Möbel durch das Zimmer geschoben.

Manchmal wurden sie ohne Ankündigung vor dem Morgengrauen von Pono wachgerüttelt und an einen geheimen Strand gefahren, wo sie das Ufer mit Laternen nach Schätzen absuchten, die vom Orient angespült wurden. Blaue gläserne Schwimmer von den Langleinen, die japanische Fangflotten in der Beringsee für Thunfische auswarfen, elfenbeinerne Mah-Jongg-Steine, goldene Schmuckstücke, seltene farbige Flaschen, Keramikkrüge mit kyrillischer Beschriftung. Am späten Vormittag dösten die erschöpften Mädchen am Strand, bis Pono sie wieder in den Jeep lud. Der

Heimweg war dann die Zeit zum »Erzählen-was-war«; Pono berichtete, daß sie Abkömmlinge der Tochter eines großen tahitischen Häuptlings seien, einer furchtlosen Schwimmerin und Steineesserin, einer Frau, die für Königin Lili'uokalani gekämpft hatte, die letzte Monarchin von Hawai'i.

In stürmischen, sternlosen Nächten gab es keine Fahrten, keine Strandgutsuche, nur schlafgefüllte Stunden, in denen die Mädchen sich hin und her wälzten und in ihre gegenseitigen Träume hinein- und wieder aus ihnen hinausglitten. In manchen Nächten wachten sie plötzlich auf, und sie wußten, daß sie da war, drohend, beängstigend, und den gräßlichen Stock schwenkte.

»Es gibt Dinge zu erzählen.«

Dann zog sie sich einen handgeschnitzten Teakholzstuhl heran, lehnte sich zurück und erzählte. Von den Weltwundern, den Pyramiden, der chinesischen Mauer, der großen Schlange namens Amazonas. Sie erzählte über das Morgengrauen hinaus, über den Mittag hinaus, bis in den nächsten Abend hinein, betäubte sie mit ihren Legenden, ihren Reisen, mit dem, was sie gesehen hatte. Als sie jung waren, glaubten sie alles, was sie ihnen erzählte, wenngleich sie es nicht verstanden. Als sie älter waren, merkten sie, daß alles, was sie gesagt hatte, wahr war.

Jess fuhr erschrocken hoch, die Stimmen der Flugpassagiere stürmten auf sie ein. Sie erwachte verwandelt, dem Pazifik um ein paar Stunden näher. Und so schien, als hätte sich ihr Stoffwechsel verändert, sie glaubte zu spüren, wie sich das Pigment in ihrer Haut verdickte, bildete sich ein, daß ihre Knöchel sich verhärteten wie knotiger Bambus, daß sich an ihren Fußsohlen Schwielen bildeten. Und das Meer, das Meer, das sich in ihren Adern regte! Ein knarzendes Korallenriff, die Nerven schrill wie die Tamburinflossen eines sich schlängelnden Bandfisches, ein Wispern wie die spiritistischen Dispute weiser Polypen. Sie schloß die Augen und sah Prismenfarben auf den Rücken springender Delphine, und Gold auf Gold – die Sonne auf polynesischen Wellenreitern, die Leiber gebogen wie kalligraphische Zeichen.

Drei Jahre, die längste Zeit, die sie je weggeblieben war. Diese Heimkehr war doppelt dringlich, denn Pono hatte sie herbeibefohlen, sie alle, ein verzweifelter Ruf. *Sie ist fast achtzig. Vielleicht liegt sie im Sterben.* Etwas in Jess wand sich aus- und einwärts, es fehlte nicht viel und sie hätte laut geschrien. Sie hatte sich immer vor Pono gefürchtet, es gab ungute Gefühle zwischen ihnen, Haß vielleicht. Ihretwegen war Jess' Mutter allein in der Wüste umgekommen. Doch für Pono war es noch zu früh zum Sterben. Zu viele unbeantwortete Fragen, zu viele ungelöste Rätsel.

Jess dachte an ihre Cousinen, die von überall her dem großen Haus zustrebten. Rachel und Ming flogen von Honolulu herüber, wo sie ihr bisheriges Leben verbracht und das sie, außer für die Fahrten zur Großen Insel, niemals verlassen hatten. Vanya kam von Australien, von einer politischen Versammlung; sie und Jess waren die treibenden Kräfte, immer vor Pono davonlaufend, sie zu vergessen suchend, dennoch erfüllt von dem ungeheuren Bedürfnis, sich zu erinnern. Die Frau war ihre Genesis, ihre dunkle Sage, die unaufgelöste Erzählung, die sie entwirren mußten. Sie war die Lampe, die stets brannte, die ihnen signalisierte, zu kommen und sich die Flügel an ihr zu verbrennen.

Ka wahine maka'u

Frau in Angst

❖

In Darwin an der Nordspitze Australiens schob ein Taxifahrer, schlampig ein Signal andeutend, die Hand aus dem Fenster und beschimpfte lauthals die Fußgänger.
Vanya betrachtete seinen puterroten, pockennarbigen Nacken und dachte, wie unendlich sie diese Weißen haßte.
Er taxierte sie im Rückspiegel und grinste. Sie war dunkel, mit einem gelben Schimmer, der sich bei bestimmter Beleuchtung in Gold verwandelte. Großbusig, blitzende Augen, sprühende Haare. *Könnte eine Maori sein oder aus Tonga, nein, doch nicht, zu schöne Beine. Eher Tahiti.*
Er wich einem Laster aus, sah dann wieder in den Rückspiegel. »Wo soll's denn hingehn, Schätzchen?«
»Zum Flughafen.« Sie sprach jedes Wort präzise aus, damit er merkte, daß sie gebildet war. »Und behalten Sie die verdammte Straße im Auge.« Zwei Wochen hier, und schon sprach sie wie die Hiesigen. Verdammt dies, verdammt das.
Sie senkte den Kopf, betrachtete ein Bündel Papiere und dachte an den Mann, den sie soeben verlassen hatte; acht Tage und Nächte hatten ihre Körper einander gepackt wie rasende Tiere. Sie hatte ihn auf den ersten Blick gehaßt, hatte seine Anziehungskraft allein der Erschöpfung zugeschrieben.
So fängt es an, dachte sie, *mit Groll.*
Seit dem Tod ihres Sohnes vor drei Jahren waren ihre Kontakte zu Männern nichts anderes gewesen als ein gedankenloses Aneinanderrasseln mit Fremden, ohne zurückzuschauen, ohne Nachgedan-

ken. Zu diesem einen aber, diesem Simon Weir, zog es sie immer wieder hin.

»Eines Tages wirst du mir vertrauen«, sagte er. »Weil wir uns vorher gegenseitig ausgeblutet haben werden.«

Sie haßte seine Überheblichkeit, seine weiße Aussie-Stimme, diesen ständigen, hämischen nasalen Unterton. Und trotzdem konnte sie nicht genug von ihm kriegen.

Jetzt schleppte sie das Gepäck aus dem Taxi und stieg in die Maschine nach Honolulu, krank an Leib und Seele. Während der langen dröhnenden Stunden ließ sie die letzten zwei Wochen an sich vorüberziehen, eine Frauenfriedenskonferenz in Sydney, auf der die Rolle des politischen, wirtschaftlichen und sozialen Lebens der Frauen auf den Hauptinseln im Pazifik untersucht wurde. Es war um Landrechte gegangen, um Alkoholismus, Straßenkriminalität, die mangelnde Beteiligung von Frauen an den Regierungen, und daneben hatten die Delegierten sich auf eine Resolution geeinigt, in der sie verlangten, daß ihre Inseln zu atomwaffenfreien Zonen erklärt wurden: kein Uranabbau mehr, keine Deponien von nuklearem Abfall, keine atomgetriebenen Schiffe in ihren Gewässern.

Die Konferenz hatte fünf Tage gedauert, insgesamt war Vanya über zwei Wochen unterwegs gewesen. Am letzten Konferenztag schließlich hatte sie selbst auf dem Podium gestanden, wo sie als gewählte Repräsentantin der hawaiischen Frauenliga den Kampfgeist aller pazifischen Völker beschwor und sie davor warnte, zuzulassen, daß man sie aus der Geschichte löschte, sie buchstäblich *inexistent* machte. Die gierigen Supermächte der Welt würden sie glatt überrollen. Und die ganze Zeit über, während sie ihren Vortrag hielt, hatte sie daran gedacht, daß sie Simon in Darwin treffen würde und was sie miteinander tun würden.

Als sie ihn vor einem Jahr zum erstenmal gesehen hatte, war sie in Darwin zu einem Treffen mit Aborigine-Frauen gewesen, die gegen jeden weiteren Uranabbau in ihrem Land zu Felde zogen. Und gegen Chemikalien, die ihre Bäche und Flüsse vergifteten.

Eines Abends hatte sie von ihrem Hotel aus einen Spaziergang gemacht und lange vor einem Baum gestanden, in dem Flughunde kopfüber von den Ästen hingen. *Wie ich. Schlafen in ihrem eigenen Dreck.* Angewidert ging sie ins Hotel zurück. Sie trat hinein, er wollte hinaus – hier hätte es besser enden sollen. Er war ihr ins Foyer gefolgt. Er beobachtete sie, sie beobachtete ihn. Groß, muskulös, drahtig, rötliche Haare, Schnurrbart, militärische Haltung; er trug sogar die Armbanduhr mit dem Zifferblatt nach innen, wie beim Militär üblich.

Er näherte sich ihr vorsichtig, und Vanya hatte sich die Zeit genommen, ihn genauer zu taxieren. Sie kannte diesen Typ Mann, eine Art Außenseiter, der alle Frauen kriegte, die er wollte, die meisten sogar, ohne sich darum zu bemühen. Um Vanya dagegen bemühte er sich, angezogen von ihrem Desinteresse, einer gewissen Arroganz. Eine Weile schienen sie sich zu umkreisen, zwei Wölfe, die sich als solche erkannten. Als er sich schließlich vorstellte, war sein Lächeln flink, ein Lichtreflex auf einer Klinge. Im Bett war er kalt, mechanisch. Streicheln. Eindringen. Erguß. Stillstand. Aber im Schlaf weinte er. Sie hatte nie einen Weißen weinen sehen. Jetzt, fern von ihm, konnte sie an nichts anderes denken als an Simon, wie er sich zu ihr hin bewegte und dann in ihr, ein rücksichtsloses, zielstrebiges Gleiten. Von allen Männern, mit denen sie geschlafen hatte, hatte er in ihr die größte Scham erzeugt. Eine Rasse, die sie verachtete, der sie mißtraute, gegen die sie predigte. Und doch war er in ihrem Blut wie ein Virus.

Nach der Hälfte der Flugzeit stand sie in der Toilette, bespritzte sich das Gesicht, wobei sie vermied, in den Spiegel zu schauen. Schließlich setzte sie sich, lehnte den Kopf ans Waschbecken, wünschte, sie wäre tot. Ihr Leben war lieblos, sohnlos, obszön. *Was ist obszöner, was ist unmoralischer als eine Mutter, die ihr Kind überlebt?*

Als sie wieder auf ihrem Platz saß und angeschnallt war, hüllte sie sich in eine Decke und hing ihren Gedanken nach. Ihr fiel ein, daß Jess gerade von New York City geflogen kam, und sie stellte sich vor, wie sie mitten in der Luft zusammenstießen. Zuletzt hatten sie sich vor drei Jahren auf der Beerdigung von Vanyas Sohn gesehen. Zu vernichtend war der Schmerz gewesen, zu verheerend Ponos Zorn über den Tod ihres Urenkels, über Vanya, die »ihn vernachlässigt« hatte. Seitdem war Jess fortgeblieben.

Jetzt waren sie offiziell herbeibefohlen, zusammengerufen in das gräßliche große Haus, das Vanya im Traum so oft hatte wiederauferstehen lassen, daß sie nicht mehr von ihm loskam. Es lebte in ihr.

Im Laufe der Jahre war es für sie ein Haus des Schreckens geworden; Pono, die sie verspottete, sie erniedrigte, keinen Trost bot, keinen Rat. Pono, die, in ihr eigenes finsteres Epos versunken, immer wieder auf eine mysteriöse Reise ging, wozu sie stets lange Lederhandschuhe überzog. Seit langem schon assoziierte Vanya die Abreisen ihrer Großmutter mit toten Häuten, die zum Leben erwachten.

Das knarrende Haus mit den Gerüchen aus einer anderen Zeit. Der ranzige Geruch stockfleckiger Sesselschoner, übelkeiterregende Säckchen in verzogenen Schubladen. In Gedanken suchte Vanya sich bereits ein Zimmer aus, wo sie sich verstecken konnte, um dem Klang von Ponos Stimme zu entgehen. Selbst als sie Kinder waren, hatte Pono Vanya nie als solches behandelt; sie hatte sie immer anders angeredet, sie strenger gescholten als die anderen, im Vertrauen auf die angeborene Robustheit, die, wie Pono überzeugt war, Vanya von ihr geerbt hatte. *Mich hat sie immer weniger geliebt. Am wenigsten.* Doch am Ende jener Sommer – wenn die Fensterläden klapperten und die Tage sich dem September zuneigten, dem Ende ihres Aufenthalts, wenn Jess aufs Festland zurückflog – dann war Vanyas Schritt jedesmal schwerer und schwerer geworden, war sie deprimiert gewesen, ohne zu wissen, warum.

Ihr schien, ihr ganzes Leben war so gewesen. Sie hatte gelernt, den Atem anzuhalten und mit ahnungsvoller Gewißheit zu warten, daß sich die Ereignisse in ihrem Leben entfalteten, einem Leben, dem Liebe stets vorenthalten oder bald wieder entrissen worden war. Die Liebe ihrer Eltern. Ihres Ehemanns. Dann die Ta'a Utus, der zu einem robusten Samoanerstamm in Honolulu gehörte. Ein Mann, den sie geliebt, verloren und wiedergefunden hatte, bloß um dann endgültig von ihm verlassen zu werden. Und dann Hernando, ihr Sohn. Jeder Verlust eine Entstellung, so daß sich nicht mehr bestimmen ließ, wer sie eigentlich war.

Ming wird mich trösten. Das tut sie immer. Vanya zog die Decke um sich und dachte an ihre zarte Cousine, die älteste von ihnen, die klügste. *Sie und Rachel, die unnütze Sklavin, sind ihr ganzes Leben in Hawai'i klebengeblieben.*

Bilder sickerten in ihr Bewußtsein: Ming und Rachel, besänftigend die Großmutter umflatternd, so wie auf alten japanischen Stichen

Schmetterlinge und Pfingstrosen den Löwen begleiten. Wie Pono die beiden drangsalierte und dennoch bevorzugte, während sie Vanya und Jess als Zigeunerinnen ansah, die sich, süchtig danach, sich im Leben treiben zu lassen, nur sporadisch sehen ließen, einzeln oder gemeinsam, wie Fleischbrocken in der Suppe.

’Ole

Ein Nichts

❖

Kori-Kori, der alte Gärtner, stand in der Zufahrt, die mit einzelnen Jakarandabäumen gesäumt war. Er zögerte, dann fuhr er fort, den Kies zu harken. Die Dame des Hauses war niemals ohne Theatralik; er hatte gelernt wegzusehen. Wenn sie verletzt oder tot wäre, würde die Köchin ihn rufen.

Als die Köchin den Schuß hörte, lief sie aus dem Haus, sah in das Schwimmbecken und schlug die Hände vors Gesicht. Rachel starrte auf den Hai, der mit dem Bauch nach oben im Wasser trieb, in dem sich langsam eine purpurrote Wolke aus Blut ausbreitete. Jahrelang war Rachel in einem Becken mit dem Ding geschwommen, in einer ebenso waghalsigen wie genau ausgeloteten Waffenruhe. Es hatte sie nie belästigt, sie kaum wahrgenommen. Sie schwor, daß sie seine Gedanken lesen konnte. Jetzt jagte sie noch eine Kugel in das Tier hinein; der Schuß hallte über den Rasen, und in den Bäumen kreischten Pfauen.

Rachel stand angewidert auf; sie hatte gewünscht, die Tat würde einem *haiku* gleichen, rasch, einfach, sauber, aber bei der ersten Kugel war das Ding aus dem Wasser geschnellt, hatte tahitische Gardenien, zarte Spinnenlilien mit Blut bespritzt. Sie warf die automatische Pistole ins Gras und ging davon, einer Frau gleich, die aus einem Gemälde heraustritt.

In der Küche trank sie Guavensaft direkt aus der Flasche, wie ein Penner. »Sag Kori-Kori, er soll das Becken saubermachen.« Dann ging sie in ihrem geräumigen Haus – es stand in Kahala, dem Beverly Hills von Honolulu – von Zimmer zu Zimmer.

An diesem Morgen hatte Rachel zwei Dinge vorgefunden: die

Nachricht von ihrer Großmutter, die sie auf die Große Insel befahl, und einen Schnappschuß aus Macau. Auf dem Schnappschuß saß ihr Mann Hiro mit einer jungen Prostituierten in einem Spielkasino. Das Mädchen flüsterte ihm etwas ins Ohr, eine Hand hatte sie unter dem Tisch.

Vielleicht gibt er ihr gerade Geld. Oder sie faßt ihn an, da unter dem Tisch. Zweiundzwanzig Jahre hatte er seine Welt von ihr ferngehalten, hatte Rachel festgehalten auf ihrem Karussell des falschen Scheins. Sie hatte sich nie Kinder gewünscht, hatte sich geweigert, Anteil zu nehmen an Hiros Interessen. Jetzt, mit fast vierzig, wurde ihr bewußt, daß sie sich im Stillstand befand, einer Art weiblichem Infantilismus, der in krassem Widerspruch zu ihrem Alter stand. Doch ihre Liebe war scharf wie Zähne. Sie wußte, daß Hiro, wenn er fort von ihr war, das Leben etwas geringer schätzte und deshalb Risiken einging.

Sein Gewerbe war der »Wasserhandel«, der alles umfaßte – Alkohol, Schmuggel, Erpressung, Prostitution, Rauschgift –, die asiatische Küste auf und ab, von Malaysia bis Hongkong und Tokio. Im Laufe der Jahre hatte er Rachel in dem Haus in Kahala etabliert, und sie war so etwas wie eine *salonnière* geworden. Wenn Vanya und Ming kamen, trafen sie hier Künstler und Possenreißer an, die sonntags nachmittags im Garten auf und ab flanierten, in ihren Drinks zitternde Orchideenrispen, während über ihren Köpfen gleichfarbige Vögel kreisten. Manchmal kam ein Karpfen im Teich an die Oberfläche und glotzte die Fremden an, so daß sie sich plötzlich reduziert sahen auf diesen einen Blick, in dem sich ein äußerst kaltblütiger Geist zu manifestieren schien. Sogar Gangster waren an diesen Sonntagnachmittagen da, Leute, die Rachel haßte, aber sie waren ein Teil von Hiros Welt, und so rivalisierte sie mit ihnen auf gefährliche Weise.

Wenn er fortging, war sie nur ein halber Mensch und wartete auf seine Rückkehr. Dann kam er nach Hause, blieb ein paar Wochen und ging wieder fort. Wenn er zu lange bei ihr sei, sagte er, komme er sich vor wie von einem trinkenden Tier verschluckt. Manchmal, wenn sie seine Pistole sah, die unter sein Hemd geschnallt war, fragte Rachel sich, ob er sie trug, um sich vor ihr zu schützen. Vielleicht war ihre Liebe so heftig, daß allein seine

Abwesenheit die beiden davor bewahrte, sich gegenseitig umzubringen.
Hiro, ein vollblütiger Japaner und mittlerweile sechzig Jahre alt, war ein *yakuza* und tätowiert vom Hals bis zu den Füßen. Als junger Mann war er von seinem Vater von Honolulu zum Studium nach Japan geschickt worden, aber statt zu studieren, wurde er Gangster. Als er mit sechsundzwanzig nach Honolulu zurückkehrte und sein Vater die Tätowierungen sah, hatte er ihn enterbt. Am selben Abend kam ein junges Mädchen im Mondlicht auf ihn zu, angezogen von seiner blauen Haut. Kaum hatte Pono erfahren, daß sie durchgebrannt waren, verfluchte sie Rachel auf ewig und verbot ihren Cousinen, sie zu sehen.
Monate waren vergangen, dann erhielt Pono einen Brief. Sie saß reglos, während Run Run ihn in ihrer Pidgin-Aussprache vorlas.
»*Tutu* ... vielleicht hast du nie geliebt«, schrieb Rachel. »Aber wenn einer etwas liebhat, es erfüllt mit seiner Liebe, dann wird eine Seele geboren aus Dunkelheit, aus Nichts. Und ohne Liebe, da fehlt dem Ding ein Licht. Ich vermisse meine Cousinen so sehr, daß ich glaube, es bricht mir das Herz, aber sogar sie würde ich opfern für meinen Mann. Ich würde sterben für ihn.« Danach schwieg Run Run, die Augen gingen ihr über.
Die einfachen, melancholischen Worte ihrer Enkeltochter brachten in Pono eine Saite zum Klingen. Pono ging an den Strand und brüllte die See an, verfluchte dieses Mischlingskind, das nichts wußte von Opfer, von Liebe, etwas, das Jahr für Jahr, Jahrzehnt für Jahrzehnt, sauer verdient war. Dennoch, nach zwei Jahren gab sie nach und erlaubte Rachel, wieder nach Hause zu kommen. Hiro jedoch durfte sich nicht einmal in der Nähe des Hauses blicken lassen. Pono hatte sich geweigert, ihn kennenzulernen.
»Und laß dich nicht täuschen«, warnte sie Rachel. »Was dich und diesen Mann verbindet, ist die Hitze zwischen Hund und Hündin. Wenn eure Lenden erst erkaltet sind, wenn dir am Kinn ein langes Haar sprießt, dann fängst du vielleicht an zu verstehen, was wahre Liebe ist.«
Unterdessen verstand Rachel immerhin, daß das Wort viele Definitionen hatte. Es konnte Verweigerung bedeuten, Entbehrung. Es konnte bizarr sein, okkult, ein Spiel, bei dem Hiro alle Trümpfe in

der Hand behielt. Trotzdem beschützte er sie, baute er ein Schild um sie herum, führte sie behutsam an seine Lust heran. Erst vor zwei Jahren hatte er ihr aus Bangkok drei kostbare Perlen mitgebracht. In die Vorhaut seines Penis eingepflanzt, konnten sie einen derartig gewaltigen Orgasmus herbeiführen, daß Rachel manchmal das Bewußtsein verlor. Jetzt blickte sie auf den Schnappschuß aus Macau hinunter. *Wann hat sich das Blatt gewendet? Wann ist die Treue ins Schleudern gekommen und die Liebe erschlafft?*

Sie nahm die Nachricht von Run Run zur Hand, in der stand, daß ihre Großmutter sie zu sich rief, und fühlte sich plötzlich völlig erschöpft. Bei Pono lief Rachel ohne Make-up herum, trug sie lose Kleider wie moslemische Frauen. Manchmal zog sie sogar Strickjacken an, die ihrer Meinung nach nur Frauen trugen, deren Sexleben vorbei war. Ja, sie kroch zu Kreuze, paßte sich Ponos Spielregeln an. Um den Preis der Unterwerfung war ihr erlaubt, sich der alten Frau genügend zu nähern, um sie zu erforschen, zu versuchen, den Ursprung ihrer Grausamkeit und Herrschsucht in Erfahrung zu bringen.

Im Gegenzug gestattete sie Pono, sie zu erforschen, diese Mischlingsenkeltochter, die sich dem operettenhaften, verderblichen Leben einer *geisha* verschrieben hatte, welche auf ewig nur einem Mann zu Gefallen sein wollte. Es war ein Leben, das dem Malen von zierlichen Schriftzeichen gewidmet war, dem Erlernen der komplizierten Teezeremonie, ein Leben, verbracht mit *Samisen*-Spiel, der Vervollkommnung des *origami,* dem kunstvollen Verpacken in kostbarem Papier, der Leere, dem Nichts. Und dann dieses andere unausgesprochene Leben, geweiht der Wonne, dem Wahn. Manchmal, wenn sie sich mit Ponos Augen sah, erkannte Rachel, daß sie sich langsam auflöste. Ihr Leben nutzte sich ab, Hiro ging mehr und mehr auf Reisen. Ihre Verführungskünste, ihre Rituale, ihre Leidenschaft für ihn hatten kein Ziel mehr. Ohne ihn war sie zurückgeschnitten auf ein *'ole.* Ein Nichts.

Wie ein Zombie bereitete sie ein Zimmer für Jess vor. Sie hatten einen Tag und eine Nacht, um sich gegenseitig aufzurichten, bevor sie die anderen trafen und den dreißigminütigen Flug zur Großen Insel antraten. Rachel dachte mit Grauen an das Wiedersehen mit Vanya. Sie hatten sich nie nahegestanden. Nicht, daß sie so gegensätzlich waren, aber Vanya verachtete Rachels Leben, sie setzte sie herab, bediente sich doppelsinniger Redewendungen, die Rachel nie ganz verstand. In letzter Zeit hatten sie sich auf eine Augensprache verlegt und kritisierten, verzehrten einander stumm.

Ming wird alles glätten. Ponos Liebling. Unsere kleine Fürsprecherin.

Am Fenster beobachtete sie Kori-Kori, der, ein Blütenblatt nach dem anderen, Blut von den tahitischen Gardenien abwischte. Dann kniete er sich mit Eßstäbchen an das Becken und zupfte zierlich schwimmende Eingeweide heraus, wie ein Mann bei einem schauerlichen Mahl.

Kanalua Buda

Zweifel an Buddha

Ming saß allein in ihrem blauen Ingwergarten, das Gesicht so bleich, daß sie mit dem weißen Licht des sich neigenden Nachmittags zu verschmelzen schien. Hinter der hohen Hecke, die ihr Miniaturgärtchen umfriedete, tobte der Verkehr im Straßenstrudel von Kalihi am Rande der Innenstadt von Honolulu. Sie seufzte, schloß die Augen; das Buch, das sie in der Hand hielt, rutschte ins Gras.

Den ganzen Tag war sie auf Reisen gewesen mit K'ang-hsi, Kaiser von China im siebzehnten Jahrhundert. Sie war mit seinen Bogenschützen in die Schlacht geritten, hatte Taiwan erobert, die Mauern von Albarin dem Erdboden gleichgemacht, dann den schrecklichen achtjährigen San-Fan-Krieg durchlitten. K'ang-hsis berittene Bogenschützen waren von Kindheit an gedrillt und kannten keine Furcht. Schon im Alter von fünf Jahren erlegten sie im Galopp fliegende Gänse mit Pfeil und Bogen. Mit acht brachten sie springende Hirsche zur Strecke und lernten das Reiten in Formation. Mit zwölf waren sie furchtlos und jagten Tiger und Bären mit nur einem Pfeil. Als Krieger waren sie der lebendige Schild des Herrschers.

Im sechzigsten Jahr seiner Regierungszeit schrieb K'ang-hsi, in seinem goldenen Gemach zwischen seinen goldenen Büchern und den Federkielen mit Griffen aus Jade und Rubinen sitzend, in Kaiserrot, der roten Tinte, die ihm alleine vorbehalten war:

Ich nähere mich dem siebzigsten Jahr, die Welt ist mein Besitz. Meine Söhne, Enkelsöhne, Urenkelsöhne sind einhundertfünfzig an der Zahl. Mein Reich ist im Frieden. Und doch: Wo sind meine getreuen berittenen Bogenschützen geblieben, Gefährten in meinen glorreichen Siegen? Dahin, alle dahin. Geschult zum frühen Tod, was kannten sie von diesem Leben? Eines Pferdes Rhythmus, eines Pfeiles Eindringen, eines Bogens Genauigkeit. Dennoch sind sie es, woran meine Erinnerung festhält. Die Tapferkeit starb mit ihnen.

Angeregt klappte Ming mit der Spitze eines winzigen Pantoffels, dem Traum einer Füßebinderin, K'ang-hsis Erinnerungen zu. Sie war durchaus noch anmutig mit ihren fünfundvierzig Jahren, hatte aber, gebeugt und gezeichnet vom Lupus, schon lange mit dem Unterrichten aufgehört. Jetzt, wo die Kinder erwachsen waren und der Ehemann sich ganz in seine Orchideenzucht vertieft hatte, hatte sie sich in große Bücher, großes Denken zurückgezogen, Albinoni und Bach, eine Welt, die nicht betrog. Jahre körperlicher Schmerzen hatten sie auf ein Gedankenleben reduziert, das Ming zunehmend als die einzige Realität in dieser erdachten Welt ansah. Sie hatte begonnen, diesen Lupus – das zyklische Fieber, die chronische Erschöpfung, die arthritischen Schmerzen, die Entstellung, die sie verursachten – als eine Art Verbündeten zu sehen, der sie vom langsamen Tropf des Alltäglichen befreite und ihr Zeit ließ für die Betrachtung von Kunst, Gott, Demut.

Nach besonders schlimmen Heimsuchungen, die mehrere Tage oder Wochen anhielten, Anfällen, die völlig unerwartet auftraten, ohne Regelmäßigkeit, Anfällen, die marterten und verwüsteten, ihre Gelenke knotig machten, die Körpertemperatur steigen ließen, nach solchen Heimsuchungen kehrte sie jedesmal zurück von einer Reise, die die meisten Menschen niemals antraten. Sie kehrte zurück wie jemand, der von den Toten erweckt oder auch wiedergeboren wurde, weshalb sie zugleich gealtert wirkte und unheimlich jung. In solchen Zeiten betrachtete ihr Mann Johnny sie grübelnd, ihre fettigen Haarsträhnen, die aufgesprungenen Lippen, die unerträglich dünnen Arme.

Manchmal fand er sie, und sie war bewußtlos, ihr Mund ein entsetzlich klaffendes Loch. Und dann trauerte er, im Gedenken an die Jahre, als sie gesund war, wie sie ihn mit ihren zärtlichen Bewegungen schläfrig gemacht hatte. Wie er immer ihre Hände

geliebt hatte, wenn sie etwas berührten, ihn berührten. Am Silvesterabend hatten sie am Tisch Gedecke für die Vorfahren aufgelegt, mit Mondplätzchen und Tee, und ihnen extra Stühle hingestellt. Und die liebreizende Ming saß da, die Hände im Schoß, und lächelte ihn stundenlang geheimnisvoll an. Jetzt war sie unerreichbar für ihn geworden, als lebte sie in einem fernen, fremden Land.
Einmal fragte er sie, was mit ihrem Verstand geschähe an den schlimmsten Tagen des Anfalls, wenn das Wolfszeichen sich auf ihrem Gesicht niederließ, wenn ihre Augen nach oben verdreht waren, so daß das Weiße hervortrat, und die Haut larvig wurde wie bei Neugeborenen oder frisch Verstorbenen.
»Ich gehe zurück«, flüsterte Ming. »Kindheitsphantasien, Schreckgespenster, alles schwimmt vor mir auf und ab.«
Den Rest behielt sie für sich, jenen anderen Ort, an den sie ging, den Ort der Stürze und Püffe, wo sie ein vermindertes Bedürfnis spürte nach ihrem Mann, nach der Welt, weil es ihr Bedürfnis nach dem anderen störte.
Jetzt seufzte Ming, sie bückte sich, hob ihr Buch auf. Hinter der Hecke gingen Kinder vorüber, die »Jesus liebt mich« sangen. Sie dachte an ihre Kindheit als Tochter eines buddhistischen Vaters und einer katholischen Mutter, die Jahre der Krippenspiele, der Fastenbuße, der Kreuzwege, durchsetzt mit den Schritten des Löwentanzes, des Affentanzes zur Feier des chinesischen Neujahrsfestes. *Bin ich buddhistisch oder katholisch?* hatte sie gefragt. *Beides,* sagten ihre Eltern. *Gott hat viele Familien.*
Jahre später vermischten sich in ihrem Kopf safrangelbe Gewänder, der Duft von Räucherstäbchen und das Klingeln buddhistischer Tempelglocken mit katholischem Kirchengesang, dem strahlenden Weiß einer gestärkten Nonnenhaube, Priestern, die in dunklen Kammern die Absolution erteilten. Sie hatte gelernt, die ideologische Anpassungsfähigkeit des Buddhismus zu akzeptieren, die Tatsache, daß er in verschiedenen Kulturen verkörpert sein konnte, und hatte vor langer Zeit entschieden, daß der Mann am Kreuz nur eine andere Erscheinungsform Buddhas war.
Jetzt, in ihrem Haus, kniete Ming auf einem Kissen vor einem kleinen Schrein, zündete Räucherstäbchen aus schwarzem Sandelholz an und bat feierlich um Buddhas Segen. Aber sie hatte wach-

sende Zweifel an Buddha. Nach zwanzig Jahren der Schmerzen hatte sie angefangen, ihn keineswegs mehr als göttlich anzusehen, sondern als einen launischen, kindischen Quälgeist, der Schmähungen austeilte. Jetzt gab sie ihm die Schmähungen zurück, indem sie in eine kleine, zugedeckte Jadeschale griff und die Finger um eine erbsengroße Kugel aus wachsähnlichem Material schloß. Ihr Atem ging schneller. Sie zog die Jalousien in ihrem Schlafzimmer herunter, steckte die Kugel in eine Bambuspfeife, zündete sie an und sog tief ein.

Ihre Lungen weiteten sich gierig, die Nervenstränge warteten gespannt, betäubt zu werden. Bevor sie in jenen anderen Zustand übertrat, bevor die langsamen, milchigen Träume begannen, dachte sie an ihre Cousinen, die bald über sie herfallen würden. Frauen, die in den Augen von Fremden auf ihrem Weg durch die Welt zu einer gewissen Symmetrie gelangt waren. Doch jedesmal, wenn sie zu ihr kamen, gerieten sie in Not, wollten sie wissen, wie sie leben und was sie tun sollten, um nicht zu verrohen, und dann suchten ausgerechnet sie, die so gesund, so robust waren, unter Mings Röcken Schutz, was sie fast ein wenig zynisch fand.

Und doch, Ming liebte sie, sie hing an ihnen allen – Vanya, Rachel, Jess –, eine jede Frau ein wundes, zitterndes menschliches Ereignis. Getrieben von Liebe, ihren Überzeugungen, von der Suche nach sich selbst, waren sie gepeinigt, zuweilen abgestumpft oder fast wunderlich. Aber wovon sie im Grunde besessen waren, das war die Liebe, das Bedürfnis, füreinander intakt zu bleiben. Und so blickten sie auf Ming, die älteste, sahen ihre Gesten, ihre Worte als Schlüssel zum Überleben.

Sie kamen zu ihr mit ihren Triumphen, ihren Niederlagen, ihren eigenartigen, verbotenen Komplotten, umrankten sie wie Wurzeln. Manchmal flammte Abneigung auf, und dann stieß Ming sie im Geiste alle von sich, selbst Mann und Kinder; denn sie hatte das Gefühl, sie alle seien Amateure, die nichts vom Leben verstanden. Denn was wußten die Menschen vom Leben, ehe sie jeglicher menschlicher Gefühle, jeglicher Illusionen beraubt waren durch blindmachende, zermalmende Schmerzen? Schmerzen, so dauerhaft, so allumfassend, daß sie nur einen Hunger nach Unflat hinterließen.

In ihrer Benommenheit stöhnte sie. Ein Seidenvorhang flatterte, Sonnenlicht zeichnete einen Helm auf das Bett. Irgendwo in der Wüste Gobi melkte ein Mongole ein singendes Pferd. Karawanen näherten sich. Jemand streifte ihr still die Haut ab. Und dann ... und ... dann ... das quälende Fieber, die knotigen Gelenke, das Mark, das langsam in ihren Knochen zerkrümelte, all das blieb zurück.

Und sie flog frei davon, so frei, sogar ihre Cousinen zurücklassend, eine Schar, die an einem Fenster sitzt.

Na iwi o Kalaupapa

Die Gebeine von Kalaupapa

❖

Dieser Ort. Kleine, grüne Insel mit schier undurchdringlichen Regenwäldern. Üppige versteckte Täler, rauschende Wasserfälle, röhrendes Rotwild, und Ziegen, und Wildschweine, die zwischen riesigen Farnen und Eukalyptusbäumen schnüffelnd Schneisen schlagen. Der betäubende Duft von weißem und rotem Jasmin, das einschläfernde Zischeln von Ingwerstauden. Und die kupferne Sonne, die die Insel magentarot färbt, wenn der Nachmittag sich neigt. Hier ist das Polynesien der Vergangenheit, das Land der geflüsterten Legenden und Tabus, der Ort, der Moloka'i genannt wird.

In urzeitlichen Dörfern knüpfen Familien heute noch ihre Fischernetze, bestellen Taro-Äcker und Reisfelder, schnitzen Kanus. Maultiere zockeln gemächlich zu den Gruben, wo im neunzehnten Jahrhundert Sandelholz zurechtgeschnitten wurde, damit es in die Laderäume der gen Orient reisenden Schiffe paßte. Noch immer fischen die Einheimischen nachts bei Fackelschein in Gewässern, die gesegnet sind vom Kreuz des Südens. Verliebte *kane* schlagen die altmodische *ukulele*, singen dazu mit Falsettstimmen, und anmutige *wahine* tanzen mit bloßen Füßen Legenden vom Regen.

Die Insel hat auch eine andere Seite, die stille Seite. Winde vom nördlichen Ufer wispern noch immer von unsäglichen Jahren und Jahrzehnten, Jahrzehnten des Grauens, durch die jener Teil von Moloka'i, unzugänglich außer von der See her oder auf tückischen schlammigen Saumpfaden über die Dschungelfelsen, die sich tausend Meter hoch erheben, zum Tabu wurde. Noch heute schwören Seeleute, die die ganze Welt umrundet haben, daß dieser stille,

nebelverhangene Küstenstrich des Nordens mit der kleinen Halbinsel, die am Rande der Vorgeschichte schlummert, der betörendste und schönste Fleck in allen sieben Weltmeeren ist.
Die Halbinsel, im Osten und Westen vom Dschungel beschirmt, beherbergt einen Ort namens Kalaupapa, ein Name, bei dem allen Hawaiianern augenblicklich das Herz stehenbleibt. Über hundertdreißig Jahre ist es her, daß dieser Ort zum Kerker für die Verdammten wurde, jene Landeskinder, die von *ma'i Pake* heimgesucht waren, der »chinesischen Krankheit«, allgemeiner bekannt als Lepra. Jahrzehntelang wurden hier vor dieser Küste Leprakranke – nachdem man sie wie Tiere gejagt und in Käfige eingesperrt hatte – mit Holzstangen von Schiffen gestoßen, auf Gedeih und Verderb den Haien, der stürmischen See oder dem Wahnsinn ausgeliefert. Menschen, denen die tödlichen Bakterien zuerst die Nerven, Augen, Muskeln und Knochen verwüsteten und dann langsam die inneren Organe auffraßen.
Heute wächst fruchtbares Grün auf weiten Flächen mit primitiven Gräbern, eilig ausgehoben in Zeiten, in denen täglich Dutzende der Krankheit zum Opfer fielen. Die St.-Philomena-Kirche ist renoviert, die Spucklöcher sind noch sichtbar im neu lasierten Fußboden. Pater Damiens Grab ist sandgeschmirgelt und wird regelmäßig gepflegt, mit einem frischen *lei* umkränzt. Ein Bild, wie wenn Schlachtfelder sich erholen, Knospen schieben sich durch verbrannte Erde. Und doch ... wenn es dämmert, hört man das Schlurfen, all die vielen Menschen, die gebrochenen Seelen, die aus dem Totenreich zurückkehren und auf den Klippen hocken, ächzend unter der Bürde ihrer Erinnerungen.
Hier stand an einem sonnengetränkten Tag die Frau namens Pono an einem Steilufer und blickte aufs Meer. Sie war gewaltig, über einsachtzig groß, ihr Haar ein erlesener grauer Schal, der ihre Hüften umspielte. Sie hielt die Arme ausgestreckt und sang. So schön, daß die Wildschweine im Dschungel ehrfürchtig auf die Knie sanken. Wenn sie sang, wechselten Blumen die Farbe, und geflecktes Wild verschmolz mit Baumrinden, wenn Jäger mit Pfeil und Bogen vorüberpirschten.
Sie war eine *kahuna,* eine Seherin, die mehr Leben um sich schuf, als tatsächlich da war, denn auch das kleinste Lebewesen erhielt

eine höhere Bedeutung, wenn sie es nur anschaute. Fast achtzig Jahre alt, hatte diese Frau alles gewagt, jede vorstellbare Tat begangen für den Mann, der in diesem Moment bei ihr saß. Eine Möwe entfaltete die Flügel und schnappte im Flug den Streifen rohen Thunfisch, den sie in die Luft geworfen hatte. Ihr Lachen war tief und voll.

Der Mann auf der Decke zu ihren Füßen sah auf. »Warum lachst du, Geliebte?«

Pono fiel auf die Knie und umschlang ihn mit den Armen. »Weil ich hier bin, wohin ich gehöre, bei meinem nasenlosen Lieblingsmann.« Sie brüllten vor Lachen, wiegten sich hin und her wie Kinder. »Weil ich so glücklich bin.«

Sie legte sich hin, den Kopf auf seinem Schoß, und erzählte von »ihren Mädchen«, die heimkommen würden in das große Haus, von den Kaffeekirschen, der bevorstehenden Erntezeit. »Die Zeit der tanzenden Schweine« nannte sie diese Zeit, wenn die Tiere aus ihren Koben ausbrachen, die reifen Kaffeebohnen in sich hineinschlangen und davon aufgeputscht Amok liefen, Menschen und Pferde jagten und mit Run Runs Wäsche zwischen den Zähnen über die Straße tollten. Während Pono erzählte, streichelte der Mann sie mit einer Hand, die schon lange keine mehr war und vielmehr einer Keule ähnelte. Einem Werkzeug. Sein Name war Duke Kealoha, und während sie sich zärtlich flüsternd in den Armen hielten, betrachtete Pono, was von ihm übrig war, und sie dachte daran zurück, wie sie ihn vor über sechzig Jahren das erste Mal gesehen hatte. Einen bronzefarbenen polynesischen Gott.

Als sie, ein Mädchen von siebzehn Jahren, ihn damals sah, hatte ihr Herz sich zusammengezogen, denn sie wußte, er würde ihr große Freude schenken, sie aber auch auf die Probe stellen. Daß auch das Leben sie auf die Probe stellen würde, hatte selbst sie mit ihren übernatürlichen Kräften nicht vorausgesehen. Kopfgeldjäger. Sklaverei. Und Schlimmeres.

Sie schob die Vergangenheit energisch von sich und erzählte ihm von ihrem immer wiederkehrenden Traum. Ein menschlicher Leichnam, dessen Augenhöhlen Algen weinten, schaukelnd auf dem Meeresboden. »Ich glaube, meine Zeit kommt bald«, flüsterte sie. »Deswegen habe ich die Mädchen nach Hause gerufen.«

Duke sah sie eindringlich an; er wußte, ihre Träume waren prophetisch, vermutete aber, *er* sei es, der sterben würde. Sein einst markantes, hübsches braunes Gesicht war längst ein Krater, Lippen und Wangen stark vernarbt von alten Wunden, der Nasenrücken eingefallen nach medizinischen Experimenten, eine Hand war heil, Keulen seine Füße; er verbrachte sein Leben in einem Rollstuhl. Gequält von Nierenleiden, Kreislaufbeschwerden – Nebenwirkungen des Sulfonamidpräparats, das bei Lepra, heute Hansensche Krankheit genannt, verabreicht wurde – hatte er zudem mehrere kleinere Herzanfälle erlitten. Mit seinem verminderten Appetit schien es ihm an Verlangen jeglicher Art zu fehlen, außer dem Verlangen nach ihr, Pono. Emotional. Spirituell. Und sexuell. In dieser Hinsicht war *ma'i Pake* gnädig gewesen.

Sich an ihm festhaltend, setzte Pono sich auf. »Sechzig Jahre lang hast du es mir untersagt. Jetzt will ich meine Tage mit dir beschließen und auf Kalaupapa leben.« Sie rieb seine noch immer mächtige Brust, sah die wunderbare Schwellung zwischen seinen Beinen, seine Leidenschaft für sie, die Leidenschaft eines jungen Kriegers.

Er nahm ihre Hand und schüttelte den Kopf. Seine Erregung erschien ihm plötzlich nebensächlich. Als er sprach, war seine Stimme tief, befehlend, seine Rede kultiviert, aber ein wenig altmodisch, was eine Folge des Mangels an Kontakt zur Außenwelt war.

»Geliebte, uns war ein langes Leben beschieden, wir haben gelitten, geweint, triumphiert. Wir haben all die Leidenschaft und all den Zorn erlebt, die auch normale Männer und Frauen durchmachen. Wir haben dies vollbracht, ohne daß uns die Welt zusah; die Abgeschiedenheit gewährte uns die Würde, die allen Menschen zusteht. Wir haben voller Selbstbewußtsein und Stolz gelebt, aber um den Preis unserer Töchter, die vaterlos aufwuchsen und nichts von mir wußten. Du, ihre Mutter, hast sie verstoßen.«

»Ich wollte lieber dich.«

»Dann mache es an unseren Enkeltöchtern wieder gut, bevor es zu spät ist. Laß sie nicht im Stich. Betrüge sie nicht um deine Liebe ...« Er zögerte. »Und überdies glaube ich, es ist *mein* Leichnam, den du im Traum siehst.«

Sie hielt den Atem an, durchforschte ängstlich die Bilder ihrer Seele. »Oh, bitte, laß mich zu dir kommen und uns unsere Tage gemeinsam beschließen!«

Er schüttelte sie heftig. »Wenn du meinen Wünschen zuwiderhandelst, steche ich dir die Augen aus. Du wirst *kapu* sein auf Kalaupapa!«

Sie weinte, ergriff seine Hände. »Dann laß mich ihnen sagen, daß es dich gibt. Laß sie wissen, daß ihre Mütter nicht vaterlos waren, daß ich keine Hure war. Laß sie dich *sehen*, dich umarmen. Laß uns unser Leben in Sonnenlicht beschließen ...«

Duke warf den Kopf zurück und lachte. »Mich *sehen?* Diesen fluchbeladenen, schmutzigen, zerstörten Fleischberg?« Er versuchte, es sich vorzustellen: junge, gesunde Frauen, die ihn betrachteten und sein verfaultes Fleisch als ihr eigenes erkennen mußten. Auf den ersten Blick würde ihnen übel werden.

»Alles, was ich jemals von dir verlangt habe, war Würde«, flüsterte er. »Laß mich jenseits der Augen der Welt sterben, hier, bei den Gebeinen meiner Familie.«

Später, während er döste, ihren lieben Kopf in seinen Armen, fixierte Pono lange einen Punkt im Nichts, bis ihre Augen, schwarz wie das rotschwarze Herz des *Aku*-Thunfisches, zu Braun verblaßten, hellbraun wurden, dann weiß, so weiß, daß ihre Augäpfel nach innen gekehrt schienen, als wollten sie die Mechanismen ihres Gehirns erforschen. *Ich will alles opfern, was ich besitze, alles, was ich liebe, um meine Tage mit ihm zu beschließen. Ich will alles tun.* Sie konnte Menschen mit ihrem Blick töten, Schmerzen von einem Menschen auf einen anderen übertragen. Doch Ponos Kräfte erstreckten sich nicht auf Duke; die Liebe machte sie machtlos. Sie war nie imstande gewesen, ihn zu überlisten oder ihm einen Entschluß auszureden. Auch heilen hatte sie ihn nicht können. Manchmal, wenn sie nach dem Schlüssel suchte, der ihr helfen würde, den Mechanismus zu lösen und Duke ihrem Willen zu beugen, griff sie auf ihre eigene Familiengeschichte zurück, als könnte hier ein Hinweis liegen.

Jetzt entnahm sie ihrer Tasche ihren prophetischen Spiegel, der auf der einen klaren Seite die rückwärts laufende Vergangenheit zeigte und auf der anderen, der trüben Seite, die vorwärts laufende

Zukunft. Während sie an all die gelebten Leben dachte, die sie bis hierher geführt hatten, betrachtete Pono sich in dem Spiegel der rückwärts laufenden Vergangenheit, und Zug um Zug wusch sich das Alter aus ihrem verwitterten braunen Gesicht.

Rasch verflossen die Züge der jungen Frau zu denen des Mädchens, dann des Kindes. Ihr Kindergesicht löste sich auf im Gesicht ihrer Mutter, dann der Mutter ihrer Mutter, und die Gesichter verschmolzen, zerflossen zu Antlitzen aus einem früheren Jahrhundert. Diesmal erschien ein Doppelbild, das einer dunklen, tahitischen Schönheit namens Kelonikoa, Ponos Urgroßmutter, neben ihr das abgehärmte Gesicht eines einäugigen *haole,* Ponos Urgroßvater. Kelonikoa verblaßte, und dann war nur der *haole* da, wurde weniger abgehärmt, die Augenklappe wurde undeutlicher, und er zerfloß immer mehr, wurde zu einem stattlichen, zweiäugigen Jüngling.

Pavillons im Meer

❖

Er stand weinend in einem Feld, es war 1834. Er war siebzehn, besaß nichts, liebte nichts als ein kastanienbraunes Pferd, das tot vor ihm lag, an Altersschwäche gestorben. Mathys Coenradtsen hieß er, er war das achte Kind in einer Reihe von Söhnen, und das Feld lag in der Nähe der Stadt Coxsackie im Hudson River Valley des Staates New York.

Er stammte aus einer Familie von Bauern, Nachkommen eines Waisenknaben, der mit einer Schiffsladung Jungen und Mädchen aus einem Armenhaus in Amsterdam verschickt worden war, um bei der holländischen Ostindischen Kompanie zu arbeiten und die »Bevölkerung der Neuen Niederlande zu vermehren«. Das Übergabeschreiben der Bürgermeister von Amsterdam an Peter Stuyvesant trug das Datum vom 27. Mai 1655, und die Waisenbestandsliste verzeichnete den ersten Mathys Coenradtsen, sechzehn Jahre alt.

Er muß rebellisch und reizbar gewesen sein, dieser erste Coenradtsen, denn in den Berichten stand zu lesen, daß er im November 1657 vor Gericht gestellt wurde, weil er seinen Brotherrn niedergeschlagen hatte, dann noch einmal 1660, weil er sich weigerte, Schulden an einen gewissen Reyn van Coelen zurückzuzahlen, und abermals 1665, weil er, als man ihn am Sabbat beim Holzhacken erwischte, frech erklärte: »Der König soll verdammt sein« und »Den König soll der Teufel holen.« Bis zu den siebziger Jahren des Jahrhunderts hatte er sich jedoch die Hörner abgestoßen; er bestellte gepachtetes Land, heiratete und gründete eine Familie.

Den Gerichtsaufzeichnungen in Albany zufolge kaufte Mathys im

Jahre 1683 von drei Mohawk-Indianern, Manoenta, Unekeek und Kachketowaa, »ein Stück Waldland hinter Koxhaghkye«, später Coxsackie genannt, und zahlte jedem von ihnen »ein Stück Düffeltuch, zwei Messer sowie mehrere Muschelperlen«. 1697 wurde ihm dasselbe Stück Land von Gouverneur Benjamin Fletcher, einem Stellvertreter der Krone, die Mathys dreißig Jahre zuvor öffentlich verleumdet hatte, formell übereignet. Die Übereignung umfaßte 3500 Morgen Land. Im Jahre 1699 leistete Mathys einen Treueeid auf die britische Krone.

Bis zum Unabhängigkeitskrieg führten seine Nachkommen ein ereignisloses Leben, bestellten einen Teil des Landes und verpachteten das übrige. Im Jahre 1776 fielen zwei Coenradtsen-Brüder und drei Vettern im Kampf für die Kolonien, ein weiterer wurde gehängt, weil seine Sympathien den Königstreuen galten und er sich geweigert hatte, den Assoziationsartikel zu unterschreiben. Gegen 1800 wandten sich die Coenradtsens dann wieder der Landbestellung und dem Handel mit Schweinen, Pferden und Rindern zu.

Bis 1834, dem Jahr, als Mathys Coenradtsen weinend auf dem Feld seines Vaters stand, hatten andere holländische Familien – die Van Burens, Van Dycks, Van Cortlandts – im Hudson River Valley bereits Großgrundbesitzerdynastien gegründet. Der größte Besitz, Rensselaerwyck am Westufer des Hudson nahe Coxsackie, umfaßte gut 700 000 Morgen Land, das die Familie seit 1630 nach und nach erworben hatte.

Doch nichts im Blut der Coenradtsens trieb sie zu einem Leben abseits der Scholle. Sie erwarben keine großen Baugrundstücke, sie stellten sich nicht den Herausforderungen der Handelswelt oder der Politik. Stück für Stück schrumpfte ihr Landbesitz, durch Spielschulden, Mesalliancen. Wohingegen die geschäftstüchtigen Van Cortlandts, Roosevelts und Livingstons ins Geschäft der Zuckerraffination einstiegen, die gerissenen Rhinelanders Töpferwaren importierten, die Brevoorts Eisenwarenhändler wurden, die Schermerhorns Schiffsausrüster. Die Coenradtsens aber, denen es an Weitsicht mangelte, blieben arme Bauern und Viehhändler.

Als er fünfzehn wurde, hatte Mathys bereits erkannt, daß es um seine Zukunft nicht rosig bestellt war. Seine vier ältesten Brüder würden die besten Äcker des Familienbesitzes erben, während

Mathys und die anderen sich kleine, ausgelaugte Parzellen würden teilen müssen. Dem wollte Mathys entfliehen, und so begann er von einem Leben auf See zu träumen. An kalten, sternklaren Abenden lag er mit einem Nachbarjungen, dem entfernten Vetter eines Seemanns namens Warren Delano (Urgroßvater eines Mannes, der einst Präsident des Landes werden sollte) im Feld, und der Junge sprach verträumt von Warrens Abenteuern auf einem Opiumklipper, der auf dem Pazifik verkehrte, und dem Reichtum, den Warren ansammelte.

In einem Schreiben, das ein Jahr und drei Tage brauchte, um nach Coxsackie zu gelangen, hatte Warren Delano seinem Vetter sein fabelhaftes Leben auf See geschildert. Besonders schwärmte er von der Schönheit der Sandwich-Inseln, die wie große Pavillons aus dem Pazifik aufragten. Im Jahre 1778 von Kapitän Cook »entdeckt«, waren sie nach Cooks Gönner, John Montagu, dem 4. Earl of Sandwich, benannt worden. »Aber«, schrieb Warren, »die Eingeborenen, riesenhafte, braune, wohlgestalte Krieger, behaupten, zweitausend Jahre vor Cook dort gewesen zu sein, und sie nennen ihr Land Hawai'i.«

Eines Tages erfuhr Mathys aus einer Annonce in einer Lokalzeitung von Albany, daß für einen von New York nach Kap Horn und den Walgründen des Pazifiks bestimmten Klipper »Neulinge« gesucht wurden. Die Wale im Atlantik waren durch die Bejagung rar geworden; nun hatten die Schiffe sich eine neue Quelle für kostbares Walratöl, Tran und Fischbein erschlossen. Ohne lange nachzudenken, packte Mathys einen kleinen Segeltuchsack und fuhr auf einem Versorgungsschiff den Hudson hinunter. Tage später fand er sich auf einem von Menschen wimmelnden Deck ein, wo ein Schiff namens *Silver Coin* eine erbärmlich aussehende Mannschaft anheuerte.

Mit zitternden Knien stand Mathys zwischen Mördern, Dieben, Kupplern und schweren Trinkern. Einige waren von der britischen Marine desertiert, manche auf der Flucht vor ihren Gläubigern, wieder andere anständige Kerle, die einfach der See verfallen waren. Er stellte sich hinten an; vorne stand ein riesiger Mulatte, der eine Schere schwang. Einem nach dem anderen wurde den Männern das Haar abgeschnitten, um die Leute von Ungeziefer zu befreien. Aber so manches verlauste Haarbüschel flog über das Deck, Waschen war nicht Vorschrift, und als sie eine Woche auf See waren, war jedermann von Läusen und Flöhen befallen. Die Mannschaftsunterkünfte waren über eine zwei Quadratfuß große Luke im Vorderdeck zu erreichen; unten lagen die Männer in Kojen mit nur zwei Fuß Zwischenraum übereinander, ohne Platz, sich aufzusetzen, ohne Licht zum Lesen. In den Nächten war um ihn herum nur Dunkelheit und das Geräusch sich kratzender Männer.

Während sie in den Nordatlantik hinaussegelten, hatte Mathys bereits in der ersten Woche einen Einblick in das strapaziöse Leben gewonnen, das er sich erkoren hatte, ein Leben nie endender Plackerei: Segel, Taue, Takelagen flicken, regelmäßig Schiffswache halten, im Vier-Stunden-Wechsel rund um die Uhr. Die Mahlzeiten waren eintönig, täglich das gleiche. Die schlimmste Prüfung für Mathys war jedoch die Arbeit oben im Mast, wenn sein Magen sich mit dem Stampfen und Gieren des Schiffes wälzte und die Übelkeit noch hundertmal verstärkt wurde durch seine Position achtzig Fuß hoch in der Luft. Manchmal war ihm so übel, daß nicht einmal die Schläge des dritten Steuermannes ihn an Deck treiben konnten. Als sie den Golfstrom erreichten, hatte er zehn Pfund abgenommen. Bei rauher See, in peitschenden Stürmen, lag er tagelang unter Deck, ausgetrocknet, besinnungslos.

»Das Beste kommt erst noch«, warnte der dritte Steuermann. »Kap Horn, das macht 'nen Mann aus dir. Oder es bringt dich um!«

Als Mathys wieder zu sich kam, dachte er im ersten Moment, man hätte ihn auf ein anderes Schiff verfrachtet: Sie nahmen Kurs auf die Küste von Afrika. »Aber was ist mit Kap Horn und dem Pazifik?« rief er.

Ein freundlicher Maat zeigte ihm eine Karte und erklärte ihm die traditionelle Segelroute. Man nahm nicht direkt Kurs nach Süden auf Kap Horn, weil es sich hier um einen Zickzackkurs handelte, der den Küstenlinien der Vereinigten Staaten und Zentralamerikas folgen und sie zehn Monate kosten würde. Statt dessen würden sie Kurs nach Osten nehmen, zu einer Landspitze namens Kap Verde nahe der Küste von Afrika. Wenn sie sich dann anschließend wieder südwärts nach Kap Horn wandten, würden sie auf gerader Linie die Küste Südamerikas entlang und dann nach Feuerland fahren.

Aber bis zu diesem Teil der Reise sei es noch einen Monat hin. Das Kap Verde bekam Mathys nie zu Gesicht; sein Schiff war wochenlang von verheerenden Stürmen eingeschlossen, und ein Mann ging über Bord.

Als sie schließlich direkten Kurs auf Kap Horn genommen hatten – es lag immer noch eine Fahrt von mehr als sechstausend Meilen vor ihnen –, überquerte die *Silver Coin* am fünfundfünfzigsten Tag der Reise den Äquator. Die Männer jubelten und tauften sich gegenseitig mit Meerwasser. Unterdessen konnten einige der »Neulinge«, abgemagert von Seekrankheit und unerbittlichem Durchfall, nur noch auf allen vieren kriechen. Einige starben an Austrocknung, ein paar stürzten sich ins Meer.

Die Vorräte an Pökelfleisch begannen zu verderben. Das Mehl war von Würmern und Insekten durchsetzt, so daß kein Brot mehr gebacken werden konnte. Butter und Fett wurden ranzig, und am schlimmsten von allem war das Wasser. Für seine Aufbewahrung gab es nur Holzfässer, in denen sich alle möglichen Bakterien vermehrten. Also verstopfte die Mannschaft die Abflüsse und sammelte frisches Regenwasser, mit dem man Kübel und Krüge füllte, doch der Geschmack war so eklig wie vordem. Man fand Ratten im Wasser.

Entkräftung, Ruhr und immerwährende Stürme. Weitere Männer wurden über Bord gespült. Nachts lag Mathys in seiner stinkenden Koje, so krank vor Heimweh, daß er wünschte, er wäre tot. Dann ließen die Stürme plötzlich nach. Irgendwo vor der Küste Uruguays geriet das Schiff in eine windstille Zone, tage-, dann wochenlang ging kein Wind. Nur die blendende See und die sengende Sonne. Und Durst. Einem frisch Verstorbenen schnitten die Seemänner die Adern auf und tranken sein Blut.

Unten in der Messe nahm der Koch eines Tages den Schiffszwieback in Augenschein und erbrach sich. Das Zeug hatte keine Ähnlichkeit mehr mit Brot: verschimmelt, von Würmern wimmelnd, von Mäuseurin durchtränkt. Die Mannschaft war gezwungen, Leder zu kauen, sie mußten Sägemehl essen, eine frisch getötete Ratte. Neunzehn Mann waren im Fieberwahn.

Fünf Monate befand sich die *Silver Coin* auf See, als eines Nachts das Schiff sich auf eine Seite legte und einmal um sich selbst drehte.

Der Sturm kam aus dem Nichts, riß Lukendeckel auf, ließ Wasser in die Kajüten schießen. An Deck banden sich die Männer an der Reling fest und schrien, dem Wahnsinn nahe: »Kap Horn kommt uns begrüßen! Es kommt uns guten Tag sagen!«
Dichter Nebel hüllte sie ein, als das warme Wasser des Südatlantiks mit dem kalten Wasser der Antarktis zusammenprallte. Die See stieg hoch, ragte sekundenlang turmhoch über ihnen auf, krachte dann herab wie eine einstürzende Kathedrale. Mathys klammerte sich an die Reling und betete um sein Leben, dann wurde er umgeworfen und in eine Kajüte gespült, in der Männer lagen, die sich bei dem Versuch, sich im Sturm irgendwo festzuhalten, Finger und Handgelenke gebrochen hatten.
Fünfundvierzig Tage und Nächte versuchte die *Silver Coin,* Kap Horn zu umrunden. Höllische Winde, Graupel und Schnee peitschten hernieder; die Wellen drängten das Schiff weit hinüber auf die Seite. Es war die Küste von Feuerland, nördlich von ihnen, die mit ihren tückischen Windverhältnissen ihr Fortkommen bestimmte: Kaum konnten sie mit Ostwind im Rücken ein paar Meilen lavieren, wurden sie schon von den grimmigen Westwinden wieder um eine Tagesreise zurückgeworfen.
Tagelang zogen sie sich zurück, versuchten es aufs neue, zogen sich wieder zurück. Schließlich gingen sie in einer Bucht vor Anker, wo die See ruhig war und die Mannschaft sich endlich ausruhen konnte. Eines Tages beobachtete Mathys Matrosen, die an Land ruderten und eine Gruppe säugende Seehunde erschlugen. Außer sich vor Begierde, packten sie die Brüste der Weibchen und paarten sich mit den blutenden, sterbenden Tieren, ehe sie sie und ihre Jungen schlachteten, des Fleisches und der Felle wegen. In dieser Nacht fand der Maat Mathys auf dem Deck hockend, heftig zitternd. Seine Augen waren versiegte Ströme, seine Lippen bewegten sich in stummem Entsetzen.
»Gewöhn dich dran, mein Sohn. Schlachten ist alles, was wir im Leben kennen.«
Dann, eines Nachts, legte sich der Sturm, Kapitän Toby Newton fand den richtigen Kurs, und sie manövrierten sich am gefährlichsten Punkt ihrer Reise vorbei. Mathys erwachte aus einem Halbschlaf, hörte Männer weinen und schreien – vor Erleichterung: Den

teuflischen Gewässern von Kap Horn trotzend, waren sie endlich in den Pazifik gelangt. Wochenlang war die See danach ruhig, so, als gönne sie ihnen die verdiente Rast. Tümmlerherden sprangen hoch und begrüßten sie. Vor der Küste von Chile erschienen riesige Schwärme von Heringen, Thunfischen, fliegenden Fischen.

Eines Tages rief ein Mann, er hätte einen Blauwal gesichtet. Das größte Säugetier der Welt! Die Mannschaft war mit einemmal wachsam, der Kapitän schrie Befehle, der dritte Steuermann kommandierte die »Neulinge« herum. Sie hatten die Walgründe erreicht. Mathys sah das Tier, gut achtzig Fuß lang, in die Tiefe tauchen und wieder an die Oberfläche kommen, umschnürt von den Tentakeln eines riesigen Kalmars, der vom Kopf bis zu den Enden mindestens fünfzig Fuß maß. Mit angehaltenem Atem betrachteten die Männer den Kampf dieser gigantischen Kreaturen. Einmal rammten sie das Schiff, dann verschwanden sie in den Wassermassen und wurden nie wieder gesehen.

Einige Tage später dann machte der Ozean ihnen ein Geschenk, das Mathys sein Leben lang nicht vergessen sollte. Zwei riesige Blauwale, ein jeder fast siebzig Fuß lang, schossen aufeinander zu, fast sah es so aus, als würden sie zusammenstoßen. Wehmütig singend, umkreisten sie sich, glitten aneinander vorüber, wechselten ihre Melodie. Dann wälzte sich der eine leicht herum, und ein tentakelähnliches Ding, neun bis zehn Fuß lang, schnellte unverhüllt aus tiefen Bauchfalten hervor in die Luft, richtete sich auf, fiel wieder zusammen, zog sich in den Bauch des Tieres zurück.

Die Wale kamen sich näher, schienen einander mit ihren Brustflossen zu streicheln. Diesmal wälzte sich der andere Blauwal herum, rollte unmittelbar unter der Wasseroberfläche sein gigantisches rosafarbenes Geschlecht auf. Sie tauchten mit derartiger Wucht, daß Mathys sich vorstellte, wie sie auf den Meeresboden donnerten und die Erde aufriß und alles verschluckte, Wale, Schiff, vielleicht den ganzen Pazifik. Dann plötzlich schossen sie unversehens wieder an die Oberfläche, verharrten lotrecht, von Angesicht zu Angesicht. Die Mannschaft sah zu, und der Kapitän sah zu, und auf dem Schiff wurde es ganz still. Die Wale schienen aus dem Meer herauszuwachsen, und große Teile ihrer Leiber, die Ziehharmonikafalten ihrer mächtigen Bäuche, ragten aus dem Wasser. Die gewaltigen

Flossen umeinander gewunden, drehten und drehten sie sich, von Angesicht zu Angesicht. Es war wie ein Tanz. Große Wellen klatschten an das Schiff.

»Was machen sie?« fragte Mathys.

»Sie paaren sich, Junge. Und das ist etwas Wunderbares.«

Irgendwo in der Tiefe peitschten ihre Schwanzflossen hin und her ihr Gesang wurde eine Symphonie die durch den Ozean vibrierte und in anderen Breitengraden vibrierten Schiffe und vielleicht vibrierten Kontinente und plötzlich drückten sie sich dicht aneinander so dicht daß sie aussahen wie gigantische siamesische Zwillinge und sie stürmten aufwärts und aufwärts und sie erhoben sich ganz aus dem Wasser in voller Masse und voller Länge hoch hoch aus dem Blau drunten in das Blau droben und sie waren blau und blaue Ozeane umspülten sie und sie vereinten ja vereinten sich und alles alle irdischen Dinge waren klein und sie standen nur da am Himmel eines Jünglings Erinnerung und dann tauchten sie wieder hinab in andere Atmosphären ein ohrenbetäubendes hallendes Getöse das die Spanten des Schiffes erschütterte und die Herzen der zuschauenden Männer erschütterte und sie auf die Knie warf.

Zwei Tage lang ging die Mannschaft still umher, als suchte jeder Mann sich an etwas zu erinnern, das er vergessen hatte.

Dann erschallte der unvermeidliche Ruf vom Mast: »Da bläst er!«

Ein großer Pottwal tauchte unter, schnellte Minuten später aus der Tiefe empor, die Wellen haushoch überragend, und stürzte mit Getöse zurück. Ein Pottwal war in diesen Breitengraden ein seltener Anblick, denn gewöhnlich waren diese Tiere weiter nördlich, in kälteren Gewässern, zu finden. Boote wurden zu Wasser gelassen, Befehle rufend, machte sich die Mannschaft bereit. Weil er sich als tapfer und nicht zimperlich erwiesen hatte, war Mathys der erste »Neuling«, der als Ruderer ausgeschickt wurde. Für den Rest seines Lebens würde die Umrundung von Kap Horn für ihn gleichbedeutend sein mit seiner Mannwerdung, und der Tag seiner ersten Waljagd markierte den Beginn eines neuen Ernstes, einer neuen Weisheit.

Jeder Nerv in ihm schrie, als die Fangboote – ein jedes mit gesetztem Segel, Harpunier, Steuermann und vier Ruderern – auf den anmutigen Leviathan zuhielten. Das Leitboot pirschte sich von hinten heran, so dicht, daß die Männer die Riemen aus der Hand legen mußten und nach den Paddeln griffen. Als sie längsseits dieses Lebewesens kamen, das so gewaltig war wie ihr Schiff, doch gegenüber den kleinen Menschen in Booten gelassen, fast teilnahmslos blieb, verspürte Mathys den starken Drang, ihm über die Flanke zu streichen, denn es war ihm, als könnte er in diesem Moment Gott selbst berühren.

Während die Bootsleute den Bug direkt in die Längsseite des Wales lavierten, schleuderte der Harpunier, ein Bein sicher auf dem Bootsboden, das andere gegen das Dollbord gestemmt, seine Harpune mit unglaublicher Wucht in den Riesenleib, unmittelbar hinter der Rückenflosse. Das Tier schnellte aus dem Wasser, die Harpunenleine mit sich reißend.

Jetzt ging alles sehr schnell. »Steuer rum!« schrie der Steuermann und manövrierte das Boot, während der Wal erstmals untertauchte. Leine wurde nachgelassen, denn wenn der Wal an die Oberfläche käme, würde er versuchen, sich loszureißen. Dann begann die berühmte »Nantucketer Schlittenfahrt«: Das Leitboot ließ sich so lange mitschleppen, bis der Wal ermüdete. Als endlich die Leine schlaff wurde, holten sie sie ein. Der Wal lag still im Wasser. Vorsichtig näherten sie sich, wobei sie den Schwanzflossen auswichen und weit genug Abstand hielten, damit der Wal nicht sehen konnte, was kam.

Mathys war dem Wahnsinn nahe. Er richtete sich im Boot auf und schrie: »Aufhören! Aufhören!« Doch die Besatzung achtete nicht auf ihn, oder sie dachten, in seiner Aufgeregtheit riefe er dem Wal zu, er solle aufgeben. Jetzt ruderte ein zweites Boot herbei, der Steuermann hob seine lange Lanze und schleuderte sie dem Tier in die Flanke. Sie drang drei Fuß tief in seinen Leib ein. Gerade gab er Befehl fortzurudern, als der Wal sich herumwälzte, seine riesige Schwanzflosse aus dem Wasser hob und versuchte, das Boot damit zu zertrümmern. Sie verfehlte das Boot nur knapp, und der Steuermann warf die nächste Lanze.

Jetzt versuchte das Tier abzutauchen, aber weil es verwundet war, konnte es den Druck in größerer Tiefe nicht aushalten. Es tauchte auf und hielt direkt auf die Boote zu. Der Steuermann brüllte »Streich überall!«, sie wichen aus, und das große Maul schloß sich um nichts, doch zuvor gelang es dem Steuermann noch, dem Tier die Lanze tief in die Lungen zu stoßen. Mathys hörte Blut gurgeln wie in großen brodelnden Bottichen, ringsum warf die See rote Blasen. Immer noch schlug der Wal aus, aber er schien das Gleichgewicht zu verlieren, erstes Anzeichen seiner endgültigen Niederlage.

Längst hatten Haie die Beute gewittert, aber noch hielten sie sich außer Reichweite. Erbarmungslos stieß der Steuermann zu, der Wal wälzte und wälzte sich. Die anderen Boote scharten sich um sie. Das Leitboot wurde an das sterbende Tier gebunden und die Beute beflaggt: Sie rammten eine rote Flagge in sein Fleisch, die der *Silver Coin* signalisierte, daß Boot und Besatzung beigeholt werden konnten. Unter großen Anstrengungen vertäuten sie den Wal der Länge nach am Schiffsrumpf.

Die *Silver Coin* war als eine Art schwimmende Fabrik ausgerüstet, auf der man die Speckschicht der Wale auskochen konnte, um das Öl zu gewinnen, das sodann in Fässern im Laderaum verstaut wurde. Alle Mann hatten jetzt alle Hände voll zu tun. Unter die Tranöfen, wo der Speck gekocht wurde, stellten sie Wassertröge, um zu verhindern, daß die Planken des Schiffes Feuer fingen. Schneidspaten und anderes Werkzeug wurden geholt, Blöcke hochgehievt und auf der Seite ein Gerüst, die sogenannte Flensstelling, errichtet, und zwar so, daß die Männer, mit dem Gesicht zum Schiff, an das Geländer der Stelling gelehnt stehen konnten, die beste Position zum »Flensen« oder Abspecken.

In den großen Kadaver, der an der Längsseite des Schiffes festgemacht war, wurde am Hals ein erstes Loch durch die Speckschicht geschnitten, bis hin zu dem rohen Fleisch. Durch das Loch wurde ein großer Haken in die Speckschicht getrieben, und acht Mann, vier an jeder Kurbel des Ankerspills, begannen den Haken anzuheben, während die Männer auf der Flensstelling einen breiten Speckstreifen herausschnitten. Wenn ein Streifen an Bord war, riesig wie die Mauer eines Hauses, wurde ein weiteres Loch für den nächsten Haken geschnitten, und so weiter, bis der Speck vom Kopf bis zu den Schwanzflossen abgezogen war, wobei der Kadaver des Wales immer wieder herumgewälzt wurde. Haie versammelten sich zu Hunderten und zerrten am bloßgelegten Fleisch.

In einem Wechselbad aus Kummer und Faszination wurde Mathys nun Zeuge der grausigsten aller anfallenden Arbeiten. Man schnitt dem Wal den Kopf ab und befestigte ihn so am Schiff, daß die Nase im Wasser und der offene Teil auf einer Ebene mit der Wasseroberfläche war. Dann stiegen der Kapitän und der dritte Steuermann auf die Flensstelling hinaus und schnitten ein Stück von etwa fünf Fuß im Durchmesser aus dem Kopf, das Kapsel genannt wurde, eine mit trangefüllten Blasen durchsetzte Masse, die sogleich in den Trankessel geworfen wurde. Dann stieg ein Mann direkt in den Kopf hinein.
Das Loch, das die Kapsel hinterlassen hatte, war der Zugang zu einem kompletten »Öltank«, der dem Kopf des Pottwales seine charakteristische Form gibt und ihn so wertvoll macht. Der Mann mußte in Flüssigkeit eintauchen, die warm genug war, um nicht fest zu werden. Nur ein wenig kälter, und sie würde wie Schmalz sein. Der »Tank« war vertikal durch eine dicke Membran geteilt, und der Mann mußte in das Öl hinabtauchen, ein Messer in der Hand, und sich einen Weg durch die Membran freischlagen. In der anderen Hand hielt er eine Kette, die er durch das Loch zog und dann zu einer Schlinge legte. Das Eintauchen an sich war schon grausig genug, aber wenn der Mann ausglitt, wie es Wochen später einem geschah, rutschte er geradewegs hinaus in die Mäuler der rasend gewordenen Haie. Das kostbare Spermöl wurde dann herausgeschöpft und sofort in Dutzenden von Fässern, den sogenannten Oxhoften, verstaut.
Als der Kopf losgemacht war, begann das Schmelzen; unter großen Kesseln wurden Feuer entfacht, der Speck wurde anfangs mit etwas Wasser geschmolzen. Mathys tat alles, um zu vergessen, daß er einem Schlächterschiff angehörte und daß der Leichnam eines dieser wunderbaren, göttergleichen Säugetiere wie eine Trophäe aufgehängt worden war. Er träumte sich in eine Fabrik, die Gummi veredelte, während er in Wirklichkeit gezwungen war, den Männern zur Hand zu gehen, die den Speck in schmale Streifen schnitten und in Kessel warfen. Die dunkelbraunen, knusprigen Grieben, die an der Oberfläche schwammen, ließ man abtropfen, um sie als Brennstoff für das Feuer zu verwenden. Als die Kessel sich füllten, wurde das heiße Öl herausgeschöpft und in Eisentanks abgekühlt,

bevor es in die Fässer im Laderaum gepumpt wurde. Mathys' erster Wal brachte ihnen vierzig Fässer Walöl ein.

Er hatte nie einem Lebewesen etwas zuleide getan, hatte stets den Stall verlassen, wenn sein Vater Schweine schlachtete. Jetzt schleppte er sich wie halbtot durch die Waljagden, verfluchte Kapitän und Mannschaft, betete, ihn und alle übrigen möge im Schlaf der Schlag treffen. Nie hatte er sich vorgestellt, daß es etwas so Wunderbares wie diese gigantischen Säugetiere gab, nie sich so geborgen gefühlt, wie wenn er an ihrer Seite ruderte. Sie waren Warmblüter, atmeten durch die Lunge, gehörten Familien und Sippen an und unterhielten sich schon seit fünfzig Millionen Jahren mit einer Art von Erkennungsgesang. Wie Menschen spielten sie, paarten sie sich, sorgten sie für ihre Jungen.

Einmal sah Mathys ein Waljunges auf dem Rücken seiner Mutter reiten, die ihm pfeifend vorsang, während das Kalb ihr quiekend antwortete. Dann hob sie ihr Neugeborenes hoch, wälzte sich auf die Seite und spritzte ihm aus tief in ihrer Brust liegenden Muskeln Milch ins Maul. An einem anderen Tag sah er ein totes Kalb auf dem Rücken seiner Mutter. Daß es tot war, erkannte Mathys an seiner Reglosigkeit und den wehmütigen Rufen des Muttertiers. Ein Matrose sagte, sie würde es über Monate dort behalten und seine kärgliche Last tragen, bis es sich zersetzte.

Nach den ersten Monaten der Waljagd legte sich die Aufregung auf der *Silver Coin.* Zermürbende Arbeit, verfaultes Essen und mangelnde Hygiene ließen die Mannschaft verrohen. Die Männer wurden nachlässig in der Pflichtausübung, sie stahlen Zeug aus der Sluppkiste, stachen aufeinander ein, nur um ein wenig kostbaren Tabak zu ergattern. Nach zehn Monaten auf See ohne Unterlaß sehnten sie sich alle nach Land und anderen Menschen. Als sie endlich in Valparaiso einliefen, loggte der Kapitän und lud die Fässer mit Tran und Spermöl auf nach Neuengland bestimmte Schiffe um. Seine Männer indessen stürzten sich wie die Wilden auf frisches Fleisch, Rum und Huren und ließen den Lohn von Wochen in Bordellen und Spelunken.

Im Hafen trennte sich Mathys sogleich von den anderen, denn er wollte als erstes Rat bei Gott suchen. Um nach dem Weg zu einer Kirche zu fragen, trat er in eine Schenke. Drei Tage später erwachte er, nach Rum stinkend, im Bett mit zwei Huren, die gurrend sein blondes Haar und seinen nackten jungen Körper priesen. Als er abermals aufwachte und über sich eine Riesin mit drei Brüsten erblickte, die seine Leisten zu verschlucken schien, wußte er, daß er unwiederbringlich verdammt war. Am Ende waren seine Kleider weg, sein Geld, sein Lohn, alles hin; so elend, so matt wurde er schließlich von lachenden Kameraden auf den Schultern zum Schiff zurückgetragen. Noch bevor sie aus dem Hafen waren, schluckte Mathys eine Flasche Rattengift und stürzte sich über Bord. Der Steuermann fischte ihn aus dem Wasser und schloß ihn in der Kombüse ein.

Sie gingen weitere neun Monate auf Walfang, folgten den Herden weit nach Norden bis zu den Galapagos-Inseln und die Küste von Peru entlang, liefen in den Hafen der Osterinsel ein, wo freundliche Eingeborene sie vorsichtig begrüßten, bis sie sich davon überzeugt hatten, daß die Fremdlinge nicht zu den Sklavenfängern gehörten, die auf ihren Schiffen den Pazifik durchstreiften und Eingeborene zu Hunderttausenden raubten, um sie auf den stinkenden Guano-Deponien von Peru und den Zuckerplantagen der Weißen in ganz Amerika und Australien schuften zu lassen, bis sie tot umfielen.

Auf der Osterinsel bekamen die Männer frisches Obst, frisches Wasser, Musik, Frauen und die Möglichkeit, ein paar Tage auszuruhen. Die Eingeborenenfrauen hier waren anmutig, freundlich, ganz anders als die Huren in Valparaiso. Aber Mathys ging ihnen aus dem Weg und beobachtete sie nur von ferne. Er verstand noch nichts vom Umgang mit Frauen. Wie sprach man sie an? Überdies war er überzeugt, daß er von einer furchtbaren Krankheit befallen war, die ihn regelmäßig im Schlaf eine Erektion haben und am nächsten Morgen mit spermabeschmierter Hand aufwachen ließ.

Nach einem Monat waren sie wieder auf See und jagten Buckelwale.

Die *Silver Coin* war jetzt im dritten Jahr auf Waljagd. Die Kontrakte liefen bald aus, und der Kapitän wurde unersättlich. Er trieb die Mannschaft über Gebühr an, ging in Häfen vor Anker, nur um Reparaturen durchzuführen und Proviant aufzufüllen, aber ohne den Männern Zeit zur Rast zu geben. Ein Mann, den er beim Organisieren einer Meuterei erwischte, wurde auf eine Tagesration von einem Schiffszwieback und einem Becher schlechtes Wasser gesetzt. Mathys, der sich den Meuterern angeschlossen hatte, wurde zu vielen Stunden hoch droben im Mast verurteilt, wo ihm die Sonne die Haut vom Leibe brannte.

Eines Tages mußten sich die Männer beim Harpunieren eines außer sich geratenen Wales losschneiden, um nicht zermalmt zu werden. Das Tier nahm das Mutterschiff in Angriff und rammte es mehrmals. Holz krachte, Wasser ergoß sich in die *Silver Coin,* bevor der Wal abermals zuschlug und dem Schiff vor den Bug stieß. Dem Kapitän gelang es, das Schiff so lange flott zu halten, bis die Männer Proviant in die Ruderboote geladen hatten. Es wurden Strohhalme gezogen, um zu bestimmen, wer in das bestausgerüstete Boot kam. Mathys hatte Glück; er kam in das Boot des Kapitäns.

Sie befanden sich genau unterhalb des Äquators, irgendwo zwischen den Galapagos-Inseln und den Marquesas-Inseln, mehr als tausend Meilen vom Land entfernt. Die Boote wurden zu zweit seitlich aneinander gebunden, und mehrere Wochen gelang es auch, sie beisammenzuhalten, dann zerfetzten Haie die Taue, und sie trieben auseinander. Nach dreiundsechzig Tagen – der Proviant war längst zu Ende – wurde das Boot von Kapitän Newton von einer Brigg aus Sydney gesichtet, die nach Norden unterwegs war zu den Sandwich-Inseln, von den Inselbewohnern Hawai'i genannt.

Von den zwölf Mann, die in das Boot gepfercht gewesen waren, hatten nur Mathys und ein anderer Seemann überlebt, beide brabbelnd, sonnenblind und halb wahnsinnig, als die Brigg sie aus dem Meer zog. Tage später, als man die beiden etwas aufgepäppelt hatte, fragte man sie, was aus ihrem Schiffsführer, Kapitän Toby Newton, geworden sei.

»Der war zäh«, sagte Mathys. »Als alle tot waren, haben wir ihn als ersten gegessen.«

Als sie Lahaina auf der Insel Maui erreichten, der Walfangkapitale des Pazifiks, hatte es sich dort schon herumgesprochen, daß die Brigg zwei Seeleute an Bord hatte, die ihren Kapitän gegessen hatten. Noch schwach an Leib und Verstand, blickte Mathys auf einen Hafen, in dem hochmastige Walfänger, Schoner und Klipper aus aller Welt vor Anker lagen – und am Ufer wimmelte es von Menschen, die darauf warteten, die jungen Kannibalen zu sehen.

Die unglaubliche Schönheit der Insel mit ihren weißen sichelförmigen Stränden, den wogenden Palmen und Vulkanbergen wie gezackte Smaragde nahm Mathys gar nicht wahr, so groß war seine Angst, ins Gefängnis geworfen oder gar gehängt zu werden.
An Bord der Brigg festgehalten durch Polizei und Beauftragte von König Kamehameha III., der sich weigerte, *Haole*-Kannibalen unter sein Volk loszulassen, wuchs Mathys' Verzweiflung ins Unerträgliche. Eines Nachts überwältigten er und sein Freund die Bordwache, sprangen vom Schiff und schwammen an Land. Nach einigen Stunden hatten sie sich einen Weg in den gebirgigen Dschungel im Inneren der Insel gebahnt. Bei Tage versteckten sie sich, bei Nacht rannten sie um ihr Leben. Dann zerschmetterte sich Mathys' Freund bei einem Sturz in eine Schlucht das Bein; es wurde brandig, und er starb.
Jetzt war Mathys allein in einer völlig fremden und bizarren Welt. Weder kannte er die Namen der Dinge um ihn herum, noch wußte er, welche Pflanzen und Fische eßbar waren oder welche Tiere ihm gefährlich werden könnten. Gewiß, er hatte sie gefunden, jene Inseln, von denen er immer geträumt hatte, jene aufragenden Pavillons im Meer, aber sie waren ein Dschungelgefängnis, in dem er wohl seine Tage beschließen würde, mutterseelenallein. Dieses Gefühl der Einsamkeit wurde noch gesteigert durch Mathys' Angst, langsam verrückt zu werden. Nachts hörte er Trommeln schlagen, er sah Lichter und geisterhafte Schemen auf Gräbern tanzen.
Wie ein Tier zu leben, dazu war er nicht geschaffen, und nach Monaten zermürbender Einsamkeit schleppte er sich eines Tages ans Meer, nur mit dem einen Wunsch, zu sterben. Ohne zu überlegen, stürzte er sich von einem Felsen in die tosenden Wellen. Und ihm schien, er sei wirklich gestorben und büße für seine Sünden in einer Hölle, einer alptraumhaften Welt aus Blut, unablässiger Qual, Beinahe-Blindheit.
Jahre später sollte er schildern, wie er Kelonikoa das erste Mal sah: »Sie kam zu mir aus dem Meer. Gott hatte mir endlich vergeben.«
In diesem letzten Jahr, während Mathys schlachtete, hurte und Menschenfleisch aß, hatte eine junge, eigenwillige tahitische Schöne ebenfalls Schande über ihr Leben gebracht und war dafür auf immer aus ihrer Heimat verbannt worden. Das Mädchen, Kelonikoa

Pi'imoku Kanoa, Tochter eines tahitischen Häuptlings und einer Hofdame am Hofe des regierenden Königs der tahitischen Inseln, war unbesehen mit einem Vetter zweiten Grades des regierenden hawaiischen Königs Kamehameha III. verlobt worden. Als sie nach mehreren Wochen auf See mit ihrem Gefolge in Honolulu eintraf, hatte sie aus ihrer Kutsche gespäht, einen Blick auf den Mann erhascht, den sie heiraten sollte, und war in Ohnmacht gefallen. Er war klein und O-beinig und hatte ein runzliges Gesicht wie ein Affe. Sie sandte eine Nachricht nach Tahiti mit der Bitte, zurückkehren zu dürfen, und der Drohung, eher werde sie sich umbringen als diesen Affen-Mann heiraten. Sie wartete ab, verwehrte ihrem Bräutigam jegliche Besuche, bis die Antwort ihres Vaters eintraf, der ihr befahl, Kamehamehas Vetter zu heiraten, andernfalls werde sie für immer aus ihrem Volk verstoßen. Sollte sie nach Tahiti zurückkehren, werde ihr Vater ihre Augen essen, sie würde lebendig geopfert und ihre Leiche den Hunden zum Fraß vorgeworfen. Eines Nachts dann, als ihre Dienstboten schliefen, floh Kelonikoa auf einem Dampfschiff, das zwischen den Inseln verkehrte und über die Wasserstraße Kurs auf Maui nahm, aus Honolulu. Der Kapitän schwor, Stillschweigen zu bewahren, als sie ihm eine riesige, kostbare schwarze Perle in die Hand legte.
Damals war Lahaina eine Stadt mit dreitausend Einwohnern, die zumeist in Grashäusern lebten, unvorbereitet auf Tausende von Walfängern, die sie in wachsender Anzahl heimsuchten. Männer, die, verroht durch Monate auf See, nach Alkohol und Frauen gierten, Männer, die glaubten, es gebe »keinen Gott westlich von Kap Horn«. Als sie im Hafen von Lahaina anlangte, starrte Kelonikoa entsetzt auf die Massen von streitenden, messerstechenden Seeleuten, die lachende Frauen ins Gebüsch zerrten. Aus Angst, für eine Hure gehalten oder erkannt und dem König gemeldet zu werden – denn die Sympathien der Leute galten oft dem Meistbietenden –, hielt sie sich gar nicht erst in der Stadt auf, sondern floh in Richtung Küste.
Sie war eine Frau des Meeres, und das Meer war ihr Trost. Kaum am Strand angekommen, warf sie Schuhe, Unterkleider und Korsett weg, trennte die Ärmel von ihrem Kleid und riß den halben Rock ab, um ungehindert schwimmen zu können. Schon nach ein paar

Tagen war ihre Haut dunkel von der Sonne, ihre Haare drahtig und wirr. Sie verlernte die Sprache der Menschen, hörte nur wildlebende Tiere und den Rhythmus des Meeres. Sie aß rohen Fisch, schlief in Felsenhöhlen, und während Monate vergingen, wurde sie immer mehr eins mit ihrer Umgebung. Ihre Kleider zerfielen, bis sie nur mehr Fetzen waren. Fortan tauchte sie, nur mit Seetang umhüllt, durch die Wellen, immer mehr einem Geschöpf ähnlich, das halb Mensch war, halb Fisch.

Eines Morgens spielte sie in den Untiefen und sammelte Napfschnecken zum Frühstück. Die Flut trug sie langsam landwärts, und plötzlich war sie dem Ufer so nahe, daß sie dort etwas ausmachen konnte, das einem gelben Hund glich. Das Ding hatte lange, über die Schultern reichende verfilzte Haare und einen ledrig braunen, mit hellem Fell bedeckten Körper. Es bewegte sich halb kriechend, aber als es sie erblickte, versuchte es auf zwei Füßen zu stehen wie ein Mensch. Die Wellen spülten sie näher heran, und Kelonikoa sah, daß sein Gesicht fürchterlich war, einäugig, blutig und aufgequollen. Sie machte kehrt, schwamm fort, doch da gab es einen Laut von sich wie ein Mensch. Als sie zurückblickte, wimmerte es, streckte die Pfoten aus und schien das Bewußtsein zu verlieren.

Wochenlang pflegte sie ihn, ohne ein Wort zu sprechen; sie berührte ihn nur, um ihm Nahrung an die Lippen zu führen, um keimtötende Wurzelsäfte auf die eiternde Augenhöhle zu träufeln. In seinem Delirium erlebte er das Schreckliche wieder und wieder: den Sprung kopfüber ins Wasser, den durchbohrenden Korallenspieß. Als der Sog ihn scharf zurückriß, hatte die Koralle ihm mit einem raschen, saugenden *plopp* den Augapfel ausgerissen. Jetzt endlich ließ der Schmerz langsam nach, er fühlte nichts dort, nicht einmal, wenn sie Meerwasser in die heilende Höhle goß. Er lernte, sich an das eingeschränkte Gesichtsfeld zu gewöhnen, indem er das gute Auge, das rechte, unentwegt schweifen ließ.

Aus Schamgefühl bedeckte sie seinen Schoß mit einem Lendenschurz aus Moos und machte sich selbst einen Rock und eine Weste aus Keulenlilienblättern. Und als sein Auge allmählich heilte, fertigte sie eine Augenklappe aus der Haut eines Hirtenstars, die sie mit *Kukui*-Öl haltbar und geschmeidig machte. Sobald er genas, ging sie nicht mehr in seine Nähe, berührte sie ihn nicht wieder.

Seite an Seite bewegten sie sich durch den Tag, nachts schliefen sie mit Abstand.

Eines Morgens sah Kelonikoa ihn mit seinen verfilzten Haaren, seinem schmutzigen Bart, wie er sich vergeblich mühte, mit einer primitiven Steinschleuder einen Vogel zu treffen. Sie näherte sich ihm langsam und gab ihm durch Zeichen zu verstehen, den Kopf in einen Bach zu halten, dann wusch sie ihm die Haare mit Kokosmilch und Eukalyptussaft und spülte sie, bis sie golden glänzten. Mit einer Muschel, die zu einer scharfen Klinge geschliffen war, schnitt sie ihm die Haare und stutzte ihm den Bart. Vor ihr stand ein Mann mit so einnehmenden Zügen, daß sie zurückwich.

Mathys aber erwachte durch diese liebevolle Geste langsam wieder zum Leben. Er hatte gefürchtet, daß das Mädchen ein Hirngespinst sei, das er in seinem Fieberwahn heraufbeschworen hatte, denn manchmal war sie da und manchmal nicht. Jetzt aber war da plötzlich der Duft ihrer Hände, der ihn nicht mehr verließ. Lange blieb ihm ihr leises Lachen im Ohr. Sie begannen, sich mit Lauten und Zeichensprache zu verständigen, was sich zu einer Art tahitisch-englischem Pidgin entwickelte. Ihren mit Hilfe von Zweigen und Steinen in den Sand gezeichneten Landkarten entnahm er, daß sie Polynesierin war, aber von Inseln weit im Süden, Tahiti genannt, von wo in alter Zeit Hawaiianer aufgebrochen waren auf der Suche nach neuem Land. Kelonikoa erfuhr, daß er aus Neuengland und in der Nähe einer Insel namens Manhattan zu Hause war. Und daß er ein gewöhnlicher Bauer gewesen war. Und Mathys vernahm, daß sie aus einem Königshaus kam. Jetzt aber waren sie Ebenbürtige, die ums Überleben kämpften.

Ihre unglaubliche goldene Schönheit weckte die Schönheit rings um ihn, und die Natur trat still in den Vordergrund seines Bewußtseins. Der Dschungel, der ihn zuvor zu ersticken schien, öffnete sich nun zu dunstigen Regenwäldern, die mit Ingwer, Orchideen, Heliconia und mit mächtigen Wasserfällen prunkten. Die Pflanzen, die zu essen Mathys sich gefürchtet hatte, erwiesen sich als köstliche Guaven, Mangos, Passionsfrüchte. Kelonikoa fertigte einen starken Bogen und Pfeile, lehrte ihn, sich an Rebhühner, Pfauen und Ziegen heranzupirschen, und zeigte ihm, wie er einem angreifenden Wildschwein zu begegnen hatte und daß er die Sprunggewalt des

Schweins abschätzen mußte, um dem Pfeil zusätzliche Durchschlagskraft zu geben. Sie brachte ihm polynesisches Netzewerfen bei, lehrte ihn Napfschnecken von umfluteten Steinen klauben und wie man *kalua pig* auf erhitzten Steinen in der Erde garte. Sie lehrte ihn, Tarowurzeln zu *poi* zu zerstampfen und Fleisch in Keulenlilienblättern aufzubewahren.

Abends, wenn rechts von ihnen die Sonnenstrahlen verblaßten und links der Mond aufging, wenn kühlende Passatwinde die Wasserstraße zwischen Maui und Moloka'i durchzogen, begann Mathys von seinem Leben auf See zu erzählen. Wie, als er zum erstenmal einen Wal sah, etwas in seinem Innern auf die Knie gesunken war. Einmal hatte er, dicht am Kopf eines solchen Geschöpfes rudernd, unmittelbar bevor die Harpune traf, dem Wal ins Auge geblickt.

»Als hätte Gott sich mir zugewandt und mich angesehen.«

Er erzählte von den Gesängen des Buckelwales, die beständig und nach geheimnisvollen Regeln wechselten. Und von der Größe des Blauwales, dem größten Tier der Welt. Von der fetten Milch der Pottwale, dick wie Käse, und dem Weinen der Jungen, wenn die Mütter geschlachtet wurden.

»Ich habe ihre Herzen gesehen«, sagte er, »groß wie Findlinge. Und ich habe ihre Gehirne gesehen. Was denken sie mit diesen gewaltigen Hirnen? Was bedeuten ihre Gesänge?«

Die Tiere waren seinem Schiff manchmal tagelang gefolgt und hatten die Mannschaft neugierig beobachtet. Mathys erklärte Kelonikoa, daß sie die ersten Tiere auf Erden gewesen seien, so stehe es in der Bibel, und daß er sein Leben lang trauern würde um die, die sie abgeschlachtet hatten. Noch jetzt saß er an manchen Tagen allein am Meer und erinnerte sich an die Gesänge des Buckelwales, staunte über den Verstand des Pottwales.

Wenn sie den Kummer in seiner Stimme vernahm, der sie an Poesie gemahnte, rührte sich etwas in Kelonikoa. Wohl hatten fremdländische Kaufleute ihre Inseln besucht, aber er war dennoch der erste Weiße, mit dem sie je gesprochen hatte. Man hatte sie gelehrt, daß die Weißen böse und ihre Körper von »Matrosenpocken« befallen seien, einer Krankheit die für die Eingeborenen stets tödlich verlaufe, und daß sie sie von Insel zu Insel verbreiteten, um auf diese Weise den Pazifik zu erobern. Niemand hatte ihr erzählt, daß weiße

Männer Wehmut oder Sehnsucht fühlten oder daß sie ernsthafte Seelen hatten wie die Polynesier.

Weil sie Mathys ihrerseits etwas schenken wollte, ging Kelonikoa mit ihm ans Meer und lehrte ihn tauchen. Sie machte ihm tiefe Schluchten mit pastellfarbenen Korallen zum Geschenk, den Paarungstanz der Seeschlange in silbernen Sprottenwirbeln. Sie zeigte ihm die Klugheit der Kraken, wie sie, wenn liebevoll gestreichelt, einen anmutigen achtbeinigen Tanz tanzten. Sie zeigte ihm die unheimliche, schöne Nachtwelt des Planktons, das pulsierte und glühte und hauchdünne Schwänze hinter sich her zog wie geisterhafte Seeteufel. Sie schwammen mit Delphinschwärmen, ließen sich von Teufelsrochen, deren Brustflossenspannweite zwanzig Fuß betrug, auf dem Rücken mitnehmen. Eines Nachts beobachteten sie zwei riesige zehnarmige Tintenfische mit achtzig oder neunzig Fuß langen Tentakeln, die im Mondlicht miteinander kämpften, bis einer von ihnen auf der Strecke blieb.

Und noch immer schliefen sie getrennt. Mathys dachte nicht im Traum daran, Kelonikoa anzurühren, denn sie dünkte ihn unerreichbar. Er war fest davon überzeugt, wenn er eines Tages aufwachte, würde sie fort sein. Dann hörten sie eines Nachts Trommeln wie gewaltige Herzschläge, dieselben Laute, von denen Mathys gedacht hatte, sie seien eine Ausgeburt seines Wahnsinns, den zuviel Einsamkeit hervorgerufen hatte. Kelonikoa führte ihn durch den Dschungel, und von ferne sahen sie Lichter blitzen wie Feuerkugeln, dampfige Gebilde, die wabernd über grabähnlichen Erdhügeln schwebten.

»*Heiau*«, flüsterte sie. »Alter Tempelgrund, wo Menschen Opfer brachten. Kommen zurück, ihre Seelen suchen.«

In dieser Nacht enthüllte Mathys ihr den Teil seiner Vergangenheit, über den er niemals hatte sprechen können, denn bis dahin hatte er geglaubt, jenes Trommeln und die quälenden Bilder, die ihn in seinem einsamen Jahr im Dschungel verfolgt hatten, kämen von Gott, der ihn als Buße dafür, daß er Menschenfleisch verschlungen hatte, in einem Zustand halben Wahnsinns gehalten habe.

»Verstehst du, alle übrigen im Boot waren gestorben. Und wir waren ausgehungert, sonnenblind und starben vor Durst.«

Längst hatten Haie um das Boot zu kreisen begonnen, in dem sie saßen, die Körper voll Blasen und aufgesprungen. In ihrer Verzweiflung hatten sie einen Leichnam über Bord geworfen, um die Bestien in Schach zu halten. Als Mathys das Blut sah, das dem Toten entwich, während die Haie ihn zerfleischten, hatte Mathys dem Leichnam des Kapitäns, der noch im Boot lag, einen tiefen Schnitt beigebracht, den Mund daran gelegt und blindlings gesaugt.

»Der Kapitän war zäh und sehnig, sein Körper ausgetrocknet, und nur wenig Blut kam. Also haben wir ihm Arme und Beine abgetrennt und hinausgeworfen und uns zu den Organen vorgearbeitet. Das hat uns das Leben gerettet.«

Noch immer sah er die Leber des Mannes vor sich, wie er sie in der Hand hielt und mit Meerwasser abwusch, noch immer konnte er sie glänzen und zittern sehen, als er sie zum Mund führte.

Er senkte den Kopf. »Ja, das bin ich gewesen. Ein Kannibale.«

Sich vor und zurück wiegend, lachte Kelonikoa über seine schwere »Sünde«, erklärte, daß auch ihre Großeltern in Stammeskriegen das Fleisch ihrer Feinde gegessen hatten, daß der Kannibalismus ein kostbarer Teil der polynesischen Tradition sei. Danach wurde Mathys ruhig, zuversichtlicher. Es gab nichts mehr zu verbergen. Aber nun war sie auf einmal seltsam traurig, denn sie wußte ihm ihrerseits keine Geheimnisse, keine Tragödien zu berichten.

»Aber ja!« rief er. »Erzähle mir doch noch einmal von deiner Flucht vor dem Affen-Mann!«

Er liebte diese Geschichte, ließ sie sich wieder und wieder von ihr erzählen. Und mit jedem Erzählen erkannte er Kelonikoas Kraft, sah in ihr eine Frau, die ihren Entschlüssen folgte. Aber mit jedem Erzählen wurde er auch daran erinnert, daß sie Flüchtlinge waren, Kelonikoa auf der Flucht vor ihrem Vater und Mathys vor der Polizei, möglicherweise vor der amerikanischen Regierung. Gelegentlich, wenn sie im Dschungel auf die Spuren von Jägern stießen, machten sie kehrt und rannten davon. Aber niemand, der diesen einäugigen Wilden sah, hätte in ihm jenen jungen Seemann aus Neuengland wiedererkannt. Und die zerlumpte *wahine* wäre nie und nimmer mit einer tahitischen Dame in Zusammenhang gebracht worden, die sich der Hand eines Mannes von königlichem Geblüt verweigert und sich vermutlich sowieso ins Meer gestürzt hatte. Wurden die beiden beim Schwimmen von Fischern erspäht, wechselten sie ihre Schlaf- und Kochstelle und zogen sich tiefer in den Dschungel zurück.

Eines Tages kam Kelonikoa aufgeregt zu Mathys gelaufen, der gerade das Fell einer Ziege gerbte. Während sie Napfschnecken von umspülten Felsen klaubte, hatte sie die Stimmen von Eingeborenen vernommen, die Netze auswarfen. Hinter den Felsen versteckt, hatte sie ihrem Gespräch gelauscht und das meiste davon verstanden, denn das Hawaiische war ihrem Tahitischen sehr ähnlich. Jetzt kniete sie vor Mathys und redete so schnelles Pidgin, daß sich die Worte überschlugen.

»Mohnkrieg! Chinamann kommt nach Honolulu ... Affen-Mann ist *pau!*«

Er beruhigte sie und entnahm schließlich ihrem Geplapper, daß ein furchtbarer Opiumkrieg begonnen hatte und es mit ihrem Leben im Verborgenen möglicherweise ein Ende hatte. Während der Walfangzeit hatte er von Seeleuten gehört, daß die kaiserliche chinesische Regierung in den frühen Jahren des neunzehnten Jahrhunderts, als sie ihr Land zu einer Nation von Süchtigen werden sah, die weitere Einfuhr von Opium verboten hatte. Bis Mitte der dreißiger Jahre hatten dann britische und amerikanische Schiffe den illegalen Opiumhandel an sich gerafft. Mit den schnellsten Klippern der Welt wurde Opium nach China geschafft, von den Amerikanern aus der Türkei und von den Engländern aus Indien. Beide Flotten trafen an der Mündung des Perlflusses nahe Kanton aufeinander; dort wurde das Opium in die Laderäume von Vorratsschiffen umgeladen, die im Besitz korrupter Mandarins waren. Diese zahlten dafür mit Unmengen von Silber.

Nach dem, was Kelonikoa gehört hatte und Mathys an eigenem Wissen hinzufügen konnte, hatte die kaiserliche chinesische Regierung in den vergangenen zwei Wochen in dem Bemühen, die Gesetze gegen den Opiumhandel zu verschärfen, sämtliche Opiumschiffe in der Nähe von Kanton beschlagnahmt und zerstört. Als Vergeltung hatten die Engländer die kaiserliche Flotte attackiert. Es war der Beginn eines Krieges, der mehrere Jahre andauern und Auswirkungen auf die Politik weltweit haben sollte. Spione der kaiserlichen chinesischen Regierung wurden über den Pazifik ausgeschickt und ermordeten reiche Opiumgewinnler. Einer dieser Gewinnler war der

Vetter von König Kamehameha III., der Affen-Mann. Er wurde mit einem durch seinen Kopf getriebenen Jade-Eßstäbchen aufgefunden, das aus beiden Ohren herausragte.

Mathys dachte fieberhaft nach. Er stellte sich den Hafen von Lahaina vor. Wer würde ihn in dem Chaos als den Jüngling erkennen, der seinen Kapitän gegessen hatte? Als Kelonikoa in dieser Nacht aufwachte, sah sie Mathys neben sich sitzen und sie im Mondlicht betrachten.

»Ich stehe zu deiner Verfügung«, sagte er vorsichtig. »Was wünschst du, daß ich tue?«

Sie setzte sich auf, verschränkte die Arme und dachte nach. In ihres Vaters Augen würde sie auf immer verdammt sein. Hier in diesem Regenwald war sie zum erstenmal ihr eigener Herr, frei von Stammesvorschriften, von der Vorherrschaft der Männer.

»Ich bleibe hier«, sagte sie. »Wo ich sein kann, was ich sein kann.«

Zum erstenmal in all den Monaten, die sie zusammen waren, berührte er sie, nahm ihre Hand. »Wenn du es so beschlossen hast, dann will ich bei dir bleiben; denn ich liebe dich, Kelonikoa, von ganzem Herzen. Wenn du einen gewöhnlichen Mann wie mich lieben lernen kannst, werde ich jemanden finden, der uns traut. Ich werde auf dich warten. Immer und ewig.«

Sie liebte ihn schon seit langer Zeit. Jetzt aber grübelte sie, wägte die Dinge ab. »Hast du die ›Matrosenpocken‹?«

»Nein«, sagte er, »das schwöre ich.« Eingedenk der Huren von Valparaiso schien es ein Wunder, daß Gott ihn mit Syphilis verschont hatte.

»Ich will keine Seemannsfrau sein«, sagte sie.

Er faßte ihre Hand und gelobte ihr, zwei Dinge werde er nie wieder sein: Seemann oder Bauer. Er sprach von den geschäftstüchtigen Holländern im Staate New York, die Importeure und Kaufleute geworden waren, und von dem Land, das sie nach und nach für ihre Nachkommen erwarben. »Das ist es, was ich tun möchte. Diese Inseln hier sind neues Siedlungsland, sie werden Anschluß an die Welt bekommen. So habe ich es gehört. Ich möchte mich in Honolulu niederlassen, Kaufmann werden, eine Familie gründen.« Fast selbst von seinen Vorsätzen überwältigt, schüttelte er den Kopf. »Ich besitze nichts, womit ich beginnen kann, nur eine Steinschleuder, Pfeil und Bogen, die paar Ziegenfelle, die ich auf dem Rücken mitnehmen kann. Das bedeutet Jahre des Kampfes und der Mühen. Aber ich würde dich innig lieben, ich würde für dich sorgen, dir Würde geben, so daß du niemals betteln müßtest. Und ich würde mich auf deinen Rat verlassen, Kelonikoa, denn ich als Fremder werde hier zwangsläufig Fehler machen.«

Sie betrachtete ihn lange Zeit, dann öffnete sie den Beutel, den sie seit dem ersten Tag, als er sie gesehen hatte, an einer Schnur um die Taille trug. Sie behielt ihn sogar beim Schwimmen bei sich, und er hatte vermutet, die leisen Klappergeräusche darin rührten von schlichten, tahitischen Talismanen. Jetzt schüttete Kelonikoa ein halbes Dutzend schwarzer Kugeln in ihre Hand, die im Mondlicht blinkten und schimmerten. Mathys beugte sich vor und hielt den Atem an. Was wie dicke schwarze Kirschen aussah, vollkommen in Form und Farbe, waren unschätzbare Südseeperlen, das Produkt der legendären und seltenen schwarzlippigen Auster. Könige zogen für sie in den Krieg, weiße Männer verschworen sich und mordeten für sie.

»Meine Mitgift«, flüsterte sie. »Auf die hat Affen-Mann gewartet.« Sie ließ eine Perle in Mathys' Hand fallen, damit er ihr Gewicht fühlen konnte. »Mit ihnen beginnen wir unser Leben. Ich bin Tochter von Tahiti-Häuptling, mag nicht arm leben.«

Er fuhr zurück. »Das kann ich nicht annehmen. Ich bin ein Ehrenmann!«

Hüftenschwingend ging sie lässig an den Strand und warf eine schwarze Perle ins Meer. »Ich werfe sie dorthin zurück, wo sie geboren sind. Brauche sie nicht. Geh du nur fort, du, mit deinem falschen Stolz. Geh!«

Eine Woche später befanden sie sich bereits in dem Chaos von Lahaina. Aufruhr, Schießereien, nächtliches Ausgangsverbot. Auf den Straßen sprach man von nichts anderem als dem Opiumkrieg zwischen China und England. Im Hafen war ein Schiff in die Luft gejagt worden, andere nahmen, wie Mathys beobachtete, eiligst frischen Proviant an Bord und liefen aus. Mathys und Kelonikoa schlichen sich durch die Straßen und lauschten. Während der Nacht drang Mathys in das Haus einer Missionarsfamilie ein, entwendete

ein Kleid und einen Gehrock mit Hosen und ließ dafür ein Ziegenfell zurück. Tags darauf tauschte er in einem Geschäft weitere Ziegenfelle gegen Schuhe und gute Unterwäsche, seinen Bogen verkaufte er gegen bares Geld. Dann begaben sie sich in die provisorische Kirche der freien Gemeinden mit der Bitte, getraut zu werden.
Der *Haole*-Missionar starrte Mathys an, als ob er verrückt wäre. »Wenn du unbedingt eine *kanaka* heiraten willst, muß sie zuerst Unterweisungen erhalten, um Christin zu werden.« Er musterte Kelonikoa, nahm Mathys beiseite. »Ich warne dich, diese Frauen haben keine Moral. Sie rudern zu den Schiffen hinaus, um sich anzubieten!«
Mathys spuckte dem Geistlichen vor die Füße, nahm Kelonikoas Hand und ging fort. In einer Kolonie aus Grashütten fanden sie schließlich einen hawaiischen *kahuna*, der, als er ihr Anliegen hörte, übers ganze Gesicht grinste und sich bereit erklärte, sie zu vermählen. Während seine Frau und seine Kinder eilends Blüten sammelten, um *lei* zu flechten, ließ sich der Mann zornig über die Missionare aus. »Sie lehren die Hawaiianer, ihre Sprache, Götter, Tabus zu vergessen. Sogar die Achtung vor der Natur, vor dem Meer sollen sie vergessen.«
»Warum läßt euer Volk das geschehen?« fragte Mathys.
Traurig schüttelte der Mann den Kopf. »Wir zu schlau. Wollen alles, was *haole* hat. Wir werden habgierig.«
Er schmückte sie mit *lei* aus Taroblättern, um böse Geister abzuwehren, Keulenlilienblättern zum Heilen und den süß duftenden, überall geliebten *Maile*-Blüten für ein erfülltes Leben und Treue. Dann gab er ihnen seinen Segen und erklärte sie zu Mann und Frau.
Tage später, auf dem Dampfer nach Honolulu, warfen Mathys und Kelonikoa ihre *lei* ins Meer, während sie auf die gebirgigen Regenwälder von Maui zurückblickten.
»Wir kommen wieder«, sagte Mathys. »Jedes Jahr, wenn die Wale kommen, um sich im Pazifik zu paaren, werden wir eine Pilgerreise zu diesen Bergen machen. So werden wir bescheiden bleiben und uns daran erinnern, wie alles angefangen hat mit uns.«
Kelonikoa erschauderte und schmiegte den Kopf an die Schulter ihres Mannes. In einer Hand hielt sie ihren Beutel mit den Perlen, in der anderen seine große Faust. Aber sie dachte weder an die

Perlen noch an die Berge. Sie dachte an das erste Mal, als sie ihn gesehen hatte, ein Auge aus dem Kopf gerissen, ein blutender Halbwilder. Doch etwas an seiner schmutzigen Nacktheit hatte sie erregt: der Anblick seines kräftigen Geschlechts, das zwischen seinen Beinen hing.

Diese Erinnerung trug sie in sich, tauchte rückwärts in sie hinein, als er sie in dieser Nacht langsam auskleidete, ihrer Hochzeitsnacht, während die Wellen das Schiff wiegten und die Liebenden langsam ineinandergleiten ließen. Später lag Kelonikoa noch lange wach und dachte darüber nach, daß sie ihren Mann noch viele Dinge lehren müsse. Wie man eine Frau zur Liebe bereit macht, wie man sie erregt, sie vor Verlangen stöhnen läßt, wie man sie nimmt, ob bei Kerzen- oder Fackelschein, bei Sonnen- oder Mondschein, auf daß einer des anderen Wonne sieht, wenn er ihm in die Augen blickt. Dies waren Lektionen, die sie schon als junge Erwachsene gelernt hatte, weil für die Polynesier der Liebesakt natürlich und schön war, nicht etwas, das man schlechten Gewissens im Dunkeln ausübte. Ihr letzter Gedanke, bevor sie einschlief, war, daß sie ihren *Haole*-Ehemann auch lehren mußte, sich zu waschen, und es oft zu tun.

Pocken und die Fingerabdrücke einer Kaiserin

Über ganz Honolulu lag Staub, er überzog sogar die Porzellanteller des Königshauses. Ausländer machten sich über Mahlzeiten bei dem »*Kanaka*-König« lustig, bei denen ungeschickte einheimische Bedienstete beim Einschenken von Wein die Hälfte verschütteten, weil sie sich ständig die Augen reiben mußten. Sogar im Wein knirschte es. Nahe den Docks – ein baumloses Gewirr aus schmutzigen, schmierigen Lagerhäusern, Spelunken und ungepflasterten Straßen – hing der Staub so dicht in der Luft, daß die *haole* sich Taschentücher vors Gesicht banden wie Banditen, während die Einheimischen hustend und niesend umhergingen. Die Stadt entwickelte sich in jener Zeit zum Geschäftszentrum der Inseln, zum Sammelplatz von Händlern und Kaufleuten. Durch die Gründung einer Hudson-Bay-Gesellschaft im Jahre 1834 wurde Honolulu endgültig zu einem Haupthafen des Pazifiks.

Binnen zwei Wochen seit ihrem Eintreffen hatten Mathys und Kelonikoa eine der schwarzen Perlen an einen Edelsteinhändler aus Frankreich verkauft, und Mathys begann mit dem Bau eines bescheidenen Hauses außerhalb des Zentrums von Honolulu. Da Ausländern der Besitz von Land nicht gestattet war, mußten sie das Grundstück pachten, aber dieses Gesetz sollte bald geändert werden, so daß es Mathys möglich wurde, nach und nach Tausende von Morgen zu erwerben.

Zu Beginn der 1840er Jahre konnte man in Honolulu über Nacht reich werden – Menschen wurden als billige Arbeitskräfte aus dem Nahen Osten eingeschmuggelt, Opium in Champagnerflaschen verschifft, kostbare Jade und Gold an den Einwanderungsbehörden vorbeigemogelt. Niemand fragte nach der Quelle von Mathys' Einkünften, niemanden kümmerte es. Als er auf der King Street einige Pferdeställe mietete, bezahlte er in bar. Kelonikoa verkaufte noch eine Perle, und er erwarb eine Kalfaterei. SCHIFFSZIMMEREI ÜBERNIMMT ARBEITEN ALLER ART, verkündete stolz ein Schild.

Ein kräftiges Anwachsen der Bevölkerung voraussehend, vergrößerte Mathys innerhalb von drei Jahren die Zahl seiner Mietställe. Neben Reitpferden und Gespannen hatte er jetzt zwei- und vierrädrige Pferdewagen aller Art sowie Ein- und Zweispänner anzubieten, womit er dem wachsenden Transportgeschäft Rechnung trug. Er und Kelonikoa wurden eingebürgert, sie schworen dem König Treue und Gehorsam, und als Honolulu sich mehr und mehr zu einer typischen Hafenstadt mit Tavernen und Bordellen entwickelte, pachtete Mathys eines Tages eine heruntergekommene Spelunke schräg gegenüber von seinem Transportgeschäft und nannte sie *Bay Horse Saloon.* Kaum hatte er beim Innenminister eine Lizenz zum Ausschenken von Spirituosen erworben, richtete sich sein ganzer Tatendrang auf den Umbau und die Neueröffnung des Saloons.

Im Jahre 1848 versank König Kamehameha III. in eine tiefe Depression; er betrauerte den Tod seiner geliebten Schwester und Mätresse Nahienaena. Schließlich völlig dem Trunk verfallen, ließ er sich von weißen Kaufleuten und ehemaligen Missionaren überreden, »den Feudalismus abzuschaffen und gleiche Landrechte einzuräumen«. Ehrgeizige *haole* benötigten gesicherten Landbesitz für ihre wachsenden Plantagen. Unter den Bedingungen der Großen Mahele, der Landverteilung, verzichtete Kamehameha auf das Recht an einem Großteil seines früheren Besitzes, behielt jedoch bestimmte Güter als königliche Domänen ein. Hohe Häuptlinge erhielten eineinhalb Millionen Morgen, die sie ihrerseits jedoch verkauften, verpachteten oder törichterweise sogar verschenkten. An dem restlichen Landbestand der Insel konnten Einheimische und Ausländer in gleicher Weise durch den Kauf von Grundstücken Eigentum erwerben. Ausländische Bewohner waren die ersten, die sich die »Reform« zunutze machten.

Mathys' zweites Haus, aus kostbaren Hölzern errichtet, war ein

elegantes zweistöckiges Gebäude. Es erhob sich über mehreren Morgen Land, die jetzt sein Eigentum waren. *Lanai* umliefen jedes Stockwerk, so daß Passatwinde den hohen Räumen Kühlung brachten. Wo andere Häuser dürftig und hastig zusammengezimmert waren und dicht an dicht standen, hatte Kelonikoa ein Haus gewollt, das umgeben war von Schönheit und Wohlgeruch – Jasmin und Ingwer –, von wogenden Rasenflächen und großen, schattenspendenden Bäumen, die Ungestörtheit gewährten.
Doch trotz eines solchen Luxus entbehrte Kelonikoa den Seelenfrieden, denn sie sah, daß es für geborene Hawaiianer zunehmend schwerer wurde, auch nur einfache Landparzellen zu erwerben. Eines Tages bat ihre Köchin Mathys, ihr Übernahmeformulare, die sie und ihr Mann ausfüllen mußten, und die Abgabetermine zu erläutern, bis zu denen bestimmte Ansprüche angemeldet werden mußten. Die Frau konnte durchaus Englisch lesen und schreiben, aber die Formulare waren so kompliziert abgefaßt, daß nicht einmal Mathys sie übersetzen konnte. Kelonikoa erkannte, daß dies eine List war, um Einheimische vom Landkauf abzuschrecken, so daß mehr Land für *haole* verfügbar war. Auch sah sie, daß immer mehr *haole* hawaiische Frauen aus großen Landbesitzerfamilien heirateten und somit riesige Landgebiete für ihre weiße Nachkommenschaft ansammelten.
Während die Arbeiten an seinem Saloon voranschritten, importierte Mathys Stierfelle aus Spanien für Hocker und Nischenbänke sowie eine edle Mahagonibar mit Jagdszenen, in Kanton geschnitzt und in zwei Teilen nach Honolulu verschifft. An dem Tag, als sie eingebaut wurde, blieb fast ganz Honolulu an der Kreuzung Hotel und Bethel Street stehen, um dieses phantastische Stück in Augenschein zu nehmen. Bislang waren Saloons in Honolulu bloße Spelunken gewesen, Schenken für Seeleute und Raufbolde. Mathys aber wollte ein Etablissement, in dem wohlhabende Kaufleute, Händler und Bankiers einkehrten, Männer in dreiteiligen Anzügen mit Hosenträgern von Argosy, mit kostspieligen Spazierstöcken, Stetsons aus Seide und Bowlern aus Stroh.
Das *Bay Horse* erwarb sich langsam Ansehen. Ein Hinterzimmer für die Raufbolde mit eigener Bar und billigem Fusel war durch eine dicke Mahagonitür abgetrennt von dem holzgetäfelten, verspiegel-

ten vorderen Raum, der einem Gentlemen-Club glich und sogar über ein Spiegelfoyer verfügte, wo die Gäste ihre Hüte ablegten und ihre Krawatten und goldenen Uhrketten arrangierten. Selbst der König und seine Regenten ließen sich des öfteren blicken und fuhren, wie Engländer gekleidet, in Karossen und Zweispännern vor. Auch Diplomaten und Kaufleute gehörten zu den regelmäßigen Gästen. Und eines Nachts, während sich auf der Haut von Mathys' mittlerweile dreijährigem Sohn rote kreisförmige Pusteln ausbreiteten, erklärte ein Neuengländer namens Herman Melville den *Bay Horse Saloon* für widerwärtig hochgestochen und verließ, ohne seinen Whisky auszutrinken, das Lokal.

Tagelang beteten Kelonikoa und Mathys für ihren Erstgeborenen und mußten doch zusehen, wie der Virus ihn zerstörte. Während Hunderte Masernopfer sich im Fieberwahn ins Meer warfen, zwang Mathys mit vorgehaltener Waffe einen Arzt, sein Kind zu untersuchen. Der impfte es, während es schon im Sterben lag. In jener Nacht saß Kelonikoa Stunde um Stunde am Bettchen ihres Sohnes und massierte den großen Zeh des toten Kindes, wobei sie *»Ho'i hou! Ho'i hou!«* rief, »Komm zurück! Komm zurück!«, denn die Polynesier glaubten, die Toten seien oftmals unentschlossen, und das letzte Fünkchen Leben hinge im großen Zeh.

Als sie ihren Sohn hinter dem Haus begruben, vergoß Kelonikoa keine Träne, doch einige Nächte später wachte Mathys auf, weil er plötzlich spürte, daß sie nicht neben ihm lag. Er fand sie, nur in ihren Schlafsarong gekleidet, draußen auf dem Rasen, wo sie mit bloßen Händen ihren Sohn ausgrub. Im Mondlicht rangen sie und Mathys miteinander, zerrten den eingehüllten kleinen Leichnam zwischen sich hin und her. Schließlich gab Mathys nach und ließ sie das Kind in heilende Farnwedel hüllen, die in Wildschweinspeichel eingeweicht waren, eine urzeitliche Methode der Konservierung. Dann wurde der kleine Tote in weiche, mit *kukui* gegerbte Hirtenstarhäute gewickelt und schließlich in weichstes, mit Eukalyptus, Aloe und Jasmin getränktes Leinen. Monatelang schliefen sie mit der Mumie zwischen sich, die all ihren Kummer und ihre Verzweiflung in sich aufsog.

»Auwe, auwe!« riefen die Dienstboten. »Mastah, Missus, *pupule* sind die! Sollen lieber neues *keiki* machen.«

Dann endlich spürte Kelonikoa ein Regen in ihrem Leib und ließ es zu, daß Mathys die kleine Mumie in ihr Grab zurücklegte.
Verjüngt durch die Aussicht auf ein nächstes Kind, kehrte Mathys voll Tatendrang zu seinen Geschäften zurück. Im Hinterzimmer vom *Bay Horse* verpfändeten desperate russische, britische und französische Seeleute »Klunkerkram« aus dem Nahen Osten, von deren Wert sie nichts wußten. Erlesene Antiquitäten aus schwerem Silber aus Macau, echtes getriebenes Gold aus Siam, kostbare Jadegerätschaften. Im Vorderzimmer diente Mathys seine Schätze dann Stück für Stück diskret reichen Kaufleuten als Geschenke für Ehefrauen und Geliebte an.
Es dauerte nicht lang, bis das Gerücht umging, er könne für Geld alles besorgen, selbst die Roben eines Kaisers oder eine Krone. Sein Etablissement wurde so beliebt, sein Geschäft gedieh so prächtig, daß er aufgefordert wurde, dem neuen Pazifik-Club beizutreten, in den ausschließlich *haole* aufgenommen wurden. Am Tag seiner Aufnahme fuhr er in einem goldglänzenden Zweispänner mit passenden Zugpferden im Club vor.
Kelonikoa hielt Augen und Ohren offen. Wißbegierig, wie sie war, lernte sie richtiges Englisch bei Portia Rule, einer abtrünnigen Missionarsgattin, die unentwegt Ärgernis erregte, weil sie den Gesetzgeber bedrängte, die Schulpflicht für einheimische Kinder bis vierzehn Jahre einzuführen. Geduldig versuchte sie außerdem den Hawaiianern klarzumachen, welche Gefahr ihnen drohte, wenn ihre Muttersprache ausstürbe.
»Der Verlust der Sprache ist der erste Schritt zum Aussterben«, warnte sie. »Eure Kinder lernen Englisch und Geschichte aus christlichen Lehrbüchern. Wenigstens zu Hause müßt ihr hawaiisch sprechen.«
Kelonikoa vermutete, daß die meisten *haole* nicht wollten, daß die Einheimischen eine Schulbildung erhielten, weil sie sie als Arbeiter auf den Feldern und als Hauspersonal brauchten. Kelonikoa sagte ihren Köchinnen und Gärtnern, es stehe ihnen frei, sich nach einer würdigeren Arbeit umzusehen, sie würde ihnen sogar dabei helfen, aber die Leute baten sie flehentlich, bei ihr bleiben zu dürfen. Haus- und Gartenarbeit sei alles, was sie könnten.
»Dann verspreche ich euch wenigstens«, sagte sie, »daß eure Kinder

nicht in anderer Leute Häuser dienen werden. Ich will euch helfen, sie zur Schule zu schicken.«
Eines Tages sah sie ihren mittlerweile vierjährigen Sohn an, den sie bald nach dem Tod ihres Erstgeborenen empfangen hatte, und wandte sich an Portia Rule: »Was wird wohl aus meinen Kindern, die schließlich Mischlinge sind? Werden sie auch Dienstboten?«
Die Frau antwortete bedächtig: »Ihr Mann ist erfolgreich. Ihre Kinder werden privilegiert sein. Wenn Sie Glück haben, wird aber wenigstens eines von ihnen versuchen, seinem Volk zu helfen.«
Sie riet Kelonikoa, eifrig Zeitung zu lesen und auf den Klatsch auf den Straßen zu achten, damit sie ein Gefühl dafür entwickelte, wie geschwind Hawai'i sich veränderte, wie drastisch sowohl die reiche als auch die arme Klasse zunahmen. Im Jahre 1853 gab es keine Mittelklasse. In Honolulu wurden weiße Händler und Kaufleute Millionäre; den König nannten sie hinter seinem Rücken »Seine Majestät, der Nigger« oder »Seine *Kanaka*-Hoheit«.
Doch es gab noch schlimmere Probleme als Mangel an Bildung. »Wenn euer Volk nicht aufpaßt«, warnte Portia Rule, »werden Krankheiten es vollkommen auslöschen.«
Im Jahre 1778, als Kapitän Cook Hawai'i »entdeckt« hatte, zählte die einheimische Bevölkerung fast eine Million. Um 1850 betrug sie nur noch weniger als sechzigtausend. Bis Cook kam, waren die Hawaiianer das abgeschiedenste Volk der Welt gewesen und hatten daher kein starkes Immunsystem entwickelt, waren aber durch ein ausgeklügeltes strenges Hygienesystem robust und gesund geblieben. Längst aber hatten Handels- und Walfangschiffe aus aller Welt Syphilis, Masern, Typhus, Keuchhusten und Schlimmeres eingeschleppt. Die Quarantänegesetze, die Gesundheitskontrollen für einlaufende Schiffe vorschrieben, kamen zu spät.
Wie zur Bestätigung von Portias Warnung legte eines Tages eine Brigg aus San Francisco in Honolulu an, die eine gelbe Flagge gehißt hatte. Ein Matrose an Bord war an Pocken gestorben. Die Besatzung durfte an Land gehen, wurde geimpft und unter Quarantäne gestellt, aber einheimische Mädchen trieben es durch die Zäune mit ihnen, und binnen zwei Tagen brachen die ersten Hawaiianer krank zusammen. Ihre Familien wurden unter Quarantäne gestellt, ihre Kleider und Häuser verbrannt. Doch die Forderung einer Massen-

impfung kam zu spät. Innerhalb von zwei Monaten waren zweitausend Einheimische der Seuche zum Opfer gefallen.
Stunde um Stunde fütterte Kelonikoa ihren Zweitgeborenen mit Haifischflossensuppe, denn dem Fisch wurde eine gewaltige *mana* nachgesagt. Doch umsonst, sie konnte fast dabei zuschauen, wie das Leben aus dem zarten Knaben wich, Tropfen für Tropfen, wie aus einem lecken Krug. Eine gelbe Flagge hing in ihrem Hauseingang, und hinter dem Haus wurden zwei frische Gräber ausgehoben, eines für das dritte Kind, das Kelonikoa bereits in sich trug. Nach einer Impfung hatte sie gefiebert und sich tagelang übergeben. Der vollendet ausgebildete Fötus fiel aus ihr heraus, blau und hart wie Stein.
Sie war untröstlich und wollte Mathys nicht mehr in ihre Nähe lassen. Er suchte Linderung im Alkohol, und doch überwältigte ihn sein Kummer jedesmal, wenn Wagenladungen voll verwesender Leichen vorüberrumpelten, denen die Würmer aus der Nase krochen. Als kein Platz zum Beerdigen mehr war, stapelten die Fuhrleute die Leichen wie Holzscheite und setzten sie auf Feldern in Brand. Bald war die Landschaft voller Pyramiden aus schwarz verkohlten Leichnamen mit grotesk verzerrten Gliedmaßen. Honolulu glich monatelang einer von der Pest heimgesuchten Stadt im Mittelalter; verseuchte Hütten brannten in der Nacht wie Fegefeuer, die Luft schmeckte nach Ruß und Tod. Leichen trieben zuhauf im Hafen, der aussah wie ein einziger schwappender Riesenkadaver. Hunde streunten in Rudeln umher, in der Schnauze Gliedmaßen, die sie aus Gräbern ausgebuddelt hatten, die nicht tief genug ausgehoben waren. Mathys schlief wochenlang mit einem entsicherten Gewehr neben den Gräbern seiner Kinder.
Eines Tages erfuhr er, daß das Pockenschiff aus San Francisco nur deshalb die Genehmigung zum Einlaufen in den Hafen erhalten hatte, weil ein *Haole*-Hafenbeamter mit tausend Dollar bestochen worden war. Wutentbrannt ging Mathys mit einem Gewehr und einer Machete in das Haus des Beamten, schoß ihn ins Herz, enthauptete ihn mit einem Streich, steckte den Kopf auf eine Stange und trug ihn durch die Straßen. Die Leute rissen den Leichnam in Stücke und warfen die Fetzen den rasenden Hunden vor.
Innerhalb von drei Jahren starben zwölftausend Hawaiianer an den

Pocken. Kelonikoa verlor die Sprache; wie eine Getriebene zog sie von Tal zu Tal, von Dorf zu Dorf, wo immer Menschen ihre Toten betrauerten, und trauerte stumm mit ihnen. Eines Nachts blickte Mathys über das Fußende ihres Mahagonihimmelbetts und sah Kelonikoa auf dem Boden hocken, die Augen aufgerissen wie eine Wahnsinnige. Von ihren Handgelenken troff Blut, und mit diesem Blut hatte sie an die Wände geschrieben: *Meine toten Kinder ... Meines Vaters Fluch hat mich getroffen ...* Mathys stieg aus dem Bett, drückte seine Frau an sich, redete leise auf sie ein. Vor allem versuchte er ihr zu erklären, daß der Verlust ihrer Gegenwart, ihrer Liebe für ihn schlimmer sein würde als der Verlust der Kinder. Er sei nichts ohne sie, aller Zauber, alle Schönheit dieser Welt, aber auch aller Kummer seien in ihr enthalten. Wenn sie wahnsinnig würde oder stürbe, würde er ihr folgen. Stumm deutete sie aufs Meer.

Von da an ging Mathys jeden Tag mit ihr an einen einsamen Strand abseits der vergifteten Häfen. Dort legte sie Kleid, Korsett und Unterkleider ab und ließ sich nackt in den glucksenden Wellen treiben, und ihr war, als sei sie zurückgekehrt in den Leib ihrer Mutter und lauschte dem Herzschlag ihrer Vorfahren. Eines Tages umschwamm sie ein Delphinschwarm, neugierig und verspielt, und begrüßte sie in komischen Schnatterlauten, auf die Kelonikoa auf tahitisch antwortete. Mathys beobachtete gebannt, wie sie auf den Rücken eines Delphins glitt, der träge Kreise zog, sich aber manchmal so hoch erhob, daß Kelonikoa in der Luft zu schweben schien. Fortan kamen die Delphine täglich und trugen Kelonikoa der langsamen Heilung entgegen.

Eines Tages erschien ein Wal am Horizont, der wiederholte Schreie ausstieß. Mathys starrte auf Kelonikoas Korsett, das am Strand lag. Den Stäben aus zerbrochenem Fischbein entstieg ein Schrei. Mathys sprang hoch; fast fürchtete er, den Verstand verloren zu haben. Kelonikoa winkte, als der Wal sich näherte, ein trauriges Lied singend, fast einen Ruf. Wieder antwortete das Korsett, es klang deutlich wie das Blöken eines Kalbes. Mathys zog seine Waffe und zielte auf das Korsett. Der Wal schwamm, immer noch rufend, näher ans Ufer.

Die Gesänge des Buckelwals, der Verstand des Pottwals. Auf einmal begriff Mathys, aber es war ein freudloses Begreifen. Er ließ die Waffe fallen, hob behutsam das Korsett auf und trug es in die Brandung, wo die Wellen es zu der Walmutter hinausspülten. Beinahe zärtlich schubste sie sich das Korsett auf den Rücken und schwamm mit einem traurigen Pfeifgesang davon. Ohne genau zu wissen, warum, begann Mathys zu schluchzen.

Vor ihm im seichten Wasser drehte sich seine Frau um, streckte die Arme aus und sprach die ersten Worte seit Monaten zu ihm: »Komm ... in mich.«

Er riß sich die Kleider herunter, stürzte sich ins Meer, wieder und wieder ihren Namen rufend.

Die Pockenseuche erstarb, Schiffe segelten wieder, und jedes Jahr, wenn ihnen wieder ein Kind geboren wurde, war Mathys und Kelonikoa eine beschauliche Pause beschieden. Kelonikoa hütete ihre Kleinen liebevoll, aber auch geleitet von der Einsicht, daß Gott sie ihr jede Minute nehmen konnte.

In Hawai'i wuchs und gedieh der Handel, Schiffe kamen aus Europa, aus ganz Amerika, aus dem Nahen Osten. Reiche *haole* besaßen riesige Plantagen, während die Lebensqualität der Hawaiianer sich verschlechterte. Kelonikoa und andere privilegierte hochgeborene oder gutvermählte Frauen kleideten sich in schlichte Gewänder und begaben sich still und unaufdringlich in die Elendsviertel, speisten die Armen, trösteten die Sterbenden, wichen geduckt Abwasserkübeln aus, die auf die Missionare zielten, welche die Hintergäßchen nach Seelen abgrasten.

Betrunkene Seemänner, durch Monate auf See außer sich geraten, taumelten durch Chinatown auf der Suche nach Stätten mit legendären Absonderlichkeiten – so wie der *Schreienden Eidechse,* einer Bar, wo Seeleute darauf wetteten, ob es einer fertigbrachte, einer lebenden Eidechse den Kopf abzubeißen und dann mit dem noch schreienden Eidechsenkopf im Mund sein Preisgeld entgegenzunehmen. Oder das *Honighaus,* ein Bordell mit blinden Mulattinnen. Oder *Grinsegrog,* ein Ort, wo man denen, die irrsinnig genug waren, das Hymenblut junger Mädchen servierte. Oder der *Tanz der kleinen Hände,* ein Haus, wo zierliche chinesische Knaben geschminkt und in Mädchenkleider gesteckt wurden.

In der Gegend der Docks, durch die sie manchmal ging, was einem

Spießrutenlaufen unter den Matrosen gleichkam, erkannte Kelonikoa, wie es möglich gewesen war, daß sich die Pocken so rasch in Honolulu verbreitet hatten: Rinnsteine voller Abfälle, die direkt in die Hafenbecken gespült wurden; gigantische Jauchegruben, in denen die Ratten auf und nieder hüpften wie Seehunde; Gassen voller Opiumsüchtiger – Männer, Frauen, Kinder –, die auf dem Pflaster schliefen, aßen, sich entleerten. Eines Tages kniete Kelonikoa neben einem dreizehnjährigen einheimischen Mädchen. Ihr Vater hatte sie für fünfzig Dollar an den Kapitän eines Walfängers verkauft. Man hatte sie mit auf See genommen, wo sie monatelang der Erbauung der Besatzung gedient und sich schließlich die »Matrosenpocken« zugezogen hatte. Jemand hatte sie vom Schiff gezerrt und einfach in einer Gasse liegenlassen. Schwanger und krank, hatte sie versucht, mit der sogenannten »schlimmen Pflanze« abzutreiben. Sie starb in Kelonikoas Armen. Kelonikoa weinte stundenlang und berichtete Portia Rule von der Tragödie.

Tags darauf nahm die Frau sie mit zu einem bescheidenen, ebenerdigen Gebäude, wo sich bereits mehr als dreißig vornehme Damen versammelt hatten, allesamt in den neuesten Kreationen der Mode – lange Kleider mit Turnüren, Federhüte, Knöpfstiefel, seidene Handschuhe und Sonnenschirme. Einige waren *haole,* einige Mischlinge oder Reinblütige, und alle waren sie Ehefrauen und Töchter erfolgreicher Geschäftsmänner. Schließlich nahmen sie in mehreren Stuhlreihen Platz, unruhig hin- und herrutschend wie aufgeregte Schulmädchen.

Zu ihnen sprach eine Miss Mercy Goddard, Doktor der Medizin, die achtzehn Jahre in London und in der Schweiz praktiziert hatte. Sie hatte Babys auf die Welt geholt, »unziemliche Wucherungen«, ja ganze Mägen entfernt, Arme und Beine amputiert, und nie waren ihr Patienten gestorben. Soeben in Honolulu eingetroffen, war sie dabei, eine heimliche Praxis ausschließlich für Frauen einzurichten, um Frauen, die erschöpft waren durch die Geburt von zu vielen Kindern, nicht selten sechs oder mehr, »wiederherzustellen«. Wenn die Frau es wollte, konnte Miss Goddard eine Schwangerschaft operativ abbrechen, was besser war, als wenn die Frauen Zuflucht zu der »schlimmen Pflanze« nahmen, einer einheimischen giftigen Wurzel, die eine Fehlgeburt einleitete und oft die Mutter tötete.

Außerdem plante Miss Goddard, die Frauen in den Methoden der Empfängnisverhütung zu unterweisen und behandelte alle möglichen »mysteriösen« Frauenkrankheiten. Wenn Interesse bestand, unterwies sie die Frauen auch darin, sich sexuell selbst zu befriedigen, wenn ihre Männer es nicht vermochten. Als sie das Wort »Masturbation« aussprach, standen zwei Frauen entrüstet auf und fielen in Ohnmacht. Aber keine ging hinaus. Sie blieben fünf Stunden, bombardierten die Ärztin mit Fragen. Sie bat um freiwillige Mitarbeiterinnen. Und jedes Treffen sollte mehr Frauen anziehen.

Nach wenigen Wochen verfügte Dr. Goddard über mehrere Gruppen von Freiwilligen, die, in triste formlose Gewänder gekleidet und Reisetaschen mit Nahrungsmitteln und Medikamenten bei sich tragend, die Straßen durchstreiften und nach Prostituierten Ausschau hielten, die von Krankheit gezeichnet oder mit einem ungewollten Kind schwanger waren. Bald fanden sich auch ein paar neugierig gewordene hawaiische Hebammen ein, um zu sehen, was diese *haole* ihnen beibringen konnte. Junge Frauen kamen gar mit dem Wunsch, selbst Medizin zu studieren, Frauen, denen es schließlich auch gelingen würde, den Bann zu brechen und auf mehr Zulassungen weiblicher Ärzte auf den Inseln zu drängen. Sie nannten sich Bustle Club; ihren Vätern und Ehemännern erzählten sie, sie träfen sich wöchentlich, um zu nähen und sich über die neueste Mode zu informieren. Als Dr. Goddard eines Tages um Spenden für Arzneimittel, eine medizinische Bibliothek für Frauen und eine Druckerpresse bat, gab Kelonikoa ihr eine ihrer kostbaren schwarzen Perlen.

Im Dezember 1854 starb König Kamehameha III., und nach wenigen Stunden wurde sein Nachfolger, Alexander Liholiho, zum König Kamehameha IV. ausgerufen. Während draußen auf den Straßen Regimenter paradierten und Kanonenschüsse die Thronbesteigung feierten, standen die Frauen im Bustle Club auf und jubelten. Eine siebenfache Mutter hatte soeben ihren ersten »Höhepunkt« verkündet, das Ergebnis der Befolgung von Dr. Goddards Instruktionen zur Masturbation. Immer mehr Frauen schlichen auf Seitenstraßen zum Haus der Ärztin.

Zwei Jahre nach seiner Thronbesteigung hatte Kamehameha IV.

sich mit der im Volk sehr beliebten Emma vermählt, doch die Ehe des Paares stand unter keinem guten Stern. Der einzige Sohn starb, als er vier Jahre alt war, und im Jahre 1863 folgte der gerade erst neunundzwanzigjährige König seinem Sohn ins Grab. Die Königinwitwe Emma, erst siebenundzwanzig, überwand ihren Kummer, indem sie ihr Leben dem Volk widmete. Am selben Tag, als ein neuer König den Thron bestieg, gründete sie das Königin-Emma-Hospital, wo den Armen kostenlose ärztliche Betreuung zuteil wurde. Auch die Frauen vom Bustle Club schlossen sich Emma und der zukünftigen Königin Lili'uokalani an; gemeinsam gingen sie von Tür zu Tür und sammelten Gelder für das Hospital. Im Laufe der Zeit konsultierte die Königinwitwe Emma Dr. Goddard bei verschiedenen Beschwerden, und hin und wieder nahm sie sogar an Versammlungen des Bustle Clubs teil, sofern keine allzu provokanten Themen zu erwarten waren.

Der amerikanische Bürgerkrieg und die Entdeckung von Öl in Pennsylvania läuteten die Totenglocke für Neuenglands Walfanggewerbe, da der Bedarf an Walratöl zurückging. Ein Teil der Schiffe wurde von der Unionsregierung in Handelsschiffe umgewandelt, während andere zuhauf von den aufständischen Konföderierten versenkt wurden. Der Bustle Club, treu der Union ergeben, wickelte Bandagen für Soldaten, die Tausende von Meilen entfernt für ihr Vaterland kämpften, und gründete Heime für Familien, deren Väter aufs Festland in den Krieg gezogen waren. So manche Nacht mußte Kelonikoa Mathys trösten, wenn Schuldbewußtsein ihn nicht schlafen ließ. Seine Brüder daheim marschierten für die Union, während er auf einer fernen tropischen Insel ein schönes Leben führte.
»Hier ist jetzt deine Heimat«, sagte Kelonikoa oft. »Deine Treue gilt jetzt deiner Familie und dem König.«
Wenn er endlich in ihren Armen eingeschlummert war, lag sie noch lange wach, dachte nach, versuchte, aus der Lage klug zu werden. Der amerikanische Süden kämpfte für die Sklaverei, der Norden für Gleichheit, dennoch hatte ihr Yankee-Ehemann mehr mit der Konföderation gemein als mit der Union. Mathys hatte schwer in das neue Unternehmen King Sugar investiert, das in erster Linie auf Akkordarbeit basierte, die chinesische »Kulis« zu Sklavenbedin-

gungen leisten mußten. Er und seine Freunde hatten zwei Handelsschiffe gekauft, die, so wurde gemunkelt, berüchtigte »Sklavenfänger« sein sollten, Schiffe, die im Pazifik kreuzten und Einheimische einfingen, um sie auf den Zuckerplantagen der Weißen arbeiten zu lassen, bis sie vor Krankheit oder Erschöpfung tot umfielen.

Der Bürgerkrieg bestärkte die Hawaiianer in ihrem Glauben, daß die meisten Amerikaner, selbst diejenigen, die für die Union kämpften, voreingenommen waren. Sie schliefen mit einheimischen Frauen, heirateten sie sogar, konnten aber nicht hinnehmen, daß der Verstand eines schwarz- oder braunhäutigen Menschen dem ihren gleich oder gar überlegen war. Mischlingskinder galten als gesegnet mit der Überlegenheit des weißen Blutes, während der Anteil einheimischen Bluts in ihnen als Fluch angesehen wurde. Die Regierung der Inseln driftete langsam dem Chaos entgegen; die Amerikaner wünschten die Annexion, die Hawaiianer wünschten Autonomie. In der gesetzgebenden Versammlung wurden Faustkämpfe ausgetragen. Es kam zu Verschwörungen, Mordversuchen. Die *haole* trugen geladene Pistolen, während die Eingeborenen Speere und Messer schärften und auf den Straßen alte Kriegergesänge anstimmten. Von der US-Regierung geschickte Kriegsschiffe lagen mit aufs Land gerichteten Kanonen im Hafen von Honolulu.

Eines Tages erschien eine schöne junge Mischlingsfrau an der Tür des *Bay Horse*. Mathys blickte neugierig auf; Damen hatten in seinem Saloon keinen Zutritt. Dann sah er, daß es seine Tochter war.

»Vater, es ist bald soweit.«

In dieser Nacht, nach sechzehn Stunden Wehen, während die Hebamme sang und ihr sachte den Bauch mit *Kukui*-Nußöl bestrich, brachte Kelonikoa ihr siebtes Kind zur Welt, ein Mädchen, Emma genannt, mit den dunklen Haaren, schrägen Augen, der goldenen Haut und dem schönen ovalen Gesicht der Mutter. Und während seine Frau schlief, nachdem sie sechs Tassen einer Mischung aus sieben Tees getrunken hatte, die die Blutung verlangsamte, rief Mathys seine Kinder zu sich, denn er hatte die Übersicht verloren und wußte nicht mehr, ob er sie alle mit Namen nennen konnte. Er hieß sie sich aufstellen und der Reihe nach vortreten.

Im Jahre 1860 war ein Gesetz erlassen worden, das von Hawaiianern verlangte, ihren Kindern zwei Namen zu geben und bei der Nennung den christlichen Namen voranzustellen. Auch Mathys tat dies nun, als er seine Kinder aufrief.

»Daniel *Punahele* (Liebling), sechzehn ... Sophie *Leihulu* (Geliebtes Kind), fünfzehn ... George *Iwa* (Mann des Kriegsvogels), dreizehn ... Olivia *Malama* (die Liebevolle), elf ... James *Kahiki* (Tahiti), neun ... Eliza *Mapuana* (Windgezauster Wohlgeruch), vier ...« Die drei ältesten besuchten die Missionsschule, wo sie für das College auf dem Festland vorbereitet wurden. Die anderen drei hatten Hauslehrer. Und jetzt war die kleine Emma da. Welches würde ihr hawaiischer Name sein?

Als Kelonikoa wieder genügend bei Kräften war, nahm sie, wie zuvor bei allen anderen Kindern, die Plazenta des Neugeborenen zwischen die Zähne und schwamm hinaus zu dem Riff, jenseits dessen Großvater und Großmutter und alle *'aumakua* residierten. Sie ließ die Plazenta los, und die Wellen trugen sie hinaus in die Elemente, so daß das Blut einfloß in das der Vorfahren und deren *mana* einfloß in das neugeborene Kind, auf daß es furchtlos und stark werde. Dann schwamm Kelonikoa in dem Riff umher, Stunden vielleicht, bis die Wellen ihr einen Laut zubliesen, einen polynesischen Namen.

Ab und zu betrachtete Mathys des Nachts seine Frau im Schlaf. Die Leidenschaft zwischen ihnen war im Laufe der Jahre abgekühlt, ihre Kinder kamen in immer größeren Abständen. In manchen Jahren versäumte er das Schiff nach Maui, und sie begab sich allein auf ihre alljährliche Pilgerfahrt, getreu dem Gelübde, das sie in ihrer Hochzeitsnacht abgelegt hatten. Doch während sie fort war, litt er, er, der gutaussehende Mathys Coenradtsen mit seinem mysteriösen Reichtum, seiner mysteriösen Vergangenheit. Ein Blick von ihm, und die Frauen hielten den Atem an, verheiratete wie ledige; seine wilde blonde Mähne und die schwarze Augenklappe verliehen ihm das verruchte, unwiderstehliche Aussehen eines Piraten.

Doch er hatte keine andere Frau angerührt und es sich auch nie bewußt gewünscht. Wenn er in seinen Träumen gelegentlich untreu war, dann nur mit den Straßendirnen, keifenden Huren, die es auf den Gassen trieben, über Fässer mit Fischköpfen gebeugt. Es war eigentlich die schwelgende Jugend, die er vermißte, die er nie gehabt hatte. Aber der mächtige Stolz, den Kelonikoa immer wieder in ihm entfachte, machte die nie gekannte Jugend wett, der Stolz auf diese Frau, die er im Laufe der Jahre sich von einer wilden jungen Frau in eine schöne, anmutige Gastgeberin hatte verwandeln sehen, die Haare hochgesteckt, Smaragde am Hals, die dunkle, golden schimmernde Haut erstrahlend in Roben aus Satin und Brokat.

Sie hatte ihr Haus umgestaltet, hatte aus dem ersten schlichten Bau einen Wohnsitz entstehen lassen, umgeben von Königspalmen und weiten Rasenflächen, wo sich Pfauen unter Limonenbäumen und Mispeln putzten, wo Hirtenstare in Palmen und Bambushainen umherhuschten und üppige tropische Blüten – Plumeria, Orchideen, Jasmin – einen lebendigen Gobelin aus Farben und Düften bildeten. Karpfen schnellten schillernd durch einen Teich, Gärtner stutzten Sträucher, die ein Teehaus aus kostbarem Sandel- und Teakholz umstanden. Zimmermädchen, Dienstboten, Hauslehrer und Gouvernanten schwebten in gestärktem Leinen durch parfümierte Korridore. Mathys' Arbeitszimmer und Bibliothek waren mit Möbeln aus massivem Mahagoni, geschnitztem Ebenholz und schwerem Teak bestückt, persische Teppiche dämpften jeden Schritt. Pfeilerspiegel reflektierten Räume aus gar noch feineren Hölzern wie Topffrucht, *koa* oder Bambus.

Seine Gattin konnte eine Tafel mit Porzellan, Kristall und Silber für dreißig Personen bestücken. Zwei philippinische Köchinnen waren angelernt und in Weinkunde unterwiesen worden. Kelonikoa suchte sogar die Stoffe für Mathys' Anzüge bei eleganten kantonesischen Schneidern aus, und das Leder für seine Stiefel und Abendschuhe. Mit Freude und Bewunderung lauschte er ihrem unterdessen perfekten Englisch, ihrem passablen Französisch, staunte über ihre wachsenden Kenntnisse in Musik und Literatur. Ihr, die sie königlicher Abstammung war, war es gelungen, in eine höhere Klasse aufzusteigen, während er ein Händler blieb und Betreiber eines Saloons.

In ihrem Hause speisten Angehörige des Königshauses, Diplomaten und vornehme Kaufleute. Männer aller Hautfarben fühlten sich zu Kelonikoa hingezogen, waren gefesselt von ihrer Traurigkeit, die unmittelbar zu Herzen ging und ihre Schönheit unterstrich, sie unendlich begehrenswert machte. Mathys war höflich, aber wachsam, wenn Gäste in seine Frau vernarrt waren. Er beobachtete die schimmernden Eckzähne eines Peruaners, dessen Manschetten nach Vetiver rochen, und einen Spanier mit Hakennase und Kapuzencape, der ihn an einen Falken denken ließ, welcher, auf der Hand eines Edelmannes ruhend, von Beute träumt.

Ist es ihre Schönheit, fragte sich Mathys, *oder ihre Unnahbarkeit?* Um ihren Humor auf die Probe zu stellen, brachte er zuweilen Originale mit nach Hause, Abenteurer, die ihren Diners eine Zirkusatmosphäre verliehen: Zwergenzwillinge eines kantonesischen Teekönigs, die nur im Chor sprachen, eine Marquesa mit purzelbaumschlagenden Chinchillas an der Leine, einen deutschen Bierbaron in buntkarierter Weste, in dessen Zähnen Diamanten blinkten. Eines Abends fragte ein mexikanischer Münzhändler mit rutschender Perücke, ob Polynesier wirklich Hunde äßen. Kelonikoa, gekränkt und entsetzt, lächelte nur. Als der Mann das nächste Mal zum Essen kam, tischte sie gebratene Chihuahuas auf. Nachdem sie bekanntgegeben hatte, was man da gerade gegessen hatte, stürzte er hinaus, beugte sich auf dem Rasen vornüber und erbrach sich, während ein Pfau mit seiner Perücke enteilte. An jenem Abend waren Kelonikoa und Mathys bis nach Mitternacht aufgewesen und bogen sich vor Lachen.

Doch es gab auch Nächte ohne Gelächter. Wenn Mathys vor seinen Gästen mit dem ungeheuren Erfolg seines Saloons prahlte, verstummte Kelonikoa, denn ein großer Prozentsatz von Hawaiianern kam durch Alkohol ums Leben. Kamehameha III. war daran gestorben, und der regierende König, mittlerweile Kamehameha V., würde voraussichtlich ebenfalls daran sterben. Polynesier vertrugen keinen Alkohol, sie wurden leicht davon abhängig, und einige von Mathys' besten Stammkunden waren Einheimische. Doch Kelonikoa sagte nie ein Wort, sondern beobachtete bloß stumm, wie Mathys Leute zur Leitung seiner Mietställe und seiner Schiffszimmerei einstellte und seine Zuckeranteile von Bankiers verwalten ließ, während er selbst im *Bay Horse Saloon* Hof hielt. Und je mehr er sich in diese seine Welt zurückzog, um so mehr dehnte sie die ihre aus.

Um 1870 waren die Kalvinisten in ihrem Einfluß von Katholiken, Mormonen und den gebildeteren Episkopalisten überholt worden.

Dennoch hatten die Missionare ihren Stempel hinterlassen. Hawaiischen Kindern war ihre Muttersprache verboten. In Schule und Kirche wurden sie über Jesus belehrt, ein *Haole*-Kind, während hawaiische Götter und Vorfahren vergessen wurden. Manche Einheimischen hatten die überlieferte Religion und ihre alten Sitten und Gebräuche schon restlos abgelegt. Im Grunde ihres Herzens wußte Kelonikoa, daß die Große Mahele von 1840, die eine amtliche Trennung der Hawaiianer von ihrem Land vollzogen hatte, für ihr Volk der Anfang vom Ende gewesen war. Vielleicht waren die Inseln in diesem Moment bereits eine amerikanische Kolonie geworden. Am eindringlichsten jedoch sah Kelonikoa die kulturelle Spaltung in ihren zwei ältesten Söhnen verkörpert, großen, stämmigen jungen Männern, die bald reif fürs College waren. Goldhäutig und hübsch, benahm sich der älteste, Daniel Punahele, wie ein echter *haole;* er stolzierte in Reitstiefeln umher, trug einen Trommelrevolver auf der Hüfte. Er war hochintelligent und ließ bereits den geborenen Führer erkennen, konnte sich aber ebenso zum bedrohlichen Schläger entwickeln. George Iwa, der zweite Sohn, lebte dagegen wie ein *kanaka;* er ging barfuß, aß *poi* mit den Fingern und sprach meistens Pidgin. Manchmal roch sein Atem sauer wie bei den Süchtigen in den Gassen Chinatowns. Ihre Verschiedenartigkeit verwirrte die beiden Brüder; manchmal gingen sie Arm in Arm und scherzten in Pidgin, manchmal haßten sie sich, beide verloren in der Kluft zwischen aussterbenden Hawaiianern und den schlimmsten der grausamen *haole.*
Durch den amerikanischen Bürgerkrieg waren auch die Zuckerplantagen des Südens in Mitleidenschaft gezogen worden, wodurch es möglich wurde, daß hawaiischer Zucker in großen Mengen nach Amerika gelangte. Es herrschte Uneinigkeit darüber, ob die Vereinigten Staaten die zollfreie Einfuhr von hawaiischem Zucker erlauben sollten, als Gegenleistung dafür, daß ihnen Pearl Harbor auf fünfzig Jahre zur Nutzung überlassen wurde. Zu viele Staaten – Frankreich, Rußland, Großbritannien – hatten in der Vergangenheit versucht, sich der Häfen von Hawai'i zu bemächtigen. Dementsprechend wurde Pearl Harbor, der größte geschützte natürliche Ankerplatz im Pazifik, von den Vereinigten Staaten natürlich als strategisch wertvoll angesehen.

Dies war eines Abends Thema des Tischgespräches, als Mathys Offiziere von einem russischen Schiff bewirtete. Der Kapitän war blond und breit gebaut wie Mathys, mit ähnlich markanten Gesichtszügen, war aber weitaus geschliffener und vielsprachig. Als Kelonikoa, mit Smaragden geschmückt, in einer Robe von der Farbe hellem Chablis' in den Raum trat, verstummte die Unterhaltung, und jeder der gut zwanzig Gäste wandte sich ihr beeindruckt zu. Sie war jetzt eine voll erblühte Frau in den Vierzigern, groß gewachsen und ungemein schön. Und sie war freundlich und aufmerksam, besonders den Frauen gegenüber, *haole* und hochgeborenen Hawaiianerinnen, die sie ermutigte, ihre Gedanken zur Zuckerproblematik, zu Pearl Harbor und der Annexion zu äußern. Die russischen Gäste kamen ihr zunächst wie zoologische Kuriositäten vor, kalt, übertrieben förmlich. Doch mit fortschreitendem Abend geriet sie in eine Art Bann.
Der russische Kapitän zu ihrer Rechten erzählte leise – wie um sie nicht zu erschrecken, ihre Schönheit nicht zu stören – von seinem Leben, von seiner halb russischen, halb mongolischen Herkunft. Als junger Mann hatte er der Universität St. Petersburg den Rücken gekehrt und sich für ein Leben auf See entschieden. Auf seinen zahllosen Fahrten rund um die Welt hatte er auf den südsiamesischen Inseln mannsgroße Rieseneidechsen eingefangen, war er in Ceylon einem Tiger davongelaufen, hatte er auf dem Rücken afrikanischer Elefanten Weißschwanz-Gnus gejagt. In einem Sturm vor Island war er, in der festen Überzeugung, sein Schiff sei zum Untergang verdammt, fromm geworden und hatte sich große Abschnitte aus den buddhistischen Schriften eingeprägt. Auch fremde Sprachen hatte er sich beigebracht, fremde Sitten kennengelernt. Als er dann zwölf Monate im Eis der Arktis festsaß, hatte er wieder von Gegenden geträumt, die näher an seiner Heimat waren, von Wettläufen wolliger Kamele durch die Wüste Gobi oder einem simplen Vergnügen wie dem Verzehren eines Pfirsichs auf dem Petersplatz. Er hieß Rostov Anadyr und war ein viriler Mann von fünfzig Jahren, so alt wie Mathys, aber wenn dieser ihn erzählen hörte, kam er sich viel älter vor und sehr einfältig. Als mit Kognak flambierte Fasane in einem Kranz aus blauen Flammen aufgetragen wurden, sprach Anadyr von Speisen und Getränken anderer Breitengrade,

den sagenhaften Tischsitten im antiken Rom und Griechenland. Seine Redeweise, seine Manieren waren untadelig. Und Mathys fühlte sich ihm gegenüber wie ein einfacher Schauermann, indes Anadyr mit einem Grafen über die Polarkenntnisse der Eskimos oder über die Kompositionen von Bach im Vergleich mit den neuen Klängen von Brahms diskutierte.

Es war der Geburtstag des Zaren, und um Mitternacht schossen Honolulus Schützen und die Kavallerie am Punchbowl-Krater in den Bergen einen Salut für Alexander von Rußland. Als die Gäste aufstanden und einen Toast ausbrachten, wandte sich Anadyr Kelonikoa zu, verbeugte sich und nahm ihre Hand.

»Angesichts Ihrer Schönheit ist der Rest der Welt ein Jammertal.«

Später standen sie auf der *lanai* und sahen sich das Feuerwerk zu Ehren des Zaren an. Die Luft war kühl, und man ging rasch wieder ins Haus. Kelonikoa und der Russe blieben allein im Mondschein zurück. Nur einmal trafen sich ihre Blicke, als er einen Moment lang die Augen nicht von ihrem herrlichen Antlitz wenden konnte, von der edlen Form ihres Kopfes, die so vollkommen war, als hätte Gott ihr auf seiner Töpferscheibe sein besonderes Augenmerk geschenkt. Und in diesem kurzen Blick lag eine Verheißung der Zukunft, die ihnen sagte, daß sie für immer einer in des anderen Gedanken sein würden und daß das Leben, das sie sich einen Moment lang vorgestellt hatten, tatsächlich existierte, anderswo, auf einem anderen Planeten.

Schließlich senkte er den Blick. »Verzeihen Sie. Ich habe mich noch nie so ... so desperat gefühlt.«

Er kam noch einmal zum Essen, bevor sein Schiff Hawai'i verließ. Eine unterhaltsame Gesellschaft: spaßige Engländer mit ihren geistsprühenden Gattinnen, der französische Konsul, eine australische Erbin mit einer halben Million Morgen und einer Million Schafe. Kelonikoa war an diesem Abend in sich gekehrt, Anadyr wirkte auf geradezu tragische Weise erschüttert. Als sie sich dann abermals allein auf der *lanai* befanden, deutete sie auf die blauen, zuckenden Augen von fächergeschwänzten Pfauen, die auf dem Gelände umherstolzierten, dahinter die blassen Grabsteine ihrer Kinder. Tau hatte den Rasen in ein glänzendes Perlenmeer verwandelt. Der Kapitän gab einen schluchzenden Laut von sich.

»Ich würde mein Leben für diese Kinder hingeben.« Sie standen schweigend, und nach einer Weile faßte er sacht ihre Hand.
»Bitte nehmen Sie dies, denn wir werden uns nicht wiedersehen.«
Es war ein winziges Büchlein mit goldenem Einband, ungefähr drei Zoll dick. Ein jedes Blatt war ein zartes, fast transparentes Gebilde aus Jade, so dünn wie Augenlider, daran befestigt ein seidiges Blatt Pergament, in das goldene Miniaturlettern eingeprägt waren. Das Tagebuch einer Kaiserin der Ming-Dynastie, fast fünfhundert Jahre alt. Hie und da waren noch die Fingerabdrücke der Kaiserin zu sehen, wie goldener Zauberhauch. Kelonikoa starrte auf das Büchlein, wagte es kaum, sich auszumalen, wie kostbar es sein mochte.
»Das ist der erste Band«, flüsterte Rostov. »Es gibt ein Pendant, das ich immer bei mir tragen werde.«
Auf dem Rücken des goldenen Einbandes eine winzige Inschrift.
»Band I. Für Kelonikoa. Von Rostov Anadyr. 1873.«
»Was, glauben Sie, hat sie geschrieben?« fragte sie, in den zierlichen Jadeseiten blätternd.
»Vielleicht beklagte sie eine verbotene Liebe, und wir werden zu Hütern ihrer Geheimnisse. Vielleicht schrieb sie, daß das eigentliche Leben durch Träume und Eingebungen gelebt wird, nicht durch Schicksal und Umstände.«
Hinter ihnen im Salon wurden zornige Stimmen laut.
»Annexion, ja. Bundesstaatenstatus für Hawai'i? Niemals!«
»... aber die Hawaiianer sind klug. Sie sollten imstande sein, zu wählen wie jedermann ...«
»Wählen? Den Präsidenten der Vereinigten Staaten? *Mon Dieu!* Wir wissen doch alle, wie beschränkt diese Nigger sind.«
Stühle wurden umgeworfen, eine Frau schrie gellend. Offenbar hatte Mathys den Franzosen niedergeschlagen. Er band gerade eine Leinenserviette um seine blutende Faust.
Rostov half dem Franzosen auf die Beine und schlug ihn noch einmal nieder. Spät in der Nacht dann, als er schied, stand Kelonikoa winkend in der Tür, ihre Gestalt wie ein Schattenriß. Rostov schloß die Augen. Dieses Bild trug er mit sich fort bis nach St. Petersburg.
Über Wochen war Mathys untröstlich, denn er hatte in dem Russen eine bemerkenswerte Ähnlichkeit mit sich selbst gesehen, jedoch

auch dessen deutliche Überlegenheit. Jeden Tag nach dem Mittagessen, wenn die heruntergelassenen Bambusjalousien die Dinge wie in feine Streifen zerteilt aussehen ließen, lag er in seinem Arbeitszimmer und grübelte über seine Unzulänglichkeit. Nur mit typisch holländischer Umsicht und einem Blick für Profit ausgestattet, wußte er, daß er niemals mehr sein würde als das, was er war. Inmitten all dieser begnadeten Unternehmer, weitblickender Männer, die Hawai'is Zukunft klar vor sich sahen, Männer, die den Zuckerhandel revolutionierten, Schiffahrtsgesellschaften zusammenlegten, Eisenbahnen konstruierten, war Mathys nur ein Kaufmann, ein Bittsteller. Er dachte an die großen holländischen Gönner seiner Jugend zurück, an die Van Rensselaers, die Van Burens, die Vanderbildts, und an seine Familie von Ackerbauern, deren Rücken gekrümmt waren vom ewigen Bücken.

Mathys spürte, daß seine Unzulänglichkeiten erblich bedingt sein mußten; seinem Blut fehlte ein besonderer Stoff, und aus seinen Kindern würde nichts Besseres werden als aus ihm, Kaufleute, Saloonbetreiber. Die Verheerung, die diese inneren Zwiegespräche, die bitteren Selbstanklagen anrichteten, ließen sein Gesicht bald abgehärmt aussehen. Während er seiner stattlichen Frau beim Arrangieren von Waldrosen in einer *Koa*-Schale zusah, dachte er erneut an die Gelöstheit und Weltgewandtheit des Russen. *Ich dagegen habe nie eine Universität besucht, war nie in Kanton oder Afrika. Ich spreche nur Englisch und hawaiisches Pidgin. Meine Welt ist eng und beschränkt.*

Nachts lag er weinend in Kelonikoas Armen. »Welch ärmliche Rolle habe ich in deinem Leben gespielt. Wie wenig habe ich dir gegeben!«

Sie sprach sanft, wie zu einem Kind: »Du hast mir Beständigkeit gegeben und Liebe. Wir haben unsere Kinder begraben, haben es überlebt und neue geboren. Alles andere ist ohne Belang.«

Wenn sie sich an einsamen Abenden in ein winziges Jadebuch mit den schwachen Fingerabdrücken einer Kaiserin vertiefte und wenn sie an sein Pendant in jener anderen Hand dachte, und an die Wärme jener Hand, dann nur auf die Weise, wie man sich an einen Blickwechsel erinnert mit jemandem, der für immer durch unser Leben geistert.

Ai pohaku
Die Steineesser

Im Jahre 1872 starb mit König Kamehameha V. der letzte König Hawai'is, der noch direkt von dem großen Kamehameha I. abstammte, dem Herrscher, der 1810 die hawaiischen Inseln vereinigt hatte. William Lunalilo, der erste von der hawaiischen Gesetzgebung gewählte König, herrschte nur zwei Jahre, gemartert von Alkoholismus und Tuberkulose. Im Jahre 1874 wurde David Kalakaua auf den Thron gewählt, ein Mann mit ungeheurem Selbstbewußtsein, der sein Volk liebte und sich der Wiederbelebung von Hawai'is geheiligten Bräuchen und Traditionen verschrieb.

Er entließ weiße Kabinettsmitglieder und Minister, die gegen ihn opponierten, und besetzte das Repräsentantenhaus mit Hawaiianern. Aus dem Wunsch, dem Königreich »Majestät« zurückzugeben, erbaute Kalakaua den Iolani-Palast, wofür er Hunderttausende von Dollar ausgab; noch vor dem Buckingham-Palast in London erhielt der Palast Elektrizität und noch vor dem Weißen Haus in Washington fließendes Wasser. 1883 inszenierte Kalakaua eine Krönung, bei der er den Federumhang von Kamehameha I. und einen heiligen *lei* aus Walzähnen trug. Er krönte sich »offiziell« selbst, sodann seine Gemahlin, fortan Königin Kapiolani. Die Feierlichkeiten erstreckten sich über Wochen, mit Gala-Bällen, Hafenregatten sowie einem *luau* für fünftausend Personen.

Kalakauas Feinde prangerten die ausschweifende Trunk- und Verschwendungssucht des »Frohsinnigen Monarchen« und sein offenkundiges Mißtrauen gegen die Amerikaner an. Kalakaua ignorierte diese Kritiker, denn für sein Volk war er ein Held. Er fachte den

Nationalstolz der Hawaiianer aufs neue an, setzte Familien ehemals regierender Häuptlinge wieder in Amt und Würden, sammelte und hütete Knochen und Federumhänge alter Krieger. Die Ahnengeschichte sämtlicher Inseln wurde auf seine Anweisung hin in acht Bänden festgehalten, und mehr als einhundertdreißig alte hawaiische Lieder und Gesänge wurden gesammelt und veröffentlicht, zusammen mit Volksbräuchen und altem Wissen über die Gesetze des Meeres.

Er verabschiedete Gesetze, die hawaiischen *kahuna* die öffentliche Ausübung von Gesang und Kräuterheilung gestatteten, und ließ den hawaiischen Schöpfungsgesang, das *Kumulipo,* zum erstenmal schriftlich festhalten. Er ließ sogar eine Geheimgesellschaft für hawaiische Männer, die *Hale Nana,* wieder aufleben, einen »... Tempel der alten Wissenschaften von Hawai'i, gegründet zur Förderung von Kunst, Literatur und Menschenliebe.«

Kalakaua war auch ein begabter Musiker und Schriftsteller und erbaute einen Konzertsaal und ein Theater, wo Shakespeare, Molière und italienische Opern aufgeführt wurden. Er ermutigte sein Volk, lesen zu lernen, und bald konnte die Städtische Bibliotheks- und Lesesaalgesellschaft mit über fünftausend Bänden sowie fünfzig der wichtigsten Zeitungen und Zeitschriften aufwarten. Im Jahre 1886 waren immerhin einundzwanzig von achtundvierzig zugelassenen Rechtsanwälten Hawaiianer; die Geschworenengerichte bestanden nun zu mindestens fünfzig Prozent aus Einheimischen.

Die Angehörigen der weißen Elite von Honolulu, die das Gefühl hatten, die Inseln hätten sich um fünfzig Jahre zurückentwickelt, waren entsetzt. Sie schleusten Spione in Kalakauas Kabinett ein und deckten seinen maßlosen Mißbrauch königlicher Privilegien auf – illegales Verpachten von Land, illegale Verteilung von Geldern, die für öffentliche Straßen und Wasserwege bestimmt waren, Bestechung, Betrug, Stimmenkauf sowie Verkauf von Vergünstigungen innerhalb des Palastes. Ohne der Tatsache Achtung zu zollen, daß Kalakaua immerhin als erster König der Welt, der die Vereinigten Staaten besuchte, im Jahre 1874 vor dem Repräsentantenhaus der US-Regierung sprach und er die Anzahl von Hawai'is Diplomaten- und Beraterposten in aller Welt auf fast einhundert erhöht hatte, gaben die *haole* nur seine Ausschweifungen bekannt – seine Vorlie-

be für Marathonfeste und -bälle, für Gin und Hulatänze sowie seine Nachsicht gegenüber dem Opiumkonsum.
Im Jahre 1860 waren die Lizenzen zum Verkauf von Opium von der Regierung vergeben worden; Mitte der siebziger Jahre wurde er dann völlig verboten. Doch es wurde regelmäßig in großen Mengen nach Hawai'i geschmuggelt; der illegale Besitz und Verkauf waren allgemein üblich. 1886 stimmte Kalakaua dann einer Verfügung zu, die den Opiumhandel per Konzession wieder einführte. Auch ein Kaufmann, der als Strohmann für Mathys Coenradtsen fungierte, versuchte den König mit dreißigtausend Dollar zu ködern, um eine Lizenz zu bekommen. Der König nahm das Geld an, zögerte dann aber, worauf Mathys ein weiteres Dreißigtausend-Dollar-»Geschenk« schickte.
Kalakaua düpierte ihn schließlich, indem er die Lizenz für siebzigtausend Dollar an einen anderen Kaufmann vergab. Mathys und sein Freund brachten die Sache an die Öffentlichkeit; sie gaben eine beeidigte Erklärung ab und übergaben ihre Unterlagen an Zeitungen, doch der König hatte ihr Geld bereits zur Begleichung »königlicher Schulden« verwendet. Das war der Anfang vom Ende von Kalakauas Glaubwürdigkeit. Selbst loyale Hawaiianer hatten genug von seinen morbiden Ausschweifungen, seinen Vergnügungsreisen rund um die Welt, während seine Untertanen hungerten. In Honolulu kam es zu Unruhen.
Im Juni 1887 wechselten die Honolulu-Gewehrschützen, zweihundert bewaffnete Soldaten im Dienste des Königs, die Seite und schlossen sich der Hawaiischen Liga an, einer Gruppe mächtiger weißer Kaufleute, die sich verschworen hatten, den König seiner Macht zu entkleiden. Gemeinsam drangen sie in den verbarrikadierten Palast vor, traten vor Kalakaua hin und erklärten, er habe sich um das Vertrauen seines Volkes gebracht, das vor den Palasttoren Schmähgesänge anstimmte.
Ohne seine Soldaten war Kalakaua verloren, und die *haole* zwangen ihn zum Handeln. Seinen Thron behielt er, indem er die rein hawaiische Dominanz im Machtapparat wieder aufhob, Bestechung unterband und Ränkeschmiede hinauswarf. Die Opiumlizenzen wurden außer Kraft gesetzt (was dem Schmuggelgeschäft neuen Aufschwung verschaffte). Eine neue Verfassung wurde ent-

worfen, in der sich der entmachtete König bereit erklärte, zu »regieren, nicht zu herrschen«. Diese aufoktroyierte Verfassung, die als »Bajonett-Verfassung« bekannt werden sollte, war gleichbedeutend mit einer unblutigen Revolution, die den König auf Dauer zur Galionsfigur machte und die hawaiische Bevölkerung empfindlich entrechtete. Die meisten Einheimischen konnten die neuen, starren Voraussetzungen zum Wählen nicht erfüllen, geschweige denn jene für die Bewerbung um ein Amt.

Als Kalakaua 1891 starb, hatten viele Menschen vergessen, daß er der Mann war, der Hawai'is Wiedergeburt eingeleitet hatte. Bei all seinen politischen Fehlern war er ein kultivierter und liebenswürdiger Mann gewesen, der sich bei seinen Auslandsreisen die Achtung der politischen Führungspersönlichkeiten in aller Welt erworben hatte. Und, was am wichtigsten war, er hatte die Gefahr für seine Inseln und sein Volk erkannt, vollkommen ausgelöscht zu werden. Wenigstens eine Zeitlang hatte er in den Hawaiianern den Stolz auf ihre Geschichte, ihr Königreich, ihren König neu entfacht.

Unterdessen war der Zucker zum wahren König von Hawai'i geworden. Ein Vertrag auf Gegenseitigkeit – derselbe, der den Vereinigten Staaten später die Kontrolle über Pearl Harbor einräumen sollte – ließ es zu, daß der Zucker zollfrei auf das Festland gelangte. Neue Dampfschiffe und Eisenbahnen beförderten das kostbare Gut geschwind von den abgelegenen Plantagen zu den Docks. Doch um die Plantagen zu finanzieren, wurden große Kapitalmengen benötigt. Der Handel mit Zuckeraktien florierte, und Mathys investierte schwer.

Neben dem Handel gedieh der Fremdenverkehr, und Mathys gliederte seinem Fuhrgeschäft eine Omnibuslinie an. Er und seine Freunde gründeten ein kleines Konsortium und bauten in Waikiki, dem Hauptziel der Besucher, die auf Dampfschiffen eintrafen, ein Hotel. Mathys' Wohlstand mehrte sich beträchtlich. Während er in handgeschneiderten Anzügen in seinen Clubs saß und seinen Erfolg mit Champagner begoß, erzeugten die Einheimischen immer noch ihr eigenes Gebräu aus gegorenen Wurzeln, Kokosnüssen, Ananas, einfach aus allem, was berauschte. Alkohol und Krankheit, Krankheit und Alkohol – die Sterblichkeitsziffer der Hawaiianer stieg beständig an.

Die verheerendste aller Krankheiten aber war die Lepra, *ma'i Pake,* die insbesondere Einheimische heimsuchte. Sie war angeblich in den 1850er Jahren von eingewanderten Arbeitern aus Kanton eingeschleppt worden; in Wirklichkeit aber hatte sie sich bereits zu Zeiten Kapitän Cooks auf den Inseln verbreitet, übertragen von schmutzigen Seemännern, die gegen die Bakterien immun waren und sie zusammen mit der Syphilis übertrugen.

Von Dr. Goddard angeleitet, zogen Kelonikoa und die wachsamen Frauen vom Bustle Club durch die Mietquartiere von Honolulu und Chinatown und wiesen die Bewohner an, das Wasser vor dem Trinken abzukochen und sich häufig zu waschen, da Lepra in Armut und Schmutz zu gedeihen schien. Sie lehrten sie, Symptome zu erkennen, ob in glasigen Augen, in juckenden, weiß umrandeten Hautstellen oder in nässenden Wunden, die nicht heilen wollten.

Unterdessen war auf einer entlegenen Landzunge der Nachbarinsel Moloka'i eine Leprastation eingerichtet worden, genannt Kalaupapa, Stätte der lebenden Toten, weil es für diese Krankheit keine Heilung gab. Unzählige Male mußte Kelonikoa am Hafen schreiende Kinder festhalten, wenn ihre von Lepra befallenen Eltern ihnen aus den Armen gerissen und auf Schiffe verschleppt wurden, auf Nimmerwiedersehen. Sie tröstete Mütter, denen die Kinder fortgenommen wurden, Kinder, deren Gesichtshaut zum »Löwengesicht« verquollen war. Wenn die Schiffe sich Kalaupapa näherten, wurden die Aussätzigen mit langen Paddeln ins Meer gestoßen. Die Nichtschwimmer klammerten sich aneinander und ertranken, andere schwammen ins offene Meer, weil sie es vorzogen, von den Haien gefressen zu werden.

Kelonikoas Kinder waren unterdessen erwachsen und verheiratet, ausgenommen die zwei jüngsten Mädchen. Jeden Abend mußten sich Eliza Mapuana, einundzwanzig, und die jüngste, Emma Puanani, siebzehn, nackt ausziehen, damit Kelonikoa sie auf Wunden, weiße Flecken, Anzeichen von Juckreiz untersuchen konnte. Sie tat es langsam und mit größter Sorgfalt, Zoll um Zoll. Dann untersuchte sie sich selbst, und während Mathys schlief, untersuchte sie auch ihn. Eines Tages entdeckte sie einen ringförmigen Fleck auf Emmas Arm. Sie versicherte ihr, es sei eine Allergie, wusch den Arm, bedeckte ihn mit den in *kuawe,* eine Giftpflanze, getauchten winzigen Saugfüßen zweier frisch getöteter Geckos, wickelte Arm mitsamt Geckofüßchen in Heilfarn und steckte das Mädchen ins Bett. An diesem Abend ging Kelonikoa ans Meer, kniete nieder und sang, betete zu den Göttern ihrer heimatlichen Gestade. Emma war ihr Liebling, ein frühreifes Kind von der unbändigen Wildheit, Halsstarrigkeit und Schönheit der Frauen von Kelonikoas Stamm, ein letztes Geschenk, das sie noch mit siebenundvierzig Jahren geboren hatte. Mit vier Jahren hatte Emma zu schlafwandeln begonnen; mit sieben sagte sie Hurrikane und Vulkanausbrüche mit geradezu unheimlicher Exaktheit voraus, und sie war so voller Tatendrang, so erfüllt von Neugierde und Leidenschaft, daß Kelonikoa mutmaßte, das Kind sei zu Außergewöhnlichem berufen.

Sie sang die ganze Nacht, bis das Meer antwortete und sie wußte, was sie tun mußte. Mit einer geschärften Abalonenschale schnitt sich Kelonikoa einen kleinen Finger ab. Sie wurde ohnmächtig, kam wieder zu sich und kroch in die Brandung, die Hand mit Seetang umwickelt, um die Blutung zu stillen. Sie schleppte sich hinaus zum Riff, warf das Fingeropfer jenseits der Korallenwand hinab, hinab in den Schlund des Ozeans.

Sie würde für jede Wunde, die sie an Emma entdeckte, einen Körperteil opfern, einen Finger oder einen Zeh, und das so lange, bis die Götter beschlossen, ihr Kind zu verschonen, oder bis nichts mehr von Kelonikoa übrig war. Falls sie noch lebte, wenn man Emma nach Kalaupapa verbannte, würde sie sie als Helferin begleiten und ihrem Kind dienen, bis es starb. Doch die Götter hatten Erbarmen. Nach zwei Wochen stellte sie keine neue Wunde bei Emma fest. Dr. Goddard diagnostizierte den Fleck als Scherpilzflechte.

Als Mathys am nächsten Morgen die verbundene Hand seiner Frau bemerkte, sagte sie ihm, ihr sei ein Gartengerät ausgerutscht. Er schalt sie und ritt dann zum Kapiolani-Park, um Baseball zu spielen. Kelonikoa vertilgte derweil Unmengen Haifischflossensuppe, damit die Hand ihre Kraft wiedererlangte, tränkte die gräßliche Wunde zur Heilung mit dem Saft von Hibiskusblättern und trank Mohnsaft, um den Schmerz zu töten.

Während sie die Hand verarztete, dachte Kelonikoa daran, wie sehr sie bereit gewesen war, zu sterben, sich für ihr Kind in Stücke zu hacken. *War es nur für Emma? Vielleicht ist der Tod besser, als sich abzunutzen, Tag für Tag, während meine Ehe mir langsam die Gurgel zudrückt.* Sie dachte daran zurück, wie sie und Mathys sich im Dschungel gefunden hatten, wie sie Mathys gesund gepflegt, ihn Fischen, Jagen gelehrt und ihm gezeigt hatte, wie er den Sprung eines Wildschweins bemessen mußte, damit der Pfeil tiefer eindringen konnte. Und wie er sein Begehren handhaben, es zurückhalten mußte, bis auch Kelonikoa in ihrer Lust soweit war und sich ihm entgegenbäumte.

Jetzt, in ihrem fünfundsechzigsten Lebensjahr, versuchte sie sich zu besinnen, wann ihr Ehemann sie das letzte Mal berührt, ihr übers Haar gestrichen oder ihr einfach Gesellschaft geleistet hatte. Verträumt durchquerte Kelonikoa das Zimmer, öffnete eine Schublade und streichelte das kleine, aus Gold und Jade gefertigte Tagebuch einer Kaiserin. Zwanzig Jahre.

Und ich stehe auf dem Petersplatz, und er schreitet mir entgegen, grau an den Schläfen, und bietet mir einen Pfirsich an. Oder wir stehen auf einer Veranda am Schwarzen Meer in der warmen, samtigen Luft der Krim, in einem Sanatorium mit hohen Sprossenfenstern. Er hat Tuberkulose und ist zum Sterben hierhergekommen. Nach all den Jahren finde ich ihn, das Pendant des Buches in der Hand.

Sie war von solchen Phantasien abhängig geworden, denn sie waren wie Reisen, die in eine andere Welt versetzten, ohne zu erschöpfen, die das Netz lockerten, ohne es auszufransen. Dabei war sie ungemein wachsam, weil sie nie wissen konnte, welche Erregung die Phantasien in ihr auslösen würden. Und hernach, wenn sie den Pfirsich verzehrt hatten und Hand in Hand über den Petersplatz gingen, hernach war da immer ein süßes Sehnen. Für eine Weile genügte ihr das.

In den nächsten Monaten sah sie den Bustle Club zerfallen, weil einheimische und *Haole*-Frauen sich über der Frage der Annexion Hawai'is durch die Vereinigten Staaten uneins waren. Bei ihr zu Hause fand dieselbe Debatte statt; entgegen seiner Frau und seiner Kinder redete Mathys der Annexion das Wort. 1887 wurde der Zuckervertrag auf Gegenseitigkeit erneuert, wobei der Marine der Vereinigten Staaten die volle Nutzung von Pearl Harbor zugestanden wurde. Von nun an verstopften Kriegsschiffe den Hafen von Honolulu.

Im Jahre 1888 brannte Eliza, Emmas ältere Schwester, mit einem Franzosen auf einem Schiff nach Cherbourg durch. Daß Emma sechs Monate später kirchlich heiratete – es gab eine richtige große Hochzeit –, versöhnte ihre Mutter ein wenig. Emmas Ehemann war Adam Kimo Pauhana, ein vollblütiger Hawaiianer, der den Schulabschluß in Ponahou gemacht und sein Universitätsexamen in Yale absolviert hatte. Pauhana, Rechtsanwalt und Royalist, war entschieden gegen die Annexion von Hawai'i. Vor Ablauf eines Jahres wurde dem Paar eine Tochter geboren, Vera Lili'uokalani, genannt nach der Schwester des kränkelnden Königs Kalakaua.

Manchmal, wenn ihre Kinder und Enkelkinder um sie versammelt waren, fand Kelonikoa, es sei ein Wunder, daß so viele überlebt und daß sie und Mathys diese kleine Dynastie geschaffen hatten. Mit dreiunddreißig Jahren war Daniel Punahele, der älteste, Vater von vier Kindern; er hatte eine weiße Missionarstochter geheiratet. Der großspurige Hüne, der immer noch selbst im Haus Pistolen trug, führte die Geschäfte seines Vaters, während Mathys im *Bay Horse Saloon* Hof hielt. Sophie Leihulu, zweiunddreißig, und Olivia Malama, achtundzwanzig, die beiden mittleren Mädchen, fristeten ein ruhiges Leben als Ehefrauen von zwei hawaiisch-japanischen Brüdern, Partnern in einem florierenden Lebensmittelgeschäft. Ihre fünf Kinder sahen alle gleich aus, kleine goldene, mandeläugige Herzchen, die rohen Fisch mit Stäbchen aßen.

Wenn Kelonikoa ihren zweiten Sohn sah, George Iwa, dreißig Jahre alt, zerbrach jedesmal etwas in ihr. Obgleich groß und breitknochig wie Daniel, war er völlig abgemagert, denn er war dem Opium verfallen. Von allen Kindern war er der einzige, der Gedichte, Chopin und Telemann liebte, und er war der Sohn, der Kelonikoa am nächsten stand. Die anderen scheuten nicht vor ihm zurück, da sie wußten, daß ein Teil des Reichtums ihres Vaters auf Opiumschmuggel gegründet war, und damals hielt jede Familie eine Schale Opium für die Sonderlinge und Schwachen bereit.

Selbst Mathys ließ George gewähren. »In jeder Familie gibt es so einen frommen Fanatiker und Außenseiter. Gottlob ist es nicht unser Ältester!«

James Kahiki, sechsundzwanzig, der letzte Sohn, der in Harvard Examen gemacht hatte und noch Junggeselle war, zog mit reichen *Haole*-Plantagentöchtern umher und rauchte mit Zuckermagnaten Pfeife im Pazifik-Club, im Renn- und Polo-Club von Hawai'i. James verleugnete sein Eingeborenenblut und geriet ständig mit Emma aneinander, die ihre Tage mit Politik und Redenhalten verbrachte, das Baby Lil auf ihrer Hüfte. Sie alle betrachtete Kelonikoa und fragte sich, was aus ihnen werden würde. Was sollte aus ihren Inseln werden? Was würde ihre Zukunft sein?

Im Jahre 1891 starb König Kalakaua auf mysteriöse Weise während einer Reise nach San Francisco. Die Hawaiianer glaubten, daß er vergiftet wurde. Seine Schwester Lili'uokalani bestieg den Thron, und noch während sie ihren Bruder betrauerte, führten *Haole*-Zuckermagnate eine Kampagne für die Annexion von Hawai'i durch, um besser von den neuen Gesetzen profitieren zu können, die Ausfuhrprämien für amerikanischen Zucker boten. Überall bildeten sich Gruppen von einheimischen Hawaiianern, die entschieden gegen die Annexion waren. Frauen, die dafür eintraten, verließen den Bustle Club, und er wurde ein Verband royalistischer Hawaiianerinnen, ein Schwesternclub der »Söhne von Hawai'i«, die die Rückübertragung der gesamten Regierungsmacht auf den Monarchen befürworteten.

Die Königin, die Bücher und Musik liebte wie ihr Bruder – er war immerhin Komponist von »*Aloha Oe*«, einem der schönsten Lieder in hawaiischer Sprache –, war aber auch eine zähe, eigensinnige Frau. Als sie den Thron bestieg, gelobte sie, ihre Macht als Herrscherin unerschütterlich zu festigen und jeglichem Gerede von Annexion ein Ende zu bereiten. Die *haole* begannen davon zu sprechen, sie abzusetzen, gar von Mord war die Rede. Die Einheimischen wiederum wollten die *haole* im Schlaf aufschlitzen oder erwürgen. Viele bewaffneten sich mit geladenen Gewehren, mit Messern und Katgut zum Strangulieren.

Verschlimmert wurde die Spannung in Honolulu durch die verschiedenen Volksgruppen, die für die »Sklavenarbeit« auf den Plantagen importiert worden waren, Chinesen, Japaner, Portugiesen. Jede Woche streikten Gruppen von ihnen für anständige Löhne und menschliche Lebensbedingungen; die ständige Drohung von

Aufstand und Revolution schreckte den internationalen Handel ab und würde die Inseln über kurz oder lang ins Chaos stürzen.
1892 sprachen sich in der Sitzung der hawaiischen gesetzgebenden Versammlung nur neun Mitglieder für die Annexion aus und über dreißig dagegen. Ermutigt versuchte Königin Lili'uokalani eine neue Verfassung einzuführen, derzufolge nur echte Hawaiianer wählen könnten. Um sich um ein Amt zu bewerben, mußte man nicht reich sein, und endlich würde das Volk seine eigenen Vertreter wählen. Die Königin brauchte nicht mehr die Zustimmung des Kabinetts, und die Minister würden nach ihrem Belieben dienen.
Darauf hatte die weiße Elite nur gewartet: eine Rechtfertigung für einen militärischen Handstreich. Im Januar 1883, noch bevor Lili'uokalani ihre Verfassung verabschieden konnte, bezwangen dieselben Männer, die König Kalakaua die Bajonett-Verfassung aufgezwungen hatten, die Königin mit vier Schiffsladungen bewaffneter US-Matrosen und einem Kriegsschiff, der U.S.S. *Boston,* dessen Kanonen auf den Iolani-Palast gerichtet waren. Nach einem Marsch durch die Straßen mit leichten Geschützen besetzte das Militär die Regierungsgebäude, während die *haole* die Abdankung der Königin verlangten und das Kriegsrecht ausriefen.
Am 17. Januar 1899 ergab sich Lili'uokalani unter Protest. Die Militärtruppen waren vom Botschafter der Vereinigten Staaten geschickt worden, ohne Wissen oder Zustimmung der US-Regierung. Zu der Zeit, als die Kunde von dem Handstreich im Weißen Haus eintraf, fand in den Vereinigten Staaten ein Präsidentenwechsel statt, und während die Welt wegschaute, wurde Hawai'i seinem Volk geraubt.
Ein großes Wehklagen erhob sich auf den Inseln, und es währte viele Wochen ein Schrei abgrundtiefen Kummers. Die Einheimischen trauerten. Alte Leute gossen ein letztes Mal ihre Gärten, beteten zu ihren *'aumakua,* legten sich nieder und starben an gebrochenem Herzen. Im Palast entwendete ein *Haole*-Wächter die Palastkrone, zertrümmerte sie und brachte die Diamanten am Spieltisch durch.

Nachdem die Königin abgesetzt war, wurde Hawai'i im Juli 1894 eine Republik unter einer provisorischen weißen Regierung. Aus Furcht vor Aufständen untersagte die Regierung Einheimischen,

sich in Gruppen von mehr als drei Personen zu versammeln. Darüber hinaus drohte die *Haole*-Junta, daß Einheimische, die es unterließen, den Treneeid auf die neue Regierung abzulegen, gezwungen würden, niederzuknien und Steine zu essen.
Eines Tages marschierten über hundert Mitglieder des Bustle Club, angeführt von Kelonikoa und drei älteren Frauen, schweigend durch die Straßen zum Iolani-Palast. Geschwind ketteten sie sich an den Palastzaun, dann stimmten sie ein hawaiisches Lied an, komponiert von Ellen Keho'ohiwaokalani Prendergast, einer Frau, die treu zur Königin stand. Dieses Lied sollte noch viele Jahre und Jahrzehnte danach auf allen politischen Versammlungen Hawai'is gesungen werden, und sein Titel lautete: »*Mele Aloha 'Aina* – das Lied des Landes, das wir lieben«.

Wir, getreue Söhne und Töchter Hawai'is,
Wir werden leben, indem wir Steine essen,
Die mystische Wundernahrung unserer geliebten
Heimat.
Lieber das als Treue schwören
den Verrätern, die unser Land geschändet haben.
Ja, wir sind die Steineesser,
Unserem Land auf ewig treu.
Wir halten zusammen: das Volk von O'ahnu,
Von Maui, von Kuau'i, von Hawai'i, von Moloka'i.
Unser Geburtsrecht verkaufen wir nicht,
Unentwegt sind wir unserer Königin ergeben.
Ehre all denen, die unserem geliebten Hawai'i
die Treue halten.

Während die Frauen sangen, versammelten sich zahlreiche Einheimische und stimmten mit ein. Das Singen verbreitete sich von Straße zu Straße, von Stadt zu Stadt. Es verbreitete sich übers Meer, bis alle Menschen auf allen Inseln mit dem Gesang »*Mele Aloha 'Aina*« ihre Treue bekundeten. Wohlhabende Einheimische standen Arm in Arm mit solchen in Lumpen, und sie sangen ohne Unterlaß, Stunde um Stunde. Sie sangen für sich selbst und für die Königin, für ihre *'aumakua* und ihre Kinder, die auf immer ihrer gedenken würden. Sie sangen, bis Regierungstruppen die Reihen durchbrachen, Gewehrkolben schwingend, Bajonette aufgepflanzt, und die Gesichter von alten Männern, Frauen und Kindern zu Boden zwangen, ihre Münder gegen Glasscherben, Steine und Erde preßten. Doch die Frauen rasselten nur mit ihren Ketten und sangen lauter, wandten die Köpfe von den Hieben ab, als die Truppen auf den Zaun zustürmten. Drinnen im Palast saß Lili'uokalani und weinte. Stunden später, als Nachschlüssel die Ketten aufgeschlossen hatten, sanken die Frauen auf die Knie, noch immer singend – »...Ja, wir sind die Steineesser / Unserem Land auf ewig treu ...«,– bis man ihnen die Gesichter in die Erde stieß, bis ihre Münder voll waren. Erschöpft, übel zugerichtet und blutend, wurden sie reihenweise ins Gefängnis abgeführt, während die Truppen sie auf Pidgin verhöhnten.

»He, *wahine!* Königin *pau!* Hawaiianer *pau!* Ihr taugt für nix!«

Im Jahre 1892 hatte Präsident Benjamin Harrison die weißen Annexionisten in Hawai'i seine Unterstützung versichert. Sein Nachfolger, Grover Cleveland, verurteilte nun die Annexionisten aufs schärfste, er nannte den Sturz der Königin Lili'uokalani »unrechtmäßig, unmoralisch« und einen »kriegerischen Akt« und versprach die Wiedereinsetzung ihrer Monarchie. Der Kongreß unterstützte ihn. Das Repräsentantenhaus verpflichtete sich dem Prinzip der Nichteinmischung und erklärte die Annexion der Insel für verfassungswidrig und unrechtmäßig. Die provisorische Regierung von Hawai'i, die sogenannte »Missionsmonarchie«, weigerte sich, Präsident Clevelands Befugnis zur Regelung der Inselangelegenheiten anzuerkennen. Sie beschwichtigte die Hawaiianer nur insoweit, als sie die Frauen vom Bustle Club aus dem Gefängnis entließ.

Am Tag ihrer Entlassung warteten Mathys und Adam Kimo, um Kelonikoa und Emma nach Hause zu bringen. Von einer buhenden *Haole*-Menschenmenge verhöhnt, half Mathys Kelonikoa in die Kutsche.

Er rang schwer um seine Fassung. »Weib. Du hast mir für allezeit Schande bereitet.«

Sie starrte ihn an. »Du verstehst nichts, rein gar nichts.«

Präsident Cleveland verlieh seinen Beschlüssen jedoch keinen Nachdruck. Bis zur Einsetzung einer republikanischen Verwaltung unter

McKinley behielt die neue Republik Hawai'i, geleitet von ein paar hundert reichen *haole,* fünf Jahre lang eine provisorische Regierung.

Jetzt gingen die Royalisten in den Untergrund und bewaffneten sich für eine Gegenrevolution. Geschmuggelte Waffen wurden aus San Francisco und China herbeigeschafft und nachts an Land gebracht, Munitionskisten in den Gärten der Leute vergraben. Kelonikoa verkaufte ihren gesamten Schmuck sowie den Rest ihrer schwarzen Perlen, bis auf zwei, und unter Zuhilfenahme der Beziehungen ihres kränkelnden royalistischen Sohnes George Iwa finanzierten sie und die Mitglieder des Bustle Club den Kauf von weiteren Schmuggelwaffen, Munition und Sprengstoff. Einige der geheimen Lager wurden entdeckt, Menschen verhaftet, aber die Royalisten fuhren fort, Waffen zu horten.

Da Emmas Ehemann, Adam Kimo Pauhana, Berater der abgesetzten Königin Lili'uokalani war, glich Mathys' Haus bald selbst einem Waffenlager. Des Nachts schnarchte er friedlich auf ganzen Stapeln von Gewehren, Patronengürteln und Hunderten Schuß Munition, die unter seinem Himmelbett verstaut waren. Bomben lagen versteckt in Schränken und in *Koa*-Schalen. Musketen standen aufrecht in den Röcken seidener *holoku.* Mathys und sein Ältester, Daniel Punahele, und ihre Freunde pafften Zigarren zum Brandy und freuten sich über den Erfolg der neuen Regierung, während im Badezimmer Royalisten Komplotte schmiedeten, Mathys' Eau de Cologne benutzten und nach Planungssitzungen verräterische Landkarten die Toilette hinunterspülten.

Auf den Straßen sah man wohlerzogene junge Frauen, die mit amerikanischen Matrosen flirteten, an ihrer Seite den Strand entlangschlenderten und dabei soviel wie möglich über die militärische Überwachung der Insel in Erfahrung brachten. Eines Tages trieb ein Regierungsspion tot im Ala-Wai-Kanal. Die Mitglieder des Bustle Club beklagten sich über »zu harmlose« Aufträge; sie wollten lernen, wie man Musketen lud und abschoß, wie man Salpeter für Schießpulver und Kugeln aus Zinn herstellte, für den Fall, daß den Royalisten die Munition ausging. Sie kauften eine Druckerpresse und ließen Untergrundpamphlete zirkulieren, auf denen sie die hawaiischen Frauen aufforderten, für die Königin zu den Waffen

zu greifen. Über mangelnden Zulauf konnten sie jedenfalls nicht klagen: Die Frauen standen vor der Türe des Clubs Schlange.
Schließlich ergriff Kelonikoa selbst die Initiative. Sie trieb einen verwitterten alten Seemann auf, einen Söldner der Opiumkriege der 1840er Jahre, der sogar mit Piraten im südchinesischen Meer geplündert hatte.
»Nenne mir deinen Preis«, sagte sie. »Mache Soldaten aus uns.«
Sie übten das Kämpfen bei Kerzenschein, die viktorianischen Röcke zwischen die Beine geklemmt wie überdimensionale Windeln. Bei Mondlicht und Sternenschein lernten sie laden und arretieren, Bajonette aufpflanzen, auf ein Zeichen des Seemanns aufspringen und zustoßen. Goldfarbene Arme und Hälse entblößend, beugten und bogen sie sich wie Tänzerinnen, mit klopfenden Herzen unter gestärktem Leinen, die Haare herabwallend wie Teer. Nach wenigen Wochen hatten sie den Dreh heraus, zerfetzten lebensgroße, an Seilen schwingende Puppen mit Bajonetten, schossen mit ihren Gewehren Büchsen in Stücke. Es herrschte eine fieberhafte Atmosphäre. All diese Frauen, Ehefrauen, Schwestern, Töchter, waren bereit zum Schießen, bereit zu sterben.
Durch das Gewirr von Gliedmaßen hindurch, die sich rings um ihn im Kampf übten – Frauen, die schwitzten und ächzten, zornig und edel und bereit –, blickte der Seemann eines Nachts durch ein Fenster hinaus auf die Sterne, und seine Wangen waren plötzlich naß von Tränen. Die Frauen hielten inne, stumm ihre Waffen vor sich hingestreckt.
»Seht ihr es nicht?« flüsterte er. »Es ist hoffnungslos, verdammt hoffnungslos. Ihr habt euer Land schon längst verloren.«
Sie machten weiter. Nacht für Nacht fuhren Kelonikoa und Emma in ihrer Kutsche durch die Straßen, auf dem Antlitz einen Ausdruck unnahbarer Würde, und brachten Lebensmittel zu Familien, deren Mitglieder ihre Arbeit verloren hatten, weil sie sich weigerten, den Treueeid auf die neue Regierung zu leisten. Immer wieder hielten rohe, kriegerische Matrosen ihre Kutsche an, schlugen ihre Pferde und den Kutscher, untersuchten ihre Körbe mit Nahrungsmitteln. Doch die Frauen starrten nur geradeaus und setzten ihren Weg fort, unter ihren Röcken Päckchen mit Schießpulver und die achtkantigen Läufe von auseinandergenommenen Gewehren.

Durch den von Präsident Cleveland angeordneten Rückzug der amerikanischen Kriegsschiffe aus dem Hafen ermutigt, gab Lili'uokalani ihr Einverständnis zum Aufstand, und als Datum für die Gegenrevolution wurde der 7. Januar 1895 festgesetzt. Doch dann erschien am Abend des 6. Januar, als Royalisten ein Waffenversteck in der Nähe des Ala-Wai-Kanals ausgruben, plötzlich die Polizei. Es kam zu einem Schußwechsel, mehrere Weiße wurden bei dem Gefecht getötet. Regierungstruppen und Polizei übten blutige Rache; überall in Honolulu wurden Häuser durchsucht, Unschuldige aus ihren Betten gezerrt und hingemetzelt. Ein Mann, der royalistische Pamphlete im Kleid seiner Geliebten fand, zog mit dem Schrei »Verräterin!« eine Pistole.

Die Frau zog ihre eigene Pistole. »Du stehst auf der falschen Seite«, rief sie. Und schoß ihn tot.

Auch Mathys' Haus blieb nicht verschont. Mitten in der Nacht kamen Soldaten, durchwühlten sein Haus, zogen Waffen unter seinem Bett hervor. Er und Kelonikoa wurden in Handschellen ins Gefängnis abgeführt, ihre Töchter und Schwiegersöhne folgten ihnen.

Man warf sie mit vielen anderen in eine dunkle Zelle. Mathys starrte seine aufrührerische Frau erschüttert an. »Du ... bist ... *wahnsinnig!*«

Sie trat entschlossen vor ihn hin. »Daß ich dich einst liebte, ist meine Schande. Meine große Schande.«

Später saßen sie mit dem Rücken an die feuchte Mauer gelehnt und hörten die Schreie einer Frau. Das dumpfe Schlagen von Knüppeln auf Menschenknochen. Ein Aufprall; Verdächtige, die blutend in Zellen geworfen wurden. Der durchdringende, langsam verhallende Schrei von jemand, der von einem Dach gestoßen wurde. Als der Morgen graute, erschien Daniel Punahele, bezahlte die Beamten, schwor, seine Eltern seien von royalistischen Dienstboten hereingelegt worden und hätten von den Waffen in ihrem Haus nichts gewußt. Doch Kelonikoa weigerte sich zu gehen. Sie und Emma klammerten sich aneinander, wichen in die Zelle zurück, wo sich andere Kampfgenossen um sie scharten.

»Ja, wir sind Royalisten, alle miteinander!« schrie Emma. »Vater, ich verdamme dich!«

Daniel zog seinen Vater fort. »Hysterische Weiber, halten einer hysterischen Königin die Treue.«

Als Kelonikoa und Emma wenig später vor Gericht des Verrats bezichtigt wurden, weinte Mathys so heftig, daß seine Augenklappe verrutschte. Er zog sie herunter, wanderte wie von Sinnen durch die Straßen, bis ein Diener ihn nach Hause brachte.

Am 16. Januar wurde im Garten der Königin eines der größten Waffenverstecke gefunden – Bomben, Pistolen, Degen. Lili'uokalani wurde in Gewahrsam genommen und im Iolani-Palast gefangen gesetzt. Als vor einer Militärkommission wegen Verrats gegen sie verhandelt wurde, erlitt die Königin eine tiefe Demütigung. Ihre persönlichen Tagebücher wurden öffentlich gemacht. Enthüllt wurde dabei das gewaltige, jedoch gesunde Selbstvertrauen einer Frau, die glaubte, daß Frauen bessere Monarchen seien als Männer. Enthüllt wurde auch, daß sie heimliche Geliebte hatte.

»Welcher König hat *keine?*« erwiderte sie auf die Anschuldigung. Aus den Tagebüchern sprach zudem eine überaus feinfühlige, intelligente Frau, die gehofft hatte, ein College für hawaiische Frauen gründen zu können, um ihnen »dieselbe Bildung wie Männern« zu ermöglichen. Sie hatte geplant, eine Bank für Frauen zu eröffnen, die sie befähigte, ihre Geldangelegenheiten selbst zu handhaben, hatte erkannt, daß mehr Rechtsanwältinnen und Ärztinnen vonnöten waren und daß die Frauen das Recht haben mußten, über ihren Körper, ihr Schicksal zu bestimmen. Und an einer Stelle befand sie sogar, obwohl den Männern durchaus zugetan, daß Frauen »diese im Grunde nicht brauchten«.

Lili'uokalani wurde zu fünf Jahren Hausarrest im Iolani-Palast verurteilt. Von den zweihundert Gefangenen, die vor Gericht gestellt wurden, wurden fünf Hauptanführer der Royalisten, darunter Emmas Ehemann, zum Tode verurteilt. Kelonikoa, Emma, Dr. Goddard und sieben Frauen vom Bustle Club wurden zu je zwanzig Jahren Gefängnis verurteilt. Politisch war das Erpressung: Die *haole* benutzten die Rebellen, die die Königin unterstützten, um diese zur Abdankung zu zwingen.

Und die Rechnung der *haole* ging auf. Um ihren Getreuen das Leben zu retten, verzichtete Lili'uokalani offiziell für immer auf sämtliche Ansprüche auf den Thron. Sie gelobte der neuen Republik Treue, erkannte das Ende ihrer Monarchie an und versprach, keine Bemühungen um ihre Wiederherstellung zu unterstützen. Die Todesurteile wurden umgewandelt. Alle Gefangenen wurden innerhalb eines Jahres begnadigt. Die Royalisten überlebten; die Monarchie war tot. Kelonikoa war unterdessen vierundsiebzig Jahre alt, immer noch reizvoll, eine gebieterische Erscheinung, doch der körperliche Verfall nahm auch bei ihr seinen Lauf. Als sie nach einigen Wochen aus der Haft heimkehrte, wurde ihr das Bett zum Gefängnis. Emma blieb fast ein Jahr im Kerker, dann wurden auch ihr Mann und alle Frauen entlassen. In diesem Jahr blieb Kelonikoa stumm, sie sprach kein Wort, teilte sich ihrem Personal nur durch Zettel mit.

Manchmal kam Mathys zu ihr, stellte sich im Dunkeln neben sie, und dann dachte er, daß sie beide nicht nur den Mittelpunkt von allem verloren hatten, sondern sogar die Ränder verschwunden waren. Er war fast achtzig, in einem Alter also, wo der Mensch rückwärts blickt, wenn er in die Zukunft schaut. Er hatte geglaubt, für seine Frau zu sorgen sei der höchste Ausdruck der Hingabe, aber das hatte nicht genügt. *Wie hätte ich sie mehr lieben können? Ich habe nie eine andere Frau angerührt.* Es kümmerte ihn nicht, daß sie ihn hintergangen, daß sie ihn öffentlich lächerlich gemacht hatte. Was ihn bekümmerte, war dies: Es gab etwas, das sie gebraucht und das sie in ihm zu wecken gesucht hatte, etwas, das er jedoch nicht besaß.

Ende des Jahres, als alle Gefangenen freigekommen waren, wurde der Palast in ein Regierungsgebäude umgewandelt. Lili'uokalani zog sich in ihren privaten Wohnsitz zurück, wurde zur Bürgerin erklärt, und der Hausarrest wurde schließlich aufgehoben. Eines Tages besuchte Kelonikoa Lili'uokalani in ihrem Haus am Washington Place. Sie saßen flüsternd und weinend zusammen.

»Ich habe gehört, Sie wollen nach Washington, Eure Majestät, um sich für die Sache der Monarchie zu verwenden.«

»So ist es.«

»Dann bin ich gekommen, um Lebewohl zu sagen. Denn ich werde nicht mehr da sein, wenn Sie zurückkommen.«

Die Königin tätschelte ihre runzelige Hand. »*Milimili* Kelonikoa, ich bin vierzehn Jahre jünger als Sie. Aber Sie sind eine Kriegerin. Sie werden mich überleben.«

Kelonikoa schüttelte den Kopf. »Meine Knochen beginnen zu ächzen. Im Schlaf träume ich vom Schlafen.«
Am nächsten Tag befahl Kelonikoa Emma zu sich ins Haus, legte ihr die letzten beiden kostbaren schwarzen Perlen in die Hand und erzählte ihr deren Geschichte, leise und humorvoll. Der Affen-Mann. Die Flucht. Ein Walfänger, ein einäugiger Kannibale. Und Liebe. Dann legte sie ihr einen anderen Gegenstand in die Hand, das winzige Tagebuch aus Jade und Gold. Und sie versuchte, den russischen Kapitän zu erklären, den sie nie wiedergesehen hatte.
»Hast du ihn geliebt?« fragte Emma.
»Kann man von einem Moment zum nächsten lieben? Nein. Ich liebte ... in der Phantasie. All die Leben, die wir gelebt haben könnten. Meine Träume waren wie ein Wandteppich, ein nie endender Faden. An dem Abend, als er es mir schenkte, fragte ich ihn, was er glaube, daß die Kaiserin geschrieben habe, und was diese winzigen Zeichen bedeuteten. Er sagte, vielleicht habe sie geschrieben, daß das eigentliche Leben durch Träume und Eingebungen gelebt werde, nicht durch Schicksal und Umstände.«
Emma runzelte die Stirn. »Ich glaube, das verstehe ich nicht.«
»Nimm es, Liebes. Eines Tages möchtest du es vielleicht in der Hand halten ... dem Faden im Wandteppich folgen.«
Dereinst würde sie sich an die Worte ihrer Mutter erinnern, daran, wie sie in Rätseln gesprochen hatte. Und sie würde sich an ihre Augen in diesem Moment erinnern, unnatürlich hell und klar, mit einem starren Leuchten.
In dieser Nacht saß Kelonikoa an Mathys' Seite und betrachtete sein Gesicht, seinen im Schlaf halb offenstehenden Mund. Die Jahre. All die Jahre. Sie beugte sich zu ihm herab, und in seinem Altmännergeruch war ein Geruch nach moderndem Humus, nach feuchter Erde. *Der Dschungel. Glückliche Flüchtlinge in Lumpen. Und so weit ist es mit uns gekommen, kein Reichtum, kein Gewinn, immer nur Ersatz.* Sie hatten die Berge verlassen und waren in die Welt eingetreten, und Mathys war ein räuberischer Mensch geworden. Und sie, Kelonikoa, hatte bloß überlebt, indem sie sich tot stellte.
Sie stand auf, ließ ihre Kleider zu Boden gleiten und stieß sie achtlos fort. Dann bedeckte sie ihren nackten Leib mit einem Sarong, löste

langsam ihr Haar, einen schimmernden grauen Schal. Durch die Räume schwebend, durchlebte sie noch einmal ihr Leben, all die Jahrzehnte, Kinder wurden geboren und begraben. Sie streichelte Gegenstände, hinterließ ihre Fingerabdrücke auf Photographien. Dann rannte sie in die Nacht davon, sich immer im Schatten haltend, keuchend und verschnaufend, während sie ihre pfeifenden Lungen hörte, rannte weiter, Boulevards und Straßen entlang, über ungepflasterte Wege, bis sie zur Bucht der heilenden Delphine kam. Sie schwamm gemächlich, denn sie hatte Zeit, und es galt große Entfernungen zurückzulegen. Tief, tief in dem Pazifik schwamm sie, bis weit unterhalb des Äquators, vorbei an den geheimnisvollen Marquesas-Inseln, den Tuamotu-Inseln. Wellen umplätscherten sie sanft, ihr Haar umfloß sie wie ein phosphoreszierendes Netz. Sie schwamm langsam, nachdenklich, in einem Tempo, wie es sich für eine alte Frau schickte. Sie schwamm durch zirkadiane Nachtgräben und hinein in eine purpurne Stunde, und als sie ein letztes Mal zurückblickte, sah sie, gleich den Spitzen reiner Sehnsucht, die Vulkangipfel von Hawai'i. Dann drehte sie sich um und strebte ihren heimatlichen Gestaden zu.
Emma fuhr aus einem Traum hoch, sprang aus dem Bett und rannte. Sie rannte Boulevards und Straßen entlang, und sie rannte schreiend zum Meer.

Im April 1898 besiegelte der Beginn des spanisch-amerikanischen Krieges auf den Philippinen das Schicksal von Hawai'i, das als wichtiger Marinestützpunkt galt. Am 7. Juli 1898 unterzeichnete Präsident McKinley die Resolution zur Annexion der hawaiischen Inseln, die somit Gesetzeskraft erlangte. Bei den Annexionsfeierlichkeiten am 12. August marschierten bewaffnete Truppen in Formation; US-Regierungsbeamte nahmen auf Tribünen die Parade ab, Kanonen donnerten auf Kriegsschiffen. Die Königlich Hawaiische Kapelle begann zum letzten Mal, »*Hawai'i Pono'i*« zu spielen, die offizielle hawaiische Hymne, doch sie wurde niemals zu Ende gespielt. Als die hawaiische Flagge langsam eingeholt wurde, ließen die Mitglieder der Kapelle ihre Blasinstrumente sinken, senkten die Köpfe und schluchzten.
Und die Klagen setzten ein. Und die Winde, unglaubliche Winde.

Von Insel zu Insel trafen die Hawaiianer ihr »Abkommen mit dem Tod« und stürzten sich von Felsen. Andere wanderten in den Ozean. Und Pele, die Göttin des Feuers und der Vulkane, sie schrie. Und Berge taten sich auf und stießen Blut aus. Riesige Tintenfische, so groß wie Schiffe, entstiegen dem Meer und stakten brüllend auf die Strände. Ganze Wälder brachen zusammen. An dem Tag wurden in diesem schönsten aller Archipele große Bindungen für immer zerrissen.

Pono
Güte, Moral

❖

Knochen von ihren Knochen. Alles, was ihm von ihr geblieben war. Er schlief mit ihnen in einem Leintuch an seiner Seite.
Daniel Punahele ließ seine Schwester kommen. »Er ist verrückt geworden. Hat sie ausgegraben, diese ... Dinger und nimmt sie mit ins Bett!«
Emma betrachtete den Haufen winziger gelber Knöchelchen. »Vater, ich verstehe dich.«
Sie stand bei ihm; jeden Morgen bedeckte sie die Knochen ihrer Brüder und ihrer Schwester mit einem Tuch, denn sie dem Sonnenlicht auszusetzen galt bei Hawaiianern als respektlos. Abends legte sie das klappernde Leichentuch ehrfürchtig neben ihn. Leise summend hielt er es dann im Arm. Der Leichnam seiner Frau war nie gefunden worden, dieser Trost blieb ihm für immer verwehrt.
Mathys war jetzt über achtzig, voller Pigmentflecken, mit wilden, mephistophelischen Augenbrauen; sein verbliebenes Auge hatte den grauen Star. An manchen Tagen vergaß er seine Augenklappe, und die Dienstboten stießen in den Fluren auf ihn, wo er herumtappte, mit dieser grauenhaften, triefenden Augenhöhle. Daniel Punahele ging seinem Vater aus dem Weg, als sei er kein Mensch mehr.
Eines Abends ergriff Mathys Emmas Hand, voller Mitteilungsdrang. »Ich dachte, man könnte ohne Gewissen leben. Das hat sie umgebracht. Das war es, was mir fehlte.«
Er legte viele seiner Gewohnheiten ab, all die festen Rhythmen, die den Menschen am Leben halten. Er verlor seinen Geruchssinn und schien fast nichts mehr zu essen. Entzückt von seinen Enkelkindern,

hielt er sie manchmal fest und untersuchte ihre kleinen Adern, in denen Kelonikoas Blut pulsierte. Eines Nachts setzte Emma sich im Schlaf auf und wußte, er war tot. Sie fanden ihn in den Untiefen von Kelonikoas Bucht, einen Arm ausgestreckt, als suche er sie in der Tiefe zu überholen. Neben ihm schaukelte ein Kanu mit den eingewickelten Knochen seiner Kinder. Einem Diener hatte er gesagt, er fahre nach Tahiti. Vom Gewicht der Goldmünzen in seinen Taschen zu Boden gezogen, mußte er ausgerutscht und ertrunken sein, als er sich mühte, in das Kanu zu steigen. Münzen waren rings um ihn auf den Grund gesunken, eine hatte sich ihm aufs Gesicht gelegt, in seine leere Augenhöhle.

Da George Iwa mittlerweile rettungslos dem Opium verfallen war, übernahmen Daniel Punahele und James Kahiki die Familiengeschäfte; sie vergrößerten den *Bay Horse Saloon,* kauften eine zweite Bar. Truppentransporter brachten amerikanische Soldaten, die nun die Straßen bevölkerten, und Daniel sah die Zeit voraus, da die militärische Präsenz Amerikas von Dauer sein würde. Sie verdoppelten die Anzahl ihrer Mietställe, so daß sie fünfundsiebzig Pferde unterbringen konnten.

Emmas Ehemann, Adam Kimo, baute seine Anwaltspraxis aus dem Nichts auf; seine meisten Klienten waren arme Hawaiianer und Orientalen. Da sie ihre jüngste Schwester über alles liebten, boten die Brüder aus Familiensinn Adam eine Beteiligung an ihren neuen Geschäften an. Er lehnte höflich ab, denn den beiden Männern haftete etwas Krankhaftes an, ein von ihrem Vater ererbter Mangel an Gewissen, ein moralischer Abgrund.

Daniel Punahele hatte, obwohl ein gerissener Geschäftsmann, privat eine Vorliebe für chinesische Mischlingsfrauen entwickelt und hielt sich Geliebte in verschiedenen Stadtteilen.

James Kahiki wiederum war ein eingefleischter Spieler und dermaßen tief verschuldet, daß er ständig die Zuckergewinne zu Geld machte und bei den Banken hohe Darlehen aufnahm. Als sich im Hafen von Honolulu mehr und mehr Truppentransporter stauten, erwarben die Brüder ein Seemannshotel auf der Fort Street und sogar eine Apotheke, wo Matrosen Arzneien für Geschlechtskrankheiten kaufen konnten.

In jenen Jahren des ausgehenden neunzehnten Jahrhunderts wimmelte es in Chinatown, das an die Lagerhäuser und Geschäfte der Hotel Street und der Fort Street, nahe dem Hafenviertel Honolulus, grenzte, von Menschen. Auf weniger als vierzig Morgen waren über achttausend asiatische Einwanderer und Hawaiianer zusammengepfercht, denen die weißen Landbesitzer unverschämte Mieten abverlangten. Als 1899 eine Leiche mit den verräterischen Anzeichen der Beulenpest aufgefunden wurde, schwärmten Inspektoren der Gesundheitsbehörde in dem Bezirk aus und deckten einen Alptraum von schmutzigen Restaurants, Bordellen und Mietshäusern auf; Aborte waren nichts als Löcher im Fußboden, unter denen Senkgruben verliefen. Kinder, verseucht mit Läusen und Flöhen, spielten neben Rinnsteinen voll Unrat. Die Gassen waren gesäumt von Ratten, die sich genüßlich rekelten wie Haustiere.

Als ein Dutzend weiterer Fälle von Pest auftrat, gerieten die Beamten in Panik. Um einer Epidemie zuvorzukommen, brannten sie Teile von Chinatown nieder, und Tausende von Menschen dämmerten fortan in Quarantänelagern vor sich hin – Stacheldrahtgefängnissen, in denen sie von Ärzten ständig untersucht wurden, damit neue Krankheitsfälle schneller behandelt werden konnten. Das ganze folgende Jahr wüteten überall dort Brände, wo »Pestherde« systematisch angezündet wurden. Die Inselbewohner, reiche wie arme, lebten mit dem Gestank brennender Leichen und Holzbruchbuden. Eines Tages, als Emma in einem der Lager arbeitete und die Obdachlosen versorgte, fand man sogar in den Mietställen der Coenradtsens neben dem Seemannshotel infizierte Ratten. Hilflos mußten die Brüder mitansehen, wie ihr Besitz dem Erdboden gleichgemacht wurde.

Im Dezember geriet ein »Säuberungsfeuer« außer Kontrolle und zerstörte den größten Teil von Chinatown und nahe gelegene Unternehmen, darunter die verbliebenen Betriebe der Coenradtsens. Die Quarantänelager schwollen auf über siebentausend Personen an. Mittlerweile hatte die Beulenpest sogar auf Wohngebiete übergegriffen, aber eine Epidemie wurde durch das Feuer wenigstens unterbunden. Allerdings mußte die Stadt jetzt mit einer riesigen Anzahl von Obdachlosen fertig werden.

Wenn Emma in ihr bescheidenes Haus im Arbeiterviertel Kalihi heimkehrte, erschöpft von der stundenlangen Arbeit in den Lagern, schlief sie manchmal beim Essen ein. Dann betrachtete ihr Mann sie – ein ehedem schönes Mädchen, das längst zu einer Frau mit verhärmtem grauen Gesicht geworden war. Ein Jahr im Gefängnis, ihre Königin abgesetzt, ihr Volk im Schwinden begriffen. *Emma, was haben sie uns angetan?* Er blickte auf ihr Kind, Vera Lili, ihre einzige Hoffnung. Das Mädchen wirkte vorausschauend und klug, ihre schwarzen Augen waren traurig, ihr Blick durchdringend, als könnte sie die Gedanken ihres Vaters lesen.

In der Schule war Vera Lili aufgeweckt, die Beste in ihrer Klasse in Punahou. »Unsere Lehrerin sagt, es ist ein Glück für uns, daß wir von Amerika annektiert wurden«, hatte sie eines Tages verkündet. »Wenn wir Frankreich oder Rußland gehörten, wären wir Hawaiianer Sklaven.«

Adam hörte empört zu.

»Unsere Lehrerin sagt, ich bin klug. Aber ich soll nicht ans Studieren denken ... bloß daran, einen Mann zu finden und Kinder großzuziehen.«

»Natürlich«, sagte er. »Die denken, du hast nicht genug Grips für eine höhere Bildung. Dein Vater ist ein *kanaka*, deine Mutter ein Mischblut. In einem Jahr werden sie dich auf eine Anstellung als Hausmädchen zurechttrimmen.«

An diesem Punkt hatte Emma erregt eingegriffen: »Adam, Lieber, du wirst ihren Kopf mit Haß füllen.«

»Ich möchte sie vorbereiten«, sagte er. »Auf ein Leben voll Leid.«

An diesem Abend, im Bett, hatte in Emmas Augen ein unheimlicher Glanz gelegen. Sie wirkte fiebrig und unruhig.

»Warum arbeitest du so hart?« fragte er. »Warum gibst du soviel auf Fremde?«

»Viele von ihnen sind Hawaiianer, dein und mein Volk. Oh, Adam! Du solltest sie sehen. Heute habe ich eine *haole* gepflegt, sie war voller eiternder Wunden und hatte so hohes Fieber, daß sie nicht sehen konnte, daß ich ein Halbblut bin. Sie umklammerte meinen Arm und schrie: ›Sie sollen mich nicht bei Niggern begraben!‹«

Emma ließ das Gesicht in die Hände sinken. »Ich habe ihr in die Augen gesehen und sie verflucht, noch während sie starb.«

In dieser Nacht war Emmas Bettwäsche triefend naß. Sie wachte auf, erbrach sich. Adam zog Lili an, die noch halb schlief, und

brachte sie zu den Nachbarn. Fortan schlich das Mädchen jeden Abend nach Hause und beobachtete sie durch das Fliegengitter: den chinesischen Arzt, ihren weinenden Vater, ihre Mutter, das Fleisch grün verfärbt, aufbrechende Wunden in Achselhöhlen und Leiste, ihr Gesicht verzerrt wie das einer Hexe. Emma schrie ohne Unterlaß, ihr Durst war ungeheuer.
Emmas Brüder kamen. Daniel Punahele fluchte, James Kahiki fiel weinend auf die Knie. Nach zwei Nächten schließlich holte man einen *Haole*-Arzt. An der schwarzen Fliege und dem Cape war zu erkennen, daß er direkt aus der Oper kam. Draußen peitschte sein Kutscher ungeduldig die Pferde.
Der Doktor sah Emma an, schüttelte den Kopf. »Zu spät. Das Haus muß augenblicklich verbrannt werden!« Er warf sich sein Cape über die Schultern, bereit für einen großen Abgang.
Doch Daniel fing ihn ab, hielt ihm eine Pistole vor die Brust. Stundenlang, während Emma im Fieberwahn lag und der entsetzliche Geruch nässender Geschwüre von ihrem Körper aufstieg, rieb ihr der Doktor Gesicht und Hals, wieder und wieder wusch er sich die Hände. Als es tagte, stimmten Lilis Vater und Onkel das Klagegeheul an. Ihre Ehefrauen kamen und Emmas Schwestern. Der Doktor rückte sein Cape zurecht, hob seine Tasche auf, wollte sich entfernen.
Daniel schlug ihm mit dem Knauf seiner Pistole mitten ins Gesicht. »Mistkerl! Sie hätten sie retten können! Man hat Sie vor zwei Tagen gerufen ...«
Der Mann taumelte rückwärts und betupfte vorsichtig seine blutende Wange. »Niemand hat mir gesagt, daß sie Ihre Schwester war. Ich mache keine Hausbesuche in den Slums ...«
Adam stand auf und versetzte ihm einen Fausthieb. Daraufhin schlug Daniels *Haole*-Frau Adam mit ihrem Sonnenschirm. Eine von Emmas Schwestern, die mit einem Japaner verheiratet war, schlug wiederum auf Daniels Frau ein.
»Kanaka!« schrie jemand. Und wieder holte jemand aus.
Durch das Fliegengitter sah Lili ihre Mutter den Kopf wenden, sah ihre weit aufgerissenen Augen, während sie dem gewalttätigen Treiben um sich herum zusah, den rotierenden Leibern, der ausholenden Gliedmaßen. Plötzlich war ihr Gesicht ganz leer. Die Men-

schen im Raum wandten sich um, als sie ihr röchelndes Atmen hörten, wie Wasser, das einen Abfluß hinuntergurgelt.

Bevor Adam mit Lili in das Haus seiner Schwester zog, mußte Lili zusehen, wie ihr geliebtes Haus in Flammen aufging. In diesem Moment kehrte sie dem alten Jahrhundert den Rücken, aber die Erinnerung an sich prügelnde Verwandte, an den erstaunten, sterbenden Blick ihrer Mutter nahm sie mit. Und neben dieser Erinnerung das Bild des Arztes, der spät kam, zu spät, weil sie in einer Gegend wohnten, die die Weißen neuerdings Slums nannten.

Später hieß es, jenes Jahr habe den endgültigen Niedergang der Coenradtsens eingeleitet. Daniel Punahele verließ seine *Haole*-Frau wegen einer hawaiisch-chinesischen Geliebten, mit der er eine Herde von »Mischlingsbastarden« zeugte. Seine Frau ließ sämtliche Wertgegenstände aus dem Haus einpacken und zog aufs Festland. James Kahiki erdreistete sich, die Versicherungspolicen für die Unternehmen zu Geld zu machen und die gesamten Zuckergewinne zu verspielen. Immer noch hochverschuldet, erhängte er sich schließlich mit dem Gürtel seines seidenen Morgenrocks.

1901 unterstützten die Zuckerplantagenbesitzer – die natürlich daran interessiert waren, daß ihre Arbeiter nüchtern blieben – die Bildung einer hawaiischen Ortsgruppe der Anti-Saloon-Liga. Niedergeschlagen verkaufte Daniel Punahele den *Bay Horse Saloon* an Adam und stieg in die Schweineschlächterei der Familie seiner Geliebten ein. Adam ließ die Bar als Kartenclub und Lesestube mit dem alten Namen *Bay Horse* wiederauferstehen. Für einen Vierteldollar pro Monat konnten gewöhnliche Arbeiter dort sitzen und Zeitungen, Zeitschriften und billige Groschenromane lesen. Die des Lesens Unkundigen spielten Gesellschaftsspiele wie Sanchopedro und Binokel, Fan-tan und Mah-Jongg, und bei Bedarf bot Adam ihnen kostenlosen Rechtsbeistand.

Die Plantagenarbeiter forderten nach wie vor bessere Bezahlung, medizinische Versorgung, anständige Verpflegung. Da sie als vertragsmäßige Arbeitskräfte importiert wurden, konnten ihre Verträge gekauft und verkauft werden. Sie schufteten zwölf bis fünfzehn Stunden für kümmerliche vierzig Cents pro Tag, sie hatten in ihren Unterkünften kein fließendes Wasser und keine Abflußsysteme und bekamen ständig Prügel von ihren brutalen portugiesischen und

schottischen Vorarbeitern, nicht selten wurde auch jemand erschossen. Im Hinterzimmer des *Bay Horse* saß Adam und hörte sich ihre Beschwerden an.
Zu jener Zeit gab es kaum Maschinen auf den Zuckerrohr- und Ananasfeldern. Pflügen, Bewässern, Pflanzen, Düngen wurden von Hand besorgt, einziges Werkzeug waren Hacken. Dann kam der mörderische Teil, das Abbrennen und Abstreifen der messerscharfen Blätter von den Rohrstengeln, das Schneiden und Verladen. Unter unbarmherziger Sonne und in stickigen Dickichten aus bis zu zehn Fuß hohem Rohr streiften die Arbeiter abgestorbene Blatthülsen von jedem Halm, damit Luft eindrang und sie atmen konnten. Dabei drang ihnen feiner Staub in Augen und Nase, stachlige Rohrhaare stachen und brannten und verursachten furchtbare Infektionen. Die meisten Männer hatten gräßliche Narben an Armen und Beinen, vielen fehlten Finger von Unfällen beim Hacken. Einige erblindeten.
Adam begann Unterschriften für offizielle Beschwerden zu sammeln. In den getäfelten Sitzungssälen der Gesellschaft hawaiischer Zuckerplantagenbesitzer bezeichnete man ihn empört als Aufwiegler, der ständig mit umstürzlerischen Arbeitern zusammensteckte. Presseberichterstatter gruben seine royalistische Vergangenheit und seine Inhaftierung aus, die Tatsache, daß er versucht hatte, die provisorische Regierung zu stürzen und die Königin wieder einzusetzen. Ein *kanaka,* verschwägert mit den degenerierten Coenradtsens, Abkömmlingen eines ... Kannibalen!
Lili verbrachte die Abende bei ihrem Vater im *Bay Horse,* wo sie Asiaten und Hawaiianern, die sich mühten, Englisch zu lernen, »Der Rabe« von Poe, und »Evangeline« von Longfellow vorlas. Bald half sie ihrem Vater beim Abfassen von Eingaben, die auf einer Druckerpresse vervielfältigt wurden. Die Mitschülerinnen in Punahou hielten sich von ihr fern; sie nannten sie eine Unruhestifterin, eine Aufwieglerin, genau wie ihre royalistische Mutter und Großmutter. *»Nana i ka'ili!* Seht euch diese Haut an!« rief sie und deutete auf ihre Arme. »Wir werden niemals *haole!*«
Auf Lilis Abschlußfeier – sie war die Beste ihrer Klasse – zitterte ihr Vater vor Stolz. Wenige Tage später ging er verzagt zu ihrer Namenspatronin, Königin Lili'uokalani, und bat sie um ihre Hilfe,

um das Mädchen auf die Universität zu schicken. »Weit fort, wo ihre Begabung wirklich gefördert wird und sich entfalten kann.« Er bot der Königin alles an, was ihm an Werten geblieben war, die Perlen seiner Frau und das Tagebüchlein.
»Steck das wieder ein«, sagte die Königin leise. »Und laß uns eine glanzvolle Zukunft für Lili planen.«
Auf Vermittlung einer guten Freundin der Königin, Susan Tolman Mills, der Begründerin des Mills Seminary College für Frauen in Oakland, Kalifornien, wurde veranlaßt, daß Lili dort mittels eines Teilstipendiums aufgenommen wurde, das die Königin mit einem Taschengeld aus ihren eigenen bescheidenen Einkünften ergänzte. Im Jahre 1906 schiffte sich Lili unter Tränen nach Kalifornien ein. Bei der Abreise schenkte ihr Vater ihr den Beutel ihrer Mutter mit dem Tagebuch und den schwarzen Perlen.
»Katzbuckle vor niemandem«, sagte er. »Sei etwas Besonderes!«
Als das Schiff in den Pazifik auslief, stand Lili weinend an der Reling und fragte sich, wie sie den Erwartungen ihres Vaters gerecht werden könne, denn Lili war klug, vermutete aber, daß sie keineswegs »etwas Besonderes« sei.
Die Monate vergingen. Eines Nachts, gegen Ende ihres ersten Studienjahres, wachte Lili heftig zitternd auf, und sie wußte es, bevor sie es erfuhr. Das *Bay Horse* war abgebrannt, mit ihrem Vater, der drinnen eingeschlossen war. Eine Woche später stand sie mit einem Polizisten, der den Brand entdeckt hatte, vor den verkohlten Überresten. Bevor das Feuer das Gebäude endgültig verzehrte, war der junge Mann durch ein Fenster eingebrochen.
»Hab Ihren Vater auf'm Boden gesehen«, sagte er. »Sah aus wie schon tot. Zwei Portugiesen sind direkt an mir vorbeigerannt. Mörder. Arbeiter von Plantagen. Mein Boß sagt, wenn ich das erzähl', bin ich vielleicht auch tot.«
Sein Name war Benjamin Huhu Meahuna. Lili weinte in seinen Armen.
»Ich taug' nicht für viel«, sagte er. »Aber ich will verdammt sein, wenn ich einen *haole* mit 'nem Mord davonkommen laß!«
Tags darauf standen er und Lili im Kontor von Honolulus größter Zeitung. Am Abend erschienen ihre Bilder auf der Titelseite zusammen mit Benjamins Aussage und einer ganzen Beschreibung der

Mörder. Einer war groß, mit rötlichen Haaren, der andere schlank und hinkte. Die Unterschrift unter Lilis Bild lautete: ZUCKERPLANTAGENBESITZER MORDETEN MEINEN VATER. Benjamin wurde auf der Stelle aus dem Polizeidienst entlassen, und auf der Straße schoß jemand auf ihn. Auf das Haus von Lilis Tante wurde ein Brandanschlag verübt.

Entsetzt flohen Lili und Benjamin zu einem Priester in der Nachbarschaft. Er traute sie und schickte sie dann zu einem verläßlichen Iren, der eine kleine Ananasplantage in den Bergen nördlich von Honolulu besaß.

»Ihr Vater wurde ermordet«, sagte der Ire, »als Warnung für die Streikenden auf den Plantagen. Vor drei Wochen erst wurde ein Filipino gelyncht. Er hatte dagegen protestiert, daß sie gezwungen waren, zu zwanzig Mann in einem Zimmer zu leben, ohne einen einzigen Abort. Und einem Japaner haben die Plantagenbesitzer den Kopf abgeschossen, während er in einem buddhistischen Tempel eine Veranstaltung organisierte. Jetzt will das Zuckermonopol auch mein Land. Könnt ihr mit Schußwaffen umgehen?«

Lili hatte im Verlauf einer Woche ihren Vater verloren, einen Fremden geheiratet und zum erstenmal einen Mann in sich gespürt. Sie lernte, wie man den Biß eines Hundertfüßlers oder eines Skorpions überlebte, gewöhnte sich daran, löffelweise Muskatnuß zu schlucken, deren leicht betäubende Wirkung sie beim zermürbenden Ananaspflücken gefaßt und heiter bleiben ließ, und sie lernte das Abfeuern von Gewehren und Handfeuerwaffen. In dieser Woche lernte sie außerdem, daß nicht alle Weißen schlecht waren. Einige waren großmütig wie Hawaiianer: Der Kampf mit der Natur und den Elementen brachte zutiefst menschliche Eigenschaften in ihnen zum Vorschein.

1907 wurde Lili mit Hilfe der Frau des Iren und der chinesischen Köchin von ihrer ersten Tochter entbunden, Emma Kelonikoa. Ein Jahr später gebar sie einen Knaben, danach abermals einen Knaben und 1910 wieder ein Mädchen. Es war ein riesiges Kind, das ganz still mit geweiteten Augen aus ihr herauskam und sich vom ersten Moment an alles um sich herum einzuprägen schien. Sie war überhaupt nicht schrumpelig und so groß wie ein vier Monate altes Baby.

Nach drei Tagen setzte sie sich auf und deutete auf sich. »Pono.« Die chinesische Köchin lief schreiend aus dem Zimmer. Die Frau des Iren bekreuzigte sich. Benjamin setzte sich neben das Bettchen, nahm die Hand seiner Tochter und sprach achtsam, wie zu einer Erwachsenen.
»So willste also heißen? In Ordnung! Pono heißt also mein Schatz. Bist ja richtig klug, kannst vielleicht sogar die Zukunft sagen.«
»Dann wäre das Kind doppelt mit göttlicher Macht gesegnet«, sagte Lili. »Meine Mutter Emma war auch übersinnlich begabt, sie hatte prophetische Träume.«
Das Neugeborene starrte sie mit einem solch durchdringenden Blick an, daß sich Ben die Nackenhaare sträubten. »Lili, dieses Kind wird *kahuna.*«
Lili fürchtete sich, ihr Kind zu berühren, ihm die Brust zu geben. Als läse es ihre Gedanken, steckte sich das Baby ihre Brustwarze einfach selber in den Mund und ließ dabei den Blick aufmerksam umherschweifen. Ponos Geschwister liebten sie vom ersten Augenblick an, aber die Arbeiter hielten Abstand, aus Furcht, das Neugeborene könne ihre Gedanken lesen.
Eines Tages, als Pono zwei Jahre alt war, wälzte sie sich schreiend auf dem Fußboden, gurgelnd wie eine Ertrinkende. Vier Stunden später überrollte eine gewaltige *tsunami,* eine Meereswelle, die ihren Ursprung irgendwo jenseits von Petropawlowsk hatte, die Insel und tötete Dutzende von Menschen. Im Mai 1914, an ihrem vierten Geburtstag, wiegte sich Pono plötzlich wieder vor und zurück, klatschte in die Hände und lachte.
»Pa ... na ... ma! Pa! Na! Ma!«
In dieser Woche passierte ein Schiff, von Hawai'i kommend und beladen mit hawaiischem Zucker, offiziell als erstes Frachtschiff den soeben fertiggestellten Panamakanal. Er war ein Segen für die Pazifikschiffahrt, und die Menschen feierten ausgelassen auf den Straßen.
Als sie schon mehrere Jahre auf der Plantage lebten, stieß Lili auf die Talismane ihrer Mutter, die in einen Stoffetzen eingewickelt waren. »Irgendwelche rührseligen Erinnerungsstücke, denke ich.«
Benjamin starrte auf das winzige Tagebuch aus Gold und Jade, auf die großen schwarzen Südseeperlen, dann sah er seine Frau ein

wenig furchtsam an. »Lili, das is' kein Trödel. Ich glaub', das is' schrecklich wertvoll, ganz bestimmt!«

»Meinst du, genug, um uns ein eigenes Haus zu mieten? Vielleicht haben uns die Plantagenbesitzer inzwischen vergessen.«

Er betrachtete die schwarzen, schimmernden Kugeln, ließ sie über seine Handteller rollen. In diesem Augenblick sah Pono das reflektierende Licht, grabschte beide Perlen und schluckte sie hinunter. Lili schrie und hielt sie mit dem Kopf nach unten.

»Keine Bange«, sagte Ben. »Die kommen bald wieder raus.« Er beugte sich zu seiner Tochter herunter. »Was meinste, Pono, is' noch zu früh, uns zu zeigen, was? Besser, wir bleiben hier, in Sicherheit.«

Am Ende schied Pono die kostbaren schwarzen Perlen wieder aus, aber Lili und Ben hielten sich weiterhin versteckt. Ihre Baracke war bescheiden, aber sauber, die Kost einfach und nahrhaft, Fisch, Reis, *poi*. Der Lohn war anständig, die Arbeitszeit erträglich, es gab frisches Wasser, um die Kinder zu waschen. Lili und Benjamin wie auch die Kinder hatten Freunde im Lager, und manchmal setzte sich der Ire zu den Arbeitern, spielte Karten und trank Ananaswein mit ihnen. Und in der Nähe befand sich eine staatliche Schule.

Mit fünf Jahren war Pono groß und kräftig; ihre Augen waren dunkel, sprühend, ihre Haut hatte einen herrlichen goldenen Ton. Sie würde dereinst eine Schönheit werden. Auch Lili spürte die besondere Macht ihrer kleinen Tochter und fast so etwas wie Geringschätzung für eine Welt, in der es Ereignisse gab, die sie so leicht voraussehen konnte. Ben war kein tiefsinniger Mensch; wenn er über das Leben nachdachte, sah er es als einen langsamen Strom von Menschenmassen. Doch in diesem Strom sah er seine Tochter allein gehen.

»Der Mann, den Pono findet, der muß stark sein«, sagte er. »Oder einfältig.«

Manchmal saß Pono unheimlich still, als lauschte sie auf ihre inneren Organe, als höre sie ihre Anatomie sich verändern. Als sie sieben war, schickte Lili sie zur Schule, aber sie ängstigte ihre Lehrer, da sie ihre Gedanken las.

Lili nahm sie von der Schule. »Wenn es ihr bestimmt ist, zu lesen und zu schreiben, wird die Natur das schon besorgen.«

In Wahrheit schien das Mädchen kein Bedürfnis nach Büchern zu haben; Pono erfuhr die Welt aus Geschichten, erzählt von Arbeitern, die im Hause ihres Vaters saßen – Koreanern, Filipinos, Chinesen. Sie hatten sich unterdessen an sie gewöhnt und nannten sie ihre kleine *kahuna*. Sie wurde weise wie ein Seefahrer, ihre Augen waren klug wie die eines alten Mannes, der fremde Kontinente und die großen Ozeane gesehen hatte. Pono prägte sich diese Geschichten ein, als seien es ihre eigenen.

An manchen Abenden hörte sie, während sie mit kleinen Schnitzfiguren aus getrockneten Bananenstielen spielte, ihren Eltern zu, die von ihren Träumen sprachen.

»Unsere Söhne werden aufs College gehen«, sagte Lili. »Das werden sie doch, nicht wahr, Pono?«

Pono schwieg, doch eines Nachts erwachte sie aus einem Traum und deutete auf ihren älteren Bruder »Ehrenvolle Langeweile!« Und sie wußten, er würde ein Gelehrter werden. Von ihrem Traum, daß ihr anderer Bruder Flecken auf der Lunge hatte, sagte Pono nichts. Sie war schon als Kind ein gütiger Mensch.

Eines Tages, sie war sieben Jahre alt, wurde ihre Haut plötzlich runzlig, ihr Haar hatte einen abscheulichen grauen Schimmer. »Königin Lili'uokalani ist tot«, flüsterte sie.

Und so war es. Und alle Inseln waren in Trauer. Pono lag zwölf Stunden lang wie im Koma, und als sie erwachte, tat sie es lächelnd, nun wieder ein goldfarbenes Kind. Ihre Monarchin hatte endlich Frieden gefunden.

Im Lager saß ein Filipino namens Silvio oft mit Ben und Lili beisammen und erzählte sehnsüchtig von Ilocos Sur, wo er Frau und Kinder zurückgelassen hatte. Eines Tages würde er als reicher Mann heimkehren, und seine Familie müßte nicht mehr hungern. Er war sehr klein, schlank wie ein Mädchen, mit breiten, kupferfarbenen Wangen, großen, kaffeebraunen Augen, und manchmal saß er nachts in seiner Baracke und schluchzte laut. Pono wußte, daß er einsam war.

»Generalito wird 'n Weichling. So'n feiger Hahn«, sagte ihr Vater. Der Kampfhahn Generalito war Silvios ganzer Stolz. Er verwöhnte das Tier, gab seinen halben Lohn für dessen Verpflegung aus, auf daß es muskulös und angriffslustig blieb – drei Pfund gefiederte

Boshaftigkeit. Doch neuerdings mochte Generalito seine Gegner im Ring nicht töten, ihnen den *coup de grace,* den Gnadenstoß, nicht erteilen. Das war auch der Grund, warum Silvio weinte. Als die Kampfsaison heranrückte, ergänzte Silvio Generalitos Kost, die aus Maiskörnern, *poi* und geschabten Hummerrogen bestand – letzteres enthielt viel kräftigendes Eiweiß – mit geschlagenem Eigelb, Brandy, Zuckersirup. Sogar mit kostspieligen Haiflossen und -augen. Noch am Abend vor den Kämpfen stutzte Silvio Generalitos Flügel, die Kiele seiner Flügelfedern wurden zugefeilt, bis sie scharf wie Stilette waren.

Am Abend des Kampfes wusch sich Silvio nach der Arbeit auf den Feldern und legte sich in frischer Unterwäsche mit Generalito nieder. Flüsternd nahm er den Kopf des Hahnes in den Mund, als wollte er ihn auf einmal herunterschlucken. Oft beobachtete Pono Silvio heimlich dabei, wenn er betete, einen Pakt mit Gott oder dem Teufel schloß, indes der getreue Vogel fügsam zwischen seinen Zähnen lag. Danach wirkte Generalito ausgesprochen angriffslustig und attackierte sogar sein eigenes Spiegelbild.

»Setzt eure Wetten«, rief Silvio den Männern vom Lager zu, die ihm und dem mit einer Kapuze bedeckten, krächzenden Generalito auf der Lehmstraße zum Kampfzelt folgten.

Das Zelt füllte sich rasch mit wettbegeisterten Plantagenarbeitern; um einen Ring aus festgestampfter Erde waren hölzerne Bankreihen aufgestellt. Die kleinen Hähne kämpften als erste; tödliche Stahlsporen waren mit Reisleim und Gips an ihren natürlichen Sporen befestigt. Schon bald türmten sich die Kadaver in einer Ecke. Dann endlich wurden Generalito und sein Gegner in den Ring geworfen, wo sie sich zunächst in einem tödlichen *pas de deux* flatternd umkreisten.

Pono saß draußen, denn sie brauchte nicht dabeizusein: Sie sah den ganzen Kampf in ihrem Kopf. Sie keuchte, wenn Generalito sprang, hackte und pickte, eine Wolke aus Staub und Fleisch. Blut floß, Männer jubelten, schwenkten Fäuste und Dollars. Der Gegner gewann die zweite Runde, in der dritten aber setzte Generalito zum endgültigen Sieg an. Er ließ seine Sporen wirbeln, trat nach hinten aus wie ein Eisläufer. Nach einem Dutzend solcher Attacken taumelte sein Gegner durch den Ring und bat um den Tod. Dann beäugte ihn Generalito, blutend, aber noch gut in Form, verächtlich und stolzierte davon, nicht gewillt, den *Coup de grace* zu erteilen. Da das immer wieder geschah, begann sich Unmut unter den Männern auszubreiten. Sie griffen Silvio an, beschuldigten ihn, homosexuell zu sein, seinen Kampfhahn zu verweichlichen, sie warfen ihm Sadismus vor, da er ihnen den Kitzel des *coup* verwehrte. Jedesmal waren die Gegner geschlagen und niedergestreckt, Generalito aber erteilte den erlösenden Schlag nicht, er krähte nicht einmal. Er stolzierte siegreich durch den Ring, ließ aber seine Gegner am Leben. Die Buchmacher zahlten die Wetten aus, doch selbst Männer, die gewonnen hatten, waren wütend, denn sie gierten nach Gemetzel. Silvios guter Ruf war rapide im Schwinden begriffen.

»Nicht gut«, sagte Ben. »Besser, Generalito stirbt. Mach Eintopf aus ihm.«

Abends beobachtete Pono den kleinen Filipino, wie er, nur in der Unterhose, weinend den Vogel anflehte. In diesen Augenblicken sah das Mädchen seine Zukunft, sah, daß dieser zierliche Mann – ungebildet, mit der schlechtesten Plantagenarbeit betraut, weil er ein *flip* war, ein Filipino, also einer Gruppe angehörte, auf die die anderen Immigranten spuckten – daß dieser Silvio also seine Familie, seinen Bezirk in Ilocos Sur nie wiedersehen würde. Vielleicht wußte auch Silvio das, ahnte etwas von seiner Zukunft in den schmutzigen Baracken alleinlebender Filipinos in Honolulu, Männern, die nie genug verdienten oder genug sparten, um heimzukehren. In seiner abgrundtiefen Einsamkeit war sein Kampfhahn, dieses tumbe Geschöpf aus Federn, Sehnen und Aggression, das einzige, was ihm von seinen Träumen und seinem Stolz geblieben war.

Eines Abends, zu Beginn einer neuen Kampfsaison, schlich Pono auf Zehenspitzen durch das Lager, vorbei an Silvios Nachbarn, einem chinesischen Ehepaar, das mit Mah-Jongg-Steinen klapperte, während seine Kinder sich bei Kerzenlicht in ihre Bücher vertieften.

»Silvio?« Pono klopfte an seine Tür.

»Was gibt's?« fragte er, hinter seinem rostigen Fliegengitter kauernd.

Sie streckte ihm einen Krug entgegen. »Für Generalito.«

Er starrte auf den Krug. »Was is' das?«

Sie war jetzt acht und wurde leicht ungeduldig. Sie stampfte mit dem Fuß. »Pipi! Gibt ihm *mana* ... macht, daß er töten will.«
Am nächsten Abend pickte der Hahn seinem Gegner die Lungen heraus, dann riß er ihm den Kopf ab. Silvio weinte wie eine Frau, als die jubelnde Menge ihn und seinen Vogel auf den Schultern trug. An jedem Abend in dieser und der nächsten Kampfsaison setzten die Arbeiter des Lagers hohe Wetten auf Generalito, und jeden Abend beobachteten Nachbarn, wie Pono einen Krug mit einer eigenwillig schillernden Flüssigkeit durch das Lager zu Silvio trug. Generalitos Siege machten die Arbeiter wohlhabend, viele pachteten Land vom Plantagenbesitzer. Bis zu dem Tag, als der Hahn starb, indem er sich, wahnsinnig geworden von dem Urin der jungen *kahuna,* die eigenen Gedärme herausriß, hatten Lili und Ben genug gespart, um ihre Söhne aufs College zu schicken.

Ka wahine nele 'ohana

Frau ohne Sippe

❖

Sonnengedörrte Jahre. Ein Chor aus gleichförmig hackenden Macheten. Arbeiter, denen der widerwärtige süße Ananasgeruch alle Poren verklebt. Noch Jahre später würde Zigarrenrauch Erinnerungen wecken an alte *wahine* in ausgebeulten Hosen, Schutzbrillen und Gummistiefeln, die von Hand ernteten und in den Pausen bei kaltem Tee hockten und Zigarren pafften. Während der Erntezeit, in der Tag und Nacht gearbeitet wurde, lief Pono oft weg, wenn sie im Schein von Petroleumlampen die gelblichen Augäpfel alter Weiber sah, aus Furcht, dieses Leben sei auch ihre eigene Zukunft.

Manchmal wachte sie nachts auf und sah ihren Vater auf dem Fußboden sitzen, wo ihn der Schlaf übermannt hatte, als er rote Erde von seinen Stiefeln kratzte. Und ihre Mutter, so erschöpft, daß sie auf einem Stuhl eingeschlafen war, noch in Arbeitskleidung, die Lunchdose auf dem Schoß. Während sie schliefen, salbte Pono ihnen dann die schwieligen Hände, wo die Haut aufgeschürft war.

Und doch liebte Pono dieses Leben aus wirbelndem roten Staub, es zeichnete sie wie ein Stigma, setzte sich in Haarwurzeln, Eingeweiden und Lungen fest. Selbst frischgewaschene braune Haut hatte einen rosa Unterton wie die Brechungen einer Muschelschale, und noch viele Jahre später, als alte Frau, versprühte Pono einen feinen roten Nebel, wenn sie nieste.

Als sie größer wurde – sie war ein drahtiges und kräftiges Mädchen –, half sie Düngerballen hieven und rund um jede Ananaspflanze geteertes Mulchpapier aufschichten, das das Unkraut eindämmte, die Bodenfeuchtigkeit bewahrte und die Wärme festhielt.

Zur Erntezeit wurden die Felder dann zu terrassenförmig ansteigenden Reihen grüner Stachelkronen, in denen die Früchte leuchteten wie goldene Zapfen. Bei all der mörderischen Plackerei war Pono wie gebannt von der Schönheit dieser Felder.
Nach und nach wurde die Bück- und Handarbeit etwas erleichtert durch von Pferden gezogene Maschinen, die zur Bodenbestellung eingesetzt wurden. Zuweilen folgte Pono den Pferdegespannen, die wie riesige, auf schwarzen Wellen dahinziehende Seepferde anmuteten, über die Felder, sauste wie ein Wirbelwind die Furchen entlang. Ab und zu hielt sie dann vor einem der stachligen Zapfen inne, um ihn mit dem *maka loko'ino* zu bannen, dem bösen Blick. Wochen später würde eine Konservendose, die diese Ananas enthielt, im Regal eines Lebensmittelgeschäfts in Kalifornien explodieren wie eine Handgranate. Manchmal hypnotisierte Pono auch große Ananasratten, woraufhin diese sich hinlegten und verendeten, die Pfoten theatralisch über den Herzen gekreuzt, wie Operntenöre.
Eines Tages, als Pono vierzehn war, kamen vier *haole* mit Gewehren zu der Plantage geritten. Noch als die Pferde nur als trabende Flecken zu erkennen waren, holten die Arbeiter ihre Pistolen. Es kam zu einem Schußwechsel, ein Pferd bäumte sich auf. Die Reiter schossen eine Reihe der Zapfen zusammen und galoppierten davon.
Der Plantagenbesitzer schimpfte. »Verfluchte Zuckergesellschaft ... die wollen mein Ananasmonopol. Meine Pacht läuft bald aus, und die Schweinehunde wollen mein Land.«
Als das nächste Mal Pferde auftauchten, waren es die Leute des Sheriffs. Auf dem Grundstück des Iren waren Fässer mit *okolehao,* Hawai'is Antwort auf die Prohibition, deponiert worden. Der Ire wurde der Schwarzbrennerei und des Verkaufs von illegal gebranntem Schnaps bezichtigt. Als die Arbeiter im Lager die Beschuldigung hörten, scharten sie sich um ihn, um ihn zu verteidigen.
Ponos Vater deutete mit seinem Gewehr auf den Sheriff. »Ich denk', der steckt mit *haole* unter einer Decke, oder?«
Ein Mann beugte sich von seinem Pferd herab und versetzte Ben einen Schlag mit dem Gewehrkolben. Lili rannte, eine Machete schwingend, nach vorne und stieß ihm die Klinge tief in den

Unterarm. Gewehrschüsse knallten, Erdkrumen spritzten ihnen in die Gesichter. Doch die Arbeiter waren in der Minderzahl. Schließlich ließen sie ihre Waffen fallen und wurden mit einem Seil eingekesselt. Fuhrwerke trafen ein und beförderten sie den Berg hinunter nach Honolulu ins Gefängnis. Während Lili die blechbedeckten Baracken ihres Lagers immer kleiner werden sah, wußte sie, daß ihrer aller Leben in Gefahr war. Sie nahm Ponos Arm und schob sie in die vordere Ecke des Fuhrwerks.

Dann hob sie das Seil an. »Spring, Kind, spring!«

Pono klammerte sich an sie, dann fühlte sie den Stoß von Lilis Hand zwischen den Schulterblättern. Sie landete mit dem Gesicht nach unten in rotem Staub, während über ihr Hufe die Erde aufwarfen. Dann rannte sie, rannte durch Schneisen, voll vom stechend süßen Geruch der Reife. Männer galoppierten in Gruppen von jeweils acht, versuchten ihr den Weg abzuschneiden, aber dabei wirbelten sie so viel Staub auf, daß sie sie nicht finden konnten.

Schließlich hielten die Männer an. »Ist ja nur ein *Kanaka*-Kind.«

So würde Pono es in Erinnerung behalten: ihre Familie, die am Horizont entschwand, während jemand schluchzend ihren Namen rief. Als es dunkel war, schlich sie zu ihrer Baracke zurück und drückte all die Dinge an ihr Herz, die sie so gehütet hatten: eine Bibel, Schnappschüsse von Lilis Familie, das winzige Tagebüchlein und die schwarzen Perlen. Dann legte sie sich schluchzend nieder, schlug sich verzweifelt auf Gesicht und Brust. *Warum habe ich es nicht kommen sehen? Warum habe ich es nicht geträumt?* Als der Morgen graute, schlich sie sich davon, kurz bevor die Weißen kamen, um sich des konfiszierten Landes zu bemächtigen.

Über Wochen lebte Pono wie ein Tier, schlich in Gräben, kroch des Nachts bäuchlings in Arbeiterlager und wieder hinaus, Nahrung in den Backen gehortet. Eines Nachts hörte sie Grunzlaute und erstarrte. Einen Schritt weit von ihr entfernt lag ein Mann mit einer Ziege im hohen Gras und streichelte ihr den Hals wie einer Frau.

Pono überlebte – durch die Güte von Einheimischen wie auch von Immigranten, die sie bei sich aufnahmen.

Immer wieder nutzte Pono ihre besondere Gabe. Menschen wurden ihre Opfer, wenn Pono sich auf sie konzentrierte und sie durch die Kraft ihres Willens bezwang. Und denjenigen, die ihr zu essen gaben, träumte sie die Zukunft und versuchte, nicht zu lügen. Jemand stellte eine Frage, worauf sie ein kleines Gläschen Ananaswein trank oder zwei Züge Drachensaat paffte; dann legte sie sich hin und träumte. In manchen Nächten hatte sie gar keine Träume, in anderen stellten sich schreckliche Visionen ein, die sie jedoch für sich behielt. Manchmal aber kamen gute Visionen.

»Deine Tochter ist häßlich, das ist wahr. Doch Wohlgeruch ist ihre Waffe. Gesegnet mit dem starken Duft der Weiblichkeit, wird sie einen Ehemann anlocken und dir viele Enkelkinder bescheren!«

Manchmal meldeten sich Verstorbene zurück, und ihre Worte flossen in einer Art Singsang aus Ponos Mund. »Mama-*san,* ich werde zu dir kommen, wiedergeboren durch Stahl und Wasser.« Zehn Monate später kehrte ein in Flandern gefallener japanischer Soldat zu seinen Eltern zurück, in Gestalt seines neugeborenen Sohnes, der in den Armen seiner belgischen Mama auf einem Schiff den Pazifik überquert hatte.

Eines Tages schlug ein Hawai'i-Filipino Pono so lange auf den Kopf, bis sie ihren Traum erzählte. »Es ist nicht Scherpilzflechte. Deine Frau wird als Leprakranke auf Kalaupapa sterben.« Er fiel jammernd auf die Knie und betete, ihr Traum möge einem anderen gelten. Zwei Nächte später träumte Pono abermals, ging am nächsten Morgen lächelnd zu dem Mann und deutete auf einen mattweißen Fleck an seinem Bein. »Ihr werdet zusammen alt werden und noch viele Jahre leben. Du hast auch *ma'i Pake!*«

Von altehrwürdigen Hawaiianern lernte Pono Tauflieder und heilende Gesänge. Wenn sie dann ihre Träume erzählte, nahm ihre Stimme eine Allwissenheit an, die aus der Erde, den Pflanzen, dem Meer zu kommen schien. Langsam näherte sie sich Honolulu, und es war, als flöge sie über einen uralten Teppich hinweg: Bauern, die Ochsengespanne über smaragdgrüne Reisfelder führten, Ententeiche voll schwimmenden Federviehs, silbergefiedertes Zuckerrohr. Der Dschungel, schwellend von Eisenholz, Topffruchtbäumen, *koa.* Gewaltige, gezackte Lavaberge. Urzeitliche Wasserfälle wie ausgefranste Stiche. Die glühende Schönheit und der Reichtum ihrer heimatlichen Gestade, die die Weißen Stück für Stück an sich rissen. Nicht weit von der Stadt sah Pono das Land sich allmählich verändern, verarmen. Im Jahre 1920 hatte der US-Kongreß die

Territorialregierung angewiesen, einige der Ländereien zurückzugeben, die gebürtigen Hawaiianern im Zuge der *ka Mahele* von 1848 fortgenommen worden waren. Die Kongreßmaßnahme wurde als »Hawaiian Homes Commission Act« bezeichnet. Zwischen 1917 und 1921 waren Tausende Morgen bewaldetes Regierungsland gerodet worden. Über 26 000 Morgen erschlossenes Zuckerland standen nun zur Verfügung. Doch dies war nicht das Land, das den Hawaiianern zurückgegeben wurde.

Anstatt grünender Felder, wo die Leute kleine Gärten anlegen und vom Fisch- und *Poi*-Handel hätten leben können, sah Pono traurige kleine Parzellen auf unfruchtbarem Land, ohne Bewässerung, ohne Wälder oder natürliche Wasserläufe. Manche Parzellen lagen in der Nähe von Quellen, die im Laufe der Monate salzig wurden, oder in der Nähe von Sümpfen, die Brutstätten für Moskitos waren. Manche lagen auf so steinigem und bergigem Grund, daß nichts gedieh, nicht einmal Unkraut; so steil war das Land, daß die Menschen nicht bauen oder Trinkwasser hinaufbefördern konnten. Manche Einheimischen warteten dreißig Jahre, bis weit ins zwanzigste Jahrhundert hinein, auf eine Parzelle. Diese Menschen alterten vorzeitig, ausgezehrt von dem Versuch, auf unfruchtbarer Erde zu überleben, oder sie verloren sich am Ende in den ständig wachsenden Slums von Honolulu.

»Wie können wir gegen diese *haole* kämpfen?« fragten die Hawaiianer. Wann kriegen wir unsere *Rache?*«

Pono konnte ihnen nicht erzählen, was sie im Traum sah. Die Slums von Honolulu würden zu Gettos werden. Die Zukunft würde die Menschen töten. Mittlerweile beherrschten die weißen Monopole alle Bereiche der Zucker- und Ananaswirtschaft, und alles, was direkt oder indirekt damit zu tun hatte. Banken, Versicherungen, Dienstleistungen, Handel, Transport, Verschiffung, Arbeitsvermittlung. Manche Leute kehrten an die Fronarbeit auf den Plantagen zurück. Manche gaben ganz auf und arbeiteten überhaupt nicht mehr.

Es war 1924, als Pono zum erstenmal nach Honolulu kam, und sie war sprachlos. Dies war eine echte Stadt des zwanzigsten Jahrhunderts, geschäftig und modern, wie sie es von den Städten auf dem

amerikanischen Festland gehört hatte. Gepflasterte Straßen mit elektrischer Beleuchtung. Transportmittel waren elektrische Bahnen und dampfbetriebene Kraftmaschinen. Das Telefon war bereits verbreitet und unterseeische Telegrafenkabel übermittelten Nachrichten aus San Francisco. Züge ratterten in die Stadt, beladen mit Zuckerrohr und Frachtgut. Der Hafen wurde von großen Frachtern ebenso angelaufen wie von bunten Vergnügungsschiffen.
Die ersten großen Urlauberhotels der Inseln, das Moana und das Halenani, beherrschten den Strand von Waikiki. Ein phantastisches rosafarbenes Schloß im maurischen Stil, das Royal Hawaiian, befand sich noch im Bau und würde bald Könige und Berühmtheiten aus aller Welt beherbergen. Während sie vorsichtig inmitten der gutgekleideten Menschen umherging, zwischen Leuten, die sogar in fremden Sprachen redeten, bestaunte Pono die neuesten Moden in den Schaufenstern des *Liberty House.* Da gab es spezielle Hutgeschäfte und Geschäfte, die Spitzen und Federn feilboten. Spezialgeschäfte nur für Handschuhe und solche nur für Schuhe. Es gab Herrengeschäfte, die Stiefel aus Schlangenhaut ausstellten, außerdem seidenes Unterzeug und Satinroben, die als *Robes du nuit* bezeichnet wurden.
Atemlos und zitternd bog Pono in eine Nebenstraße ein. Sie war in eine Welt eingetreten, die ihr in ihren Träumen nie begegnet war. Sie sah Dinge, für die sie nicht einmal einen Namen hatte, und sie war verängstigt, denn sie wollte auf keinen Fall Aufmerksamkeit erregen. In ihrem verschossenen Kleid und den billigen Sandalen merkte sie nicht – und konnte es sich auch nicht vorstellen –, daß die Männer ihr nachsahen. Ausgestattet mit der klassischen Schönheit der polynesischen Frauen, hielt sich Pono, mit vierzehn fast ein Meter achtzig groß, mit einem Hauch natürlichen Hochmuts. Obwohl ihre Gliedmaßen kräftig und ihre Brüste und Hüften voll waren und sie die großen Hände und Füße der Einheimischen besaß, bewegte sie sich mit einer fließenden Grazie, die Blicke auf sich zog. Schließlich nahm sie ihren ganzen Mut zusammen und betrat die Mauern des Frauengefängnisses. Es war ein Witz von einem Gefängnis, die Insassen lungerten in bunten losen Kleidern im Schatten herum und klimperten auf der *ukulele.* Es gab keine Gitter, keine Zäune, so daß die Frauen wie Arbeiterinnen anmuteten, die ihren

freien Tag genossen. Die großen, stämmigen Wärterinnen in ihren weiten, gestreiften Kleidern hatten rauhe Stimmen, schienen aber von sanftem Wesen zu sein.
Eine Wärterin beauftragte gerade eine Insassin, die in die Stadt schlenderte, um Besorgungen zu machen: »Bring mir 'ne Rolle schwarzes Nähgarn mit. Und 'n Paar große Gummilatschen. Und daß du mir ja nich' mit den Matrosen flirtest!«
Eine andere Insassin war mit *lei* und Satin-*holoku* für eine Hochzeit gekleidet. Offenbar hielten sie sich nur nachts in ihren Zellen auf.
Pono trat in ein Büro und fragte nach Lili Meahuna.
»Wer bist du?« fragte eine Wärterin.
»Ihre Tochter Pono.«
»Was hat sie denn verbrochen?«
Ponos Augen wurden feucht. »Sie hat 'n Sheriffmann mit 'm Messer geschnitten.«
Die Wärterin sah aus einem Fenster auf ein paar Frauen hinunter, die an Banyanbäume gelehnt saßen. »Ich seh' mit mein rechtes Auge drei Lilis auf ein Haufen.« Dann schlug sie sich an die Stirn. »Deine Mama ... das is die da, die wo so rosa is!« Sie wies auf eine Gestalt, die mit gesenktem Kopf für sich allein saß.
Pono näherte sich ihr langsam, dieser Gestalt, deren sonnenverbrannte Arme rosa unter einem geblümten Kleid glühten. Auch ihre schwarzen Haare hatten einen rosigen Schimmer, und bei genauem Hinsehen sah sogar das Weiße ihrer Augen rosa aus.
»Mama.«
Als Lili aufsah, schluchzte sie und streckte die Arme nach ihr aus. »Mein Baby! Ich dachte, sie hätten dich erschossen, ich dachte, du wärst tot! *Hele mai. Hele mai.* Komm her, komm her.«
Pono fiel auf die Knie und weinte wie ein Kind. »Wo ist Papa? Was haben sie mit ihm gemacht?«
Lili zog sie enger an sich. »Sie haben ihn ins Männergefängnis gesteckt.«
Pono schlug das Tuch auf, das sie seit Monaten bei sich trug, und gab den Inhalt ihrer Mutter. Während Lili jeden Gegenstand berührte, die Sepiaphotographien von ihren Eltern und Großeltern betrachtete, weinte sie aufs neue.
»Setz dich, Kind. Ich hab' dir viel zu sagen.«

Die Schatten wurden lang, und sie redete und redete, während sie auf das Bild dieses einäugigen Mannes namens Mathys und seiner Frau Kelonikoa wies.
»Ich habe nie von ihnen gesprochen. Es hat deinen Vater traurig gemacht, daß ich bei einer solchen Abstammung so arm geendet bin mit ihm. Dieser Mann, Mathys, war dein Urgroßvater. Seine Frau war eine Tahitin von vornehmer Abkunft. Er besaß viele Unternehmen und baute ihr ein Haus, groß und elegant, in das Botschafter, ja sogar unser König und die Königin Lili zum Essen kamen. Du mußt hingehen und dir das Haus ansehen, damit du weißt, wo deine Wurzeln sind. Aber erzähle *niemandem,* wer du bist, und daß du von den Coenradtsens abstammst.«
Pono machte ein fragendes Gesicht. »Warum nicht?«
»Es liegt ein alter tahitischer Fluch auf der Familie. Kelonikoa hat sich gegen ihren Vater aufgelehnt, einen mächtigen Häuptling, und diesen *haole* geheiratet. Die Leute erzählen sich, daß er Kannibale war. Am Ende hat Kelonikoa sich ins Meer geworfen, und Mathys starb, von der Bürde seines Reichtums wahnsinnig geworden. Meine Mama ist auf entsetzliche Weise an der Pest gestorben. Mein Vater wurde ermordet. Der Fluch hat sich auf uns übertragen. Dein ältester Bruder, Ben Napala, läuft an der Universität herum und schämt sich, weil seine Eltern im Gefängnis sind. Er will uns nicht sehen. Dein zweiter Bruder, Kenneth Makika ...« Sie fuhr sich mit der Hand an den Mund und flüsterte: »Er hat Tuberkulose!«
Pono nahm die Hände ihrer Mutter: »Mama, laß mich zu ihm gehen. Ich kenne heilende Gesänge und Kräuter ...«
»Nein, Kind. Wenn du ihn ansiehst, wirst du sehen, was ich nicht wissen will.«
»Aber was wird nun aus uns?«
Lili sprach wie zu sich selbst. »Als Papa mich nach Amerika auf die Universität schickte, sagte er mir zwei Dinge: Ich solle vor niemandem katzbuckeln. Und etwas Besonderes sein. Pono, Kind, ich bin nichts Besonderes. Ich möchte nur in Frieden leben, mit deinem Vater alt werden. Sie haben ihn angeklagt, weil er den Sheriff mit einer Waffe bedroht haben soll, und mich, weil ich versucht haben soll, einen Mann des Sheriffs zu töten. Wenn wir schwören, daß wir bei dem Iren verrückt geworden sind, daß wir überarbeitet und

verhungert waren, werden sie alle Anklagen fallenlassen. Die Weißen wollen dieses Land. Und was ich will ... ich will ein friedliches Leben. Taro anbauen, fischen, alt werden.«

Pono setzte sich erschrocken auf. »Und was wird aus mir?«

Ihre Mutter seufzte und nahm ihre Hände. »*Du* bist außergewöhnlich, du hast die Gabe der Vision. Du mußt fort aus Honolulu.« Sie legte ihr den Beutel mit den schwarzen Perlen in die Hand. »Verkaufe sie. Geh und fang dein Leben an.«

Pono schüttelte verständnislos den Kopf. »Ich bin dein Kind! Ich will bei dir und Papa bleiben.«

»Wenn die Weißen erfahren, daß du *kahuna* bist, werden sie dich eine Hexe nennen. Sie werden deine Coenradtsensche Herkunft ausgraben. Kannibalismus, Selbstmord, Rauschgiftsucht. Du wirst auf dieser Insel gezeichnet sein.«

»Du hast Angst vor mir«, weinte Pono, »weil ich zuviel sehe.«

Lili nickte nachdenklich. »Du hast die Lungen deines Bruders im Traum gesehen. Du hast es mir nicht erzählt. Du hast diese Macht, zu geben. Oder eben nicht.«

»Ach, Mama, ich wollte dich schonen.«

»Ich hätte ihn retten können. Besondere Kräuter, geheime Wurzeln. Du hättest es mir sagen sollen, Kind.«

Pono stand auf; ihre Stimme war wie die einer alten Frau. »Die Last der Dinge. So viel zu sehen, so jung. Nun willst du mich verstoßen ...«

»Du siehst die Zukunft. Wie könnten wir dich in Schach halten? Wir wünschen uns ein einfaches Leben, ein ruhiges Leben ...«

Sie sprach noch immer, ganz leise, als Pono fortging und dabei den zerknüllten Beutel mit den Perlen hinter sich warf. Doch er blieb an ihren Händen haften, als sei er mit ihrem Fleisch verwachsen. Blindlings stolperte sie durch die Straßen und weinte. Ihre Familie, ihr Fleisch und Blut, ihre Geschichte waren ihr mit einem Atemzug entrissen. Inmitten all dieser wimmelnden, fremden Menschen war sie ein in Äther verirrtes Atom, eine Frau ohne Sippe. Gebrochenen Herzens wanderte Pono umher, bis sie nach Chinatown kam. Hier schlief sie fortan, in Gassen gekauert, und wartete auf den Tod.

Chinatown war noch immer ein übervölkertes Viertel mit einem Labyrinth aus gewundenen Straßen und Gassen, in denen es nach gepökeltem Fleisch, Ingwer und süßsauren Bambussprossen roch. Doch nach dem großen Brand um die Jahrhundertwende war das Viertel neu aufgebaut worden, und die Häuser waren noch nicht der Verrottung anheimgefallen. Wochenlang durchstreifte Pono die Straßen, wo Opiumsüchtige sich, Seesternen gleich, verstört an die Mauern von Mietshäusern preßten. Nachts sah sie sie dann an sich vorüberziehen. Und sie beobachtete fasziniert winzig kleine, verhutzelte Chinesinnen, deren durchstochene Ohrläppchen aufreizend hin- und herpendelten, wenn sie auf eingebundenen Füßen dahergetippelt kamen, unablässig und in hellem, nasalem Singsang plappernd. Diese Frauen wurden die Triebkraft von Ponos Phantasie. Sie war überzeugt davon, daß die Körbe an ihren Armen Menschenköpfe enthielten und Teigtaschen, gefüllt mit Kinderlebern.

Wieder verstand sie es, Träume gegen Nahrung zu tauschen. Hausfrauen gaben ihr Nudelsuppe zu essen und kehrten auf ihrem Fußboden eine Stelle frei, wo sie schlafen konnte.

Dann hockten sie sich neben sie und warteten darauf, von ihr die Zukunft zu erfahren. Doch die Konkurrenz schlief nicht; chinesische Wahrsagerinnen überfielen Pono aus dem Hinterhalt, tauchten sie in Fässer mit Exkrementen, weil sie ihnen die Kundschaft wegschnappte. Schließlich wechselte sie in einen anderen Bezirk von Chinatown.

Sie belegte eine Bank im A'ala-Park. Als sie eines Morgens aufwachte stand vor ihr eine Japanerin mit Kind und starrte sie an.

»Viel zu schön«, sagte die Frau. »Wenn ich aussähe wie du, ich würde mehr Geld rausholen bei den Matrosen.«

Sie war nicht älter als vierundzwanzig und geschminkt mit einer dicken Schicht Reispuder und kräftigem Karminrot um die Augen. Ein Schönheitsfleck zierte ihre Wange, auf der sich eine übertriebene Schmachtlocke ringelte. Ihr Haar war modisch kurz, und sie trug ein enganliegendes Satin-*cheongsam* und hohe Absätze, auf denen sie nur tippeln konnte. Es war auf den ersten Blick zu erkennen, daß sie unter der Schminke sehr unscheinbar war. Pono fragte sie, was sie mit ihrer Tochter machte, wenn sie mit Matrosen schlief.

Die Frau kicherte. »Ist ein braves Kind. Sitzt auf dem Stuhl, Gesicht zur Wand.«

Das Mädchen war neun, ein kleines Mondgesicht mit leuchtenden Mandelaugen. Ihr Name war Run Run, und sie legte ihre Hand auf Ponos Knie, wie ein Hundejunges, das Pfötchen geben will.

Pono nahm die Hand und schluchzte. »Ich bin erst vierzehn. Meine Eltern haben mich verstoßen.«

Die Prostituierte rückte näher an die Bank heran. »Mein Mann hat mich sitzenlassen wegen 'nem hübschen Mädchen. He, vielleicht tun wir uns zusammen?«

Ihr Name war Miko, und sie nahm Pono mit nach Hause in ein stickiges, fensterloses Zimmer, das nur ein Bett und eine Waschschüssel enthielt. »Arbeite mit mir, du bringst 'n viel besseres Geschäft!«

In dieser Nacht lag Pono auf dem Fußboden und hielt Run Runs kleine Hand, die aus dem Bett hing. Die andere Hand krallte sich fest an ihre schlafende Mutter, die ihre Augenlider mit Klebefilm zu *Haole*-Doppelfalten geklebt hatte. In dieser Nacht schlief Pono tief und träumte, wie sie in Gummihandschuhen glitschige goldene Zylinder einfing und in der Hand herumdrehte. Rings um sie winkten Frauen, die weiße Ballonköpfe hatten, mit Händen, denen Finger, Daumen fehlten. Und dann sah sie sich und das Mädchen Run Run als ältere Frauen, wie sie in Zimtschauern tanzten.

Am nächsten Morgen ging Pono zur Dole-Konservenfabrik; sie wußte aus ihrem Traum, daß man dort Leute einstellte. Man gab ihr eine Stelle am Fließband, wo sie, in den mit Gummihandschuhen geschützten Händen ein kleines Messer haltend, nacheinander die Ananas auffing, die aus Schälmaschinen rutschte, und dann die Augen und Schalenreste herausschnitt. Angelernt wurde sie von erfahrenen älteren Frauen in Schürzen und großen, steifen weißen Haarnetzen, die ihr zeigten, wie sie das Messer halten mußte, wobei sie die Frucht gekonnt drehten und dabei blitzschnell in Scheiben schnitten. So mancher Frau, deren Hände in die Verarbeitungsmaschinen geraten waren, fehlten Finger.

Pono und Miko fanden ein größeres Zimmer mit einem Fenster und zwei Betten. Frühmorgens, wenn Pono in der Konservenfabrik arbeitete, schliefen Miko und Run Run. Nachts, wenn Miko auf der Straße ihrem Gewerbe nachging, saß Pono bei Run Run; sie gewann den bekümmerten, klugen Blick ihrer Augen lieb, der

Augen eines Kindes, das dazu abgerichtet war, das Gesicht zur Wand zu drehen.
Die drei waren ein seltsamer Anblick – eine ausgelaugte Straßenhure, ihr klugäugiges Kind und eine gigantische polynesische Schöne –, wenn sie in Honolulu umherzogen, um seine Wunder zu erkunden: den Aloha-Turm, wo, wenn große Linienschiffe eindockten, in Hermelin gehüllte Damen über die Landungsplanke schwebten. Dann der Kapiolani-Park, den man zu Pferderennen und Baseballspielen besuchte, Märkte, auf denen ein Dutzend fremder Sprachen zu hören waren, und darüber schwebte der berauschende Duft von Jasmin und Orchideen, die den Schnauzen frisch getöteter Wildschweine zu entsprießen schienen. *Kachi-kachi*-Kapellen spielten, Filipinos liefen mit Krügen voll Schweineblut umher. Hübsche *kanaka* verhökerten wohlfeile, aus Resten gefertigte *lei,* die sie sich um die goldenen Hälse geschlungen hatten.
Im »vornehmen« Teil der Stadt sahen sie von Lüstern erleuchtete Fenster in dreistöckigen Wohnhäusern mit umlaufenden *lanai,* bewunderten die Residenzen von Handelsbaronen und Zuckermillionären, wo auf Flügeln Walzer gespielt wurden. Schließlich fand Pono das weitläufige, weiße Coenradtsen-Haus, das jetzt Leuten aus Boston gehörte.
Miko starrte mit offenem Mund. »Nich' gelogen, du?«
»Nich' gelogen«, sagte Pono. »Hat meinem Urgroßvater gehört. Is' mal sehr reich gewesen.«
»Warum wohnste dann jetzt nicht drin?«
Pono überlegte eine Weile. »Wenn ich da wohnen würde, hätt' ich dich nicht getroffen und Run Run.« Wachhunde warfen sich zähnefletschend gegen den Zaun, darauf abgerichtet, den Geruch Einheimischer zu hassen.
Ein Jahr lang versuchte Pono, Miko das Straßengewerbe auszureden, aber ihre Freundin war längst süchtig nach diesem Leben. »Besser so als in die Konservenfabrik! Außerdem, im Dunkeln bringt so'n Seemann mich dazu, daß ich mir schön vorkomm'.«
Eines Tages kam Miko mit einem neuen Kleid und einer großen Bonbonniere nach Hause. »Da is' so'n Matrose, der will leben mit mir. Was sagste dazu, Pono?«
Etwas in Pono zuckte zusammen, aber sie blieb ruhig. »Er soll euch

’n Haus suchen mit ’nem eigenen Zimmer für Run Run. Damit se nicht mit ’m Gesicht zur Wand groß werden muß.«

Als Miko in dieser Nacht ihrem Gewerbe nachging, hielt Pono tieftraurig das kleine Mädchen im Arm. »Willste ’n Heim und ’n Papa?«

»Sicher doch!« rief Run Run. »Ich will jetzt auf die Schule. Bin ’n kluges Kind!«

Drei Wochen später zog Miko mit Run Run zu ihrem Matrosen. »Such dir doch ’n reichen Mann!« rief sie Pono im Weggehen zu. »Jetzt is’ noch Zeit, wo du noch so richtig hübsch bist!«

Pono saß in dem leeren Zimmer und hielt sich ein Schälmesser an die Kehle. *Was ist aus meinem Traum geworden? Daß Run Run und ich zusammen alt werden und in Zimtschauern tanzen?* Sie war gerade eben fünfzehn, und wieder hatte das Leben ihr eine große Leere beschert. Sie setzte die Klinge ans Fleisch.

Plötzlich fing ihr Zimmer zu zittern an, der Spiegel an der Wand neigte sich zur Seite. Draußen ließ das Stampfen Hunderter von Füßen die Straße erbeben und brachte Mietshäuser ins Wanken. Sie hörte ferne Schreie näher kommen, wie Stimmen in einem Opiumtraum. Pono lief ans Fenster, sah Massen zerlumpter Japaner vor bewaffneten, Knüppel schwingenden Polizisten fliehen. Organisierte Streikende von Plantagen außerhalb der Stadt hatten sich zu Tausenden in Chinatown versteckt. Aus buddhistischen Tempeln und Sake-Brauereien vertrieben, rannten sie nun um ihr Leben.

Direkt unter Ponos Fenster stolperte ein Streikender, fiel um Hilfe schreiend zu Boden. Pono sah einen schwingenden Knüppel, sah, wie der Kopf des Mannes gespalten wurde wie eine Melone.

Der Mörder, ein portugiesischer Polizist, stand brüllend über seinem Opfer. »Schleimiger Rettichfresser!« schrie er und schlug wieder und wieder auf ihn ein; Hirnteile blieben an seinem Knüppel hängen.

Als Pono auf den kreischenden Pöbel hinunterstarrte, spürte sie, wie ein weißglühender Kessel in ihrem Inneren explodierte. Da war sie wieder, die Erinnerung an ein Sheriffaufgebot, an ihre Familie, zusammengebunden wie Vieh. Im selben Moment konzentrierte sie sich fest auf den Polizisten, so daß er zu ihr hinaufsah und grinste. Sie hielt dem Blick stand, unentwegt flüsternd, während der Mann seinen triefenden Knüppel abwischte. Binnen eines Monats sollten münzgroße, mattweiße Flecken seine Beine bedecken. Seine Augenlider verfaulten. Als man ihn mit dem Lepraschiff nach Kalaupapa verbrachte, hatte seine Familie seinen Namen längst aus ihrem Stammbaum getilgt.

Dreißig Japaner wurden ermordet an diesem Tag, der als Streikmassaker im Gedächtnis bleiben sollte. Als Pono das Gemetzel mit ansah, so nahe, daß sie das Blut riechen konnte, vergaß sie zu sterben. Sie vergaß alles außer hassen.

Na ho'okuano'o mano

Haimeditationen

❖

Sie träumte monatelang. Sogar wenn sie in der Konservenfabrik stand, träumte sie. Von einem Riesen in einem Regenumhang, der auf einem Leichnam über die Oberfläche des Ozeans ritt. Von einem Gesicht, das in einer Welle Gestalt annahm, Zähne, die knackend einen Tintenfisch durch einen unbarmherzigen Biß hinter die Augen töteten. Wäre sie nicht so einsam gewesen, so verlassen, hätte Pono die Träume zu deuten und ihnen zu folgen vermocht. Dann hätte sie sich wohl auch nicht zu Valentine Keaka Kumu hingezogen gefühlt.

Eines Tages, als sie die zwischen den Inseln verkehrenden Schiffe beobachtete, die im Hafen von Honolulu eindockten, sah sie Männer, wie sie noch keine gesehen hatte. Sie trugen Sombreros aus geflochtenen Schraubenpalmblättern, waren mit *lei* aus frischen Blüten geschmückt, und um die Taillen hatten sie leuchtendrote Schärpen. Hohe Ledergamaschen über weißen Hosen dienten als Scheiden für lange Messer, die in der Sonne blinkten. Lassos hingen an ihren Satteln, und als ihre Pferde über die Laufplanke tänzelten, machten ihre Sporen laute, klirrende Geräusche. Eine Menschenmenge versammelte sich am Kai, und das Auge eines stattlichen Reiters fiel auf Pono. Impulsiv warf er ihr einen *lei* zu.

»*Paniolo* von der Großen Insel«, sagte jemand. »Sind hier zum Rodeo.«

Aus dem Laderaum des Schiffes konnte Pono ungehaltenes Gebrüll von Rindern hören.

Vor Jahren hatten Hawaiianer auf der Suche nach Arbeit ihre *'ohana* verlassen und waren auf die Rinderfarmen im Landesinneren der großen Insel Hawai'i gezogen. Dort hatten früher über Jahrzehnte hinweg verwilderte Langhornrinder gewütet, hatten Wälder vertilgt, die Tarofelder der ansässigen Bauern zertrampelt. Diese sich rasch vermehrenden Ungeheuer waren die Nachkommen von Langhornrindern, die Ende des 18. Jahrhunderts als Geschenk für König Kamehameha aus Kalifornien herübergeschafft worden waren.

Im 19. Jahrhundert dann hatte ein hawaiischer König spanische und mexikanische Cowboys kommen lassen, damit sie den Einheimischen das Reiten und Lassowerfen beibrachten und ihnen zeigten, wie man die Rinder schlachtete und die Häute für die Verschiffung präparierte. Sie hatten Sättel mit hohem Knauf, lange Sporen und geflochtene Lassos mitgebracht. Den Hawaiianern gefiel diese Cowboy-Manier, und sie wurden bald richtige *paniolo*, die Insel-Version der galoppierenden *españoles*. Jetzt wollte der englische Premierminister, der zu Besuch in Honolulu weilte, die legendären, von den Spaniern trainierten Cowboys in Augenschein nehmen.

An diesem Abend bürstete Pono ihre langen schwarzen Haare, bis sie glänzten, dann zog sie mit Bedacht ein weißes *holuku* an, das ihren Teint besonders gut zur Geltung brachte. Sie sah sich ein letztes Mal in ihrem Zimmer um. Sie würde nicht zurückkehren. Den *lei* von dem stattlichen *paniolo* umgelegt, begab sie sich zum Kapiolani-Park, wo zu Ehren von Englands Premierminister ein großes Zelt für das Rodeo aufgestellt war. Pono hatte ihren gesamten Lohn aus der Konservenfabrik für einen Platz im vorderen Teil der Haupttribüne, direkt neben der Gesellschaft des Premierministers, ausgegeben. Eine riesige Menge von mehreren tausend Menschen hatte sich eingefunden, die *Haole*-Elite ebenso wie Einheimische und Immigranten: jeder, der Pferde und Rodeos liebte. Im Zelt herrschte beinahe Zirkusatmosphäre, es roch nach Sägemehl und nervösen Tieren, nach Pferdedung und Bier, es gab Schabeis mit Kokosnußsirup und eine Neuheit namens »Hot Dogs«. Clowns kurbelten an Leierkästen, geschminkte Zwerge schlugen Rad, umherziehende Hawaiianer spielten *ukulele,* Gitarren, Mandolinen.

Vom Augenblick des prunkvollen Einzugs an – schneidige *paniolo* auf schönen Reittieren trugen die Flaggen von Hawai'i, den Ver-

einigten Staaten und Großbritannien – hielt Pono nach dem Mann Ausschau, den sie heiraten wollte. Jedesmal, wenn er paradierte, richtete sie, die seinen *lei* trug, sich hoch auf, und ihre Augen brannten sich in seinen Brustkorb. Unter den unzähligen Farben der Zuschauermenge war ihr reinweißes Kleid wie ein Leuchtstrahl; ein Licht schien sie einzuhüllen und förmlich aus der Menge emporzuheben. Sie war so schön anzusehen, so stolz, daß die Leute sich nach ihr umdrehten und sie anstarrten. Vorüberziehende *paniolo* tippten an ihre Hüte. Den *lei* auf ihren Schultern berührend, antwortete Pono nur dem einen, den sie auserwählt hatte.
Nach den einleitenden Belustigungen wie dem Kälbereinfangen, dem Ochsenschieben und dem Faßlaufen erschien ein Mann auf einem wilden Mustang, der ihn mitten in die Tribüne warf. Pono hielt sich die Augen zu, jemand berührte sie am Arm.
»Keine Bange. Der da is' nich' dein Schatz.«
Bei der nächsten Nummer schien es einen Mann regelrecht aus einem Pferch zu schleudern: Er ritt einhändig auf einem schäumenden, 1500 Pfund schweren Bullen. Diesen Mann erkannte Pono voll Entsetzen, als er, irre grinsend, auf und nieder hopste. Er blieb ganze zwölf Sekunden oben, ein Rekord, und die Menge stand auf und brüllte seinen Namen. »Valentine ... Valentine!«
Der Reiter rappelte sich lachend hoch, klopfte den Staub aus seiner Überhose ab, näherte sich der Tribüne und warf Pono seinen Hut zu. Die Menge jubelte, umherziehende Musikanten stimmten ein betörendes altes hawaiisches Lied an, *»Wahine U'i«*, Schöne Frau. Pono stand, seinen Hut an ihre Brust gedrückt, während die heldenhaften *paniolo* – mit zerfetzter Kleidung, blutig und bandagiert – zum großen Finale einritten. Pono stand noch da, als die Tribünen sich geleert hatten und niemand mehr da war bis auf ein paar alte Männer, die das Sägemehl aufkehrten.
Wie bestellt kam Valentine schließlich in die Manege gehumpelt, sah zu Pono hoch und lächelte. »Was nun, *Wahine U'i?*«
Nach einer Woche waren sie verheiratet; die Hochzeitsnacht verbrachten sie auf dem Dampfschiff, das die Große Insel anlief. In der Hochzeitsnacht, als ihr Ehemann schlief, seine Haut klebrig von ihrem jungfräulichen Blut, schlich Pono an Deck; sie spürte, daß ihr Leben in einen neuen Abschnitt glitt, atemlos, mit einem Gefühl,

als stünde Gott neben ihr, und auch ein wenig furchtsam, als machte er Anstalten, sich hinüberzuneigen, und ihr ein Stück aus der Wange zu beißen.
Hier, auf der Großen Insel, an den kühlen Abhängen des lange erloschenen Vulkans Mauna Kea, lag Kamuela, eine kleine Cowboystadt direkt am Mamalahoa Highway, der Hauptverkehrsstraße der Insel. Hier standen die bescheidenen Holzhäuser der *paniolo,* verwittert, aber makellos sauber und durchgepustet von Winden, die über das üppige Grasland im Landesinneren strichen und den Geruch von Vieh und fruchtbarer Erde mitbrachten und den Geruch vom Salz des Meeres. Eingetopfte Orchideen und Bougainvilleen säumten die wackeligen Stufen eines jeden Hauses. Fischernetze waren über winzige Rasenflächen geworfen, und an Wäscheleinen tanzten, wie große schwarze Füße, die Zehensocken aus Gummi, die die Fischer beim Fischen auf Felsen trugen.
An manchen Tagen, wenn sie auf ihren Mann wartete, saß Pono auf ihrer kleinen Veranda und hatte das Gefühl, auf dem Dach der Welt zu sitzen. Der Mauna Kea war über 4000 Meter hoch, im Winter bedeckte Schnee seinen vulkanischen Gipfel. Weiter im Süden lag der Mauna Loa, ein Schwestervulkan, und dahinter der Kilauea-Krater, der niemals schlief. Hin und wieder brach der Kilauea aus und spie Feuer Tausende Meter hoch in die Luft. Es war eine ungeheuer fruchtbare Insel, denn außer den Hunderttausende Morgen großen Rinderfarmen gab es landeinwärts auch noch zahlreiche Zuckerplantagen, Macadamianußfarmen sowie Kaffee- und Orchideenplantagen.
Manchmal erzählten die Frauen von verwünschten Orten, alten Grabstätten, die sich bewegten, und den gefürchteten »Nachtmarschierern«, Kamehamehas Kriegergeistern, die an den Schauplätzen ihrer großen Schlachten spukten.
»Ich hab' sie gesehen«, sagte Pono. »Schatten, die übers Land ziehen.«
»Wo hast du sie gesehen?« fragten die Frauen.
»Ich träum' sie.«
Anfangs waren die Frauen skeptisch, doch eine nach der anderen brachten sie Geschenke, Schalen mit *poi,* ein Huhn. »Ist mein Mann mir treu? Wird mein Junge auf die Universität gehen? Wird mein

nächstes Kind ein Mädchen?« Auch hier war Pono vorsichtig. Manchmal erzählte sie ihnen, was sie geträumt hatte, manchmal, wenn sie Tragisches sah, verschwieg sie es.

Sie hatte ihren Mann Valentine gern, war nachsichtig mit ihm wie mit einem Kind, aber im Grunde ihres Herzens wußte sie, daß dies nicht die große Liebe war. Valentine war stattlich, furchtlos im Sattel, doch wenn er mit den Füßen auf der Erde stand, war er nur noch ein Kuhhirte, ein übergroßer Junge ohne Verständnis für Ponos Träume, ihre Eingebungen. Alles, was er zu bieten hatte, waren Rodeos und Liebeslieder, und alles, was er von ihr verlangte, waren Mahlzeiten und das animalische Behagen ihres Körpers, das ihn sich als Mann fühlen ließ.

Was Pono bei ihm entbehrte, war das, was ihre Eltern verbunden hatte: die blinde Hingabe, die eine Frau dazu trieb, mit der Machete auf einen Hilfssheriff loszugehen. Oder auch die nahezu sinnliche Leidenschaft, die Silvio für seinen Generalito empfand, wenn er den Vogel umarmte, seinen zerrupften Kopf in seinen Mund nahm: die Leidenschaft eines Mannes, dessen Leben sich um drei Pfund Federn drehte. Doch alles, was Pono für Valentine aufbringen konnte, war ein mütterliches Gefühl. Wie eine zusätzliche Bürde haftete nun der Geruch des Verzichts an ihr.

Eines Tages, als Pono ein Jahr verheiratet war, winkten sie und andere Ehefrauen ihren Männern Lebewohl, die zu einem Schautreiben vor australischen Viehzüchtern nach Honolulu fuhren. Wochenlang hatten sie geübt, um den Australiern zu zeigen, wie die für die Schlachthäuser von Honolulu bestimmten Ochsen auf Dampfer verladen wurden.

Das große Schiff ankerte in einer Bucht. Berittene *paniolo* fingen sodann die Ochsen mit kreisenden Lassos an den Hörnern ein und bugsierten sie in die Brandung. Haien ausweichend, übergaben sie die Stricke an Seeleute in Walfangbooten, die unmittelbar jenseits des flachen Wassers Anker geworfen hatten, so daß die Ochsen schwimmen mußten und sich nicht losreißen konnten. Wenn acht Ochsen auf jeder Seite an ihren Hörnern festgebunden waren, wurden die Boote zu dem großen Schiff gerudert, wo das Vieh mit Winden an Bord gehievt wurde. Dann kehrten die Walfangboote zurück, um die nächsten Ochsen zu holen.

Die *paniolo* arbeiteten paarweise. Ihre bulligen, nassen Schultern und Schenkel glänzten, die salzbefleckten Pferde bäumten sich auf und schnellten aus den Wellen hervor wie dunkle Götter. Manchmal versammelte sich eine Menschenmenge, und die Leute wetteten, wie viele Ochsen von Haien geholt würden, bevor sie das Mutterschiff erreichten. Nach getaner Arbeit sprangen die Männer von ihren Pferden, sattelten sie ab und ließen sich auf den Strand fallen. Die Sonne glitzerte in dem Sand auf ihren dunklen Leibern, so daß sie aussahen wie mit zerkleinerten Diamanten überzogen. Und draußen in der Brandung hoben die von ihren Satteln befreiten Pferde majestätisch die Köpfe, Mähnen und Schweife fedrig aus dem Wasser schnellend, wie Wesen aus der Mythologie. Solche Tage blieben Pono im Gedächtnis, Tage, so wundersam, daß sie ein Leuchten zurückließen.

Als die Männer nach Honolulu aufgebrochen waren, saßen ihre Frauen beisammen, klagten über die Trinkgewohnheiten ihrer Männer, ihre schmutzverkrustete Kleidung und über ihre Sucht nach Pferden und Rodeos, die ihnen Gürtelschnallen und Trophäen, aber kein richtiges Einkommen eintrugen. Eines Nachts träumte Pono von Valentine, der seinen Hals zu einem der hohen Gebäude emporreckte, die »Wolkenkratzer« genannt wurden. In der folgenden Nacht sah sie ihn dann über Boulevards zwischen Automobilen und Omnibussen galoppieren, während Männer mit Maschinengewehren ihn verfolgten. Er warf ihnen eine große schwarze Kugel zu, und sie wurden langsamer, erstaunt über den Gegenstand. Dann hob einer den Arm und schoß.

Drei Wochen später kamen alle *paniolo* bis auf zwei zurück nach Hause auf die Große Insel. Valentine und ein anderer Cowboy hatten sich, betrunken von *'okolehao*, an Bord der nach San Francisco bestimmten *Lurline* geschmuggelt. Tagelang wartete Pono auf Nachricht. Eines Nachts öffnete sie den kleinen Lederbeutel, den sie unter ihrer Matratze verwahrte. Eine ihrer schwarzen Perlen fehlte. Valentine sah sie nie mehr wieder, und seinen Kumpan brachte das FBI Wochen später heim nach Honolulu.

Von San Francisco aus hatten sich Valentine und sein Kamerad bis nach Chicago durchgeschlagen, zum jährlichen internationalen Rodeo, dem größten der Welt. Als illegal eingereiste Ausländer

durften sie jedoch ohne Arbeitspapiere und Genehmigung nicht am Rodeo teilnehmen. Valentine versuchte erfolglos, Beamte mit einer riesengroßen schwarzen Südseeperle zu bestechen, aber neugierig geworden durch das Gerücht von der Größe des Kleinods, so groß und vollkommen wie eine Weinbeere, machten Gangster Valentine ein Angebot. Als er mehr Geld verlangte, schoß die Bande ihn nieder und riß dem Sterbenden die Perle aus der Tasche. Sein *Paniolo*-Kumpan, der den Mord mit angesehen hatte, stellte sich und bat, heim nach Hawai'i geschickt zu werden.
Die Frau des Rinderfarmbesitzers bot Pono eine Stellung als Hausmädchen an, und drei *paniolo* machten ihr sogleich einen Heiratsantrag; aber sie sah sie alle nur an und lachte. Es war Zeit, diese Insel kennenzulernen. Zeit zu wandern und zu schauen und zu sehen. Sie hatte hier von Dingen gehört, die sie nur glauben wollte, wenn sie sie mit eigenen Augen sah; das geheimnisvolle Waipi 'o-Tal an der Nordostküste, wo in dichten Regenwäldern *menehune* lebten. Grandiose Felswände mit dreißig Meter tief stürzenden Wasserfällen. Glitzernde Lavastrände, wie Felder voll schwarzer Diamanten, und Täler, wo meilenweit Orchideen blühten. Kaffeeberge mit duftenden, schneeweißen Blüten. Eine Stadt aus tausend Regenbögen. Ein Strand, der kostbare Edelsteine ausspuckte, die von weit her, vom Orient, angespült wurden.
Dann gab es da das unwirtliche Stück Land an der Südostküste, das Land brodelnder Spalten und Schwefeldämpfe, wo die Erde mit rauhen und glattgeschliffenen Lavabrocken bedeckt war – das Vulkanland, wo Pele, die Göttin des Feuers, in dem tiefen Schlund namens Halemaumau lebte. Hin und wieder zeigte Pele ihren Zorn; dann riß sie die Erde auf, flüssige Lava kochte empor und ließ eine wüste Mondlandschaft zurück.
Es war nicht nur Neugierde, die Pono antrieb. Sie hatte das Gefühl, etwas habe sie auf diese Insel der vielfältigen Stimmungen und Landschaften berufen. Woche um Woche, zu Fuß oder auf einem Maultier, kämpfte sie sich durch üppige Täler und karges Buschland, tauschte ihre Träume gegen Nahrungsmittel ein. In manchen Nächten schlief sie bei Schafen und Rindern auf Stroh. An manchen Tagen kletterte sie erschöpft gezackte Felsen hinab und schwamm im Meer. Nach jahrelangem Leben im Landesinneren fing sie nun

an zu begreifen, daß das Wasser ihr natürliches Element war; sie nahm es in sich auf wie eine Droge. Wenn die Unruhe auf dem Land und seine Farben sie ermüdeten, wenn sie sah, wie abgesondert sie von normalen Menschen war, dann war es nun das Meer, dem sie sich zuwandte.

Sie lernte, stundenlang zu schwimmen, arrangierte sich still mit allen Formen von Meeresleben, das sie umströmte. Keckernde Delphine, Barrakudas wie schwimmende Stilette, silberne Sprottenschwärme. Eines Tages wand sich ein drei Meter langer Bandfisch um sie herum; die dicken roten *Samurai*-Fransen an seinem Rücken rasselten wie Tamburine. Langsam straffte er seine Umarmung, schloß das große Maul um ihren Kopf. Dann sah er ihr in die Augen, und es war um ihn geschehen. Ihn traf die Erkenntnis eines uralten Wissens. Der Fisch schien zu seufzen, wickelte sich langsam auf, schwamm durch die strömenden Haare davon.

Auf ihren Wanderungen war Pono ziellos, aber voll Eifer wie jemand, der nach einem Zeichen Ausschau hält. Noch keine sechzehn, war sie doch schon Witwe, eine Frau ohne Sippschaft mit nichts als visionären Kräften. Kräfte, die ihr nicht zu nützen schienen; sie konnte nicht einmal ihre eigenen Träume verstehen. Ein Riese in einem Regenumhang, der auf einem Leichnam über die Oberfläche des Ozeans ritt. Ein Gesicht, das in einer Welle Gestalt annahm, Zähne, die knackend einen Tintenfisch durch einen unbarmherzigen Biß hinter die Augen töteten. Was bedeutete das? Warum erschreckte es sie?

Eines Tages sah sie auf der Kona-Küstenstraße ein hawaiisch-chinesisches Ehepaar, das zwei Packpferde führte. Als die Leute Pono sahen, rannten sie, auf die Flanken der Pferde einschlagend, von der Straße.

»Wartet!« rief sie. »Für Taro oder Reis träume ich eure Zukunft.«

Das Paar blieb stehen, kam langsam näher, deckte die Packen auf den Pferden ab. Unter Kochtöpfen und Hängematten waren zwei Kinder in zusammengerollten Bastteppichen versteckt.

»Sieh ihre Gesichter«, flüsterte der Mann. »Und sag, was wird.«

Das Fleisch in den kleinen Gesichtern eiterte. Zerfressene Nasen. Ein Auge glasig und blind. Es war nicht einmal genug übrig, um zu erkennen, daß es wirklich Kinder waren.

»Ma'i Pake«, sagte die Mutter. Sie blickte hinter ihnen auf die Straße, dann sah sie ihren Mann an. »Schnell, schnell. Die Polizei kommt und fängt uns. Die sollen meine Kinder nicht im Käfig wegbringen.«

Sie waren auf der Flucht vor Kopfgeldjägern und wollten mit ihren leprösen Kindern in die Berge. Pono schaute sie angestrengt an, dann sah sie blinzelnd zum Himmel. »Eins stirbt bald ... und eins steckt euch an mit *ma'i Pake.* Aber ihr drei werdet viele Jahre im Dschungel leben.«

Der Chinese ergriff ihre Hand. »Danke! Danke!« Er wies auf ihren kleinen Bauernhof, der in der Ferne gerade noch zu sehen war. »Frisches Gemüse, Taro. Und 'ne Menge Fisch im Teich!«

Mit dem verrottenden Etwas, das von ihren Kindern übrig war, verschwanden sie nordwärts.

Zwei Stunden später wurde Pono von einem bewaffneten Aufgebot angehalten, das nach dem Ehepaar suchte. Sie schickte die Männer in die entgegengesetzte Richtung, ans Meer hinunter. Dabei sprach sie derbes Pidgin, um ihren Worten Glaubwürdigkeit zu verleihen.

Fortan lebte Pono auf dem kleinen Hof der Leute, erntete Lebensmittel aus ihrem Garten, zerstieß Taroknollen und verarbeitete sie zu *poi.* Sie sprach zu Geckos, Skorpionen, Mungos, nur um ihre eigene Stimme zu hören, sich selbst wiederzufinden. Bauern, umherreisende Händler, Frauen von den Feldern brachten ihr dies und jenes als Anerkennung für das Erzählen ihrer Träume. Manchmal berührten sie ihren Arm, um zu sehen, ob das Fleisch echt war. Pono war schön, doch wegen ihrer gewaltigen *mana* wichen sie vor ihr zurück und sahen nicht, wie einsam sie war. Einmal lag sie so lange still, daß sich, als sie aufwachte, ein Spinnennetz über ihrem Mund gebildet hatte.

Pono wagte alles – bis an den Rand der Erschöpfung kletterte sie auf zwölf Meter hohe Palmen, um Kokosnüsse zu ernten, die sie blindlings mit schweren Äxten aufspaltete. Sie aß alle möglichen Kräuter und Wurzeln, suchte Gesellschaft in ungekannten Empfindungen. Sie stürzte tollkühn in die Brandung, ohne auf die messerscharfen Schwänze riesiger Teufelsrochen zu achten; bald glitt sie sogar auf deren Rücken und ließ sich auf den sechs Meter breiten Schwingen durchs Meer tragen.

Eines Tages schleppte sie eine seltsame Art von Seetang aus dem Wasser, der rosig glühte und faulig schmeckte. Sie stopfte sich den Mund voll und kaute in der Hoffnung, es würde sie töten. Statt dessen erfüllte sie ein sonderbares Gefühl des Schwebens. Während sie da in der Brandung stand, fühlte sie, wie ihr Kinn sich straffte, zusammenzog, und ihr etwas Maulartiges wuchs. Plötzlich von der Schwerkraft befreit, schwamm sie. Sie tauchte hinab, schlängelte sich durch Korallenschluchten, durch Alleen von Licht, von prismatischen Wellenlinsen gezeichnet. Ihre Schwerelosigkeit berauschte sie, sie konnte das Gewicht ihrer Organe nicht mehr fühlen. Riesengroße Haifische durchpflügten plötzlich neben ihr die Wassermassen, stupsten sie an, verspielt, liebevoll. Pono zog sich erschrocken zurück, dann erblickte sie im Auge eines Hais ihr Spiegelbild; ein weißgefleckter Riffhai von gewaltiger Größe bewegte sich da, blitzschnell und gewandt wie eine Gewehrkugel. Schwärme kleinerer Fische zerstoben, als sie auf sie zuschoß. Der Geschmack von Blut.

Sie schien tagelang zu schwimmen, bis sie ein Unwohlsein befiel und sie ihrer Schwimmkraft überdrüssig wurde. Sie fühlte sich eingeengt. Die Nerven in den Sohlen unvergessener Füße schrien nach Land. Ihre Gelenke klagten über die Schwere von Gewebe und Muskeln, die sie steuerten. Der übergroße Wunsch zu gehen, das Unvermögen, es zu tun. Mit lähmender Hilflosigkeit sah Pono, daß sie keine Arme hatte. Sie war in einen Schuppensack gebunden, der sie langsam erstickte. Sie konnte nichts anderes tun als ihre Kiemen öffnen, ihre Rückenflosse aufrichten und schwimmen.

Sie versuchte, sich aus dem Meer zu stoßen, sich rückwärts in die Luft zu werfen. Doch lange Luftzüge töteten sie fast. Unfähig, in der Atmosphäre zu atmen, tauchte sie wieder ins Wasser. Dann erinnerte sie sich, daß sie schlief, daß ihre Haigestalt nur Phantasie war. Es heißt, wenn einem einfällt, daß man träumt, ist das Ende des Traumes nahe. Sie entspannte sich, strich durch die Wellen, glitt hinein in einen Traum vom Aufwachen.

Sie erwachte auf dem Sand, in sich zusammengerollt wie ein Ohr. Als sie auf ihre Haut blickte, schien sie grau, doch dann begann sie sich auf unheimliche Weise zu sprenkeln, mit Braun, dann Gold. Noch war sie rauh wie Sandpapier, verwandelte sich aber bereits zurück, blütengleiche Weichheit. Pono hatte Blut im Mund und den Geschmack von rohem Fisch.

Von da an ging sie jedesmal, wenn ihr zu einsam zumute war in der Welt, ans Meer hinunter und aß von dem glühenden Tang. Dann tauchte sie für Stunden in die Welt der *mano* ein, bis sie sich wieder nach der Schwerkraft sehnte. Und obwohl sie sich in der Welt der Menschen befand, war sie nicht mehr von dieser Welt.

Eines stürmischen Tages, als Pono durch trübe Wellen pflügte, löste sie sich von einer Schar Haie, weil sie ein Gesicht, ein Menschengesicht, in einer Welle Gestalt annehmen sah. Langsame Kreise ziehend, näherte sie sich diesem Menschen, der mit einem Tintenfisch rang, so groß wie ein Ochse. Schauderhafte Tentakel peitschten den Oberkörper des Mannes, als er ihm sein Messer in den Bauch stieß, seinen Hals packte und ihn grimmig hinter die Augen biß. Der Tintenfisch erbebte, schrie so gellend wie eine Frau, daß ein Schauer über Ponos Haut lief. In dem Moment, wo der Tintenfisch seine Tentakel verlor, starb er, Wolken von Tinte schossen aus ihm hervor.

Pono sah zu, wie der Mann das Ding an Land schleppte und sich, mit einem schlichten Lendentuch bekleidet, an ihm zu schaffen machte. Er war riesenhaft, dunkel, gebaut wie ein Krieger, mit den breiten, schönen Gesichtszügen der Vollblutpolynesier. Schwere, grübelnde Stirn, schmale asiatische Augen, starke Nase, volle, feminine Lippen über einem kräftigen, kantigen Kinn. Pono schwamm, ihn beobachtend, hin und her, bis er schließlich sein Messer hinlegte, sich die Hände wusch, dann ein großes, schmal zugeschnittenes Brett aufhob und laut schreiend damit ins Meer rannte. Es war ein *papa he'e nalu,* von den *haole* Surfbrett genannt, und was der Mann tat, war ein Sport, den ihr Volk schon vor zweitausend Jahren beherrscht hatte.

Pono verspürte einen Schauer, den Drang, ihm zu folgen, und pflügte hinter seinem Brett her, das so groß, schmal und steif war, daß er auf einem riesenhaften Leichnam zu reiten schien. Kniend paddelte er ins tiefe Wasser, wurde erst dort langsamer, wo der Ozean, nun viele Faden tief, die Farben wechselte. Nun setzte sich der Mann rittlings auf das Brett, als sei es ein Pferd, wartete offenbar auf den richtigen Moment. Schließlich brauste eine Welle heran, so hoch wie ein Schiff, ächzend, voll zerstörender Kraft. Die Muskeln stramm vor Anspannung, richtete der Fremde sich auf, glitt auf den trüben Fluten dahin, fand schließlich den Kamm der Welle und ritt auf ihr uferwärts wie der Bug eines unsichtbaren Schiffes.

Stundenlang ritt der hünenhafte Mann, paddelte auf den Knien hinaus, schwebte herein wie ein Gott, und stundenlang folgte Pono ihm. Plötzlich riß der Himmel auf wie von einer Axt gespalten. Regen strömte so heftig herab, daß der Mann zwischen zwei Meeren zu stehen schien. Dann überrollte ihn eine Welle, er verschwand, sein Brett schoß leer durch die Luft. Pono tauchte tief hinab, suchte ihn, bis sie ihn in einem Zyklon aus Korallen und Muscheln wogen sah, hin und her geworfen wie eine Puppe. Sie schnellte um ihn herum, versuchte, ihn an die Luft zu tragen. Ein Schatten erschien über ihr, verharrte, dann schien das Brett zu tauchen. Sie hörte es krachen.

Wenn einem einfällt, daß man träumt, ist das Ende des Traumes nahe.

Sie erwachte in der Brandung liegend, ihr Kopf war wie betäubt, und sie blutete. Der Sturm war abgeflaut, es ging nur ein heftiger Regen. Weit hinten am Strand sah sie den hünenhaften Mann sich aufsetzen, seine verschrammten Arme und Beine betasten. Er stellte sein Brett aufrecht in den Sand, untersuchte es nach Schäden. Und die ganze Zeit beobachtete sie ihn. Schließlich schüttelte er Sand und Kieselsteine aus seinen schwarzen Haaren und zog einen Regenumhang aus Schraubenpalmblättern über, der ihm von den Schultern bis auf die Knie hing. Er wickelte abgehackte Teile des Tintenfisches in Blätter ein, erhob sich langsam, schleppte sein Brett zu einem Unterstand im Gebüsch.

Sie kam zu mir aus dem Meer. So würde er es stets in Erinnerung behalten. Denn als er näher kam, rappelte sich Pono langsam hoch, lief in die Brandung, brach dort zusammen. Er zog sie sanft an Land und beobachtete, wie der Farbton ihrer Haut sich von Grau in Braun und dann in Gold verwandelte, und ihre Oberfläche von Sandpapier in junge Jasminblüten. Er sah das Maul sich langsam in ein menschliches Kinn zurückbilden, sah den Schwung menschlicher Lippen, als ihr Erdenleib zurückkehrte. Er hüllte sie in seinen

Regenumhang, behutsam, wie man etwas berührt, das es nur ein einziges Mal auf der Welt gibt.

Als sie erwachte, saßen sie auf einem Pferd, sie hinter ihm, die Hände sicher um seine Taille gebunden. Der kalte Regen lief ihr von seinem nackten Rücken das Gesicht hinab. Sein dampfendes Fleisch, sein Mensch-Ozean-Geruch erregten sie. Als sie abermals aufwachte, trabten sie eine Zufahrt entlang, die wie eine Kathedrale überwölbt war von riesigen Eisen- und Eukalyptusbäumen.

Später schwamm sie in einem Meer aus geblähten Vorhängen, hellem Porzellan, Leintüchern. Die Sonne bemalte das Zimmer mit gezackten Pfoten, jemand unterhielt sich mit einem Arzt. Man hatte ihr ihren alten Lederbeutel in die Hände gelegt, alles, was sie auf der Welt besaß.

Der Mann kam zu ihr, beugte sich über sie, dunkel wie ein Gott, die Zähne strahlend und vollendet geformt.

»Ich bin Duke Kealoha. Ich habe dich heimgeholt.«

Na huna
Die Versteckten

❖

Nichts wird vernichtet, die Dinge verändern nur ihre Gestalt.« Er versuchte, ihr zu erklären, wie die Bohnen zu Kaffee wurden und daß in den Blättern wirklich Gesichter waren, Gesichter, die sie während ihrer Genesungswochen halluziniert zu haben glaubte. Es seien die Gesichter der Arbeiter, die, zwitschernd wie die Vögel, in den zierlichen Bäumen Kaffeekirschen pflückten. Und er sprach von der Erde, von Regenfällen, von idealen Höhenlagen und daß alles von Hand gemacht wurde – pflanzen, pflücken, sortieren, verarbeiten.

»Im Inneren der reifen, roten Kirsche ist die Bohne. Das Fruchtfleisch der Kirsche wird als Dünger verwendet, als Mengfutter fürs Vieh. Nichts wird vernichtet, ein Ding wird bloß zu einem anderen Ding. So versuche ich auch, von meinen Angehörigen zu denken: daß sie nicht tot sind, sondern höchst lebendig, vielleicht in anderer Gestalt, auf einer anderen Ebene. Ich weiß, du hast sie im Traum gesehen.«

Pono setzte sich auf. Ihr schwirrte der Kopf, sie nahm ihn zwischen die Hände. Erinnerungen, furchtbare Erinnerungen. Menschenschreie wie kreischende Sägeblätter.

»Warum höre ich keine Uhren im Haus?« fragte sie. »Diese Stille. Warum tickt hier nichts?«

»Hier hat die Zeit keine Bedeutung.« Er kniete sich vor sie hin, sein schönes Gesicht war verzerrt. »Hast du Angst?«

Fetzen ihres Traumes schwebten vorüber. Seine Angehörigen tot. Oder fortgeschafft. Gesichter verrottet, Hände zu stumpfen Werkzeugen geschrumpft. Wenn sie bei ihm bliebe, würde sie sterben

oder zu einem Schreckgespenst werden. Aber sie hatte ihn schon liebgewonnen in den Wochen ihrer Genesung, als er nicht von ihrer Seite wich, während ihr Schädelbruch wieder zusammenwuchs.
Duke stand auf und sah aus dem Fenster. »Mit der Zeit wird die Angst die Arbeiter vertreiben, die Kaffeepflanzungen werden sich in einen Dschungel verwandeln. Ich werde gemieden. Das Haus wird zerfallen.« Er fragte wieder: »Hast du Angst?«
Pono sah zu Boden; sie begriff, daß sie keine Zeit hatten, die Liebe reifen zu lassen, daß sie sich geschwind verdichten mußte. Pono kehrte der Welt den Rücken, so wie wenn man ein Buch schließt. Sie erhob sich, trat zu Duke und nahm seine Hand.
Er brachte ihr alles bei, was er über Kaffee wußte, führte sie durch seine Gärten, wo ihre Lungen sich mit dem Aroma von Arabica-Kaffee und dem weinigen, fruchtigen Duft reifer Kaffeekirschen füllten. Er beschrieb ihr die Blütezeit im Frühling, wenn die weißen, gardenienähnlichen Blüten die Felder in »Kona-Schnee« verwandelten, und wie die Blütenblätter nach wenigen Tagen abfielen und winzige grüne Beeren zum Vorschein kamen, die im Spätherbst dann zu leuchtendroten Kirschen reiften, bereit für die Ernte.
Und wenn sie an den pflückenden Feldarbeitern vorübergingen, an Frauen, die die auf einem Dach zum Trocknen ausgelegten Kaffeebohnen rechten, an Männern, die volle Jutesäcke hievten, dann verneigten sich die Leute, tippten sich ehrerbietig an die Hüte; denn alle achteten Dukes machtvolle Persönlichkeit. Und wenn Pono mit ihm durch die Stadt Captain Cook ging, sah Pono, wie die Leute winkten, selbst in den entlegensten Winkeln des Ortes, den kleinsten Hütten und Gassen, denn sie alle spürten Dukes magnetische Kraft. Er schien sie in eine Art Bann zu schlagen; seine Größe, seine Würde, seine leidenschaftliche Liebe zum Land machten ihnen allen ihr starkes, stolzes hawaiisches Erbe bewußt.
Pono hatte von Natur aus einen unersättlichen Wissensdurst, und so lehrte er sie viele Dinge, reiten und springen auf einem Pferd, fischen, Truthähne und Wildschweine jagen in den landeinwärts gelegenen Wäldern. Weil sie einen wachen Verstand hatte, las er ihr Balzac und Thackeray vor, und er sah sie vor Freude erglühen, wenn er das Grammophon aufzog und Chopin und Johann Strauß spielte. Lange Zeit standen sie über Landkarten und Globen gebeugt, und

er versuchte, ihr die Welt zu erklären, ihre Weite, die vielversprechende Neuheit einiger Kulturen, die althergebrachte Schönheit anderer. Auch Elektrizität und Thermodynamik versuchte er ihr verständlich zu machen. Eines Tages kam er mit einem neuen Buick nach Hause, frisch aus Kalifornien herangeschifft. Bevor Pono fahren lernte, bearbeitete sie beide Kotflügel mit einem Hammer, bis das Auto anheimelnd verbeult und nicht mehr so einschüchternd aussah.

Duke sprach drei Fremdsprachen, hatte die Welt bereist, an der Sorbonne studiert und besaß maßgeschneiderte Seidenanzüge aus London. Dennoch war Pono für ihn die fesselndste Frau, der er je begegnet war; sie besaß eine überwältigende Energie, eine explosive Hitze, die alles Leben um sie herum überwältigte. Schönheit paarte sich in ihr mit angeborener Intelligenz. *Sie kam zu mir aus dem Meer,* erinnerte er sich und wußte, daß magnetische Ströme sie durchflossen, daß ihre Haut Farbe und Beschaffenheit wechseln konnte, daß die Einheimischen in der Stadt sie *kahuna* nannten.

Durch nichts, was sie taten, konnten sie einander erschüttern. Sie standen als Ebenbürtige Seite an Seite, brauchten keine Erfahrungen zu machen, die andere machten, und sie brauchten nicht einmal in die Welt hinauszugehen, denn sie hatten ihre eigene Mythologie. Pono führte Duke durch ihre Geschichte, bis zurück zu Mathys Coenradtsen, und Duke erfuhr, wie ihre Familie sich im Laufe der Generationen selbst ausgelöscht hatte. Die seine war in weniger als fünf Jahren erloschen.

Manchmal wanderten sie abends durchs Haus, und da Duke es mit ihren Augen sah, sah er es wie zum erstenmal. Räume mit massiven Möbeln aus malaysischem Teakholz und *koa.* Alte, seltene hawaiische Drucke. Alte Perserteppiche auf italienischen Fliesenböden, Lampen aus Jade und Marmor mit Schirmen aus Rohseide. Handbemaltes Porzellan aus China und Belgien, samtene Klingelzüge, Überwürfe aus Satin, aus Seide. Und Räume, angefüllt mit ledergebundenen Büchern, von denen ein stetes Summen auszugehen schien. Mißtrauisch gegen gedruckte Worte, klopfte sie auf ein Buch, um das Flüstern zum Schweigen zu bringen. Es hinterließ an ihrer Hand den Staub von Termiten, die im Inneren des Buchrükkens nisteten.

Pfauen hüpften auf gebohnerten Böden, zahme Hirtenstare erklommen stolz das Geländer, und Duke zeigte ihr ein lebensgroßes Porträt von König Kalakaua, der ein entfernter Cousin seines Vaters gewesen war, Porträts von Großvätern, Urgroßvätern, allesamt vornehme Hawaiianer bis zurück zu Kamehameha I. Seit sich das Aussterben der Hawaiianer abzeichnete, war jede Generation in Dukes Familie von *haole* hofiert worden, die ihr Land kaufen wollten. Dann aber wurde seine Familie von *ma'i Pake* heimgesucht, und die Weißen hatten sich voll Entsetzen abgewandt.

Duke wies auf alte, sepiabraune Photographien. »Mutter, Vater, zwei Schwestern. Tot, alle tot.«

Seinen Vater hatte es zuerst getroffen. Man hatte ihn gewaltsam auf dem Lepraschiff auf die Nachbarinsel Moloka'i gebracht, nach Kalaupapa. Ein Jahr später zeigten sich Geschwüre auf den Beinen von Dukes Mutter, und Duke wurde von der Universität nach Hause gerufen. Dann traf es seine Schwestern, eine nach der anderen, und ihre Ehemänner liefen ihnen entsetzt davon. Zwei Cousins, eine Nichte. Es war, als sei in ihrem Stammbaum das Auslöschen von Kealoha-Genen programmiert.

Duke betrachtete sich im Spiegel. »Eine Frage der Zeit«, sagte er nachdenklich.

Jeden Abend untersuchte er seinen Körper nach verräterischen Flecken, achtete auf Taubheit in den Gliedern, auf geschwollene Ohrläppchen. Und weil er glaubte, daß er eine »Kontaktperson« war und den bösen Erreger im Blut hatte, untersuchte er auch Pono jeden Abend, bevor sie sich liebten; Zentimeter um Zentimeter nahm er sich ihren Körper vor, erst danach umarmte er sie, erleichtert, bog sich über ihr, drang in sie ein, erfüllt von wahnsinniger Leidenschaft. Sie waren jetzt einer in des anderen Blut, hatten sich aneinander verloren, und Pono wartete auf das taube Gefühl, auf eine nicht heilende Verletzung, auf die tückischen, sich ausbreitenden weißen Stellen, dann die glasigen Augen, die Verdickung der Haut, das langsame Faulen des Körpers. Sie versuchte zu träumen, zu sehen, ob *ma'i Pake* sie beide verschonen würde. Aber ihr Herz war so erfüllt von diesem traurigen, wunderbaren Mann, dessen Körper von ihr Besitz ergriff, ihr Schoß so gierig nach seinem dicken, warmen Erguß, ihr Kopf so betäubt von seinem Duft nach

Kaffee, Gardenien, Erde und dickem Leder, und nach dem dichten Haar, gelockt von Seeluft und Sonne, daß ihr nichts mehr zum Träumen blieb.
Die Zeit floß langsam und erfüllt dahin, wenn sie zusammen waren, gleich den Seidengarnen eines aufgetrennten persischen Teppichs, die allmählich zum ursprünglichen Muster verwoben. Pono vergaß ihr Leben im landeinwärts gelegenen Weideland, vergaß die roten Ananasfelder ihrer Kindheit. Und allmählich vergaß sie auch die Familie, von der sie im Stich gelassen worden war. Sie erschuf sich selbst neu, warf eine Haut ab und bekam eine neue dafür.
Ein Jahr lang schienen sie außerhalb der Welt zu schweben, privilegiert, unbehelligt und doch verurteilt. Er bestellte ihr Kleider aus Hongkong und Paris, Galaroben mit Schleppe, Capes mit Krägen aus Straußenfedern, Mäntel mit verschlungenen Seidenstickereien. Dazu passende Schuhe und Handtaschen aus Wildleder, Lederhandschuhe in allen Farben. Sie kleideten sich zum Abendessen um, tranken Champagner, dann zogen sie das Grammophon auf und tanzten stundenlang, stellten sich vor, sie befänden sich auf einem Ozeandampfer, während Duke die großen Häfen beschrieb, in denen sie vor Anker gehen würden.
Bauchige Kognakschwenker in Händen, vertieften sie sich bis spät in die Nacht in Kunstbildbände; Duke erzählte Pono vom Prado in Spanien, vom Louvre, von Versailles. Dann folgten sie Marco Polo auf der Seidenstraße nach Samarkand und besichtigten prächtige Wandbehänge aus bemalter Menschenhaut, die in den kaiserlichen Sommerpalästen der Mandschu-Herrscher hingen. Er las ihr Shakespeare und Molière vor, und obwohl Pono nicht immer begriff, was er las, prägte sie sich Dukes Stimme ein, so fest und tief, daß sie ihre Rippen vibrieren ließ; es war, als predige ein Mann in einer Kathedrale. Sie prägte sich seine nach Lavendel und Thymian duftenden Manschetten ein, die Mandolinen- und *Ukulele*-Laute von den Feldern, wehmütige alte hawaiische Lieder, den scharfen Geschmack des Kognaks. Diese Einzelheiten sog sie in sich ein, und wenn sie Jahre später einmal ins Wanken geriet, vom Leben besudelt und gemartert, strömten sie zurück, gehaltvoll und nahrhaft wie Blut.
Manchmal wies Duke mit der Hand verzagt auf die Bücherregale –

es würde keine Zeit bleiben, ihr alle vorzulesen. Er hielt kostbare Schallplatten an seine Brust – es gab so viele Konzerte zu spielen! Mit einem Gefühl der Dringlichkeit versuchte er ihr Abend für Abend alles mitzuteilen, was er über die Welt wußte oder vermutete, und auf diese Weise erlangte Pono Kenntnis von vielen Dingen. Jahre später mutmaßten die Leute gar, sie selbst habe die Welt bereist und wisse alles, was es zu wissen gab.
Wenn Duke nicht an ihrer Seite war, wenn er auf den Feldern das Pflanzen oder Abernten der Kaffeebäume beaufsichtigte, wähnte sie sich jedesmal in der Gefahr zu verschwinden. In solchen Momenten fühlte sie ihre Haut rauh werden, ihre Knochen wurden durstig, sie schmeckte Salzwasser auf den Lippen und wollte Blut.
Dann kam er zu ihr, sah ihre Haut sich mit Grau sprenkeln und lockte sie in ihre menschliche Gestalt zurück. »Geliebte, verlaß mich nicht! Eines Tages, wenn ich nicht mehr bin, wird dir dieses Land gehören.«
»Sprich nicht davon!« rief sie. »Wenn *ma'i Pake* kommt, holt sie uns beide. Es *muß* so sein.«
Manchmal beobachtete er sie, wie sie den Kopf zum Meer hin wandte und wie ein Hund die Salzluft erschnupperte, die von den Passatwinden landwärts getragen wurde. »Vermißt du deine *Mano*-Welt?«
»Wenn du nicht wärst«, erwiderte sie leise, »wäre sie für mich die einzige Art zu existieren.« Da sie aber sah, wie ihn das betrübte, schwor Pono: »Solange du lebst, entsage ich jener Welt. Mein Kiefer wird sich fortan nicht mehr zu einem Maul verformen.«
Nicht einmal im Traum stellte sie sich vor, es würden Jahre kommen, in denen sie sich wieder nach dieser Welt sehnte. Nächte, da sie meilenweit vom Meer entfernt stehen und ihr Mund sich dennoch mit Salzwasser füllen würde, und ihre Kiemen würden sich öffnen, und sie würde ganz Knorpel und Jagdlust sein.
Manchmal vergaßen sie, wie dünn der Schleier war, mit dem sie ihr Leben verhüllten, wie töricht ihre Weigerung, sich mit dem abzufinden, was kommen würde. Neue Kleider trafen aus Hongkong ein, ledergebundene Bücher aus London. Kantonesische Schneider kamen ins Haus. Und Friseure. Duke wollte nicht zum Haareschneiden in die Stadt, aus Angst, böse *kahuna* würden seine abgeschnittenen

Haare benutzen, um ihn mit einem Fluch zu belegen, ihn von der Insel zu vertreiben, damit seine Erbkrankheit sich nicht ausbreitete. Manchmal fuhren sie die südliche Kona-Küste entlang, vorbei an alten heiligen Stätten, Altären, Tempeln. »In jeder Nacht wandeln die Vorfahren auf diesem Land. Kannst du es spüren?« fragte er. »Die Insel hat viele *mana,* weil sie der Geburtsort von Kamehameha I. ist. Und weil Pele hier lebt. Ich glaube, deswegen wurdest du gerufen.«

Sie blickten hinab in die Caldera des Vulkans Kilauea, einen grauen Lavakessel, der fast fünf Kilometer breit war. Kahl, öde und verbrannt, und doch schimmernd und niemals ruhend. In der Ferne stiegen Rauchfahnen aus schmalen Öffnungen, eine ständige Erinnerung an das Magma, das unter der Erde brodelte und sich seinen nächsten Ausgang sucht. Die Luft selbst war von einer unheimlichen Schwere; Pono fühlte, wie sie ihr schwer auf der Brust lag.

»Die Hand von Pele«, sagte Duke.

Pele, die grimmige Vulkangöttin. Ihre Wohnstatt war Halemaumau, die Feuergrube von Kilaueas Hauptkrater. Zuweilen erschien die Göttin den Einheimischen in menschlicher Gestalt, als schrumpelige Alte oder als schönes junges Mädchen.

»Als ich dich am Strand fand«, sagte Duke, »dachte ich, du wärst Pele. Anfangs habe ich mich gefürchtet.«

Pele war ruhig in diesem Moment, doch die Erde selbst schien ein elektromagnetisches Feld zu erzeugen, das Ponos Lungen erzittern ließ. Sie konnte etwas wie ein Atmen fühlen, das sich wie eine Schicht auf ihre Haut legte. Als sie die öde Mondlandschaft der Kau-Wüste überquerten, die an den Kilauea angrenzte, sahen sie nichts als erstarrte schwarze Lavaströme, die sich bis zum Meer hinzogen. Der starke Schwefelgehalt der Luft und die dünnen Rauchfahnen, die aus den Erdspalten aufstiegen, gemahnten daran, daß die Vulkane lebendig waren, daß Pele tätig war, daß sie ihre unterirdischen Kräfte versammelte. Hier und da gab es geisterhafte, in festen Ascheschichten erstarrte Fußabdrücke, ringsum standen unheimliche lavabedeckte Baumstümpfe.

»Leg dein Ohr an die Erde«, flüsterte Duke.

Zuerst hörte Pono nichts, dann vernahm sie durch die mit rauher und glatter Lava bedeckte Erde hindurch Donner, Blitz, wiederhol-

tes Grollen, furchtbares Stöhnen, Schreie. Sie setzte sich erschrokken hin.
»Als Kamehameha in einer Schlacht um die Vorherrschaft seiner Insel kämpfte, versuchten seine Feinde, ihn hier zu überfallen«, erklärte Duke. »Pele aber war Kamehameha gewogen. Sie ließ Krater ausbrechen und übergoß seine Feinde zu Tausenden mit flüssiger Lava.« Er wies auf die unheimlichen Baumstümpfe in der Kau-Wüste. »Sie wurden augenblicklich versteinert.«

Eines Nachts wälzte sich Pono hin und her. Der schwüle Blütenduft aus dem Garten lag schwer auf ihr, der Duft von Nachthyazinthen und Jasmin. Sie setzte sich langsam auf; etwas schob sich durch den Blumenduft, näherte sich ihr in Gestalt von scharfen Blitzen. Das Haus schien irgendwie leichter, wie vom Gewicht der Menschen befreit. Am Morgen entdeckte Duke, daß zwei Diener fortgelaufen waren, ebenso der Gärtner. Sie hatten die Röte in seinen Augen gesehen, hatten beobachtet, wie Pono eine kleine Wunde an seinem Arm behandelte.
In den folgenden zwei Wochen ließ Pele Flammen wie Drachen aus dem Kilauea-Krater schießen. Überall auf der Insel rannten Mungos quiekend von den Feldern und verstopften die Straßen wie Ratten zur Zeit der Pest. Doch da war noch etwas anderes, Beängstigenderes als die grollende, rülpsende Erde, das die Feldarbeiter verstörte. Sie hatten die Schwellung an Dukes Hals bemerkt, hatten ihn wiederholt seinen Arm reiben sehen. Er hielt ein brennendes Zündholz an seine Haut und zuckte nicht einmal zusammen. Weitere Arbeiter liefen fort. Dann das Hauspersonal, die Köchin. Langsam verscheuchte die Furcht die Gesichter aus den Kaffeeblättern. Aus den Scharnieren gerissene Fensterläden klapperten auf den *lanai*. Eine nach der anderen verschloß Duke die Türen, beschränkte sein und Ponos Leben erst auf drei Zimmer, dann auf zwei. Pono kochte für ihn, trug die Gerichte auf, eins nach dem anderen. Ihr Gesicht war fiebrig gerötet, wie von Schlägen gezeichnet.
Eines Tages erschien eine Wunde an Dukes Zeh und wollte nicht heilen. Binnen eines Monats hatten alle Leute seine Plantage verlassen bis auf einen beharrlichen alten chinesischen Aufseher, Tang Pin, der von Dukes Familie aufgezogen worden war. Duke

stellte es ihm frei, zu gehen; er lehnte ab, doch seine verängstigte Frau verlor nach und nach den Verstand und peitschte nachts die Pfauen, so heftig, daß das Schluchzen der Tiere weithin zu hören war.

Dann träumte Pono einen Traum, der so entsetzlich war, daß ihr träumendes Ich den Kopf abwandte, doch sie hatte schon genug gesehen. Sie rüttelte Duke wach und fing, noch in ihrem Schlafsarong, an zu packen, wie eine weiße Flamme, die durch die Räume züngelte. Stunden später schon waren sie auf dem Weg, wie Gespenster zu Pferde, schwebten fort von schluchzenden Pfauen, fort von Dukes geliebtem Land. Im Morgengrauen erschienen Kopfgeldjäger und folgten Dukes Spur entlang der Kona-Küste. Man hatte ihn durch die Wälder von Kohala galoppieren sehen, in nördlicher Richtung zum geheimnisvollen Waipi 'o-Tal.

Zu Beginn ihrer Flucht flehte Duke Pono an. Sie selbst möge umkehren, denn sie hatte keine Anzeichen von *ma'i Pake*. Schließlich band er sie an den Sattel ihres Pferdes, schlug dem Tier in die Flanken, so daß es davongaloppierte. Doch Pono konnte sich befreien, folgte Duke in einigem Abstand zu Fuß. Er wurde wütend, beachtete sie nicht, ritt weiter. Sie aber folgte ihm trotzdem. Einmal stürzte sie im Gestrüpp, so daß er sie mit einer Machete befreien mußte.

Mit dem Eintritt in den Dschungel von Waipi 'o gelangten sie in Gefilde aus uralter Zeit. Tau, der auf einem Blatt verdunstete. Ein Gecko, der im Sonnenlicht blinzelte. Das Leben ein träger Fluß. Dann das Schwirren eines Habichts, die Klauen um seine zappelnde Beute gekrallt, die schrie wie ein Mensch. Sie lernten, nicht bei Tageslicht zu reisen, denn das war die Zeit ihrer Jäger. Einzig die Nacht, die Dunkelheit boten ihnen genügend Schutz, um vorwärts zu kommen.

»Wir werden unseren Ohren und Nasen vertrauen«, sagte Duke, »uns nur auf Geräusche und Gerüche verlassen. Denn dem Auge spielt der Dschungel manchmal Streiche.«

Eines Tages sahen sie von einem Felsen aus weit unten die Kopfgeldjäger, die ihrer Spur folgten. Sie beschlossen, sich einen Tag lang völlig ruhig zu verhalten, doch nicht fortzurennen oder zu schreien stellte Pono auf eine harte Probe.

Manchmal fanden die Jäger verwitterte Stoffetzen, Kochgeräte, Knochen, dort wo flüchtige Aussätzige gestorben und mit dem Erdboden verschmolzen waren. Die Gegenstände blieben, Menschen verschwanden. Die Leprakranken waren wie ein abgesondertes Volk, das auf steilen Felsen in Höhlen lebte und sich nur ab und zu im Dschungel begegnete, ständig auf der Flucht vor den Jägern, den Schiffen nach Kalaupapa, vor Käfigen und Menschenversuchen. Wenn hier einer von ihnen starb, schied seine Seele wenigstens in Frieden. Wenn Angehörige mit ihnen in den Dschungel flohen, nahmen sie ihnen als erstes die Spiegel fort, stießen die Kranken weg von ihren Spiegelbildern in klaren Bächen. Doch die Aussätzigen wußten Bescheid, sahen sie doch die grotesk verformten Schatten, die sie in der Sonne warfen.

Eines Nachts, als sie unter einem Dach von Malvensträuchern schliefen, wieherte Dukes Pferd leise. Ein anderes antwortete nahebei. Ein Klicken, ein Gewehr wurde gespannt. Duke und Pono mußten fliehen, ließen alles zurück. Ihres Kochgeräts und ihrer Messer beraubt, lebten sie in den nächsten Wochen von dem, was die Natur ihnen bot. Rosa wimmelndes Gewürm wie nasse, rohe Amethyste. Blätter wie kleine Saftkelche. Riesengroße Falter, die ihre Lippen und Wangen mit einem seltsamen Staub überzogen und gespenstisch erglühen ließen. Die Beute eines Habichts, die diesem in hektischer Flucht entfallen war.

Duke und Pono erkannten, daß der Dschungel kein Paradies war. Hier ging es um Leben und Tod, jeden Schritt galt es genau zu bemessen. Der Angstschrei, wenn jemand von einem Felsen stürzte, durfte ihnen nichts anderes bedeuten, als daß dieser Jemand in der Dunkelheit einen falschen Schritt getan hatte. Sie unterdrückten ihr Stöhnen, wenn sie auf eine Höhle mit verkohlten Menschenknochen stießen, grinsenden Schädeln, die die Vergänglichkeit eines anderen Jahrhunderts beschworen. Eines Tages stießen sie auf eine Wildsau, die gerade ihre quiekenden Jungen säugte. Pono flitzte hin, pflückte zwei Frischlinge wie Wäscheklammern von ihren Zitzen. Sie aßen sie fast im Laufen, ohne sie groß abzusengen, die Knochen steckten sie in die Tasche, um sie später abzunagen, wenn Hunger sie überkam.

Duke fertigte ein Messer aus Bambus und lehrte Pono, wie man

Wildschweine fängt und tötet. Längst besaßen Duke und Pono nichts mehr als ihre Wahrnehmung, den Glauben an ihren Gehör- und Geruchssinn und den übermächtigen Wunsch zu überleben.
Pono grub Wurzeln aus, von denen man sagte, sie machten unsterblich, und hängte sie über kleinen Feuern auf. Sie sang alte hawaiische Lieder, träufelte Wurzelextrakt in Dukes Ohren, während er schlief, auf daß er gesund aufwache, kraftvoll und in der Blüte seiner Jahre stehend. Nichts half, ihr *mana* vermochte gegen seine Krankheit nichts auszurichten. Bei Duke war sie nicht zum Heilen imstande. Sie betete, kniete sich nieder zum Gebet, hoffte, sie würde dadurch zum Glauben an Gott gelangen. Als sich Dukes Zustand verschlimmerte, betete Pono, *ma'i Pake* möge sie selbst befallen, ihre Nerven und Organe verzehren. Während er schlief, rieb sie sich mit dem Eiter aus seinen Wunden ein, strich mit seinen eiternden Armen über ihre Brüste und Wangen.
Nach Wochen fanden sie in einem Felsen eine Nische, die mit Guavengestrüpp überwachsen war, eben groß genug, daß sie sich zusammen hineinhocken konnten. An manchen Tagen sahen sie das Glitzern der Sonne auf Gewehren und Gürtelschnallen der Kopfgeldjäger, die noch immer den Dschungel absuchten. An anderen Tagen gab es nur den Dschungel, schwarze Lavastrände, das Meer, weit, weit drunten. An guten Tagen besann sich Duke auf seine Liebe zur Musik, zur Kunst, sprach davon, daß er den Dschungel als einen großen Freiluft-Louvre sah, voller meisterhafter Schöpfungen, die nicht nur Verwitterung und Zeitläufen widerstanden, sondern Geschichte, Mythen, Herzeleid und mehr Schönheit, als der Geist des Menschen ersinnen konnte, in sich aufgenommen hatten.
Pono erzählte ihm Geschichten aus ihrer Kindheit, von Silvio und dem kraftlosen Generalito, von ihrer Kindheitsvision bezüglich des ersten Schiffs, das den Panamakanal durchfuhr. Von ihrer Mutter, die einen Augenblick vor Ponos Geburt durch ein Fenster ein silbernes Flugzeug sah, den ersten Flugzeugstart auf Hawai'i. Sie beschrieb, wie das Land drunten wohl für den Piloten aussah, die Struktur der Vulkankrater und der zernarbten schwarzen Monolithen, dicht neben kunstvoll angelegten, jadegrünen Reisterrassen im Nebel, neben Bambushainen und Meilen fedrigen Zuckerrohrs,

aus denen goldfarbene Gesichter emporlugten. Der Pilot war gestorben, ohne je wieder ein einziges Wort gesprochen zu haben, sagte sie, denn er hatte aus der Luft Gottes Plan gesehen. Er hatte alles begriffen.

An manchen Tagen hatten sie sich nichts zu erzählen. Sie saßen schweigend da, wurden einer des anderen Erinnerung. In manchen Nächten war ihre Hand auf ihm das einzige, was sich bewegte, denn längst war es Pono, die in der Liebe den Anfang machte.

Er begehrte sie, er begehrte sie immerzu, doch Selbstverachtung lähmte ihn. »Ich verfalle, siehst du nicht?«

»Darf ich nicht auch *den* Teil von dir lieben?« fragte sie.

Und wenn er tief in ihr war, leckte sie seine Augen, saugte Speichel aus seinem Mund, denn sie liebte ihn so sehr, daß sie auch im Verfall mit ihm eins sein wollte.

Über Monate hinweg sahen sie keinen Menschen, nur Leprakranke hier und da, so ungeheuerlich mit Geschwüren bedeckt, daß sie sich von Kopf bis Fuß in Säcke aus Kokosfasern hüllten und nur durch Mundschlitze sprachen. Diejenigen, die über jedes Fühlen hinaus waren, lagen still, liebevoll gepflegt von Verwandten. In manchen Nächten waren Schreie zu hören, Schüsse, und Pono setzte sich auf, fragte sich, *fliehen oder erstarren?* Dann ein brüllender Aussätziger, die Schreie seiner Angehörigen, die die Kopfgeldjäger anflehten. Taschenlampen, die die Felsen ableuchteten, ein Stöhnen wie ein Klagelied.

Eines Nachts hörten sie ein eintöniges Pfeifen. Pono stand so still, daß zwei Moskitos sich ungestört an ihrem Hals paarten. Duke, der den Laut erkannte, antwortete leise. Aus dem Nebel trat Tang Pin mit Kleidung, Dörrfleisch, Messern, Zündhölzern und frischen Gewürznelken, von denen man glaubte, daß sie die *Ma'i Pake*-Bakterien abtöteten. Sie umarmten sich, dann verschwand er wieder im Dschungel. Pono brühte Nelkentee in einem rostigen Becher auf, und sie legten gemeinsam ihre Hände darum, vertieft in das Wunder von Tang Pins Treue, in das Wunder, daß sie noch lebten, zusammen, zur selben Zeit auf Erden.

An manchen Tagen fühlte Duke sich kräftiger, und sie planschten in Wasserfällen wie junge Tiere, und Ponos Lachen umschloß ihn wie ein zartes Netz. In manchen Nächten berührte das Mondlicht

nur ihre Augen und Wangenknochen, ansonsten blieben sie im Schatten, und es war kaum auszumachen, daß Dukes schönes Gesicht langsam zerfiel. Wenn sie ihn bei Tageslicht sah, erkannte Pono, daß sie nicht nur vor den Kopfgeldjägern davonliefen, sondern vor der Botschaft, die er im Fleisch trug. Einmal, zum erstenmal nach Wochen, erblickte sie seine unbedeckten Beine, und ihre Lungen wurden weit. Sie blickte dem Grauen ins Antlitz. Sie wiegte es in ihrem Schoß.
Sie gab nicht auf. Sie wusch ihn in Bächen, wenn er schwach war, rieb seine schmerzenden Gliedmaßen mit *Kukui*-Öl und Aloe ein. Sie desinfizierte seine Wunden mit dem Saft von Keulenlilienwurzeln und Bananenblättern; jede Wunde war ein leerer Raum, in den ihr Wille hineinbrauste wie Flammen. Pono lebte jetzt stets auf dem Sprung, ihre aufgestörte Wachsamkeit hielt sie in Spannung, selbst im Schlaf. Sie fühlte, wie die Zeit ihnen davonlief, sofern sie es überhaupt Zeit nennen konnten. In solchen Momenten hatte sie rasende Angst, und sie spürte, wie ihre unausgesprochene Liebe die Bedeutung in jede Geste, jeden Blick stärker und stärker werden ließ. Duke erkannte allmählich, welch großartige moralische Schönheit in ihrer Weigerung lag, ihn zu verlassen, nicht nur aus Anhänglichkeit, sondern aufgrund der ihr eigenen Halsstarrigkeit. Pono war eine Frau, die es sich nie leichtmachte, die stets den weiten Umweg ging. Er sah auch, daß ihr ohne diese furchtbaren Monate der Flucht bestimmte Gefühlsregungen womöglich unzugänglich geblieben wären – Mitgefühl, Hochherzigkeit, der Wille zu glauben. Sie war erst siebzehn und fraß mehr in sich hinein, als ihr bewußt war. An manchen Tagen war Pono hektisch, mitteilsam, ganz Energie, wenngleich mit ausgetrocknetem Zentrum. Wenn sie barfuß auf gezackten Berggraten liefen, sie voraus, ausgezehrt und doch schön, schien sie manchmal zornig auf ihn; dann bewegte sie sich am schnellsten, wenn er am langsamsten vorankam, sie lockte ihn, drangsalierte ihn. In manchen Nächten wieder war sie gespenstisch still, und er wußte, sie hatte geträumt.
Manchmal dachte er an Selbstmord. *Es gibt einen Punkt, wo man in Ehren abtreten kann. Ich habe das Recht, so über diesen Körper zu verfügen, wie es mir gefällt.* Doch er wußte, Pono würde ihm folgen. Sein Entschluß zu sterben würde sie töten.

Die Krankheit schärfte seine Wahrnehmung, vermittelte ihm das Wissen, wann Pono verzweifelt war, wann er lügen mußte. »Es gibt Heilmittel. Ich werde gesucht. Wir werden heiraten.« Und wann sie die Strafe der Wahrheit brauchte: »Es gibt kein Heilmittel. Du mußt frei sein, um zu heiraten und gesunde Kinder zu bekommen.« Wenn er das sagte, umflossen seine großen braunen Augen sie wie Wasser. Sie blieb totenstill. Schließlich verfielen sie in eine Halbsprache; denn die verbalen Bedürfnisse nahmen in dem Maße ab, wie Dukes Körper mehr und mehr in den Mittelpunkt trat. Hautstellen wurden schimmelig, die Ohren schwollen, standen ab wie Gemüsestrünke, seine Gesichtshaut verdickte sich. Eine Wunde verlief jetzt vom Auge zum Kinn, dramatisch, lebendig.
Die Jahreszeiten gingen ins Land, es kam die Zeit der Vulkane, der Taifune, es kamen Monate peitschender Regengüsse. Dann Hitze, unaufhörlich. Dann launische Passatwinde. Sie waren nun fast ein Jahr unterwegs. In Kona waren die Haine mit den weißen, gardeniengleichen Kaffeeblüten gewiß in einem herbstlichen Regenschauer davongeweht. Wer erntete die nassen, rubinroten Kirschen? Wer zog das jadegrüne Fleisch von den rohen Bohnen ab? Pono sah Dukes Haus im Traum, und als sie die verlassenen, überwucherten Felder und gesichterlosen Kaffeeblätter schilderte, und Tang Ping, der einsam den Pfauenkot von alten Perserteppichen kehrte, ließ Duke den Kopf hängen und weinte.

Sie wachte auf, ohne wachzuwerden. Die Pistolenschnauze eines kalten, harten Reptils schlug auf ihre Brust. Duke war schon in Handschellen, geknebelt, in einen großen Sack geworfen wie ein Schwein, damit sie ihn nicht berühren mußten. Nackt wurde sie unter dem Licht einer Laterne untersucht, mit Stiefelsohlen angestoßen, während man ihren Körper nach Wunden absuchte. Und ein Stöhnen lief den Berg hinab, versteckte Leprakranke weinten in Bäumen, auch der Dschungel schien um das zu klagen, was ihm jetzt genommen wurde.
Nachdem Duke von seiner Plantage geflohen war, längst von seinen Arbeitern verlassen, hatten die Leute die Moral in den Feldern und Kaffeestädten des Bezirks Kona schwinden sehen. Die Ideale des Stolzes, der harten, ehrlichen Arbeit lösten sich auf, und mit der

liebevollen Bestellung des Landes ging es zu Ende. Die Hawaiianer besannen sich auf ihr Ungemach, sie hatten das Gefühl, keine große Nation mehr zu sein, sondern nur noch ein Volk, das der Vergangenheit angehörte. Und sie sahen, wie sie Duke Kealoha und das Andenken seiner Familie verraten hatten.

Als man Pono und Duke gefesselt aus dem Dschungel brachte, hörte Pono, wie sich das Klagen übers Land verbreitete, sie hörte das Flüstern. Während des Jahres, als er den Kopfgeldjägern davonlief, sie überlistete, war Duke zu einem Symbol für das Erbe seines Volkes geworden, die Verkörperung von dessen kriegerischen Vorfahren, Männer und Frauen, die bis zum Tode für ihre Freiheit und ihr Land gekämpft hatten.

Tage später, als er auf das »Begräbnisschiff« nach Kalaupapa verbracht wurde, der »Stätte der lebenden Toten«, drängten sich die Menschen auf den Kais und riefen seinen Namen. Als das Schiff das offene Wasser erreichte, fielen überall auf der Insel die Einheimischen auf die Knie und wehklagten. Er war fort, ein Löwe war aufgestanden und hatte das Land verlassen.

Ka mea hana make

Ding der Zerstörung

❖

Bilder schleichen sich ein wie Reptilien, die mit einer zweiten Haut ins Leben zurückkehren. Pono hockt am Boden, mit wildem Blick, stöhnend, bis sie, mit einem gebieterischen Ächzen, gebiert. Ein wimmerndes, häßliches Etwas, vom Gewicht seines eigenen Kopfes schier zu Boden gezogen. Pono betrachtet es, sein Kreischen ist gewöhnlich. Sie verabreicht ihm einen kräftigen Klaps.

Tagelang schläft sie mit offenen Augen, fühlt, wie es sich langsam staut zwischen ihren Beinen, spürt die geronnenen Klumpen der Nachgeburt. Sie betrauert Duke in lähmender Benommenheit, will nicht hinnehmen, daß er fort, dieses kreischende Ding aber dauerhaft ist. Sie rührt sich nicht, ißt nicht, hofft, daß ihre Brustwarzen vertrocknen und das Ding verhungert, daß es irgendwann ans Ende seiner Kraft gerät und seine Bahn auf Erden beendet.

Es schreit, schreit immerzu, und etwas in ihren Genen schreit zurück. Schon empfindet sie eine nebelhafte Achtung für dieses unfertige Ding, das sich unerklärlicherweise abmüht, sich durch Sprache auszudrücken. Ganz allmählich sieht sie, daß der Vater diesem Kind innewohnt, in seinen Gebärden, seinem klugen Blick.

Schließlich steht sie auf, im wäßrigen Sonnenlicht, wäscht sich rein von Erde, Blut, Nabelschnurresten, wäscht die Monate der Flucht von ihren Fußsohlen. Sie packt sich in Moos, Spinnweben, Kukui-Öl *und geschabte* Uhaloa-*Wurzel, kämpft sich durch Büsche und Felder zurück zur Plantage. Sie zeigt dem Kind das Haus, fühlt, wie es erschaudert. Vielleicht ist da ein starker Strudel des Erkennens in seinem Innern.*

Sie bildet sich ein, daß in den Kaffeebäumen wieder Gesichter glänzen, sich braune Leiber auf den Feldern bücken, von Tang Ping beaufsichtigt. Doch als sie näher kommt, sieht sie den Dschungelbaldachin aus vernachlässigten, überwucherten Bäumen, die verlassenen Arbeiterbaracken. Ein verblaßtes gelbes Schild versperrt die Zufahrt.

ACHTUNG, QUARANTÄNE ...
IN DIESEM HAUS GRASSIERT EINE ANSTECKENDE
KRANKHEIT, LEPRA!
VORGESEHEN ZUR AUSRÄUCHERUNG!

Die Fensterläden klappern, die lanai ist über und über mit Exkrementen wilder Pfauen bedeckt. Dann eine Gestalt auf dem Rasen: Tang Ping wohnt mit seiner halb verrückten Frau und dem kleinen Sohn in einer Baracke.
Er umarmt Pono und ihr Neugeborenes. »Können bei uns wohnen. Warten gemeinsam auf Duke, daß er nach Haus kommt.«
Er bringt sie und das Neugeborene hinein, aber seine Frau rennt kreischend aus der Baracke. Eine kleine Menschenmenge versammelt sich auf der Straße und verwünscht Pono. »Schande! Schande. Du hast Duke den Fluch gebracht. Kahuna!«
Sie bewerfen sie mit Steinen und vertreiben sie aus Captain Cook. Tang Ping drückt ihr Geld und ihren alten Lederbeutel in die Hand. Sie rennt fort. Sie rennt wochenlang, sucht Nahrung im Wald, bettelt, gerät in entlegenere Gebiete der Insel.
Jede Nacht, wenn sie in einem Feld liegt, untersucht sie das Neugeborene, sucht auf seiner Haut nach verräterischen Anzeichen, kleinen Eiterbeulen. Ihr Gesicht wird ausgemergelt, ihr Körper kantig, knochig, drahtig. Nur ihre Brüste bleiben voll, das großäugige Neugeborene saugt rasch, es hat im Gespür, was dieser Körper zu geben bereit ist und was er zurückhält. Die Kleine wird Holo genannt, das heißt Rennen, denn ihr Leben hat mit Flucht begonnen. Sie wird zu einem stillen Kind heranwachsen, mit einer Aura von Geistesabwesenheit, von zurückgebliebener Unschuld. Ein Mensch, der Zeuge von Greueltaten sein wird.

Pono zog langsam nach Südosten, dann nach Norden. Erst an der Hamakua-Küste kam sie zur Ruhe, fernab von allem ihr Bekannten. Sie fand Arbeit auf einer Zuckerplantage als Scheuerfrau für den portugiesischen Aufseher und seine zarte, kinderlose Frau. Pono wurde in einer Baracke aus vermodertem Holz einquartiert, die von Tausendfüßlern und Kakerlaken wimmelte; die Bretter hatten so breite Ritzen, daß ihr Kind ständig mit Staubstreifen aus dumpfem Zinnoberrot überzogen war. Nachts konnte Pono die Sterne sehen, ganze Sternbilder, während sich der von den Passatwinden hereingewehte Zuckerrohrstaub auf ihre Lippen legte. Eine Waschschüssel, ein Feldbett, eine Tür, die lose in den Angeln hing. Im Schlaf umschlang Pono das Kind, umschlang Erinnerungen, die in ihre Knochen eingemeißelt waren. Sie nagte an ihnen, vergrub sie, grub sie wieder aus, benagte sie erneut.

Kopfgeldjäger, die sie in Handschellen auf ein Schiff schleppten, das Schiff, das sie nach Honolulu beförderte, zur Kalihi-Aufnahmestation, wo die Leprakranken zunächst isoliert und dann untersucht und diagnostiziert wurden, Ärzte, die den nackten Duke begafften, seine wuchernden Geschwüre. Experten, die sich darüber ausließen, wie schön die Krankheit unter dem Mikroskop sei – rote Bakterien, die blaues Nervengewebe befallen.
In einem anderen Raum drehte sich Pono, ausgezogen, langsam auf einer rotierenden Plattform. Verwunderung in den Augen der Ärzte, als sie nicht eine einzige Wunde finden konnten, obwohl sie ein Jahr mit einem Aussätzigen gelebt hatte, sie ein Liebespaar gewesen waren. Pono wurde in die Frauenisolierstation gesperrt, man wartete auf das Auftreten der Geschwüre.
Eines Tages standen sie und Duke sich in drei Meter Abstand gegenüber, zwischen sich Maschendraht und Wächter.
»Geliebte, ich gehe morgen«, sagte er. »Ich werde dort sterben, bei den Gebeinen meiner Familie auf Kalaupapa.«
Ihre Schreie.
Die ganze Nacht zerrte sie an einem Fliegenfenster, bis es sich endlich löste, und zwängte sich hinaus. Überkletterte im Morgengrauen einen Stacheldrahtzaun. Und rannte zum Kai. Lärmende Leprakranke in Käfigen auf einem Kahn. Und Duke allein in einem

Käfig, wegen seiner gewaltigen Größe und Kraft. Wächter, die auf die Käfige deuteten: »Affen im Zoo.«
Ihre Schreie.
Sie versuchte, sich über die Laufplanke in den Kahn zu stürzen. Als Duke sie am Kai zappeln sah, formten seine Lippen ihren Namen, doch starke Arme hielten sie zurück. Und dann sah sie die kniende Menschenmenge, hörte sie klagend seinen Namen singen. Und sie kniete ebenfalls, stöhnte plötzlich, etwas regte sich in ihr. Wenn er fort war, würde sie weglaufen, leben wie ein Tier. Die Frucht seiner Lenden würden sie ihr nicht nehmen.
Pono verschmolz mit der Menge, mit den Feldern, während Dukes Schiff langsam am Horizont verschwand. Und dann rannte sie, bewegte sich auf Zehenspitzen, wenn ihr Menschen begegneten, erlebte höllische Monate des Versteckens, der einsamen Nahrungssuche, bis sie sich an Bord eines Schiffes schmuggeln konnte, zurück auf die Große Insel, zurück in den Dschungel, den sie kannte. Sie wurde unförmig, unbeholfen, langsam, ernährte sich nur von wilden Mangos und Bananen, während die braune Haut auf ihrem Bauch sich spannte bis zur Durchsichtigkeit.

In manchen Nächten hörte sie jetzt, wenn sie in der winzigen Baracke an der Hamakua-Küste ihr Kind wickelte, die süßen, leisen Laute von *ukulele* und Mandolinen, hörte, wie die Arbeiter in ihren schachtelähnlichen Holzbaracken alte hawaiische Lieder sangen. Sie dachte an Duke und den Dschungel, an die Monate des Schreckens und der Angst, und an Lachen, Heiterkeit; sie erinnerte sich an jede Einzelheit von ihm, jede Geste, jedes Wort, erinnerte sich, wie eine Sterbende sich erinnert. Und es erfüllte sie mit Erstaunen, daß dies ihre glücklichste Zeit gewesen war.
Manchmal, wenn sie Gelächter in der Dämmerung hörte, die Geräusche von Menschen beim gemeinsamen Mahl, dachte sie an die roten Ananasfelder ihrer Kindheit, an das Lachen ihrer Mutter. In der Kalihi-Aufnahmestation hatte sie ihren Familiennamen angegeben, Meahuna. Gewiß hatte die Polizei auf der Suche nach ihr längst ihre Angehörigen außerhalb von Honolulu ausfindig gemacht. Und wenn diese erfahren hatten, daß Pono von *ma'i Pake* gezeichnet war, würden sie den Namen dieses Mädchens, das sie

vor langer Zeit im Stich gelassen hatten, aus ihrer Familiengeschichte getilgt haben. In manchen Nächten dachte sie daran, ihr Kind zu erdrosseln, sich ins Meer zu stürzen, zurückzukehren in die Welt der *mano*. Dann dachte sie an den Mann, den sie liebte, den Mann, dessen Nervenenden abstarben, der langsam den Kontakt mit Gegenständen, mit seiner eigenen Haut verlor. Wenn der Tod ihn verschonen würde, wollte sie seine Nervenenden sein; sie wollte seine Haut sein.

Dies war ihr Gelübde mit achtzehn: *Alles wagen. Ihn finden.*

Sie arbeitete im Hause des Aufsehers, wusch Wäsche, schrubbte Fußböden, schrubbte die Fußabdrücke des Mannes fort, dessen Blicke ihre Hüften betatschten. Sein Name war Calcados, sein blasses portugiesisches Gesicht jungenhaft, die Zähne schartig gebogen wie die eines Kindes. Aber sein Körper war groß und muskulös, und seine Bewegungen waren Ausdruck einer Art entfesselter Wut, wenn er mit seiner Schlangenhautpeitsche knallte, die seiner Faust zu entwachsen schien. Als er Pono zum erstenmal gesehen hatte, stand er ganz still.

Weil diese Frau so zurückhaltend und so außergewöhnlich war, behandelten die Hausbediensteten sie wie jemanden, der sonderlich ist, und weil sie ihre Gedanken für sich behielt, sagte die Frau des Aufsehers, sie sei kalt. Doch in der Küche, wo die Feldarbeiter nach getaner Arbeit saßen, fühlte sich Pono wohl. Hier saß sie inmitten von Gerüchen nach chinesischer Petersilie, Fett und Ingwer, aß mit den Fingern Reisbällchen und schüsselweise Aal und Kuttelfisch. An kalten Winterabenden, wenn der Holzofen glühte, verarztete sie die Arbeiter, wobei sie starkes Pidgin sprach.

Sie mahlte heilkräftige Blätter zu Pulver, verabreichte den Leuten Schlaftee, *'Awa*-Tee gegen Herzweh, starken grünen Chinatee zur Genesung. Und Löffel voll Muskatnuß, damit sie die mörderischen Stunden auf den Feldern in heiterer Benommenheit verbrachten. Und allmählich begann sie für sie zu träumen und ihre Zukunft vorauszusehen. Sie sahen, daß sie *kahuna* war, und flüsterten von blauen Geistern, die des Nachts um ihre Baracke huschten, und daß sie Pono über dem Zuckerrohr schweben sähen. Ihr Kind Holo sei besessen, sagten sie, und laufe manchmal über die Felder, in einen Mungo, eine erdbeerrote Ratte verwandelt.

Pono aber beruhigte sie mit alten hawaiischen Legenden, mischte ihnen Mythen in ihren Rum, in ihre Drachensaatkügelchen.
»Mach mich heil«, klagten sie. »Gesundheit *pau.* Roter Staub in die Lungen, alles *pilau!«*
Denn sie wurden Tag für Tag unbarmherzig angetrieben, schwangen messerscharfe Macheten, die manchmal einen Finger, manchmal ein Stück Bein mitnahmen. In dem bis zu vier Meter hohen Zuckerrohr gab es nur Arbeiter und Messer, keine Maschinen zum Schneiden oder Aufsammeln. Die Frauen besorgten das Jäten und Pflanzen, die Männer das Abbrennen und Dreschen. Im Morgengrauen fingen sie an; mittags, wenn sie schon von der Sonne versengt und halb geblendet waren, gab es dreißig Minuten Pause, um sich hinzuhocken und dumpf grübelnd einen Imbiß aus Reisbrötchen zu verzehren, dann wurde wieder gedroschen, abgebrannt, aufgesammelt, bis in die Dämmerung hinein, bis in die Zeit nach dem Schmerz, die Zeit der Fühllosigkeit. Sie trugen Masken wie Banditen gegen die lockere rote Erde, die die Nase verstopfte, und den Rohrstaub, der die Lungen zernarbte. Sie trugen Hüte, Handschuhe, Stiefel, Beinschienen aus geflochtenen Pflanzenfasern, sogar Schutzbrillen. Und dennoch starben sie, an Erschöpfung, an Infektionen, an Austrocknung. Manche waren so verbrannt und verstümmelt, daß sie sich von Klippen stürzten und die gezackten Steine drunten als Wohltat begrüßten.
Der Aufseher trieb sie an, bedrängt von dem Verwalter, der wiederum bedrängt wurde von den Plantagenbesitzern, reichen Nachkommen von Missionaren. Nach zwölf, fünfzehn Stunden Arbeit in gebückter Haltung, in sengender Hitze und für nur vierzig Cents am Tag, kehrten die Arbeiter in ihre Baracken zurück, in denen acht bis zwanzig Personen hausten; Unverheiratete waren zu dreißig oder vierzig Mann in eine Schlafbaracke gepfercht. In Behausungen ohne Innentoiletten, ohne fließendes Wasser lebend, ohne Beurlaubung bei Krankheit oder gar freie Tage, wurden sie gehalten wie Sklaven.
Pono erinnerte sich an die Geschichte, die ihre Mutter ihr von ihrem Vater erzählt hatte, der Anfang des Jahrhunderts während seines Kampfes für die Rechte der Arbeiter ermordet worden war. Welche Fortschritte hatten sie nach fünfundzwanzig Jahren gemacht?

Manchmal hörte sie nachts erschöpfte Eheleute einander umarmen, außerstande zu weinen, außerstande, dem Ganzen ein Ende zu bereiten. Wenn die Arbeiter sich zusammenschlossen, ärztliche Versorgung, Toiletten, anständiges Essen forderten, schlugen die Vorarbeiter sie, warfen sie hinaus und ließen sie wegen irgendwelcher erfundener Vergehen verhaften.

Die Chinesen hatten die Plantagen verlassen, sobald ihre Verträge ausgelaufen waren, und in den Städten kleine Geschäfte gegründet. Auf den Plantagen arbeiteten jetzt Japaner, Filipinos, Koreaner, Puertoricaner – allesamt Leute, die sich zunehmend einen Ruf als Streikwillige und Unruhestifter erwarben. Im Jahre 1924 hatten sich auf Kauai dreitausend Filipinos zu einem Streikmarsch versammelt; sechzehn wurden mit Maschinengewehren von der Nationalgarde erschossen. Mittlerweile organisierten sich die Plantagenarbeiter auf allen Inseln. An der Hamakua-Küste kam es zu Unruhen, Streikende wurden nachts aus ihren Betten gezerrt und erschossen. Eines Tages kam der Sheriff in einem Auto vorgefahren, zwei japanische Arbeiter wurden als Aufwiegler in Handschellen abgeführt und unter der Anklage, einen Überfall auf ein Lagerhaus verübt zu haben, verhaftet. Calcados, der Aufseher, rief die Arbeiter aus ihren Baracken, mehrere hundert Leute. Er stellte sich vor sie, streichelte seine aufgerollte Schlangenpeitsche und hielt mit lauter, aber nicht unfreundlicher Stimme eine Ansprache.

»Ich mache die Vorschriften nicht. Sie werden mir mitgeteilt.« Er hob die Peitsche. »Ihr habt dieses Ding hier nie bei Menschen in Gebrauch gesehen, oder? Bloß bei störrischen Mulis.«

Zögernd nickten sie, in Gedanken an Mulis, die beim Anblick der Peitsche vor Angst pißten. Ein Filipino trat nach vorne und fragte, warum Calcados die Liste mit ihren Forderungen nicht an seine Vorgesetzten weitergebe.

»Weil ihr dann eure Arbeit verliert, darum. Sie werden euch irgendwelcher Vergehen bezichtigen und euch ins Gefängnis stecken oder erschießen. Eure Kinder werden verhungern.«

Wochen später fuhr wieder ein Auto vor. Von der Küche aus sah Pono zwei große Hawaiianer aussteigen, die Pistolenhalfter trugen. *Wen wollen sie heute verhaften?* fragte sie sich. *Wer hat die Leute diesmal aufgewiegelt?* Dann sprach einer von ihnen ein Wort, das ihre Knie weich werden ließ, und ihr wurde heiß und kalt. *Ma'i Pake.* Sie durchstreiften die Barackenreihen, zerrten willkürlich Leute heraus. Eine Lehrerin hatte ein verdächtig aussehendes Kind gemeldet. Mütter schrien, versteckten ihre Kinder unter den Betten, aber zwei Jungen mit roten Flecken an den Beinen wurden gefunden. Ihre Familien wurden in Handschellen zum Wagen getrieben. Einer der Kopfgeldjäger, der Pono aus der Ferne sah, kam langsam näher, betrachtete ihre Arme und ihren Hals. Ihre dunkle, goldene Haut war glatt, ohne Schwellung oder Geschwüre. Sie war groß wie ein Mann, so schön und strotzend vor Gesundheit, daß der Kopfgeldjäger die Augen niederschlug.

»Wie lange arbeitest du schon hier?«

Pono warf den Kopf zurück, ihre Zunge wurde schwer. Hochmütig stand sie vor ihm und schwieg.

Calcados trat hinzu. »Was wollt ihr von ihr?«

»Sieht aus wie eine auf unserer Liste«, sagte der Kopfgeldjäger. »Aus der Kalihi-Aufnahmestation abgehauen. So vor ungefähr 'nem Jahr. Große *wahine.* Hat mit 'nem reichen Lepramann zusammengelebt, Duke Kealoha, drüben von der Kona-Seite.«

Calcados musterte sie, sah den Kopfgeldjäger an und log. »Sie ist seit ein paar Jahren bei uns, ihr Mann arbeitet unten in Hilo. Das hier ist nicht die, die ihr sucht.«

In dieser Nacht saß sie im Dunkeln und fragte sich: *Warum? Was hat er davon? Wo ist der Pferdefuß?* Jetzt war sie doppelt auf der Hut, entzog sich seinem Blick. Wenn die Arbeiter nach Einbruch der Dämmerung von den Feldern hereintaumelten, konnte sie seinen Geruch von dem der anderen Männer unterscheiden. Manchmal kam er und blieb so dicht bei ihr stehen, daß sie die dicken, vom Schweiß gekräuselten Haare auf seinen bulligen Armen sehen konnte.

Die Polizei hatte einen Bericht über sie, das wußte sie, und sie machte sich auf das Schlimmste gefaßt, während Haßgefühle sich in ihr ausbreiteten. Eines Nachts träumte sie von Calcados; seine bulligen Arme umschlangen sie, löschten sie aus. Sie setzte sich auf, sofort hellwach, und sah ihn durch die verrotteten Wände, der Mond schien auf sein Kinn. Verträumt lehnte er an ihrer Baracke und sah zum Himmel, zündete seine Pfeife an und seufzte. Da wußte

sie, daß er sie nicht mit Gewalt nehmen wollte, sondern wünschte, daß sie ihn begehrte.
Ihre Verzweiflung gab den Antrieb für eine drastische Veränderung. Pono schnitt sich die dunklen, wallenden Haare ab, scherte sie so kurz, daß sie stellenweise kahl war. Sie ließ das Kind über sich erbrechen und wusch sich nicht, zog schmierige Arbeiterhosen an, band ihre großen Brüste flach. Und trotzdem kam er des Nachts, lehnte sich an ihre Baracke und wartete.
Dann beging Pono eine letzte Verzweiflungstat. Sie schlief in Exkrementen. Die Feldarbeiter dachten, sie hätte den Verstand verloren. Die Köchin verfluchte sie und zwang sie, sich jeden Tag mit scharfer Seife zu waschen, bevor sie das große Haus betrat. Doch jeden Abend, bevor sie schlafen ging, überkrustete Pono ihre Füße mit Viehmist, umgab sie ihre Baracke mit Abwassergestank, alles nur, um ihn von sich fernzuhalten. Calcados sah zu, halb amüsiert, und wartete ab.
Als Holo zwei Jahre alt war, hatte die Frau des Aufsehers ihre zweite Totgeburt. Calcados stand an den beiden kleinen Gräbern und paffte seine Pfeife. Eine Woche später ließ er zwei Feldarbeiter mit vorgehaltener Waffe zur Strafe in den Busch marschieren, dorthin, wo der Erdboden unter ihnen gurgelte – Treibsand. Die beiden Männer hatten eines seiner Pferde geschlachtet und das Fleisch verkauft. Offenbar lebten sie noch die ganze Nacht, langsam in die Tiefe gesogen, verschluckten die Dunkelheit mit ihren Schreien. Gegen Morgengrauen dann zielte Calcados mit seinem Gewehr auf einen einzelnen Arm, der noch aus dem Sand ragte, und schoß die Finger einen nach dem anderen ab. Die Angehörigen der Männer schlugen in ihrer Trauer mit den Köpfen auf die Erde.
Eines Tages, als sie mit Holo vom Strand kam, sah Pono schon von weitem, daß ihre Baracke brannte. Sie lief hinein, rettete ihre spärliche Habe. Leute liefen zusammen und sahen zu, wie das Ding niederbrannte.
»Besser so«, sagte jemand. »Hat gräßlich gestunken, die Bude, wie Scheiße.«
Calcados wies ihr eine bessere Baracke zu, mit einem richtigen Bett statt einem Feldbett, mit einem Bettchen für die kleine Holo, mit Wänden, durch die der Rohrstaub nicht eindrang. Er verbot ihr den

Besitz von Scheren, so daß ihre Haare wieder wuchsen. Die ganze Plantage schien den Atem anzuhalten, die Leute beobachteten sie. Eines Nachts nahm Pono ihr Kind und rannte los. Doch Calcados holte sie zu Pferde ein und fing sie mit dem Lasso wie ein Stück Vieh.

Er stieg ab, näherte sich ihr, sagte leise zu ihr: »Wenn du noch mal abhaust, übergeb ich dich den Kopfgeldjägern. Ich nehme dir deine Tochter weg, geb' sie meiner Frau, die keine Kinder hat.«

Verängstigt setzte Pono sich an den Strand, rief Dukes Namen. *Zwei Jahre ... Geliebter, lebst du noch?* Kein Wort von ihm. Keine Möglichkeit, ihm eine Nachricht zukommen zu lassen. Noch immer untersuchte sie sich und Holo jeden Abend auf rote Flecken, auf tückische weiße *Ma'i-Pake*-Stellen. Doch die beiden waren mit vollkommener Gesundheit gestraft.

An ihrem zwanzigsten Geburtstag wiederholte Pono ihr Gelöbnis: *Alles wagen. Ihn finden.* Aber wie? Sie hatte keinen Anhaltspunkt. Die Saison des Abbrennens begann, die Luft war von schwarzem Qualm erfüllt, und der Himmel waberte höllisch rot. Es wurden jeweils nur die Blätter des reifen Zuckerrohrs verbrannt, während die saftigen Stengel zum Ernten übrigblieben. Tag und Nacht bewegten sich die Silhouetten der wie Banditen maskierten Arbeiter auf den Feldern, schwarze Gestalten, die Fackeln vor sich her trugen und in Schichten ins Lager zurücktaumelten – verräucherte, versengte Paare, die zusammenklebten wie Toffee. Ausgedörrt und durchdrungen von dem schweren Geruch nach geschmortem Zucker und verbranntem Menschenhaar, schliefen sie wie tot. Vom großen Haus aus sah Calcados' Frau, die allein zurückblieb, ihnen zu.

Eines Nachts wurde Pono von einem heißen, nach Karamel riechenden Wind geweckt. Ihre Tür stand offen, die Schultern des Mannes waren beleuchtet von dem Feuer auf dem Feld hinter ihm. Sie sah ihn an, erstarrt vor Panik und Anspannung. *Ist dies ein Traum?* Dann aber kam er auf sie zu und war schmutzige Wirklichkeit, mit dem Geruch nach Rauch und Menschenschweiß, nach versengten Fingernägeln. Sein Hemd war zerfetzt von brennendem Zuckerrohr, er zog es aus. Langsam setzte sie sich auf, fühlte, wie sich Ausschlag bildete an ihrem Mund, ihre Zunge pelzig wurde.

»Jetzt«, sagte er. Ein einziges Wort, wie ein abgeschossener Bolzen.
»Niemals«, schrie sie.
Er hatte nicht gewußt, daß sie so stark war. Sie ging auf ihn los wie der Blitz, boxte, bedeckte ihn mit Schlägen, ihr lehmig süßer Geruch wurde augenblicklich metallisch. Calcados fiel nach hinten, kämpfte um sein Gleichgewicht, und sie, nackt, packte das schlafende Kind und rannte los. Er streckte die Hand aus, bekam ihre Haare zu fassen, riß sie mit einem Ruck zurück. Sie schienen in Zeitlupe zu Boden zu gehen, zwischen sich das schlafende Kind. Pono legte Holo geschwind in ihr Bett zurück, während Calcados' Arm ihren Hals umschlang, und stumm rangen sie, wie Tänzer auf der Suche nach einem Thema. Calcados' Griff wurde fester, er drückte ihr die Kehle zu, doch irgendwie gelang es ihr, sich herumzudrehen, ihre Zähne glitzerten giftig, in ihren Augen stand nur ein Wunsch: ihn zu verstümmeln. Und in diesem Blick erkannte er, daß das, weswegen sie rangen, wenig mit Leidenschaft zu tun hatte. Jetzt kämpfte er um sein Leben. Sie stieß ihm ihr Knie zwischen die Beine; er brach zusammen, vor den Augen eine Vision von leuchtenden Farben, lila, rot, gelb.
Pono wälzte sich in eine Ecke, richtete sich zur Hocke auf. Ein Messer blitzte in ihrer Hand auf. Er kam taumelnd auf die Füße, schüttelte den Kopf, löste seinen Gürtel, der durch die Schlaufen rasselte. Wenn er sie nicht haben konnte, würde er sie totpeitschen. Noch immer schwiegen sie, rangen ächzend, das Bett fiel um, der Waschzuber kippte zur Seite. Und dann ging er auf sie los, die Gürtelschnalle krachte auf ihre Hüfte mit einer Wucht, die in ihrem Hirn widerhallte. Pono sprang ihn an, erwischte mit dem Messer ein Stück Ohrläppchen, schnitt ihn tief in den Hals.
Wie im Traum hörte das Kind den Gürtel durch die Luft schwirren, und es rief leise im Schlaf. Wieder und wieder brannte sich die Schnalle ins Fleisch der Mutter bis Pono schaudernd in die Knie ging. Sie war am Ende. Dann sein heiseres Keuchen, seine Lippen, die an ihren Brustwarzen saugten. Sein Gesicht in ihrem Haar, er verlangte unaussprechliche Sachen. Daß sie ihn ficke. Daß sie ihn liebe. Noch als sie schon halb bewußtlos war, hämmerten ihre Fäuste auf ihn ein, traten ihre Beine nach ihm, war ihr Kopf so erfüllt von Haß, daß sie anfangs nicht merkte, daß er schon in ihr

war, daß sie voll von ihm war. Selbst dann noch kämpfte sie, versuchte ihn zu töten, doch ihre Bewegungen verschlangen ihn, trieben ihn nur noch tiefer. Ihre Laute wurden matt, resigniert.
Sie schrie kein einziges Mal, auch da nicht, als sein Gewicht sie auf den Holzfußboden preßte. Seine Lippen verschlossen ihren Mund, sie konnte nicht atmen. Sein bleicher, behaarter Körper umschloß sie wie ein Sarg. Draußen knisterte und knackte das brennende Zuckerrohr, doch sie hörte es nicht. Flammenschatten tanzten auf ihren Wänden, sie sah es nicht. Er stieß so tief, so fest, daß sie etwas in sich zerreißen fühlte, etwas in ihrem Innern, das für immer zerbrach.
Blut rann von seinem Ohr, tropfte auf ihre Brüste, die Schnittwunde in seinem Hals klaffte, ein Auge schwoll zu. Seine versengten Haare standen in wilden Borsten ab. Doch er war unerschöpflich. Er nahm ihr Gesäß in seine Hände, hob ihr Becken hoch, zwang sie so, sich seinem Tempo anzupassen. Der Wind drehte sich, und auf den Feldern bewegten sich schwarze Gestalten mit Mistgabeln. Die Brände wechselten die Richtung, Funken tanzten auf Ponos Dach, die Asche rieselte in ihren Mund und bedeckte ihre Zunge mit Staub.
Laß mich, oh, laß mich sterben!
Calcados begann heftig zu zittern, er packte ihre Arme, schlang sie um seinen Hals. Dann schien er in sich zusammenzusacken, die Zähne gebleckt, und atmete so schwer, daß sie dachte: *Ja, er wird mich töten. Er wird mein Fleisch verzehren.* Sein Körper schnellte hoch, die Augen suchten erstaunt die ihren, und als er gekommen war, ließ er den Kopf zwischen ihre Brüste fallen und weinte. Stunden vergingen, die Zeit war der einzige Zeuge, als er sie abermals nahm, sie wendete wie auf einem Spieß. Leise und tief in ihrem Inneren weinend, fühlte Pono, wie das Leben ihr aus den Augen rann.
Sie erwachte im Morgengrauen. Holzsplitter steckten in ihren Schultern und Gesäßbacken. Sie war schmutzig von Ruß und verkrustetem Blut. Sie drehte sich um, rief nach ihrem Kind. Holo saß in einem Strahl aus Sonnenlicht, wandte verwundert grinsend den Kopf hin und her. Alles war woanders! Das Zimmer schien auf dem Kopf zu stehen. Pono hob das Kind auf und schlich nach

draußen. Die Sonne schien so warm, daß sie dachte, vielleicht würde sie doch am Leben bleiben.

Im großen Haus nahm die Köchin stumm das Kind entgegen. Das ganze Lager hatte gehört, was vorgefallen war. Viele hatten um Pono geweint. Jetzt sahen sie Calcados, sahen ihn hinken, sahen sein verbundenes Ohr.

Die Köchin beugte sich zu ihr und flüsterte: »Kannst prima kämpfen, Pono!«

Pono wusch ihre Wunden, verband ihre gebrochenen Rippen mit Stoffstreifen. Sie trank *'Awa*-Tee, um den Gram zu lindern, aß Muskatnuß, um den Schmerz zu töten, kaute Eierschalen, um zu Kräften zu kommen. Tage später kniete sie sich vorsichtig hin, versuchte, die Dielen zu schrubben, doch ihre Hände waren nicht imstande, die Bürste zu greifen. Der Bluterguß, den die Schnalle auf ihrer Hüfte angerichtet hatte, war zu einer Aubergine erblüht, so groß, daß es beim Gehen hinderlich war. Das Brennen zwischen ihren Beinen machte ihr das Sitzen zur Qual. Arbeiter kamen auf dem Weg vom Feld bei ihr vorbei und starrten, weil Ponos Kopf nicht aufhören wollte zu wackeln. Er wackelte tagelang, und als er endlich aufhörte, war Calcados wieder da. Er war überall, gierig darauf, seiner Lust zu frönen. Wenn sie floh, würde er sie aufstöbern, ihr das Kind wegnehmen. Aber wenn sie blieb, würde sie sterben.

Pono streifte am Strand entlang, wiegte sich in der Brandung. *Geliebter, sag mir, was ich tun soll.* Das Schlimmste war, nicht zu wissen, ob Duke lebte. Wenn er tot wäre, würde sie ihm augenblicklich folgen. Und Holo würde sie mitnehmen.

Sie begann zu träumen. Rotierende Reifen, eine lachende Frau in einem beschleunigenden Auto. Holo, die eine kaputte Puppe anstarrte. Calcados wieder in ihr, sein großes, schmieriges Glied in ihr pumpend. Dann Calcados, tief im Schlamm versinkend, bis nur noch seine Augen zu sehen waren. Pono wachte schweißgebadet auf. Und jeden Tag beobachtete er sie aus immer kürzerer Entfernung, denn die Erinnerung an sie ließ ihm keine Ruhe, entflammte ihn immer wieder aufs neue.

Eines Tages erschienen die Eisenbahnwaggons, die das Zuckerrohr zu den Ausfuhrhäfen transportierten. Und auf den Zügen versteckt waren Aufwiegler, Gewerkschafter, die in die Plantage eingeschleust werden sollten.

Die Arbeiter saßen in ihren Baracken und diskutierten. »Was soll's, wie die Organisatoren sich nennen? Kommunisten? Na und? Sie kämpfen für uns, für bessere Löhne. Sie sind die einzigen, denen an uns liegt.«

Eines Nachts saß ein *haole* bei ihnen, ein aus Kalifornien eingeschmuggelter Gewerkschafter. Pono hielt sich abseits, ließ den Fremden aber nicht aus den Augen.

»Die beiden ›Pferdediebe‹, die Calcados umgebracht hat, waren eingeschleust«, flüsterte der Mann. »Leute, die für uns gearbeitet haben. Für die ILWU.«

»Was ist das?«

»*International Longshoremen's and Warehousemen's Union,* die Internationale Gewerkschaft der Hafen- und Speicherarbeiter. Durch uns sieht die Situation der Arbeiter auf dem Festland schon ganz anders aus.«

»... *Haole*-Bande!«

»Und wenn schon!« verteidigte sich der Mann. »Wen kümmert unsere Hautfarbe! Wir sind gekommen, um euch zu helfen, euch auf jeder Insel in Hawai'i zu organisieren. Seid ihr Menschen? Oder Sklaven?«

Ein Schauder durchlief Pono. Sie hörte aufmerksam zu, wägte jedes Wort ab. Spätabends, als die Leute zu ihr kamen und sie fragten, ob sie diesem Mann trauen und ob sie mit ihm streiken sollten, war sie schweigsam, nachdenklich.

Als er das nächstemal hereingeschmuggelt wurde und Pamphlete über Menschenrechte, höhere Löhne, bessere Arbeitsbedingungen mitbrachte, ging Pono sogleich zu ihm. »Ich bin ... *kahuna.* Die Arbeiter fragen mich um Rat. Sie wissen nicht, was sie von dir halten sollen.«

Der Mann setzte sich bei Kerzenlicht mit ihr zusammen, erklärte ihr, was auf dem Festland vorging; die große Depression der dreißiger Jahre hatte begonnen. Er erklärte ihr, was eine Arbeitergewerkschaft war, erläuterte ihr, warum es Sinn hatte, Massenstreiks zu organisieren.

»Ich garantiere euch, ein massiver Ausstand hier auf den Inseln würde zu Lohnerhöhungen um mindestens fünfzehn Prozent führen. Natürlich wird es zu Gewalt kommen, es wird Tote geben ...«

Pono stellte ihre Frage bedachtsam: »Ihr habt Gewerkschaftsleute auf jeder Insel? Auch ... auch auf Moloka'i?«

»Natürlich! Riesige Plantagen dort, furchtbare Zustände.«

Sie blies die Kerze aus, sprach im Dunkeln weiter. »Ich werde euch bei der Organisation helfen, wenn du eins für mich tust.« Sie sprach jetzt ganz leise, und ihre Stimme nahm einen verträumten Klang an, obwohl sie von entsetzlichen Dingen sprach. Kalaupapa, die Leprasiedlung. Duke Kealoha.

»Finde heraus, ob er tot ist«, sagte sie, »oder lebendig.«

»Wer ist dieser Leprakranke?« fragte der *haole*. »Was bedeutet er dir?«

»Mein Leben. Er ist der Vater meines Kindes.«

Als sie die Kerze wieder anzündete, war er fort.

Zwei Jahre lang hatte sie in Angst gelebt, jetzt lebte sie in Hoffnung. Und diese Hoffnung machte sie vermessen. Sie verlangte mehr Milch für Holo, verlangte ihren Lohn pünktlich. Doch wenn Calcados nachts kam und sein Verlangen stillen wollte, wehrte sie sich weniger stark gegen seinen Körper. Sie war mit den Gedanken woanders. Während sie seinen Speichel von ihrer Stirn schüttelte und fühlte, wie er, ächzend wie ein Tier, in ihr kam, drehte sie den Kopf zur Seite und fragte sich: *Wem im Lager kann ich trauen? Wer wird mir organisieren helfen?*

Sie hielt spätabends Versammlungen ab, nahm es in Kauf, daß sie die Arbeiter um den Schlaf brachte. »Warum seid ihr so feige? Was habt ihr zu verlieren? Wollt ihr ewig arm bleiben? Sollen eure Kinder als Sklaven enden wie ihr, ohne Ausbildung?«

Schließlich taten sich die Arbeiter zusammen, bereit, ihr Leben für die gewerkschaftliche Organisation aufs Spiel zu setzen. Von Hand druckten sie Pamphlete, während der Aufseher schlief.

SCHLUSS MIT DEM KULI-LEBEN, UNTERSTÜTZT DIE GEWERKSCHAFT! KOMMT ZU DEN VERSAMMLUNGEN!

Sie schickten ihre Kinder als Boten. Rasch verbreitete sich die Kunde von einem Lager zum anderen, die ganze Hamakua-Küste entlang.

Selbst Calcados' Frau rief den Arbeitern von der Veranda aus zu: »Hört auf, Sklaven zu sein! Kämpft weiter! Seid tapfer!«
Calcados schloß sie in ihrem Zimmer ein, und sie schluchzte tagelang vor sich hin. Dann war ihr Entschluß gefaßt: Sie stahl sich zum Fenster hinaus, stieg, mit Hut und Handschuhen bekleidet, in ihren rostigen Ford und gab lächelnd auf der Straße Gas. Nicht lange danach sah Pono, wie Männer auf den Feldern zusammenliefen und nach hinten auf die Klippen zeigten. Es gab keinerlei Anzeichen dafür, daß die Bremsen betätigt worden waren, bevor der Wagen hinunterstürzte. Einige der Arbeiter sagten, sie hätte sogar gewunken.
An den Toren des Lagerzauns wurden bewaffnete Wachen postiert. Pono sah ihre Feuer in der Nacht, sah das Mondlicht auf ihren Gewehren glänzen. Wer sollte da nicht hinein? Oder wer nicht hinaus? Wieder träumte sie von Calcados, wie er über ihr sabberte, wie dann sein Körper tief im Schlamm versank. Von Holo, die die zerbrochene Puppe anstarrte. Pono setzte sich zitternd auf, Bruchstücke eines früheren Traumes kamen ihr in den Sinn. Reifen hatten sich gedreht, Calcados' Frau war lachend in ihrem Auto gestorben. Pono wartete. Und was geschehen würde, wartete mit ihr.
Eines Nachts Schüsse, jemand hämmerte an ihre Tür. »Pono! Sie haben ihn erschossen! Den *haole* ... Du hast die Pamphlete, verbrenn sie lieber, schnell! Verdammte Schweinehunde ...!«
Und sie rannte, rannte die schlammige, rote Lehmstraße entlang, stolperte, rutschte auf dem Hintern weiter. Eine Menschenmenge umringte den *Haole*-Gewerkschafter, Wächter verfluchten ihn. Sein Körper war zäh, er bäumte sich und zuckte, brauchte lange Zeit zum Sterben. Pono starrte und starrte, und dann stand die Köchin flüsternd neben ihr.
»Dich hat er gesucht, Pono. Sie haben auf ihn geschossen. Ich komm' angerannt und seh' ihn da im Gras zappeln. Er sagt deinen Namen, drückt mir 'n Papier in die Hand. Peng, schießen sie wieder auf ihn ...«
Pono drehte sich zu ihr um, ihre Augen blickten wild. Sie zog die Köchin in den Schatten, zerrte sie in ihre Baracke. Drinnen zündete Pono eine Kerze an und sah der Köchin zu, wie sie ein zerknülltes, schlammbeschmiertes Blatt Papier aus ihrem Kleid zog. Schwei-

gend, feierlich, setzten sie sich. Pono beugte sich vor, auf das Schlimmste gefaßt.
»*Lies!*« flüsterte sie.
Mühsam stammelnd las die Frau vor:

Geliebte Pono ...
Ich bin ein Ungeheuer geworden, ein Anblick, vor dem man zurückschreckt. Ich bitte Dich, vergiß mich! Geh in die Welt hinaus und lebe! Was immer an Menschlichem von mir übrig ist, geht mit Dir ...

In dieser Nacht saß sie stundenlang da und streichelte die Ränder des Blattes, so wie man ein Gesicht liebkosen würde. Dann, in die Richtung von Moloka'i gewandt, nahm sie ein Bambuseßstäbchen und schärfte sorgfältig die Spitze.
»Jetzt«, flüsterte sie. »Jetzt will ich ... *alles wagen.*«
Eines Abends ließ sie Holo bei Nachbarn. »Wenn ich sie bis Mitternacht nicht holen komme, versucht zu mir nach Hause zu kommen und zu helfen. Könnte 'n Haufen Ärger geben.«
Als Calcados sie in dieser Nacht bestieg, schlang sie, Zuneigung vortäuschend, ihre Arme um ihn. Und als er tief in ihr war, beteuernd, daß er sie liebe, es liebe, sie zu ficken, und daß er sie niemals gehen lassen werde, stieß sie ihm das Bambusstäbchen mit aller Kraft links von der Mitte zwischen die Rippen. Er seufzte, ein langer Seufzer wie unter Wasser, und sackte zusammen. Um Mitternacht kamen die Nachbarn angelaufen, und bis dahin war ihr Körper über und über mit seinem glänzendroten Blut bedeckt. Ächzend schälten sie ihn von ihr, zogen ihn aus ihr heraus, erschaudernd, betend, ein jeder in seiner eigenen Sprache, zu seinem eigenen Gott. Während die Männer ihn in einen Jutesack rollten, stellten die Frauen Pono in den Regen hinaus, damit er sie von Calcados' Säften reinwusch.
»Was machen wir jetzt, Pono?«
»Ihn wegschleppen.«
Sie schleppten stundenlang, stiegen im Dunkeln über den Zaun und schleppten ihn weit in den Busch, durch verschlungenes Dschungelgestrüpp und surrende Bambushaine, vorbei an Gebirgsbächen und

Sümpfen, bis zu der Stelle, wo der Treibsand war. Sie stießen ihn mit den Füßen zuerst hinein, doch kurz bevor der Schlamm sich schmatzend über seinen Rücken schloß, hieß Pono sie, ihn wieder herauszuziehen. Stöhnend zerrten sie ihn heraus und legten ihn mit dem Gesicht nach unten in den Schmutz.

»Wozu, Pono? Was suchst du?«

Ihren Lebenssaft suchte sie, ihren Rhythmus. Ihre Ehre. Irgendwo in den Höhlungen und Krümmungen seines Rückgrats waren sie verschwunden. Schweigend, bei Fackelschein, führte sie das Messer, zog sie einen flammendroten Strich auf seinem Rücken. Sie knieten neben ihr, verfolgten den Schnitt, der sich tiefer hineinbohrte, bis ihm Knorpelscheiben und Bindegewebe Widerstand boten. Blut sprudelte, Muskeln und Gallert begruben Finger und Handgelenke und Unterarme, als sie gemeinsam begannen, Calcados in Stücke zu schneiden. Knackende Rippen, die von der Wirbelsäule brachen, Halswirbel, die vom Schädel brachen, sein Rückenmark, dieser lange, graue Wurm, seine Impulse, Reflexe, Erinnerungen, alles ins Dunkle geworfen wie Köder. Was übrigblieb, begann schon zu gären, zu faulen. Sie warfen den Trümmerhaufen seines Körpers in den Schlamm und seinen Kopf hinterher. Erde blubberte auf und saugte ihn hinab. Pono betrachtete seine Wirbelsäule, die sie mit beiden Händen hielt. Alles war anders jetzt, sie war erlöst.

Zwei Tage später fuhr ein großer Packard die Zufahrt hinauf. Der weiße Plantagenbesitzer inspizierte sein Land. Dann ließ er das ganze Lager antreten, mehrere hundert Leute.

»Calcados wird vermißt. Wenn er ermordet wurde, werden wir seine Leiche finden. Ihr werdet dafür büßen. Die Männer werden gehängt.«

Der neue Aufseher, ein brutal aussehender Schotte, ließ die Arbeiter mörderische Überstunden ohne Essen oder Bezahlung machen. Jeder, der beim Organisieren von Streiks erwischt wurde, wurde auf der Stelle erschossen. Pono berechnete derweil die Zeit, beobachtete die Gezeiten, denn sie wartete auf eine Vollmondnacht, um loszulaufen. Doch dann überkam sie etwas, lähmte sie. Sie sprach nicht mehr, das Weiß ihrer Augen färbte sich rostrot.

Die Köchin bemerkte es als erste, daß Treibgut einer anderen Rasse

Ponos Bauch füllte. »Mutter Gott, Calcados hat seinen Samen in dich reingepflanzt! Was machst du jetzt?«
»Schweig still«, sagte Pono. Das Ding würde sie schon aus sich herausbekommen. Sie würde den Faden seines Lebens durchschneiden.
Doch nichts half. Keine zerstampften Blätter aus Giftfarn, keine Tränke aus beizender Seife. Keine Gebete, auch nicht die Gesänge buddhistischer Nachbarn. Wieder ließ ihre *mana* sie im Stich. Der neue Aufseher ignorierte ihren wachsenden Bauch; für ihn war sie bloß irgendeine *wahine,* die ein uneheliches Balg in sich trug. Solange sie arbeitete, ließ er sie in Frieden.
Mit der Intuition eines von Natur aus verängstigten Kindes ahnte Holo etwas. Eines Tages wollte sie zu ihrer Mutter laufen, die am Meer stand und in die Fluten starrte, als wartete sie auf Anweisungen. Das Kind rannte auf Zehenspitzen, der heiße Sand verbrannte ihm die kleinen, rauhen Fußsohlen. Plötzlich blieb Holo stehen, denn sie sah voller Entsetzen, daß sich ihre Mutter mit den Fäusten auf den dicken Bauch trommelte. Holo wich zurück, hockte sich in den Schatten und igelte sich zusammen, als wollte sie sich unsichtbar machen.
Einige Zeit später hielt Pono beim Schrubben der Fußböden plötzlich inne, richtete sich langsam auf. Sie wußte, ihre Zeit war gekommen. Sie ließ Holo bei der Köchin und wankte mit gemessenen Schritten zu ihrer Baracke. Um sie herum die reine Nachtluft, Mond und Sterne erhellten das Firmament, und dazu die scharfen Gerüche des Dschungels, Laubwerk, Humus, Dung, die Gärung der Erde.
Bald lief ihr der Angstschweiß von der Stirn. Die Schmerzen kamen. Sie kroch in ihre Baracke, riß ein Bettlaken in Streifen, stopfte sich einen Streifen in den Mund. Und schrie. Schrie, als würde sie singen, hohe Töne, die auf die Wände trafen und zurücksprangen. Und niemand hörte es. Sie schrie mit aller Stimmkraft, die sie in sich hatte, schrie aus Angst, aus Schmerz. Sie schrie um all der Demütigungen willen, die sie erlitten hatte, um all der Jahre, in denen sie unzählige Male gestorben war. Sie schrie für ihre Großmutter Emma, die an der Pest gestorben war, für ihren Großvater, den man kaltblütig ermordet hatte. Sie schrie für die Streikenden, die man

im Schlaf umgebracht hatte, und für die Frauen, die gezwungen wurden, mit Fremden zu schlafen, die geschlechtskrank waren. Sie schrie für die Liebe, für Duke, den sie in einen Käfig gesperrt hatten. Und für das Schrecknis, allein im Dschungel zu gebären. Sie schrie, betrauerte ihre dahingeschlachtete Unschuld, den Teil von ihr, der für immer gestorben war.

In ihrem Schmerz warf sie sich gegen die Wände und prallte zurück, wie ein großer, irrer Affe, der seinen Käfig satt hat. Sie schrie, und niemand hörte es. Ihre Zähne rissen den Stoffstreifen in Fetzen. Sie stopfte sich einen neuen Streifen in den Mund. Und schrie. Ihr Schatten war ein Riesenschemen an den Wänden, ein sich wiegendes, gräßliches großes Etwas. Bis das Ding herausfiel. Ein einziges Blöken. Ein Säuglingsblöken. Und dann ein kleinerer Stoffstreifen in seinem winzigen Mund, um seinen winzigen Hals.

Verängstigt, aus Sehnsucht nach ihrer Mutter, hatte sich Holo aus der Baracke der Köchin gestohlen und war ins Mondlicht hinaus gelaufen, heim zu ihrer Mutter. Sie drückte die Tür auf und blickte hinein. Und sah. Eine Puppe. Ein Kunstprodukt. Ein blutgesprenkeltes, weißes Baby, und es baumelte an der Faust ihrer Mutter. Pono schüttelte es, um sicherzugehen. Schüttelte und schüttelte.

So würde es Holo ihr Leben lang in Erinnerung behalten. Ihre Mutter, die sich, leise singend, Holo in Lumpen auf den Rücken band. Und noch etwas. Eine kleine Mumie, die von der Taille ihrer Mutter herabhing. Und wie sie dann gerannt waren. Klippen hinab, steile, bucklige Klippen. Und dann ihre Mutter, die stehenblieb, noch singend, und die Mumie in weitem Bogen ins Meer schleuderte, wobei das Tuch sich langsam aufwickelte. Eine zerbrochene Puppe, die, sich überschlagend, in die Wellen trudelte.

Dann Holo und ihre Mutter, die rannten, sich im Dschungel verkrochen. Und Blut, das tropfte, ihre Mutter stopfte sich Spinnweben und Moos zwischen die Beine. Und schlafen, schlafen, wochenlang, so schien es. Tief in Riesenfarnen und weichem, feuchtem Moos versteckt. Der Leib ihrer Mutter, der sie umfing. Sie beschützte. Wärme, und Muttermilch, die in Holos Haar tröpfelte. Ihre Mutter, o so zärtlich! gab ihr die Brust. Das würde Holos Erinnerung sein. Entsetzen. Und Mutterliebe. Und rennen.

Ka liona lohi
Löwengesicht

❖

Diese Halbinsel. Der schönste, einsamste Teil der hawaiischen Inseln, der im Norden Moloka'is ins Meer ragt. Und auf diesen grasbewachsenen Hängen, im Osten und Westen von dschungelüberwucherten Klippen abgeschirmt, Kalaupapa, die »Stätte der lebenden Toten«. Seit man Leprakranke, erstmals in den 1860er Jahren, hierher verbannte, waren Fortschritte gemacht worden. Die Ärzte von damals, die die Patienten aus großem Abstand mit vier Meter langen Stangen untersucht hatten, waren von humanen Medizinern und Krankenschwestern abgelöst worden, die das Ansteckungsrisiko auf sich nahmen. Und von Missionaren, den Brüdern vom Heiligen Herzen. Nach Jahren der Trunksucht und Ausschweifungen unter den sterbenden Gesetzlosen und »Verdammten« war für diejenigen, die noch an Gott glaubten, eine Kirche eingerichtet worden.

Unterdessen hatte man für die Schwerkranken, die Alten und Blinden ein richtiges Krankenhaus gebaut, ein weiteres für Patienten im frühen Leprastadium, und es gab sogar eine kleine Forschungsstation. Bishop Home wurde für aussätzige junge Mädchen und Frauen errichtet, Baldwin Home für Jungen. Eheschließungen unter Aussätzigen wurden gestattet, und für die Familien der Leidenden, deren Besuch alljährlich am »Verschiffungstag« ermöglicht wurde, standen kleine Hütten zur Verfügung. Versorgungsschiffe dockten am Pier nicht weit vom Krankenhaus ein, und zuweilen kamen auch von ihnen ein paar Mutige zu Besuch an Land. Im »Besucherhaus« trennten ein Kettenzaun und breite Bohlentische Patienten von Nichtpatienten; selbst Blutsverwandten war verboten, sich zu berühren. Trotzdem, es gab *luau,* Paraden, Pferderennen, Tanz und Gesang auf traditionelle hawaiische Art. Eine einzige große *'ohana,* sagten die Leute. Und kein Mensch gaffte. Vergaß man einmal die furchtbaren Entstellungen, das faulende Fleisch, den Verlust von Empfindungsvermögen, Gliedmaßen, Augenlicht – und Stigma und Tod –, war es ein gutes Leben. Wer noch beweglich und kräftig war, trieb Sport, ging angeln, wanderte zum Kauhako-Krater und kletterte auf eine der hohen Klippen, um das Meer zu betrachten, das tief drunten das Felsgestein aushöhlte. Manche planschten unter Wasserfällen, deren nasse Fluten mehrere hundert Meter hinabstürzten, oder schwammen zu kleinen Inselchen hinaus, die wie spielende Wale vor der Küste lagerten. Andere wanderten in die Täler, wo die Gräber namenloser Aussätziger von sanftem Grün überwuchert waren. Am Abend dann, im Schein der Dämmerung, spuckten sie in die Spucklöcher zwischen den Bankreihen der aus Holz erbauten Kirche St. Philomena, Löcher, aus denen sie zuweilen Augen blinzeln sahen, die Geister der Toten, die sie erwarteten.

Ein Jahr lang hatte Duke übers Meer auf die Nachtlichter von Honolulu geschaut und sich Pono dort vorgestellt, hatte sich vorgestellt, wie ihre Schönheit in den Augen eines anderen reifte. Dann erreichte ihn eines Tages eine Nachricht von Tang Pin auf der Großen Insel. Dukes Arbeiter waren fortgelaufen, alles war überwuchert oder abgestorben, die Plantage als lepraverseucht ausgewiesen. Dann aber die andere Neuigkeit, Pono und das Kind. Duke betete, es möge nicht von ihm sein, und wußte doch, daß es seines war. *Unschuldig und schon verdammt.* Ma'i Pake *in seinen Genen.* Duke quälte sich, indem er sich vorstellte, wie seine Tochter wohl aussah. *Hat sie Ponos schwarze Augen, die zarten Klavierfinger meiner Mutter? Wird sie schlafwandeln und Tiere lieben wie Vater?* Er versuchte, sich ihren Geruch vorzustellen, das Gefühl, wenn ihr Köpfchen in seiner Hand ruhte, den Klang ihres Lachens, in dem Töne und Strukturen und Farben schwangen. Daß sie existierte, hatte ihn getroffen wie ein Schrapnell.

Wieder verging ein Jahr. Duke betrachtete sich grübelnd im Spiegel, wartete, daß seine Gesichtszüge das Aussehen von ausgestorbenen Tieren annahmen, wähnte sich ein zotteliges Mammut, einen prähistorischen Höhlenaffen. Freunde, die er liebgewonnen hatte, schieden aus dem Leben, fingerlos, fußlos, mit Gesichtern wie riesige Warzen mit Augen darin. So mancher war als menschliches Versuchskaninchen für neue Lepramittel benutzt worden, andere begingen Selbstmord. Duke, der immer noch auf ein Heilmittel hoffte, ertrug heldenhaft Medikamente, medizinische Experimente. Seine Geschwüre breiteten sich aus, eine Hand verkrümmte sich wie eine Krabbe. Er ließ alles an sich ausprobieren: Chaulmugra-Öl, das ihn beinahe umbrachte, oder Pferdetoxin-Injektionen, die seinen Körper aufblähten und ihm brennendes Fieber bescherten, ja gar zeitweilig das Augenlicht raubten. Nach jedem Experiment taumelte er angeschlagen, aber voller Hoffnung auf Gesundung ins Bewußtsein zurück und entwickelte ein nahezu akademisches Interesse für die Geschichte und Behandlung der Krankheit, die ihm einst den Tod bringen würde.

Als König Kamehameha V. im Jahre 1865 befahl, alle Leprakranken in den verlassensten Teil seines Reiches abzusondern, hatte die königliche Regierung weder Ärzte noch ein Krankenhaus oder Unterkünfte zur Verfügung gestellt, nur Lebensmittel, die hinter den Aussätzigen vom Schiff geschubst wurden. Die Kranken hatten in behelfsmäßigen Grashütten gelebt, eine Gesellschaft von Ausgestoßenen, den Elementen preisgegeben, so daß viele an Tuberkulose starben, noch bevor die Lepra sie auffraß. Frischwasser war so rar, daß sie manchmal auf das Rauschen der Wasserfälle zukrochen und auf halbem Wege verdursteten.

1873 kam Pater Damien, ein belgischer Priester, nach Kalaupapa und widmete sein Leben den Leidenden, bis er im Jahre 1889 selbst an Lepra starb. Er regte die Siedler an, auf der geschützten Seite der Halbinsel bessere Häuser und ein primitives Krankenhaus zu bauen und Wasserleitungen zu installieren. Der Bazillus, das *mycobacterium* leprae, 1873 von Gerhard Henrik Armauer Hansen, einem norwegischen Arzt, entdeckt, wurde jetzt oft als Hansen-Krankheit bezeichnet, in der Hoffnung, das Leiden zu entstigmatisieren.

Das häufigste Symptom der Krankheit war harmlos und nicht besonders auffällig: eine weiße Hautstelle, in der kein Gefühl mehr war, dann das Austrocknen, Verdicken, Aufreißen der Haut. Manche Menschen in diesem Zustand genasen unversehens, bei ihnen schritt die Krankheit nicht fort. Bei anderen traten danach ernstere Formen auf: die neurale oder mildere Form der Lepra, bei der sich Bazillen in den Nerven ansammelten und den Verlust des Empfindungsvermögens in Händen, Füßen, dem gesamten Rumpf verursachten. Zwar lebten Patienten mit dieser neuralen Form viele Jahre, aber es kam zu Lähmung und Schwund des Gewebes, zum Verlust von Fingern, Zehen, manchmal ganzen Gliedmaßen.

Die akutere Form, das Leprom, war gekennzeichnet durch die Bildung harter, von Bakterien wimmelnder knötchenförmiger Schwellungen in der Haut, in den Schleimhäuten der Nase, in Hals, Augen, schließlich den inneren Organen. Wenn die Bakterien das Gewebe befielen, traten Hautgeschwüre auf. Zuerst wurden kleine Nervenenden in Mitleidenschaft gezogen, dann größere Nerven: ein schrecklicher Verlauf, der zu Verkrüppelung und Entstellung führte. Wenn dann die Nerven, die die Muskeln mit Kraft versorgten, zerstört waren, wurden diese gelähmt. Die Zerstörung der Empfindungsnerven hatte auch den Verlust der Hautempfindung zur Folge.

Die einfachsten Handlungen – gehen, eine Gabel heben, ein Messer benutzen – waren für diese Kranken verhängnisvoll. Tiefe Wunden entstanden, wenn Hände und Füße die Fähigkeit verloren, zwischen bloßer Berührung und heftigem Schmerz zu unterscheiden. In ihrem Bestreben zu »fühlen«, übten die Opfer zu starken Druck auf ihre Gliedmaßen aus, so daß die Knochen brachen, und zwar wieder und wieder, was einen langsamen Schwund von Knochen und deren Ersatz durch Narbengewebe verursachte. Riesige Blasen wuchsen aus nicht wahrgenommenen Verbrennungen. Wenn andere Bakterien in aufgeplatzte Blasen eindrangen, waren zudem Infektionen in Gewebe und Knochen die Folge. Hände, Finger, Füße und Zehen wurden schlimm verkrüppelt. Lepra verursachte keinen Wundbrand, wie man angenommen hatte – Finger und Zehen fielen nicht einfach ab –, aber ohne Schmerzempfinden nutzten sich die Extremitäten durch ständige Beschädigung ab. Knochen brachen nach und nach weg, bis statt Fingern und Zehen nur noch Stümpfe an den Gliedmaßen waren.

Der Befall der Schleimhäute führte oft zur Zerstörung der Nasenknorpel und schließlich zur Verunstaltung der Nase. Wenn das Nasenbein von dem angrenzenden Gewebe absorbiert wurde, sah es aus, als hätten die Menschen keine Nase mehr. Befielen Bazillen das Gesichtsgewebe, was zu Zernarbung, Verformung führte, kam es zu einer schrecklichen Verdickung der Haut, einer tiefen Verfurchung, die die Mediziner *facies leontine* nannten, Löwengesicht: Befielen sie das Gewebe in Augennähe, ließen sich die Augenlider nicht mehr schließen. Die Augen entzündeten sich, Erblindung war die Folge, und da gerade Blinde besonders auf ihre Hände angewiesen sind, waren sie vollkommen von der Welt abgeschnitten, wenn sie kein Gefühl mehr in den Händen hatten. Sie waren förmlich von sich selbst abgeschnitten.

Finger verwandelten sich in Klauen, Hände in Keulen. Füße wurden zu bloßen Stümpfen. Erblindung. Nieren- und Herzleiden. Absolute Hoffnungslosigkeit und das Wissen, daß die Deformierungen unumkehrbar waren. In Kalaupapa wurde das Leben zum Gefängnis im Gefängnis. Strenge Abgeschiedenheit, Isolation – zuerst von Freunden und Blutsverwandten, dann von der Beschaffenheit des eigenen Körpers. Für die Außenwelt waren diese Menschen die Unberührbaren. Wer konnte es den Betroffenen also verdenken, daß sie unaufhörlich um den Tod beteten?

Als seine Krankheit sich langsam ausweitete, opferte Duke sich für weitere Injektionen, radikalere Versuche mit neuen Medikamenten. Nachts schlich er sich oft in eins der schäbigen, aus Holz erbauten Laboratorien, starrte auf Ratten und Meerschweinchen, die mit Namen von Patienten gekennzeichnet waren. Eines Nachts sah er in einem Käfig ein Meerschweinchen mit dem Etikett »Duke«. Augenlos, kahl, über und über mit Geschwüren bedeckt, hatte es sich mit den Pfoten den Magen herausgerissen. Doch Duke stellte sich unbeirrt weiterhin freiwillig zur Verfügung. Als seine Geschwüre plötzlich abzuklingen schienen, lebte sein Glaube an eine plötzliche Heilung wieder auf – ein Wunder, das einem von hundert Menschen widerfuhr. Er ließ sich »kappen«.

An denjenigen, die auf Entlassung hofften, wurde sechsmal im Jahr eine Hautschabung vorgenommen, um festzustellen, ob noch aktive Leprabazillen vorhanden waren, gefolgt von einer Biopsie und einer Nasenschabung. Der Prozeß dauerte zwölf Monate, jeder Schnipsel wurde dem Gesundheitsamt vorgelegt. Es war herzzerreißend; bei so manchem waren fünf Schnitte negativ, und beim sechsten erwischte es ihn. Das bedeutete ein weiteres Jahr in Kalaupapa, oder, schlimmer noch, ein ganzes Leben. Manche Menschen verfielen *okolehao* oder Rauschgift. Manche gingen still ins Meer.

Ein Mann, der ein Jahr lang erfolgreich gekappt worden war, wollte nach Hause zu seinen Kindern, aber um gehen zu dürfen, mußte er sich sterilisieren lassen. »Sagt der Doktor: ›Willst du nach Hause, mußt du sterilisieren.‹ Sag ich: ›Meine Eier wollt ihr? Könnt ihr haben!‹ Jetzt geh' ich nach Honolulu, meine Kinder sehen.« Nach sechs Tagen aber war er wieder da. Als seine Kinder sein deformiertes, »nasenloses« Gesicht gesehen hatten, waren sie davongelaufen.

Auch Frauen, die erfolgreich gekappt worden waren, ließen sich freiwillig sterilisieren, um nach Hause zu gehen, und die meisten kamen wieder. »Die Leute gaffen mein Gesicht an, als ob sie 'n Alptraum sehen würden. Da möcht' ich lieber sterben.«

Doch untereinander fanden die Kranken dennoch Schönheit und Liebe. Kinder wurden geboren und versteckt, denn das Gesetz verlangte, daß sie fortgenommen wurden, da Kinder am meisten anfällig für Lepra seien. Doch es kam immer wieder vor, daß spät in der Nacht in den Patientenhütten, in aller Heimlichkeit und Stille, damit die Aufseher nichts hörten, ein Kind geboren wurde. Dann verbreitete sich die Kunde von Zimmer zu Zimmer, von Haus zu Haus, die Krankenhäuser leerten sich, und von überall aus der Siedlung humpelten Patienten herbei, um das Neugeborene zu sehen, zu berühren und zu halten, und sei es nur für einen Augenblick. Lange Schlangen bildeten sich, die Menschen schliefen im Stehen ein, so lechzend nach Kindern, daß sogar die Blinden herbeigebracht wurden, um das Neugeborene zu riechen, seinen Atem zu hören. Dann gaben die Sehenden den Nichtsehenden laufend Beschreibungen von jeder Bewegung, jedem Gesichtszug des Kindes.

»Knopfnase, wie die Mama! Große Ohren wie der Papa! Oh, 'n ganzer Kopf voll Haare! Kannst du seine Fingernägel fühlen? Versuch's mal, fühl! Und große Füße hat es, nicht? Jetzt gähnt's wie 'ne Katze, und strampeln tut's, tritt wie 'n Muli! So was Putziges!

Es zwinkert! Jaah, *zwinkert!* Das wird mal 'n richtiger Herzensbrecher ...«
Früher oder später wurden die Babys natürlich entdeckt, aber manchmal dauerte das mehrere Tage, was schlimmer für die Mütter war, weil sie ihr Kind dann schon viel zu sehr ins Herz geschlossen hatten. Wenn die Ärzte und Krankenschwestern dann kamen und ihnen das Baby fortnahmen, hallte das Wehklagen dieser Frauen über die Halbinsel. Die Neugeborenen durften dann zwölf Monate auf der Kinderstation von Kalaupapa leben, hinter dickem Glas verwahrt, so daß die Eltern sie sehen, aber nie mehr anfassen konnten. Nach einem Jahr wurden sie von Kalaupapa fortgebracht, kamen als Pflegekinder zu Familien oder wurden vom Gesundheitsamt an Ausländer »geliefert«.
Auch ältere Kinder gab es, die bereits schwerkrank und zerfressen waren. Eines Tages sah Duke ein Dutzend aussätzige Kinder im Lager auf dem Boden sitzen, die zerstörten Gesichter aufwärts gewandt; wie Hummer sahen sie aus mit den Applikatorstäbchen, die aus jedem Nasenloch ragten. Sie wurden zum sogenannten Nasentropf gezwungen; Leprabakterien, die sich im Überfluß in der Nasenabsonderung fanden, wurden für die Forschung benötigt. Erwachsene wollten oft nicht still sitzen, bei manchen war die Nase auch zu zerfressen, also griff man auf Kinder zurück, die noch genügend Schleim hatten, denn der mußte, um den Tropf möglich zu machen, ungehemmt fließen. Zwar rannten die meisten von ihnen weg, wenn sie die Applikatorstäbchen sahen, aber die Strafe dafür war hart, kein Essen, tagelang allein in einem Zimmer eingeschlossen, und so fügten sich die Kinder.
Zu Beginn der Prozedur wurde die mit Schleim verstopfte Nase gewaltsam mit Instrumenten geöffnet. Mit einem in Opium getauchten Stäbchen weichte man dann das Gewebe auf, so daß das Stäbchen weit ins Nasenloch eingeführt werden konnte. Nach einer Weile zogen Ärzte das tief in den Nasengang eingedrungene Stäbchen, an dem Schleim, Gewebe, Blut haften geblieben waren, wieder heraus. Die Kinder wurden jedesmal vor Schmerzen ohnmächtig. Jeden Tag wurden sie ohnmächtig, Tag für Tag, Jahr für Jahr, bis eines Tages kein Schmerz mehr da war, nur noch heftiges Verlangen nach Betäubung. Kleine Süchtige mit zerfressenen Nasen reiften zu

Erwachsenen, deren Verlangen sich stetig steigerte. Spritzen, Morphium, Heroin; es war nicht schwer, diese Dinge einzuschmuggeln. Für Geld brachten die Schiffe alles nach Kalaupapa und luden es auf dem Kai ab.

Besonders hatte es Duke ein kluger, vierzehn Jahre alter hawaiisch-portugiesischer Junge angetan. Er gewann ihn lieb wie einen Sohn. Eines Tages wurde die Leiche des Jungen gefunden, dort wo der Dschungel anfing, einen Gummischlauch um den Arm gewunden, eine Nadel in der Vene. Sie hatten bei ihm »Nasentropfs« vorgenommen, seit er acht Jahre war. In seinem Schmerz raste Duke ins Krankenhaus, zerrte einen Arzt im weißen Kittel nach draußen und warf ihn zu Boden. Seine großen Hände schlossen sich langsam um seine Luftröhre, das Gesicht des Mannes lief entsetzlich blau an. In diesem Moment kam ein Matrose, der ein Verpflegungsboot entlud, vom Dock herbei. Er nahm Duke beiseite und sagte einen Namen. *Pono*. Ihre Unterhaltung war kurz, größtenteils verschlüsselt, und doch schien es Duke ein hundert Jahre währendes Gespräch, endlos, ins Unermeßliche gedehnt von alldem, was er nicht sagen konnte.

Zwar war Duke immer noch gewaltig, aber er hatte in zwei Jahren dreißig Pfund abgenommen, vor allem verursacht durch ein Schwinden seiner Muskeln. Magengeschwüre plagten ihn von den vielen Medikamenten. In einem Bein und einem Arm hatte er kein Gefühl mehr. Seine Zehen waren halb weggefressen. Auf seinem Leib waren neue Geschwüre aufgetaucht, und in seinem Gesicht wurde nun eine langsame Verdickung sichtbar: das Löwengesicht. Mittlerweile hatte er sich damit abgefunden, daß er den Rest seiner Tage auf dieser abgelegenen Halbinsel beschließen würde. Er riß einen Zettel von einem Notizblock, schrieb hastig etwas darauf, gab ihn dem Matrosen. Binnen achtundvierzig Stunden wurde der Zettel von dem Matrosen an den *Haole*-Gewerkschafter übergeben, der in Ponos Bezirk auf der Großen Insel tätig war.

Als er begriffen hatte, daß er niemals von hier fortkommen und nur für ein Leben nach dem Tode von hier fortgehen würde, begann Duke, Kalaupapa umzugestalten. Er legte Gärten an, jätete Gräber, rodete Wanderwege, die hinauf in die Berge führten. Indem er das Land physisch verjüngte, erneuerte er seinen eigenen Geist, seinen Intellekt. Bei der Erforschung des Dschungels und der Strände – er

tat es so sorgfältig, als sähe er dies alles zum erstenmal – begriff er auf einmal das Land und das Meer, die ihn umgaben, nicht als eine natürliche Grenze, ein Gefängnis, sondern als ein zeitlos lebendiges Wesen.
Jede Einzelheit wurde ihm lebendig: die Haut der Erde, von Passatwinden abgestreift, grüne wurzellose Planktonteilchen, die auf einer Welle ritten, der lindernde kühle Regen auf sonnenverbrannten Handgelenken, die atemverschlagende Kühle plötzlichen Schattens, Kokosmilch wie flüssige Seide, der salzfischige Geschmack von Seetang, das Dasein der Pflanzen zwischen Fäulnis und Leben und Grün, das Grün Polynesiens. In allem Gewöhnlichen sah er das Außergewöhnliche. Dieses Land, von der Welt gemieden, wurde zu einem Wesen, das seine Sinne nährte. Duke betrat es mit vollem Herzen, denn er wollte überleben.

Monatelang sahen die Patienten nachts Fackelschein im Dschungel: das waren streikende Plantagenarbeiter, die vor bewaffneten Wachen flohen. Flüchtige tauchten unterhalb der Krankenhütten auf, kleine, zum Skelett abgemagerte Japaner und Filipinos, die um ihr Leben rannten. Die Aussätzigen versteckten sie, gaben ihnen zu essen, wurden ihre Laufboten, überbrachten Nachrichten an ihre Freunde »drüben« jenseits der Berge, wo die Menschen zwar gesund waren, ihnen die Plantagenbesitzer aber das Leben aus den Knochen saugten.
»Ihr habt's gut, ihr Aussätzigen«, sagte ein Flüchtling. »Seht höllisch aus, aber ihr müßt euch ja bloß gegenseitig angucken. Eßt, bis ihr satt seid, schlaft, bis ihr wach seid. Keine Arbeit. Braucht nix weiter tun wie sterben.«
Die am grausamsten entstellten Patienten wurden, als Wildschweinjäger getarnt, zu Boten gemacht. Bewaffnete Wachen, die ihnen im Dschungel begegneten, spannten zwar ihre Gewehre, schreckten aber dann angewidert zurück. Dennoch hallte der Dschungel wochenlang von Schüssen wider. Die Gewerkschaftsleute hatten die Lager infiltriert und organisierten schwere Ausstände auf den Plantagen. Der Rundfunk meldete, daß auf allen Inseln gestreikt wurde und der Ausnahmezustand herrschte. Die zuvor von den Plantagenbesitzern angeheuerten Wachen wurden durch gedungene Mörder

und Kopfgeldjäger ersetzt. Überall auf den Inseln wurden Menschen aus den Betten getrieben und noch in Nachtkleidung erschossen. Viele andere verschwanden.
Eines Tages kam eine Gruppe Boten aus den Bergen zurück, zwischen sich ein Wildschwein tragend, das sie auf einer Stange festgebunden hatten. Als sie sich Duke näherten, lachten sie leise, verschwörerisch, dann teilten sich plötzlich die Reihen, und Pono kam durch die Menge der anderen zu ihm geschritten. So vieles sah er in diesem Moment in ihr Gesicht geschrieben, so viel Leid, so viele Dinge, über die sie niemals würde sprechen können, niemals. Pono hatte die Aura einer Verwundeten, aber sie schien ihm noch schöner, ihr Körper weniger füllig, was sie noch größer wirken ließ. Und noch etwas war da: eine Furchtlosigkeit, bar jeden Glaubens, jeder Zurückhaltung; sie war eine Frau, die nicht nachgegeben hatte.
Mit einem Blick sah Pono, was aus Duke geworden war, was *ma'i Pake* ihm angetan hatte und wie es sich in Zukunft verschlimmern würde. Doch mit demselben Blick sah sie auch, daß er für sie auf immer für ein Gefühl und eine Zeit stehen würde, für die Stunde nämlich, da die Menschen sagen: »Die Krise ist vorüber, jetzt können wir auf Erfüllung drängen«, oder »Du wirst dich an keinen Schmerz erinnern.« Duke war die Stunde, in der alles wieder heil und gut wird und das Leiden in der Ferne verschwindet. Er war ihre Genesung, ihr Fortbestehen, ihr Grund zur Wiederkehr und Erneuerung. Und er würde ihre Quelle ewigen Grams sein, um das, was sein könnte oder hätte sein können.
Sie sah, wie die Zeit sie bereits einander entfremdet hatte, wie sie zu Erinnerungen geworden waren. Er würde der Hintergrund all ihrer Gedanken und Rückbesinnungen sein, ihrer Trauer, ihrer körperlichen Krankheiten. Er würde für sie das Phantom sein, wie es wohl durch jedes Leben geistert – ob nun als moralischer, liebevoller Mann, als blendende, edle Frau oder einfach als gütiger Mensch, der verzeihen könnte –, das Phantom, das wir nicht halten können, wenn er geht und dabei tödliche Spuren zurückläßt.
Duke stolperte ihr entgegen, laut rufend, auch noch, als sie zusammenbrach wie eine Marionette, deren Fäden zerreißen. Er wollte ihr aufhelfen, Pono aber umarmte seine Beine, drückte ihr Gesicht

an seine Knie und weinte. Die Leute kehrten sich ab, ließen die beiden allein.
Morgendämmerung und Glockenklänge. Draußen in der Welt brach in diesem Moment wohl ein neuer Tag an, Gesten wurden wiederholt, und die Menschen lebten mit einem wirren Gefühl im Herzen, ohne ihr Leben zu begreifen. Hier jedoch war nur die Gegenwart, vollendet, unbefleckt. Sie zogen in eine alte Grashütte am Meer, für Flitterwöchner gebaut, und überall ringsum Sonnenuntergangsdämmerung in den Farben von Papageiengefieder. Dort lagen sie Seite an Seite, hielten einander, und Pono beklagte all das, was in ihr verloren war. Was sie sagen konnte, erzählte sie. Wie die Welt auf eine einzige Empfindung zusammengeschrumpft war, nämlich die entsetzliche Wirklichkeit seiner Abwesenheit. Wie sinnlos ihr Leben ohne ihn war. Wie sie in den Dschungel gelaufen war und Holo zur Welt gebracht hatte. Wie sie den Vater in der Tochter fand – seine Intelligenz, sein Wahrnehmungsvermögen – und wie das die mächtige Hoffnung in ihr weckte, daß er noch am Leben war. Und wie diese Hoffnung in Pono Hingabe und Begehren wiedererstehen ließ. Zu ihm, für ihn. Alles, was sie in Worte fassen konnte, sagte sie. Daß er ihr Leben lang der einzige für sie sein werde. Daß er kostbar sei und voller Anmut. Und daß sie für ihn sogar das Gesetz brechen würde.
Duke erstaunte es, daß Pono einen so furchtbar Heimgesuchten so innig lieben konnte, und erst recht erstaunte ihn, daß sie Fleisch und Blut war und *hier*, nicht die nächtliche Phantasie, die immer auf der Lauer lag, wenn er allein zu Bett ging, jene finstere Zuschauerin, wenn er das Leichenhaus seines Leibes marterte, sich peinigte, streichelte, wünschte, daß seine Hand die ihre sei, jene Phantasie, die verging, noch bevor er zum Höhepunkt gelangte, allein, so ganz allein. Jetzt zog Duke sie an sich – oh ihre Fülle –, er wand ihre dichten schwarzen Haare wie Seile um seine Hände, küßte ihr Gesicht, ihre Augen mit unendlicher Zärtlichkeit. Sie trieben dahin, junge Leute, wälzten sich, spürten ihre gespannten Leiber, bereit zur Liebe, den Verstand in mitleidvollem Anstand haltend.
Pono konnte das Begehren nach dem, was sie tun, was sie haben wollte, in sich ticken hören wie eine kleine Bombe. Und Duke fühlte ein zuckendes Pochen in sich, einen Habichtshunger nach ihr, so

heftig, daß er seine Scham vergaß und jeden Gedanken an seine Krankheit und welches Bild er bieten mußte. Dennoch war da ein Zögern. Sie hatten sich beide so an Kummer gewöhnt, daß er ein Teil von ihnen geworden war; ohne ihn, befreit von ihm, fühlten sie sich nackt, fremd. Jetzt, wo Kummer sich auflöste und Freude sich einstellte, war die Zeit des Schwebens gekommen. Sie warteten, zitterten, seufzten, ließen sich, vom Instinkt geleitet, jener sanften Explosion entgegentragen, welche weit hinter den Schranken des Denkens auf sie wartete.

Weinend umarmte er sie, sah ihre Haut über und über aufleuchten, wie von einem Glühen tief in ihr. Sie konnte sich nicht rühren, lag still, wie eine große Samenkapsel kurz vor dem Aufplatzen. Beide fühlten sie, wie eine Barriere niedergerissen wurde, wie Fleisch sich teilte, wie Münder klafften, Körpersäfte flossen und sich vermischten. Duke streifte mit den Lippen ihre Lippen, ihren Hals, ihre Brüste; er strich ihr die Haare aus den Augen, damit sie ihn sehen konnte, seinen wunderbaren, dunklen Penis, der ihrer harrte. In dem Moment, bevor er in sie eindrang, sahen sie sich ins Gesicht, zuckend vor Gespanntheit, langsam Atem holend, ein Requiem für alle Einsamkeit, alle Sehnsucht.

Pono hob sich ihm entgegen vereinte sich mit ihm singend bewegten sie sich zusammen und sie hielt sich an ihm und er war ihr alles Sohn Bruder Lehrer alter Mann an ihrem Grabe weinend Kerzenlicht hinter ihr Dämmerfrösteln an der Tür Grashütte rings um sie erbebend seine großen Hände sie stützend wie sie ruckte und das Rucken alles aus ihr herausschüttelte die andere Frau voller Messer und Tod und Schluchzern und ihr nicht einmal dann etwas von ihm entging nicht sein erdiger salziger Geruch die bedrohliche Säure der Medikamente in seinen Adern noch die Rauheit seiner Narben oder die schmutzigen grindigen Geschwüre noch das Gefühl schrumpfender Muskeln in seinen Schultern nicht der leiseste Flaum am Rand seines braunen zerfetzten Ohrs während er stöhnte fester in sie stieß und sie ihm entgegenkam bei ihm blieb und er rasend zitternd ihren Namen rief und sie seine Wunden leckte seinen Speichel mit ihrer Zunge leckte ihn ihre Kehle hinabrinnen fühlte und spürte wie das Gleichgewicht ins Wanken geriet wie der Anstand zusammenbrach und ihre Vergangenheit sich zurückzog

all die Taten die sie begangen um zu überleben um anzukommen bei diesem Ort dieser Stelle diesem Mann in ihr gegen sein Pochen anpochend und kein Ich mehr da war sondern nur eine reine gewaltige Vereinigung.
Am Morgen hörten sie leise Schritte, rochen sie den Gardenienduft frisch aufgeschnittener *pomelo.* Vor der Tür stand ein kleines Festmahl, auf Keulenlilienblättern angerichtet und mit Farnblättern zugedeckt: gedünstete Goldmakrele, frische dunkle Garnelen, warme *laulau,* Reisbällchen und *poi,* dazu süße Brötchen, Kaffee, eine Früchtepyramide. Sie zogen die Blätter mit den Speisen ins Haus und ließen die Tür weit offenstehen. Und dann lagen sie dort, träumten, dösten, vereinten sich, dösten wieder, erwachten und aßen verträumt, Hand in Hand. Langsam, als erlernten sie das Sprechen neu, kehrten die Worte wieder, und Pono sprach so bedächtig, daß alles, was sie sagte, unendlich weise klang.
Sie erzählte von den furchtbaren Lebensbedingungen auf den Plantagen – offene Kloaken, Ratten, Skorpione –, wo die Arbeiter stehlen mußten, um ihre Kinder anständig zu ernähren, wo Tuberkulose die Bevölkerung dahinraffte, vor allem die wenigen Jungen, wo Infektionen von Rohrschnitten zu Wundbrand führten. Von Schmutz erzählte sie, von Mord, von Selbstmord.
»Man sagt, die Plantagenbesitzer hätten ein Wunder vollbracht und die Einwanderer gelehrt, zu ruhen ohne Schlaf, zu essen ohne Nahrung, zu leben ohne Leben. Ich habe angefangen, beim Organisieren von Streiks mitzuhelfen. Es geschieht viel Gutes dank der Leute von der Gewerkschaft, aber ich habe auch mein und Holos Leben gefährdet. Als ich dann hörte, daß du lebst, bin ich nur noch gerannt ...«
Duke sprach traurig von seinem Leben, von verlorenen Freunden.
»Hier gewinnt man schnell Freunde. Niemand hat viel Zeit.«
»Wie du gelitten hast!«
»Solange ich leide«, sagte er, »weiß ich, daß ich noch lebe.«
Er erzählte ihr, daß Aussätzige freiwillige Botendienste für die Streikenden und Gewerkschafter leisteten, daß er aber mutmaße, es werde noch schlimmer werden. Plantagenbesitzer würden weiter gegen die Gewerkschaften kämpfen, mehr Arbeiter ihr Leben lassen müssen.

Er hielt inne, nahm ihr Gesicht in seine Hände. »Jetzt erzähle mir von unserer Tochter.«
Sie zeigte ihm verknitterte Photographien, das Kind rundlich, dunkel, schön, mit Augen, so groß und ernst wie die von Duke. Sie beschrieb Holos Verhaltensweisen, ihr erstaunliches Wahrnehmungsvermögen, ihr Insichgekehrtsein, wenn sie dasaß und vor sich hinstarrte. Und während Pono erzählte, ging ihr auf, wie sehr sie dieses Kind liebte, weil es schon so viel erfahren, schon zu viel gesehen hatte.
»Ein japanischer Tarobauer und seine Frau haben uns aufgenommen, einige Kilometer südlich der Plantage. Wir haben wochenlang bei ihnen gelebt. Als Holo wieder rund und kräftig war, bin ich heimlich mit ihr an Bord eines Schiffes gegangen, das von der Großen Insel nach Moloka'i fuhr.«
Sie lachte, weil das Schiff auf der falschen Seite der Insel angelegt hatte, »drüben« hinter den Bergen jenseits von Kalaupapa, wo es richtige Städte und gesunde Menschen gab. Wieder hatte sie sich mit dem Kind versteckt, bis sie sich nach Kalaupapa durchschlagen konnte.
»Streiker haben uns aufgenommen, als sie hörten, daß ich sie auf der Großen Insel unterstützt habe. Sie wußten von meinen Verbindungen; der *haole* wurde erschossen, als er mir deinen Brief brachte.«
Pono hatte Holo bei einem chinesischen Ehepaar zurückgelassen und allein den Abstieg von den tückischen Bergen gewagt. Wirres Dschungelunterholz, plötzliche Erdrutsche hinab zu gezackten Felsen, Serpentinensteige, die plötzlich im Nichts verschwanden, Wildschweine mit messerscharfen Stoßzähnen. Und am Ende war sie dann auf die Jagdgesellschaft von Kalaupapa gestoßen. Anfangs waren die Patienten vor ihr weggelaufen, aus Angst, sie sei ein »Köder«, eine Spionin, die für die Plantagenbesitzer arbeitete.
»Aber als ich deinen Namen nannte, nahmen sie mich bei der Hand.«
Duke schilderte, wie er gerade im Begriff gewesen war, einen Arzt zu erwürgen, als der Matrose mit Ponos Nachricht zu ihm kam.
»Meine Antwort darauf war kurz und bündig. Ich möchte, daß du dein Leben ohne mich weiterführst. Ich bin unheilbar.«

»Niemals!« rief sie und barg den Kopf an seiner zernarbten, fleckigen Brust. »Solange wir leben, gibt es Hoffnung. Wozu ist das Leben sonst da?«
»Hör zu.« Er rückte von ihr ab, um ihr in die Augen sehen zu können. »Du mußt Holo jeden Abend untersuchen. Sie hat Kealoha-Blut – sie ist anfälliger als andere. Die Inkubationszeit dieses Erregers beträgt Jahre. Und wenn sie gesund bleibt, muß sie die Universität besuchen.«
Pono schwieg.
»Was ist, Geliebte?«
»Ich will für diese Dinge Sorge tragen, Duke, alles tun, was du verlangst. Aber ich kehre nicht dorthin zurück. Ich will als deine Pflegerin bei dir bleiben.«
Er schauderte, als er sich ausmalte, wie sie ihn über die Jahre hinweg pflegen würde, während er langsam verfiel. »Nein! Du wirst dich nicht in diese Hölle zurückziehen.«
Sie weinte verzweifelt. »Ich bin auf der Flucht. Wenn sie mich erwischen, werde ich wieder allein eingesperrt. Sie werden mir unser Kind fortnehmen.«
»Pono, zwei Jahre sind vergangen, und du hast nicht einen Flecken an dir. Verstehst du nicht? Du wirst nicht aussätzig, du bist *immun.*«
Schluchzend schlug sie mit den Händen an seine Brust. »Die Welt ist nichts ohne dich! Das Kind ist mir nichts ohne dich. *Ich* bin nichts.«
»Geliebte ...« Sie konnte den Kummer aus seinen Worten heraushören. »Ich bitte dich, lebe für mich. Laß mich die Welt und all ihre furchtbaren, wundersamen Veränderungen mit deinen Augen sehen. Kehre auf unsere Plantage zurück, erwecke die Kaffeefelder zu neuem Leben, suche dir einen Mann, der deiner würdig ist, und ziehe unser Kind groß.«
Ihre Augen wurden schmal wie die eines Reptils. »Eher esse ich meine eigene Leber, bevor ein anderer Mann es wagt, mich anzurühren.«
»Pono, du bist jung.«
Sie sah durch ihn hindurch. »Ich bin ... sehr ... alt.«
»Du wirst diese qualvollen Jahre, als du dich allein mit dem Kind

durchgeschlagen hast, vergessen. Mit Gottes Gnade werden diese Jahre verblassen.«

Sie erzählte ihm nicht, daß sie Gott aus ihrer Welt verbannt hatte.

»Duke, du bist erst dreiundzwanzig. Wie kannst du ohne Hoffnung leben?«

»Ich bin unheilbar. Ich verliere mich in der Natur, der Musik, ich verschlinge Bücher. Und nun bist du da, die ich für immer verloren glaubte.«

So waren sie für eine Weile geborgen. Sie träumten Seite an Seite, drehten sich im Schlaf wie zerbrochene Muschelschalen am Meeresboden, in langen blauen Nächten, die erfüllt waren von dem reichen Duft nach Ingwer und Jakaranda. Manchmal wachte Duke bei Tagesanbruch auf, zu der Stunde, die am schwersten zu ertragen war: Denn stets erwachte er als gesunder, stämmiger Mann, der das Meer rufen hörte, den es hinauszog zum Wellenreiten auf seinem Brett. Erst wenn er sich erheben wollte, spürte Duke die Schmerzen, sah er seine Geschwüre, die sich verdickende Haut, und er zog sich wie eine Schildkröte in seinen fleckigen Panzer zurück.

Jetzt aber war bei Tagesanbruch überall Ponos Geruch. Sie lag leise schnarchend da, die glatte dunkle Haut weiß marmoriert mit Samen, ihre Brüste hoben und senkten sich, die Haare waren wie glatte Lava übers Bett gebreitet, und unter den Augen zeigten sich dunkellila Schwellungen, Male ihrer Erschöpfung durch die Liebe. Niemals würde das Leben ihre sinnlichen, vollen Lippen schmälern, aber dafür sah Duke da jetzt etwas, das selbst der Schlaf nicht auszulöschen vermochte: eine Wachsamkeit, eine Anspannung der Kinnbacken, eine Stärke, die sie brauchte, um ihren Weg in der Welt allein zu gehen.

Er nahm sie in die Arme; ihr getrockneter Schweiß vermischte sich nun mit seinem salzigen, erdigen Geruch und dem fast süßen Geruch von Fleisch, das über medikamentöse Behandlung hinaus ist und unaufhaltbar zu verrotten beginnt.

»Lebe!« flüsterte er. »Lebe für mich!«

Eines Tages würde sie fortgehen, und dann würden diese Augenblicke ihn ganz besitzen, er würde in ihnen alt werden. Noch aber war Pono da, und sie wurden zu Kindern der Landschaft, kletterten auf Felsen wie Ziegen, stürzten sich kopfüber in die brausende

Brandung. Von Ferne glitten Haie wie polierte Messer herbei, sammelten sich artig hinter ihnen, angelockt vom Klang ihrer Herzschläge. Pono sah ihre Flossen und lächelte, aber sie geriet nicht in Versuchung, sich ihnen anzuschließen, um zu tiefen Korallenschluchten zu schießen, durchs sonnenbestrichene Naß zu jagen. Sie schwamm bedächtiger, denn sie sah, daß Duke sich ungeachtet seiner immer noch sagenhaften Kraft langsamer bewegte.

Nicht selten verhält es sich mit einer Krankheit so, daß sie milde erscheint: Jahr um Jahr streichelt sie einen Menschen mit Samtpfoten, statt mit voller Wucht auf ihn einzuschlagen. Manche Leprakranke dagegen starben innerhalb von sechs Monaten nach dem Auftreten der ersten Symptome; aber Pono wußte, Duke würde durchhalten, bis die langsamen *Haole*-Ärzte ein Heilmittel fänden. *Er wird geheilt. Eines Tages hole ich ihn nach Hause.* Sie wußte es, ohne es zu träumen. Sie wußte es, weil sie ohne den Glauben daran alles fahren lassen würde. Und sie fuhr fort, sich an seinen Wunden zu reiben, seinen Speichel einzusaugen, wenn sie sich küßten. Manchmal, des Nachts, wenn er schlief, strich Pono ihm im Mondlicht übers Gesicht, ihre Finger liebkosten seine breiten, schönen polynesischen Wangen, deren Haut jetzt zernarbt und verdickt war. *Jetzt bin auch ich zernarbt, verstümmelt. Ich bin zerstört. O Bruder. Mein Mann. Was hat das Leben uns angetan? Und warum?*

Jeden Abend, bevor sie sich liebten, brachte er ihr Tee aus geschabten schwarzen Korallen und »Übelkraut«, damit sie seinen Samen ausspuckte.

»Mein Blut ist ›Kontakt‹-Blut«, sagte er, fürchtend, das nächste Kind würde *ma'i Pake* haben.

Und jeden Abend stieß sie den Tee fort, umfing Duke mit ihren festen Beinen, entschlossen, ihm wieder ein Kind abzuringen, ein weiteres Bindeglied. Eines Nachts, als Duke sich jauchzend, tobend in sie ergoß, spürte sie die Begrüßung der kollidierenden Zellen und wußte, daß sie empfangen hatte.

Zwei Tage später kam eine Krankenschwester auf sie zugelaufen, wobei sie fortwährend hinter sich blickte. Die Verwaltung hatte Ponos Anwesenheit in der Siedlung bemerkt. Die Besuchsvorschriften gestatteten zwar den Aufenthalt von Familienangehörigen für jeweils ein paar Stunden, aber Pono hatte bereits dort mehrere

Wochen gelebt, von Patienten und Pflegern gedeckt. Tags darauf wurde sie an Bord eines Versorgungsschiffes verbracht, das die Insel umrundete und dann nach Honolulu fuhr.

Beim Abschied sprach Duke rasch, während sie in seinen Armen schluchzte. »Geliebte, besuche mich nicht zu oft. Spiele nicht mit dieser Krankheit. Nimm Holo, und kehre heim auf die Plantage. Hilf Tang Pin, dem Boden wieder Leben einzuhauchen.«

Sie erzählte ihm nicht, daß die Einheimischen sie steinigen und sie und ihr Kind als krank beschimpfen würden. Und sie erzählte ihm nicht, daß sie wieder ein Kind erwartete. Als das Schiff den Anker lichtete, stand sie stumm an der Reling, winkte nicht einmal. Ihre Augen brannten sich in seine. So stand sie, bis sie seine Züge nicht mehr erkennen konnte, bis seine Gestalt vom Land verschluckt wurde. Sie hörte sein Brüllen nicht, sah ihn nicht zusammenbrechen, sah nicht, wie handlose Freunde ihn umarmten, ihn nach Hause geleiteten.

An diesem Abend betrachtete Duke sein Bild im Spiegel, berührte er die sich langsam verdickenden Wangen, das Löwengesicht, das sich seiner Züge bemächtigte. Er fragte sich, wie lange er noch zulassen werde, daß Pono ihn ansah. Und wie lange sie seinen Anblick ertragen könne.

Ka 'olelo makuahine

Muttersprache

❖

Die Jahre. Sie sah sie alle vor sich, doch aus der Ferne konnte sie nichts mehr erkennen. Das schlimmste war, daß er nicht da war. Daß er nicht hören und verstehen konnte, wie schwer es war ohne ihn. Dennoch faßte Pono Entschlüsse: Sie wollte gut zu sich selbst sein. Sie wollte nicht zurückkehren zu den Plantagen und ihren Lagern, zu verwanzten Baracken, rostigen Eßtellern. Sie wollte keine Bückarbeit mehr tun. Nicht mehr auf den Knien schrubben. Auch nicht wieder für *haole* arbeiten. Sie betrachtete die letzte schwarze Perle und das kleine Jadetagebuch. Beide würde sie nicht verkaufen.

»Du mußt immer etwas Schönes besitzen«, hatte Duke ihr gesagt. »Etwas Kleines, das du dir ansehen kannst, wenn du wieder auf der Flucht bist.«

Er lebte. Dieses Wissen machte ihr Mut, gab ihr neue Kraft und Würde. Stolz und aufrecht sah sie den Menschen in die Augen. Sie lief nicht mehr davon, stand aber auch nicht still.

Als sie eines Tages an einem Schneidergeschäft in Chinatown vorbeikam, faßte sie den Entschluß zu handeln. Sie belegte den Inhaber mit dem bösen Blick. Binnen zwei Tagen krümmte sich sein Rückgrat, seine Knie wurden knotig wie Ingwerwurzeln. Sie ging in seinen Laden und versprach, seine Arthritis zu heilen, wenn er ihr eine Nähmaschine auf Kredit überlasse.

Der alte Chinese streckte seine knotigen Beine aus. »Mach sie heil!«

Sie rieb ihm Rücken und Knie mit Bananensaft ein und ließ ihn mehrere Löffel voll Muskat schlucken, wovon ihm übel wurde,

dann hieß sie ihn auf Zehenspitzen gehen wie ein Mädchen. Während er in seinem Laden umherspazierte, nahm sie den Fluch von ihm und erlöste ihn von den Schmerzen.
Er starrte auf seine sich entknotenden Knie, fühlte die Krümmung aus seinem Rückgrat schwinden und rief: *»Kahuna!«*
Sie verließ das Geschäft mit einer Singer-Nähmaschine und trug sie in das Zimmer, das sie mit Holo bewohnte. Pono hatte beschlossen, sich ihren Lebensunterhalt mit Nähen zu verdienen. Infolge der Depression der dreißiger Jahre hatte sich die Nachfrage nach Ananas und Zuckerrohr vermindert, und die Arbeitslosen trieb es in die Stadt, wo sich die Slums vergrößerten, doch selbst in den ärmsten Gegenden von Chinatown fanden *luau,* Hochzeiten und Feste statt, für die Näharbeiten anfielen. In ihrer freien Zeit setzte sich Pono an Straßenecken auf eine Matte und erzählte Träume wie einst im A'ala-Park.
Auf den Straßen gaben ihr kleine, zierliche Filipinos, heimwehkrank und betrunken von *okolehao* oder Bier, Geld, damit sie ihnen voraussagte, wann sie in ihre ärmlichen Wohnviertel auf den Philippinen zurückkehren würden oder wann wenigstens sie Geld haben würden, um es ihren Familien zu schicken. Sie schloß die Augen, und selbst wenn sie ihnen die Wahrheit träumte – daß sie niemals heimkehren, daß sie niemals Geld haben würden –, waren sie höflich, bezahlten und gingen, die Köpfe gesenkt, schmalschultrig wie junge Mädchen.
Diese Menschen waren ungebildet, zumeist Analphabeten, und wurden als die letzten der in großer Zahl eingetroffenen Einwanderer von anderen oft verachtet. Pono schienen diese in ihren einsamen Junggesellenbehausungen verschanzten Filipinos regelrecht ausgestoßen von der Welt. Sie kamen in Scharen zu Pono, weil sie gütig war und schön, und wenn sie die Augen schloß, konnten sie ihr Gesicht betrachten und sie lieben. Pono erzählte ihre Träume mittlerweile nicht mehr auf der Straße, sondern bestellte die Männer vielmehr in ihr Zimmer. Als ihr Vermieter sie deshalb Prostituierte nannte, lachte sie.
»Ich bin *kahuna!* Ich könnte dich aussaugen, dünner kleiner Mann.«
Zum Beweis ihrer Macht sagte ihm Pono, die kleine Verhärtung,

die sich auf seiner Brust bildete, sei ein tödliches Gewächs, und er müsse es wegschneiden lassen oder sterben. Die Ärzte untersuchten das Gewächs, sahen, daß es bösartig war und entfernten es unverzüglich. Der Vermieter brachte es in einem Glas als Geschenk für Pono und überließ ihr zwei große Zimmer zum Preis für eines, wenn sie »nie mehr was wachsen lasse« auf seiner Brust.

Das Träumeerzählen trug ihr so viel ein, daß sie schließlich für ihren Unterhalt nicht mehr nähen mußte. Aber Nähen war faßbar und wirklich, und sie wollte, daß Holo sie normale Dinge tun sah, nicht bloß Träume an Fremde verkaufen. Sie behütete das Kind, teilte ihm das Leben in kleinen Portionen zu, sagte ihm, was es tun durfte und was nicht, wie man sich in der Öffentlichkeit benahm und wie, wenn man allein war. Vor allem aber brachte sie ihr bei, die Würde der Dinge zu achten – Geld, Garn, Stoff.

»Diese Dinge atmen nicht, deshalb kann man sich auf sie verlassen.«

Blitzschnell schnitt Pono mit der Schere durch karmesinroten Stoff, dann nähte sie langsam zwei Stoffteile auf der Maschine zusammen. »Sieh, wie sorgsam die Stiche sind, wie stark der Faden. Tuch und Garn verbinden sich, die Farbe hält, die Form.«

»Aber wenn sie so stark sind«, fragte Holo, »warum machst du dann immer neue Kleider?«

»Weil ... der Stoff sich nach und nach abwetzt, er bekommt Löcher. Dann ist Zeit zum Wegwerfen.«

Holo merkte sich, was ihre Mutter über Stoffe gesagt hatte, und war fortan auf der Hut, wenn ihre Mutter sie wie jeden Abend untersuchte, Haut, Rücken, Kopfhaut, sogar zwischen den Zehen: Offenbar suchte sie auch bei ihr nach abgewetzten Stellen, nach Löchern. Als Holo einmal hinfiel und sich das Knie aufschürfte, nahm sie Nadel und Faden und kroch in einen Schrank. Pono fand sie dort bewußtlos, in ihrem Erbrochenen liegend. Sie hatte versucht, den Riß zu flicken, das Loch zu stopfen, nur damit Pono sie nicht wegwarf.

Pono wusch die Wunde und tröstete das Kind. »Du wirst ein Schwesterchen bekommen. Wir sind *'ohana!* Niemand wird dich wegwerfen.«

Aber Holo erinnerte sich verschwommen an eine kleine fliegende

Mumie, an sich lösende Lumpen, an eine Puppe, die radschlagend über Wogen flog.

Als ihre Zeit nahte, ließ Pono ihren Vermieter einen Brief an Tang Pin auf der Großen Insel schreiben.

»... wenn ich bei der Geburt sterbe, komm und hole Dukes Kind Holo. Zieh sie auf der Scholle ihres Vaters groß. Erzähle ihr die Geschichte der Kealohas.«

Während sie auf die Hebamme wartete, drückte sie Holo an ihren gewaltigen Bauch und sprach: »Hör zu, paß auf. Dein Vater ist ein ehrenwerter Mann. Du wirst sein wie er. Halt dich gerade. Sieh anderen in die Augen. Vertraue nur der Natur, Sonne und Sternen. Wenn du größer bist, schwimme mit Haien. Sie sind deine *'aumakua*. Ehrst du sie, so ehrst du mich. Merke dir den Namen Tang Pin, er wird dich nach Hause holen.«

Sie starb nicht. Ein zweites Mädchen wurde geboren, ein gesundes Kind, und sie gab ihm den Namen der Hebamme, Edita. In einem Anfall von Hysterie nach der Geburt versuchte Pono, ihr das Kind zu schenken, ihr beide zu schenken. »Nimm sie! Laß mich frei sein. Um bei ihm zu sein.«

Die alte hawaiische Hebamme lachte. »Diese *wahine,* die ist *pupule* geworden. Glaubt, sie ist tot und zu Jesus gegangen!«

Wochen später lag Pono bei Duke in Kalaupapa und beschrieb ihm ihr zweites Kind. »So gesund! Wenn es ein Junge wäre, hätte ich ihn Duke Silvio Generalito Kealoha genannt.«

Jener Name war eine Erinnerung an einen glücklichen Abschnitt in der Kindheit, aber auch ein Zeichen der Achtung für die Filipinos, die nun zu ihr kamen, zukunftslos, kinderlos, und Pono fürs Träumen bezahlten, um sich dann abends in ihre einsamen Junggesellenbaracken in Chinatown zurückzuziehen. Diese Kunden hatten Pono während ihrer zweiten Schwangerschaft über die Runden geholfen. Von der Plantage war nichts zu erwarten, sie lag brach. Von Dukes Invaliditätsunterstützung wurde gerade eben die Grundsteuer bezahlt, die Felder aber brachten keinen Ertrag, nichts also, was Tang Pin ihr schicken konnte.

»Willst du nicht auf die Plantage zurück?« fragte Duke. »Da ist wenigstens das Haus, ein kleiner Gemüsegarten, Tang Pin, um auf dich aufzupassen ...«

»Irgendwann schon«, erwiderte Pono. »Irgendwann werden viele Kinder da sein, eine Familie, die wartet, wann du heimkommst.«
Er schüttelte den Kopf; sie wollte die Wahrheit um seine Krankheit einfach nicht hinnehmen. Doch war er auch tief beeindruckt von ihrem Willen, ihrem Drang, ihn mit einer Familie zu verewigen.
»Sei vorsichtig mit den Filipinos«, sagte er. »Wir verstecken sie hier in großer Zahl. Der philippinische Arbeiterverband organisiert große Streiks auf allen Inseln. Es wird sich herumsprechen, daß sie zu dir kommen.«
Sie versprach ihm, vorsichtig zu sein, und erzählte ihm nicht, daß ihre Zimmer längst zum Bersten voll waren: ein sicherer Unterschlupf für Filipinos auf der Flucht, die von den Plantagenbesitzern aus ihren Lagern vertrieben worden waren. Obwohl Produktion und Nachfrage zurückgegangen waren, organisierten sich Plantagenarbeiter in immer größerer Zahl, um für kollektive Vertragsabschlüsse durch Gewerkschaften zu kämpfen. Aber es gab noch einen Grund, weshalb die Filipinos sich in Ponos Räumen zusammenscharten – Einsamkeit. Ihrer Familien beraubt, gab es für sie nichts Schöneres, als sich des Abends, wenn sie von ihren wüsten Hahnenkämpfen zurückkehrten, das Vorrecht streitig zu machen, bei Ponos Mädchen sitzen zu dürfen, sie zu füttern und zu hätscheln wie kleine Mütter. Auch während Pono neben Duke in Kalaupapa schlief, wurde ihre kleine Edita in den Armen eines weinenden Mannes gewiegt, der ihr Lieder aus seiner Heimat sang.
1934, einen Monat nach der Geburt ihrer dritten Tochter, Emma genannt nach Dukes Mutter und Ponos Großmutter, klopfte eines Tages ein gutgekleideter Mann, ein Halbblut, an Ponos Tür. Argwöhnisch zog Pono ihre Kinder an sich und beschloß, nur Pidgin zu sprechen, eine Sprache, hinter der sie ihre wahre Identität verbergen konnte. Der Mann war ein Abgesandter der Behörde des Gouverneurs. Er kam, um Pono zum Iolani-Palast vorzuladen.
»Was hab' ich gemacht, häh?« fragte sie. »Was hab' ich verbrochen?« Die Situation war nicht ungefährlich. Zwei Filipino-Flüchtlinge hatten sich gerade noch in Ponos Schrank verstecken können. Der Mann lachte. »Nichts, im Gegenteil. Wir möchten dich um einen großen Gefallen bitten. Um etwas, das den Gouverneur erfreut und den Hawaiianern zur Ehre gereicht.«

Er erzählte ihr, daß Franklin Delano Roosevelt, der Präsident der Vereinigten Staaten, Hawai'i einen Besuch abstattete. Das bedeutete Pono nicht viel. Hätte es sich um Kaiser Hirohito von Japan, das Oberhaupt von China oder das der Philippinen gehandelt, jedenfalls von Menschen, mit denen sie zusammengelebt hatte, sie wäre beeindruckt gewesen.

»Roosevelt möchte echten Hawaiianern begegnen«, sagte der Mann. »Er will Hulatänze sehen, *kalua* essen, mit Schlagnetzen fischen. Sein Adjutant hat von dir als *kahuna* gehört, und irgend jemandes Köchin erinnerte sich, daß du auf Straßenfesten Träume erzählst. Wir möchten gerne, daß du das auch für Mr. Roosevelt tust!« Er lachte unbehaglich. »Oder nur so tust, als ob.«

Der Mann verschwieg, daß sie Roosevelt auch ein erstklassiges Exemplar von den majestätischen »Eingeborenen« der Insel vorführen wollten, ein stattliches Überbleibsel des Volkes, das die Hawaiianer einst gewesen waren. Abgesehen von dem Gewinner der olympischen Goldmedaille im Schwimmen, Duke Kahanamoku, der nun bald fünfundvierzig wurde, gab es immer weniger reine Beispiele dieser einstmals großen, nun rapide schwindenden Rasse.

Zögernd machte sich Pono an dem festgesetzten Tag auf den Weg zum Iolani-Palast. Dort salbten Frauen ihre Haut mit Aloe, Kokos und Jasmin, daß sie schimmerte, sie bürsteten ihr Haar, bis es ihr glänzend wie glatte Lava den Rücken hinabwallte, zogen ihr schließlich ein weißes *koloku* mit wogenden *Maile*-Blättern an. Sie war ein ehrfurchtgebietender Anblick. Als Pono auf dem Empfang des Gouverneurs vor Präsident Roosevelt stand, erstarb im Hintergrund jede Bewegung. Diplomaten, Inseladlige, sogar der Gouverneur von Hawai'i starrten sie an. Ponos Größe, ihre stille Würde und ihre Schönheit erinnerten daran, wie die Polynesier einst gewesen waren: ein furchtloses Volk der Südsee.

Pono verbeugte sich, schüttelte bedachtsam Hände, betrachtete Roosevelts ansehnliches und doch müdes Gesicht, seine geschienten Beine, setzte sich dann zu seinen Füßen, schloß die Augen und begann zu träumen. Die Leute im Thronsaal lächelten amüsiert, doch Roosevelt beugte sich vor und bewunderte die träumende Schönheit. Auf einmal stöhnte Pono, wiegte sich vor und zurück, schlug um sich, hieb sich mit den Fäusten auf die Brust und weinte.

Aufgeschreckte Sicherheitsbeamte umringten Roosevelt, doch er stieß sie fort, neugierig, ahnungsvoll. Pono wiegte sich lange Zeit, Schweiß rann ihr die Arme hinab. Schließlich erwachte sie, erhob sich langsam, blickte ihm ins Gesicht, konnte aber nicht sagen, was sie gesehen hatte.

Dennoch glaubte sie beweisen zu müssen, daß sie *kahuna* war. Sie hob den Kopf und rief mit klarer Stimme:

»Sie werden vier Amtsperioden am Kamin plaudern!«

Roosevelt lachte schallend, denn US-Präsidenten wurden höchstens zweimal gewählt. Pono verstummte, und nach einer Weile schüttelte sie ihm die Hand und ging. Als Roosevelt Jahre später einen historischen Präzedenzfall schuf und als der einzige Präsident in der Geschichte der USA für eine dritte, dann eine vierte Amtsperiode gewählt wurde, erinnerte er sich an sie. Und er fragte sich, was die hawaiische Schönheit sonst noch geträumt und was sie ihm vorenthalten hatte.

»Explodierende Schiffe, Männer wie lebende Fackeln«, erzählte Pono Duke. »Ich habe es gerochen. Ich habe Verwüstung geschmeckt.«

Sie fragte sich, wie das wohl ihr und Dukes Leben berühren würde. Sie dachte an die vergehenden Jahre, an das Hin und Her ihrer Fahrten von Honolulu nach Moloka'i und zurück und daran, daß sie nur für dieses Hin und Her lebte und alles andere, ihr eigenes Leben, ein verschwommener Fleck war. Würde die Verwüstung, die sie in jener Vision gesehen hatte, wirklich kommen? Oder war es bloß ein hohler Traum, der ihrem müden Hirn entsprungen war?

Duke meinte, ihre Vision sei eine Warnung vor einer kommenden Katastrophe, einem Vulkanausbruch, einem Erdbeben. »Wir haben dem Land zuviel genommen. Das Land holt es sich immer zurück. Ich wünschte, du würdest unsere Töchter nach Hause bringen, wohin sie gehören. Dort wären sie sicherer.«

Ihre Töchter. Sie dachte nicht viel an sie, verwechselte sie mitunter, vergaß gar ihre Namen. Oft tätschelte sie geistesabwesend im Vorbeigehen einen Kopf, so wie man einen Hund tätschelt, den man nicht zu füttern vergessen darf. Wenn der Tag kam, an dem der Inseldampfer nach Kalaupapa abging, ließ sie die Mädchen bei Nachbarn, Fremden, irgendwem, legte sie ab wie Opfer, dargebracht jener Welt, die sie von ihrer Spur ablenkte, während sie doch nur für diesen Mann lebte, für diese einzige Besessenheit.

Wann ist Liebe zuviel? fragte sie sich. *Wann ist sie nicht genug?* Wenn sie die Saat um des Vaters willen vernachlässigte, war das Vernachlässigung? Wenn sie einen Teil des Lebens ihrer Töchter opferte, um das seine zu bereichern, war das ein Opfer?

Manchmal, wenn sie sah, wie sich neue Geschwüre an seinem Körper bildeten, wie eine Klauenhand sich fester krümmte, die Haut seines hübschen Gesichts sich verdickte, war Pono dem Verzweifeln nah, denn in ihr kam die Furcht auf, die Krankheit würde eines Tages sein Gehirn auffressen, was tatsächlich manchmal passierte. Ringsum sah sie nur noch Gespenster von Menschen, stumme, nur mehr dahinvegetierende Wesen. Duke so zu sehen würde schlimmer sein, als ihn tot zu sehen. Sein Zauber, seine Eleganz, sein Stolz, die Würde, die er ihr schenkte, das alles wäre für sie verloren. Es würde niemand dasein, dem sie lauschen konnte, der dafür sorgte, daß sie wieder sie selbst war. Nein, dann würde sie nichts sein. Von solchen Gedanken gepeinigt, rannte sie manchmal nachts ans Meer, wollte fühlen, wie ihre Hautstruktur sich verwandelte, fühlen, wie ihre Hände und Beine sich in Schuppensäcke zurückzogen, wie eine Flosse ihren Rücken durchbrach, wie ihr Körper in die Tiefe schnellte. Und dann nichts mehr fühlen, nur Schnelligkeit.

Duke spürte Ponos wachsende Angst, stellte sich ihren Kampf in der Welt ohne ihn vor. Als sie ihm erzählte, daß sie ein viertes Kind erwarte, traf Duke Vorkehrungen. Eines Tages hieß er sie sich setzen, ließ sie vor einem Zeugen, einem Rechtsanwalt, Dokumente unterzeichnen. Sie hielt den Atem an, ihre Haut begann zu glühen, denn sie glaubte, sie würden getraut. Unter den Augen des Mannes führte Duke ihr langsam die Hand und ließ sie ein einziges Wort schreiben. P-O-N-O. Sie blickte verständnislos, als der Anwalt ihr sagte, daß Dukes Haus, die Plantage sowie dreihundert Morgen Land seiner Vorfahren jetzt auf ihren Namen eingetragen seien. Er sammelte die Papiere ein und ging.

»Es gehört alles dir«, sagte Duke. »Ich habe dir das Land geschenkt, damit es euch beschützt, euch Sicherheit ...«

»Aber wieso kannst du mich nicht heiraten, kannst unseren Kindern nicht deinen Namen geben?«

Wie oft hatten sie dieses Gespräch schon geführt. »Geliebte, ich kann dich niemals heiraten. Das Stigma. Im ganzen Kona-Bezirk verbinden die Leute die Familie Kealoha mit *ma'i Pake.* Unsere Töchter würden geächtet sein.«

»Dir ist lieber, daß sie unehelich bleiben!«

»Mir ist es lieber zu denken, daß du eines Tages einen anständigen Ehemann findest, der ihnen einen gesunden, ordentlichen Namen gibt. Ich werde nie von hier fortgehen, verstehst du das nicht? Auch wenn sie ein Heilmittel finden, werde ich bis dahin schon längst zu grauenhaft anzusehen sein. Das Land wird dir Würde geben. Bitte, geh nach Hause! Tang Pin wartet.«

Sie warf sich verzweifelt gegen eine Mauer. »Ich werde dieses Kind töten. Sie alle werde ich vernichten!«

»Dann wirst du mich vernichten.«

Doch Pono konnte Duke nicht bekämpfen, konnte ihm keinen Widerstand leisten. Sie gehorchte ihm wie ein Kind. Während das nächste Kleine in ihrem Leib wuchs, nahm sie den Dampfer von Honolulu zur Großen Insel und stand bald darauf mit Holo auf ihrem Land, das den Bezirk Kona und das Meer überblickte. Doch sie war voller Unruhe, rechnete jeden Moment damit, daß Fremde sie angriffen, eine steinigende Menge. Tang Pin kam von der Veranda des großen Hauses gelaufen, das längst dem Zerfall preisgegeben war.

»Oh, Missus, Sie müssen keine Bange haben! Die Leute vergessen bald *ma'i Pake.* Man sagt, sie finden bald ein Heilmittel.« Er hob Holo in seine Arme. »Groß für sechs Jahre! Kann mit meinem Sohn spielen. Ist zehn Jahre und sehr schlau, nicht verrückt wie seine Mutter.« Er sah den Schrecken in Ponos Augen. »Keine Bange! Verrückte Frau tot, hab' neue Braut!«

»Es sind noch zwei Kinder gekommen«, erwiderte Pono und zeigte auf ihren Bauch. »Und das nächste ist unterwegs. Ich werde die anderen nach und nach bringen.« Sie kniete sich hin, sprach leise zu Holo. »Wirst du artig sein? Weißt du noch, wer Tang Pin ist?«

Holo nickte ernst. Sie hatte sechs Jahre mit dieser Frau überlebt. Ihre Mutter hatte sie nicht getötet, wie sie einst befürchtet hatte, da schien ihr das Weggeben billig. Und Tang Pin wirkte vertraut. Jahrelang hatte Pono ihr gesagt, dieser Mann werde ihr Liebe geben, *'ohana*, und er würde ihr ihre Geschichte erzählen. Pono beobachtete ihre kleine Tochter, wie sie beherzt auf Tang Pins Sohn zuging. Der Junge reichte ihr ein Geschenk, eine chinesische Porzellanpuppe, doch Holo starrte den kleinen, glasäugigen Leichnam nur entsetzt an. Sie fühlte sich abgestoßen, verspürte den Wunsch, ihn zu verstümmeln, und so warf sie ihn, ohne zu zögern, auf die Erde, zerschlug ihm den Kopf zu Scherben. Dann sah sie ihre Mutter beifallheischend an. Pono atmete schwer. Tang Pins Sohn lief erschrocken davon, doch bald schon hatte Holo seine Freundschaft gewonnen, ging mit ihm Mungos suchen, eine Palme zum Erklimmen, Kokosnüsse zum Aufschlagen.

Das alte Haus schien sich regelrecht aufzulösen. Es fehlte nicht viel, und es würde sich mit rankendem Laub und der Erde vereinen. Äste und Kletterpflanzen wuchsen bereits durch die Fenster, Tiere durchstreiften die Flure. Das Lepraschild war verschwunden, doch Tang Pin glaubte, daß es im Haus spukte; jede Nacht, so schilderte er, steige ein stöhnendes Etwas die Treppe hinauf, langsam, wie erschöpft, und schliefe im Bett des Herrn.

»Jeden Tag mach' ich das Bett, jeden Tag, ja«, flüsterte er. »Am nächsten Morgen is' alles wieder durcheinander. Und die Spiegel sind beschlagen, wie von Atem.«

In Dukes Arbeitszimmer zeigten Photoalben Generationen der Familie Kealoha, doch ihre Gesichter waren kaum mehr zu erkennen. Termiten hatten ganze Ahnenreihen aufgefressen, der Schimmel von Jahren hatte die Wände überzogen, so daß es aussah, als stünden die Zimmer unter Wasser; balzende Pfauen hüpften auf schiefen Fußböden, flogen durch scheibenlose Fenster, schluchzten des Nachts in den Bäumen wie trauernde Frauen. Und auf dem Rasen draußen Scharen von häßlichen, nistenden Vögeln, von quakenden Fröschen und sich im Schlamm suhlenden Schweinen, dahinter Morgen über Morgen verwilderte Kaffeebäume. Weiter drüben auf der Insel bebte die Erde: Pele, die in ihrer Tiefe grollte. Über der ganzen Großen Insel hing der Geruch nach vulkanischem Schwefel.

Und doch, wie sehr wünschte sich Pono, hier zu leben, mit ihm hier zu leben! Sie wollte dieses Land retten. Es für ihn wiederherstellen. Nahrung gab es reichlich, genug für sie alle. Mangos, *pomelo*,

Avocado, Papaya, Karambole, Granatäpfel. Ein kleiner Gemüsegarten. Und Tang Pin fing Thunfische, Schwertfische und Bonitos im Meer.

»Zieh wieder ins Haus«, sagte sie zu ihm, bevor sie nach Honolulu zurückkehrte. »Kehre jeden Tag ein Zimmer. Erst putzen, dann bohnern. Wir werden es von innen nach außen wieder aufbauen.«

Das letzte Kind brauchte so lange bei der Geburt, daß Pono bereits dachte, es würde ein Junge. Als aber die Hebamme ihr sagte, daß es wieder ein Mädchen war, stieß sie es heftig fort. Die alte Frau nannte es Mina, Kummer, wickelte es, brachte es und die anderen Mädchen zu sich nach Hause, in der Hoffnung, Pono würde wieder zu Sinnen kommen und es doch noch annehmen. Die Frau fragte sich, wo der Vater sei, vielleicht hatten die Mädchen ja alle verschiedene Väter. Sie fragte sich auch, wo wohl die älteste Tochter sei; vielleicht hatte Pono sie ja verkauft. Aber die alte Hawaiianerin fürchtete sich zu fragen, fürchtete, Pono würde sie zu Tode blicken.

Als Pono und ihre drei Töchter dann im Herbst die Dampferfahrt zur Großen Insel hinter sich gebracht hatten und an Land gingen, stand Pono am Kai, groß, vornehm, in einem maßgeschneiderten, breitschultrigen Leinenkleid und schmucken, hochhackigen Schuhen; ein breitkrempiger Hut bedeckte das Haar, das zu einem strengen Knoten zusammengefaßt war. Die Leute starrten sie an, weil sie so anmutig war, obwohl doch ihre wilde Schönheit in solch nüchterne Kleidung gezwängt war. Ihre gutgekleidete Nachkommenschaft schmiegte sich scheu an ihre Beine, als Tang Pin winkend in dem alten, verrosteten Buick vorgefahren kam. Holo sprang aus dem Wagen und lief zu ihrer Mutter, die noch immer von der Menschenmenge im Hafen bewundert wurde. Dann plötzlich erkannte jemand diese Ankömmlinge. Pono spürte, wie Augen ihre Nachkommenschaft begutachteten, hörte eine Stimme, laut, unvergeßlich.

»... kamali'i o ma'i Pake.« Leprakinder.

Vielleicht hatte sie sie nie so geliebt wie in diesem Augenblick, würde sie nie wieder so leidenschaftlich lieben. Sie drückte Edita und Emma an ihre Beine, preßte Mina an ihre Brust, hielt Holo die Ohren zu, und so trotzte sie der Welt, bis diese wieder fortsah. Sie und ihre Töchter kehrten mit dem nächsten Schiff nach Honolulu zurück. Tang Pin stand weinend und verwirrt am Kai.

Vier heranwachsende Mädchen. Zwei stickige Zimmer in Chinatown. Die ganze Nacht das Rattern der Maschine, auf der sie *cheongsam* für Prostituierte nähte. Pono dachte, sie würde verrückt. Sie trocknete Kräuter, Rinde und Wurzeln, verkaufte sie als Heilmittel, zudem Sud von Tausendfüßlern gegen Warzen, von Schildkröten gegen Vergiftungen. Sie erzählte auch immer noch Träume, aber das Geld floß spärlich. Überall war die Depression spürbar. In Chinatown wimmelte es jetzt von *Haole*-Matrosen, die Pono anstarrten, wenn sie vorüberging. Ihre Mädchen brauchten Milch und Fleisch, und manchmal fragte Pono sich, ob sie es nicht auch tun könnte: einen *cheongsam* anziehen, alle Gedanken ausschalten und *es* tun. Oft saß sie im Dunkeln da, streichelte ihren Wirbelsäulenstock. Der Gedanke daran, was diese Männer von ihr wollten, was sie sich vor langer Zeit schon genommen hatten, ließ ihre Augen rot leuchten, ließ ihre Zähne zu spitzen Hauern werden, die einen *cheongsam* in Fetzen rissen. Später weinte sie, versuchte die Stücke zusammenzunähen, rang um ihre Fassung.
Eines Tages kam eine Gruppe Filipinos zu ihr, alles Männer, die sie versteckt und gespeist und getröstet hatte in Nächten von so erniedrigender Einsamkeit, daß sie geweint hatten.
Sie reichten ihr einen Umschlag. »Deine Gewinne aus den Hahnenkämpfen.«
Pono hatte nie gewettet, doch sie schoben ihr den Umschlag hin. »Such dir 'nen besseren Platz zum Leben. Damit die Mädchen nicht auf Straße groß werden. Wir kommen sie bald besuchen.«
Sie dachte an die Zeit zurück, als sie fortgelaufen war von der Aufnahmestation in Kalihi, am Stadtrand von Honolulu. Es war ein schönes Viertel gewesen, mit bescheidenen Häuschen, winzigen Gärtchen, blühenden Orchideen in Töpfen. Dorthin würde sie ziehen.
»Keine Matrosen, keine Prostituierten«, erzählte sie Duke. »Und eine katholische Schule in der Nähe.«
Sie mietete ein kleines Haus in Kalihi mit einem Stückchen Garten für die Mädchen. Hier gab es Nachbarn, denen sie trauen konnte.

Sie kaufte den Mädchen Lederschuhe, weiße Söckchen, gute Baumwollunterwäsche und Uniformen für die katholische Schule. Und eines Tages wappnete sie sich und ging auf der King Street nach Iwilei zur Dole-Konservenfabrik. Der süßliche Ananasgeruch in der Luft nahm ihr den Atem, und mit ihm kamen die Erinnerungen zurück an ihr erstes Jahr in Honolulu, in ebendieser Fabrik.
Das Leben läuft rückwärts. Was habe ich falsch gemacht?
Bewaffnet mit einer Lunchdose, Gummihandschuhen und einem Haarnetz aus Draht, reihte sie sich ein in die Wogen von Frauen, die durch Eisentore in die Fabrik strömten, eine mechanische Landschaft, in der bewaffnete Wachen postiert waren. Abgehärmte Frauen kamen ihr von ihrer Zwölfstundenschicht an lärmenden Maschinen entgegen. Pono holte ein letztes Mal Atem, dann wurde sie in den Moloch hineingesaugt.
Der gleiche Spindraum, die gleiche Nummernplakette, an ihre Bluse gesteckt. Übers Haarnetz die weiße Haube, über gepuderte Hände die viel zu engen Gummihandschuhe, und dann durch die Pforte der Hölle, so nannten sie es, in eine riesige Halle mit kreischenden Maschinen. Sie wurde hoch oben auf einer Plattform eingesetzt, wo sie reife Ananas, die mit Zügen herangeschafft wurden, in eine Maschine schob, die sie von der Schale und dem holzigen Inneren befreite, Hunderte pro Minute, und glatte Zylinder aus gelbem Fruchtfleisch übrigließ, fertig zum Kleinschneiden.
Als ihr fast der Rücken brach vom anstrengenden Vorbeugen, wenn sie die Maschine mit Ananas fütterte, versetzte man Pono nach unten in das Getöse von Metallzähnen, die Förderbänder bewegten, ein Band mit den nächsten verbindend, so daß die Ananas hintereinander durch die weite Riesenfabrik bewegt wurden. Wenn die nackten Fruchtfleischzylinder vorüberrüttelten, griff sie sich einen, drehte ihn in der Hand und schnippelte mit einem scharfen Messer die »Augen« heraus, schnitt Schalenreste ab, legte ihn schließlich wieder auf das Förderband und schnappte sich den nächsten. Stunde um Stunde, Tag für Tag drehte sie und schnippelte, drehte und schnippelte, bis ihre Hände taub waren und ihre Arme einen juckenden Ausschlag bekamen von dem tropfenden Ananassaft.
Eines Tages brachte eine Vorarbeiterin mit einem dunklen Flaum

auf der Oberlippe Pono von den Schälmaschinen zu den Schneidemaschinen. Hier wurden die Früchte, die aus den Maschinen kamen, nach Qualität sortiert; während die makellosen ganz in kleine Dosen gepackt wurden, sortierten Frauen weiter hinten in der Reihe Früchte von minderer Qualität für größere Dosen aus und schnitten sie in Scheiben. Gebrochene Scheiben kamen in Dosen mit Stücken, und stark beschädigte Stücke wurden zu Saft gepreßt. Wenn die Früchte aus der Maschine kamen, klebten sie meist zusammen, aber die Vibration des Förderbandes rüttelte sie frei, so daß Pono, die gleich am Anfang des Bandes stand, die süßesten und gelbsten heraussuchen konnte. Nach ein paar Tagen rückte sie näher an die Schneidemaschine, wo sie die Ananas direkt dort auffing, wo sie aus der Öffnung der Maschine schossen. Ungeduldig langte sie weiter und weiter hinein in das metallene Maul.

Eines Tages schlug ihr die gewaltige Vorarbeiterin auf die Hand. »Bist du *pupule,* du? Willst du Hand loswerden, du?«

Nacht für Nacht träumte sie von Haifischflossensuppe und war verwirrt, niedergeschlagen, wenn sie aufwachte. Eines Tages, als sie in die Öffnung der Schneidemaschine griff, fühlte sie, wie etwas ihr tief in die Hand fuhr. Sie zog sie zurück, sah auf ihren Handschuh. Ein Loch, eine klaffende Öffnung. Dann schäumte Blut auf wie eine Blume. Frauen rannten an das Förderband, wiesen schreiend auf etwas, das auf blutigen Ananasfrüchten weiterfuhr. Von der Abteilung, wo die Scheiben aussortiert wurden, bis zu der Stückchen- und der Stampfabteilung hallten Schreie wider. Pono stand wie betäubt da, gelähmt vom Schock, sah die hilflosen, flitzenden Bewegungen der hysterischen Frauen, bis eine Vorarbeiterin zu ihr lief und ihren säuberlich am zweiten Glied angetrennten Finger in die Höhe hielt wie eine Trophäe.

Der Krankenwagen. Langsamer, sinnlicher Morphiumtanz. Drei Monate Arbeitsunfallvergütung. Im Gedenken an ihre Träume aß Pono jeden Abend Haifischflossensuppe, die Fischknorpel stärkten ihre Knochen und Gelenke und heilten sie, heilten; sie bildete sich sogar ein, daß der kleine Finger nachwuchs. Die Stiche glätteten sich, und abgesehen von dem fehlenden Finger wurde ihre Hand wieder vollkommen gebrauchsfähig, alle Finger waren so gelenkig wie zuvor.

In den drei Genesungsmonaten lief alles um sie herum langsamer, und sie hatte Zeit, sich umzusehen. Die Nachbarn nebenan, ein Chinese mit seiner Filipina-Frau, waren *Lei*-Binder; ihr Garten strotzte nur so von Ingwer, Jasmin und Nelken, denn sie belieferten die Blumenverkäufer, die vor den eleganten Hotels von Waikiki hockten und ihre Ware feilboten.

Frühmorgens nahm die Frau die zwei jüngsten Mädchen zu sich, damit Pono sich in Ruhe um Holo und Edita kümmern und sie zur Schule schicken konnte. Leise singend leistete die Frau dann ihrem Mann beim *Lei*-Binden Gesellschaft; Ponos Baby schlief derweil auf ihrem Schoß, während Emma im Gras umhersauste und tautriefende Blumen pflückte. Pono beobachtete oft die Eheleute, die einander mit kleinen Handgriffen halfen und endlose Gespräche führten. Sie sah, wie das Leben sein konnte, wie ein Mensch den anderen berührte, jeden Tag, wie ein Paar sich gegenseitig vervollkommnete und einander Größe schenkte. Sie sah, daß die beiden sich in ihrem Gärtchen eine Oase geschaffen hatten, in der es ihnen gelang, das große Wagnis der Welt von sich fernzuhalten. Und Pono neidete ihnen ihr schmuckes, geregeltes Leben, ja sie wünschte, sie wären tot.

Ponos eigenes Leben war strapaziös. Vier heranwachsende Mädchen, unbezahlte Rechnungen, schlaflose Nächte; und das einzige, was ihr wirklich wichtig war, verbarg sich im Schatten. Manchmal sehnte sie sich nachts so sehr nach Duke, daß sie über und über wund aufwachte und ihr Körper schmerzte. Am nächsten Tag schimpfte sie dann oft die Mädchen, schlug sie oder ignorierte sie, ließ die drei ältesten schweigend essen, während sie voll Verachtung das Baby fütterte. *Vaterlose kleine Dinger, die sich fragen, wer er ist. Wo er ist.* Als die Kleinen schließlich ihren Mut zusammennahmen und ihr tatsächlich diese Fragen stellten, sagte sie ihnen, ihr Vater arbeite in den Goldminen von Alaska.

»Wann kommt er nach Hause, Mama?«

Bald.

Und doch hielten sie ihr Leben zusammen. Jedes Kind war wie ein starker Faden in einem getragenen Sarong. Ohne jedes einzelne von ihnen würde Pono sich auflösen.

Filipino-»Onkels« kamen zu Besuch, brachten den Kindern Geldgeschenke, Süßigkeiten und Märchenbücher, und alles, worum sie baten, war ein bißchen »Kinderhütezeit«. Die Nachbarn tratschten, vermuteten, sie seien die Väter ihrer Töchter. Pono begann, ihnen ihre Besuche auszureden, wies ihre Geschenke zurück, obwohl zwei Mädchen unterdessen die katholische Privatschule besuchten und Pono das Geld dringend benötigte. Vier Monate nach dem Tag, an dem sie ihren Finger verloren hatte, ging sie schließlich dann doch wieder hinein in den fürchterlichen Gestank, in die Welt der kreischenden Maschinen. Ihre alten Freundinnen umarmten sie, jubelten, als sie ihren Platz in der »Krieger-Reihe« einnahm, wo diejenigen mit verstümmelten Händen die Früchte sogar noch schneller drehten und schnitten als alle anderen, weil sie weniger störende Finger hatten. Manchmal, wenn Pono morgens um vier Uhr aufstand und den langen Zwölfstundentag vor sich sah, fragte sie sich, *wie lange kann ich das noch ertragen?* Sie sollte es zehn Jahre ertragen.

Es gab Augenblicke, Offenbarungen. Tage, an denen die Mädchen noch im Garten ihre Uniformen und die Lederschuhe auszogen, sich in Blumenhaufen wälzten, ihr dann, wenn sie mit schleppendem Schritt von der Fabrik nach Hause kam, entgegenliefen, noch roten Jasmin in den Haaren, der so süß roch, daß sie Kopfweh davon bekam. Doch wenn sie sie zusammen sah, kleine herumtollende barfüßige *kanaka* wie blütenübersäte Blumen, taumelte Pono unter dem Reichtum an Schönheit, den sie fast übersehen hatte, den Reichtum, den sie und Duke zustande gebracht hatten. Und an solchen Tagen war ihre Welt größer.

Manchmal liefen die Mädchen nachts in ihren weißen Schlafsarongs hinaus und tanzten unter den Sternen wie kleine Glühwürmchen. In anderen Nächten weinten sie, die Köpfe in den Kissen, damit sie es nicht hörte; Holo vermißte Tang Pin, den einzigen Vater, den sie kannte, Edita weinte um ihre »Onkels«, vermißte ihre Umarmung, den Geruch ihrer Pomade und ihres Tabaks. Emma, scheu und blaß, starrte nur vor sich hin, ihr Gesicht schon früh gealtert.

In all ihrer habsüchtigen Liebe spionierten und klatschten die kinderlosen Nachbarn, die *Lei*-Binder. »Arme, kleine namenlose Würmchen. Ich glaub', die dritte, die Emma, die wird mal 'ne

Schlimme. Sieht hinterlistig aus, guckt so verstohlen aus der Wäsche.«
»Nein. Edita, die zweite, die ist schlimmer. Flirtet zuviel.«
»Wo die Mutter bloß hingeht, wenn sie tagelang verschwindet?«
»Verdient sich vielleicht 'n Zubrot mit Matrosen. Is' 'ne Hübsche, aber von der zähen Sorte. Richtig zäh.«
Manchmal war Pono so erschöpft, daß sie sich auf dem Schiff nach Kalaupapa an die Reling lehnte und einschlief, so daß sie fast ins Meer fiel. Duke trug sie dann in seine kleine Hütte, wo sie in seinen Armen schlief und schlief. Nach zehn oder vierzehn Stunden wachte sie schließlich weinend auf, schon ausgelaugt mit ihren sechsundzwanzig Jahren. Wenn sie dann wieder ruhig geworden war, schlenderten die beiden zum Strand, legten sich auf die Felsen und beobachteten den Sonnenuntergang inmitten flirrender Insektenschwärme.
»Das ist alles, was ich mir wünsche«, sagte Pono. »Es scheint mir so wenig verlangt vom Leben.«
Sie liebten sich seit über zehn Jahren, und jetzt, in diesem Jahrzehnt ihrer Mühsal, diesen strapaziösen Mutterjahren, sah Duke, wie wunderbar diese Frau war, wie edel. Er kannte seine Töchter nur von Schnappschüssen, doch er vermutete, daß er selbst sie mehr liebte, als Pono es tat. Sie war keine mütterliche Natur, ihre Sinne schienen vielmehr auf etwas Ferneres gerichtet. Doch sie ertrug es, opferte Jugend, Schönheit, sogar Teile ihres Körpers, um seine Saat zu ernähren, zu beschützen, zu erziehen. Dukes Liebe zu ihr belebte, vertiefte sich. Und sie schwiegen, und es gab nichts mehr zu sagen.
Ihre Töchter bewegten sich vorsichtig durch diese wirren Jahre, denn sie wurden sich Ponos Zerrissenheit, ihrer dunklen Geheimnisse zunehmend bewußt – wohin ging sie jeden Monat? Da ihre Töchter sie fürchteten und dennoch liebten, war eine Geste von ihr manchmal genug. Der Anflug eines Lächelns, ein Nicken. Doch sobald sie ihr zu nahe kamen, wandte sie sich ab, und wenn sie zu laut, zu fröhlich lachten, wies sie sie in ihre Schranken. Mit einem Blick.
Holo wurde zehn, ein stilles Mädchen, das stets in sein Tagebuch kritzelte. Eines Tages fragte sie: »Mama, ist Tang Pin mein Vater?«
»Nein, Dummchen. Er ist Chinese.«

»Dann ist Tang Junior nicht mein Bruder?«
»Nein.«
Darauf kritzelte sie weiter an ihren Geheimnissen. Edita, fast acht, hatte ihre Zuneigung den chinesisch-philippinischen Nachbarn geschenkt, die ihr »Onkel«-Lieder sangen, während sie *lei* banden. Die siebenjährige Emma tat einfach das, war ihre Schwestern taten. Und Mina hatte anscheinend keine Persönlichkeit, nur ein Verlangen nach Liebe, nach jemandem, der sie in den Arm nahm.
Manchmal hörte Holo Pono im Schlaf stöhnen, als kämpfe sie mit etwas Gräßlichem. Sie saß dann hilflos vor Ponos Bett, hätte ihre Mutter gerne geweckt, sie getröstet. Das jedoch wäre sträflich gewesen. Eines Nachts jedoch setzte sich Pono schweißüberströmt auf und erblickte ihre Tochter.
»Holo? Was tust du hier? Komm her.« Sie drückte sie an sich, betrachtete ihr Gesicht im Dunkeln. »Etwas Furchtbares kommt. Ich sehe es im Schlaf.« Sie zeigte ihr das Geld, das sie in einer Lackschachtel verwahrte. »Wenn mir etwas zustößt, bring die Mädchen zu Tang Pin auf die Große Insel. Er wird für euch sorgen.«
»Mama! Was siehst du?«
»Einen alten Traum. Ich sah ihn, als Präsident Roosevelt nach Honolulu kam.«
Explodierende Schiffe, Männer wie lebende Fackeln. Sprudelndes Öl in Fluten.

An diesem Sonntag wachte sie bei Tagesanbruch auf, den Geruch von brennendem Fleisch in der Nase. Sie hüllte die noch schlafenden Mädchen in Decken, stahl das Auto eines Nachbarn und fuhr wie eine Wahnsinnige hinaus aus Kalihi, fort vom Hafen von Pearl River. Der roten Lehmstraße folgend, fand sie den Weg zu einer verlassenen Bucht, und kurz vor acht Uhr stieß sie ihre Töchter ins Meer.
»Schwimmt!«
Sie wußte nicht, wohin sie schwimmen sollten. Sie wußte nur, sie mußten fort vom Land. Minuten später sah sie die Flugzeuge in Formation nahen.
»Taucht!«
Wie kleine Seehunde tauchten sie, folgten ihrer Mutter unter Was-

ser. Nur zum Luftholen an die Wasseroberfläche zurückkehrend, führte Pono sie hinaus zu dem Riff, wo es tief und gefährlich war, denn sie wußte, daß jenseits des Riffs ihre *'aumakua* schliefen, und wenn sie schon sterben sollten, dann sollte es in den Gefilden der Ahnen geschehen. Wieder tauchten sie, diesmal so tief, daß sie sahen, wie der Meeresboden sich, gleich einem Teppich, unter ihnen ausbreitete. Das Riff zitterte wie ein Gebäude, das einzustürzen droht. Pono schob die Mädchen hinauf, damit sie Luft holten, ließ sie in großen Zügen einatmen, dann zog sie sie wieder hinab.

Tief tief wo das Leben durch Reflexe pulsiert breitete sie die Finger aus und sie faßten sich an den Händen trieben in einem Kreis die Augen zugekniffen wie Embryos träumerisch erkannten sie einander in einem Riesenleib und in dieser Schwebezeit einer zeitlosen Zeit wurde keines von ihnen verletzt keines nahm Schaden oder war verängstigt oder allein sie waren nur Zellen verbunden durch einen Lichtstrahl durch Berührung Pono hielt Minas Hand und Mina hielt Emmas und Emma griff Editas und sie griff Holos und alle vermischten sich wie Farbelemente Elemente die irgendwo im Raster der Zeit vergehen und fortgespült würden und in diesem Augenblick in diesem Mutterleib weichte das Fleisch wurde wäßrig und runzlig so daß sie weise aussahen sie hörten das Knacken des Riffs Milliarden von Zellen bildeten mikroskopische Kulturen in seinen Zweigen Kulturen die zugrunde gehen und mit der Zeit wieder aufgebaut würden und wieder vergehen und jede von ihnen sogar Mina die jüngste schien verständig zu lächeln weil sie begriff daß die Dinge sind wie sie sind daß die Dinge nicht anders sein können daß sie diesen Frieden niemals wieder finden würden nicht eine von ihnen daß sie nie wieder so geborgen sein würden.

Der Ozean hob und senkte sich, Schutt regnete herab. Etwas Menschliches streifte ihre Haut. Sie horchten. Meilenweit entfernt schrien Männer in Wassergräbern. Zuerst waren die Geräusche fern, dann spülte der Ozean sie nahe heran, und es war furchtbar. Erschrocken rückten die Mädchen dichter zusammen. Nach Luft ringend, zog Pono sie an die Oberfläche, tauchte wieder unter. Und lauschte. Schreie, verschlossen in gesunkenen Schiffen, sollten Tage und Wochen anhalten, Schreie, die langsam verblaßten zu einem Wimmern, zu nichts.

Als sie an die Oberfläche kam, sah sie, weit hinten an der Küste, das Inferno von Pearl Harbor, riesige Blitze, verheerende Feuerkugeln, die hundert Meter hoch schossen, Rauchpilze, die himmelwärts pufften. Der ganze Ozean schien in Flammen zu stehen, es sah aus, als würden schwarze Vorhänge langsam vor den explodierenden Himmel gezogen. Das Wasser um die Schultern ihrer Töchter spuckte und spritzte, und als sie hochblickte, sah Pono zwei Flugzeuge, die, in einen tödlichen Nahkampf verwickelt, im Zickzack flogen. Eines vollführte einen Salto und raste am Riff vorbei. Verwirrt, entsetzt zog Pono die Mädchen aus dem Wasser und hielt direkt auf das herankommende Flugzeug zu. Es ging vor ihnen im Sturzflug nieder, seine Tragflächen tauchten ein, die aufgehende Sonne glänzte rot auf seinem Rumpf. Der Pilot kam so nahe, daß Pono ihn lächeln sah. Er winkte sogar.

Sie scharte die Mädchen um sich, schob sie über den Strand in dichtes Gebüsch. Während sie vor Angst schnieften und schrien und am liebsten in ihren Brustkorb hineingekrochen wären, drückte sie sie an sich, alle miteinander, beschützte sie mit ihrem Leib und ihren Armen. Dann schloß sie die Augen. Und sah.

Eine Mutter, die ihre Pflanzen gießt, sieht hoch, sieht feuerspeiende Flugzeuge und stirbt, Blut besprenkelt ihre Orchideen. Eine Familie in einem Auto, im Nu verbrannt. Ein Kind, das in den Armen seiner Mutter explodiert. Brennende Häuser, Menschen, die in den Tod springen. Verkohlte Leichen in einer Tofu-Fabrik. Ein Nudelsuppenstand fliegt in die Luft, Nudeln regnen herab, zusammen mit den Gliedmaßen von sieben Schülern im Sportdreß. Ein junger Boxer, begraben unter den Trümmern einer Turnhalle, die Arme heil, die Beine unauffindbar. Bomben, Maschinengewehre, die aus Tieffliegern schießen, Schrapnelle stecken in Hälsen und Herzen. Eine Welt aus Menschenmatsche. Und in Pearl Harbor halb versenkte Schlachtschiffe, die zum Himmel weisen wie schwelende Finger. Und Matrosen, junge Matrosen, die in stillen Fluten treiben.

Sie öffnete die Augen, sah weitere Flugzeuge, die sich gegenseitig vom Himmel stießen. In den Bergen hinter ihr traf ein Lufttorpedo einen Hangar der US-Streitkräfte, der eine Million Schuß Maschinengewehrmunition enthielt. Die Erde erbebte und schien in Stücke zu brechen. Pono schleppte sich mit ihren Töchtern zum Auto,

verstaute sie, in Decken gehüllt, auf dem Boden. Dann raste sie wie eine Wahnsinnige über die Schnellstraße. Im Radio eine verebbende Stimme: »Recht so ... das einzig Wahre ...« Sirenengeheul, sich im Kreis drehende Autos, die ineinanderknallten, Menschen unter Schock, die nicht wußten, wo sie sich verstecken sollten.
Ein Mann winkte aus einem Krankenwagen, dessen Motor durchlöchert war von Bombensplittern. »Queens Hospital. Brauchen dringend Blut!«
Stunden später war Pono am Krankenhaus, bahnte sich einen Weg durch die Menschenmassen. Flure, mit Blut überströmt. Brandopfer, Verstümmelte zu Tausenden. Ein Mann hockte in einer Ecke und wiegte in seinen Armen einen menschlichen Kopf, der einem dunklen Kohlstrunk glich. Er schrie, bat jeden, der vorbeikam, den Rest seiner Frau zu suchen. Sanitäter liefen auf und ab, zerrissen Krankenhauskittel zu Verbänden. Chirurgen mit Lumpen als Mundschutz operierten in Unterwäsche.
Eine Krankenschwester kam vorbei, in der Hand eine Amputationssäge, die Augen blicklos, die Stimme mechanisch. »Es ist kein Narkosemittel mehr da.« Und überall blutige Fußabdrücke, blutige Fingerabdrücke.
Unterdessen hatten sich mehr als tausend Personen zum Blutspenden angestellt. Pono stand zehn Stunden in der Schlange, nur um einen halben Liter zu spenden. Japaner boten Blut und Geld, eine jede Familie in Schwarz, der Farbe, in der man seinen Respekt bezeugte. Ein blindes hawaiisches Ehepaar spendete einen Liter, stellte sich dann hinten an, um noch einmal zu spenden. In den Krankenhäusern auf der ganzen Insel trafen immigrierte Arbeiter ein und spendeten, Chinesen und Filipinos, Puertoricaner und Koreaner. Sie kamen direkt von der Arbeit, noch schmutzig, und hinterließen Flecken auf den Spenderliegen, Traktorenöl, Rost von Macheten, schmutzigen Zuckerrohrstaub, roten Lehm von den Ananasfeldern. Sie kamen, und sie waren willkommen.
Diplomaten, reiche *Haole*-Unternehmer und Plantagenbesitzer standen in einer Schlange mit Konservenfabrikarbeiterinnen, Verkäufern und Dienstboten. Viele weinten ungeniert und lagen sich in den Armen. Trauer, der Drang, etwas zu geben. Daß das Blut einer Frau mehr Plasma enthält als das eines Mannes, hatte sich

herumgesprochen, und Frauen aus allen Schichten strömten herbei. Ältere Damen vornehmer Abkunft, blutjunge Debütantinnen, Hafenhuren, noch in den *cheongsam,* die Pono für sie genäht hatte. Tage- und wochenlang taten sie freiwillig Dienst, wuschen Verbandszeug und Schläuche aus, brachten amputierte Körperteile weg, malten ein »T« auf die Stirnen der Verwundeten, die Tetanusspritzen bekamen. Ernst falteten sie die Uniformen der Toten zusammen, Feuerwehrleute, Polizisten, Männer der Streitkräfte. Sie teilten Lebensmittel und Trauerkleidung miteinander, hängten schwarze Verdunkelungsvorhänge für ihre Nachbarn auf, übermalten die Scheinwerfer ihrer Autos. Eine Zeitlang schlossen sich die Menschen zusammen, vergaßen Rasse und Religion, dachten nur an ihre Mitmenschen und an ihre geliebten Inseln. Nie wieder würden sie so verletzlich sein, und auch nie wieder so gütig.

Ohne Muttersprache

❖

Eine Frau in einer Gasse im Hafenviertel. Pechschwarze nächtliche Verdunkelung, selbst die Schwarzmarkthändler erkennt sie nur an ihrem Atem, dem Geruch nach Lucky Strikes. Geschäfte in Blindheit, abgewickelt mit allen Sinnen. Die Dollars der Frau gleiten in eine schwielige Hand. Der Mann zählt die Banknoten, ertastet an der Größe ihren Wert, legt der Frau etwas Eßbares in die Hand, rostiger Blutgeruch nach Frischgeschlachtetem – Rindfleisch, eingewickelt in Zeitungspapier, das nach Druckerschwärze riecht. Und dann noch etwas Schweres, noch ein Päckchen, ein bitter beißender Geruch, der sie schwanken läßt, ihr den Mund wäßrig macht, echte geröstete Kaffeebohnen. Irgendwo ein quietschender Reifen, Rufe von Militärpolizisten, wieder werden »Japsenspione« in Gewahrsam genommen. Und sie rennt, die Frau, auf dem Rücken ein Gummigesicht.

Diese Jahre sollten als »Gasmaskenjahre« im Gedächtnis bleiben. Auf Erlaß der Regierung mußten alle sie tragen, Frauen, sogar Kinder. Die meisten Arbeiterinnen strömten mit Gummibuckeln in die Konservenfabrik, manche hatten sie vor der Brust hängen wie mißgestaltete Säuglinge. Sogar Hochzeiten bildeten keine Ausnahme: Porträts von Bräuten, die sich Gasmasken unter die weißen Kleider gestopft hatten. Und auch sonst war der Krieg überall spürbar: Kriegsrecht, Ausgangssperren, Razzien, Luftangriffe, mitternächtliche Festnahmen. Die Strände waren mit Stacheldraht abgesperrt. Panzer der US-Army rund um den Iolani-Palast.

Japaner wurden bespuckt, von ihren Arbeitsplätzen gefeuert. FBI-Trupps kamen um Mitternacht, brachten Nachbarn in Handschellen auf Lastwagen fort. In der Strafanstalt von Sand Island lebten Japaner hinter Stacheldraht in kleinen Zelten, rund um die Uhr bewacht. Manche erhängten sich aus Scham. Ein »Japse«, den man mit einem Kurzwellenradio in seinem Orchideengewächshaus erwischt hatte, wurde auf der Flucht erschossen, als er, noch im Schlafanzug, über die King Street rannte.

Die Zucker- und die Ananasproduktion wurden in diesen Jahren aufrechterhalten, da sie als lebenswichtig erachtet wurden. Nach Doppelschichten in der Konservenfabrik schluckte Pono Muskatnuß, um sich noch einmal aufzuputschen. Sie arbeitete als Freiwillige, half Luftschutzbunker bauen und Gräben im Zickzackmuster ausheben; damit wollte man die Zahl der Verletzten möglichst gering halten, wenn wieder Bomben fielen. An den Wochenenden leistete sie Dienst in den Krankenhäusern, wo zur Verhütung von Epidemien Hunderttausende gegen Typhus, Diphtherie und Pocken geimpft wurden. Und sie band Kränze für die Gräber der Toten.

Weil Pono Kriegsanleihen gekauft hatte, ließ ein Einsatzleiter des Roten Kreuzes sie einmal im Monat mit dem Kalaupapa-Missionshospital auf Moloka'i telefonieren. Hinfahren war unmöglich, denn japanische Unterseeboote beschossen ständig die äußeren Inseln. Auf einer Anhöhe von Moloka'i war eine US-Marinestation eingerichtet worden, und die Patienten drunten in Kalaupapa leisteten das ihre, indem sie Feindsender abhörten und den Nachthimmel nach feindlichen Bombern absuchten. Mit nägelbeschlagenen Baseballschlägern und messerscharfen Macheten bewaffnet, patrouillierten sie im Dschungel und an der Küste, um feindliche Eindringlinge aufzuspüren.

»Seltsam«, sagte Duke am Telefon, dessen Stimme, lauter und leiser werdend, durch die Kabel kam, »der Krieg hat uns wieder zu normalen Menschen gemacht. Wir fühlen uns wichtig.«

Als Holo die einheimischen Männer in den Kampf ziehen sah, fragte sie, ob ihr Vater nach Hause kommen würde, um sich ihnen anzuschließen.

»Er kämpft schon irgendwo«, sagte Pono, und in gewisser Weise war dies die Wahrheit.

Nach sechs Monaten erfuhr sie, daß alle zwischen den Inseln

geführten Telefongespräche vom Geheimdienst der US-Streitkräfte abgehört wurden. Alles, was sie und Duke sich gesagt hatten, hatten Fremde belauscht; sie sank bestürzt in die Knie, ihr war speiübel. Am nächsten Tag zahlte sie einen Zweiwochenlohn, um sich auf einem Versorgungsschiff nach Kalaupapa schmuggeln zu lassen, aber sie mußte drei Monate warten, bis ein Schiff Platz hatte. Im Jahr 1942 verbrachten sie und Duke eine einzige Nacht zusammen. Während sie einander in den Armen hielten, spielte ein Radio leise *»I'll Be Seeing You«*, und irgendwo rief jemand schluchzend einen Namen. Sieben Stunden lagen sie so da und sprachen, sprachen von der Fleisch- und Butterknappheit und daß Holo und Edita Verbände wickelten und *lei* für verwundete Soldaten flochten, die nach Hause zurückkehrten. Pono erzählte ihm, wie viele weitere japanische Immigranten und in Hawai'i geborene Amerikaner japanischer Abstammung in Gefangenenlager auf dem Festland deportiert worden waren, sogar Buddhisten- und Schintopriester.

Als ihre Zeit dann um war und das Versorgungsschiff klarmachte zum Ablegen nach Honolulu, holte Duke tief Luft und erzählte es ihr in einem Atemzug: »Wir haben gehört, daß ein neues Sulfonamidpräparat entdeckt wurde, aber es ist erst ganz wenig davon bis zu uns gelangt.«

Sie packte ihn am Arm. »Was bedeutet das?«

»... es kann vielleicht *ma'i Pake* verlangsamen, ja möglicherweise sogar aufhalten.« So eine grandiose Aussicht, und er sagte es ganz beiläufig!

Pono begann wieder zu Gott zu beten, und dabei hoffte sie, wenn sie innig genug betete, könnte sie lernen, auch an ihn zu glauben.

Es wurde bekannt, daß die US-Army auf der Großen Insel die Ka'u Wüste nahe dem Kilauea-Krater in ein Übungsgelände verwandelt hatte. Panzer fuhren knirschend über Vulkangrund, Gräber von alten Kriegern wurden von Maschinengewehr- und Mörsergeschossen zerstört. Pele grollte, Flammen schossen nachts aus ihrer Feuergrube. Bald darauf meldete Tang Pin, daß die Amerikaner die Plantage beschlagnahmt hatten. Überall im Haus seien Soldaten einquartiert.

»Ein einziges Durcheinander«, schluchzte er. »Alles kaputt.«

Pono besann sich auf ihre magischen Kräfte. Sie konzentrierte sich mit aller Kraft auf jeden Raum im Haus, jede Mauer, jeden Flur, sah bis in die Fasern des Holzes hinein, stellte sich *Haole*-Soldaten mit blassen Augen vor und ungeschickten Händen, die Dukes Familienalben übel zurichteten. Die seine Bücher anrührten. Ihr Bett. Nachdem sie sich wochenlang konzentriert hatte, meldete Tang Pin sich wieder. Seltsame Dinge gingen vor. Ein junger Leutnant hatte sich beim Schlafwandeln das Bein gebrochen. Der Schnappschuß von der Frau eines Sergeanten weinte Blut. Die Männer, die im Haus wohnten, konnten ihr Essen nicht bei sich behalten. Jede Nacht hörten sie ein Stöhnen; Dämpfe bewölkten Spiegel. Nach einem Jahr räumte die Army das Haus mit der Behauptung, es sei »verhext«.

Pono triumphierte im stillen, doch dann mußte sie trauern. Tang Junior hatte sich freiwillig gemeldet, er war kaum siebzehn. Seit er zur Grundausbildung nach Wisconsin geschickt wurde, hatte sein Vater nichts mehr gegessen bis auf ein paar Reiskörner am Tag, und als man ihn zum Kampf nach Italien verschiffte, hörte das Herz seines Vaters auf zu schlagen. Als Pono es den Mädchen sagte, ging Holo hinaus und legte sich mit dem Gesicht nach unten auf die Erde.

Im Frühjahr 1943 verbrachte Pono wieder eine Nacht mit Duke. Dann noch eine im Herbst. Ohne Besucher litten die Patienten auf der Insel, sie starben an Einsamkeit. Die Reisebeschränkungen nach Kalaupapa wurden in der Folge ein wenig gelockert, aber »wegen der Notlage« wurden immer noch nur wenige Erlaubnisscheine für Besucher ausgestellt. Pono bestach Kapitäne von Versorgungsschiffen, wann immer sie das Geld für die Passage aufbringen konnte.

»Du könntest ins Gefängnis kommen«, warnte Duke.

»Ein geringer Preis.« Ihre Finger fuhren über sein Gesicht, befühlten die Dicke seiner Haut, und sie versuchte sich vorzustellen, wie er aussah, denn sie hatte ihn drei Jahre lang nicht bei Tageslicht gesehen. Vor zwei Monaten hatte er mit der Sulfonamidtherapie begonnen. Die Patienten waren pessimistisch; sie alle hatten schon zu viele Heilung versprechende Behandlungen hinter sich.

»Ist eine Besserung eingetreten?« fragte sie. »Hilft das Mittel?«

»Die Schmerzen haben nachgelassen. Es besteht Hoffnung.« Dukes Würde, seine stille Ergebenheit, die kein Fatalismus war, sondern

ein tiefes Vertrauen in das Leben, beschämten Pono, und sie fühlte sich undankbar und vermessen.
Der Krieg zog sich hin. In der Kantine der Konservenfabrik unterwiesen Frauen in weißen Kappen und Schürzen, die Arme kratzig und rauh von Ananasausschlag, einander im Gebrauch von Schlagringen und Strangulierseilen; sie lernten, wie man den Feind erdrosselte, sollte er jemals zurückkehren. Im grellen Schein von Neonlampen, hinter sorgfältig verdunkelten Fenstern, führten stämmige Hawaiianerinnen und zartknochige Chinesinnen vor, wie man einem Mann das Knie zwischen die Beine stieß, wie man mit einem kleinen Schälmesser ein Leben auslöschte, wie man mit einem einzigen Karateschlag jemandem die Kehle eindrückte.
In einer Ecke saßen die japanischen Frauen für sich und wagten kaum aufzublicken. Manchmal fanden sie beim Öffnen einer Lunchdose lebende Skorpione, eine Ratte, menschliche Exkremente. Doch niemals hörte man sie schreien; sie starrten nur, machten dann ihre Lunchdosen schnell wieder zu. Eines Tages schob eine Japanerin ihre Hand in die Ananasschneidemaschine und schob und schob. Bis sie die Maschine anhielten, war die Hand unkenntlich, breiiges Fleisch und zerquetschte Knochen bis übers Handgelenk.
Als die Aufseherinnen die Frau forttrugen, hielt sie ihre Hand den anderen Arbeiterinnen hin. »Jetzt besser? Hä? Jetzt besser für euch?« Dann wurde sie ohnmächtig.
Die Andrew Sisters, *»I'll Get By«*, all die langen, langen Nächte, Nächte mit Gebeten, Nächte voller Phantasien von Dukes Heilung. Nächte, in denen sie die Kleider ihrer Töchter wusch, ihre Schuhe blank putzte. In denen sie sie verfluchte und doch stolz auf sie war. Gute Schülerinnen waren sie alle miteinander, und eines Tages würden sie die Universität besuchen. Pono würde einen Weg finden, es zu ermöglichen.
Eines Tages stand Holo in einem Ballkleid vor ihr, die Gasmaske über die Schultern geschlungen, mit sechzehn eine voll erblühte Frau. Pono starrte sie verblüfft an. Sie sah die anderen an, erkannte auch sie kaum. Sie sah in den Spiegel. Pono war vierunddreißig.
O Leben, ich hatte alles vor mir. Und dann lag plötzlich alles irgendwie hinter mir.

Demütigung und Schändung; all die Schwangerschaften, die zermürbenden Arbeitsjahre, der Krieg. Sie hatte alles allein durchgestanden, für ihn. Für wen sonst, wenn nicht für ihn? Seine Hände mochten zerfallen, seine Füße mochten zu Klauen werden, seine Knochen in ihren Händen zerkrümeln, und sie begehrte ihn dennoch. Er hatte tief geschürft, hatte das Beste, was in ihr war, an die Oberfläche gebracht. Vor Duke hatte Pono nicht gewußt, wer sie war, wie wertvoll sie sein konnte. Er hatte sie die Wahrheiten des Lebens, des Herzens gelehrt – Ehre, Mitleid und Stolz, Anteilnahme, Opferbereitschaft –, Dinge, ohne die ein Menschenleben verdammt war. Einzig in der Liebe zu ihren Kindern hatte sie versagt.

»Sie tut so viel für uns«, sagte Emma. »Sie *muß* uns lieben.«

Edita war anderer Meinung; sie fühlte sich verlassen und betrogen und sagte es auch, wann immer sie über ihre Mutter sprach. »Sie tut es mit Widerwillen, sogar *Haß*.«

Holo kannte ihre Mutter am besten, und wenn sie sprach, hörten sie alle zu. »Das ist kein Haß. Was Mama für uns empfindet, ist Liebe, aber nicht richtige Liebe, es ist ... gefährlicher.«

Doch auch Holo konnte nicht genau begründen, was es war. Wenn sie an ihre Mutter dachte, so dachte sie an einen gezähmten Falken, der dumpf auf der Hand eines Menschen verharrte. Nach einer Weile vergaß man, daß er da war, bis man eine falsche Bewegung machte und er einen in Stücke riß.

Es gab Siege, Verluste. Der Krieg nahm kein Ende, das einzig Konstante waren die ständig Trauernden auf dem Punchbowl-Friedhof, die jungen toten Soldaten die letzte Ehre erwiesen.

Pono träumte von Menschenströmen, denen das Fleisch von den Knochen schmolz. Sie träumte es wieder und wieder. Anfangs verstand niemand, was in Hiroshima geschah. Dann in Nagasaki. Herausgeschmuggelte Bilder erschienen in den Zeitungen: dem Erdboden gleichgemachte Städte, zu Staub verglühte Menschen, Schatten an Mauern, wo Kinder regelrecht verdampft waren. Es kamen Gerüchte auf, daß die Hungernden in jenen Städten Brühe tranken, die aus den Herzen und Lebern der Toten bereitet war. Und daß sie Erde aßen. In Kalihi begingen japanische Ehepaare Selbstmord aus Gram. Ihre Kinder trugen Papierlaternen ans Meer, und bald schwammen schmale Bänder aus schwach glühenden

Lichtern auf der Strömung und brachten die Geister der Toten in das buddhistische Paradies.
Und dann das Ende des Krieges. Es kam wie ein Schweigen, wie angehaltener Atem. Zuerst Dumpfheit, Ungläubigkeit. Dann Jubel. Sperren wurden aufgehoben, die Schiffe verkehrten wieder zwischen den Inseln. Pono fühlte eine solch irrsinnige Hoffnung, daß sie plötzlich einen Geruch der Zerstörung verbreitete. Wenn sie sich bewegte, bogen sich ihre Mädchen rückwärts wie Bäume im Sturm.
»Es ist möglich, daß euer Vater endlich nach Hause kommt.«
»Vater.« Ein Wort, das sie immer gekannt, aber nie gefühlt hatten, und so kam es, daß sie das Wort liebten, weil es bezeichnete, was ihnen fehlte. Jetzt drohte Pono, diese Leere zu füllen. Die Mädchen traten erschrocken zurück, gingen dann still ihrer Wege; ein jedes versuchte, sich mit den Augen eines Vaters zu sehen.

Drei Jahre Sulfonamidbehandlung haben ma'i Pake *fast zum Stillstand gebracht. Und mag er auch ein bißchen zernarbt sein, ein bißchen verkrüppelt – wer achtet schon darauf in der Menge der heimkehrenden, verwundeten Soldaten. Ein Leben wartet. Jetzt können seine Mädchen ihn ehren. Und vielleicht werden sie mich am Ende verstehen.*
Der Inseldampfer glitt über das Meer, das glatt und ruhig war wie Gras. Und sie stand einsam an der Reling und bewegte die Lippen so schnell, daß die Leute dachten, sie bete.
An einem Strand sah sie ihn wieder. Sie ging auf ihn zu, fühlte sich größer werden, genährt von Mut, von dem Willen, ihre Füße zu bewegen.
Und ich werde lächeln. Vor allem anderen. Und ich werde es annehmen.
Als sie ihm entgegenging, fühlte sie plötzlich eine solche Schreckensangst, daß ihr Schatten hinter ihr zurückfiel. Die Sonne blendete ihre Augen, sie bewegte sich willenlos, nur durch Intuition. Als sie sich ihm näherte, hörte sie das laute Klappern ihrer Zähne. Und sie wappnete sich und sah.
Jesus, du Hund, Jesus, du Hund, warum?
Sie hatte ihn seit 1941 nicht bei Tageslicht gesehen. Jetzt erkannte sie ihn nur an seiner Größe. Sein Gesicht hatte die Struktur von im

Brodeln erhärtetem Schlamm. Die Lippen waren fort, wie abgeschält. Zernarbtes Muskelgewebe zog seinen ganzen Mund auf eine Seite des Gesichts. Sein Nasenrücken war völlig eingefallen.
»Geliebte«, sagte er leise, »das ist aus mir geworden.«
Er streckte die Hände aus, drehte sie mit den Handtellern nach oben, dann nach unten. An einer Hand waren die Finger vollständig weg, die Knochen absorbiert. Eine Keule. Seine Arme waren Reliefkarten aus Geschwürnarben, die meisten Muskeln verschwunden. Er ging langsam, zog einen Fuß nach, der in einem orthopädischen Schuh steckte.
Gott, du Betrüger! Du Betrüger! Ich habe sie großgezogen, ich habe sie zusammengehalten, war das nicht genug?
Selbst im Gebet hatte sie sich Gott durch Nichtglauben widersetzt. Und Gott hatte es ihr heimgezahlt.
Ihr Blick wanderte über sein Gesicht, suchte die guten Stellen heraus. Seine Augen waren noch einigermaßen klar, große, braune, schräge polynesische Augen. Und darin, tief in ihnen, ein grimmiges, starrsinniges Etwas, das noch immer seine Federn aufplusterte, noch immer mit den Flügeln schlug. Noch immer war Duke die Summe von allem, was vorher war, von allem, was ihn gemacht hatte. Er war noch immer das Herz aller Dinge.
In diesem Augenblick sah Pono, daß sie nicht mehr zeitgebunden waren, daß es ihnen freistand, in der Zukunft zu leben, in der Vergangenheit, in der Phantasie. Mit nahezu statischem Gleichmut begriff sie, daß Duke diese Insel niemals verlassen würde. Nichts konnte ihn jetzt mehr retten – kein Gott, keine Wissenschaft. Die Zerstörung seines Fleisches war der medikamentösen Behandlung zuvorgekommen, der Schaden konnte nicht ungeschehen gemacht werden.
All die Jahre, die sie gewartet hatte, daß er genas, um ihn in die Welt zurückzuholen, war sie nicht eine lebende Frau gewesen, sondern eine, die sich auf das Leben vorbereitete. Jetzt brach sie zu seinen Füßen zusammen, trauerte um die nicht gelebten Jahre, trauerte um sie wie um ein fremdes Waisenkind, das sie begraben mußte, und dann begrub sie sie, und ihr Wehklagen brach das schreckliche Schweigen des Ortes. Duke ließ ihr Zeit, Zeit, ihren Traum zu verwerfen, zu vernichten. Er ließ ihr Zeit, auf ihren Knien umher-

zurutschen und Münder voll Sand zu zermahlen. Er ließ ihr alle Zeit, die sie brauchte, denn das war es, was sie jetzt hatten: Zeit. Zeit, erstarrt in unveränderlichen Augenblicken. Zeit zu töten. Zeit, die zeitlos sein würde.

Schließlich half er ihr auf die Beine. Sie ließ den Kopf erschöpft an seine Brust sinken. Und sie sah, er war noch derselbe, indem er dies von ihr forderte: Würde. Langsam, zärtlich zog er sie ganz zu sich hoch, bis sie aufrecht stand.

»Geliebte, wie wir aus diesem Augenblick gehen, das wird bestimmen, wie wir ihn in Erinnerung behalten.«

Und sie ging an seiner Seite und fühlte ein fremdartiges, furchtbares Glück. Jahrelang hatte die Hoffnung sie gepeitscht. Wie eine Droge hatte sie an ihr gefressen, sie aufgefressen bis auf einen einzigen Knochen. Jetzt nahm sie diesen Knochen, schliff und schliff ihn, bis er scharf war, bis er zur Waffe wurde. Waffe. Sie wollte lernen, damit zu zielen. Ein jeder Tag würde die Zielscheibe sein. Duke nahm ihren Arm, und vorsichtig paßte sie sich seinem Schritt an, und sie waren ein Paar, das am Strand spazierte, das sich in grotesker Erhabenheit einen Weg bahnte.

Nach langen, mit quälenden Selbstgesprächen verbrachten Nächten kam sie zu dem Schluß, daß es hochgradiger Kaltherzigkeit bedurfte, um es ihren Töchtern beizubringen.

Sie versammelte sie um sich. »Leider wird euer Vater nicht nach Hause kommen. Ich habe erfahren, daß er im Krieg gefallen ist. Es tut mir leid.« Sie weinte, und es war leicht. Sie weinte um sich, nicht um sie.

Eine von ihnen schrie, vielleicht die jüngste. Edita pflückte einen Gecko von der Wand und brach ihm beinahe zärtlich den Hals. Die anderen wurden bleich. Von jetzt an hörte Pono sie nachts rumoren, das Schließen und Öffnen von Türen, doch sie war zu betäubt, um nachzusehen, fühlte sich von Verzagtheit verzehrt, schien langsamer zu funktionieren. Eines Nachts wachte sie auf, als draußen jemand an ihrem Zimmer vorüberging. Wochenlang sah sie diese Bewegung jede Nacht, und dann sah sie eines Abends Edita aus ihrem Fenster steigen.

Sie folgte ihr, ungewollt, getrieben, wie unter Zwang. Die Gegenden waren ihr vertraut, A'ala-Park, Hotel Street, Spelunken, Bordelle. Durch eine kleine Tür, die Treppe hinauf, heisere Menschenmengen, wilde Musik überfiel sie. In Getöse und Rauch blieb Pono bestürzt stehen, verlor Edita für eine Weile aus den Augen. Der Geruch nach billigem Whisky, jemand schluchzte in ein Mikrophon. Paare wirbelten vorüber wie Mambotänzer auf einer sich drehenden Scheibe. Schlanke Männer mit groben Gesichtern, engen Hosen, bunten Hemden, glatten, pomadigen Haaren. Frauen, dunkel geschminkt wie Ägypterinnen, mit aufgesteckten Pompadourfrisuren, spitzen, hochhackigen Schuhen, engen Kleidern, die die Kurven ihres Gesäßes nachzeichneten. Der Geruch nach Brillantine und Schweiß, feuchtem Puder, Achselhöhlen, das verdorbene Aroma schal gewordener Parfüms. Gerüche von Hoffnungslosigkeit und billigen Tanzsälen. Die Männer waren Filipinos. Die Frauen kamen von überall her.

Eine Band hinter der Sängerin, rasendes Schlagen von Gitarren, Bandurias, der Name der Band schmückte die Trommeln. *»Vibora Luviminda«*, der Name der Filipino-Arbeitergewerkschaft, die ihnen zu besseren Löhnen, einem besseren Leben verholfen hatte. Viele Filipinos waren jetzt eingebürgert, selbstbewußter als die vorige Generation. Sie lachten, scherzten, starrten Pono unverfroren an. Rauch wallte auf und ab wie Wogen. Dann sah sie Edita. Sie hatte sich umgezogen, sich zurechtgemacht. Sie sah zehn Jahre älter aus, erfahren und gefährlich. Pono war so erschüttert, daß sie sich nicht rührte, sich nicht rühren konnte. Dunkel, sinnlich, betörend glitt Edita über die Tanzfläche, bewegte sie Hüften und Schultern, als sei sie geschaffen für diese Musik, dieses Leben. Ihr Partner wirbelte sie herum, sie warf den Kopf zurück wie ein Filmstar. Er zog sie an sich, fest, so daß sie wie zusammengeschweißt aussahen.

Zu spät, dachte Pono. *Es ist zu spät. Sie hat sich schon entschieden.* Sie schob sich durch die Tanzenden, stolperte zur Tanzfläche, wo ihre Tochter Leiste an Leiste mit diesem Mann tanzte, ihre Becken rieben sich aneinander, ihre Köpfe waren ekstatisch zurückgeworfen. Pono war die größte Person im Raum. Sie machte einen Satz nach vorn, packte ihre Tochter bei den Haaren, hielt sie in die Luft wie ein totes Stück Wild. Die Leute schrien. Der Tanzpartner, klein

und drahtig, ging auf Pono los, fast sah es so aus, als springe er sie an.
Sie schüttelte ihn ab und schrie: »Du dreckiger kleiner *flip.*«
Die Musik verstummte, die Leute erstarrten. Ein Geruch durchdrang die Menge, Geruch von Haß sammelte sich um Pono. Edita wimmerte schluchzend zu Ponos Füßen, wo sie sie hingeworfen hatte. Ihr Tanzpartner machte eine ruckartige Bewegung aus dem Handgelenk; das blaue Licht des Kronleuchters reflektierte auf seinem Messer.
Pono sah ihn an und lachte. »Du willst sie? Nimm sie!«
Edita rappelte sich auf, brachte ihr Gesicht ganz nah an das Ponos heran. »Ja! Ich gehöre ihm! Ich erwarte ein Kind von ihm!«
Pono hob nicht einmal die Stimme. »Du widerliche kleine Schlampe.« Dann drehte sie sich um, schob sich durch die Menge, trat hinaus.
Blindlings bahnte sie sich ihren Weg durch die Straßen. Immer war Edita die träge Tochter gewesen, die klagende, immer so sehnsüchtig und fordernd. *Ich will! Ich will!* Die am wenigsten geliebte Tochter. Die Tochter, die sich so mühelos gelöst hatte.
Holo suchte Pono zu trösten. »Sie ist nicht schlecht, Mama, sie ist nur ein Taxigirl, keine Prostituierte. Erinnerst du dich nicht an unsere ›Onkel‹? Sie waren alles, was Edita kannte. Sie ist hingegangen, um ihren Vater zu suchen, überhaupt irgendeine Art von Leben.«
»Sprich mir nicht von ihr. *Nie mehr!*«
Holo erwähnte ihre Schwester nie wieder. Überhaupt sprach sie sehr wenig, schien in ihrer eigenen Welt dahinzutreiben. Eines Tages fand Pono Briefe, ganze Stapel, mit einem Band umwickelt, in Holos Unterwäsche versteckt.
»Wer ist ›T‹? Was meint er damit, er träumt davon, dich in seinen Armen zu halten?«
Holo erbleichte. »Du liest meine Briefe?«
»Ich bin deine Mutter. Ich habe das Recht dazu.«
Holo war siebzehn. Zum erstenmal in ihrem Leben hatte sie etwas, das nur ihr gehörte, das sie hütete wie einen Schatz. Ohne Furcht bot sie Pono die Stirn. »Du hast *gar nichts.* Es ist zu spät. Du hättest dich auf deine Mutterschaft besinnen sollen, als wir klein waren.«

Wie von Sinnen zerriß Pono sämtliche Briefe. »Sag mir, wer er ist!«
»Schön, Mama.« Holos Stimme war vernichtend ruhig. »Du wirst beizeiten alles erfahren.«
Vier Monate später stellte ihr Holo einen jungen Mann im billigen Anzug vor, einen Kriegshelden mit einer zerschmetterten Schulter. Holo erklärte ihr, daß dies Tang Pins Sohn sei, Tang Junior, und daß sie ihn all die Jahre geliebt hätte. Seinen Sold als GI verwende er dafür, sich als Buchhalter ausbilden zu lassen. Am Vorabend hätten sie geheiratet.
Pono starrte sie an. *»Pake?* Du hast einen *Pake* geheiratet?« *Ma'i Pake. Stigma. Schmutz.* Ihre älteste Tochter, ihr ganzer Stolz, unerschütterliche Zeugin der Jahre.
Später sollte Pono sich an diesen Moment erinnern wie eine Frau, die in einem fahrenden Auto sitzt und rückwärts schaut – formlose Schatten, schwache Schreie und Flammen, die während der Fahrt zu beiden Seiten auflodern. Erst Monate später wurden die Bilder deutlich: Pono, den jungen Mann angreifend, mit den Fäusten auf seine kaputte Schulter einhämmernd. Tang Junior, der sie daran zu erinnern suchte, wer er war, wer sein Vater gewesen war und wie sie das Andenken an Duke und seine Familie hochgehalten hatten. Doch Pono hörte nichts, sah nichts. *»Pake! Pake!«*
Holo und ihr Mann, die durch die Gasse liefen, Pono, die sich schreiend an ihre Fersen heftete. Dann die blaue Glut des Scheiterhaufens aus Holos Kleidern, Büchern, Schulzeugnissen – sie würde nie ihren Abschluß machen. Pono, die sich die Hände an den Flammen wärmte, Holo auf ewig verfluchend. Emma und Mina, die sich bei den Nachbarn verkrochen hatten, zu verängstigt, um nach Hause zu kommen. In dieser Nacht überschüttete Pono sich mit Salz, um die Erinnerung an Holo und ihren Verrat zu konservieren, so wie man mit Salz einen Leichnam konserviert.
Dann schlug sie an die Tür der *Lei*-Binder. »Gebt mir meine Mädchen wieder!« Sie nahm Emma an die rechte Hand, Mina an die linke. »Wenn ihr Kinder wollt, kriegt selber welche. Diese Freundschaft ist *pau.*«
Tagelang starrte sie auf die Blumen der Nachbarn, die in Ponos Garten herüberhingen. Eines Abends, nach endlosen Stunden in der Konservenfabrik, begann sie eine Mauer zu bauen, indem sie nassen

Mörtel zwischen häßliche Zementblöcke klatschte und langsam aufeinanderschichtete. Sie arbeitete, bis die Mauer eines Tages höher war als ihr Kopf, so daß sie ihr die Sicht auf die *Lei*-Binder für immer versperrte. Nacht für Nacht weinte Mina vor Sehnsucht nach ihnen, und Nacht für Nacht drang das Schluchzen des alten Paares über die Mauer.

In tiefster Verzweiflung kniete Pono bald darauf zu Dukes Füßen. »Ich dachte, ich hätte unseren Mädchen Charakter und ein Gewissen gegeben.«

Er streichelte ihr über den Kopf und dachte dabei, daß es wohl der Liebe bedurfte, um diese Dinge in einem jungen Menschen auch zu festigen.

Emma, ihre dritte Tochter, behielt Pono fortan besonders im Auge, Emma, die blaßhäutig war, anmutig, unberechenbar. Sie schien sich vor Männern zu fürchten und mied ihre Blicke, bewegte sich aber in ihrer Gegenwart in einem Wechsel aus Stocken und Weitergehen: der zögerliche Tanz des Opfers.

»Du wirst deinen Schulabschluß machen«, sagte Pono. »Du *mußt*. Und auf die Universität gehen. Um das Andenken deines Vaters zu ehren.«

Emma lernte mit Hingabe, sie liebte Bücher und Musik wie ihr Vater. Das freute Pono; sie ließ sie Klavierstunden nehmen, erlaubte ihr, einen öffentlichen Hörraum zu besuchen, wo man gegen eine geringe Gebühr stundenlang Schallplatten mit klassischer Musik auflegen konnte.

Weil sie so sehr mit Emma beschäftigt war, vernachlässigte Pono ihre jüngste. Eines Tages, als Mina vierzehn war, verschwand sie. Ein Zettel lag in Ponos Hausschuh: *»Ich hasse dich. Du bist schuld, daß ich unanständig bin.«*

Pono las den Zettel ohne Traurigkeit, ohne Neugierde, las ihn fast wie nebenbei, wie absichtslos, als lese sie die Post von irgend jemand anderem. Emma weinte wochenlang um ihre Schwester. Mina war ihr Liebling gewesen, eine tiefgehende Traurigkeit hatte die beiden geeint, sie, die am wenigsten erwünschten von Ponos Töchtern. Doch irgendwie überwand sie ihre Abneigung und versuchte, Pono zu trösten. »Sie kommt wieder, Mama. Sie will nur Beachtung.«

»Wenn sie wiederkommt, wird ihr Leben kaputt sein.«

Emma dachte, wie kaputt ihrer aller Leben längst war. Schon vom ersten Tag an. »Wir haben nie viel gewollt. Nur ein bißchen von deiner Zeit.«

»Zeit?« flüsterte Pono. »Zehn, zwölf Stunden in der Fabrik ... kochen ... mitten in der Nacht eure Schuluniformen bügeln. Schuhe, Rechnungen ... ihr vier habt mich regelrecht aufgerieben. Keine Ruhe; noch im Schlaf bin ich gerannt.«

»Ich weiß, du hattest ein schweres Leben, aber manchmal brauchten wir einfach jemand, der uns im Arm hielt.«

»Ihr habt euch gegenseitig gehalten.«

»Oh, Mama ...« Emma fing an zu weinen. »Wir waren Kinder. Du hast nie von unserem Vater gesprochen. Die Leute sagten, wir hätten alle verschiedene Väter. Kannst du dir vorstellen, wie das ist? Die Kinder haben uns nachgerufen, wir seien Bastarde und Gesindel.«

Pono packte sie an den Armen, drauf und dran ihr zu sagen, daß sie *Ma'i-Pake*-Gene in sich trug, daß ihr Vater lebte, und zwar als Mißgestalt. Doch sie nahm sich zusammen.

»Hör mir zu. Ich weiß, was die Leute gesagt haben, daß ich euch Mädchen alleine ließ und zu Männern gegangen bin. Und wenn ich es getan hätte? Es war für euch – damit ihr zu essen hattet und Kleider und Schuhe bekamt. Euer Vater hat nicht viel verdient. Aber er war ein vornehmer, gebildeter Mann ... Oh, wie hat er gelitten.«

Emma verlor die Beherrschung und schrie ihre Mutter an, schrie all der Jahre wegen. »Warum durften wir ihn nicht kennenlernen? Warum ist er nicht nach Hause gekommen?«

Pono zuckte zusammen, als sie ihre eigene Wildheit in Emma wiedererkannte. »Damals ... es gab hier keine Arbeit für Einheimische. Sie sind nach Alaska gezogen, in die Minen. Und dann in den Krieg.«

»Hätten wir ihn doch nur sehen können! Wenigstens eine Photographie. Wir haben gedacht, er ist ein Verbrecher, der sich irgendwo verstecken muß. Du hättest uns zu ihm bringen sollen. Du hast uns die Vaterliebe entzogen.«

Etwas, das hart an Zorn grenzte, stieg in Pono auf. »Was weißt du denn von Liebe! Wenn du in der Fremde überlebt hast, ohne Obdach oder Menschenwürde, wenn alles aus dir herausgekratzt ist, weil du etwas in Ehren hältst, wovon du nicht lassen willst ... dann wirst du das Wort verdienen.«

»Warum hast *du* uns nicht geliebt?«

»Ich habe euch geliebt, Emma. Ich dachte, es sei genug. Sei froh über das, was du bekommen hast. Manche bekommen viel weniger.«

Doch es gab Nächte, in denen sie vor den leeren Betten ihrer Töchter stand und auf sie hinuntersah. Nächte, in denen sie die Hände vors Gesicht schlug, weil sie sich daran erinnerte, wie sie in ihren Schlafsarongs getanzt hatten gleich kleinen Glühwürmchen, sich im Dunkeln aneinander festhaltend. Jedes Kind eine Schönheit. Daß sie dies alles erst so spät erkannte, war wie ein Schock.

Emma machte ihren Schulabschluß mit Auszeichnung und erhielt ein Vollstipendium für die Manoa-Valley-Universität. Pono aber war es zu wenig, auf das sie stolz sein konnte, ein Leben konnte nicht für drei entschädigen. Und Holo war ihr Liebling gewesen.

Der Verlust schien ihr Gewissen zu schärfen. Sie begann zu unterscheiden zwischen Lügen, die aushungerten, und Halbwahrheiten, die sättigten.

»Dein Vater hat mir Land auf der Großen Insel vererbt. Dort steht ein eingefallenes Haus. Dahin gehe ich manchmal. Eines Tages nehme ich dich mit.«

Emma wirkte uninteressiert. Stets war sie vertieft in Bücher, genoß die heilsame Ruhe tiefen Nachdenkens.

Der Krieg hatte der Konservenfabrik die gewerkschaftliche Organisation, bessere Löhne und kürzere Arbeitszeiten gebracht. Pono fühlte sich plötzlich weniger belastet, wie eine Pflanze, die sich dem Licht zuneigt. Dennoch, Kummer und Schuldgefühle saßen tief, und sie begann ihr Leben zurückzuverfolgen, um herauszufinden, wo sie in ihrem fieberhaften Verlangen nach Duke Teile ihres Selbst zurückgestoßen hatte, die sie zu einer besseren Mutter, einem menschlicheren Wesen gemacht hätten. Sie war jetzt über vierzig, und das Auffinden jenes früheren Selbst konnte ihr vielleicht beim Eintritt in ihren nächsten Lebensabschnitt eine Hilfe sein. Sie fing wieder zu schwimmen an, versuchte, den Teil von ihr wiederzufinden, den sie so viele Jahre verleugnet hatte, und jenes verleugnete Selbst zu verschmelzen mit der Frau, die sie geworden war.

Manchmal, wenn sie schwamm, in langsamen Zügen, sah sie Flossen herannahen, spürte, wie etwas auf ihren Herzschlag lauschte. Die Haie tauchten spielerisch, stießen mit ihren Mäulern gegen Ponos Hüften, streiften ihren Rücken und ihre Schultern, eine zärtliche, sandpapierene Verführung. Pono schwamm eine Weile mit ihnen, aber nur aus einer wehmütigen Sehnsucht heraus. Sie würde erst noch kommen, die Zeit der Zwiesprache, Wasseräonen aus Haifischträumen, Zeit ihres *'aumakua*. Gegenwärtig aber mußte sie beweisen, daß sie dieser geschwinden, verstörenden Menschenzeit gewachsen war. Sie hatte keinen Appetit auf Blut, ihr Kiefer verformte sich nicht zu einem Maul.

Duke lebte in ständiger Trauer um seine verlorenen Töchter. Aber wenn ihr Leben auch nur in Bruchstücken gelebt werden konnte, dann war es genug. Phantasie war jetzt die Palette, auf der das nicht gelebte Leben, das eingebildete Leben, seine Farben zeigte. Manchmal, wenn sie auf den Felsen oberhalb von Kalaupapa lagen, in jener grandiosen Choralfuge der Natur, betrachteten er und Pono Farbtafeln von El Greco, Bonheur, Hiroschiges *Hundert Ansichten von Edo*. Oder Duke las vor, denn er wußte, daß sie es liebte, sich in Figuren und Schauplätze zu versetzen, den Dunst zu spüren, der in Thomas Manns schwülem Venedig verlassene, schwimmende Paläste umwaberte, und die klammen Servietten in stickigen Speisesälen.

Vor dem Einschlafen las er ihr Proust vor, Kathedralen aus Worten, errichtet in korkgetäfelten Räumen. Und Gorki, der den Liebesroman aufgab zugunsten dramatischer Schilderungen von Elendsvierteln. Und er trug ihr seine eigenen Gedichte vor: komische Verse voller Selbstironie, die Schilderung eines heimlichen Lasters, Traumbilder von seinen verlorenen Töchtern. Auf diese Weise machte er Pono zur Denkerin, zur Betrachterin. Manchmal versetzte seine Stimme sie in Bewegung, und sie tanzte, bog und drehte sich, während er weiterlas, ihre breiten, von Schwangerschaftsstreifen marmorierten Hüften schwenkend, den langen, anmutigen Hals drehend, bis eine vollendete Arabeske entstand. Nur wenn Duke versuchte, ihr das Lesen beizubringen, zog sie sich trotzig zurück. Als ob sie gedruckten Worten mißtraute, als könnte sie die Gedanken Fremder nur von Dukes erstaunlicher Stimme gefiltert akzeptieren. Und so ging das Leben weiter in erträglicher Unvollkommenheit. Sie trauerten, sie phantasierten, sie fügten Ding an Ding.

Als sie eines Tages an der Nordküste von Oahu, auf der Honolulu gegenüberliegenden Seite der Insel, schwamm, sah Pono über sich am Himmel US-Bomber. In der Stadt waren bereits ganze Schiffsladungen amerikanischer Soldaten eingetroffen. Überall war die Rede von Korea; die Leute nannten es einen »Konflikt«, sprachen von kommunistischen Spionen auf der Insel, die die Demokratie umstürzen wollten. Pono fragte sich, wo ihre Töchter waren, ob sie sicher sein würden in einem neuen Krieg. Sie schwamm in seichteres Wasser, kämpfte gegen den Sog an und schleppte sich an Land. In diesem Moment hörte sie ein anderes Geräusch, als würde der Ozean sich räuspern. Sie griff nach ihrem Handtuch, beobachtete Kinder, die in der Brandung spielten.

Ein Mann am Strand stand auf, sah auf das Meer. »Komisch, viel zu früh für die Ebbe, oder?« Das Meer wich rapide zurück. Der Mann rief wieder: »He, das Meer spielt verrückt!«

Pono drehte sich um und sah eine Wüste wachsen. Irgendwo bei Petropawlowsk hatte die Erde gebebt, ein breiter Spalt hatte sich aufgetan, und die dadurch entstandene gewaltige *tsunami* hielt direkt auf die Hawaiischen Inseln zu. In der ersten Rückwärtsbrandung hatte der Ozean den Meeresboden bloßgelegt, riesige Flächen mit um sich schlagenden, hochschnellenden Fischen. Aale strandeten haufenweise auf Riffen, riesige Tintenfische saßen verwundert auf dem Trockenen. Menschen schrien, sie wußten, was kam. Rinder brüllten, Mungos rannten quiekend in Scharen, um im Landesinneren Schutz zu suchen. Der Himmel wurde schwarz, Mütter holten ihre Kinder aus der Brandung und rannten in höher gelegenes Gelände.

Dann schien der Ozean sich anders zu besinnen, kehrte um, kam zurückgeschnellt wie eine Schlange. Diesmal näherte er sich mit einer einzigen fürchterlichen Welle, so gewaltig, daß sie den Himmel verfinsterte. Fast fünfundzwanzig Meter hoch aufragend, brandete sie mit mehreren hundert Stundenkilometern heran, erbarmungslos, vernichtete das Riff, wälzte Häuser platt, trug Autos und Maschinen geschwind landeinwärts. In ihrer Verzweiflung griffen

die Menschen nach Bäumen, nach Telefonmasten, verglühten mit einem knisternden Geräusch.
An einen Baukran geklammert, der umhertrieb wie ein prähistorisches Reptil, sah Pono, wie die Welle in ein Tal krachte. Zahllose Leichen trieben mit dem Gesicht nach unten in den Fluten. Am Ende des Tales angekommen, begann das Wasser seinen Rückzug, wobei es ein irrsinniges Tempo an den Tag legte. Eisenbahnwaggons schwappten blitzschnell vorbei wie Tankschiffe. Gebäude barsten, Lastwagen zerbrachen wie Spielzeug. Menschen streckten die Arme heraus, pathetisch in ihrer Hilflosigkeit, dem Untergang geweiht. Etwas trieb in Ponos Nähe, ein japanisch aussehender Junge. Er schrie, das Gesicht verzerrt wie ein zerknüllter Lumpen.
Ohne zu überlegen, tauchte Pono, packte das Kind, als es an ihr vorbeitrieb, und hielt es in die Luft. Der Junge schrie wieder, erbrach sich, als sie ihn auf ihren Rücken nahm, ihn mit einer Hand festhaltend, während sie mit der anderen nach dem Ast eines Baumes griff. Dann entspannte sie sich, ließ dem Meer seinen Willen, und es trieb sie meilenweit hinaus. Jahre später schwor der Junge, sie seien damals an Walen und Delphinen vorbeigeschwommen, und an Haien, die sie mit ihren Mäulern immer wieder nach oben stupsten und so über Wasser hielten. Er schwor, daß Ponos Haut sich grau gefärbt habe, daß ihr Gesicht seine Form wechselte und er, als seine Arme von ihrem Hals rutschten, eine Flosse zu fassen bekam.
Langsam erschöpfte sich die Rückströmung, und überall war Schutt und Geröll. Leichen trieben im Wasser. Ein Menschenkopf, ein Feuerwehrwagen. Aufgequollene Rinder mit dem Bauch nach oben, eine Kirche, und irgendwo quiekte ein einsames Schwein. Menschen, die die *tsunami* von den Bergen aus beobachtet hatten, sagten, sie hätten Gott gefühlt, der ihre Stirnen durchbrach wie Glas. Kinder, die dieses Grauen erlebt hatten, würden nie mehr jung sein; sie hatten Menschen zu Hunderten, ja, eine ganze Stadt verschwinden sehen.
Pono raunte dem Kind etwas zu, um es zu beruhigen, während sie an Land schwamm. Dort herrschte der Wahnsinn. Eine ganze Kleinstadt war dem Erdboden gleichgemacht, kniende Menschen zupften an Leichen, versuchten, sie aufzuwecken. Pono taumelte an

Land, ließ den Jungen von ihrem Rücken rutschen und brach zusammen. Jetzt erst machte das Kind seiner Angst Luft, schrie nach einem vertrauten Menschen. Leute kamen herbei, aber als sie es nicht als ihres erkannten, gingen sie weiter. Eine kleine Japanerin kam wie in Trance vorbei, blieb dann schluchzend am Meer stehen. Sie schien zu fragen: Warum? Warum?
Der Junge streckte die Arme nach ihr aus und rief: *»Tutu! Tutu!«*
Die kleine Frau drehte sich um. Als Pono ihr Gesicht sah, als der Junge zu ihr lief, spürte sie schwach eine Erinnerung in sich dämmern. Minuten später stand die Frau vor ihr, den Jungen fest in eine Decke gewickelt auf dem Arm, und verbeugte sich wieder und wieder. Sie weinte, küßte Ponos Hände, erklärte, er sei ihr Enkel und alles, was sie habe. Und während sie sprach, verflüchtigten sich in Pono allmählich die Jahre, zitternde Bilder erschienen. Pono erinnerte sich an eine Prostituierte namens Miko und ihre tapfere kleine Tochter, die immer mit dem Gesicht zur Wand saß.
»Run Run.«
Die Frau starrte Pono an, suchte sich zu erinnern, aber alles, was sie sehen konnte, war ihr gerettetes Kind, und ihr Gedächtnis beschwor nur eine Leere. »Sie kennen mich?«
»Deine Mutter war Miko.«
»Is' tot. Alles tot, is' nur noch der Junge da. Wieso kennen Sie mich?«
Als suche sie die Antwort auf ihre eigene Frage, trat sie zurück, sah an Pono hinauf und hinunter. Zeitlupenhaft langsam wechselte ihr Mienenspiel von Unsicherheit über Erstaunen zu Freude.
»Pono! Meine Schwester! Hab dich gesucht mein ganzes Leben. Und kommst du jetzt daher und rettest mein Kind.« Sie schluchzte. Schluchzend setzte sie sich hin und zog Pono neben sich, so daß sie ein kleines und ein sehr großes Kind zu halten schien. Stunden später, mitten in der zertrümmerten Stadt, holte sie ihre dürftige Habe aus einem heruntergekommenen Zimmer und folgte Pono nach Kalihi in ihr neues Zuhause.
Ein *haole* stand in Ponos Wohnzimmer. Ein junger Matrose der US-Marine, blond, blauäugig, mit einem breiten, schiefen Grinsen. Emma, die seine Hand hielt, erklärte, daß sie sich im Hörraum kennengelernt hätten, daß er gute Musik liebe wie sie. Er habe ihr

Albinoni und Mussorgski nahegebracht, Komponisten, von denen sie zuvor noch nie gehört hatte. In den vergangenen Monaten hätten sie sich immer wieder im Hörraum getroffen, und jetzt wüßten sie, daß sie sich liebten. Von Pono wollte Emma die Erlaubnis, sich zu verloben, bevor er sich nach Korea einschiffte.
Als Run Run Ponos Gesicht sah, nahm sie das Kind und verzog sich in den Garten. Es war ein Gesicht herrischen Zorns, der Zerstörung. Es war das Gesicht Satans.
»Nicht auch du«, flüsterte Pono.
Ihre Stimme schien aus der Unterwelt zu kommen, langsam, tief, heiser, wie die Stimme einer Verdammten.
»Nicht *du*. Meine letzte, meine beste Tochter ... du willst mit einem ... *haole* gehen? Du willst ... eine Verräterin werden? Weißt du, was die sind? Was die mir angetan haben?«
Emma hielt seine Hand fester. Der junge Matrose senkte den Blick. »Ma'am, wir sind nicht alle schlecht.«
»Emma, nimm deine Hand von ihm ... oder ich hacke sie dir ab.«
»Mama, wir möchten uns verloben. Alles soll seine Ordnung haben. Er ist ein guter Mensch. Er möchte mich seiner Familie auf dem Festland vorstellen.«
Pono stand auf, mit tödlicher Ruhe. »Schaff ihn hier heraus! Oder ... ich bringe ihn um.«
»Er geht nach Korea! Er könnte sterben! Mama, bitte! Wir möchten uns verloben.«
Pono ging in die Küche. Als sie wiederkam, hielt sie den schimmernden Wirbelsäulenstock in der Hand. Sie fuchtelte damit vor dem Matrosen herum, fing an, die Geschichte des Stockes zu erzählen, alles, von Anfang an.
Im Garten hörte Run Run Emma schreien. Sie hörte, daß ein Stuhl umgeworfen wurde, sah den Matrosen aufstehen, den Arm abwehrend erhoben. Sie hörte das Krachen von etwas Hartem auf seinem Kopf. Er hob den anderen Arm. Sie hörte es wieder krachen. Dann sah sie ihn rückwärts zur Tür gehen, Emma an ihrem rechten Arm mit sich ziehend. Pono fuchtelte mit einem blutigen Stock herum. Zog Emma am linken Arm zurück.
Dann hörte Run Run, was das Mädchen zu Pono sagte, und sie hielt dem Jungen die Ohren zu.

Mörderin. Sie nannte sie *Mörderin.* Sie rief es wieder und wieder. Run Run sah, wie Pono den Stock fallen ließ, wie sie den Arm ihrer Tochter freigab. Pono trat einen Schritt zurück, als ob sie nachdächte, das blasse, reizende Mädchen betrachtend. Dann machte sie einen Satz nach vorn, schlug die Zähne in die Wange ihrer Tochter. Run Run sah das weiße Gesicht des Matrosen, die weiße Uniform, sah ihn rennen, das blasse Mädchen im geblümten Kleid mit der zerbissenen Wange halb tragend. Sie sah, wie die beiden kleiner und kleiner wurden, dahinschwanden wie ein Traum. Pono blieb allein stehen, das Blut ihrer Tochter an ihren Lippen.

Wochen später war Run Run schließlich imstande, mit ihr zu reden. Sie saßen im Dunkeln, lauschten auf das leise Schnarchen des Jungen.

»Wie ich fünfzehn war«, erzählte Run Run, »schickte Mama mich auf die Straße. 'n Freier hat mich geschwängert. Ich kriegte das Kind da in dem Zimmer, wo sie die Fischköpfe putzen. Ich bring' ihm bei, wie's Mama mir beigebracht hat, Gesicht zur Wand drehen, wenn ich 'n Freier hab. Richtig scheußlich war mein Leben. Wie mein Junge zehn war, bin ich weg von die Straße, hab' kochen gelernt, war viel besser für meinen Stolz. Und dann, mit achtzehn, kommt er mit Toru nach Haus, sagt, es is' seiner, die Mama will ihn nich'. Dann wird er erschossen, wie er mit Drogen dealt. Mutter Gott nimmt Sohn, gibt mir Enkelsohn. Viele Jahre später findest du mich, verlierst deine Tochter. Ich sag' ja, Mutter Gott is' 'ne komische *wahine*. Gibt mit rechts, nimmt mit links.«

Nach all den Wochen, die sie, vergraben in ihren Zorn und Gram, geschwiegen hatte, nahm Pono Run Runs Hand.

»Zeige mir ...« Ihre Stimme klang hohl und gebrochen, wie etwas, das aus einer Höhle kriecht.

»Was soll ich dir zeigen, Schwester? Was willste lernen?«

»Wie man ... lebt.«

Run Run

Is' nich' alles wahr, was ich sag'. Wer will schon immer die Wahrheit wissen? Manchmal reicht's auch, wenn wir 'nen klaren Kopf behalten. Aber eins kannste mir glauben, ganz bestimmt, weil's wie der Schweiß is', der der Wahrheit vom Ärmel tropft. Pono, die is' 'ne wahine *ohne überflüssige Gefühle. Sie liebt. Oder sie haßt. Is' auch 'ne* wahine, *die immer tut, was ihr größte Angst macht – zum Beispiel sich wohin stürzen, wo sie nich' immer den Grund berühren kann.*

Toru, mein Enkelsohn, den hat sie lieben gelernt. Behandelt ihn, als wär sie 'ne große, faule Katze, die zuguckt, wie 'n kleiner Floh auf ihren Pfoten spielt. Hat Angst, daß sie ihn anfaßt, hat Angst, daß sie ihn zerquetscht, so wie sie ihre Töchter zerquetscht hat. Manchmal guckt und guckt sie, guckt bloß zu, wie der Tag vergeht.

»Was guckste?« frag' ich.

Sie is' still, wie wenn ihr 'n Spinnennetz aus'm Mund wächst. Eines Tages zeigt sie mir 'ne schwarze Perle, so groß, daß mir schier die Augen aus'm Kopf fallen. Und so 'n komisches kleines Buch, aus Jade gemacht, sagt sie.

»Die waren für Holo gedacht, meine Älteste«, sagt sie.

Ich glaub', diese Holo, die hat massenhaft unerzählte Geschichten tief unter ihrer Haut. Hat miterlebt, was ihre Mama erlebt hat, die ganzen Jahre. Ich glaub', da wartet Pono drauf, daß Holo eines Tages vor ihrer Tür steht. Sie wartet. Und wartet. Manche Tage, da verschwindet Pono. Andere Tage, da baut sie an der Mauer um unseren Garten. Bald werden wir zwei wahine *wie in 'nem Sarg leben. 'ne Zementmauer rund um unser Haus in Kalihi.*

»Warum wohnen wir so?« frag' ich.
»Will ungestört sein«, sagt sie. »Mein Gesicht wahren.«
Die Nachbarn, die hätten schon zuviel gesehen. Nach und nach erzählt sie mir alles. Alles; zwei Jahre braucht sie, bis sie mir alles erzählt hat. Wie sie fertig is', weiß ich, ich bin ihre beste Freundin. Bin nämlich auch so 'ne alte Frau, wo um ihr Leben trauert.
Sowie wir auf die Straße gehn, treten die Nachbarn auf die Seite, machen ihr Platz. Manchmal kommen Kinder gelaufen und fassen sie an, wie wenn sie das brauchen würden, eine von ihrer Sorte anfassen. Sie wissen, sie is' kahuna. Aber eins is' komisch dabei, über sich selber hat Pono keine Macht. Keinen Zauber, um zu ändern, was das Leben ihr schon beschert hat. Sie kann nich' machen, daß Duke 'n normaler Mensch is'. Ja, ich weiß alles über ihn. Vielleicht lieb' ich ihn auch, diesen kanaka. Tragisch. Ma'i Pake hält das Glück von Pono fern. Aber wer weiß? Is' vielleicht 'n Segen.
Glück is' was Komisches. Manchmal bringt es dich um dein Mitgefühl. Vielleicht fühlen wir ja tiefer, wenn wir verletzt sind, was meinste? Hör zu. Eines Tages wälzt Pono sich auf'm Boden vor Schmerzen. Später hört sie, in Kalaupapa, im Lepradorf, is' Duke schlimm krank im Magen. Ein andermal, an 'nem heißen sonnigen Tag, kein Regen, sind Ponos Haare und Kleider plötzlich klitschnaß. Sie erfährt, in Kalaupapa gab's großes Gewitter, und Duke hat 'ne schlimme Erkältung. So was is' mehr als Liebe, mehr als kahuna. So was bringt vielleicht sogar Mutter Gott dazu, daß sie sich mal hinsetzt und nachdenkt.
Und ich beobachte, wie Pono wartet, daß diese Tochter Holo wieder nach Haus kommt. Sie kommt nich', aber egal. Mutter Gott, die is' 'ne komische wahine, wie gesagt, sie schickt Pono dafür was anderes. Wie wir eines Tages nach Haus kommen, da finden wir dies' kleine Dingelchen, eingewickelt wie 'n Schinken. Pono packt aus und schreit. Der Schinken hat Augen und Finger, und 'n Zettelchen am Handgelenk.
»Sie heißt Rachel. Vielleicht gibst du ihr die Liebe, wo ich nie bekommen hab'. Mina.«
So. Die Rache der Tochter is' jetzt die Peitsche auf Mamas Buckel. So kommt es, daß wir hierher auf die Große Insel gefahren sind,

zwei wahine mit ihren unehelichen Kindern, weggelaufen vor der Welt. Pono sagt, hier gibt's viel besseres Essen für uns. Große Insel is' immer 'n Ort gewesen für Aberglauben, für Ausgestoßene, Rebellen. Komisch, wir sind bettelarm, im ersten Jahr war alles faul und morsch, aber hier fängt unser Glück an.

Ich sag: »Pono, verkauf die große schwarze Perle, damit unsere Kinder was zum Essen haben.«

Sie verkauft nich'. Meint, Duke hätte ihr gesagt, jeder soll lieber ein Ding besitzen, das schön is'. Hält die Seele lebendig. Jetzt seh' ich, der is' 'n kluger kanaka. Und so schuften wir lieber wie die Sklaven. Pflanzen Taro und verkaufen ihn an die Poi-Fabrik. Pflanzen Süßkartoffeln, Kohl, Gurken und verkaufen sie an hiesige Lebensmittelgeschäfte. Pflanzen, Litchis, Macadamia, einfach alles, was der Boden hergibt. Von den paar Dollar Gewinn kaufen wir Hühner, die halten wir in 'nem Verschlag unterm Mangobaum. Bananen, Papaya, Äpfel wachsen wild. Jede Menge zum Futtern, das spart Geld. Pono sagt, eines Tages bauen wir wieder Kaffeebohnen an. Aber nich' Run Run; meine Hände sind gleich wie Matsche, blutig.

Ich sag zur ihr: »Ich gehör' in die Küche, ich koch', und du bestellst die Felder.«

Bald holt sie 'nen alten Mann zum Gärtnern her, nach ein paar Jahren stellt sie noch zwei ein.

Eines Tages guck' ich mich um. Pfaue tummeln sich in den Bäumen, Bienen im Geißblatt, Libellen im Ingwer, Hühner picken im Dreck, das Radio spielt, Essen blubbert im Topf, die Kinder spielen auf'm Fußboden. Stell dir vor, da setz' ich mich hin, halt' meinen Kopf und heul'.

Pono ruft: »Was is' los!«

Ich sag': »Guck! Wir sind glücklich! Wir zwei wahine, wir haben ein Leben!«

Sie lacht, erzählt mir, Duke sagt, sie hätte 'ne Freundin gefunden. So was hat sie früher nie gehabt. Pono is' jetzt Mitte Vierzig. Ich bin 'n paar Jährchen jünger.

Ich sag': »Wir sind jetzt alte Weiber, was?«

Sie sagt: »Vielleicht. Bald.«

Ich bin so glücklich. Alter is' Zeit für Achtung. Jetzt sag' ich, was ich denk'. Sogar zu Mutter Gott. »Hör zu, wahine, du nimmst Pono zuviel weg, manchmal haste einfach keinen Geschmack.« Aber dabei faß' ich die ganze Zeit das Kreuz an, damit Mutter Gott weiß, wo ich steh'.

Ich weiß, ich bin stur, keine charmante wahine. Aber wer sagt, daß Freunde charmant sein sollen? Ich triez' Pono, sag' ihr, nimm das Kind in die Arme. Sie guckt entsetzt. Ich sag': »Du verlierst Rachel noch, so wie du ihre Mama verloren hast. Versuch's, zeig ihr Liebe.«

Sie versucht's. Ich glaub', sie würd' sich mehr Mühe geben, wenn's Holos Kind wär'.

Dann tippt mich doch eines Tages Mutter Gott auf die Schulter. Ich bin 'ne schlaue wahine, hab 'ne Idee. Sag' zu Pono, 'ne alte Freundin is' krank, ich muß das Schiff nach Honolulu nehmen. Sie läßt mich gehen. Mein Verstand is' so am Arbeiten, daß ich auf'm Schiff vor Aufregung kotzen muß, und auch von den vielen Wellen. Vom Schiff geh' ich nach Chinatown, die alte Gegend, wo sie mich noch kennen auf der Straße. Ich seh' alte Freier, wir albern rum, sie sagen, ich bin jetzt zu alt für meinen Körper zum Verkaufen.

Ich lach'. »Hört mal, Freunde, ich hab' jetzt 'n Leben, wovon ihr nich' mal träumen könnt.«

Dann frag' ich die Flips, ob sie was von Edita gehört haben, Ponos zweiter Tochter. Muß jetzt 'n Kind haben, vielleicht auch zwei. Ich frag' und frag' mir den Mund fusselig. Wie ich den zweiten Tag rumfrag', beugt sich 'n Flip zur mir und sagt, er wüßte was. Ich lüg'. Editas Mama is' sehr krank, sag' ich, sie fragt nach ihr.

Er lacht. »Diese Pono, die is' 'ne böse Hexe. Ich weiß Bescheid. Ihre Töchter hat sie rausgeschmissen. Was willste wirklich?«

Da sag' ich die Wahrheit. Daß Rachel von ihrer Mama Mina im Stich gelassen worden und ganz allein is'. Daß wir in 'nem großen Haus wohnen, mit jede Menge Land. Und daß Pono alt wird. Wär' nett, wenn Ponos Töchter ihre Kinder bringen würden, Rachels Cousinchen, um sie zu besuchen, mit ihr zu spielen.

Den dritten Tag bringt mich jemand zu Edita. Is' jetzt 'ne Frau, wohnt in 'nem Häuschen, klitzeklein, aber sauber. Ihr Mann is' 'n junger, hübscher Flip, Hilfskellner in 'nem Hotel, geht abends auf 'ne Schule für Kältetechnik, will's zu was bringen. Edita is' sehr hübsch, aber die Jahre setzen sich schon auf ihre Hüften, drei Babys inzwischen. Vanya is' das älteste. Wie ich Ponos Namen sag', fängt Edita an zu heulen. Ich halt' ihre Hand, heul' auch. Wegen all dem, was uns unsere Mamas angetan haben.

Dann sag' ich: »Guck, sie is' auch bloß 'n Mensch, und Probleme hat sie, wo du dir nich' träumen läßt.«

»Sie hat nie was erklärt«, sagt Edita.

»Muß 'ne Mama was erklären?« frag' ich. »Kinder auf die Welt bringen, is' das nich' Erklärung genug?«

Sie lacht, guckt ihre Kinder an. »Manchmal möcht' ich sie wegwerfen!«

Aber ich seh', wie verletzt sie is', seh' den Heißhunger in ihre Seele. Ich seh', es is' zu spät für Edita und Pono. Aber vielleicht nich' zu spät für die Tochtertochter. Edita sagt, eines Tages, wenn Vanya größer is', darf sie vielleicht Rachel auf der Großen Insel besuchen. Blutsverwandte fernhalten, das is' nich' hawaiische Art. So sind wir Schreibfreundinnen geworden, ich und Edita. Ich kann nich' so gut schreiben, spielt aber keine Rolle. Die Finger kriegen's irgendwie hin. Und dann, ein Jahr später, schreibt mir auch Holo, hat mich durch Edita gefunden. Holo will hören, was aus Rachels Mama geworden is'. Schade, das is' was, wo Mutter Gott einfach nix sagt. Holo hat auch Kinder, das älteste Mädchen heißt Ming.

Zwei Jahre vergeh'n, Rachel is' jetzt fünf. Eines Tages kriegt Pono spitz, wo meine Briefe herkommen. Sie is' eifersüchtig, die wahine, will wissen, mit wem ich mich schreib'. Geht mit meine Briefe zu 'nem Mann, wo sie Taro verkauft. Sie guckt ihm in die Augen, schließt ihn in ihren Bann, sagt nur ein Wort zu ihm: »Lesen.«

Wie sie nach Haus kommt, schubst sie mich. Feste. Will nich' hören, was ich sag', wie's gemeint ist. Sie schlägt mich. Es dreht mir das Herz um. Ich grapsch' meine Klamotten, grapsch' mir Toru. Er wehrt sich, will dableiben. Ich guck' den Jungen an. Er is' alles, was ich hab'. Alles, was ich bin. Ich guck' Pono an, dann sag' ich was Schlaues.

»Eines Tages stirbst du, Pono. Duke stirbt, Rachel wandelt als Geist auf der Erde. Keine Familie, keine o'hana. Wenn du sie fernhältst von ihre Verwandtschaft, werden wildgewordene Hunde deine Knochen abnagen. Du verrottest in der Hölle.« Und ich geh'.

Toru brüllt, wie ich ihn auf die Straße schlepp'. Rachel schluchzt im Garten. Ich hör's hinter mir donnern, hör' schreckliche Riesenschritte. Sie packt mich an den Haaren, ich bäum' mich auf wie 'n Rodeopferd, glaub', sie will mich umbringen, mich kaltmachen. Ich will wegrennen. Sie knallt mir die Faust auf den Kopf. Ich und Toru wachen in ihrem Schoß auf. Sie umarmt uns und die kleine Rachel, die ängstlich guckt. Mein Kopf fühlt sich naß an, ganz naß, von ihren Tränen. Geräusche in ihre Brust wie Schläge mit der Axt. »Nicht«, schluchzt sie, »nicht.«

Meine Freundin, meine beste Freundin. Endlich sieht sie, ihr is' zuviel weggenommen worden vom Leben. Vielleicht is' das der Tag, wo sie anfängt und sich umguckt, wo sie sieht, daß die Zeit nich' stillsteht. Was werden soll, das wird schon. Vielleicht bin ich dafür geboren, eine Brücke für Ponos Töchter zu sein, damit ich ihnen nach Haus helfe. Nach und nach kommen sie, jede Tochter. Sie kommen langsam, wie Frauen, die ins Feuer geh'n. Erst is' Pono still, als wenn sie versuchen würde, nett zu sein, damit sie wiederkommen und jeden Sommer ihre Kinder bringen, als Spielkameraden für Rachel. Aber dann kommt wieder die schreckliche alte Löwin in ihr durch, und sie knüppelt ihre Töchter mit der Zunge. Redet schlecht gegen ihre Männer. Knüppelt und knüppelt, bis sie für immer abhauen. Aber weißt du, Mutter Gott da oben, sie nimmt immer noch mit links und gibt mit rechts.

Rachel lernt ihre vielen Cousinchen kennen, mit drei von ihnen versteht sie sich gut, mit Vanya, Jessamyn, Ming. Die drei, die lieben Rachel, kommen sie besuchen, bleiben und bleiben. Jeden Sommer kommen sie, als ob sie süchtig wären nach der Großen Insel. Ich glaub', sie sind süchtig nach Pono, wie Schwimmer süchtig sind nach'm Meer. Ja, sicher, das Meer is' die Mutter von uns allen, aber man kann's nich' sagen, irgendwann gibt der Boden nach, saugt die Schwimmer nach unten, packt das Fleisch, bis nix mehr übrig is' als wie Knochen.

Ka po'e hapa Hawai'i o ka honua hou

Mischlinge der neuen Welt

Ka hale o na kikepa kea

Das Haus der weißen Sarongs

Sie kommen mit dem Flugzeug an diesen trostlosesten, verlassensten aller Orte. Sie kommen zurück zu der Frau, von der sie besessen sind, von der sie niemals haben lassen können. Immer wieder kommen sie, all die Jahre, landen auf dem kleinen Flugplatz von Keahole, eine Oase, ein grüner Palmenschimmer in der öden Weite der Lavaebenen, schwarze Hügel, bizarr und hoch wie Klippen. Sie steigen in ein Taxi und fahren auf einer Autostraße, die sich durch die dunkle, abweisende Landschaft schlängelt. Weit abseits zur Rechten das Meer, das herrliche Meer, gleich einer blauen Ahnung. Und sie werden nach Süden getragen und fort in die Vergangenheit. Jeden Sommer ihres Lebens sind sie an diesem Ort gelandet – so öde und versengt, daß die ersten Missionare ihn »Höllental« nannten. Und jeden Sommer ist die Lava, das schwarze, schwelende Land, ein wenig mehr in sie eingedrungen, wurde zu einem Fixpunkt in ihrem Gesichtsfeld, ihren Erinnerungen. Sie wurde ihr Eingangs- und Ausgangstor.

Jetzt sehen sie neue Runzeln in der Landschaft, ein riesiger gelber Kran durchfurcht die Lava, bäumt sich auf wie ein Dinosaurier. Bezirke mit Betonbauten, Mietautos auf Abstellplätzen, aufgereiht wie Mistkäfer. Ein weitläufiges Sonnenenergielaboratorium zur Linken, gellend weiß vor dem Schwarz. Der Beginn einer Besiedlung, die Schlimmes befürchten läßt: Einfamilienhäuser flankieren den Hualalai, den schlafenden Vulkan, der in der Sonne brütet. Neben zerbeulten, rostenden Autowracks, die die Straße säumen, das grelle Rot, Purpur, Rosa der Bougainvilleasträucher, in Hülle

und Fülle, ohne Ende. Und über das ganze Land verstreut, soweit das Auge reicht, Botschaften, Signale, inständige Bitten, buchstabiert mit kleinen weißen Kieselsteinen, die in der harten, narbigen Lava stecken. Ha'aheo! ... Lokahi! ... Kokua 'ohana! ... Malama 'aina! ... Huli! Huli! *Stolz! Einigkeit. Schützt die Familie! Bewahrt das Land! Revolution!*
Nach einer Weile scheint sich die Lava zu teilen, eine Stadt taucht hervor, Kailua, wo Lädchen mit Blechdächern erzittern, wenn die riesigen Jets darüber hinwegfliegen, wo Rundreisebusse Ausländer ankarren mit Videokameras, Ferngläsern, Sonnenbrillen, wie emsige, wohlhabende Riesenfliegen. Die Stadt umgehend, dirigieren sie den Chauffeur in die Kaffeehügel des Bezirks Kona. Aufwärts, aufwärts, sechshundert Meter hoch, durch kleine Städte mit wohlklingenden Namen – Holualoa, Kainali'u, Kealakekua, Honaunau, Captain Cook. Langsam wird das Land üppig und grün und mystisch, die Luft wird kalt, es riecht nach Kochfeuern, Guaven, Jasmin und Erde, dunkler, fruchtbarer Erde.

Die vier blickten stumm aus den Wagenfenstern, als das Taxi die alte, mit riesigen Eukalyptusbäumen gesäumte Zufahrt hinauffuhr. Es war Juni, die Zeit des »Kona-Schnees«, der weißen Kaffeeblüten, die die Landschaft mit Gardenienduft überschwemmten. Die Plantage war vergleichsweise klein, deshalb wurde alles Pflanzen, Pflükken und Sortieren von Hand besorgt. Im September, wenn die Ernte in vollem Gang war, pflückten Scharen von mexikanischen, mikronesischen und philippinischen Wanderarbeitern, Körbe um die Taille gebunden, die reifen roten Kaffeekirschen, die die jadegrünen Kaffeebohnen umschlossen.
Als sie das Taxi auf der Zufahrt sahen, riefen die Arbeiter auf den Feldern sich zu: »He, guckt mal! Ponos Mädchen kommen nach Haus!«
Oben auf dem Hügel, in dem weitläufigen Haus, bereitete Run Run Täubchen zu, gefüllt mit Ingwer, Knoblauch und Lotosknollen; außerdem Thunfisch mit einer Soße aus schwarzen Bohnen und ein Lachsgericht mit Tomaten und Zwiebeln – alles die Leibspeisen der Mädchen. Während Run Run, die Marlboro schlaff zwischen den Lippen, klappernd hantierte, stand Pono auf der vorderen *lanai,*

und ihr Herz hämmerte so heftig, daß ihre Haare zitterten. Als das Taxi näher kam, sah sie die Gesichter ihrer Enkelinnen, die sich ihr zuwandten, ihre Züge wurden deutlich.

Es waren noch mehr Enkelkinder da, aber diese vier – Rachel, Jess, Vanya, Ming – waren es, die Jahr für Jahr wiederkamen, all die Jahre und Jahrzehnte ihres Lebens, als ob eine eigentümliche Struktur ihrer Zellen sie immer wieder zurückzöge zu dieser gewaltigen, furchteinflößenden Matriarchin. Jetzt schien Pono sie mit ihren Augen zum Anhalten zu bewegen. Sie trug ein langes, weit fallendes, weißes Gewand, das lange Silberhaar wallte ihr auf die Hüften, ihre dunkelbraune Haut sog alles Licht in sich auf, als ob ihre Macht, ihr *mana,* ein Reflektieren untersagte. Als die vier aus dem Taxi stiegen, den Blick auf sie gerichtet, fühlte eine jede Frau Furcht in sich aufbranden und den mädchenhaften Wunsch, ihr zu gefallen.

Pono musterte sie, während sie sich mit ihrem Gepäck abmühten. Jess mit ihrer rötlichen Haut, im khakifarbenen Overall und Dschungelstiefeln, die Haare kurz geschnitten wie ein Rekrut. Pono konnte sich den Ort, wo sie lebte, Manhattan, nicht vorstellen, aber sie hatte Berichte gesehen: eine Insel, wo die Menschen ihre Haustiere aßen, Kinder von Dächern warfen. Dann war da Vanya: unnahbar, damenhaft, in einem tadellos sitzenden Kleid und spitzen Schuhen, bemüht, ihre sinnliche Erscheinung zu zügeln. Rachel trug ein schlichtes Kleid, eine Strickjacke über den Schultern, aber das Kleid war aus teurer karmesinroter Kioto-Seide gearbeitet. Ponos Augen wanderten aufmerksam über ihr Gesicht, das ohne jedes Make-up war, was ihre bloßliegende Schönheit um so aufsehenerregender machte. *Wen hält sie zum Narren?* dachte Pono.

Zuletzt wandte sie sich Ming zu, die gerade aus dem Auto stieg. Entsetzen. Es war ein Jahr her, seit sie sie das letzte Mal gesehen hatte. Jetzt sah die Tochter ihrer Lieblingstochter Holo gealtert aus, eher wie sechzig als fünfundvierzig. Pono schloß kurz die Augen, um nicht zu schwanken. *Sie ist so weit weg von uns, durch die ständigen Schmerzen.*

Jetzt kam Run Run schreiend und plappernd aus der Küche gelaufen, stürmte in ihrem verschlissenen, sonnenverblichenen Kleid an Pono vorbei.

»Ach, sieh mal an, ihr kommt ja alle zusammen! Wem soll ich zuerst 'n Kuß geben? Schnell, kommt her, nehmt euer Tantchen in den Arm!«
Sie scharten sich um sie wie hungrige Vogeljunge, während Run Run sie schluchzend alle zuerst miteinander umarmte, dann jede einzeln.
»Mutter Gott, guck dir bloß diese abgeschnippelten Haare an! Jess sieht aus wie 'n Junge! Rachel, wo haste dein Gesicht gelassen! So nackt und bloß, schäm dich! Vanya, Vanya, mach, daß du aus diesen gräßlichen Klamotten kommst, so etepetete ...« Als sie Ming sah, fuhr sie zurück, legte erschrocken die Hand an die Brust.
»Ming, *auwe*! Du siehst zu müde aus, zum Heulen.«
Ming lächelte, das bleiche Gesicht gutmütig und weise. Die schwarzen Haare trug sie zu einem strengen Knoten zusammengefaßt, ihre Augen verschwammen hinter Brillengläsern. Sie wirkte wie eine alternde Professorin, die sich vom akademischen Betrieb, von anderen Menschen zurückgezogen hat. Run Run wirbelte herum, betrachtete jede von ihnen einzeln, ein drahtiges kleines Ding und doch die Verkörperung von Heim, Liebe, Beständigkeit. Über ihr auf der *lanai* hielt die Großmutter zur Begrüßung die Arme ausgebreitet, einen Augenblick lang verharrend wie eine Statue. Und es war, als seien die zwei Frauen vor einem Jahrhundert mit dem Haus und den Kaffeebäumen und den Feldern gleich mit geschaffen worden, als seien sie direkt aus der Lava der Insel herausgemeißelt worden, lebendige Geister, die in den Genen der vier Frauen hausten und ihnen nun zu verstehen gaben, daß sie daheim waren.
Dann, als sei sie die Mutter und Pono das Kind – Pono, so unvorstellbar groß, wild und launisch –, zog Run Run die Cousinen die Treppe hoch wie Opfergaben, wie Puppen. Sie stiegen langsam hinauf, sahen Pono an, deren Augen, ohne zu blinzeln, sich auf jede einzelne richteten, sie aussonderten, sie trennten, so daß jede Frau allein vortrat. Ausgerechnet nach Vanya, die wie immer im Hintergrund blieb, streckte Pono zuerst die Arme aus, hielt sie von sich, um sie zu betrachten, drückte sie dann an sich.
»Vanya. Du warst zu lange fort.« Obwohl es nur ein Jahr gewesen war. Öfter zu kommen war beinahe tödlich, sie und Pono waren sich zu ähnlich. Jetzt schob Pono sie sacht von sich, denn Vanyas

Geruch hatte sie wie ein plötzlicher Hieb getroffen. Sie roch nach *haole.*

Ming kam als nächste, blaß wie ein Nachtfalter, mit melancholischen Augen und einem gebrechlichen kleinen Körper. »Ming, o Ming!« Pono umarmte sie am längsten von allen.

Rachel drängte sich vor, um es hinter sich zu bringen. Sie fühlte, wie Ponos Finger den Stoff ihres Kleides prüften, als sie sich umarmten. Dann klopfte Pono sie auf den Rücken und entließ sie.

Noch bevor sie Rachel losließ, fühlte sich Jess von den Augen ihrer Großmutter bereits verschlungen. Jess trat zu ihr, flüsterte *»tutu!«*, und Pono umarmte sie stumm. Was zwischen ihnen vorging, vollzog sich zumeist wortlos, eine Choreographie der Blicke.

Run Run tanzte um sie herum, freudestrahlend und lauthals lachend, sinnloses Zeug plappernd, führte sie schließlich hinauf in getrennte Zimmer, machte Witze, kniff Wangen, kniff Pobacken.

»Jess, viel zu dünn bist du! Was geben die dir auf'm Festland bloß zu essen? Ich werd' dich mit *poi* aufpäppeln. Davon wirste schön fett!«

Jess ließ sich aufs Bett fallen, umarmte die alte Frau. Sie liebte ihre schartigen Zähne, die irrwitzig schief standen, und ihren nach Marlboro riechenden Atem.

Plötzlich wurde Jess' Stimme wehmütig, sie kämpfte mit den Tränen. »Drei Jahre, und sie hat nicht mal gesagt, daß sie mich vermißt hat.«

Run Run wurde still. »Aber sie vermißt dich ganz viel. Wie deine Mutter, die vermißt sie auch.«

»Nein, tut sie nicht. Sie haßt mich. Nie beantwortet sie meine Briefe.«

»Sie is' dein Fleisch und Blut, deine Geschichte. Vielleicht erklärt sie dir eines Tages 'ne Menge Sachen.«

»Ich bin vierzig, Run Run. Ich habe eine erwachsene Tochter. Wie lange muß ich noch warten?«

Run Run lachte. »Haste 'ne Wahl? Du wirst warten. Wie die andern.«

Sie küßte sie auf die Wange und ging weiter, in Vanyas Zimmer, dann in Rachels, in Mings: Run Run liebte das Leben, das sie in das große Haus brachten, liebte die irrwitzige Betriebsamkeit, liebte den

Trotz dieser Frauen, ihre Angst, ihre Dickköpfigkeit, die Instinkte, die sie miteinander verbanden, all die stummen Rituale der Blutsverwandtschaft. Sie waren ihr kleiner Stamm aus »vielen Sorten Farben«, wie sie sagte, wegen der verschiedenen Hauttöne, doch auch, weil in ihren Adern das floß, was sie »beste Sorte Blut, hawaiisches« nannte. Und am meisten von allem liebte sie sie, jede einzelne, dafür, daß sie nicht sahen, wie sehr sie ihrer Großmutter ähnelten.

Pono hörte sie oben plappern, schwatzen, zu Zimmern hinein- und hinauslaufen, dann Schweigen, ihren langsamen, würdevollen Abstieg die Treppe hinunter. Während der Mahlzeit beäugte sie sie argwöhnisch, suchte nach Veränderungen, sah jedoch, daß keine abgewichen war von ihrer Zuneigung zu ihr, ihrer Furcht vor ihr, einer Furcht, die sie absichtlich einflößte. Eines Tages, wenn sie tot wäre, würden sie alles erfahren, und vielleicht würden sie sie hassen. Furcht war dazu der erste Schritt; sie hatte sie gut geschult.

Wie sie da so saßen, über ihre Teller gebeugt, bemerkte Pono, daß Vanya und Jess immer noch gierig aßen – ihre Methode, Ponos Blick auszuweichen. Rachel spielte mit den Speisen, sie schien überhaupt nie richtig zu essen. Jetzt spielte sie mit Bambussprossen, einem Taubenherzen, einer roten Bete, ereiferte sich lauthals über die Farben, wie sie sich vermischten, verliefen, schreiende Kontraste bildeten.

Pono klopfte auf ihren Teller. »Run Run hat viele Stunden für diese Mahlzeit aufgewendet. Fülle deinen Magen, nicht das Auge.«

Run Run huschte aus der Küche herbei, belud den langen Mahagonitisch mit weiteren dampfenden Gerichten. »Vanya, erzähl schon! Haste in Australien Känguruhs gesehen?« Sie verschwand, kam mit einer zweiten Schüssel Reis wieder.

»Jess, wie lebt sich's denn in diesem verrückten Manhattan? Is' das in der Nähe von Cleveland? Wie is'n da die Geschwindigkeitsbegrenzung?« Auf die Gäste wirkte dieses Fragengewitter, all dieselben alten Fragen, entspannend. »Rachel, was hat Hiro dir für neue Sachen aus Hongkong mitgebracht? Die Schätze möcht' ich sehen!« Schließlich setzte sie sich zu ihnen, schaufelte das Essen zwischen ihre großen, nikotinfleckigen Zähne. Erst jetzt wurde Pono sichtlich ruhiger. Ihre Enkelinnen erhoben sich schließlich, sahen sich im

Haus um, betrachteten die windgepeitschte *lanai*. Erst jetzt nahmen sie die Kaffeepflanzungen wahr, die Felder mit »Kona-Schnee«, die bis hin zu den Felsen und hinunter ans Meer wogten. Erst jetzt spürten sie den Ozean als Reflex im wassergetränkten Sonnenlicht, das sich über alle Zimmer legte und die Gegenstände erzittern ließ. Und erst jetzt fühlte eine jede von ihnen, wie die Außenwelt langsam in den Hintergrund trat, während das Haus sie schützend umschloß.

So viele süße, schläfrige Nächte hier, so viele Jahre, in denen sie langsam von Kindern zu Frauen geworden waren. Es waren ihre Fingerabdrücke auf den Familienalben, auf halb weggefressenen Photos von längst verblichenen Walfängern und tahitischen Schönheiten, die mit dem König Krocket spielten. Photos, zerknickt und gewellt an den Ecken, dort, wo der Klebstoff getrocknet war, ganze Generationen auf Photos, bis hin zu Pono. Ab diesem Zeitpunkt waren die Alben schlagartig anders geworden: eine Welt, die Männer auf mysteriöse Weise ausschloß.

An diesem Abend nach dem Essen flocht Pono ihre Haare zu einem langen Zopf, zog hochschaftige Schuhe und eine große Segeltuchjacke an und fuhr in ihrem rostigen Jeep vor.

»Ich will euch etwas zeigen«, sagte sie, während sie die Frauen in den Wagen winkte. »Es geschieht so viel hier. Land wird erschlossen, rund um die Insel gibt es Streitigkeiten.«

Zuerst fuhren sie auf einer gepflasterten Straße und bogen dann nach einer Weile auf eine lange Lehmstraße ab. Sie führte in ein heiliges Waldgebiet außerhalb von Captain Cook, das von japanischen und amerikanischen Bauplanern bedroht war.

»Sie wollen diesen Regenwald mit den alten *Koa*-, Topffrucht- und *Ohia*-Bäumen abholzen und fünf Kraftwerke bauen, genau dort, wo die alten Grabmäler liegen.«

Die Kraftwerke würden Strom erzeugen, der über Kabel auf die Inseln Maui und Dahu geleitet werden sollte, um dort leere Bürohochhäuser die ganze Nacht zu erhellen. Die heiligen Bäume sollten zu Spänen zerkleinert und verbrannt werden, um noch mehr Strom zu erzeugen.

Die Frauen saßen stumm auf ihren Sitzen, blickten hinaus auf nebelverhangene Bäume. Sie befanden sich an einem Ort, von dem gesagt wurde, daß ihn sogenannte »Nachtmarschierer«, die Geister alter Krieger, aufsuchten, um dort bei Tage zu ruhen. Sie hörten schwaches Gemurmel. Jess spürte, wie sich eine Gänsehaut auf ihren Armen bildete, sah, wie Vanya sich gespannt vorbeugte. Sie saßen in völliger Stille, und nach einer Weile setzte Pono zurück und wendete. Während der Jeep still davonfuhr, rief etwas hinter ihnen her.

»*'ainaa ... 'ainaa ...*« Das Land. Das Land.

Pono fuhr zurück auf die Schnellstraße. Lange Zeit behielt sie die Richtung bei, schweigsam, bis sie nach ungefähr vierzig Minuten nach Ka'u, den südlichen Bezirk der Insel, gelangten. Ihr Ziel war die Südostküste, eine Gegend mit urzeitlichen Klippen und tosenden Wellen, Ka Lae genannt, Südspitze. Pono stellte den Motor ab, blickte zu den Klippen.

»Hier ist ein riesiges Raumfahrtzentrum geplant. Hier, auf dem Urgrund unserer Vorfahren!«

Vanya, die diese Pläne schon kannte, meinte: »Die einzige Gegend in den USA, heißt es, von wo aus Satelliten in Äquator- oder Polarumlaufbahnen geschossen werden können. So ein Raumfahrtzentrum würde den hiesigen Fischern den freien Zugang zu den besten Fischgründen der Insel entziehen. Die benötigten Techniker müßte man von auswärts hierherholen, während diejenigen, die ihr Leben lang hier gewohnt haben, ihr Land verlieren würden.«

Sie standen da und blickten die Küste entlang. Hier waren einst, vor fast zweitausend Jahren, die ersten Polynesier gelandet, hier gab es noch uralte Dörfer und Fischereiflotten und heilige *heiau;* die Ausgrabungen waren immer noch im Gange.

»Zwischen hier und Miloli'i weiter oben an der Küste«, sagte Pono, »bauen sie für neunhundert Millionen Dollar ein Urlaubszentrum mit Yachthäfen und allem Drum und Dran. Man wird Chemikalien und Abwässer ins Meer leiten, die Schiffe verlieren ständig Öl. Für den Fischbestand und das Riff bedeutet das das Ende, alle Fischer in diesen kleinen Küstendörfern, die noch auf althergebrachte Weise mit Netzen fischen, werden vor dem Ruin stehen. Ich sage euch, alles auf dieser Seite der Insel wird vernichtet werden.«

Pono ging langsam zurück zum Wagen; ihre Enkelinnen folgten ihr.

»Warum ich euch das erzähle ... die Einheimischen möchten, daß ich mich an dem Kampf gegen dieses Raumfahrtzentrum beteilige. Wenn ich das tue, wird es meine Arbeiter entzweien, und das wird sich auf die Kaffee-Ernte auswirken. *Haole*-Kaffeegroßhändler werden unsere Plantage boykottieren wie schon einmal.«

Die Frauen waren bedrückt, als sie später im Haus beisammensaßen. Pono betrachtete jede einzelne. Schließlich räusperte sie sich. »Da ihr vier diesen Besitz bald erben werdet, müßt ihr in diesen Dingen zu einem Entschluß kommen; ich werde nicht ewig leben.«

»*Tutu*«, sagte Ming leise, »du hast noch viele schöne Jahre ...«

Pono winkte ungeduldig ab. »Ich hatte diesen Tag. Das ist alles, was ich weiß. Und ich werde langsam müde.«

Erschrocken und um sie abzulenken, erklärte Vanya, sie habe der Vereinigung zur Bekämpfung des Raumfahrtzentrums bereits ihre Dienste als Anwältin angeboten.

»Was wir bislang gegen solche Raumfahrtzentren in der Hand haben«, berichtete sie, »ist beeindruckend. Wir wissen, daß die umweltverpestenden Rauchwolken bei Raketenstarts, die von Menschen und Tieren eingeatmet werden, voll tödlicher Gifte sind. Ein Raumfahrtzentrum wird das ökologische System der gesamten Insel zerstören. Die Schadstoffe werden die Fische in meilenweitem Umkreis vergiften.«

Auch die anderen Frauen beteiligten sich am Gespräch. Jess schilderte den medizinischen Standpunkt. Ming erkundigte sich nach der Quelle von Vanyas Informationen. Pono lehnte sich zurück, als sie ihre Enkeltöchter abgelenkt sah, und betrachtete sie. Dabei fragte sie sich, welche von ihnen wirklich um sie trauern würde, wenn sie stürbe, welcher es wirklich etwas ausmachen würde. Langsam wanderte sie in der Erinnerung zurück und sah sich bedachtsam ihre zwei ältesten Töchter, Holo und Edita, begrüßen, die auf die Große Insel gekommen waren, damit ihre Töchter Rachel kennenlernten. Dann hatte sie sie wieder verloren, sich ihnen entfremdet, diesmal für immer. Und sie hatte erfahren, wie es die Seele schwächt, die eigenen Kinder nicht zu lieben und ihre Liebe nicht zu besitzen. Als die Töchter ihrer Töchter Sommer für Sommer wiederkamen, begann sie langsam, auf subtile Weise, ihnen beizubringen, wie sehr sie ihre Großmutter brauchten, ihre Weisheit, ihre Rätselhaftigkeit.

So machte sie sie zum Beispiel mit dem Meer vertraut. Sie zeigte ihnen, wie der Verzehr von bestimmten Meerespflanzen ihnen stundenlanges Schwimmen ermöglichte, ohne zu ermüden; wie sie Strömungen überlisteten, indem sie ihnen nachgaben; welche Schalentiere giftig waren und wie man auf riesigen Teufelsrochen und auf Delphinen ritt; wie man sich zu einer Kugel rollte, wenn man sich Haien gegenüber sah, wie man Haie zähmte, ihnen in ihre Schlafbuchten folgte und sich neben ihnen treiben ließ. Und um welche Stunde der Ozean an einem geheimen Strand Schätze aus dem Orient heranrollte. Sie versuchte ihnen zu zeigen, daß Frauen alles konnten, was sie wollten, und daß sie kompetent waren. Daß sie Probleme lösen konnten, wenn sie nicht darauf achteten, was die Leute sagten, sondern einfach taten, was das Gewissen ihnen gebot.

Und immer wieder hatte sie sie ermahnt: »Laßt euch nicht treiben und träumt nicht. Laßt euch nicht übertölpeln.« Was die Mädchen interpretiert hatten als: »Werdet nicht wie eure Mütter.« Es lag nahe, daß so manches Mal das, was Pono sagte, nicht das war, was ihre Enkeltöchter verstanden.

Als sie in dieser Nacht Schritte von nackten Füßen auf *Koa*-Böden knarren hörte, lächelte sie und stellte sich vor, wie die da oben längst voll erblühten Frauen sich in ihren weißen Schlafsarongs gegenseitig in den Zimmern besuchten, wie damals in ihrer Mädchenzeit, Irrlichtern gleich, die durchs Dunkel geistern. Pono drehte sich auf ihrem Kissen zur Seite, stellte sich vor, wie sie sich zusammen in ein Bett kuschelten, noch immer ihre Unterschiede verglichen, ihre Gemeinsamkeiten. Dann seufzte sie und machte sich zum Schlafen bereit.

Jeder Abend war nun ein Ritual. Nachdem sie bestimmte Kräuter zu sich genommen hatte, die ihre Träume klärten, schlief Pono tief und lange. Sie wartete auf Träume, die ihr sagten, wann und wie sie sterben würde. Aber die Träume sagten es nicht, sie gaben keine Hinweise. Auch in dieser Nacht sah sie im Schlaf einen Leichnam auf dem Meeresboden schaukeln, aber er war, wie immer, gesichtslos. Sie fuhr aus dem Schlaf hoch, hatte plötzlich schreckliche Angst. *Es ist Dukes Leichnam. Er wird mich verlassen.* Sie zwang sich in das Träumen zurück, versuchte, das Gesicht des Toten zu sehen.

Jess konnte keine Ruhe finden. Barfuß lief sie über sternenhelle Kaffeefelder, all ihre Sinne streckten sich dem Land entgegen, dem Land, das es ihr mit überreichen Geschenken vergalt: Gerüche, Nachtgeräusche, feuchte Erde, Seeluft, die ihr schier den Gaumen sprengte. Als sie Licht in Vanyas Zimmer sah, blieb sie stehen und betrachtete die Silhouette ihrer Cousine hinter der Jalousie. Sie hatte Vanyas herrliche dunkle Haut immer begehrt. Nicht gelb, nicht karamelfarben, sondern braun war sie, das echte Goldbraun der Hawaiianer. Sie wußte, es hatte Jahre gegeben, da Vanya sie beneidete, ja, sie haßte. *Die Mauern deiner weißen Seele.* Damals war Jess sich gebleicht vorgekommen, wie eine unnütze Wurzel.

Die ungestüme, stets unverblümte Vanya: diesmal, auf dieser Reise, wirkte sie bedrückt. Als sie bei den anderen lag, alle in ihren Schlafsarongs, hatte sie etwas Merkwürdiges gesagt:

»Sie weiß es. Sie konnte den *haole* an mir riechen. Ich stinke regelrecht.« Es kam abrupt aus ihr heraus, ganz unerwartet, und gleich darauf war sie aufgestanden und hatte das Zimmer verlassen.

Während Jess nun über Vanya nachdachte, und über Pono, und daß Ponos Schönheit sich in Vanyas Gesicht wiederholte, in ihrem Körper, in ihren Gesten, da wurde es Jess zum erstenmal bewußt, daß diese Cousine, die eine, die stets im Streit war mit ihrer Großmutter, vermutlich die meistgeliebte war.

Früher dachte ich, Ming sei ihr Liebling. Aber Ming hat sich zu sehr in sich zurückgezogen, zu sehr von uns entfernt. Rachel ist verloren. Und ich bin zu fremd, wie ich es von meiner Mutter gelernt habe, damit wir in jener anderen Welt überleben konnten, derjenigen, die sie umgebracht hat. Es ist Vanya, es war immer Vanya.

Jess wanderte weiter durch die Felder, hörte die tanzenden Hufe eines trabenden Pferdes und sah einen Reiter nahen. Es war Toru Sasaki, Run Runs Enkel. Sie hatten sich mehrere Jahre nicht gesehen.

An ihrem Fenster liegend, sah Ming den Reiter langsamer werden, einen Schrei ausstoßen, vom Sattel rutschen. Sie sah sie sich umarmen, einander im Kreis umherwirbeln wie Bruder und Schwester. Sie lächelte, zog ihre Jalousie zu. Auf einen Ellbogen gelehnt, lockerte sie die Schärpe ihres Kimonos, arrangierte ihn bequem um sich herum, dann griff sie nach einem erbsengroßen Stück einer

Masse von der Farbe dunklen Bernsteins und nach ihrer kleinen Bambuspfeife. Mit einem Streichholz zündete sie die Pfeife an, nahm verträumt einen tiefen Zug, wiederholte die Prozedur, bis sie ganz ausgestreckt war, sehnsuchtsvoll, und die Pfeife zu Ende war. Im Pfeifenkopf lag nur noch ein winziges Restchen.

»Toru«, flüsterte sie, »vergib mir.«

Vanya

❖

Es ist nicht Liebe. Vielleicht ist es nicht einmal Begierde. Vielleicht haben wir nur einen Weg gefunden, uns gegenseitig beim Einschlafen zu helfen ...

Sie bürstet ihre langen, drahtigen Haare, schnuppert an ihren Armen, ihren Handgelenken.

Drei Tage nach Darwin, immer noch der Haole-*Geruch. Traf* tutu *wie ein Hieb. Dieses Weib. Seit wann ist sie meine Richterin?*

Sie läßt sich zwischen die weichen, weißen, duftenden Bettlaken gleiten; die Luft ist so feuchtkalt, daß sie einen Glanz erzeugt, wie Schweiß. Vanya erinnert sich an seinen Schweiß auf ihr, auf ihrem ganzen Körper. Sie schwört, nicht mit dem Gedanken an ihn einzuschlafen.

... wie er, als wir uns das erste Mal geliebt haben, die Pistole löste, die er sich um die Wade geschnallt hatte. Sollte mich das erregen? Mich erhitzen? Und wie er nachts leise aufstand, sie wieder umschnallte, sich dann wieder hinlegte, das Ding kalt wie ein Reptil an meinem Bein. Kurz vor Morgengrauen dieses grobe Tier wieder in mir, mein schmutziges Geheimnis. Wieder einmal mein Los mit einem Verfemten geteilt. Gott, man sollte meinen, ich hätte etwas gelernt ...

Während sie im sanften Zwielicht müde auf den Schlaf wartet, wandert sie stöbernd rückwärts durch die Jahre.

... Mit sechzehn. An der Straße schnüffeln Schweine an ihren eigenen Scheißhaufen. Meine Lunchdose schwingend, auf dem Weg zur Dole-Konservenfabrik. Ich hasse das Leben. Ananasausschlag, aufgeschlitzte Hände, manchmal Schreie, der abgehackte Finger

einer Frau – während oben in Makiki reiche Weiße Fingerschalen benutzen! Zwei Sommer Arbeit in der Konservenfabrik, sparen für die Universität.

Herrgott, wie ich es gehaßt habe, wie ich es haßte, ein Mischling zu sein. Wie ich es haßte, mit Fliegen beklebte, rotznasige Kinder zu sehen, deren Mütter warmes Primo-Bier aus Dosen schlürften. Von Ananasgeruch wird mir noch heute schlecht ... und in der Lunchdose immer dasselbe klägliche Zeug: getrockneter Fisch, Reisbällchen, eingelegter Kohl. Rachel brennt durch, beginnt ein Leben in Reichtum mit Hiro. Jess und Ming tummeln sich auf der Großen Insel wie Debütantinnen, während ich bei Dole schufte ...

Ich frage Mama: »Warum kann tutu *meine Ausbildung nicht unterstützen? Sie hat so ein großes Haus.« Mama schreit: »Du darfst nichts von ihr verlangen. Nichts!« Ich frage trotzdem. »Hat kein Geld«, sagt Run Run. »Is 'n Kampf, hier alles in Schuß zu halten, damit ihr's mal erben könnt, ihr Mädels.« Also scheiß drauf. Muß alles allein machen, und ich schaff's. Nach zwölf Stunden am Fließband bin ich so erledigt, daß ich nicht schlafen und nicht wach bleiben kann. Touristen machen Photos von malerischen Inselmädchen mit Lunchdosen, die nach Hause gehen in die Slums. Die Vorarbeiterinnen wundern sich, warum wir in Ananasdosen spucken, die fürs Festland bestimmt sind ...*

Die Zulassung an der Maona Valley University, ich fürchte mich jeden Tag. Was tu ich hier, was glaube ich, wer ich bin? Die Haole-*Studentinnen sind so gut gekleidet, die aus Asien sind klüger. Ich schwöre mir im stillen, ich werde mir die Finger abarbeiten, die Augen abnutzen, ja, alles werde ich tun, um etwas Besseres zu werden. Ich verfeinere mein Englisch. Verleugne unser Pidgin, hebe es mir für zu Hause auf, als »Slang«. Die Sprache, mit der ich aufgewachsen bin, die zu mir gehört wie mein Zeuge, erniedrigt, weggeworfen wie Müll. Mama versucht mit mir mitzuhalten, bügelt ihr Pidgin glatt, so wie sie die Kleider anderer Leute bügelt. Papa sagt ihr, sie soll das Bügeleisen wegstellen, zu Dole gehen, in der Fabrik gibt's bessere Löhne. Sie schreckt zurück. Ihr Leben lang das Bild vom fehlenden Finger ihrer Mutter, Pono ...*

Papa, hustend in Zimmern, in die kein Sonnenstrahl vordringt, schmale Knochen, zerbrechliche Rippen, den ganzen Tag vor einem

Schwarzweißfernseher. Seine Sozialhilfe, Primo im Sechserpack. Er raubt mit Freunden Hotellieferwagen aus, verkauft die Ware schwarz. Wer kann es ihm verdenken? Fünf Jahre Schule für Kältetechnik, fünf Jahre Arbeit, um Frau und Kinder zu ernähren. Dann wird er entlassen, sein Herz. Nach sechs Monaten erholt sich sein Herz. Sein Arbeitsplatz ist längst besetzt von einem haole *vom Festland. Papa wartet auf eine freie Stelle. Wartet sechs Jahre, bevor er begreift. Flips sind unerwünscht, immer noch die letzten in der Reihe. Er wird zum Möbelstück, hockt im Wohnzimmer vorm Fernseher, Vorgriff auf ein frühes Grab ...*

Universität ... diese Haole-*Professorin ... versessen darauf, mich zu umarmen, was mich abstößt. Kann den Gedanken nicht ertragen, daß eine von ihnen mich anfaßt. Fischbauchhaut, Sommersprossen, gelbe Zähne und ihr Geruch. Ich sehe die Nachrichten; Gewalt auf dem Festland, ein schwarzer Junge verkohlt, seine Körperteile verstreut. Bei den Vorlesungen bin ich manchmal die einzige Dunkelhäutige in einem Saal voll Weißer. Ich gerate in Panik. Werde ich lebend hier herauskommen? Manchmal hasse ich meine hawaiische Mutter, meinen philippinischen Vater. Manchmal habe ich einen Haß auf mich selbst. Männer sagen, ich bin schön, dabei wollen sie mich bloß bumsen. Vielleicht scheißen sie hinterher auf mich ...*

Vanya wirft sich hin und her, durch die Erinnerungen ist sie plötzlich hellwach. Sie fühlt den alten Groll, die Wut. Und etwas anderes. Die unendliche Einsamkeit jener Jahre.

Auf dem Campus niemand, der mit mir spricht. Meine Slum-Freunde denken, ich bin hochnäsig geworden, etepetete. Kann nicht mal mit »feministischen« Professorinnen reden ... denen, die einheimische Frauen als »weibliche Minderheit« sehen, alles abstrakte Begriffe. Nie fragen sie uns nach unserer Wut, wie wir es schaffen, den Tag durchzustehen, ohne jemand umzubringen. Wo wir leben, wie wir essen. Und atmen. Komm mit mir nach Hause, Mistweib. Ich kann dir was zeigen. Ich beginne, mir einen Wen-kann-ich-niederprügeln-Blick zuzulegen. Ich beginne, Unterdrückung zu verstehen ...

Die ganzen Jahre Jungfrau, merke nichts von dem tiefen Verlangen zwischen meinen Lenden. Bis Ta'a Utu kommt, der hübsche Samoaner, der sich wie ich durch die Uni kämpft und nebenbei als

Feuerschlucker arbeitet. Ich, eines Abends abgefüllt mit Rum, klettere auf eine Bühne, tanze schamlos mit ihm. Er hat ein Footballstipendium, ist dunkler, muskulöser Läufer voller Grazie. Ich brenne, als er Feuer schluckt ... Wann habe ich angefangen, ihn zu lieben? Als er in mich eindrang? Als wir im Mondschein erwachten, und seine Haut roch nach Benzin und Zimt? Seine großen Hände hielten meine Pobacken wie Brotlaibe. Noch keiner hatte mich so gesehen, mich so behandelt ... voll tiefer, tiefer Achtung. Für das, was ich war, was ich dachte, die Grenzen, die ich zog. »Ich gehe nicht tiefer in dich, als du zuläßt.« Ta'a sagt, er wird mich heiraten, wenn er in Stanford sein Ingenieursexamen gemacht hat. Er sagt mir, ich soll weitermachen, weiter, soll mich behaupten, mich um Stipendien bewerben. Und ich bekomme eins ... Universität von Chicago. Die Nachbarn lachen über meinen Ehrgeiz. Ich lache zurück. Ja, ich will Rechtsanwältin werden, herauskriechen aus dem Rachen, der unsere Rasse zermalmt. Mama weint, Papa ist stumm. »Wie willst du da drüben überleben?«

... INDEM ICH MIR VORSTELLE, ICH WÄRE WEISS.

Teilzeitarbeit, Vollzeitarbeit, alles. Und ich steige in Chicago aus dem Flugzeug, voll Angst, so voll Angst. Und weiß, wenn ich mich nicht totfriere, werden die nächsten drei Jahre mich ausbluten. Und die Kommilitonen, alle vom Festland, bringen mich um mit ihrer Nettigkeit. »Wo liegt Hawai'i genau?« – »Was sprecht ihr da für eine Sprache?« Und die Stadtmenschen mit ihren blutunterlaufenen Augen rufen von ihren Lieferwagen herunter: »He, Nigger-Tussi, du Miststück!« Arbeite als Bedienung in einem Fast-food-Schuppen. Als Telefonistin. Zwei Jobs, sechs Tage die Woche. Wanke abends nach Hause, studiere allein, esse-lebe-weine allein. Will es unbedingt schaffen, meine Träume wahrzumachen ...

Vanya setzt sich im Dunkeln auf und weint. Sie erinnert sich, wie sie in ihrer Verzweiflung nach Westen floh und mit Ta'a ein Wochenende in einem billigen Hotel in Reno verbrachte, beide so heimwehkrank, daß sie verkniffen und alt aussahen. Seine Klagen über Stanford, den Rassismus, das Elitedenken, den Zwang, sich mit Leuten von Yale und Princeton zu messen. Ta'a verließ Stanford schließlich in seinem zweiten Studienjahr. Vanya schüttelt den Kopf, erinnert sich an einen Achtzehnstundenflug von Chicago nach Apia, Westsamoa. Ihr Rendezvous. Ihre Schwüre. Und die Begegnung mit seiner Familie, armen Samoanern, stolz und hellhäutiger als Vanya.

Und ich mit Flip-Blut. *Herrgott. Seine Mutter erzählt mir mit der freundlichsten Stimme, sie hätten schon eine Braut für Ta'a ausgesucht, die Tochter eines Häuptlings. Ta'a weint, erklärt: »Es ist der Wunsch meines Vaters. Wenn ich es nicht tue, werde ich ausgestoßen aus der Familie, aus dem Stamm.« Meine rasche Abreise. Rufe Jess an, langes Ferngespräch. Ich umgehe Honolulu, Chicago, lande dreißig Stunden später betrunken in New York City. Jess ist Tierarztpraktikantin, sie wäscht Aquariumbecken aus, pflegt genesende Tiere. Höfliche Geringschätzung von dem blassen, blonden Südstaatler, mit dem sie geht. Als ob meine Haut gestreift wäre. Und als ich mich verlaufe, greifen sie mich auf wegen Herumlungerns auf der Park Avenue. Hochnäsige Türsteher denken, ich bin auf dem Strich, eine Harlem-Nutte, und rufen die Polizei. Jess steht mit rotem Gesicht im Revier. Die Polizisten entschuldigen sich, während sie schreit. »Sie ist meine Cousine! Sie studiert Jura!« Als ob das was an meiner Hautfarbe ändern würde …*

Zwei Mischlinge weinen in Jess' Bett, die Arme umeinandergelegt wie verirrte Mädchen, die sich fragen, wie sind wir hierhergekommen? Wo waren wir? Wer war ich? Und wer war sie? Ich sage ihr, daß diese Stadt sie umbringen wird. Der Lärm wird ihr Tod sein. Ein Jahr später ruft Jess mich an. Was der Doktor ihr angetan hat. O Jess, Jess! Vielleicht habe ich sie da wirklich geliebt, wie ich sah, wieviel sie in sich hineinfraß. (Als wir klein waren, wie oft habe ich sie ins Gesicht geschlagen, nicht sehr fest, nein – bloß um die Verschiedenheit unserer Hautfarbe auszugleichen) …

Wie oft in jenen Chicagoer Jahren habe ich auf der Großen Insel angerufen, R-Gespräch, und geheult. Pono am Apparat, die Stimme tief, streng, aber irgendwie gütig. »Wie sehr wünschst du dir das Jura-Examen?« – »Genug, um dafür zu töten«, heule ich. – »Dann töte die Angst. Sei stark.« Einmal glaubte ich sie sagen zu hören: »Ich bin sehr stolz.« Und endlich die Heimkehr, ich heirate Rogo, den hübschen Flip, *Mathelehrer. Heirate ihn, weil er mich bewunderte, nicht mit mir wetteiferte. Und weil ich zu viele Jahre allein gewesen war.*

Sie denkt zurück an die ersten Jahre, in denen sie als Anwältin praktizierte, an ihre Schwierigkeiten, als Einheimische in dem Metier Fuß zu fassen. Und als Frau. Sie arbeitete bei der Rechtshilfe von Honolulu, kämpfte für die Landrechte der einheimischen Hawaiianer, für mehr Arbeitsplätze, für mehr Sozialhilfe bei Familien mit geringem Einkommen. Der Seniorpartner ihrer Kanzlei erwartete, daß sie ihm Kaffee und Doughnuts servierte, beauftragte sie, irgendwelche Akten ausfindig zu machen, während er ihren Hintern betrachtete. Sie wechselte zu einer anderen Kanzlei, arbeitete für die Verbesserung der Zustände in Gefängnissen; bei ihren Besuchen dort sah sie viele Freunde aus der Kindheit wieder, die schon seit Jahren hinter Gittern saßen und deren Gefängnislaufbahn, begonnen in der Jugendstrafanstalt, wohl irgendwann in lebenslanger Haft enden würde.

Die Jahre wurden zum Jahrzehnt, und Vanya widmete ihr Leben dem Kampf für Reformen. Sie kämpfte gegen Banken, die Filipinos den Kredit für ein Friseurgeschäft zugunsten der profitableren Beteiligung an einem chinesischen Restaurant kündigten. Sie kämpfte gegen die Kürzung der Stipendien für hawaiische Studenten zugunsten klügerer, mehr versprechender asiatischer Studenten. Vergebens. Dann kämpfte Vanya mit zwei Kolleginnen für die Gründung einer Frauenkanzlei, doch siebenmal wurden Bankkredite abgelehnt. Die Banken sagten, Frauen hätten »kein Händchen« in dem Beruf, zu ihnen würden niemals Klienten kommen. Bei einem Gespräch hatte ein leitender Bankangestellter – verbindliches Auftreten, stahlgrauer Anzug mit Krawattennadel und passenden Manschettenknöpfen – nichts anderes zu tun gehabt, als auf ihre Brüste zu starren. Und Vanya starrte auf die Schere auf seinem Schreibtisch.

... Fünf Jahre vergehen. Ta'a Utu schwindet nicht aus meinen Träumen. Geruch nach Zimt oder nach Benzin macht mich immer noch atemlos, sprachlos. Späte siebziger Jahre ... nationalistische Bewegungen nehmen zu, Hawaiianer wollen ihr Land zurück, ihre Muttersprache. Dreißig High-Schools und Colleges schwören, sich loszusagen. »Wovon?« fragte Mama. – »Von den Vereinigten Staaten, von der Entweihung unseres Bodens, von der ökonomischen Versklavung unseres Volkes.« Papa schlürft sein Bier ...

Spannungsgeladene Sommer bei Pono, das Kaffeegeschäft blüht. Sie läßt uns bei Kerzenschein essen, wie haole! *Meine Cousinen sind so langweilig! Ming vertieft sich in die akademische Welt, ihre Bücher, ihren Bach. Rachel übt auf der* samisen *für Hiro. Seine kleine Konkubine ist sie. Ich schreie, beschimpfe sie alle, will sie herausreißen aus dem Sumpf ihrer Apathie. Pono macht ein Gesicht, als wünschte sie mir den Tod. Sagt, sie sei keine Rassistin. Wem will sie etwas vormachen? Wer hat außer Run Run mit ihr am Tisch gesessen? Weder das kleine Mädchen aus Puerto Rico, das Gemüse putzte, noch das philippinische Hausmädchen, der philippinische Gärtner. Nicht Mings Vater. Nicht meiner ...*

Eines Abends war Vanya zu Ming gegangen, um sie daran zu erinnern, wie ihre Eltern geschuftet hatten. Mings chinesischer Vater, Tang, ein Koch mit einer zerschmetterten Schulter, ihre Mutter, Holo, die zehn Jahre Aufseherin in einem Frauengefängnis gewesen war, Jahre, über die sie nicht sprechen wollte, jetzt eine Frau, die Kleider für andere Leute nähte. Auch Vanyas Vater am Ende, die Augen ihrer Mutter Edita ruiniert vom jahrelangen Stärkesprühen auf anderer Leute Wäsche. Diese Frauen, die Pono überlebt hatten, opferten noch immer Teile von sich, ihre Töchter, indem sie sie jeden Sommer übers Wasser schickten, damit sie ihre Cousine Rachel kennenlernten. Hatte Pono ihnen jemals geholfen, ihnen auch nur ein Säckchen mit erstklassigen Kaffeebohnen geschickt? Nein. Nichts.

Dann hatte Run Run ihr eines Abends einen Scheck ausgehändigt. Eintausend Dollar. »Von deiner *tutu,* und 'n kleines bißchen von mir!« Verblüfft fragte Vanya: »Wofür?« Run Run hatte gelacht. »Um Hawai'i zu helfen ... dummes Mädchen! Glaubste, uns is' das egal?« Vanya lief zu Pono, umarmte sie stürmisch. Pono hatte sich abgewandt, um ihre Fassung ringend, hatte sich dann wieder umgedreht und Vanya in die Augen gesehen. »Sei stark. Wage alles.« Und Vanya hatte zum erstenmal das Gefühl gehabt, daß diese Frau sie vielleicht verstand. Sogar liebte.

Unterdessen wächst mein Sohn Hernando heran. Geht jetzt auf die Punahou-Privatschule. Will Richter werden. Ist so klug, daß er zwei Klassen überspringt. Aber sie reden ihm die Vorbereitungskurse fürs College aus, schlagen vor, er solle Kfz-Mechaniker werden,

Schreiner oder Türsteher, Klempner, Polizist. Ich drohe mit einer Anklage, nehme ihn von Punahou, stecke ihn in die McKinley-Schule, eine öffentliche Schule mit hohem Anspruch. Im Wettstreit mit klugen asiatischen Studenten behauptet er sich; ist mein ganzer Stolz. Und ich reise im Südpazifik herum, knüpfe Verbindungen zu anderen nationalistisch gesinnten Frauen. Fidschi, Tonga, Vanuatu, Neuseeland, Australien. Alle kämpfen für dasselbe, gleiche Löhne, Wohnungen, Bildung, Anerkennung ...

Eines Tages, ich bin auf einem Kongreß in Auckland, tritt ein Gesicht aus der Menge. Anzug, Aktenkoffer. Ta'a Utu. Wir stolpern in ein Geschäft, befingern Souvenirs, können den Blick nicht voneinander lassen.

»... ich hab dich nie vergessen, Vanya ... ich träume von dir.« Wir begutachten Schafsfelljacken, Gläser mit Lammzungen. »Ich hoffe, dir geht's miserabel. Ich hoffe, deine Frau hat O-Beine.« Er lacht, hat plötzlich Tränen in den Augen. »Ich habe meine zweite Tochter Vanya genannt, nach dir.« Sechs Nächte zusammen in dem Hotel in Auckland, wir vergessen Termine, vergessen alles, schildern uns gegenseitig unser Leben, den Kampf im Alltag, gegen die Bürokraten. Ich erzähle ihm von dem Mann, den ich aus Einsamkeit und Dankbarkeit geheiratet habe. »Er unterrichtet, spielt gern, sieht sich Love Boat *im Fernsehen an. Mein Sohn Hernando, groß, robust, ist zehn Jahre alt und sieht aus wie fünfzehn. Ein Vollblutpolynesier.« Und ich liege da und wünsche mir, Hernando wäre Ta'as Sohn ...*

Und so fangen sie an, meine monatlichen Reisen nach Auckland. Ich treffe mich mit Ta'a. Er hat mittlerweile fünf Kinder, wird seine Frau nie verlassen. »Dann muß das hier genügen«, sage ich. Meine Zunge brennt, als ich meine Bereitschaft formuliere, mich zu kompromittieren, mich mit den Brosamen vom Leben einer anderen Frau zu begnügen. Mein Körper brennt, er weiß, er erregt und erfreut und verzehrt den Ehemann einer anderen. Nichts kann mir jetzt helfen. Jede einzelne Zelle von mir ist süchtig nach ihm, will ihn halten, festhalten. Ich bin eine Frau, die festhält. Ich denke an Rachel und ihre unsägliche Ehe. Gleich sind wir, ganz gleich, Rachel und ich. Stumm, mit der treibenden Gelassenheit blinden Eifers, lieben wir gegen jede Vernunft. Unsere ertrinkenden Schatten warten auf unser Ertrinken ...

So blind! Ich sehe den ertrinkenden Schatten nicht, der auf meinen Sohn wartet. So sehr bin ich von meiner Begierde getrieben, daß ich die Zeit verstreichen lasse. Und er ist zwölf, sieht aus wie siebzehn. Dieser sonderbare Sommer ... Taifune, Haie, die Menschen angreifen, Säuglinge verschwinden aus ihren Wiegen. Und Einheimische schwimmen nach Kaho'olawe, auf die kleine Insel der heiligen hawaiischen heiau, *um gegen die dort stattfindenden Raketenversuche der USA zu protestieren. Hernando lügt über sein Alter und schließt sich den Kämpfern an, die auf die Insel übersetzen, ein Protestlager aufschlagen und damit die US-Marine geradezu herausfordern, sie zu bombardieren. Hernando, wo bin ich gewesen? Wie hast du dich fortgeschlichen? Sie ankern im tiefen Wasser, schwimmen an Land, etwas zieht ihn hinab ...*

Jetzt schluchzt sie im Dunkeln, weil sie sich an alles wieder erinnert. Sie hatte friedlich auf ihrer *lanai* gedöst und von Ta'a Utu geträumt. Träumte, sie könnte davonlaufen, alles zurücklassen. Sie erinnert sich, daß sie aufsah. Rachel in einem bunten Kleid, eine bekleckste Palette, die sich zwischen den Blättern bewegte, brachte die Nachricht. Sie erinnert sich, wie ihre Zellen aneinanderrempelten, aufnahmen, was Rachel zu sagen versuchte. In diesem Augenblick traten sie aus der Zeit heraus und hinein in einen Rahmen, eine Erinnerung. Immer wieder kehrt er zu ihr zurück, dieser Augenblick, der absolute Frieden vor dem Klecks zwischen den Blättern.

Konnte danach nicht mit Rachel sprechen, konnte ihr nicht in die Augen sehen. Ließ sie büßen für alles, als wäre es ihre Schuld. Am Ehrenmal, luau, *Reden der hawaiischen Nationalisten, ein paar hundert Menschen. Riesengroße Kränze, endlose Feiern. Ich schreie: »Wo ist er? Wo ist der Leichnam? Wer hält mich hier zum Narren?« Meine Ehe scheitert, verliert sich im Kummer. Mein Skelett verändert sich, das Fleisch schlottert. Alles wird weiß, sogar die Schamhaare. Ming sagt, mein Körper starb für Hernando; was sich erneuert, wird er sein, in mir wiedergeboren. Was weiß sie denn schon, mit ihrem öden, armen Leben! Sie versucht, diesen buddhistischen Mist zu predigen – nichts ist von Dauer, der Tod ist unser natürlicher Zustand. Ich demoliere ihr Haus, werfe mit Möbeln um mich, zerschmettere ihre Bach- und Brahms-Platten ...*

Der Flug zu Ta'a, sein Entsetzen über mein Gesicht, eine Maske, die formlos über meinem Schädel hängt. Er nimmt diese plötzlich gealterte Handvoll Knochen in die Arme. Er dringt in diese Hexe ein. Ich benutze ihn, als wäre es auch seine Schuld, benutze ihn, um mich zurück ins Leben zu bumsen, mir den Verstand zurückzugeben, langsam wieder Farbe anzunehmen. Meine Haare werden wieder schwarz, der Stoffwechsel beschleunigt sich, das Fleisch wird fest. Dann taucht über mir mein ertrinkender Schatten auf. Ta'as Tochter Vanya, von Kinderlähmung befallen. »Gottes Wille«, schluchzt er.

»Unsere Strafe.« Hernando tot, Ta'as Tochter verkrüppelt. Ich flehe: »Mach mir ein neues Kind.« Und Ta'a sagt entsetzt, Gott werde uns eine Mißgeburt bescheren. Von da an hat er seinen Erguß außerhalb meines Körpers. Er bringt mich langsam um, läßt mich los. Eines Tages geht er leise fort, läßt mich schreiend zurück in einem fremden Hotel, den Bauch beschmiert mit totem Sperma ... Die Monate, die Jahre, ich betäube mich mit gesichtslosen Männern, aufgegabelt in den Bars von Auckland, an Flughafengepäckbändern. Schlanker Äthiopier, klasse Hintern, schwarz wie Teer. Koreaner, säuft wie ein Ire. Malaysischer Gummibaron, Schnaps und Gitanes. Ein Inder, dessen Haare nach Tati-Stroh riechen, er ist impotent, schildert die Leichenverbrennungen auf dem Ganges: »... Die Trauernden bleiben bei dem Leichnam stehen, bis der Schädel platzt.« Er will nur an meinen Brüsten saugen. Ich schlage ihn mit Fäusten. »Verdammt, ich bin keine Kuh.«

Ich fordere Pono heraus, fordere sie heraus, ein einziges Wort zu sagen. Der Gestank verschiedener Nationalitäten an mir. Sie ist zu aufgewühlt; sie trauert um Hernando, den sie auf eigenartige Weise geliebt hat, seine Robustheit, seine hünenhafte, göttergleiche Statur. »Er erinnert sie an wen«, flüstert Run Run. Ponos Trauer ist endlos, ihre Blicke sind so tödlich, drei Sommer lang bleibt Jess fort. Jess und ihr Festlandleben, ihr eigenes blasses Kind, eine Tochter, die die Mutter im Stich gelassen hat ...

Auwe! *Unsere Geschichte ... Sprachlose Frauen, in unseren Augen die Unkenntnis unseres eigenen Blutes. Ich starre Pono an – wenn Blicke töten könnten –, gebe ihr an allem schuld. Was war das für ein beschissener Vater, daß sie unseren Müttern nicht sagen konnte, wer er war? Und wenn sie eine Hure war? Wenn es viele Väter waren?* SAG ES UNS! *Zu spät für Jess' Mutter, sie ist tot, die von Rachel verschwunden. Mings Mama und meine sind zu kaputt, um sich zu interessieren ... und wir, all die Sommer, schon als kleine Mädchen immer auf der Suche nach Identität. Jetzt sind wir erwachsene Frauen, deren Geschichte unter unseren Hautschichten modert ...*

Und während ich modere, begegne ich Simon Weir. Ich hätte würgen und spucken, hätte weggehen sollen. Seine Lippen straff gespannt, abschätzend, welche Chancen er bei mir haben würde. Augen vom grellen Blau geschmiedeten Stahls. Er umkreist mich, mein Puls geht schnell, ich kann es nicht erwarten, ihn zu hassen. Vor dem heruntergekommenen Hotel schlafen Flughunde kopfüber in ihrem eigenen Dreck. Drinnen endloses Knarren verzogener Dielenbretter, ein schäbiges Bett, verrostete Federn, Insekten, die sich in der Lampe zum Opfer bringen. Der ideale Ort: leicht brennbar. Dann ist er in mir, und er bedeutet mir nichts, ist nur eine Methode, die Zeit zu verbringen zwischen Leid und Leid. Und was bleibt mir denn, außer Trauer? Hurerei. Die Lust ist ein grinsender Irrer in einer Menge.

Sie breitet im Dunkel die Arme aus, und da ist nichts.

Hernando! Ich bleibe sohnlos mein Leben lang ...

Ming

❖

Sie wacht auf, im Mund einen bitteren Geschmack. Sie fühlt den Wolf kommen, ihre Gelenke beginnen zu schmerzen. Vielleicht kann sie ihm entrinnen. Ein Versuch. Sie zündet sich eine neue Pfeife an und zählt langsam rückwärts. Jahre mit schrecklichem Fieber, Arthritis, Erschöpfung bis in die Knochen. Haarausfall, Mundgeschwüre, ein Knacken in Herz und Lungen. Und immer die Schmetterlingsflechte auf Nase und Wangen – die Gesichtsmale eines Wolfs.

Es heißt, eines Tages wird mein Herz versagen. Oder die Nieren. Lu-pus er-y-them-a-to-des, langsam aufgesagt wie ein Mantra. Manchmal verzieht sich der Wolf, und ich schlage ihm mit guter Gesundheit ein Schnippchen. Der Zorn, wenn er zurückkommt. Dermatologen, Rheumatologen, Immunologen, ihre dämlichen Therapien – Kortikosteroide, Malariamittel, Immunosuppressiva. Ungezähmt kommt und geht er, mein Wolf. Er ist meine Strafe, die schweren Gitter vor mir. Aber ich habe etwas, das diese Gitter aufschließt. Er greift an, ich überliste ihn. Wie wir uns gegenseitig täuschen …

Eines Tages werden wir einen Waffenstillstand schließen, uns zusammen hinlegen, den Ahnen meines Vaters Gesellschaft leisten: neugeborene Mädchen, deren Münder mit Asche verstopft waren, unterwürfige Eunuchen, enthauptet für Fehler in der Kalligraphie, Kurtisanen mit Sieben-Zentimeter-Füßchen, die verfaulten. Verfehlungen, aus der Ahnentafel gelöscht. Wir werden schnellfüßig sein, mein Wolf und ich, ich sause durch das Leben nach dem Tode, ohne von Blicken belästigt zu werden …

... Neunzehn war ich, als er das erste Mal zuschlug. Papa versucht mich zu retten, bringt mir Gerichte mit Knoblauch, Zimt und Hahnenblut. Lungen von zinnoberroten Flußfröschen, Genitalien von Schwänen. Er bestäubt mein Zimmer mit mi yao, *dem betäubenden Pulver, das die bösen Geister vertreiben soll. Mama weint, schrubbt meinen Körper, wie sie es tat, als ich klein war, untersucht meine Haut nach Wunden. Eines Nachts steht Pono an meinem Bett, betrachtet mich in meinem Fieberwahn, meine arthritischen Gliedmaßen, untersucht meine Haut wie Mama. Ich weiß, wonach sie schauen. Ich habe es immer gewußt ...*
Rachel, Vanya, Jess sehen mich als mystisch, eine Art Märtyrerin, an das Kreuz der Schmerzen und der Demütigung genagelt. Wie kann ich ihnen erklären, daß Krankheit eigene perverse Geschenke mit sich bringt? Ungestörtheit. Und Reisen. Reisen in ein finsteres Hinterland, wo Kreaturen schnattern, höhnen und sabbern. Meine Wolfheimsuchungen. Meine Cousinen mißdeuten mein Schweigen als Weisheit, meine Intuition als Magie. Oh, ihr Liebsten, barfüßige Vertraute meiner Jugend! Wenn ich magisch bin, dann nur auf die Weise, wie faulende Bäume ein Leuchten aussenden ...
Vielleicht bin ich erschöpft geboren, stecken in mir noch die Jahre des Rennens in den Genen meiner Mutter. Ich habe nie lachen gelernt. Ganz leise redeten die Menschen um mich herum. Auf diese Weise lernt man. Vater sagt, ich war ein trübsinniges Kind, beobachtend, nachdenklich. Ich erinnere mich, wie er in seinem Gemüsebeet hockte – der Garten war so klein, daß er alle Ecken von der Mitte aus behacken konnte – und mir, die ich drinnen in meinem Bettchen lag, etwas vorsummte. Und Papas »Hah! Hah! Hah!« bei Tagesanbruch, wenn er in unserem kleinen, schütteren Gärtchen Gong Fu übte, was, wie er mir Jahre später erklärte, seiner im Zweiten Weltkrieg zerschossenen Schulter guttue. Als ich älter war, lehnte ich mich, sobald ich aufwachte, an die Fensterbank und legte meinen Kopf darauf, sah die Sonne zwischen den kräftigen gelben Waden meines Vaters aufgehen. Plötzlich verharrte Papa, ein erstarrter Krieger, dann Mantisgang, Tigersprung, Kobrawindung: Im Geiste überwand er dabei seinen Feind, den deutschen Soldaten mit dem krachenden Schuß. Trotz seiner zerschmetterten Schulter konnte er riesige Sommerkürbisse mit zwei Fingern spalten. Zack...

O Papa, ich sehe dich aus dem Krieg heimkehren, nur mit deinen Träumen bewaffnet. Jemand sein, jemand werden, mehr als ein Kuli, der sich dauernd bücken muß. Buchhaltungskurse nach dem GI-Bildungsprogramm, Heirat mit einer Nichtchinesin. Aber dann verweigert deine Schulter sich plötzlich, für Stunden, aus denen Jahre werden, jedes Krümmen am Schreibtisch ist eine körperliche Strapaze. O Träume! Wie sie verdunsteten im feuchten, labenden, deine Wunden lindernden Küchendampf. Und du wurdest Koch, schwebtest im Nebel von anderer Leute Mahlzeiten ...

Halb betäubt, wie sie ist, schmeckt Ming die salzigen Tränen auf ihren Lippen nicht. Sie schmeckt schalen Reis, kalten Tee, schmeckt die schweren Jahre, in denen ihr Vater als Buchhalter nicht durchhielt, in denen er zum Küchenchef umschulte, aus dem Restaurant Salz und Fischköpfe für seine Familie stahl. Wie er weinend am Abend seine Füße badete, während Ming ihm die Schulter massierte und dabei ihre Lektionen aufsagte. Die Jahre, als ihre Mutter als Nachtaufseherin im Frauengefängnis arbeitete, als sie Dinge sah, über die sie nie sprechen konnte. Die Jahre, als ihre Mutter zu Fuß nach Hause ging, um das Fahrgeld für den Bus zu sparen. Für Ming, Mings Brüder, alles für sie, für ihre Ausbildung.

Und Papa verrichtete Frauenarbeiten für Mama – Ohren säubern, Fußnägel schneiden, unsere Schuhe putzen. Manchmal wusch er mir abends die Haare, trocknete sie vorsichtig, als wäre ich aus Porzellan. Und seine phantastischen Geschichten! Geschichten von Gong-Fu-Helden, die Taten vollbrachten, wie Robin Hood und seine Männer im Sherwood Forest. Manchmal, in alberner Laune, verwechselte Papa die Schlüsse und die Anfänge. Manchmal endete Lu Zhishen, der falsche Mönch, als echter Mönch, manchmal als Kaiser, als gebratener Hund. Eines Tages brachte Papa mir ein Geschenk mit, ein Märchenbuch. Auf diese Weise führte er mich in meine richtige Welt. Kein Leben begann, bevor ich Bücher aufschlug, und wenn ich sie zuklappte, verharrte jedes Leben in der Schwebe und wartete auf mein Auge, meinen Finger auf der Seite. Diese Macht! So lernte ich, daß Kunst nicht betrügt ...

Er lehrte mich andere Dinge: Rituale chinesischer Gastlichkeit, die der Halbchinesin manchmal nicht eingingen. Wie man Stäbchen richtig hält, die Handfläche immer nach oben, nie nach unten. Wie man eine Reisschale hält und winzige Täßchen ohne Henkel. Niemals zu spät kommen, niemals geschwätzig sein. Er lehrte mich auch Unchinesisches. Vaterliebe. Mama war liebevoll, aber nur mit ihren Augen, ihrem Schweigen. Zurückgehalten von ihrer Vergangenheit wie von einer unsichtbaren Leine. Eines Tages machte ich Mamas Lunchdose auf, warf ihr Essen in den Rinnstein. »Warum kannst du uns nicht in die Arme nehmen, mit uns lachen wie Papa?« Warum mußten die Brüder und ich büßen für das, was Pono ihr angetan hatte?

»Bist du wütend, sag nichts«, unterwies mich Papa. »Bevor du was Dummes sagst, zähl bis zehn. Bist du sehr wütend, zähl von zehn rückwärts. Auf chinesisch.« Das war sehr schwer – Papa war sehr klug!

Meistens sagte ich nichts, als ich heranwuchs. Weil ich Bücher verschlang, hielten die Leute mich für klug, also wurde ich klug. Auch als die Ehe kam und Kinder, sagte ich meistens nichts, nahm ich immer nur Worte auf wie ein schrulliger Eremit. Noch jetzt, in den Wolfsjahren, sind Bücher, Musik, Nachdenken mein Trost, auf ihre Wirkung verlasse ich mich, wenn alle normalen Zeichen nicht sprechen. Der Geist, der Geist.

Man stelle sich vor, in einem einzigen Moment kann man hundert Jahre sehen!

Manchmal empfindet Ming leise Sehnsucht nach den frühen Jahren, nach den Jahren, als ihr Ehemann George noch aufmerksam, ihre Kinder klein und Mings Körper kräftig waren. Sonntags in Chinatown, mit Sohn und Tochter, die ihren chinesischen Singpapagei Fong in kleine Teestuben trugen, wo alte Männer gnadenlos konkurrierten, wessen Vogel am klarsten, am lautesten sang. Chrysanthementee, Krabbenklöße, Lotossamenplätzchen. Sohn und Tochter lachten, die kleinen Beinchen trugen sie Straßen entlang, wo sie chinesische Rätsel errieten, die auf aufgehängte Papierlaternen gedruckt waren.

... Meine kleinen Pake-kanaka. *Das Leben war am wirklichsten für mich, als sie jung waren und noch an Zauberei glaubten. George sagte, Magie passe zu meinem nachdenklichen Wesen. Und dann kehrte mein Wolf wieder, befiel mich wieder öfter. Meine Kinder fürchteten sich so, daß sie zu Fremden wurden. Die Jahre.*

Beklemmende, schlaflose Nächte, »weiße Nächte«, in denen ich mich Büchern zuwandte. George fragte, ob sein Schnarchen mich beim Lesen störe, ob er mir genug Platz in unserem Bett gelassen habe. Und ich überlegte, wie man wohl in einem Sarg lesen könne ...

Ich versuche es mit Humor, sage ihm, die Vorstellung von guter Gesundheit, einem normalen Leben langweile mich, ebenso das langsame Tropfen des Alltäglichen. »Aber du bist noch jung«, sagt er. »So viel Leben liegt noch vor dir!« Wie kann ich von meiner Erschöpfung sprechen? Wenn mein Wolf kommt, verschlingt er alles, sogar meine Exkremente. Das Gesicht abgezehrt, Augenringe wie Zielscheiben, das Wolfsmal übers ganze Gesicht verbreitet, das Rückgrat gekrümmt, die Finger arthritisch kreisend. Stehe ich vor einem Spiegel, kann ich nicht hinsehen, kann ich mich nicht abwenden. Wenn es mich mit voller Wucht trifft, bitte ich George, mich mit einem Kissen zu ersticken, mich ins Herz zu stechen. Er weint, mißt meine Medikamente ab. Und wenn der Wolf leise davontappt, ist das, was von mir übrig ist, von innen zerfressen. Was wohnt jetzt in mir? Was schaut heraus? Ein roher, breitmundiger Nerv, der bettelt, bettelt ...

»Erwarte nichts«, sagt Buddha. »Hoffe nichts zu gewinnen. Gehe unbeschwert auf deinem Pfad.« Eine Münze auf dem Pfad, ein Zeichen. Schmerz kann etwas anderes werden. Und so wende ich mich der strahlenden Münze zu: Drachensaat, vergraben in der verrauchten Schale meines Verstandes. Es macht mich luftig, duftig. Dort ist mein Mongole in der Wüste Gobi und melkt ein singendes Pferd. Weiß er, daß es in der Wüste Gobi viele Sorten Wasser gibt? Wasser, das einen halben Meter unter dem Sand liegt. Und Wasser in einem Viertelmeter Tiefe, wenn man sich in der Nähe bestimmter urzeitlicher Dünen befindet. Buri-Wasser ist nicht gut, es tötet einen. Und steht man bei bestimmten Sonnenständen in der Länge des eigenen Schattens, kann man auf Yen-bur-Wasser stoßen, wenn man nur ganz leicht im Sand scharrt. Einst marschierten die Truppen von K'ang-Hsi, dem Kaiser von China, siebenundvierzig Jahre lang, ohne einen Fluß oder Bach zu sehen, und sie überlebten, weil sie Wasserwissen und Vertrauen in ihre eigenen Schatten besaßen ...

Begehrt vom Wolf, süchtig nach dem Drachen, habe ich zu nichts mehr Vertrauen. Was sind Gefühle, die scheuern wie ungeheilte Haut? O Toru! Nur du kannst es verstehen, und du hast dich abgewendet. Mein Ritter, mein berittener Bogenschütze, der als erster ausritt, den Drachen zu erschlagen, mir seine Saat zu bringen. Vor dir gab es nur schwache Medikamente, der Wille zu sterben trat immer deutlicher auf meinem Gesicht zutage. Dann aber gab es dich, heimgekehrter Kriegsheld, hinkend, auf so mannigfache Weise beschädigt.

Ming seufzt im Dunkeln, erinnert sich an Toru, der aus Vietnam heimgekehrt war. Sie schlossen sich zusammen, wie es Menschen tun, die Schaden genommen haben, er zeigte ihr seinen kaputtgeschossenen Fuß, Ming erklärte ihre Wolfsmale, die Schmetterlingsflechten im Gesicht, die ungeheuer geschwollenen Gliedmaßen, ihr sich allmählich verkrümmendes Rückgrat. Eines Tages, nachdem sie viele Stunden unterrichtet und ihren Studenten die Maske der Unwissenheit von den Gesichtern gezogen hatte, wartete Toru auf sie, wartete, um sie nach Chinatown zu bringen. Sie erinnert sich an Spelunkengeräusche und lachende Barmädchen, an die Singsangrufe alter Männer, die Mah-Jongg und Fan-Tan spielten. Irgendwo läuteten Glöckchen, brennende Räucherstäbchen, Geruch nach Salzfisch, Ingwer, und mitten in alledem alte Süchtige, die an den Mauern von Mietshäusern klebten wie Seesterne.

Ich wußte, wohin wir gingen. Ich wollte es. Eine schmierige Gasse, ein kleiner Mann in schwarzem Pyjama öffnet die Tür. Das Gesicht starr, wie eine geladene Pistole. Bis er Turos Dollarbündel sieht. Er führt uns durch dampfgeschwängerte, überfüllte Räume, wo Familien an Tischen mit Wachstuchtischdecken vor gefüllten Tellern hocken. Eine alte Frau hält im Essen inne und winkt, eine zermalmte Garnele zwischen den Zähnen. Plötzlich ein Hof, ein paar armselige Orchideen. Ein langer, dunkler Raum wie ein Tunnel. Pritschen, alte Matratzen an einer Wand. Die Knie werden mir weich. »Ich glaube, ich kann das nicht.« Torus warme Hand auf meiner Hüfte. »Versuch's Ming. Es macht die Welt gütig.« Seine Stimme klingt eigenartig, schon gierig, erwartungsvoll ...

Oh, ich erinnere mich ... ich sitze auf einer Pritsche, die Haut platzt mir vom Gesicht. Bambuspfeifen, kleine Öllampen, braunes, gum-

miartiges Zeug, wie kleine Murmeln. Inhalieren, würgen, inhalieren, Pfeife über Flammen am Brennen halten. »Gib mir deine Hand.« Ich flehe, habe solche Angst zu sterben. Seine Hand warm und fest in meiner. Dann liegt er neben mir, irgendwo stöhnen Leute im Traum. Das Gummizeug ist ganz verbrannt, süßer Rauch verklebt meine Lungen. Ich will mich übergeben. Will meinen Mund öffnen. Worte ... bilden. Und kann es nicht. So schwerfällig, so hilflos. Und irgendwo ... irgendwo in der Wüste Gobi melkt ein Mongole ein singendes Pferd. Karawanen nahen. Jemand zieht mir still die Haut ab. »Toru!« Seine Hand ist noch in meiner. Ich fühle ihr Gewicht. Könnte eine Hundepfote sein, eine Granate ...

Wie gut sie uns bald kennen in dieser Gasse! Meine Übelkeit verflüchtigt sich langsam. Eines Nachts auf den Pritschen kommt Toru zu mir, geschmeidig und bernsteingelb. »Ich bin verheiratet.« – »Ja«, sagt er, während er sich tief in mir bewegt. Er verspricht, daß wir nie süchtig werden. Wenn wir die Drachensaat achten, achtet sie uns. Und doch, und doch ... Eines Tages in der Schule stöhne ich, vor meinen Schülern. Mir ist, als würden meine Lippen sich aufrollen. Schmutz, ein Verlangen nach Schmutz. Wende mich ab von meiner Familie, aus Angst, daß mein bitterer Atem mich schuldig spricht. Nichts hilft. Kein Knoblauch, keine Myrrhe, kein Koriander ...

Mittlerweile begrüßt uns der kleine Mann im schwarzen Pyjama wie Familienangehörige, seine Augen sagen unverblümt das Unaussprechliche: Wir nähern uns dem Punkt, da die Drachensaat nicht mehr gütig ist, dem Punkt, da ihre reglose Schnelligkeit dich süchtig macht. Ihr verliert das Interesse an anderen Menschen. Sitzt da wie Eiszeitkunstwerke und wartet nur noch auf die Stunde der kleinen Gesten, des Anzündens einer Pfeife. Noch schaffe ich es irgendwie, mit der Familie, dem Unterricht, den Schülern fertig zu werden, mit den Strapazen meiner akademischen Neigungen. Klassenarbeiten korrigiere ich über Nacht ...

Eines Abends krempelt Toru stumm die Ärmel auf. Auf seinen Armen Linien wie Schneckenspuren. »O Toru.« Ich berühre die Spuren, versuche sie wegzukratzen. »Ming«, sagt er leise. »Hast du's nicht satt, dieses Scheißzeug aus dem letzten Jahrhundert?

Drachensaat ist Kinderkram. Ich kann dir was geben, das macht dich schweben, macht dich sehen, wie Wände sich teilen.« Ich weiche entsetzt vor ihm zurück, so erschrocken, daß ich sogar von der Drachensaat ablasse. Die Nächte. Meine Nervenenden betteln, jeder Nerv ein klaffender Mund. Nächte, in denen ich weine nach ihm, dem Rauch, der an meinen Lungen leckt. Ein Gefühl, tiefer als Verlangen, tiefer als der Zustand des Menschseins, wie ein Rückwärtsblättern durch meine Seele. Ich geh allein nach Chinatown, rieche die Gerüche. Mauern, mit Schimmel verhangen. Matratzen, die gären. Wessen Lippen haben diese Pfeife berührt? Ich kann es nicht tun ohne Toru ...

Sie seufzt wieder, erinnert sich, wie allein das Klappern der Mah-Jongg-Steine in der Gasse sie zum Würgen brachte. Oder mußte sie würgen, weil sie an Mangel litt? Dann kam das, was die Ärzte Entzug nannten: Akupunktur, Kräuterkuren, Schlaflosigkeit, Wochen der Schinderei. Ihr Verlangen wandte sich wieder Büchern zu, dem Labsal Chopin, Albinoni. Doch ihre Lippen formten nur ein einziges Wort: Drachensaat. Und sie vermißte Toru, vermißte, daß er sie an Stellen berührte, von denen kein Mann vor ihm je gewußt hatte. Daß er Dinge mit ihr machte, für die sie keinen Namen hatte. Daß er sie geschmeidig und ihren Kreislauf in Gang hielt. Hellwach. Im Schlaf umschmiegte sie ihren Ehemann und sehnte sich nach Toru. Oder war das Sehnen ein Requiem an die Drachensaat, an jene kleine Kugel in der Pfeife?

Und dann ein neues Aufflammen, eine Heimsuchung des Wolfs. Diesmal so schlimm, daß die Nachbarn mich schreien hören. Handgelenke, Ellbogen, Knie so angeschwollen, daß ich mir vorkomme wie ein Geschöpf ohne Gelenke. Schmerzen. Schmerzen, die Stumpfheit bringen, mich zu Pulver zermahlen. Marternd, marternd. Jess, vom Festland gekommen, steht schluchzend an meinem Bett. Rachel, Vanya, mit Gesichtern wie zerdrückte Blumen. BEOBACHTEN, WIE ICH STERBE. *Und eines Tages kommt Toru, küßt mich auf die Stirn, drückt mir ein kleines, einziges Kügelchen in die Hand. Bringt mir ab da jeden Tag eins. Hilft mir es anzünden, hilft mir inhalieren. Die Schmerzen verlassen mich. Eines Abends, einfach so, sind sie weg. Ich laufe ins Freie, renne im Kreis herum, reiße einem Dutzend Leuchtkäfern die Flügel aus, hänge mir ihre*

Leiber ins Haar, eine flimmernde Frau. Der Drache hat meinen Wolf gefressen!

Danach ist Toru überall. Ich schlafe und fühle seinen Atem, beiße in ein Taubenherz, und es ist seins. Ich fühle seinen Pulsschlag in mir. Eines Tages lauert er mir auf, zieht mich auf einen Weg voll zertretener Plumeria. »Ming, du … vermißt mich, oder? Magst du nicht wieder nach Chinatown? Alten Zeiten zuliebe?« Ja, ich will. Dafür würde ich durchs Feuer gehen. Dieselbe Gasse, derselbe kleine Mann im schwarzen Pyjama. Wir liegen auf denselben Pritschen, mit angezündeten Pfeifen. Ich warte, daß Toru mich berührt. Er lächelt, krempelt die Ärmel auf; in dieselben Schneckenspuren. »Warum Toru, warum?« Und er beginnt zu erzählen …

Eines Tages in Vietnam war seine Einheit außerhalb von Hoi An aus dem Hinterhalt angegriffen worden. Tagelang lag er in einem Reisfeld versteckt; vielleicht half der Reisschlamm zu verhindern, daß sein zerschossener Fuß brandig wurde. Jeden Tag, sagte er, hätte er diese kleine Mama-san in der Sonne sitzen sehen, wie sie ihre neuen Metallbeine blankputzte. »Die is' gegangen wie der Tin Man in diesem Judy-Garland-Film! Aber stolz war sie, und wie!« Als die Army ihm schließlich auf die Spur kam und man ihn mit einem Lazaretthubschrauber abtransportierte, hatte der Begleitbomber die Beine der Frau zerschossen, und alles übrige von ihr auch. Und ihr Dorf obendrein. Doch das Gesicht der alten Frau, ihre Metallbeine hatten ihn verfolgt, waren immer wieder durch Sedativa und Morphine zu ihm durchgesickert. Wochenlang konnte er die Augen nicht schließen, lag nur schreiend da in seinem Fußgips. Ein Sanitäter erbarmte sich schließlich seiner, pumpte ihn voll mit starkem Stoff. Dem stärksten …

Vielleicht waren seine Geschichten von den Reisfeldern übertrieben. Vielleicht hatte Toru im Fronturlaub bei einer Kindhure in Bangkok mit dem Fixen angefangen. Vielleicht wollte er mich vorbereiten: »Nächstes Mal, wenn dir deine Gelenke weh tun, bring' ich dich wohin, wo du nichts spürst!« Seine Hand auf mir. »Ah, Ming, weich wie Tau auf Ingwer!« Seine warmen Finger auf meiner Hüfte, eine Berührung, die meine Hüfte irgendwie für immer ihm gehören läßt. Mein Kreislauf ist wie aufgeladen, hellwach, sein geschmeidiges, vollkommenes Eindringen …

Danach umwirbt er mich, er weiß, der Lupus wird wiederkommen, denn es ist eine Krankheit wie ein Tänzer, er, der nur für eine Weile in den Hintergrund der Bühne tritt und sich dann langsam wieder nähert, unter Maskeraden, verstohlenen Blicken, hinter einem Fächer hervor. Schließlich wird Toru ungeduldig, will mir unbedingt das Nichts zeigen. Ich kann es nicht tun, kann ohne dieses elende Verlangen den Sprung von der Pfeife zur Nadel nicht vollziehen. Er wird noch ungeduldiger, ich könnte ihn jede Minute verlieren. Wenn der Lupus meine einzige Macht über Toru ist, so will ich die Umklammerung verdichten. Ich fange an, um ein neuerliches Aufflammen zu beten – gräßlich geschwollene Gelenke, Erschöpfung bis in die Knochen, das Wolfsmal, das mir ins Gesicht springt. Ich bete um so starke Schmerzen, daß ich ihn anflehen werde: »Tu es! Mit der Nadel! Nimm mich an den Angelhaken wie einen Fisch!«

Wir warten, zwei Menschen auf einem Bahnsteig, die hinuntersehen auf die Schienen. Doch oh, wie eigensinnig ist mein Wolf! Er läßt sich Zeit. Eines Abends in Chinatown berührt Toru mich mit der Hand, flüstert mir ins Haar: »Ah, Ming ... es kostet so viel zu leben.« Ich stöhne, lasse mich zurücktreiben in Träume, drücke meine Pfeife an mich, darin das dunkle, erloschene kleine Relikt. Er gleitet von meiner Pritsche, zieht seine Utensilien hervor, geht seinem Untergang entgegen. Alkohol, Feuerzeug, Löffel, Watte, Gummiband, Spritze, ein Arsenal im Mondlicht. Im Morgengrauen finde ich ihn zusammengerollt wie ein Kind. Er scheint nicht größer als meine Faust. Kalt, so kalt, sein Puls so langsam. Da tue ich es, tue das Verbotene ...

Panik. Suche den kleinen Mann im schwarzen Pyjama, rüttle ihn aus dem Schlaf. »Hilfe, mein Freund stirbt.« Der kleine Mann flucht, telefoniert, hilft mir, Toru aus der schmierigen Gasse zu tragen, irgendwohin. Ich schreibe Torus Namen und Adresse auf, hefte den Zettel an sein T-Shirt, dann drücke ich ihn an meine Brust. »Lebe! Oh, lebe!« Und warte auf den jaulenden Krankenwagen. Renne dann durch die Dämmerung, die geschwängert ist von Pökelfisch, Ingwer, Bambussprossen. Renne mit meiner Feigheit. Finde Papa in seinem Gärtchen, noch immer ein Gong-Fu-Krieger. Die Sonne geht zwischen seinen Waden auf, die knochig sind, aber

noch kräftig. Papa, erstarrt in Mantisgang, Tigersprung, Kobrawindung. »Hah! Hah! Hah!« …
Krankenhausflure, arktische weiße Leere. Die Leere in Torus Augen. Monate vergehen. Pono schwört, ihm die Sucht auszutreiben, und wenn es ihn umbringt. Run Run lebt nur noch auf den Knien, fleht zu Plastikheiligen mit nackten, kümmerlichen kleinen Füßen. Der Geruch nach katholischen Priestern, Weihrauch in ihrem Haar. Nach einem Jahr ist Toru geläutert, sein Körper strotzt vor Gesundheit. Er belehrt mich, er, mein berittener Bogenschütze, der als erster den Drachen für mich erschlug, mir seine Saat brachte. Jetzt ist er ein Prediger, ein Bekehrer. Ich höre verträumt zu, und mein Körper bleibt mit ihm im Gespräch, während in meinem Geist bereits ein anderer, jüngerer Mann auf Zehenspitzen durch Gassen schleicht und mir Drachensaat bringt. Wir nicken höflich, machen das Geschäft. Er berührt mich nicht, seinen Namen erfahre ich nie …
Toru wird böse. »Es wird dich umbringen. Ein langsamer, abscheulicher Tod.« Ich entgegne leise: »Abscheulicher als Lupus?« – »Ich liebe dich«, sagt er. »Für alle Zeit.«
Zeit. Die messe ich nicht mehr. Keine Zeit mißt mich. Der Wolf naht mit seinem Zollstock. Wartend, marternd. Dann wieder sein scheuer, aberwitziger Rückzug. Wie viele Jahre schon? Zwanzig? Fünfundzwanzig? Der Luxus einer Krankheit, die schwächt: Wenigstens gestattet sie uns, daß wir sie aus dem Auge verlieren. Gestattet uns, nur das Einfachste zu tun und abzulassen von der plärrenden Betriebsamkeit täglicher Wiederholung. Gestattet uns, nicht mehr richtig zu leben, mag es bei vielen auch so scheinen, und statt dessen nur schweigend und nachdenklich zu kreisen, damit andere das langsame Zerkrümeln unserer Knochen nicht hören können, damit sie das Ding nicht sehen können, von dessen Lippen Menschenfett trieft …
Toru ist genesen, sein Körper vom Heroin befreit. Nicht mehr in Sucht vereint, haben wir unsere gemeinsame Herkunft verloren. Habe ich dich wirklich geliebt? Mozarts Klavierkonzerte, Schumanns Etüden, Bachs Oboenkonzerte. Euripides, Saikaku, Lu Xun. Die habe ich geliebt. Lieben – ein Wort, das ich nie auf lebende Menschen anwenden konnte, vielleicht nicht einmal auf meine

Kinder. Vanya, Jess, Rachel – wir sind mit etwas anderem befrachtet, mit Beständigkeit, mit den Stimmen in unserem Blut. Wir sind unser gegenseitiges Gewissen. Aber du, Toru? Von dir habe ich vielleicht Erlösung erwartet. Blutrote, ertränkende Leidenschaft der Erlösung. Es gibt nur dieses Triumvirat, mich, meinen Wolf und die Drachensaat. Aber ich erinnere mich. Bei dir war ich für eine Weile eine Frau ohne Schmerzen ...
Toru ... verzeih ...

Rachel

❖

Vanya nebenan riecht nach haole. *Ich kann es durch die Wand riechen. Gott, sie trägt es mit sich herum wie eine Trophäe. Und Ming riecht nach ihrer Sucht. Trotzdem bin ich es, die von Pono verurteilt wird. Ihre Augen verfolgen mich, all die Jahre schon. Ihre Finger reiben den Stoff meiner Kleider, taxierend, bewertend. Als ob ich sie gestohlen hätte!*
Niemand, an den ich mich wenden, bei dem ich mich beklagen könnte. Auch bei Jess nicht. Für sie ist es die erste Reise nach Hause seit drei Jahren, und sie ist schweigsam, schüchtern wie ein Kind. Was ist los mit ihr? Wie das Leben ihre scharfe Zunge geglättet hat ...
*Einmal, wir waren zehn Jahre alt ... ich nenne Jess »*haole, *fischbäuchige* haole*«. Eine schreckliche Stille, dann schreit Jess, sie schreit und schreit. »Wenigstens weiß ich, wer mein Vater ist. Wenigstens bin ich nicht unehelich wie du!« Und ich renne weg. Der Dunst der meerumflorten Kaffeebäume überzieht meine Haut. Ich verstecke mich die ganze Nacht in den Klippen, Seeigel saugen an meinen Füßen. Etwas wie ein Klumpen nasser Rubine bewegt sich auf mich zu, ich sehe noch heute seine glühenden Augen, so furchtbar wie jenes Wort ...*
Unehelich. Ich weiß es. Hatte es immer gewußt. Run Run wurde jedesmal verlegen, wenn ich gefragt habe. Mein Vater sei kurz vor meiner Geburt im Krieg gefallen, sagte sie. In welchem Krieg? Ich bin 1952 geboren. Sie sagte, Mutter sei bei der Geburt gestorben, an gebrochenem Herzen. Lügen, alles Lügen. Ich hatte das Geflüster gehört, von dem Kind, das vor der Tür lag. Wie habe ich

Jess gehaßt, ihr wahrheitverströmendes Maul, ihr Muttervaterleben ...
Vater. Ich kannte nicht einmal seinen Namen. Toshio, sagte Run Run, das wird wohl der Name ihres *Vaters gewesen sein. Ich betrachte die Photographie meiner Mutter und denke: »Nun ja, sie war noch ein Mädchen«, und bete für ihre teure, verblichene Seele. Dann, eines Tages, höhnische Bemerkungen in meiner Klasse. »Deine Mutter ist nicht tot. Sie ist weggelaufen. Sie wollte dich nicht.« Ich stelle Pono und Run Run zur Rede. Sie machen lange Gesichter, haben die Lüge satt ... Und ich erfahre, sie ist irgendwo auf der Welt. Unvorstellbar, sie nie kennenzulernen, ohne sie zu sein, morgen, immer ...*
Eines Tages sagte ich zu Jess: »Ja, ich bin unehelich. Dafür kann ich nichts.« Wir waren zwölf, aber in diesem Moment sah sie sehr alt aus. Schluchzend bat sie mich um Verzeihung ... Das war der Tag unserer Heilung, zur Feier schwammen wir hinaus zum Riff, was uns verboten war. Hinaus, wo der Meeresboden ins Nichts absinkt ... Oh, wie die Wellen uns hoben, uns auf ihren Schaum setzten wie Vögel! Eine Weile trugen sie uns, doch dann warfen sie uns ab. Jess wurde gegen mich geschleudert, klammerte sich an mich, während wir tiefer und tiefer sanken ...
Stunden später fand uns Pono bewußtlos im Sand, Jess mit gebrochenem Handgelenk, doch sie hielt mich immer noch fest ... Vielleicht ist Zuversicht zuweilen stärker als die Kräfte der Natur, sie hat die Macht, uns über Wasser zu halten ... Das Wunder an jenem Tag war nicht unser Überleben, sondern die Heilung des Risses zwischen uns.
Eines Tages dann starrt Pono mich an, ich bin sofort gelähmt, so wie Beutetiere im Angesicht der Bestie in Hypnose fallen. Was habe ich getan? Run Run bürstet mir die Haare, glättet meine Haut mit Zitrone und Kukui-*Öl. »Sie sieht, du bist so schön wie deine Mama. Mal gespannt, was sie mit dir macht.« Mit mir machen? Warum mich nicht lieben? Mich in die Arme nehmen? »Sie liebt dich doch, dummes Kind. Mehr als die andern. Fällt ihr aber schwer, so 'ne Art Liebe zeigen. Hat zuviel durchgemacht. Eines Tages wirst du alles wissen, Rachel. Und du wirst erschüttert sein.« Ich bin immer erschüttert gewesen, mit flehenden Augen, so begierig, in die Arme*

genommen zu werden. Ming sagt, Pono sei schüchtern, könne keine Gefühle zeigen. Ming hat gut reden, sie ist Ponos Liebling. Oder Vanya, dunkel und launisch, Ponos Ebenbild. Ich bedeute ihr nichts, bin ein Fehltritt ...

Mings Familie, Tante Holo, Onkel Tang, arm, aber voller Liebe, haben genug Liebe für mich. Ich lebe für die Tage, wenn ich sie in Kalihi besuche! Onkel Tang mit seinem Lachen, seinen Späßen, seinen wunderbaren Gespenstergeschichten, seinen Geschenken – Kätzchen, Eulenjunge. Seine Froschlippensuppe, brutzelnde Hühnergerichte, so viel Qualm, daß wir Servietten vor den Gesichtern tragen müssen wie Banditen! Wie er mit zwei Pfannenwendern Mango- und Macadamiapfannkuchen jongliert! Und noch heute, im hohen Alter, macht er seine Gong-Fu-Vorführungen, spaltet mit zwei Fingern Melonen. Zack! *Was für ein Lachen, was für eine Unschuld!* O *Wunder, einen Vater zu kennen ...*

Rachel betrachtet ihr Spiegelbild, reibt ihr Gesicht mit einer Creme aus Arsen und menschlicher Placenta ein. Mit zierlichen Bewegungen streichen ihre Finger vom Hals aufwärts zu den Schläfen; der Geruch der Creme ist zuerst betörend, dann bedrückend, übermächtig, als stünde etwas Riesenhaftes im Schatten des Zimmers, etwas mit einem ungeheuren, unbeugsamen Willen. Sie blinzelt. Die Schönheit ihres Gesichtes übersieht sie, sieht nur mikroskopisch kleine Vertiefungen, erste Fältchen auf der Stirn.

Ich bin kein Kind mehr, auch Hiros Kind nicht, das Spielzeug, das er anzieht, auszieht, mit seltsamen Sachen bestückt. Ich komme ins mittlere Alter, werde sein Alptraum. Wenn ich alt bin, dann ist er uralt. Ist ein Mann mit sechzig uralt? Wenn er wie vierzig aussieht? Wenn er potent ist wie ein geiler Bock?

Sie läßt die Träger ihres Unterrocks herabgleiten, untersucht ein paar Zahnabdrücke gleich unterhalb ihrer Brustwarze. Talismane seiner Heimkehr. Male seines Fortgangs spiegelten sich in ihren Augen, aus denen das Weiße herausgezogen war, so daß sie kleiner wirkten.

... Auwe, *ich war noch ein Kind, er war der Vater, den ich gesucht habe. Es geschah, als ich sechzehn war und zu Besuch bei Mings Familie. Eines Abends spähe ich über die Mauer in den Nachbargarten, und da stand dieser Mann, nackt, und wusch sich mit einem*

Gartenschlauch. Ganz blau und böse sah er aus, ich mußte ihn kennenlernen. Ich wußte, wenn ich bei ihm bliebe, würde nichts auf der Welt mir etwas anhaben können ... Bei Vollmond sah er aus wie lebendiger Schimmel. Tätowiert. Von oben bis unten. Alles. Und ich klettere über die Mauer, gehe zu ihm, verzückt. Ob wir gesprochen haben, weiß ich nicht mehr. Sein tätowierter Penis richtet sich auf, eine Schlange, verkleidet für einen Maskenball. Ich gebe mich ihm an Ort und Stelle hin, zwei Eidechsen im nassen Gras. Seine Haut wechselt im Mondlicht die Farbe, der Drache auf seinem Rücken speit Feuer, die Blumen auf seinen Schultern blühen auf wie im Treibhaus. Hiro. Zwanzig Jahre älter, stattlich, brutal, bewegt sich wie ein Vollblutpferd.

Und danach ... es gab kein Danach, nur ein Immer. Er ließ mich nicht mehr von seiner Seite, er kleidete mich, lehrte mich essen und trinken. Bombay Sapphire, hochprozentig. Eines Abends ein Diamant im Glas. Wir sind durchgebrannt ... Ponos Zorn. Sie verstößt mich, wie meine Mutter mich im Stich gelassen hat. Run Run nimmt die Fähre nach Honolulu, stellt Hiro zur Rede. Droht ihm mit der Faust, so heftig, daß ihre krummen Beine wackeln. »Ich war wie 'ne Mamma für Rachel, oder? Sie is' noch 'n Kind. Wenn Sie sie traurig machen, mach' ich Sie kalt. Ich bring' Sie um, verlassen Sie sich drauf!« Hiro lächelt, setzt Run Run auf seinen Schoß. »Ich kann ihr nicht weh tun, Rachel gehört mein Herz.«

Er liebt es, daß ich so bereit bin zur Leidenschaft, bereit, zu nehmen und zu nehmen. Und er nimmt mich ohne Hintergedanken. Sein Kind, das noch wächst, sich entwickelt. Ich liebe seinen Geruch nach Gin, englischen Zigaretten, Schmuggelware ... Hiro fürchtet niemanden, aber wenn er von seinem Vater spricht, nimmt sein Gesicht einen Ausdruck der Trauer an. Und vielleicht ist das der Anfang von etwas: die Entdeckung, daß dein Beschützer, dein Geliebter, der Mann, mit dem du durch tiefe Gluten reist, daß auch er fallen gelassen wurde. Er ist bloßgelegt worden. Und er beginnt zu erzählen ...

Als Hiro zehn war, schickte sein Vater ihn von Honolulu zur Ausbildung heim nach Japan. Statt dessen wurde er zum Gangster. In Kyoto studierte er Kendo, den » Weg des Schwertes «, und machte sich die Philosophie des Bushido zu eigen: zu leben wie ein Krieger, immer bereit zu sterben, denn das ist die einzige Form zu leben ... Er glaubt, der wahre samurai *habe das Herz eines Verbrechers. Mit sechsunddreißig kehrt er schließlich nach Hawai'i zurück. Als sein Vater die Tätowierungen sieht, verstößt er ihn. An dem Abend, bevor er geht, jenes Bad unter dem Gartenschlauch, das Schicksal lenkt meine Augen auf ihn ...*

Und oh, die frühen Jahre. Die Ablösung von der Familie, wir bummeln durch das Royal-Hawaiian-Einkaufszentrum wie Touristen, tanzen im Halenani-Hotel wie gelangweilte Pfauen. Die Leute gaffen, weil wir einmalig aussehen. Das Haus in Kahala, das er mir schenkt, mit Blick aufs Meer, ringsum lange Zufahrten, weißlivrierte Diener, die den Kies harken, kostbare Zierkarpfen. Die Mahlzeiten werden mit kaiserlichen Jadestäbchen aus Burma verzehrt. Wir haben sogar eine eigene kleine Flüstergrotte aus kostbarem Schildpattbambus ...

Hiro, mein yakuza, *sein Gewerbe ist der »Wasserhandel« – Alkohol, Prostitution, Drogen –, die asiatische Küste auf und ab, Malaysia, Hongkong, Tokio. Er ist jetzt häufiger fort. Wenn er zu Hause ist, stolzieren Artisten und Spaßmacher sonntags nachmittags durch unseren Garten. Und Gangster ... Menschen, die ich hassen lerne, als Teil seiner Welt, die ihn mir fortnimmt. Ich konkurriere auf verhängnisvolle Weise mit ihnen. Flirts, Kränkungen, Lachen über den erbärmlichen westlichen Kleidergeschmack eines laotischen Drogenzars ... Die Karpfen im Teich starren dicht unter der Oberfläche jeden Fremden an, wie ein Gedanke in einem kaltblütigen Hirn. Hiro ist mit den Jahren immer häufiger abwesend ...*

Ich lerne betteln, flehen. »Warum bleibst du fort? Warum bist du so viel in Hongkong?« Er trinkt seinen Bombay Sapphire, unter seinem Blick wird mir ganz heiß, und ich habe Lust, mich auszuziehen. »Weil man mich in Hongkong in Ruhe läßt.« Die Jahre vergehen. Mich machen sie gierig, ihn lassen sie nicht zu Atem kommen ... Hiro sagt, wenn er bei mir sei, fühle er sich, als würde er in mich hineingegossen, wie von einem trinkenden Tier verschluckt. Er sagt, er trägt seine Pistole, um sich vor mir zu beschützen. Vor meiner Schönheit ...

Ich werde dreißig. Mein Gesicht bleibt auf geradezu unheimliche

Weise jung. Die Tyrannei der Rituale: Schönheitstonikum aus zerstoßenen Perlen; abends bittere Aufgüsse aus Gyokuro, dem seltensten der grünen japanischen Tees, so kostbar, daß man ihn aus Fingerhüten trinkt; Bäder mit Seetang, Ginseng, Hailebertran; Masken aus geklärter Buttermilch und Hirn. Dann bin ich vierzig ... Vielleicht ist mein beständiges jugendliches Aussehen in Wirklichkeit das gerötete Antlitz der Angst, Spiegelung der Spiele, die Hiro und ich spielen, Todes-Lust-Spiel mit fugu, geprägt von körperlicher Benommenheit und dem Erschrecken, das mir das Blut an die Oberfläche jagt ...

Manchmal, wenn er schläft, möchte ich ihn unter mir begraben und mich im Jenseits mit ihm vereinen. Vielleicht ist es seine ständige Abwesenheit, die uns davon abhält, uns gegenseitig zu töten. Aber wenn er fort ist, verwahrlose ich zusehends. Ich demoliere Autos, überfahre Pfauen. Werfe mit Smaragden nach Möwen. Zerreiße golddurchwirkte Seidenkimonos ... Ich warte, warte auf ihn. Ming sagt, ich soll meine Tage mit karitativer Arbeit füllen wie andere wohlhabende Frauen. Aber was sagt man zu anderen Frauen? Wie sitzt man? Außerdem lerne ich origami und Tuschmalerei, ikebana, habe Kalligraphiestunden, Samisen-Unterricht, studiere die Teezeremonie ... Und dann muß ich noch meine Kostüme anprobieren, die Geisha-Perücken, Perücken für die Verkörperung junger Mädchen, junger Knaben, und lange, rote Mikado-Perücken, die bis auf den Boden reichen. Das alles für Privattheater, für Phantasien aller Arten ...

Jedesmal spüre ich es in den Lenden, sogar meine Pupillen werden weit. Er ist zurück von einer Reise, ist zu Hause, kommt über den Rasen auf mich zu. Weißer Anzug und weiße Krawatte, schwarzes Gangsterhemd, lange Mandarinfinger, geschmeidig wie eine Katze, Augen schmal wie Kerne ... von so aristokratischer Haltung, daß ich wegsehen muß. Hiro.

Fast sechzig, sieht er aus wie ein Mann von vierzig. Die Haare noch schwarz und glänzend, wie bei einem Croupier. Das gelbe Gesicht noch hübsch. Ich bin atemlos, begierig, ihn zu lieben, ihm die Kleider auszuziehen, gekonnt wie das Häuten eines Tieres ...

Und immer ist er liebevoll, aufmerksam. Kostbare Geschenke aus dem Orient, Rubine, alte Gewänder, so schön, daß sie eigentlich

ins Museum gehören. Und ganz intime Geschenke ... Ein Kunstpenis, handgeformt von einem blinden Mädchen. Ein Scheidenkäfig mit lebenden Wespen. An einem Jahrestag drei Perlen, eingepflanzt in seine Vorhaut, die die Wonnen um ruckelndes Erschauern und Verzückung vermehren. Niedliche netsuke, *anmutig kopulierende Paare aus Jade. Handfesseln aus geflochtenem Seidenraupengespinst, die Angst, sie mir von den Handgelenken zu reißen, wenn ich mich zu heftig der Lust hingebe. Spiele, die alternde kinderlose Paare treiben. Ich komme zu ihm, nackt unter Kaiserinnenroben. Seine Brustwarzen sind naß von kostbarem Reisschnaps. Er rieselt auf seinen Bauch, meine Zunge jagt hinterdrein. Ein langer gelber Eiszapfenfinger fährt über meinen Schenkel, unaufhörlich, bis ich zu zittern beginne, bis sich mein Haar löst ...*
Seine Sammlung seltenster Lustkondome. Die »Vögel«: Gefiederter Paradiesvogel. Langschnäbeliger Tukan. Seine »Reptilien«: chinesischer Neujahrsdrache mit Mantel. Handgemachte Eidechse aus Kambodscha, großer grünfleischiger Kamm ... O traumhafter, köstlicher Akt, Hiro auszurüsten, zu beobachten, wie seine Erektion sich steigert. Ich ziehe die Eidechse mit dem grünen Kamm über sein Glied, langsam, gemessen, als würde ich eine kostbare Puppe ankleiden ... Die Haut des Lustkondoms ist erstaunlich dünn, dünn wie Dunst, so spüre ich jedes Pulsieren, spüre, wie seine Augen sich verengen, wenn das Blut schneller durch sein Herz jagt. Er beobachtet mich hingerissen, sein kinderloses Kind in endloser Wollust ...
Sein alterndes Kind, an seine Insel gefesselt. Oh, die Jahre. Ich träume vom Reisen, davon, die Welt zu erforschen. (Mutter, komm nach Hause, ich verzeihe dir, auch wenn du ein Luder warst.) Aber ich kann nicht. Die Angst, Hiro zu sehen – in Singapur, Macau –, wie er mit jungen Huren lacht. Angst, die Frau zu finden, die mich ausgesetzt hat. Und daß sie mich wieder aussetzt. In Tusche fertige ich Skizzen von ihr, frage mich, wie sie wohl aussieht, ob sie sich erinnert. Sitzt sie irgendwo und skizziert mich? Weiß sie meinen Namen? Rachel, ein abgerissenes Blatt vom Ahnenbaum. Halb bekannt, halb vermutet ...
Die anderen sagen, ich bin eine Konkubine, eine Sklavin, lebe in einer Phantasie. Ist das eine so große Sünde? Geheimnisse zu haben

und eine Intimsphäre, die jedem Blick verschlossen ist. Vanyas Leben ist ein Schauspiel. Scheidung, Tod, Wut. Sie strahlt ihre Begierde aus, der Geruch von Fremden ist auf ihrer Haut. Dann Ming mit ihren tödlichen Geheimnissen, ihren kleinen Pfeifen. Jess, die immer vor uns davonläuft. Abstand hält. Als ob wir ansteckend wären ... Und doch, Ponos Augen verfolgen immer mich: Sie wittert Ausschweifung, hält mein Leben für nutzlos. Aber seit wann sind Liebe, Hingabe, Anhänglichkeit nutzlos und ausschweifend? Vielleicht ist sie eifersüchtig, weil sie selber nie geliebt hat. Vielleicht ist Vanya eifersüchtig, weil sie nur Erinnerungen besitzt und ihre Trauer ...

Run Run ist mein einziger Trost. »Pono hat dich liebgehabt, als du 'n Kind warst. Weißte nich' mehr, wie sie dich gewiegt hat, dir vorgesungen, dich in die Arme genommen, stundenlang?« Erinnerung an vorquellende Augen, schmerzende Lungen, ich dachte, sie wollte mich ersticken. »Dummes Mädchen«, sagte Run Run. »Weil sie dich so liebgehabt hat. Das Gefühl is' durch ihr Herz gegangen wie 'n Blitz. Hat ihr Angst gemacht, deshalb isse auf Abstand gegangen ...« Immer gehen sie auf Abstand, sie alle. Warum geben sie mir nicht ein bißchen Anerkennung, für meine Gerechtigkeit, Großzügigkeit, für die Geschenke, die ich immer mitbringe ...

Ich kaufte Toru seinen ersten Araberhengst, nachdem er vom Heroin losgekommen war und paniolo *wurde. Und das ganze Jahr davor, wer war da an seiner Seite? Auch als er so wahnsinnig war, daß er mich nicht erkannte ... ich habe mich mit seinen Ärzten beraten, neben seiner Gummizelle gesessen. Wer ist sonst jeden Tag gekommen? Weihnachten, Geburtstag. Hurrikantage.* Tsunami *– Wellen wälzten sich durch die Stadt, mein Chauffeur ist getürmt, ließ mich allein im schwimmenden Wagen. Bin ich etwa durchgedreht? Nach Hause gerannt? Ich habe mich auf höhergelegenes Gelände geschleppt, bin dann fast zehn Kilometer gelaufen, in mörderischen Schuhen ... Ich kenne die Krankenhausflure auswendig, den gräßlichen Ammoniakgeruch, das nächtliche Geräusch wischender Mops. Ich weiß, wie viele Fliesen in jedem Flur sind ... Gebt mir nur ein bißchen Anerkennung ... Rachel, Überbringerin von Geschenken. Die Anfangsjahre von Mings Krankheit. Vanya, auf und davon mit ihrem Samoer. Wer hat ihre Kinder aufgenom-*

men? Ich. Junge Stimmen wie Glocken auf dem Rasen, Lachen in meinem einsamen Haus. Monate. Mutter spielen mit anderer Leute Kinder. Eigene wollte ich nicht, aus Angst, Hiro teilen zu müssen ... Dann sind Mings Sohn und Tochter plötzlich erwachsen, finden Tante Rachel langweilig. Vanyas Sohn, mein Liebling, ertrinkt. Alle sind erschüttert, sogar die Dienstboten weinen. Selbst die Natur trauert. Der Garten ohne Appetit auf Erde. Der Bambus abgestorben. Karpfen mit dem Bauch nach oben schwimmend. Mein Herz ist gebrochen, meine Zunge wochenlang stumm ... Hiro wiegt mich in seinen Armen, verwundert über meinen Kummer. Und wirklich, wessen Verlust habe ich betrauert? Hätte ich ein Kind haben sollen? Ich, die ohne Hiro kaum atmen konnte ...

Vanya kommt immer noch, bittet um Spenden für dies und das. Hilfe für die Rettung des Gebiets an der Südspitze. Hilfe für die heiligen Wälder. Hilfe für die Bildungskampagne. Hilfe für die Souveränitätsbewegung. Stipendien. Gebt unseren Kindern eine Ausbildung. Ich spende und spende, spüre ihre andauernde Verachtung ... Sogar Jess sagt, mein Leben sei albern, verpfuscht, und sieht nicht, wie ich auf sie zähle, auf sie alle, *daß sie mir beistehen, treu meiner Treue. Ich trage Hiros Treuebrüche wie Leichname auf meinem Rücken, fange an, Buch zu führen ...*

Parfüm auf seiner Kleidung, Flecken von vielen Frauen. Ich registriere jeden Geruch. Zerreiße seine seidenen Morgenröcke, mache Scheiterhaufen aus seinen handgenähten Hemden, den Anzügen aus Shantungseide, sogar die Straußenlederpantoffeln verbrennen zu schwarzen Lederklumpen ... Er lacht mich über die Flammen hinweg an. Meine Eifersucht erregt seine Leidenschaft. Sein Kimono ist offen, sein blauer Penis lockend. Wenn ich alt bin, was werde ich zurücklassen? Keine Werke. Keine Nachkommen. Kein bedeutsames Echo meiner Tage. Man wird mich verachten. Eine Konkubine. Eine Buchhalterin ...

Jess

❖

Langsam schreitet sie ihr Zimmer ab mit dem unheimlichen Gefühl, beobachtet zu werden. Plötzlich wird sie aggressiv, reißt eine Schranktüre weit auf, dann noch eine. Nichts. Sie durchsucht die Kommodenschubladen: nur Lavendelsäckchen. Sogar unter der großen, mit Batikstoff bezogenen Couch in der Ecke sieht sie nach. Sie bildet sich ein, daß etwas Feuchtes ihren Arm streift. Das Moskitonetz über dem großen Himmelbett zittert wie Haut. Jess starrt es an, zwingt es mit ihrer Willenskraft zur Reglosigkeit. Sie kramt in ihrem Matchsack, schraubt eine Flasche Rémy Martin auf und schenkt sich einen winzigen Schluck ein. Sie lauscht.

... *Warum bekomme ich immer das Spukzimmer? Und diese Moskitonetze, als würden wir in Java leben. Sie hat nie eingesehen, daß Hawai'i nicht zu den Tropen gehört. Es liegt* nördlich *des Äquators ...*

Sie schüttelt das Netz leicht, betrachtet den im Lampenlicht herabsinkenden Staub.

... *In Jahrzehnten abgelöste menschliche Zellen. Wieviel Pfund davon sind in diesem Zimmer? Wie viele Generationen?*

Sie betrachtet sich in einem alten, bambusgerahmten Spiegel. Overall, Dschungelstiefel, hier so fehl am Platz, aber sie liebt die Exaktheit und Robustheit, die sie ausdrücken. Und der kurze Haarschnitt, der ihre Augen hellwach hervortreten läßt, ihnen eine Art mineralisches Leuchten verleiht. Alles in allem eine paramilitärische Erscheinung. Wieder umrundet sie das Zimmer, meidet dabei die *lanai,* denn sie weiß, was da draußen ist, wie es sich über sie hermachen wird. Nach dreijähriger Abwesenheit spürt sie, daß sie eine Art Gleichgewicht erlangt hat, weiß aber, daß sie es jede Minute verlieren kann.

... Wie jedesmal hat sie mir das Zimmer gegeben, das am weitesten von den anderen entfernt ist. Warum tut sie das immer? Um mich abseits zu halten?

Jess sieht nicht, daß es das beste Zimmer ist, ein Eckzimmer, von dessen ausladender *lanai* man einen nahezu vollständigen Rundblick über den Bezirk Kona hat. Weit hinten zur Rechten die flimmernden Lichter der Stadt Kailua. Ozeandampfer blinken im Hafen. Zu ihrer Linken die gespenstischen blauen Hänge des Mauna Loa. Drunten säumen wogende Bambus- und Palmenhaine das Ufer, in der Ferne ist ein altes Heiligtum zu sehen. Und vor ihr, ausgebreitet wie ein Geschenk, das Meer, die dunkle, glasige Fläche von Schaum gebrochen, Mondsichel und Sterne darüber, strahlend wie kleine Sonnen. Und irgendwo dort draußen im Dunkeln Lava, ganze Wüsten aus Lava. Alles wartet dort drohend, mächtig.

Zuerst achtet Jess nicht darauf, sie ist zu sehr damit beschäftigt, nach der versteckten Bedeutung, dem Vorwurf in dem allen zu suchen. Es wird Tage dauern, bis sie aufs neue lernt, was sie jedesmal vergißt, wenn sie diesen Ort verläßt: daß diese Insel, diese Üppigkeit unnachgiebig ist, hartnäckig, und daß es diese überreiche Natur mit ihrem ungeheuren, unsichtbaren Willen, ihrem Mysterium ist, die sie, Jess, vor sich selbst bewahrt. Daß es, wenn sie die Dinge einfach sich selbst überläßt, wenn sie nicht fragt und anklagt, keine Notwendigkeit für Antworten, keine Notwendigkeit für irgend etwas geben wird. Sie fühlt den Kognak in ihren Adern, einen Anflug von Behagen. Sie seufzt, bückt sich, schnürt ihre Stiefel auf.

Habe ich diesen Ort jemals wirklich verlassen? Selbst wenn ich fortgehe, nehme ich ihn mit mir. Als ich jünger war, dachte ich, daß Pono mich haßte. Was sie haßte, war mein Vorleben, was meine Mutter getan hatte und daß sie meinen Vater heiratete. Seltsam ... ich habe keine Photographien von beiden zusammen. Heute abend hat Pono mich angestarrt, als hätte sie mich noch nie gesehen. Als müßte sie mich wieder kennenlernen, nach nur drei Jahren. In New York denke ich manchmal, ich hätte sie mir nur eingebildet. Daß

sie alle ein Traum sind, der sich klammheimlich in meinen Schlaf schleicht. Ich erwache voller Angst, fühle mich wie beraubt ...
Sie zieht die Stiefel aus und holt einen gerahmten Schnappschuß aus ihrem Matchsack, ein Bild von Emma, ihrer Mutter. Manchmal, wenn sie sie betrachtet, stellt Jess sich vor, sie selbst sei ihre Mutter, die aus einem Koma erwacht, aus einem langen Tiefschlaf zurückkehrt zu all ihren Erinnerungen, ins Leben, ins richtige Leben. In die unmittelbar außerhalb ihrer Haut dahinhetzende Welt.
... Sieben, acht Jahre alt war ich beim erstenmal. Mutter setzte mich ins Flugzeug. So klein war ich, daß ich nicht wußte, wohin ich ging. Mutter schluchzte. Vater hielt sie in den Armen. Wie muß sie sich gewünscht haben, heimzukehren – eine tödliche Sehnsucht, während zugleich etwas in ihr schon starb. Sie sagte mir, ich müßte meine Cousinen kennenlernen, die alles seien, was ich an Familie hätte. Wie verängstigt ich war, als ich ankam. So blaß, so anders als die anderen. Eines Abends fühle ich mich verzweifelt, so allein, daß ich in Ponos Bett kroch, obwohl ich dachte, sie würde mich töten, mich verschlingen. Doch Rachel lag auch schon dort, und Vanya, und Ming. Wir waren alle verängstigt!
Und da lagen wir nun in dem Riesenbett, neben uns diesen schnarchenden Berg. Zuerst lag sie nur da, starrte uns an wie kleine Schoßtiere, die sie am Leben erhalten mußte. Dann zog sie uns an ihre großen, warmen Brüste, die sich hoben und senkten, und wir schliefen ein, während ihr Herz gegen unsere Köpfe trommelte, unsere Wimpern sich in ihren Haaren verfingen. Tutu ... *Ihr Meeresgeruch, salzig, köstlich – Seetang, Jasmin, Wildpflaume. Ihre Arme schlossen sich um uns. Kleine umschlungene Gliedmaßen, Hände, die sich scheu zueinander tasteten. Im Schlaf Vanyas brauner Arm über meine Taille geworfen, ich fühlte ihren Atem, ihren Pulsschlag, den Lebensstrom in ihr,* Cousine. *Ich flüstere das Wort, versuche es zu begreifen. Und wir träumen, drehen uns, wenden uns in perfekter Symmetrie, wie kleine Vögel im Flug. Von Sommer zu Sommer gewöhnen wir uns an unsere verschiedenen Hautfarben, verschiedenen Temperamente. Weniger Klüfte, weniger peinliche Fehler. Vertrauen. Schließlich Liebe ...*
Die urtümliche Anziehungskraft von Run Runs Küche, wie ein Höhlenfeuer in jener Zeit, als die Reptilien noch Flügel hatten.

Gerüche, fettige Töpfe, ihr Lachen durch die schartigen Zähne, die Art, wie sie Mangokerne lutschte, während sie Fische, Schweine, Hühner zerhackte und die Küche aussehen ließ wie den Hinterhof eines Kannibalen. Im Radio Alfred Alpaka, Hilo Hattie, »Hawai'i Calls«, *fröhlich-traurige hawaiische Lieder.* »Beyond the Reef«, »Hanalai Bay.« *Vier bettelnde Mädchen: »Erzähl uns von unseren Müttern! Sind wir wie sie? Waren sie klug und hübsch?« Run Run schien so viele Schlüssel in der Hand zu haben. Und dann unsere Enttäuschung, wenn sie sagte: »Hab' eure Mammas nich' gekannt, bis daß sie selber Mammas waren und sie euch hergebracht haben, damit sie eure Cousine Rachel kennenlernen ... Bloß bei dir war's anders!« Run Run zeigte auf mich. »Ich bin dabeigewesen an dem Tag, wo deine Mamma den* haole *mit nach Hause bringt, sagt, sie wollen heiraten.* Auwe! *Die war verwegen und mutig, die* wahine, *das steht mal fest!«*
Von da an war mein Vater ein Held für mich. Eine verwegene Frau zu heiraten erschien mir als sehr gewagt. Erst recht das Leben, das sie führten, ein Leben der Improvisation, der Ziellosigkeit, dabei immer geprägt von dem Bemühen, eine Art Normalität für mich zu schaffen ... Als ich heute abend neben Pono auf dem Sofa saß, zu ihr hinübergerutscht war auf der Schräge, die sie mit ihrem Gewicht schuf, hätte ich sie am liebsten gepackt und ihr gesagt: »Sie waren glücklich! Ich erinnere mich an ihr Lachen!« Mutter wurde mit den Jahren dunkler, eine teefarbene Schönheit, die Haare schwarz, wie elektrisch geladen. Vater dagegen blaß, blond, schlaksige Figur, den typischen Ausdruck des konservativen Amerikaners aus dem Mittelwesten in dem schmalen, hübschen Gesicht. Aber da war auch eine ganz eigene Art von Ironie in seinen Augen ...
Jess stellt das Bild ihrer Mutter auf einen Tisch, erinnert sich, wie Vernon, ihr Vater, krank wurde. Wie sie ihn in neuer, stiller Gestalt kennenlernte, abgezehrtes Gesicht, struppige Haare wie ein gealterter Revolutionär, die Hände voll nässender Wunden, grotesk geschwollen wie vergammelnde Boxhandschuhe. Monate, Jahre vergingen mit der Beobachtung von Blutbild, Blutdruck, Temperatur. Die Strahlen durchwanderten ihn wie ein langsam kriechender Virus. Und dann dieses grauenhafte Mundstück aus Goldfolie, das verhinderte, daß seine Zahnfüllungen weiter tödliche Strahlen in

seinen Kieferknochen abgaben. Seit er das Mundstück hatte, war er zum Monster geworden.
Sie fragt sich, warum die Ärzte sich all die Mühe machten, wo es doch offensichtlich war, daß er sterben würde. Rote Klumpen auf weißem Leinen, wenn er hustete. An nicht weniger als vier Arten von Krebs und an Leukämie war er gestorben, ihr einstmals stattlicher Vater. Sie erinnert sich, daß die Ärzte ihn heroisch nannten, und fragt sich, wie ein Mann überhaupt heroisch sein kann, wenn er auf so sinnlose Weise stirbt. Ein Mann, der vor drei Jahrzehnten als Matrose der US-Marine während Bombenversuchen auf den Marschallinseln die Decks auf verstrahlten Schlachtschiffen geschrubbt hatte.
Mutter ließ sich treiben, als er starb, über die Meere, in andere Hemisphären. Aufzuhören hätte die Strafe unwirksam gemacht, die sie sich selbst auferlegt hatte. Eine Frau ohne Heimat, ohne Familie, dahintreibend, um ihre Heimatlosigkeit zu bestätigen. Dann ihr Tod in der Wüste, ganz allein ... Ich reise hin, um ihre Asche zu holen, die längste, einsamste Reise meines Lebens, von der ich noch immer zurückkehre. Ming sagt, daß jede Reise eine weitere Reise in sich birgt, daß nicht jede Reise auf der Erdkugel stattfindet. Was weiß sie denn, sie hat nie geliebt. Schön, sie hat ihr Geheimnis; manche Geheimnisse nehmen den Platz der Liebe ein. Vielleicht versteht sie sich deswegen mit Pono ...
Zeitlupenhaft langsam kleidet Jess sich aus, nimmt ein T-Shirt aus ihrem Matchsack, zieht weitere Schnappschüsse hervor. Sie und ihre Cousinen, wie sie von Ponos Transporter herunterwinken, als Cowgirls verschiedener Hautfarbe auf dem Weg zum Rodeo, die Körper noch süß duftend, haarlos, brustlos.
Findet Kindheit wirklich statt, oder bilden wir sie uns nur ein? Alle erinnern sich an etwas anderes ... Vanya sagt, einmal hätte ich mein Gesicht mit Schlamm zugekleistert, damit ich dunkler würde und sie mich liebte. Braune, schöne Vanya. Die genau wußte, wer sie war. Und doch gab es Zeiten, da ich sie meine helle Haut anstarren sah mit einer Art ... Begierde. Jede von uns wünschte sich etwas von der anderen, und manchmal, im Traum, wurde sie dann auch die andere ... Run Run sagte, wir seien alle eins, die Summe von Pono ...

Anna sagte dasselbe, als sie in jenem schrecklichen Sommer kam. Wir vier Cousinen seien wie ein Quecksilbertropfen, eine Kugel, die zu kleineren Kügelchen zerspringt. Zusammengeschoben würden wir wieder ein Tropfen, ohne Risse, ohne Bruchmale. Die kalte, zynische Anna, die schon mit festen Meinungen aus meinem Bauch gekommen zu sein schien ... Sechzehn war sie, als ich sie mit hierherbrachte, ihr Pono, Run Run, Vanya, Rachel, Ming vorstellte. HIER IST MEINE HAUT. DIES BIN ICH. *Ihre Schüchternheit, ihre höfliche Geringschätzung. (Beigeblonde Haare, cremige Haut; ihrem Vater so ähnlich, so sehr sein Kind.) Ihr Erschrecken, ihre Vorwürfe: »Du hast mir nicht gesagt, daß sie dunkel sind!« Es war der Sommer unseres Zerwürfnisses. Und als Benson und ich geschieden waren, beschloß Anna, mit ihm zu gehen, riß genetische Bausteine nieder, löschte meine Seite ihrer Geschichte aus ...*

Anna, jetzt angehende Medizinstudentin, möchte Chirurgin werden, Operationen am offenen Herzen und Transplantationen durchführen. Richtige Medizin, sagt sie, im Gegensatz zu dem, was ich mache. Anna, die ihren vornehmen Freundinnen nicht erzählt, daß ihre Mutter ein Halbblut ist. Ihre Freundinnen würden Pono und Vanya »Darkies« nennen, Negerinnen. Und wie würden sie Ming und Rachel nennen? »Schlitzaugen«? Die Heirat mit Benson, einem Südstaatler, war vielleicht eine Methode, meinen Vater auferstehen zu lassen. Das Drehbuch neu zu schreiben, damit es diesmal gelinge. Daddy, Daddy, ich habe es nicht gewußt. Immer wimmern wir über das, was wir zu spät erfahren. Was er wagte, als er meine Mutter heiratete, sie mit nach Hause nahm, nach Alabama ...

Ich stelle ihn mir an der Eingangstür seines Elternhauses vor, die Brust vorgewölbt, grinsend und stolz. Er legt den Arm um meine Mutter, läutet. (Wußte er nicht, was kam?) Drinnen sind sie alle versammelt. Vielleicht gibt es Kuchen, Kerzen sind angezündet. WILLKOMMEN ZU HAUSE, KRIEGSHELD. *Vielleicht sitzt jemand am Klavier, wartet schon auf seinen Einsatz. Eine Gardine zuckt. Mein Vater läutet und läutet, niemand macht auf. Schließlich gehen er und meine Mutter fort ...*

In den frühen fünfziger Jahren wußten die Amerikaner immer noch nicht genau, was Hawaiianer sind. Vielleicht dachte die Familie meines Vaters, sie seien die Bewohner von Nebraska oder wie Kanadier, einfach Weiße von weit weg. Bis jemand von drinnen aus dem Haus sah. Mutter war nicht sehr dunkel, aber sie war beileibe nicht weiß ... Was mir von dieser Szene jedoch immer am deutlichsten vor Augen stand, war nicht die Scham meines Vaters, nicht die Demütigung meiner Mutter, nicht einmal das Schweigen, nachdem er geläutet hatte. Am deutlichsten war mir immer ... das Zucken der Gardine. Er ging nie wieder in den Süden, sie kehrte nie nach Hawai'i zurück; beide waren sie von ihrem Stamm verbannt. O Mutter, ich habe dein Anderssein gesehen, die Leute nannten dich exotisch – so nennen sie diejenigen, die sie gerne anstarren ...

Jess schenkt sich noch einen Schluck Kognak ein. Wie blaß ihre Hände auf dem Glas sind! Sie trinkt, schüttelt sich, Feuerblumen blühen in ihren Eingeweiden. Sie lehnt sich zurück, erinnert sich an ihre einsame Kindheit und wie sie zu Bäumen sprach, einem Grashalm, zu Insekten, die sie in der hohlen Hand gefangenhielt. In ihrem ersten Sommer in Kona saß sie am Strand, versteckt unter Hibiskusbäumen, und flüsterte mit Geckos, Mungos, versuchte, ihnen ihre Situation zu erklären. Daß sie eine *hapa* sei. Ein Halbblut. Halb braun, halb weiß. Was davon war sie wirklich? Sie umarmte kleine Lebewesen, sprach plappernd zu ihnen, versuchte, die Konfusion, die Wirrnis ihres Seins zu entflechten.

Und immer noch sind mir Tiere lieber als Menschen, meistens jedenfalls. Ihre Geduld, ihre stille Tapferkeit im Angesicht des Todes. Die Art, wie sie mich in Ruhe lassen. Armer Benson, er dachte, er würde eine kluge Frau heiraten, ich sei Tierärztin geworden wegen des Geldes. *Er dachte, wir würden ein Team sein, der angesehene Rechtsanwalt und seine Frau, die Tierärztin der feinen Kreise. Bis er meine Sache mit den Tieren verstand. Mein Verlangen ...*

Wäre ich dunkler gewesen, nicht gelb, karamelfarben, golden, sondern tiefbraun, hätte ich anders gelebt. Anders geheiratet. Wäre in die Welt hinausgegangen. Mars sagt, ich hätte in der Stille gelebt: der Wechselgesang des Halbbluts. Ja, wir sind alle vier halbblütig. Warum behandelt mich Pono dann anders? »Bist weiß«, sagt Run Run. »Die Hautfarbe, die Hawai'i gestohlen hat, uns unser Land weggenommen hat, unsere Königin. Und auch wegen der Vergan-

genheit von eurer tutu. *Da war was, weswegen sie* haole *ganz schlimm haßt.« – »Sag's mir«, bettle ich. Sie schüttelt den Kopf. »Gibt Sachen, die wo man besser vergißt.« Und ich möchte zu Pono laufen, sie in die Arme nehmen, Geheimnisse mit ihr teilen, all die Dinge, die man uns angetan hat. Sag du mir deine, und ich sag dir meine ...*

Ich in Fußschlaufen, Arme und Beine festgeschnallt. Tausend Dollar vorausbezahlt an diesen Doktor, der ein Mißgeschick ausschaben wird, Samen, gepflanzt im Todeskampf einer sterbenden Ehe. Eine Nadel in meinen Arm, ein Beruhigungsmittel, dann zieht dieser Doktor den Reißverschluß seiner Hose auf, sein häßlicher rosa Schwanz springt heraus, steif. Bohrt sich in mich hinein wie eine Riesenschraube. Rolling Stones in voller Lautstärke, während ich schreie ... Er zwingt mir Valium in den Schlund. Die Schreie ersticken seufzend zu leisem Blöken. Seine Zunge beharrlich in meinem Ohr, sagt mir, daß er kommt ... kommt. Dann zieht er den Hosenreißverschluß zu. Seine behaarten Hände sind jetzt ganz geschäftig, sie schaben und kratzen, kratzen sein Sperma heraus, mein Blut, die Frucht einer Nacht mit meinem Ex-Mann. Und ich bin so unerfahren, daß ich denke, das gehört zur Abtreibung. Sie müssen *das mit dir machen ...*

Ich rufe Vanya in Chicago an, erzähle es ihr, erzähle und erzähle. Ihre Stimme wird tödlich wie ein Kasten voller Messer. Vanya fliegt zu mir nach Osten. Ich muß mit ihr kämpfen, ringen, um sie daran zu hindern, daß sie das Haus des Doktors niederbrennt. Der Geruch von Ölfarbe. Wir malen im Mondlicht, während der Doktor schläft. Am nächsten Morgen riesige Buchstaben auf seinem gepflegten grünen Rasen. VERGEWALTIGER. *Und das Wort erscheint immer wieder auf seinem Rasen, andere Frauen, andere Opfer über die Jahre hinweg. Frauen umstellen sein Haus, sein Büro. Gerichtsverhandlungen, Anklagen. Der Mann wird überführt, verurteilt, eingesperrt. Ich sage nicht aus, trage die Wut über Jahre in mir. Was ist aus ihr geworden? Vielleicht wurde sie ja das Leichentuch meiner Ehe ...*

Jess steht jetzt auf, geht im Zimmer umher, fährt mit den Händen die Wände entlang, spreizt die Finger, stellt sich vor, sie legten sich auf uralte Fingerabdrücke. Sie fragt sich, wie viele Leben gelebt wurden in diesem Zimmer, in diesem Haus? Wie lange ist das her? In welcher Zeit? Was ist lange, und was ist Zeit?

Zeit: das Etwas, mit dem wir unseren Träumen drohen, so wie die Leute in Horrorfilmen mit Kreuzen Vampire bannen. Zeit: das Etwas, das wir nicht abwehren können. Aber Zeit ist auch, was nötig ist, damit Wunden heilen, was bestimmte Gedächtniszellen brauchen, um abzusterben. Das hat Vanya mir nach meiner Scheidung gesagt, und daran erinnerte ich sie, als ihr Junge starb ... Hernando! Und ich hatte nichts als Worte: »Ich würde mein Leben dafür geben, ihn zurückzuholen.« Ja, ich hätte es auf der Stelle getan. Ich hatte nicht gewußt, wie sehr ich Vanya liebe, bis wir sie in jenem Jahr verloren. Ein Kadaver, Haut wie Asche, die Haare gespenstisch weiß. Die Augen rot, ein furchtbares Rot ...

Ich blieb bei ihr in Honolulu, aus Angst, sie würde sich umbringen, wenn sie alleine wäre. Flog mit ihr nach Auckland zu ihrem Geliebten. Ta'a Utu. Und hörte die beiden durch die Hotelwand ... Vanya bat ihn flehentlich um ein Kind. Flehte ihn an, sie zu Tode zu bumsen, zu Tode, *und sie meinte es ernst. Ich lauschte durch die Wand, belauschte ihre morbide, irrsinnige Fickerei ...*

Was hat Hernandos Sterben angerichtet, was hat es uns genommen? Run Run war wie wahnsinnig, sie hockte in der Küche und drohte Gott mit ihrem Tranchiermesser. Und Pono in schluchzender Wut, Pono, die alles in Stücke zerriß, was ihr in die Finger kam. Die Plantage lag darnieder, die Kaffee-Ernte in jenem Jahr war verloren. Pono richtete ihren Zorn gegen jede von uns. Auch gegen mich. Und so bin ich gerannt, habe drei Jahre zwischen uns gebracht ...

Vielleicht heilt die Zeit keine Wunden. Vielleicht vergeht sie nicht einmal. Wir gehen durch die Zeit und kommen wie betäubt aus ihr heraus, so daß Zorn und Erinnerung verwischt sind. Mings Briefe treffen in New York ein, dann die von Rachel, sogar von Run Run, und in allen steht dasselbe ... als ob ich es einer allein nicht geglaubt hätte. Jeder Brief bekräftigt die anderen zwei: Pono, die Plantage, langsames Erwachen, Zeit, daß ich nach Hause komme. Nur Pono hat mir nie geschrieben, nie auf meine Briefe geantwortet. Kein einziges Mal in meinem Leben ... Manchmal ihre tiefe Stimme am Telefon, Ferngespräch. Befehlend. Dieser tödliche Ton, der unsere Mütter für immer in der Rolle verletzter Heranwachsender erstar-

ren ließ. Mit Pono als Hindernis, das sie nicht zerstören konnten, also zerstörten sie statt dessen sich selbst ...
Was wird geschehen, wenn sie nun stirbt? Ich habe nie Frieden mit ihr geschlossen. Oder es geschieht vielleicht jedesmal, wenn sie mich nach Hause ruft. Ich komme gelaufen, stehe hier mit meinem Gepäck, ein Hund, der vor seinem Napf Männchen macht. Pono begrüßt mich mit dem Blick, der wie ein scharfes Messer mein Rückgrat hinabläuft. Haole-*Halbblut. Halb so gut wie die anderen. Die Mitteilung steht deutlich in ihrem Blick, sie hüllt mich ein wie ein drohendes Unwetter ...*
Heute abend ihr wildes, braunes Gesicht im Profil, ähnlich dem zarteren Profil meiner Mutter, nur eben verdickt, vergröbert. Plötzlich etwas Neues: Sie dreht sich zu mir, mustert mich, nimmt meine Hand und tätschelt sie. Run Run sagt, das bedeute, sie wünscht, daß ich nach Hause komme. Wie kommt sie nur darauf! Später sagt Rachel etwas, das der Wahrheit näher kommt. »Sie wird alt. Hat Angst, daß sie sich auf Ming und mich nicht verlassen kann. Du und Vanya wißt, wie man mit den Leuten umgeht, die Plantage in Gang hält.«
Vanya, lachend: »In Gang halten? Verkauft sie lieber, diese Termitenburg, dieses Land mit den albernen Kaffeebäumen. Stiftet den Erlös dem Vorschulprogramm, das sich dafür einsetzt, daß unsere Kinder ihre Muttersprache lernen.« Und zu mir: »So oder so, Jess, du solltest wirklich nach Hause kommen. Was ist das für ein Leben, deine Tochter fort, und du verbringst deine Tage und Nächte mit kaputten Tieren?« Nicht alle Tage, Vanya, nicht alle Nächte ...
Jess zieht den nächsten Schnappschuß aus ihrem Beutel; ein strammer, gutaussehender Mann mit Lesebrille. Dunkle, glatte Afro-Haut, kurzgeschnittene Afro-Haare, energische Haltung, ein wenig nach vorn gebeugt, als hätte er etwas Wichtiges mitzuteilen und nicht viel Zeit. Eindringliche Augen, Augen, die zuviel gesehen haben, zuviel wissen, wissen, daß es zu spät ist. Es ist Mars, Mars, der mit seinem Leben vor ihr herumfuchtelt wie mit einem Brillantarmband, einer Zündschnur, einer Kürbisflasche. Ein Leben, ungeheuer brutal, erschütternd und voll von Poesie und Träumen. Mars, der ihr sagte, sein Leben würde sie erschlagen, ihr sagte, sie solle zu ihrem Fleisch und Blut zurückkehren, zu ihrem Volk.

... Das ist nicht so einfach, Mars. Blut kann manchmal so grausam sein, so zerstörerisch. Und doch, welchen Weg gibt es sonst, außer dem, der uns zurückführt? Aber was ist hier ... Ming gebrechlich, gepeinigt von dieser Krankheit. Rachel an ihren Mann gefesselt. Vanya verloren. Und ich immer die haole, *die an die Scheibe klopft. Das Leben schleift unsere Kanten ab, erschöpft unsere Abwehr ... sogar Pono ist erschöpft. Ich merke, wie langsam sie geworden ist, Anzeichen von Gebrechlichkeit, nach diesem Leben der Verluste. Ach, könnten wir doch nur vergessen. Ein bißchen Vergessen ist vielleicht das, was wir brauchen, um uns über Wasser zu halten ... Das hat Toru heute abend gesagt, als er über die Kaffeefelder geritten kam, das Phantom meiner Jugend. Als ich ihn sah, habe ich geweint! Wir sprachen von unserem Leben, wie ich aufs College ging und er nach Vietnam ... Dann ein Jahrzehnt seines Lebens verloren durch Heroin, als er im Abschaum von Honolulu lebte. Jetzt ist er ein Mann, der jeden Tag mit Vorsicht angeht. Er ist breiter geworden, muskulös, verströmt* Paniolo-*Geruch nach Weiden, Pferdeschweiß, Rindern. Einen Geruch nach Bergen, nach Magie, nach unserer Jugend. Geliebter Toru! Wie wir lernten, ihm unser Leben anzuvertrauen ... Wir erklommen zwölf Meter hohe Palmen, die über Klippen schwankten, sprangen blindlings in tiefe Wasserschluchten. Schwammen in Buchten mit schlafenden Haien. Rannten über Lava, die unmittelbar unter der Oberfläche noch siedete. Er hätte uns durchs Feuer führen können. Er war alles, was wir kannten, der einzige, dem wir vertrauten ...*

Und als wir dachten, er sei in Vietnam gefallen, als er vermißt war, wie hat ihn jede von uns in ihrer Erinnerung bewahrt, ihm Leben eingehaucht, gebetet, zu den Photos von ihm gesprochen. Pono sang draußen im Meer, flehte zu ihren 'aumakua. *»Laßt meinen Enkel leben!« Und er erinnerte sich an uns. Damals, als er in diesem Dschungeldorf lag und seinen zerschmetterten Fuß betrachtete, der glühte vor Hitze und in dem Maden schimmerten, und er dachte, daß er ihn verlieren würde, daß er den Verstand verlieren würde. »Ich hatte starke Erinnerungen an jede von euch«, sagte er. »Das hat mich in Gang gehalten. Ich war der Vertraute eures Lebens ...«*

Jess seufzt, betrachtet die auf ihrem Tisch aufgereihten Schnappschüsse. Sie spürt ganz deutlich das Gewicht und die Bedeutung ihrer Herkunft, ihrer Geschichte, von diesem Haus. So viel läuft hier zusammen. Vielleicht ist dies die letzte Zuflucht, die sie alle vor dem Wahnsinn bewahrt. Vielleicht wird dies der Ursprung ihres Wahnsinns sein. Vielleicht werden sie gegenseitig ihre Leichen essen. Sie döst im Sessel ein, weiß, daß sie mogelt, sie ist noch nicht auf die *lanai* hinausgetreten. Durch das Leben in New York hat sie den Kontakt mit der Natur, mit den Elementen verloren, ist ihnen gegenüber nachlässig, vergeßlich geworden. Jetzt weiß sie, der Mond ist gleich da draußen, schemenhaft und wirklich. Und das Meer, sie hört das Meer. Und das silberne, summende Land. Sie ist plötzlich müde, weiß, die Insel wird sie verschlingen. Schritt für Schritt wird ihr die perspektivische Sicht abhanden kommen, und irgendwann wird sie kapitulieren. Sie wirft sich übers Bett, sinkt in den Schlaf.

... Laß es erscheinen, es ist immer erschienen.

Toru

❖

Er hat Jahre gewartet. Hat sich zum Warten erzogen. Er hat gearbeitet, geschlafen, mit anderen Menschen kommuniziert, doch etwas in ihm stand abseits, Tag für Tag, Jahr für Jahr, wie ein Wegelagerer, ein Bettler am Straßenrand. Er hat gewartet, daß sie zurückkamen, sie alle, denn sie sind sein Schlüssel zur Vergangenheit, zur wechselhaften, schwankenden Jugend. Sie sind die Landschaft, die seine Leere füllt, und durch sie ist er mehr als nur ein Mann, der seinen Schneid verloren hat.

Jetzt fährt er vorbei an *Haole*-Touristen in Leinenshorts und Schuhen mit genoppten Sohlen, Golfschläger schwingenden Männern mit mädchenhaften Hüften. Er hat seine Jugend geopfert, damit verweichlichte, privilegierte Männer wie diese ihr Leben damit verbringen können, mit anmutigem Schwung Putts in sattes, landschaftlich gestaltetes Bermudagras zu schlagen. Toru sieht fast mit einem Anflug von Zuneigung zu ihnen hinaus. *Was man zwanzig Jahre haßt, lernt man gut kennen.*

Seine tiefschwarzen Haare, die ihm einst, zu einem Zopf geflochten, auf dem mit schmutziger Lederkluft bedeckten Rücken hingen, sind kurz, fast beamtenmäßig geschnitten. Sein asiatisches Gesicht ist hübsch, die Mandelaugen flitzen umher wie flinke Fische. Aber das irrsinnige Glühen in diesen Augen – der glitzernde, blitzende, leere Blick seiner Drogenjahre – ist verschwunden. Jetzt ist sein Blick stet, dicht wie Schlamm. Er ist ein Mann von vierzig Jahren, sein Körper mager und gewandt, die Beine ein wenig krumm, dennoch besitzt er die Ausdauer und Zähigkeit eines Langstreckenläufers. Er ist groß für einen Japaner, seine Haut ist gebräunt, *paniolo*-braun, mit

Ausnahme der Schrapnellnarben, grauen, zu häßlichem Fabrikbraun verwischten Wülsten auf Rücken, Bauch, Unterarmen.
Das Hinken ist kaum zu sehen, außer wenn er sich nach stundenlanger Arbeit auf der Weide kaum mehr rühren kann. Anders als viele *paniolo* sitzt Toru nicht angeberisch im Sattel, aufrecht ja, angespannt, aber er hält sich ruhig, unaufdringlich, ein Mann, durch Spannung gezügelt. Er ist schweigsam von Natur, so daß er zwischen den anderen Männern – ob nun Cowboys oder Tierärzten – im Gleichgewicht scheint, ihnen weder zu nahe kommt noch sie zurückweist. Am wohlsten fühlt er sich auf den nebelverhüllten Matten der Kohala-Berge, wo er brüllende Herden hütet, Kälber zusammentreibt und brandmarkt oder einfach von einer Anhöhe in die Tiefe schaut.
Hinunter in die Täler der Großen Insel, nach Süden, an die Küste, wo die teuren Urlaubsorte liegen, Golf-Fairways, neue Parzellierungen, die die Aussicht verschandeln. Mehr und mehr bevölkert von Fremden – Menschen aus Japan, Europa, dem US-Festland, die sich auf die Inseln zurückziehen, Menschen, die neben den Hawaiianern leben, sie aber übersehen –, wird das Land umgeschichtet, aufgekauft, und arme Familien haben das Nachsehen.
Jahrelang hat Toru sich all die Phrasen angehört: Ohne industriellen Fortschritt, ohne weitere Landerschließungen würde Hawai'i seine Jugend verlieren, es würde seiner Elite beraubt, weil die einheimischen Ingenieure und andere Fachkräfte nach Asien oder aufs US-Festland auswanderten. Aber sie wandern sowieso aus, da sie in Hawai'i das Ende aller gesunden Harmonie kommen sehen. Die Zurückgebliebenen werden als Handlanger, Bauarbeiter, Cowboys beschäftigt, wofür sie Hungerlöhne erhalten, sie schuften für Vorarbeiter, die vom Festland importiert wurden.
Auf einem Rodeo in Kamulea belauschte Toru einmal zwei Baumillionäre.
»Bessere Bezahlung, bessere Bezahlung, das ist alles, was ich höre. Glaubst du, höhere Löhne bringen diese *kanaka* zum Schweigen?«
»Nein. Da hilft nur ausrotten. Schnaps, Drogen, schnelle Autos.«
Toru lächelt bitter. *Dafür habe ich gekämpft. Für Demokratie.*
Nach dem Krieg, nach Jahren des Trostes durch eine Nadel in seinen Venen glich das Leben einer Geisterstadt. Zuerst der Entzug – Pono

ließ ihm keine Ruhe, überwachte ihn in Nächten, wenn seine Nervenenden nach einem Tropfen »Junk« schrien –, dann ein Studium aus Langeweile, schließlich Resignation; mit seinem Abschlußzeugnis hat er sich die Stirn abgewischt. Schließlich ließ er sich als Rancharbeiter anstellen. Und fragte sich noch immer, ob das alles sei.

Manchmal scheint es, daß ihn allein seine innere Energie durch die Jahre zwang. Außer in verstohlenen Nächten, wenn er die dreißig Minuten hinüber nach Honolulu flog und sich in Mings Haus schlich, in ihr Schlafzimmer, sich wünschte, ihren Atem auf sich zu fühlen, der ihn umhüllte.

(Ihr Ehemann schnarchte derweil vernehmlich in einem anderen Zimmer und träumte von seinem Orchideentreibhaus). Toru stand dann leise da und betrachtete Ming im Schlaf, ihre weit ausgebreiteten Arme, wie eine Gekreuzigte. In manchen Nächten vergrub er sein Gesicht in ihren Kleidern, in anderen legte er sich neben sie, diese Frau, die treu zu ihrer Pfeife hielt. *Zu was habe ich treu gehalten?* fragt er sich. *Nicht mal zu meiner Sucht.* In jenen frühen Jahren, als er sie zum erstenmal nach Chinatown führte, in den Nächten, als er in sie glitt, war er überzeugt gewesen, daß sie die einzigen lebenden Wesen seien. Der Rest der Welt spielte sich in Spiegeln ab.

Jetzt wälzt Ming sich manchmal im Schlaf, öffnet die Augen und starrt ihn an, ohne ihn zu sehen. Im Dunkeln, hinter jenen gebrochenen Augen, glaubte er dann das Leben nach dem Tode wahrzunehmen. In manchen Nächten drehte er sie herum, strich ihr zärtlich mit den Händen über den Rücken, das vogelartige Rückgrat, die Babyhüften, alles geschrumpft durch Drachensaat. Das Gesicht an ihre Hüften gelegt, weinte er. Danach schlich er leise aus ihrem Haus, und auf dem Frühflug zurück auf die Große Insel schnupperte Toru an seinen Händen; es war der Geruch von Händen, die einen Leichnam gestreichelt hatten. *Wir lieben, was wir verderben.*

In manchen Nächten träumte er, wie Mings liebliches Gesicht zu dem einer alten Hexe schrumpfte, der kleinen Mama-san, die in der Sonne sitzt und ihre neuen Metallbeine blank putzt, dann aufsteht und stolz davonstakst. *Wie der Tin Man in diesem Judy-Garland-*

Film! Die alte Mama-san vor Hoi An, explodiert in Sternen aus Fleisch, eine Menschengalaxie. Gelegentlich dachte er daran, ein Ende zu machen, ihm schien so wenig von wahrem Wert geblieben. Er rieb den Schaft eines Jagdgewehrs und dachte dabei, wie eine schlichte Kugel ihn auf die andere Seite befördern, ihm helfen würde, ein bißchen schneller von hier nach dort zu gelangen – als würde er einen Jet nehmen.

Doch dann war da der Geruch nach frischem Gras und Dung auf den Pfaden, nach *maile,* reif zum Kränzeflechten, war da sein Pferd, das ihn zur Futterzeit stubste, die rauhe Majestät des schneebedeckten Mauna Kea im Morgengrauen, ein Kalb, das nach seiner Flasche brüllte, waren da alte *paniolo,* die mit heiseren Kehlen Lieder sangen und sich auf verstimmten Gitarren dazu begleiteten, war da Verandamusik und Primo-Bier. Und dann wollte Toru doch noch ein bißchen weitermachen, wollte im Stehen einschlafen in einer Kneipe, während hinter ihm die Musikbox vibrierte wie ein pochendes Herz.

Als er Jess jetzt nach einigen Jahren wiedergesehen hatte, fühlte er eine Energie in sich, als sei er urplötzlich aus seiner Lethargie herauskatapultiert worden. Ming und Rachel schienen in der Zeit erstarrt, wie Puppen hinter Glas, aber Jess und Vanya waren Frauen von dieser Welt, die plötzlich über ihn hereinbrachen wie Trojaner auf Kriegszug. Und mehr noch, für Jess und Vanya war er ein Held, ein *paniolo,* ein kostbarer, aussterbender Menschenschlag. Sie konnten ihm Präzision geben, ihm seinen Plan gestalten helfen.

Und doch, dachte er, *was wissen sie eigentlich von mir? Nur, was sie lesen und hören, das Glanzvolle: Trophäen, Medaillen, Toru beim Stierkampf, beim Mustangzähmen, Rodeos, Jahr für Jahr.* Die Wirklichkeit kannten sie nicht, konnten sie sich nicht vorstellen. Jahr für Jahr um drei Uhr morgens geweckt werden, Ställe und Wassertröge von Mist säubern, mit bloßen Händen verrostete Stacheldrahtzäune flicken – wer konnte sich schon Handschuhe leisten? –, Löcher graben in fast gefrorener Erde, Köperjacken überziehen, die gegen die Kälte mit Zeitungspapier ausgestopft waren. Kühe zusammentreiben im Irrsinnsgalopp, ausschlagende Hufe am Brandmarktag. Vom Pferd getreten, vom Pferd gebissen, abgeworfen. Bein in Gips, Penicillinspritzen. Das Horn eines Stiers in die Seite gebohrt.

Und dann diese Junggesellenschlafsäle, fünfzehn Mann in einer Schlafbaracke aus den dreißiger Jahren, darüber ein verrostetes Blechdach; wenn er schlief, rieselte ihm der abblätternde Rost in die Nase. Das war Mitte der siebziger Jahre gewesen, als sie in ganz Amerika für Gleichberechtigung, gleichen Lohn für gleiche Arbeit demonstrierten, und hier gehörte man für drei Dollar die Stunde zum Inventar wie ein Sklave. Hunderttausend-Morgen-Viehfarmen im Besitz reicher *haole* in Palm Springs, die sich zweimal jährlich sehen ließen, in Reithosen aus Kaschmirwolle, englischen Reitstiefeln.

Und wenn er jetzt, vierzehn, fünfzehn Jahre später, zurückblickte, was hatte es ihm eingebracht? Den Titel eines Gruppenvorarbeiters, die glorreichen Aufgaben des Einfangens, Brandmarkens. Fünfzehn- bis sechzehntausend Dollar im Jahr inklusive Vergünstigungen. Versicherung, niedrige Miete für eine Unterkunft, die zur Ranch gehörte, ein Haus, das er sich mit einem anderen Junggesellen teilte, darin schmuddelige Möbel, die keiner mehr wollte, Rodeosachen an den Wänden, außerdem Fleisch und Milch zum Vorzugspreis, Jagdrechte, freies Weideland. Aber was *besaß* er wirklich? Einen Lieferwagen und sein Pferd. Und wenn er den Job aufgäbe, wäre es aus mit allen Vergünstigungen. Er war vertraglich gebunden, wie die anderen auch. Ausgenommen die verheirateten *paniolo,* die außerhalb des Ranchgrundstücks wohnten, Männer mit zwei und drei Jobs, die sich schier umbrachten, nur um die drückenden Hypothekenzinsen zu bezahlen.

Ja, wie könnte er all das Jess und Vanya erklären? Wie, so fragte er sich, könnte er auf sie zugehen, ihnen von den *paniolo* erzählen, die jetzt zu agitieren begannen? Einige von ihnen waren in der Nähe der Südspitze der Insel geboren und aufgewachsen, in kleinen Fischerdörfern wie Miloli'i, wo noch alte Auslegerkanus in Gebrauch waren und alte Fischertraditionen wie Netzfischerei und Köderfischerei hochgehalten wurden. Ihre Dörfer waren jetzt bedroht von dem geplanten Neunhundert-Millionen-Dollar-Erholungsort, der alles in diesem Gebiet zerstören würde. Jachthäfen, Ankerplätze für riesige hochseetüchtige Schiffe würden das Wasser verseuchen, alles Leben im Meer vertreiben oder töten und die eigentlich dort Ansässigen ihrer einzigen Nahrung und Einkünfte berauben.

Grundstücksmakler durchstreiften bereits Miloli'i (EIN DORF, KLEIN UND »PUTZIG«, WO SCHILDER ANGESCHLAGEN WURDEN WIE: ACHTUNG, SCHWEINEBESITZER! ALLE STREUNENDEN SCHWEINE WERDEN NACH DEM 30. JUNI BESCHLAGNAHMT) und boten skandalöse Preise für kleine Landparzellen. Fischer hatten die Reifen von gecharterten Bussen zerschossen, die potentielle Investoren herankarrten, aber zwei Einheimische verkauften schließlich doch und flohen von der Insel. Für Toru war dies der Anfang vom Ende gewesen. Fischer, die nachgaben, verkauften, die zu Leuten ohne Arbeit, ohne Land wurden, die Taschen voll *Haole*-Geld, das sie für schnelle Autos, hohe Mieten und Alkohol hinauswarfen. Eines Tages würden sie unweigerlich in den Slums von Honolulu enden. Immer dasselbe Lied.

An den Wochenenden fuhren jetzt manche *paniolo* zur Südspitze und schlossen sich dort Gruppen von Männern an, die die Straßen für Außenstehende blockierten. Entlang der Straßen standen auf Lavablöcken riesige Worte in grellem Weiß gepinselt. FÜR HAOLE VERBOTEN ... DRAUSSEN BLEIBEN ODER STERBEN! Aber die Einheimischen wußten, daß das nicht genügte.

Die Staatsbeamten auf der Insel waren zu habgierig; zuviel Geld hatte bereits die Besitzer gewechselt. Es mußte etwas geschehen.

Als Toru erfahren hatte, daß die US-Regierung in Ka Lae ein Raumfahrtzentrum errichten wollte, senkte er den Kopf. Ka Lae, der Landeplatz der ersten Polynesier auf den Inseln, war eine heilige Stätte, ein hawaiischer Plymouth Rock. Am südlichsten Punkt der Großen Insel gelegen, war es von Miloli'i nur gute vierzig Kilometer entfernt, und wenn man die Landerschließer gewähren ließe, würde innerhalb eines Jahrzehnts die ganze südliche Hälfte der Großen Insel zerstört sein.

Hier ist es schon in vollem Gange, dachte er, als er von den Viehweiden der Kohala-Berge auf die Westküste der Großen Insel hinuntersah. Sie war gesäumt von Vier-Sterne-Luxus-Urlaubshotels wie dem Halenani, Haus der Herrlichkeit, einem Reiche-Leute-Ghetto aus sechs niedrigen, durch Lagunen und Brücken miteinander verbundenen Türmen, in dem die Gäste mit Motorbooten, Gondeln, sogar mit einer Bahn zu Geschäften und Restaurants transportiert wurden. Ein visueller Orgasmus aus griechischen, italienischen, Maya-, chinesischen, indonesischen und ozeanischen Kunstwerken und Skulpturen, alles aneinandergereiht in langen Marmorhallen, die die Türme verbinden.

Zur Belustigung der Gäste waren im Halenani acht Delphine in einen Teich gesperrt, der weniger als einen Morgen groß war. Dann und wann starb ein Delphin am Verzehr vergifteter Fische, an Vergiftung durch die Motorboote, durch die Hände eines Menschen mit einer ansteckenden Krankheit, wer weiß, und neue Delphine wurden auf Schiffen herbeigeschafft. Jedesmal, wenn Toru an der Stelle vorbeifuhr, dachte er an die Delphine bei Nacht, wie sie im Kreis schwammen und das Keckern, Quieken und Fiepen ihrer Artgenossen hörten, die ihnen hinter Lavamauern zuriefen, welche zu hoch waren, um sie zu überspringen und dort draußen das Meer, so verlockend nah, so unmöglich zu erreichen.

Eines Tages, während er Limousinen mit getönten Scheiben in die Einfahrt zum Halenani einbiegen sah, Limousinen, chauffiert von Einheimischen, deren Familien sich ein Essen dort nicht leisten konnten und denen nicht erlaubt war, dort zu schwimmen, ging so etwas wie ein Ruck durch Toru, ein geistiges Zucken, und er sah den Rohentwurf eines Plans vor seinem inneren Auge. Er begann zu grübeln, beobachtete seine Freunde, fragte sich, wem er trauen konnte. Tag für Tag beobachtete er sie, sonderte aus, verwarf.

Und genau in dieser Zeit hatte Pono ihre Mädchen nach Hause befohlen.

Jess wachte in einem alten *Koa*-Himmelbett auf und betrachtete eine Weile die Spitzenvorhänge, die im Passatwind tanzten. An der Wand hing ein *lei* aus polierten Kerzennüssen, die das Licht reflektierten wie dunkle Spiegel. Sie setzte sich träge auf, verlockt vom Geruch des Herdfeuers, der süß war von Kokosnußrinde und Guave. In den Wochen seit ihrer Ankunft hatte sie sich allmählich verändert. Sie hatte alles aus jener anderen Welt abgelegt, trug keine Schuhe mehr, hatte die Festlandkleidung mit weichen, verblichenen Haus-Sarongs vertauscht, ja, sie hatte sogar ihre Haut abgestreift.

Die blasse Oberschicht war erst rosa geworden, dann rot, blasige Stellen pellten sich, wurden schließlich hellbraun, bronzefarben.
Sie legte sogar ihr Englisch ab, und das Insel-Pidgin glitt ihr so leicht von der Zunge, als hätte es schon lange dort gelauert. Gutes Essen wurde zu *»ono kau kau«*, jeden Tag rief sie die Treppe hinauf zu Vanya: »Nix wie an den Strand, *wiki wiki*«, schnell, schnell, und nahezu jeden Satz beendete sie jetzt mit »hä?«.
Dann das erste Eintauchen in den Pazifik: das mütterliche Streicheln der Wellen auf ihrer Haut, nicht wie das kalte, metallische Klatschen des Atlantiks. Dann hinabsinken: Korallenäste zerkratzen Schienbeine und Handgelenke, tätowieren sie mit Grind. Und dann die Nächte, umhüllt vom Geruch reifer Guaven, faulender Papayas, berauschendem Ingwer. Der Duft von auf die Erde plumpsenden *pomelos,* so groß wie Menschenköpfe.
Ah, *pomelos*! Wie riesige Pampelmusen, gefüllt mit Duft. Im Innern rauhe gelbe Haut, das weiße Fleisch, dick wie Filets, das nach Gardenien riecht. Und darunter die geäderten Grapefruitsegmente wie große Garnelen, die Kerne darin grün wie Oliven und rosig wie Rosenquarz. Das nasse, glitschige Grün war sauer, aber das Rosa war süß wie Zuckerwürfel. Man konnte gar nicht aufhören zu lutschen. Das Saure machte Appetit auf das Süße, und das wieder ließ einen nach Saurem gelüsten. Hinterher, nach dem aufreibenden Ritual des Schälens und Verzehrens eines solchen Kolosses, rieb sich Jess mit dem Fleisch die Wangen ein und spürte, wie ihr Gesicht sich straffte. Tagelang rochen ihre Hände und Arme nach Gardenien.
Manchmal wachte sie vor Tagesanbruch auf, beugte sich aus dem Fenster, riß eine *pomelo* vom Baum und legte sie auf ihr Kissen wie den parfümierten Kopf eines Geliebten, der nichts forderte und ihr nicht weh tun würde. Sie schloß die Augen, streichelte die Frucht, deren leicht ölige, duftende Schale sie an Mars erinnerte: an dröhnende Jazzbands, an Ambulanzsirenen, an seine langen, grazilen Hände, die sie fortstießen, aus Überängstlichkeit, aus Zorn. Mars, der ihr sagte, daß sie falsch lebte, falscher Rhythmus, falsche Prioritäten, daß ihre Geschichte ohne sie stattfände. Daß sie nicht *in ihrem Leben* sei.
Manchmal schlich sie morgens, wenn es gerade tagte, in die Küche

hinunter zu Run Run. Wie zwei grinsende Ureinwohnerinnen hockten sie dann vor dem Holzofen, in den Händen heiße Becher mit frischem Kona-Kaffee, und blickten versonnen in die Glutasche des Rindenfeuers, dessen würziger Holzrauch sich traumgleich in ihre Haare kräuselte.

Eines Morgens sah Run Run sie an, während der Saft einer frischen Mango ihr auf die Fingerknöchel tropfte. »Weißte, Jess, das steht mal fest, du bist 'ne echte *kanaka,* nich' so 'ne etepetete *haole.* Manchmal denk' ich, du bist mehr *kanaka* wie alle andern zusammen. Stundenlang schwimmste im Meer, hockst dich frühmorgens zu mir, ißt mit den Fingern. Und manchmal kriegste diesen Blick, diesen Pono-Blick, als ob du ganz tief graben tätst und auf das Flüstern in deinem Blut lauschst!«

Jess schüttelte den Kopf. »Komisch, hä? Ich, die Außenseiterin. Die sie am wenigsten mag.«

Run Run fuhr sie an: »Quatsch nich', *pupule!* Ausgerechnet du! Die andern, die machen mir Sorgen. Rachel is' wie 'ne Aufziehpuppe für diesen Hiro, Ming schwebt ganz woanders, wird nie mehr gesund. Und Vanya! Wenn sie grad nicht schlimme Sachen mit Fremden treibt, hat sie so viel mit der Politik am Hut, daß se vergißt, wofür se Politik macht! Für uns, für die Hiesigen. Für Tarofelder, und 'nen kleinen Acker für zum Leben.«

Sie stand auf, rührte grimmig in einem Topf. »Weißte, was sie zu mir gesagt hat? Sie mag kein *poi*! Hat sie nie gemocht, und das bringt mich dermaßen zum Heulen, daß mir mein alter Kürbis weh tut. *Poi*! Is' wie Saft aus Mammas Tittis. Und – haste Töne – sie geht nich' mehr schwimmen. Is' langweilig, sagt se, hat se nie gern gemacht. Mutter Gott, manchmal denk' ich, wenn du nich' ein für allemal nach Haus kommst, Jess, müssen wir alle verschwinden. Und nix wird übrigbleiben, was zeigt, daß es uns gegeben hat!«

Jess runzelte die Stirn, noch ungläubig. »Pono wird nervös, wenn ich zu lange bleibe. Ich erinnere sie an zu vieles.«

Run Run nahm sie sachte am Arm. »Halt deinen Mund ... und hör zu. Wir haben nich' mehr viel Zeit. Pono *liebt* dich. Rate mal, warum. Weilste so viel hast von ihr. Versuch's mal und lies hinter ihren Augen, wennste ihr ins Gesicht guckst.«

Als Jess später auf nassen Felsen Napfschnecken sammelte – lebende Kaurimuscheln warf sie zurück ins Meer –, rief sie sich das Gespräch ins Gedächtnis zurück, versuchte sich vorzustellen, daß Pono sie liebte, sie immer hier haben wollte. Überhaupt eine von ihnen hier haben wollte. Diese Geheimniskrämerin, die ihre Enkelinnen, so wie die ganze Welt, stets auf Abstand hielt. Und doch fühlte Jess, daß sie hierher gehörte, sie hatte es immer gewußt. In New York war sie ohne Familie, niemand war da, der sie beschirmte, sie beanspruchte. Niemand, der sie tröstete, wenn Männer – ihr Ehemann, Mars – fortgingen, weil sie zu dunkel war, zu hell, zu zornig, zu schüchtern, nicht zäh genug. Sie fühlte sich unnütz und überflüssig in New York, ihr Leben schien in den Untergrund gegangen zu sein, in eine Welt aus feuchten, künstlich beleuchteten Räumen, mit kranken Tieren in Käfigen. Nur hier zu Hause fühlte Jess sich lebendig, hier hatte sie das Gefühl, daß sie aus einer langen Verbannung zu sich selbst zurückkehrte.

Hier war es ihr möglich, der Wirklichkeit der Dinge nahezukommen. Das Meer war das Meer, Lava war Lava. Das eine wusch die Strände weg, die andere spie fortwährend neues Land aus. Wenn sie morgens aufwachte, trank sie einen Becher Kaffee, aus Bohnen gebrüht, die sie bei ihrem letzten Besuch ernten geholfen hatte. In jenem Jahr hatte sie so viele Wochen lang so viele Stunden gepflückt, daß ihre Finger aufrissen und ihr Rücken knarrte wie der eines alten Weibes; der Kirschenkorb, den sie sich um die Taille gehängt hatte, wurde voller und voller, wuchs sich zu einem fünfundzwanzig Pfund schweren, monströsen Gewächs aus, so daß sie sich am Ende des Tages irgendwohin verkroch und weinte vor Schmerzen. Aber so ging das eben, man pflückte, bis die Körbe voll waren. Man leerte keine halbvollen Körbe in die Jutesäcke.

Wenn man so lange, mit solcher Gründlichkeit gepflückt hatte, veränderte sich der Blickwinkel: Die Kaffeebohnen waren zu Jess' Bohnen geworden, ja, irgendwie waren diese Bohnen *sie* geworden. Wenn sie jetzt Kaffeebohnen in der Rösttrommel tanzen und knallen hörte, wenn sie das beißende Öl und das moosige Aroma während des Filterns roch und den ersten Schauder fühlte, wenn der Kaffee über ihre Zunge lief, und wenn sie schluckte und er ihren Kreislauf in Schwung brachte, erinnerte sie sich an den weinigen Duft der reifen Kaffeekirschen, an Filipinos, Mexikaner, Mikronesier, die beim Pflücken summten oder pfiffen, an den erdigen Geruch ihres Schweißers, an Tabak, Brillantine. Sie erinnerte sich an eine Hornisse, die ihr in die Wange stach, an eine große, behäbige Ratte, die sie zwischen den Bäumen beäugte. Sie trank diesen Becher Kaffee nicht einfach so nebenbei, sie *lebte* ihn.

Und barfuß zum Briefkasten gehen das wurmige Gefühl verfaulter *Liliko'i*-Samen zwischen den Zehen und zum Kamagaki-Markt fahren mit Massen von Jasminblüten die an der Windschutzscheibe kleben wie tote Schmetterlinge und saftige Tomaten vom Strauch pflücken und reife Avocados herunterschütteln zum Mittagbrot Run Run beim Schlürfen von *poi* zusehen und Blaufisch von Fischerbooten nach Hause tragen Blut rinnt ihre Beine hinab und die Lippen lecken nach *laulau* und das Handgelenk rundum voll Fett und bei Petroleum- oder Kerzenlicht lesen wenn es stürmt Benny Goodman auf kratzenden 78er Platten oder Ming unten am Klavier Chopin-Etüden geistern durch die Flure und eine Katzenmutter beim Fressen eines neuen Wurfs beobachten nur die winzigen Köpfchen läßt sie übrig und Termitengewisper in alten Büchern Thackeray Yeats und *Das Buch der Königin* von Lili'uokalani und kampfergetränktes Leinen und feuchte parfümierte Laken und ihre Cousinen rufen im Traum.

Jess würde keine Ferien mehr machen können, wenn sie nach Hause kam. Sie mußte das Leben Minute für Minute verdienen, jedem Ding Aufmerksamkeit schenken, sie durfte ihre Sinne nicht betrügen. Und sie fragte sich, ob sie in diesem ständigen Zustand der Aufmerksamkeit vielleicht eines Tages das finden würde, was sie brauchte, um zu leben, einen Kodex, eine tiefe, dauerhafte Überzeugung. *Vielleicht ist es das, weswegen wir immer wiederkommen, jede von uns. Wir versuchen, den Schlüssel zu finden. Vielleicht ist Pono der Schlüssel. Nichts hat mir jemals solche Angst gemacht.*

Während Jess grübelnd am Strand stand, saß ihre Großmutter hoch über ihr auf den Felsen, rupfte Heilwurzeln aus, zupfte Kräuterblätter, die heilsamen Nachtschattengewächse, *kukui,* Keulenlilien. Es war Mittag, und diese Stunde brachte den sanften Kona-Regen; weithin glitzerten die Kaffeebäume wie dunkle Smaragde. Pono stand auf und beobachtete die schlanke Gestalt ihrer Enkelin, die begonnen hatte, am Strand entlang zu joggen.

Eine Frau jetzt, Anfang Vierzig, die sich allein durchs Leben kämpft. Habe ich ihr all die Jahre geholfen? Ihr genug Fingerzeige zum Überleben gegeben? Ich habe mich weiß Gott bemüht. Auf meine Distanz gebietende Weise habe ich mich bemüht. Ein kümmerliches, dünnes kleines Ding, das war sie, als sie das erstemal hierherkam, aber sie hatte Emmas Augen. Ich wußte, sie konnte mir weh tun, mich hintergehen wie ihre Mutter. Emma, die Gebildete, die die Musik liebte und das Meer. Sie entschied sich für die Welt der Weißen und starb allein, an Sehnsucht. Aber ich habe ihrem Mädchen etwas gegeben. Was ich hatte, was ich aufbringen konnte. Sommer für Sommer.

Sie erinnerte sich an den Tag, als sie wußte, daß diese Saat Emmas ihr nahekommen und sie verraten konnte. Es geschah während der hawaiischen Messe in der katholischen Kirche in Honaunau ... (Seit jenen Jahren der Gottverlassenheit, als sie und Duke verfolgt und aufgespürt wurden, hatte Pono keine Kirche mehr betreten. Aber sie war tolerant und ließ Run Run die Mädchen mit zur Messe nehmen und ihnen ihre, Run Runs, Version von Religion beibringen. »Gott, der is *nich'* der Vater, der is' bloß 'n verwöhntes launisches Kind, aber zu dem müßt ihr euch durchboxen, damit ihr an die rankommt, die wirklich die Macht hat, nämlich seine Mamma, Mutter Gott. Die is' die wahre Allmächtige! Die hat im Himmel ganz allein das Sagen. Das is' 'ne echte alleinerziehende Mutter. Wenn was Schlimmes passiert, hat sie meistens Gott drangelassen, und er verkorkst 'ne Menge. Wenn ihr wen Wichtiges braucht, geht direkt zu Mutter Gott. Jesus, Maria, Josef? Das sind bloß kleine Fische, Chormitglieder, näh?«)

Pono erinnerte sich an diesen einen Sonntag. Der Mädchenchor sang auf hawaiisch, begleitet von Einheimischen, die auf Flaschenkürbissen, Muscheltrompeten, Bambuspfeifen, Nasenflöten musizierten. Eine besondere Messe zum Gedenken an König Kamehamehas Geburtstag, zu der die Leute kilometerweit herbeiströmten; die kleine Kirche war überfüllt gewesen, die Menschen ergossen sich auf dem Rasen bis hin zum Friedhof. Jess, elf Jahre alt, sprach nicht Hawaiisch, trotzdem war sie eingeladen worden, im Mädchenchor mitzusingen. Als sie für den Chor übte, sah Pono ihre kleinen Hände zittern, so sehr strengte sie sich an, die alten Worte zu lernen. Pono hatte begonnen, sie zu unterrichten, Abend für Abend, während die anderen schliefen. An jenem Sonntag stand sie dann vor der Kirche an einem offenen Fenster und schwenkte die Arme wie ein Maestro, formte lautlos die hawaiischen Worte und machte Jess damit Mut, während ihr Chor sang.

Mutter Gott, wie sie ihre Lungen weitete und sang! Den Mund aufgesperrt wie ein hungriges Vogeljunges, jedes Wort artikulierend, alle anderen übertönend.

Hemolele, Hemolele, Hemolele! Ke akua mena loa!
Ka lani a me ta honua, e hoopiha me kou nani.
Hosana i ke ki'eki'e. Nani wale ke ali'i, o ka Iseraela,
e hele mai ana, ma ka inoa o ka Haku.
Hosana i ke ki'eki'e,
Hosana i ke ki'eki'e, Hosanna i ke ki'eki'e.

Heilig, Heilig, Heilig! Herr, allmächtiger Gott!
Himmel und Erde sind voll deiner Herrlichkeit.
Hosianna in der Höhe. Selig ist Er von Israel,
der da kommt in Namen des Herrn.
Hosianna in der Höhe,
hosianna in der Höhe, hosianna in der Höhe.

Als sie ihre Großmutter draußen auf dem Rasen erblickte, wie sie den Arme schwenkte, lautlos die Worte formte, ohne sich darum zu kümmern, daß die Menge ihr zusah, weil sie nur an Jess dachte, da hatte sich tief im Inneren des Mädchens etwas bewegt. Ein Licht, ein hörbares, deutliches Licht entschwebte ihr mit dem sehnsüchtigen Gurren einer Taube, dem Schwingen einer Glocke. Sie sang mit der Stimme einer anderen, sang die alten Worte so vollkommen, so schön, daß schnarchende Erwachsene blinzelnd erwachten und sich in ihren Bänken erhoben. Ein räudiger Hund, der durch die Gänge streunte, legte sich leise winselnd auf den Bauch. Frauen weinten, und Pater Rodriguez, der sich auf seinem Stuhl nach vorne beugte, starrte sie offenen Mundes an und bekreuzigte sich. Nach der Messe scharten sich weinende Erwachsene um Jess, umarmten sie, sagten Pono, ihre Enkeltochter habe *mai nei loko* gesungen, *mai nei loko,* aus dem Herzen!

In diesem Augenblick hatte Pono ihr den Rücken zugekehrt, hatte Jesus fortan gemieden. Und das Mädchen zog sich für den Rest jenes Sommers in tiefster Traurigkeit in sich zurück und fragte sich, welches Unrecht sie begangen habe.

So stolz war ich auf sie! So wie ich einst stolz gewesen war auf ihre Mutter. Und dieses Kind konnte mir weh tun, damals habe ich es gesehen. Mir weh tun wie Emma. Vielmehr, eine Hälfte von ihr konnte mir weh tun. Die andere Hälfte, die Haole-*Hälfte, war meine Spucke nicht wert.*

Und doch war jedes dieser Mädchen zur Hälfte etwas anderes. Duke sagte, daß sie lernen müsse, dies zu akzeptieren, daß das echte, ursprüngliche Blut ihrer Vorfahren, das einzige, das sie anerkannte, im Verschwinden begriffen sei. Ihre Enkeltöchter, sagte Duke, seien Mischlinge einer neuen Welt. Und deren Nachkommen seien noch fremder, ihr hawaiisches Blut auf ein Viertel verdünnt, eines Tages auf ein Achtel. Eine Welt, von der Pono nichts wissen wollte. Dennoch bat sie die Mädchen nun, diese fremde Welt, diese Mischlingswelt, mit nach Hause zu bringen.

Dann dachte sie an Toru, der ihr wie ein Sohn war. Er würde einen angemessenen Anteil an ihrer Hinterlassenschaft erhalten. Er könnte eine Einheimische heiraten, ein Mädchen mit unverdünntem hawaiischen Blut. Er könnte die Plantage leiten, den Cousinen ihren Anteil an den Einkünften auszahlen, aber ihr beflecktes Blut fernhalten. Er könnte ... sie schüttelte niedergeschlagen den Kopf.

Toru, wie könnte ich dich um etwas Derartiges bitten? Wenigstens bist du am Leben. Du schaffst es von einem Tag zum anderen. Das scheint mir eine große Leistung. Aber, lieber Junge, hast du nie geliebt in deinem Leben? Wirst du diese Leidenschaft nie kennenlernen? Völlig hingerissen sein? Deswegen trauere ich um dich; dein Herz ist eine leere Hülle geblieben. Was kann ich tun? Was können die Cousinen für dich tun, wenn ich nicht mehr bin? Deine tutu, *Run Run ... Ich sehe, wie sie leidet, weil auch sie dich ein halbes Leben leben sieht. Sie fällt jeden Tag auf die Knie und dankt dem Himmel dafür, daß du am Leben bist. Und gesund im Kopf, seit du*

nicht mehr an der Heroinspritze hängst. Aber ist es genug, nur für sich selbst zu leben?
Während sie an ihn, Toru, dachte, dem sie zweimal das Leben gerettet hatte, gewahrte sie eine Art einsame Schönheit in diesen Menschen, die ihren Weg allein gehen, unbeschwert von den Gefühlen eines anderen, von keiner anderen Last niedergedrückt als der ihres eigenen Fleisches. *Wie ist er?* fragte sie sich, sie, die immer für einen anderen gelebt, deren Leben sich allein um das Dasein dieses anderen gedreht hatte, bis es zur Bestimmung wurde, zum Geheimnis, zum Traum. *Ich habe mir nie etwas anderes gewünscht, als daß wir eines Tages in die Welt hinaustreten würden. Jetzt werden wir im Schatten alt, Duke und ich. Dabei ist es so wenig, wovon ich träume.*

Spät in der Nacht fuhr Toru vor dem Haus der Frauen, in dem alle Lichter hell brannten, hin und her. Und er fühlte sich heil, weil in diesem Haus Menschen waren, um die er sich sorgen, sich kümmern, nach denen er sich sehnen, die er lieben konnte. Schließlich verlöschten die Lichter, das Haus wurde dunkel. Er lenkte seinen Lieferwagen die kiesbestreute Zufahrt hinauf neben das alte Haus, ein Haus, von dem er jeden Zentimeter kannte, durch Berührung, durch Erinnerung, stellte den Motor ab, zündete sich eine Zigarette an. Nach einer Weile lehnte er sich zurück und nickte ein. Silbernes Mondlicht fiel auf sein Gesicht. Für diesen Augenblick war er in Sicherheit. Und sie waren in Sicherheit. Alle waren zu Hause.

Na manawale'a

Sorgende Herzen

❖

Sie suchten nach Hinweisen. In diesen ersten Sommerwochen bewegte sich eine jede bedachtsam, beobachtete Pono aus der Distanz, sah sie bei den Mahlzeiten von der Seite an. Was immer das herannahende, namenlose Ereignis war, auf das sie sie vorbereitete, es würde mitgeteilt werden, wenn Pono es wollte und auf ihre Art. Sie überließen sich ihren Tagesläufen, ihren individuellen Rhythmen, aber eine jede spürte etwas Atemloses, ein drohendes Abwarten, etwas Lauerndes.

Vanya flog nach Honolulu und zurück, grübelte über Schriftsätzen, die die Landrechte der Einheimischen, die staatliche Krankenversicherung, überhaupt den Kampf um die Souveränität von Hawai'i zum Inhalt hatten. Jess hatte sich den bitternötigen Urlaub von ihrer Praxis in Manhattan genommen und ließ sich von zwei Kollegen vertreten. Mit der Zeit schien sie es zufrieden, sich im Traumtempo zu bewegen, und ließ die Tage, die Stunden an sich vorüberstreifen. Rachel verbrachte ihre Zeit damit, das Telefon anzustarren und auf Hiros abendlichen Anruf aus Hongkong oder Bangkok zu warten. Ming las oder schien zu lesen, einen Ausdruck ziellosen Eifers in den Augen. An manchen Tagen verließ sie ihr Zimmer überhaupt nicht. An anderen bewegte sie sich so unendlich langsam, daß der Ärmel ihres Kimonos beim Frühstück durch die Guavenmarmelade schleifte.

Allmählich, unvermeidlich, verwandelten sie sich zurück in Inselmädchen, plapperten Pidgin, machten vor Tagesanbruch Strandläufe, tunkten Cracker in Mangosaft. An den blanken, heißen Sommermittagen trieb es sie in die Schlafzimmer, wo die Jalousien

heruntergelassen waren, wo sie sich nebeneinander ausstreckten und schwatzten. Und sie dösten, rochen das Parfüm der anderen, träumten manchmal von den anderen. Manchmal wachte eine auf und betrachtete die anderen im Schlaf, als wache sie über sie.
Nachmittage zerliefen zu Abenden, die Hitze war dem Appetit abträglich. Run Run brachte Tabletts mit Papaya- und Melonenscheiben, und sie streckte sich neben ihnen auf dem Fußboden aus, um zu »erzählen-was-war«, Familienmythen und ähnliches. Dabei warf sie die Geschichten wild durcheinander, variierte Enden, variierte Anfänge, bis die Dunkelheit Kühlung brachte und sie endlich einschlafen konnten. Sie schliefen, so schien es, wochenlang.
In manchen Nächten – sie schlummerten alle zusammen in einem der riesigen Himmelbetten, angefertigt in einer Zeit, als Majestäten in diesem Haus zu Gast gewesen waren – spürten sie Ponos Gegenwart, sogar im Schlaf. Wenn sie aufwachten und sich halb aufrichteten, sahen sie Pono am Fußende des Bettes stehen, und sie fuhr mit einer Geschichte fort, die sie vor Tagen zu erzählen begonnen hatte. Anekdoten über ihre Feldarbeiter, deren Leben. Bescheiden erzählte sie von Kindern, die sie unterstützte, damit sie die höhere Schule und die Universität besuchen konnten.
Eines Abends war auch Run Run bei ihr. Sie rief: »Erzähl von *na manawale'a,* dem sorgenden Herzen!«, lief durch den Flur und kam mit einer großen, beschrifteten *Koa*-Schale zurück, die Pono vom Bürgermeister des Bezirks Kona überreicht worden war. »Is' 'ne große Ehre, das!«
Sie reichten die Schale herum und bewunderten sie, während Pono erzählte, was die Hawai'i Island Food Bank leistete, um der Verschwendung von Lebensmitteln vorzubeugen, indem sie Spenden aus Überschußerzeugnissen entgegennahm und diese an die Obdachlosen und Bedürftigen verteilte, die auf der Großen Insel immer zahlreicher wurden. Die »Sorgendes Herz«-Schale war Pono für großzügige Geschenke und Lebensmittelspenden von ihrer Plantage sowie für herausragende freiwillige Mitarbeit bei Kampagnen zur Aufbringung von Geldern verliehen worden. Als sie, zu spät, entdeckt hatte, daß die Lebensmittelbank ein Projekt der katholischen Kirche war, hatte Pono die Schale hinaus in den Schmutz geworfen.

Run Run benutzte sie nun, um Futterbrei für Enten und Schweine zu mixen.
»Wer macht sich schon was aus 'ner ollen Schüssel«, sagte sie. »Hauptsache is', was eure *tutu* für die Armen macht.« Sie wölbte stolz ihre Taubenbrust vor. »Zum Totlachen, wie den Leuten die Augen aus 'm Kopf gefallen sind, als Pono vorfährt und um Lebensmittelspenden für diese Bank bettelt. Sehn diese große *wahine,* die berühmte *kahuna* auf ihrem Grund und Boden stehn. Ha! Hätt' nich' viel gefehlt, und sie wär'n auf die Knie gefallen, hätten freiwillig alles gegeben. Ihre ganzen Vorräte, ihr Haus. Damit die *kahuna* nich' macht, daß sie tot daliegen wie leere Reissäcke!« Sie schüttelte sich vor Lachen. »Da war ein *kanaka,* ich glaub', der hätt' sogar seine Frau und Kinder gegeben!«
Pono saß indessen zurückgelehnt auf einem verschnörkelten Teakstuhl, dessen rissige Klauenfüße unter ihrem Gewicht knarrten. »Geben ist so viel leichter«, sagte sie. »Ich hasse es, um Almosen zu bitten, die Straßen auf und ab zu ziehen wie eine Bettlerin. Ich dachte, mit einem Scheck wäre es getan. Aber die da« – ein Finger stieß nach Run Run – »hat mir einfach keine Ruhe gelassen. Sie sagte, ich könnte nicht einfach Schecks geben – die anderen Kaffeeplantagenbesitzer würden üble Gerüchte über mich verbreiten, sie würden sagen, ich wollte Vergünstigungen für unsere Plantage erkaufen.«
Sie hielt inne und musterte ihre Enkeltöchter eine nach der anderen; großäugig, übereifrig versuchte eine jede, in Ponos Augen zu lesen, wie sie reagieren sollte.
»Kaffeeanbau ist mit viel Öffentlichkeitsarbeit verbunden. Man muß diplomatisch sein.« Sie sah Vanya an. »Dir dürfte das nicht liegen. Rachel und Jess würden eher damit fertig ...«
Sie richtete sich plötzlich kerzengerade auf, wie an Fäden gezogen. »Es sei denn, ihr wollt die Plantage verkaufen, wenn ich nicht mehr da bin. Ihr seid so schweigsam in dieser Angelegenheit. Habt ihr vergessen, wie wichtig es ist, Land zu besitzen?«
Rachel räusperte sich und sagte leise: »Das ist es nicht, *tutu.* Es ist bloß ... wir können uns nicht vorstellen, daß du nicht mehr hier bist.« Sie brach in Tränen aus, schlug die Hände vors Gesicht. »Laß mich nicht daran denken, bitte!«

Vanya sah sie verächtlich an, dann wandte sie sich Pono zu. »Ich weiß, du denkst an unsere Zukunft. Aber ist es nicht ein bißchen verfrüht ...«

Pono stand mit einem Ruck auf. »Manchmal bist du absolut blind. Zockelst kreuz und quer durch den Pazifik, eine Frau von Welt, löst für alle die Dilemmas. Aber hier« – Pono klopfte sich theatralisch ans Herz – »hier zu Hause, in dir drinnen, kannst du der Wahrheit nicht ins Gesicht sehen. Ich bin *alt*. Meine Zeit naht. Versteht ihr das?«

Sie blickten verlegen auf ihre Hände hinab wie Kinder. Irgendwie fand Jess die Sprache wieder. »Da ist so viel, was wir nie verstanden haben. Der Gedanke, daß du ... stirbst, daß alles ungesagt bleibt ...« Sie wandte den Kopf ab.

Pono schien zu wachsen, so daß es aussah, als ob die Türe schrumpfte, auf die sie plötzlich zuging. Ihre Stimme wurde hart, sie traf wie Hiebe. »Glaubt ihr, das Wissen über die Dinge wird eure privaten kleinen Kümmernisse beheben? Glaubt ihr, ich habe den Schlüssel in der Hand?«

Sie kam sich plötzlich häßlich vor, als sie diese vier Frauen auf dem Bett ausgestreckt sah wie gelangweilte Odalisken, Frauen, die ein Leben in Annehmlichkeiten, in Luxus führten. Ein Leben, erfüllt von Betriebsamkeit.

Sie stürmte aus dem Zimmer und durch den Flur. »Werdet erwachsen! Trefft eure Entscheidungen und lebt damit. *Das* ist der Schlüssel.«

Sie setzten sich auf, ihr Atem ging vor Schreck langsam und schwer. »Ich dachte«, flüsterte Vanya, »es würde ausnahmsweise normal, ein ganz normales Gespräch. Fragen, Antworten, versteht ihr?«

Run Run seufzte, schüttelte den Kopf. »Ihr Mädchen kapiert überhaupt nix. Sie kann Fragen nich' ausstehn. Ihr müßt abwarten. Eines Tages erzählt sie euch vielleicht, was los is'.«

»Warum erzählst du es uns nicht endlich?« fragte Jess. »Du kennst ihre Geschichte. Hast du Angst?«

»Stimmt«, sagte Run Run im Gehen. »Hab' richtig Schiß. Wenn ich euch sag', was ich weiß, werdet ihr Mädchen vor meinen Augen alt. Steht mir nich' zu, daß ich euch was erzähl'. Und was ich weiß, das glaub' ich manchmal selber nich'.«

Vanya stand ungeduldig auf, warf die Haare zurück. »Immer derselbe mysteriöse Mist. Ich fliege morgen früh nach Honolulu.« Und dann gingen sie, wie jedesmal frustriert von der Szene mit Pono, aufeinander los.
»Und wohin von Honolulu aus?« fragte Rachel lächelnd. »Nach Darwin? Heimliche Affäre in Australien?«
Vanya drehte sich um und sah sie so lange und eindringlich an, daß die anderen nervös wurden. »Wag es ja nicht, mein Leben zu kritisieren, du armseliges Ding. Ohne Hiro würdest du bei anderen Leuten putzen gehen.«
Ming versuchte zu schlichten. »Bitte ... nicht ...«
»Ich bin meinem Mann jedenfalls treu«, sagte Rachel.
»Seine willige Beute.«
»Wem oder was bist du denn treu?«
Darauf wandte sich Vanya an sie, an sie alle, die Wangen zornesrot, und sie war schön, dunkel und aufgebracht.
»Den Barrikaden! Wo immer sie sind. Wo immer unser Volk auf die Knie gehen muß. Alle diese demütigenden *Kanaka*-Kontrollen, die uns zu Menschen zweiter Klasse machen. Dagegen arbeite ich, dieser Arbeit bin ich treu. Während du herumliegst und Konkubine spielst.« Sie sah Jess an. »Und du reibst dich immer noch auf für Festland-*haole,* deren Tiere besseres Essen bekommen als unsere Kinder! Und du ...«
Als sie sich Ming zuwandte, erstarben Vanya die Worte auf den Lippen. Ihre Cousine sah so unheimlich gebrechlich aus, daß sie sie am liebsten in die Arme genommen hätte. Statt dessen warf sie sich zitternd aufs Bett. »Ich hasse sie. Ich *hasse* sie. Jedesmal bringt sie uns auf die Palme, und dann gehen wir zähnefletschend aufeinander los.«
Rachel stand auf und zog ihren Sarong um ihre vollkommenen Brüste. »Es ist mir egal, wohin du gehst oder mit wem du schläfst. Ich habe nur Angst, Vanya ... daß du es nicht zurückschaffst. Daß du eines Tages für immer aus unserem Leben trudelst. Was wären wir, jede von uns? Ich meine ... ohne die anderen?«

Jess lag allein in ihrem Zimmer, erschöpft. *Das kann Pono, das bringt sie fertig. Uns auseinanderreißen. Ist sie etwa eifersüchtig?*

Unser Leben, unsere Anhänglichkeit, so verbunden. Wir haben immer uns gehabt. Wen hat sie gehabt, außer Run Run?
Spät in der Nacht wachte sie auf und fühlte, daß das Haus zitterte, die Flakons auf dem Schminktisch hüpften. Sie knipste eine Lampe an; alles in ihrem Zimmer war verrutscht, die Bilder hingen schief an der Wand. Jess schrie auf, als ihr Bett wackelte; der Fußboden neigte sich bedenklich, und unten im Tal schrie jemand. Binnen Minuten war alles im Haus auf den Beinen. Rundfunkberichte meldeten, daß im Vulkanobservatorium die Seismographen tanzten.
Als der Morgen dämmerte, waren in Hilo zwei Säuglinge aus ihren Wiegen verschwunden. Bei Kawaihae war ein Fischer von einem dreieinhalb Meter langen Tigerhai gepackt und in zwei Stücke gerissen worden. Akte schrecklicher Willkür, die stets Vulkanausbrüche ankündigten, als reinige die Erde ihre Innereien vom Bösen. Erneut trat Pu'u O'o Vent, ein unterirdischer Arm des Kilauea-Kraters, an die Oberfläche und drohte, die Häuser in der Bahn seiner flüssigen Lava zu verschlingen. Um sechs Uhr früh war der Himmel verhangen, griesige Wolken senkten sich über die Insel. In der Ferne hörte Jess das *Wop! Wop! Wop!* der Hubschrauber der Küstenwache, die in die überfluteten Gebiete flogen. Um sieben stand Toru in der Einfahrt und brachte seinen Lieferwagen auf Touren.
Pono schritt durchs Haus, gab allen Anweisungen. »Pele hat begonnen! Gehen wir, Leute.« Dabei sah sie Vanya scharf an, Vanya mit ihrem gepackten Koffer und ihrer Reservierung für den Frühflug nach Honolulu.
Minuten später saß Pono am Steuer ihres Jeep, Ming und Rachel neben ihr mit Obst, Keulenlilienblättern, Literflaschen Gin, denn Pele, die feurige Göttin der Vulkane, verlangte Opfer. Toru folgte in seinem Lieferwagen mit Jess und Vanya; sie sahen die Scheinwerfer von Autos – Touristen und Einheimische – in das Lavabeobachtungsgebiet strömen.
Unterdessen schien die ganze Insel mit *vog* überzogen, einer Mischung aus Vulkanasche und Nebel, und der Rundfunk meldete, daß Pu'u O'o Vent sechshundert Meter hoch Lava in die Luft schleuderte. Die Insel lag in den Geburtswehen, ganze Familien mußten evakuiert werden.

Während der neunzigminütigen Fahrt zur heißen Zone wurde wenig gesprochen. So wie im Traum ein Bild auf das nächste folgt, wandelte sich die Landschaft: Üppige Kaffee- und Macadamianußpflanzungen gingen in spärliche, ausgezehrte Wälder über, und wenige Kilometer weiter war schon Ödnis – die schwarzglitzernde Mondlandschaft gehärteter Lava. Sie kamen durch die ausgegrabenen Dörfer Ho'okena und Ho'opuloa, wo alles ganz schwarz war. Zu ihrer Linken erhoben sich die Hänge des Mauna Loa viertausend Meter hoch. Zu ihrer Rechten Überreste der großen Lavaströme des Mauna Loa von 1919, 1926, 1950 – Ströme, die alles auf ihrem Weg zu Asche verbrannt hatten, Regenwälder, Felder, Dörfer.

Pono sah zum Mauna Loa hinauf, und sie erinnerte sich an einen anderen späteren Ausbruch in den Jahren, als sie und Run Run sich mit der Plantage abmühten und Pono sich in den Nächten manchmal so hilflos fühlte, so erschöpft, daß sie daran dachte, alles anzuzünden, so daß nichts als Asche übrigblieb. Dann, eines frühen Morgens, hatten sie das Grollen gehört und von Captain Cook aus den Rauch des Mauna Loa gesehen, und sie waren mit Hunderten von Einheimischen zur heißen Zone geeilt, hatten zugesehen, wie die flüssige Lava zum Meer hinab raste. Der *vog* war so dicht, daß der Tag finster war wie die Nacht, der Himmel gespenstisch orange-gelb; eine vierhundert Meter hohe Lavafontäne schoß in die Höhe, rollte sich dann ein wie eine orientalische Schriftrolle.

Schließlich hatte die Lava sich verlangsamt, der Wind drehte, und die Leute beobachteten voller Angst, wie sich rubinrote Wolken auf sie zuschoben. Abgekühlte rote Schlacke schwebte herab wie delikate Gewürze. Pono war dicht an Run Run herangerückt, und sie tanzten lachend in den roten Schauern. Alle hatten sie schließlich getanzt, weil Pele an diesem Tag milde gewesen war und ein Dorf verschont hatte; niemand hatte sein Leben lassen müssen. Und während dieses Tanzes war Pono ihr uralter Traum eingefallen, den sie als junges Mädchen geträumt hatte, als sie allein in Chinatown zurückgeblieben war. Ein Traum von ihr und Run Run als alte Frauen, die in Zimtschauern tanzten.

Als sie damals ihren Zimttraum Wirklichkeit werden sah, hatte das ihren Glauben an ihr persönliches *mana* neu entfacht. Sie konnte immer noch die Zukunft träumen, sie vielleicht nach ihrem Willen formen. Das gab ihr Kraft, auf der Plantage zu arbeiten, bis es sie fast umbrachte, bis sie den Kaffeeanbau wiederbelebt und das lange vernachlässigte Haus wiederhergestellt hatte für Duke, wenn er eines Tages heimkehrte. Seine Heimkehr hatte sie die Jahre hindurch mit nahezu penetranter Exaktheit geträumt. Doch in letzter Zeit hatte ihr Traum sie verlassen. *Jetzt träume ich nur vom Sterben, mein gesichtsloser Leichnam wird von Aalen liebkost. Warum kann ich mein Gesicht nicht sehen? ... Warum?* Sie schlitterte in ein Schlagloch, riß fluchend den Jeep herum.

Sie kamen durch den Bezirk Ka'u, die südlichste Region der Insel, fuhren an den Dörfern Miloli'i und Na'alelu und den alten Zuckerstädten Pahala und Punalu'u vorbei und gelangten in den Volcanoes National Park und zu dem grollenden Arm des Kilauea, dem Pu'u O'o Vent. Dies war eine Gegend mit erdentrückten, triefenden Regenwäldern und riesigen, urzeitlichen Baumfarnen. Erschrekkend abrupt wich dann das Grün wieder einer verdorrten Lavalandschaft aus schwelender, glatter Lava und starren Lavabrocken.

Die Luft war schwer von Gas. Dampfwolken stiegen aus Erdspalten, schwebten umher wie körperlose Gespenster. Autos hielten am Straßenrand, weil den Insassen übel war von den Schwefeldünsten. Es war Morgen, aber dunkel wie bei anbrechender Nacht. Sie waren auf acht Kilometer an den Pu'u O'o Vent herangekommen. Eine lange Autoschlange schob sich vorwärts, der *vog* wurde immer dichter, das Grollen immer lauter. Sprudelnd und zischend strömte Lava aus unterirdischen Reservoirs.

Als sie auf der Straße fuhren, die um die Krater herum führte, passierten sie riesige Abgründe, die bei früheren Ausbrüchen entstanden waren, und Lavafelder unterschiedlichen Alters aus Magma, das, während es sich meerwärts wälzte, erstarrt war. In der Ferne ein feuriger Himmel; selbst die Wolken glühten vom karmesinroten Widerschein flüssigen Gesteins, das Hunderte von Metern hoch in die Luft schoß. In dieser unirdischen Region herrschte Pele, die Göttin der Vulkane, die überall auf unheimliche Weise gegenwärtig war. Zu Hunderten standen die Leute am Rande des dampfenden, von Schwefel durchzogenen Kraterkessels des Kilauea; hier lag der gespenstisch stille Halemaumau-Krater, wo der Sage nach Pele wohnte. Die Menschen sangen und beteten zu ihr, sie möge

dieses oder jenes Dorf verschonen, eine Schule, eine Kirche. Und in der Ferne spie der Pu'u O'o Vent frische Lava aus.
Pono stieg aus ihrem Jeep und richtete sich zu voller Größe auf. Ihr Rückgrat war nicht geschrumpft im Alter; mit fast achtzig Jahren maß sie an die ein Meter neunzig. Selbst Fremden, die heutzutage überall aus den Reisebussen quollen, erschien sie furchteinflößend, hexenhaft. Ihre Gestalt, die wallenden Haare, das dunkle, schöne Profil, wie aus einer anderen Zeit, schließlich ihr eindringlicher, finsterer Blick, das alles schien zu sagen: *Hüte dich*. Eine Warnung, daß Magie wirklich war, daß diese Frau mit den mythischen Proportionen etwas forderte von allen, die ihre Luft atmeten.
Am Rande des Kilauea stapelten sich Opfergaben: Räucherstäbchen, gebratene Schweine, Pyramiden aus Früchten neben Literflaschen mit Gin und Whisky, eingewickelt in Keulenlilienblätter. Touristen zückten, insgeheim spottend, ihre Photoapparate; sie wußten nicht, daß in wenigen Stunden eine Wolke den Abgrund zudecken und alles in tiefes Schwarz hüllen würde, und wenn sie sich verzog, würden die Opfergaben verschwunden sein. Aber noch war es nicht soweit. Pele liebte es, die Menschen hinzuhalten und zu foppen.
Jetzt stand Pono am Rande des Kilauea und bat Pele singend, barmherzig zu sein, die brodelnde Erde zu beruhigen, die geschmolzene Lava hinunterzuschlucken. Lauter und lauter singend, blickte sie über die schwarze Wüste, die aus früheren Ausbrüchen entstanden war, kalte, glitzernde, glatte Lava – Falte für Falte wie eine kilometerweite Elefantenhaut –, und dann die schartigen, scharfen Brocken, die spitz aufragten. Die Menschenmenge trat zurück und beobachtete die hohe Gestalt mit dem wehenden Haar, die den Abgrund anrief. Sie schien ewig zu singen, und die Menschen fielen stehend in Trance. Dann plötzlich schossen Wolken auf sie herab, und graue Schlammschauer, die Schlick auf Augenlidern und Lippen hinterließen, gingen auf sie hernieder. Pono schwankte. Sie schien zu schweben, das lange, wallende Gewand, das sie trug, flatterte im Wind. Sie sang lauter, warf eine in ein Keulenlilienblatt gewickelte Flasche Gin in den Abgrund. Die Flasche zerbrach nicht, sie schien auch nicht aufzutreffen. Sie verschwand einfach.
Und in diesem Augenblick richteten Ponos Haare sich auf wie von

unsichtbaren Händen gehoben. Die Wolken verflüchtigten sich, und Pono war erhellt von Farben – Neonexplosionen aus ihren Augen, Brüsten, Gelenken. Die Leute schrien auf vor Schreck, viele schlugen die Hände vors Gesicht. Als sie wieder aufsahen, war Pono in einen Regenbogen gehüllt, dessen anderes Ende sich in Peles tote, schwarze Wohnstatt senkte, den Halemaumau-Krater. Ein deutscher Urlauber fluchte, als die Linse seines Photoapparates zersprang. Eine Frau sah ihre Polaroidkamera zu einer schwarzen Masse zerschmelzen.

»Schlafe, Schwester«, flüsterte Pono. »Für heute hast du genug getan.«

Sie ließ die Arme sinken und schritt von dannen, vorüber an den Touristen, die sich ihrer als einer Schamanin erinnern würden, weit über zwei Meter groß, mit glühenden Kohlen als Augen, eine Frau mit Haaren aus fließender Lava und Nägeln aus Blitzen. Sie würden sie so phantastisch in Erinnerung behalten, daß niemand ihnen glauben könnte, und sie selbst würden mit der Zeit auch nicht mehr daran glauben, würden sie schon bald vergessen. Doch diese heiligen Gesänge, diese heiligen Rituale zwischen Polynesiern und ihren Göttern waren sowieso nicht für die Augen von Fremden bestimmt.

Pono verließ den Krater, die anderen folgten ihr. Achthundert Meter vom Pu'u O'o Vent entfernt stiegen sie wieder aus ihren Autos. Es war, als hielten sie das Gesicht in einen Backofen. Die Schwefeldämpfe waren so dick, daß Jess das Gefühl hatte, Kies zu schlucken; bei jeder Bewegung, die sie machte, schien ihr Kleid ihr die Haut zu verbrennen. Als sie näher an den Strom heranging, fühlte sie, daß ihre Schuhsohlen zu schmelzen begannen. Sie standen neben abkühlender, bereits überkrusteter Lava, aber die Oberflächentemperatur betrug noch immer über zweihundert Grad. Einen halben Meter unter dieser Oberfläche floß fünfzehnhundert Grad heiße geschmolzene Lava.

Schaulustige saßen hinter hölzernen Absperrungen und sahen, Tücher vor den Gesichtern wie Banditen, schweigend zu, wie in einiger Entfernung rote Fontänen zum Himmel schossen, dann als kochende Lavawellen niedergingen und alles in Brand setzten. Auf ebenem Grund bewegte die Lava sich dagegen langsam, kaum einen Meter pro Stunde. Büsche und Sträucher explodierten zu weißen Skeletten. Mit Asche überzogene Bäume zitterten, knickten ein, wurden schließlich begraben, woran sich die Tiefe des Lavastromes ablesen ließ. Weiter südlich ergoß sich die weißglühende brausende Lava dann ins Meer; bei Nacht waren die Lavafontänen kilometerweit zu sehen.

Sich von der großen Hitze entfernend, die das Schlucken erschwerte, führte Toru die Frauen achthundert Meter weit zu einem erstarrten Lavastrom, der Dörfer und Wälder auf einer Fläche von dreizehn Kilometern unter sich begraben hatte. Sie spürten das Stechen in der Nase, fühlten vielleicht die Erinnerung an verkohlte Dinge, an ausgelöschte Geschichte. Jess schauderte, als sie sich vorzustellen versuchte, daß nur sechs Meter unter ihnen, dort, wo sie standen, wo sie gingen, sich Kirchen, Friedhöfe, Schulen und Kindergärten, Kinos, Schlafzimmer befanden. Sie trat gegen das, was die krümelnden Überreste einer Kuh sein mochten, sah verbrannte Traktoren, Skelette von Autobussen, die im Sinken steckengeblieben waren. Sie schloß die Augen, stellte sich vor, wie die Menschen aus ihren Häusern rannten, umkehrten, um noch etwas zu holen, einen Ring, eine Photographie.

Jetzt gab es hier nur Stille, Totenstille, und Dünen aus erstarrter Lava. Weit hinten, wo spätnachmittäglicher Nebel sich heranwälzte, war die Lava grau verhüllt, hier und da standen oder knieten Familien steif über ihren ehemaligen Häusern. Parkwächter gingen still umher. Und sogar das *Wop! Wop! Wop!* der Hubschrauber schien zu einem Klagelaut heruntergedreht, als tackerten sie in einem Geheimcode: *Wir bedauern ... bedauern ... bedauern ...*

Jess blickte über das Land, das kahl und öde war wie eine schwarze Sahara. Sie entfernte sich von den anderen; ihr Körper wirkte plötzlich älter, wie der einer Frau, die sich durch Sand kämpft, geschwächt von einem Durst, der ihr letzter sein wird und ihren letzten Blick begleitet. Toru und die anderen beobachteten sie; ihre Reaktion war ihnen vertraut, denn jedesmal, wenn sie nach Hause kam, lockte die Lava sie an. Stundenlang wanderte sie dann über verkohltes schwarzes Land, eine Frau in einer Unterwelt aus gezackten Dünen. Manchmal wanderte sie Tage und Nächte, nahm nichts mit als gedörrtes Rindfleisch und eine Feldflasche Wasser. Doch Lavawüsten waren tückisch, die Menschen verirrten sich im

Dunkeln, schnitten sich an messerscharf vorstehenden Lavabrokken. Dünne Oberflächen gaben nach und stürzten in bodenlose Tiefen.
»Es ist so leichtsinnig, was sie tut«, flüsterte Rachel. »Ein Fehltritt, und sie ist unten. Bein gebrochen, Knöchel zerquetscht, und dann? Sie ruft und ruft, vor sich nichts als das Meer.«
Manchmal wurden Motorradfahrer und Hippies gefunden, die sich im Rausch verfahren oder verlaufen hatten und tagelang im Kreis gewandert waren. Die Einheimischen sagten, man müsse nur landeinwärts gehen und das Meer hinter sich lassen, dann komme man ans Ende der Lavawüste. Aber die messerscharfen Lavabrocken zerfetzten Schuhe innerhalb von Stunden. Man konnte sonnenblind werden, austrocknen. Infizierte Stiche ließen den Körper anschwellen und verursachten Fieber. Irgendwann dann war einem alles gleichgültig, und es war schon vorgekommen, daß Leute nie mehr zurückkehrten. Jess riskierte das jedesmal, besessen wie sie war, ähnlich einem Beduinen, der im Sand sitzt und tagelang meditiert.
»Hat was mit Schuldgefühlen zu tun«, sagte Toru. »Ihre Mutter, oder?«
»Schuldgefühle. Sehnsucht. Hat was mit uns allen zu tun.« Rachel schüttelte den Kopf, ohne Jess aus den Augen zu lassen.
Aus einiger Entfernung beobachtete Pono sie ebenfalls. *Was denkt sie da draußen? Wonach sucht sie?* Sie wandte sich ab, weil sie sich weigerte, in Jess' Schritten ihre Mutter Emma zu erkennen.

Es war Abend geworden; sie hatten den ganzen Tag auf der Lava zugebracht.
»Kommt«, sagte Pono. »Wir haben Pele geehrt. Sie wird tun, was sie will.«
Sie reihten sich in die Autoschlange ein, die nach Captain Cook zurückfuhr; Toru hielt unterwegs an, um Cola und Knabberzeug, Schweinekrusten und Nüsse zu kaufen. Während sie die Tüten herumreichten, drosselte er den Motor, bis Ponos Jeep weit vorn in der rubinroten Rücklichterkette verschwunden war.
»Will euch Mädels was zeigen.«
Nach ungefähr vierzehn Kilometern bog er an einem Wegweiser nach Pahala von der Hauptstraße ab. Jess grinste, als sie die alte

Zuckerplantagenstadt wiedererkannte: lange Reihen von Baracken mit abblätterndem blauen und gelben Anstrich und Wellblechdächern, die gesplitterten Stufen vor jedem Haus übersät mit verrosteten Kaffeedosen, aus denen Orchideen sprossen. Ältere Japaner und Filipinos lehnten, Zigarren pfaffend, an ihren Zäunen und winkten. Einer hatte einen bösartigen Kampfhahn auf dem Arm mit zerzaustem roten Kamm, einer eiternden Kralle.
Toru bog unvermittelt ab und raste eine rote Lehmstraße entlang, die mitten durch hohes, wogendes Zuckerrohr führte. Jess erinnerte sich plötzlich, wie sie als Teenager, betrunken von Primo-Bier und *okolehao,* auf diesen Straßen Dragster-Rennen veranstaltet hatten; mit aufgedrehten Motoren rasten die flachen, hochgezüchteten Wagen heulend Seite an Seite. In den Nächten, wenn das Rohr verbrannt wurde, hatte es ausgesehen, als rasten sie durch eine Hölle brennender Melasse, wo maskierte Rohrschnitter mit ihren Forken wirkten wie kleine, alptraumhafte Teufel, die sich schwarz von den Flammen abhoben.
Toru beschleunigte, raste mit ihnen zurück in eine Zeit, als sie noch unschuldig und unversehrt gewesen waren und sich gezankt hatten auf die sorglose Art, wie es Menschen tun, die sich lieben, ohne zu merken, wie das Leben ihnen zusetzt und wieviel von ihrer Unschuld verloren geht. Die Frauen juchzten und schrien, als die Reifen schlitterten und sie in dem Wagen herumgeschleudert wurden wie Melonen. Dann überquerte Toru eine Holzbrücke, die unvermittelt in einen Regenwald führte, eine Oase im Zuckerrohr. Auf einem schlammigen Weg verlangsamte er das Tempo zu Schrittgeschwindigkeit.
»Ach du meine Güte«, sagte Vanya lachend, »das Jadetal-Kloster!« Sie hielten vor einem großen, orientalisch wirkenden Gebäude, das mit seinem grüngedeckten Flügeldach wie ein großer mythischer Vogel anmutete, der im Begriff war, sich in die Lüfte zu erheben. Wände aus *Koa*-Rinde, Türen aus Rosenholz, grinsende steinerne Löwen am Tor. Ringsum abgestandener, aufdringlicher Weihrauchgeruch. Die breiten Treppenstufen waren ausgetreten von den Mönchen und ihren Novizen, die hier jahrein, jahraus meditiert hatten. Toru stieß die Türe auf, winkte die Frauen hinein. Der Raum war leer wie ein Lagerhaus, nur Abdrücke waren noch zu sehen von

Bänken, Statuen, einem steinernen Buddha, alles vor Jahren an einen neuen Standort gebracht.
Vanya blickte hinab auf die Überreste von zu Staub zerfallenen Räucherstäbchen, auf verfaulte Blumen. »Wißt ihr noch, wie wir Opfergaben geklaut und hinter den Bänken geknuscht haben? Ich mit Chicky Gomez, Zungenküsse in Buddhas Schoß!«
Toru leuchtete mit einer Taschenlampe durch den Raum. In einer Ecke waren säuberlich Schlafsäcke, Laternen, Matten gestapelt.
»Kommen hier immer noch Menschen zur Einkehr?« fragte Jess.
»Nee«, antwortete Toru leise. »Das sind unsere Sachen. Gehören mir und den Jungs. Manchmal kommen wir am Wochenende her – *sushi*, Primo, Poker ...«
»Das ist eine weite Fahrt von Kohala.«
»Einige von ihnen sind hier geboren, an der Südspitze, Miloli'i ...«
Vanya sah ihn fest an. »Darüber redet ihr ... Probleme in Miloli'i?«
»Warum nicht? Die Jungs sind stocksauer. Die alten Fischgründe und so, sie müssen mit ansehen, wie ihre Eltern von irgendwelchen Grundstücksfritzen weggedrängt werden ...«
»Und was wollt ihr dagegen machen, hä?« Sie verfiel in Pidgin, was jedes Reden vertrauter und echter machte.
»Och, verschiedene Ideen ... Vorbeugungsmaßnahmen ...«
Vanya schlenderte umher, ihre Stimme hallte in der Leere. »Die Jungs, alles *paniolo* von der Ranch?«
Toru räusperte sich. »Ein paar.«
»Ein paar. Und die andern, wer sind die?«
»Freunde ... aus Vietnam.«
Jess drehte sich um. Dieses Wort, sanft wie ein Mantra, tödlich wie eine Klinge. Es schien die Jahre wiederauferstehen zu lassen, die sie für begraben hielten. Die Monate, als Toru vermißt war, als sie ihn tot glaubten. Und dann der Ballast, den er mit nach Hause brachte, Schneckenspuren auf den Armen. Nadeln, die seine Venen nährten. Die Jahre, als sie ihn als Zombie sahen und wünschten, er wäre ehrenhaft in Vietnam gefallen. Plötzlich kam ihnen der Raum unerträglich stickig vor. Sie traten hinaus, beobachteten die herabstoßenden Fledermäuse, die geräuschlos in der Abenddämmerung jagten. In der Nähe lachte eine Drossel wie ein Mädchen.
»Wißt ihr«, sagte Toru geduldig, »'ne Menge von diesen Jungs

brauchen immer noch ein bißchen Hilfe. Verdammt, seit über zwanzig Jahren kämpfen wir schon für ein Krankenhaus, wo die Leute stationär behandelt werden, genau hier, wo's von allen Inseln die meisten Vietnam-Veteranen gibt. Jungs mit Kriegstrauma müssen bis nach Tripler auf Oahu fliegen oder sogar bis aufs Festland.«

Vanya antwortete bedachtsam: »Ich dachte, der Kongreß hat einen Fond für ein hiesiges Veteranenzentrum bewilligt.«

Toru lachte. »Stimmt. Zwei Millionen Dollar sind angewiesen. Aber zuerst stehen die sogenannten Finanzierungsuntersuchungen an, dann die Zustimmung der Veteranenbehörde, die Wahl eines Grundstücks, die Ausschreibung der Architekten, dazu kommen Anwaltshonorare, Verwaltungskosten. Voraussichtliches Jahr der Grundsteinlegung ... 1998!«

Sie gingen schweigend zum Wagen zurück. »Na ja«, sagte er, »wollte bloß, daß ihr's mal wiederseht. Ihr wißt schon, die Erinnerungen. Mensch, waren wir da noch jung!«

Sie saßen eine Weile still, als warteten sie darauf, daß der Wagen von selbst losführe.

»Was waren das für Pfeile?« fragte Jess. »Über den Schlafsäcken? Ich habe Pfeile und Zahlen an den Wänden gesehen.«

Er zögerte. »Entfernungen auf der Insel. Weißt schon, von hier nach da.«

Vanya beugte sich vor. »Toru. Was habt ihr vor, ihr Jungs?«

Er trank einen Schluck Cola, hielt eine Schweinekruste ans Licht des Armaturenbretts. »Siehst du die kleinen Knubbel? Das sind die Poren, durch die das Schwein geschwitzt hat.«

Er kaute die Schwarte, ließ den Wagen an, fuhr langsam den Weg hinunter. »Wir haben dasselbe vor wie du, Vanya. Bloß ... wir machen's wahr. Vielleicht können wir's zusammen wahrmachen. Du hast Beziehungen, hast Leute hinter dir, angesehene, kämpferische Rechtsanwälte.«

»Was wahrmachen?«

Er schaltete ungeduldig in den nächsten Gang. »Denk mal an das Interview, das du im *Advertiser* gegeben hast. Du hast gesagt, vielleicht ist der einzige Weg für eingeborene Hawaiianer, ihr Land wiederzukriegen, jemanden in den Arsch zu treten. Damit die Welt aufmerksam wird. Überall im Pazifik sollen die Leute gegen die Supermächte vorgehen. Du hast gesagt ...«

»Ich weiß, was ich gesagt habe, und es hat mich in ziemliche Schwierigkeiten gebracht. Dabei habe ich es halb im Scherz gemeint.«

»Jedenfalls hast du gesagt, vielleicht sollten wir eine militärische Einrichtung bombardieren, ein Hotel. Sie mit Guerillastreitkräften schlagen.«

Vanya schüttelte den Kopf. »Das war bloß, um Beachtung bei den Medien zu finden.«

»Komm mir nicht damit, Vanya. Du hast es jahrelang gesagt, bis die Leute anfingen zu denken, daß du vielleicht recht hast. Wir haben alles versucht. Demonstrationen, Gesetzeseingaben, auf Knien betteln. Denen sind wir Hawaiianer scheißegal, wir sind Geschichte. Ich sag' ja bloß ... denk darüber nach. Wir sind jedes Wochenende hier, reden, Pläne machen.«

»Toru.« Sie starrte ihn an, zwang ihn mit der Kraft ihres Willens zuzuhören. »Man greift sein Vaterland nicht an. Wir sind Teil der Vereinigten Staaten, ist dir das klar?«

»Stimmt. Gekauft, verkauft, unterzeichnet, besiegelt, ausgeliefert. Hat uns mal jemand gefragt, ob wir ein Bundesstaat der USA sein wollten? Das war doch damals nichts anderes als Diebstahl. Unser Land, unsere Rechte wurden uns gestohlen. In zehn Jahren sind wir Disneyland.«

Sie antwortete ruhig: »In zehn Jahren werden wir ein souveräner Staat sein, wir werden unser gestohlenes Land zurückbekommen, wieder eine eigene hawaiische Regierung haben. Dafür machen wir das ganze Geschrei. Willst du das alles versauen? Du redest wie ein Terrorist. Wenn's nach dir ginge, würden wir, Maschinenpistolen schwenkend, zum Capitol marschieren.«

Seine Stimme bekam eine andere Färbung. Plötzlich war sie die Stimme eines anderen.

»Komm mir nicht mit Souveränität. Den Indianern haben sie sie gegeben, und sie sterben trotzdem aus ... Armut, Alkoholismus, Gefängnis. Ich will dir was sagen, Vanya. Weißt du, warum sie bei Kanehoe den neuen Veteranenfriedhof bauen? Weil auf dem Punchbowl kein Platz mehr ist. In Kanehoe wird Platz für die Särge von *siebenundfünfzigtausend* neuen Veteranen sein. Hast du vorige Woche keine Nachrichten gesehen? Veranschlagte Kosten: fünfzehn Millionen Dollar. Alles für unsere Jungs in Uniform, die entbehrlichen, ungebildeten Einheimischen.«

In der Stille hörte Jess ihr Herz klopfen.

»Denkt einfach mal drüber nach, was ich gesagt hab'. Du und Jess. Ihr zwei seid draußen in der Welt. Ihr wißt, was die Leute wollen. Gewalt. Action.«

»Du spinnst, Toru.«

»Kann sein. Aber mit euch oder ohne euch, wir ziehen das durch. *Auf Biegen und Brechen!*«

Schweigend sahen sie auf die Straße, die sich unter ihnen abzurollen schien wie ein Band. Toru zündete sich eine Zigarette an, nahm Gas weg und erzählte von einem jüngst verstorbenen Freund. »Hat sich selbst mit 'nem Schälmesser die Kehle durchgeschnitten, Frau und Kinder im Zimmer nebenan.«

Der Mann war kurz vorher zu zwanzig Jahren Gefängnis verurteilt worden, vorzeitige Entlassung ausgeschlossen, wegen Besitzes einer Flinte mit abgesägtem Lauf und weil er auf einem winzigen Beet in seinem Garten Marihuana angebaut hatte.

»Acht kleine Reihen, gerade genug für seinen Eigenbedarf. Und das Gewehr? Er war nicht angeklagt, weil er jemanden bedroht hatte, nur für den Besitz. Wohlgemerkt, er hatte nur noch einen Arm: Wie viele Menschen könnte er wohl töten? Jeder, den ich kenne, hat ein Gewehr. Der Richter sagte, er wollte an ihm ein Exempel statuieren. Stellt euch diesen Mann vor: Verwundetenabzeichen, Bronzemedaille, zweimal in Vietnam. Verheiratet, zwei Kinder. 2014 wäre er als Zweiundsechzigjähriger entlassen worden. Frau futsch, Kinder erwachsen, ein Arm ...«

Er schüttelte den Kopf, und Jess sah Schweißperlen auf seiner Lippe.

»Zwanzig Jahre im Gefängnis, pro Jahr eine Belastung von zwanzigtausend Dollar für die Steuerzahler, alles in allem vierhunderttausend. Das Geld könnten sie für die medizinische Versorgung der Alten, für die Ausbildung unserer Kinder oder für die AIDS-Forschung verwenden. Armer Tropf. Na ja, jetzt hat er seinen Frieden.«

Er wischte sich die Augen, fluchte leise. »Wißt ihr, ich liebe euch, alle miteinander. Ihr seid alles, was ich je an Familie gekannt habe.

Bitte versteht mich. Wir sind keine Bekloppten. Wir sind bloß Jungs, die im Krieg waren. Manchmal, am Wochenende, wenn wir Poker spielen, ein bißchen besäuselt, erinnert sich einer und dreht durch. Ich meine, wir kamen aus Asien, und da drüben haben wir Menschen getötet, und dort war *auch* Asien. Ganze Familien haben wir ausgelöscht. Wenn man mal drüber nachdenkt, wird alles ganz eng, ganz schmal.«

Die Windschutzscheibe verschwamm vor Jess' Augen, die sich mit Tränen füllten. Sie nahm seine Hand vom Lenkrad, hielt sie an ihre Wange. »Toru. Du hast nie darüber gesprochen. Wir wollten dir helfen, wollten dich danach fragen. Aber wir hatten zuviel Angst. Wie ist es gewesen? Ich meine ... Vietnam.«

»Grün«, sagte er leise. »Richtig grün.«

Am Abend fuhr Jess Vanya zum Flugplatz nach Keahole; Vanya wollte den Spätflug nach Honolulu nehmen. Als sie am Flugsteig standen, fragte Jess: »Was hat er damit gemeint, auf Biegen und Brechen?«

Vanya, die sehr erschöpft wirkte, zuckte die Achseln. »Das haben sie im Krieg immer gesagt. Die Inseljungs waren dafür bekannt, daß sie bei Schlachten in Übersee nie aufgegeben haben, auch nicht, wenn sie verwundet waren. Sie haben einfach weitergekämpft, ›auf Biegen und Brechen‹ bis zum Sieg. Oder zum Tod.«

Vanya umarmte ihre Cousine zum Abschied, dann ging sie über das Rollfeld zur Maschine. Am Fuß der Flugzeugtreppe drehte sie sich um, hob den Arm und erstarrte mitten im Winken. Jess winkte zurück und runzelte die Stirn, denn Vanya sah plötzlich wie versteinert aus, eine Lehmfrau, im Brennofen gebrannt. Die Flughafenlichter flackerten über ihr Gesicht. Schließlich erwachte sie wieder zum Leben und stieg die Treppe hinauf, langsam, als würde ihr in diesem Moment erst das Augenlicht zurückgegeben.

Auf dem dreißigminütigen Flug nach Hause lehnte Vanya den Kopf gegen die kalte, harte Fensterscheibe. Seit Jahren hatte sie nicht mehr daran gedacht, was Toru in Vietnam gemacht hatte, für was er Experte geworden war. Aber vorhin, am Fuß der Bordtreppe, war es ihr wieder eingefallen. *Sprengungen.* In seinen Briefen nach Hause hatte er sich als »Sprengmeister« bezeichnet.

Nässe und Trockenheit

❖

Sie blickte auf das Gewimmel hüpfender Känguruhs im Scheinwerferlicht, während der Bus nach Darwin dahinrumpelte, ein rasender Container, der seine menschliche Fracht durch die Nacht beförderte. Sechzehnhundert Kilometer durch das knochentrockene Herz des australischen Busches zum nördlichen Ende des Kontinents, eine zermürbende Fahrt auf der einzigen asphaltierten Straße, dem Stuart Highway.

Oben auf dem Dachständer holperten und polterten Ersatzreifen, klapperten und gluckerten große Kanister mit Wasser für den Notfall. Hin und wieder fuhr der Fahrer fluchend an den Rand, um Sattelschleppern mit drei Anhängern auszuweichen, gelenkt von Fernfahrern, die vollgepumpt waren mit Amphetaminen. Die Luftfeuchtigkeit im Bus war so hoch, daß man darin hätte baden können. Und dann die Ausdünstungen – faule Zähne, käsige Socken, weiße Büffeljäger, die sich an ihrem dreckigen Hosenstall kratzten.

Auch ein paar deutsche Touristen, die nach Haarspray und Polyester rochen, waren im Bus, doch die meisten waren Aborigines mit ihrem mysteriösen wilden, erdigen Geruch. Und die Geräusche: das Zischen der Türen, wenn sie sich beim Anhalten in der Wüste öffneten, das Quietschen der Bremsen, wenn plötzlich verirrte Rinder auf der Straße standen, unterbrochenes Schnarchen, eine jaulende Mundharmonika im Gang. Vanya zitterte vor Übelkeit, sie blickte zum Himmel über dem Busch, dem riesigen Mond direkt vor ihren Augen, den Sternen so nahe, daß sie das Gefühl hatte, sie könnten ihr das Hirn verbrennen. Die Vorstellung von einer zivilisierten Welt jenseits ihres Fensters schien abwegig, wie etwas, das längst erloschen ist. Der Bus ging in eine leichte Kurve, blendendweiße Inkakakadus schwirrten aus dem Busch, und für einen Moment erfaßten die Scheinwerfer tote Rinder, aufgebläht von Gas, die Beine in die Luft gereckt.

Vanya beugte sich nach vorn und fragte den Fahrer: »Macht das die Dürre?«

»Nee«, sagte er. »Die verdammte Hitze verbrennt ihnen glatt das Hirn!«

Nichts als roter Staub, gelegentlich ein Flußbett, Skelette am Rand eines ausgetrockneten Tümpels. Sie döste ein, bis der Bus quietschend zum Stehen kam. Ein Aborigine stieg aus, in der Mitte von Nirgendwo, so schien es.

»Geht auf die Walz«, erklärte der Fahrer. »War auf'm Weg nach Darwin, neuer Job, plötzlich überlegt er's sich anders. So sind sie, ziehen wochen-, monatelang durch die Gegend, ohne Ziel. Ist nun mal ihre Art, was soll's. Werfen mitten im Satz alles hin und wandern in den Busch. Ein, zwei Jahre später triffst du sie irgendwo, fragst, wo sie gesteckt haben. ›Auf der Walz gewesen!‹«

»Wie wird er überleben?« fragte Vanya.

»Mit Grips! Sie können Wasser in der Erde riechen. Da sind sie richtige Genies. Schlangen, Kookaburras, das ist verdammt klasse Futter für 'n hungrigen Kerl.«

Um Mitternacht hielten sie an einer Tankstelle mit Bar. Leiber erwachten schleppend zum Leben, torkelten hinaus und in die Bar, lechzend nach kaltem Bier. Eine Aborigine-Frau ließ sich im Schatten neben dem Bus auf die Erde plumpsen und zog einen Schokoriegel aus der Tasche. Vanya ging zu ihr, versuchte, ein Gespräch anzufangen, aber die Frau zog sich die Haare vors Gesicht und mampfte stumm weiter.

Ein Halbblut – halb Aborigine, halb weiß – stand in der Tür, halb drinnen in der Bar, halb draußen. In der Hand, die drinnen war, hielt er eine Bierflasche. Hin und wieder steckte er den Kopf in den Raum, trank einen Schluck, dann steckte er ihn wieder hinaus, schwatzte draußen mit Vollblut-Aborigines.

Der Fahrer fand nichts dabei. »Der Besitzer bedient keine Aborigines, aber mit Mischlingen macht er Kompromisse. Der Kerl hat Sinn für Humor, das muß man ihm lassen!«

Der Mischling hatte sich eine Aborigine-Flagge in seine Strickmütze gesteckt. Er lächelte, flirtete mit Vanya. »Woher kommen Sie, Missus? Torres Straits?«
»Hawai'i.«
»O Mann, verdammt, 'ne Yankee!«
»Zuerst bin ich Hawaiianerin. Was ist das für eine Fahne?« Dabei wußte sie es längst – eine Mahnung, daß die Anwesenheit der Weißen in Australien unrechtmäßig war. Die Aborigines hatten nie einen Vertrag unterzeichnet, sie hatten niemals auch nur einen Quadratzentimeter ihres Territoriums an Fremde abgetreten. Wie den Hawaiianern war ihnen ihr Land einfach weggenommen worden, ihre Zahl wurde dezimiert durch die Krankheiten der Weißen und durch weitaus tödlichere Waffen. Souveränität und Landrechte waren jetzt heiße Themen; Aborigines demonstrierten und riefen zu Streiks auf.
Ein weißer Büffeljäger torkelte an dem Flaggenträger vorüber. »Du lebst in der Vergangenheit, Kumpel!«
Das Halbblut drehte sich um, seine Augen blitzten. »Ja, Mann, *meine* Vergangenheit. Paß bloß auf, daß sie dich nicht einholt.«
Vanya ließ sich erschöpft wieder auf ihren Platz sinken, schloß die Augen, stellte sich Darwin vor, ihr Ziel, das noch Stunden weit entfernt war. Darwin, Hauptstadt des Northern Territory, eine bierselige, von der Zeit gebeutelte Metropole aus den fünfziger Jahren, die zwischen jahreszeitlichen Extremen existierte, zwischen Nässe und Trockenheit, und nichts aufzuweisen hatte als Viehzucht und Bergbau. Nach einer Weile begab sich Vanya zur Toilette hinten im Bus. Im Dunkeln sprangen sie schlafende Gesichter an wie Totenmasken. Sie spürte, wie sich die Erde unter den Rädern bewegte und fragte sich, in welcher Richtung sie sich wohl gerade um die eigene Achse drehte. Der Bus fuhr mit knapp hundert Stundenkilometern. *Mit welcher Geschwindigkeit rase ich rückwärts zu meinem Ziel?*
Sie war zu einer Konferenz der Vereinigung Pazifischer Frauen zur Rettung der Inselwelt von Honolulu nach Brisbane geflogen. Die einwöchige Zusammenkunft hatte den extensiven Bergbau in Arnhemland und im Kakadu Forrest außerhalb von Darwin zum Thema. Im Auftrag einer Naturschutzgesellschaft von Aborigines-

Frauen hatten Geologen untersucht und bewiesen, daß die Uran- und Bauxitbergwerke im Kakadu toxischen Abraum freisetzten. Säure wurde von Staubwolken weit über den Kontinent geblasen, die Menschen von ganzen Ortschaften wurden krank, Kinder bekamen mysteriöse Lungeninfektionen.

Vanya hatte stundenlang auf einem Podium gesessen und darüber diskutiert, daß die toxische Luft sich am Ende mit toxischen Wolken von anderen Inseln vermischen würde – dachte man nur an die Kupfer- und Goldminen in Papua-Neuguinea, die Nickelminen im benachbarten Neukaledonien, an Umweltverschmutzung und Atombombenversuche in Hawai'i, Mikronesien oder Französisch-Polynesien – und daß schließlich die Luft und das Meer im gesamten Pazifikgebiet vergiftet sein würden.

Die Frauenkonferenz wollte Petitionen gegen die in Arnhemland tätigen Bergbaugesellschaften verfassen, doch eine kleine Splittergruppe von Aborigines-Anwältinnen hatte sich gegen Petitionen ausgesprochen.

Im Publikum war eine Frau mit einer tiefen, schulmeisterlichen Stimme aufgestanden. »Die Minen sind *Einnahmequellen* für uns, sie machen vierzig Prozent von Australiens Exporten aus. Sollen wir vielleicht Maden essen und von Sozialhilfe leben?« Sie zeigte mit dem Finger auf Vanya. »Was meckerst du überhaupt? Ihr Hawaiianer reist durch die Gegend und ruft nach Umweltschutz und Landrechten, dabei seid ihr es doch selbst, verdammt noch mal, die ihr Land verraten und verkaufen!«

Sie bezog sich auf die Schlagzeile an diesem Morgen in der führenden Zeitung Australiens. Mitten in der Kontroverse auf der Großen Insel über den geplanten Hotelkomplex hatte sich herausgestellt, daß wieder zwei ältere Bewohner von Miloli'i ihre zum Strand hin gelegenen Grundstücke für jeweils fünfhunderttausend Dollar an Bauunternehmer verkauft hatten.

Eine weitere Frau war aufgestanden und hatte Vanya angegriffen. »Und was ist mit den geothermischen Kraftwerken auf euren Inseln? Nebenprodukte dieser Werke verursachen sauren Regen, der die Regenwälder sterben läßt.« Sie drehte sich um, sprach zum Publikum. »Herrgott, ich hab's satt, daß Fremde hierherkommen und uns sagen, was wir zu tun haben. Mit der ganzen Pazifikregion

geht's abwärts. Warum können wir nicht wie alle anderen ein bißchen profitieren, bevor's zu spät ist?«
Eine körperlose Stimme mit neukaledonischem Akzent erhob sich aus dem Publikum. »Wieso hören wir überhaupt auf 'ne Yankee? Wir sind nicht amerikanisches Eigentum!«
Vanya war unwillkürlich aufgesprungen. »Ja, wir Hawaiianer sind amerikanische Staatsbürger. Aber ihr und ich, wir leben alle am selben Ozean. Wir sind alle in erster Linie Ozeanier!« Sie hob flehend die Hände. »Wir sind so kleine Völker, Nachrichten aus unseren Regionen bleiben unbeachtet. Wir müssen uns aufeinander verlassen und uns gegenseitig vor dem Aussterben bewahren. Wißt ihr, wie der Rest der Welt uns sieht? Wißt ihr, wie die Londoner *Times* den Pazifik nennt? ›Ein strahlender Teich.‹ Wir verlieren den Kontakt mit der Natur, mit unserer Mutter See, unseren Ursprüngen!«
Die ungefähr fünfhundert Zuhörerinnen waren plötzlich still geworden. Vanya holte tief Luft und trat an den Bühnenrand, wie zu einem Kopfsprung bereit. »Schwestern, ich flehe euch an! Seid standhaft! Verpflichtet euch unserer Zukunft, unseren Kindern und den Kindern unserer Kinder. Schreit auf! Gewinnt Einfluß, damit man endlich aufhört, eure Länder auszubeuten! Kämpft gegen eure Ehemänner und Söhne, die von den Löhnen der Weißen betört, von ihrem Schnaps zerstört werden. Ich sage euch, die Zukunft, die Rettung liegt in den Händen der Pazifischen Frauen!«
Alle erhoben sich, der Applaus war ohrenbetäubend. Sie klatschten, bis es einen Rhythmus bekam, bis Vanya sich verbeugte und von der Bühne abging in die Kulissen, wo viele Frauen sie umringten. Aber später, im Gewimmel der erregten Menge, hörte sie auch Stimmen derer, die die Kehrseite der Medaille sahen.
»Gut. Schön und gut, zornig sein, unsere Männer von den Minen abhalten – aber wer kauft meinen Kindern dann Milch? Wer bezahlt ihr Schulgeld, wenn die Männer streiken gehen? Wer hindert meinen Mann daran, mich zu prügeln, wenn er Fleisch will und wir uns keins leisten können?«
Hinterher hatte Vanya niedergeschlagen in ihrem Hotelzimmer gesessen. *Ich hab leicht predigen. Geschieden. Keine hungrigen Mäuler zu füttern. Mutter Gott, was tu' ich Nützliches?*
Eine Nachfolgekonferenz hatte sie dann von Brisbane nach Alice

Springs im tiefsten Herzen des australischen Busches geführt. Dort hörte sie Aborigines zu, die gegen die anwesenden Anwälte der Bergbaugesellschaften ins Feld führten, daß die Minen auf gestohlenem Land lägen und sie dieses zurückhaben wollten. Die Anwälte hatten ihre Papiere hin und her geschoben und wurden schließlich niedergebrüllt, offenbar schwankend zwischen Verachtung und ernsthafter Verwirrung. Erschöpft und enttäuscht war Vanya nach vier Tagen abgereist, um sich mit Simon Weir zu treffen. Da die Flüge von Alice Springs jedoch eine Woche im voraus ausgebucht gewesen waren, hatte sie in ihrer Verzweiflung den Nachtbus nach Darwin genommen, den »Käfer, der auf dem Hintern des Kontinents krabbelt«, wie die Einheimischen ihn beschrieben, eine zermürbende Fahrt von sechzehnhundert Kilometern.
In diesem Stadium zwischen Wachen und Schlafen fühlte sie sich förmlich von Simon den Kontinent hinaufgezogen, spürte, wie er all ihre Vorsätze auflösen und auf geschickte Weise neu knüpfen würde. Ein Schauder lief ihr den Rücken hinab, wenn sie sich vorstellte, wie er sie berührte, seine Spuren auf ihrem Körper hinterließ. Sie stöhnte, sah sich als eine Frau an einer Leine. *Ich springe nach ihm, soweit meine Kette reicht.*

Er setzte sich im Dunkeln auf, schlüpfte aus dem Bett, schlich in die Mitte des Zimmers und lauschte. Nach einer Weile trat er vor einen Spiegel, beugte sich weit vor und betrachtete sich lange Zeit. Schließlich legte er sich behutsam wieder ins Bett. Vanya schnarchte leise, von irgendwoher fiel ein Lichtschein auf ihre Schulter. Simon beugte sich hinüber und betrachtete sie. Daß sie ihm genug vertraute, um in seiner Gegenwart so tief zu schlafen, dünkte ihn ein Wunder.
Schon jenem ersten Blick von ihr vor Monaten – oder war es schon ein Jahr? – hatte er es angesehen, daß diese Frau nicht einzugliedern sein würde, daß er es mit ihr nicht leicht haben würde. Vieles an ihr war katastrophal, sie war launisch und boshaft. Doch in den seltsamsten Momenten fiel alles von ihr ab bis auf eine lyrische Zartheit, das Mädchenhafte eines Kindes. Sie war schön, aber er war nicht auf Schönheit aus. Er hatte zuviel davon gesehen; grazile Thai-Huren mit vogelzarten Schlüsselbeinen und Handgelenken,

üppige Südamerikanerinnen mit Porzellanhaut, Debütantinnen, Schatzsucherinnen, Frauen, die auf der Flucht waren.
Diese Frau aber machte ihn nervös, wachsam. Daß eine so unpersönliche, animalische Würde wie die ihre mit einer so ergreifend menschlichen Empfindsamkeit einhergehen konnte, das war es, was ihn anzog. Warum das so war, wußte er nicht. Vielleicht hatte er sein Leben satt. Vielleicht wünschte er, das Abenteuer wäre zu Ende. Er legte sich hin, fühlte ihre Wärme an seiner Seite, erinnerte sich an seine Jugend. Ein Junge im Busch, die Augenlider grießig von rotem Staub, ein Tagträumer, der darauf wartete, daß der Stromlinienjet seiner Zukunft sich von allein an den klaren, bleichen Himmel zaubern würde.
Und er hatte die Träume dieses Jungen wahr gemacht. Hatte alles gesehen, alles getan. All die Reisen, die er unternommen hatte, ohne vollkommen heil von ihnen zurückzukehren. Als er Vanya zum erstenmal begegnete, hatte er alles abgelegt bis auf das nackte schäbige Leben; er bat die Vergangenheit um Gnade, bat sie, ihn in Ruhe zu lassen. *Die Vergangenheit, dieser perverse Zauberer, der unermüdlich tote Kaninchen aus dem Hut zieht.*
Er hatte in Wirklichkeit keine nennenswerte Kindheit gehabt, der Vater ein Säufer, die Mutter fort, auf Nimmerwiedersehen im Busch verschwunden. Allein, abgesehen von den Aborigines, die ihn gewissermaßen aufzogen, hatte er sich in der Wüste durchgeschlagen, war mitten unter Känguruhs und Inkakakadus verwildert und zu einem leicht sadistischen, ungehobelten Mann herangewachsen, reif für das Militär, wo er sich als Held im Kampf bewährt hatte.
Jetzt schlief er ein, und die Träume kamen. Kurz vor Tagesanbruch im feuchten Dunkel wachte Vanya auf und hörte sein Schluchzen, erfüllt von solchem Schmerz, daß sie es beenden mußte.
»Simon.« Sie rüttelte ihn sanft.
Er wurde ruckartig wach, erstaunt und erzürnt. »Verfluchte Malaria! Verfolgt mich bis in meine Träume.« Als er Vanya sah, sie roch, bekam er sofort eine Erektion.
Und als es vorbei war – ihre verschlungenen Körper, schnelle Bisse, ihr langgezogenes Stöhnen, während er sie an den Fußknöcheln lenkte wie eine Schubkarre, sie tief erregt, aber mit geschlossenen

Augen, das Gesicht zur Seite gedreht, wie von dem Entschluß geprägt, das, was geschah, nicht wirklich an sich heranzulassen –, als es vorbei war, lagen sie erschöpft da wie reuige Sünder. Während er wieder zu Atem kam, dachte sie, wie leicht er sie in Besitz nahm, wie unbarmherzig er sie einfing. Ihre Brüste waren bedeckt vom Schweiß seiner verfilzten Brust, sein Sperma tropfte aus ihr heraus, und sie fühlte einen solchen Ekel, daß sie am liebsten herumgeschnellt wäre und ihn geschlagen hätte. Totgeschlagen.
Doch da war etwas Beharrliches in der Seele dieses weißen, ungehobelten Tieres neben ihr. Manchmal, wenn sie beobachtete, wie grob er mit Untergebenen umging, Weißen, die für ihn arbeiteten, wie sanft er dagegen Aborigines behandelte und wie ernst er von der Natur sprach und von dem Land, vermutete sie tief in seinem Wesen ein unausweichliches Verlangen nach einem einzigen Augenblick des Einverständnisses mit einem anderen Menschen, einer geistigen Berührung, einem innigen Nicken in diesem Chaos namens Leben. Sie lag still, während er döste, und etwas in ihrem Inneren spannte sich und bereitete sich schon vor auf eine Reise, auf der sie ihn schließlich zurücklassen würde.

Mit seinen von der Buschsonne rotbraun gebrannten Händen lenkte er geschickt den Hubschrauber, der so spielzeughaft klein war, daß er nach Eigenbau aussah. Fünfundsechzig Kilometer südöstlich von Darwin, als sie über dem Kakadu-Gebiet schwebten, stieß Simon den Steuerknüppel nach vorn. Angeregt durch die Entdeckung von Uran auf ihrem Gebiet, hatten die dort beheimateten Gagudju-Aborigines den achtzehntausend Quadratkilometer großen Kakadu-Nationalpark zu ihrem Heiligtum ernannt. Der Uranabbau brachte ihnen jährlich 2,2 Millionen Dollar ein, die sie gewinnbringend anlegten, so daß jeder Erwachsene pro Jahr zweitausend Dollar zum Leben erhielt. Vanya blickte hinunter auf Regenwälder, auf steile Böschungen und gigantische Wasserfälle; ein Teil der Gegend war noch unerforscht und so voller Leben, daß ihr die Augen übergingen.
Als vor vierzigtausend Jahren die ersten Aborigines, von Asien kommend, in Australien an Land gingen, hatten sie sich in diesem Land der Felsschluchten, der Eukalyptuswälder und Sumpfgebiete

ausgebreitet und waren tief in den Kontinent vorgedrungen. Es war heiliges, geheimnisvolles Land, wo noch Übergangsformen der Evolution existierten: Schnabeltiere tummelten sich in großen Teichen, in Schlammzonen und auf Mangrovenbäumen; glupschäugige Fische schwammen aus Flußläufen, erkletterten auf beinähnlichen Flossen Bäume und lugten wie Vögel von den Ästen.
»Hier kommen noch Lebewesen aus dem Wasser an Land«, sagte Simon, »manche so fremdartig und wild, daß man noch immer keine Namen für sie hat.«
Doch an den Rändern des Gebietes konnte Vanya bereits die Invasion der Bergbaugesellschaften ausmachen: Kipper, Förderbänder, riesige, mit Erz beladene Frachtschiffe.
»Ich weiß, was du denkst«, sagte Simon. »Verfluchte Minenbande!, denkst du. Aber die meisten Pachtverträge laufen auf Yankees. Und Japaner. Unsere eigene Regierung ist zu zaghaft, sie sagt, dieses Territorium sei nicht geeignet, um darin zu leben. Trotzdem: Einheimische Jungs verdienen sich hier mit Picke und Schaufel ein bißchen Kleingeld.«
Simon nahm Gas weg, schüttelte die Faust. »Dies ist ein reiches, verdammt schönes Land. Es muß bloß erschlossen werden, das ist alles. Man muß Arbeitsplätze für die Schwarzen schaffen. Statt dessen verschenkt man es auf dem Präsentierteller. Sicher, Außenstehende beuten die Bodenschätze aus. Aber sie sind die einzigen, die hier was verbessern.«
»Verbessern?« fragte sie ungläubig.
»Anständige Schulen für die Kinder, Computer in den Klassenzimmern, Krankenhäuser, Geschäfte. Verstehst du nicht? Ohne die Minen wären sie immer noch auf Sozialhilfe angewiesene Bettler. Eine Kultur der Armut, der Drogen, in der sich Schwarze in öffentlichen Pissoirs den Goldenen Schuß setzen. Gott im Himmel, dabei gibt es sogar Theater. Und Kunst. Genossenschaften wurden eingerichtet, wo die Einheimischen ihre ›Traumbilder‹ verkaufen können.«
»Kunst«, schnaubte Vanya. »Eine Methode, um sie abzulenken. In Hawai'i haben es die Weißen genauso gemacht. Den ›Eingeborenen‹ Pinsel und Farben gegeben, damit sie beschäftigt sind. Kunsthändler kaufen ein Ölbild für ein paar hundert Dollar, verkaufen es auf dem

Festland für ein paar tausend. Echte »naive Kunst«, Früchte einer aussterbenden Rasse. Unterdessen wird ihr gestohlenes Land für Waffentests benutzt und vermint. Profite in Milliardenhöhe. Milliarden.«
Simon neigte den Hubschrauber schräg nach links, so daß er aussah wie eine Libelle mit Schlagseite. Die Erde drehte sich seitwärts, Vanyas Magen tat einen Ruck. Der Regenwald kam ihnen in den verrücktesten Perspektiven entgegen. Nachdem sie eine Weile auf grandiose Schluchten und Ebenen hinuntergeblickt hatte, wo wilde Büffelherden umherzogen, lehnte Vanya sich entschlossen zurück.
»Jetzt will ich die Minen sehen.«
Simon runzelte die Stirn. »Ich zeige dir, was ich kann. Wenn sie mich erwischen, bin ich gefeuert.«
Es gab keine richtigen Straßen zwischen dem Kakadu-Park und Darwin. Zehn Jahre lang war Simon für ein Hubschrauberunternehmen geflogen, hatte Fremde hergebracht, die die vierzigtausend Jahre alten Höhlenmalereien in den Tiefen der Wälder besichtigen wollten. Mittlerweile leitete er das Unternehmen und verwandte viel Zeit darauf, Manager zu den Minen zu fliegen.
Durch ein Wunder an Lavierkunst landete er den Hubschrauber auf einer Grasfläche. Als die Rotoren stillstanden, sprach er: »Vanya. Für wen tust du das? Für die Aborigines? Du wirst sie nie richtig kennenlernen. Du bist eine Eingeborene, aber keine von ihnen. Für sie wirst du immer eine ›von draußen‹ sein.«
Sie antwortete nicht.
»Du benutzt sie, stimmt's?« sagte er. »Zur Unterstützung eurer glänzenden Kampagne für die Rettung des Pazifiks. Wozu? Die ganze Erde geht zum Teufel. Und was gibst du den Aborigines dafür? Ihr Land? Ihre Geschichte?«
»Simon.« Der Klang, das Gefühl seines Namens auf ihrer Zunge war hart. Metallisch. Sie spürte sie wieder, die nahezu greifbare Verachtung für ihn, für sich selbst, weil sie sich mit ihm eingelassen hatte. Ihre Worte waren wie Bisse. »Du kannst es einfach nicht kapieren, oder? Du mit deiner weißen Überlegenheitsmentalität, deinem Kolonialistengehabe ...«
»Verdammter Quatsch! Mein Urgroßvater ist in Ketten hierhergekommen. Ein einfacher irischer Bauer, der Mutter England ver-

flucht hatte, als er ein paar Bier intus hatte. Er ist in seiner Scheiße gestorben, an eine Wand gekettet.«

»Die Abstammung von einem Sträfling macht dich nicht weniger weiß.«

Er schüttelte langsam den Kopf. »Gott, es ist zum Verzweifeln. Zäh wie Leder, aber Ansichten wie ein Kind.«

»Hör zu, ich werde dafür bezahlt, um Fakten zu sammeln. Ich muß Berichte schreiben, ich muß ...«

»Ist das der einzige Grund, weswegen du hier bist?« Die Frage schien ihm so hoffnungslos, daß er den Blick abwandte.

»Ich kann dir keinen anderen Grund nennen. Was glaubst du wohl, wie mir zumute ist, wenn ich neben dir aufwache? Du arbeitest für *die.*« Sie schüttelte den Kopf. »Herrgott im Himmel, habt ihr nicht genug Zerstörung gesehen? Wenn die Bergbaugesellschaften so weitermachen, wird es eines Tages kein Land mehr geben, keine Schulen, keinen Bedarf an Computern. Wenn die Erde ausgehöhlt ist, wenn diese Flüsse und Bäche vom sauren Regen vergiftet sind, wenn die Menschen ihre Nachbarn für frisches Wasser töten, dann werden die Aborigines die ersten sein, die an Durst sterben, zusammengepfercht in einem ausgetrockneten Loch.« Sie lehnte sich seufzend zurück. »Ich weiß, nicht alle Weißen sind schlecht. Einige von euch haben Schuldgefühle, sie opfern Zeit und Geld, setzen sich im Parlament für die Schwarzen ein ...«

»Du hast absolut keine Ahnung. Ich bin bei Aborigines aufgewachsen, habe ihre blutrünstige Männlichkeitsinitiation mitgemacht, bin ihr Blutsbruder geworden. Ich liebe sie auf eine Art, die du nie verstehen wirst, vielleicht mehr, als du dein Volk liebst. An dem Tag, an dem man sie einzäunt, werde ich drinnen bei ihnen sein.«

»Und was«, sie sprach bedachtsam, »empfinden deine Aborigines-Brüder dabei, wenn du dich in den Reservaten aufhältst, *Captain* Weir? Was sagen sie dazu, daß du jedes zweite Wochenende nach Papua-Neuguinea fliegst und einheimische ›Rebellen‹ erschießt, bloß weil sie gegen eure Gold- und Kupferminen randalieren, die sich auf dem Land ihrer Vorfahren befinden?«

»Du Miststück ...« Das konnte sie nur wissen, wenn sie seine Post gelesen hatte.

»Der Brief lag offen auf deinem Schreibtisch.«

Er dachte daran, was er alles sagen könnte: daß die australische Armee dorthin kam, um die dortige Polizei auszubilden, daß die Australier sich nicht an den Erschießungen beteiligt hatten; daß er tatsächlich sein Leben riskiert hatte, daß ein Speer von seiner Schulter abgeprallt war, während er in Dörfern hockte und versuchte, mit Ältesten zu verhandeln, die riesige Summen für ihr Land verlangten. Und er könnte noch weiter zurückgehen, ihr von einem Tag in einem Dorf nördlich von Pnom Penh erzählen, als die Truppen abzogen.

(Ein halb zerbombter Weiler, rückständig und schmutzig, die Abwässer bildeten kleine Buchten im Schlamm ... Zerlumpte Dörfler, die nach Fischsoße rochen, drückten die Leichen von Kindern an sich, die kürzlich bei einem Tieffliegerangriff getötet worden waren. Und er, Simon, hatte versucht, menschliche Gefühle zu zeigen, indem er einem Jungen ohne Beine seine Uhr schenkte. Und der Junge, der seinen Torso auf seinen fast bis auf die Knochen abgeschabten Händen herumschleppte, war überglücklich, ein großes Staunen in den Augen ... Der Junge warf den Kopf hin und her, suchte verzweifelt nach etwas, das er Simon für die Uhr geben könnte. Schließlich bot er ihm freudestrahlend seine achtjährige Schwester an.)

Er hätte ihr das erzählen können. Und die Nachwirkungen; jahrelang hatte er den Jungen im Schlaf gesucht, hatte er Ausschau gehalten nach Bruder und Schwester, die vielleicht doch unversehrt auf dem Feld ihres Vaters Reis siebten, ohne sich verkauft zu haben. Er hätte ihr von den Jahren nach Vietnam als Söldner erzählen können, da er süchtig geworden war nach Militäraktionen. Er saß da und dachte an all die Wahrheiten, die er erzählen könnte, aber die erzählte er nur, wenn er allein war.

»Das hat dir am Anfang so gefallen, mein Herz, weißt du noch? Du hast gesagt, ich sehe aus wie ein Zerstörer.«

Sie zuckte zusammen, dann kletterte sie stumm aus dem Hubschrauber.

Der 375-Millionen-Dollar-Komplex war für den Uran- und Bauxitabbau errichtet worden. Neben den Anlagen für Abbau und Verschiffung hatte man auch eine große Fabrik gebaut, die jährlich eine

Million Tonnen Tonerde produzierte, das mehlig weiße Pulver, aus dem Aluminium hergestellt wurde. Der Betriebsleiter machte einen raschen Rundgang mit ihnen; Vanya akzeptierte er als Simons urwüchsige Freundin, die »einen Kitzel im Busch« suchte. Vorbei an Frontladern, die Fünfzig-Tonner-Kipper beluden, führte er sie in einen Minenschacht, wo Bergleute mit aufgeschürften Schienbeinen vor sich hin hackten und Erz auf Förderloren luden.

Dann zeigte er ihnen, wie das Erz gebrochen und auf eine dreißig Kilometer lange Förderbandanlage geladen und zu den Schiffen am Ende eines Tiefladedocks transportiert wurde, auf einem der längsten Förderbänder der Welt. Er ging mit ihnen weiter zur Aluminiumfabrik, wo komplizierte chemische Prozesse stattfanden, bei denen die anfallende Sickerflüssigkeit in benachbarte Bäche geleitet wurde. Als Vanya genug hatte, nahm Simon sie mit zu einer der Aborigines-Siedlungen, die von der Bergbaugesellschaft errichtet worden waren.

Dorfälteste und junge Burschen scharten sich um sie, klopften Simon auf die Schulter, schüttelten ihm die Hand. Die Männer mit ihrem feuchten, lehmigen Geruch, den leise murmelnden Stimmen betrachteten Vanya unter wulstigen Augenbrauen hervor. In der Ferne ließen Kinder Eidechsen am Schwanz baumeln, während verschämte Clan-Frauen leise singend Eßbares aus dem Busch nach Hause trugen – Schildkröten, Flußkrebse, Wildhonig, Schnecken.

Vanya sah sofort, wie der Materialismus in das Leben der Leute Einzug gehalten hatte. Die Minen-Tantiemen brachten Radios, Elektrosägen, Gewehre, gebrauchte Lieferwagen. Einige Männer saßen bequem zurückgelehnt da und pafften verträumt vor sich hin, andere arbeiteten an Baumrindengemälden, die die Genossenschaften verkaufen würden. Sie malten träge, ein, zwei Pinselstriche, dann legten sie sich nieder und schnarchten. Da sie von Tantiemen lebten, malten sie jetzt zur Entspannung, zum »Spaß«. Vanya blickte ringsum auf kaputte Radios, kaputte Batterierasierer, weggeworfene Kleidungsstücke. Die Tantiemen hatten bestimmte Notwendigkeiten wie Waschen, Reparieren und Flicken aufgehoben. Laxheit war eingekehrt, auch eine Nebenerscheinung der Wohlfahrt.

Simon führte Vanya zu einem Ältesten, der vor einem Unterstand

aus Rinde und Zweigen saß; diese Art von Unterkunft zogen die Aborigines den Fertigbauhäusern vor, die die Bergbaugesellschaft ihnen zur Verfügung gestellt hatte. Vanya verneigte sich ehrfürchtig, betrachtete die pechschwarze Haut, den mächtigen Wanst; Haare und Bart schimmerten weiß. Der Älteste schwenkte seinen Spazierstock, sah zu seinem Hund und dem Känguruhbaby, das er offenbar als Haustier hielt, dann sprach er unvermittelt.
»Ja, ja, das Geld war schon gut, es gab uns Zeit zum Nachdenken, zum Fischen, zum Jagen, Krokodile, Schlangen, Leguane. Gute Jäger sind wir, unser Speer trifft einen Büffelschädel aus dreißig Meter. Tut uns gut, rumzusitzen, Lieder von den Traumpfaden zu singen, dem kleinen Jungen Clan-Totems beizubringen, sie vorzubereiten für die Initiationsgeheimnisse ...«
Er zögerte, Feuerschein spiegelte sich in seinen trüben Augen.
»Sprich weiter«, sagte Simon. Er nickte zu Vanya hinüber. »Sie ist in Ordnung, Digger, ich geb' dir mein Wort.«
Der Mann warf seine schimmernde Mähne zurück und fuhr fort.
»Manchmal fluch' ich auf die Mine. Will, daß die Weißen weggehen. Ohne Tantiemen müssen wir mehr tun als bloß reden und singen. Kämpfen und jagen und bauen und malen, alles blutiger Ernst. Die machen Faulenzer aus uns, setzen uns langsam unter Drogen, machen, daß wir aussterben.«
Er sah Simon an, sein mächtiger Körper glühte förmlich von der Inbrunst seiner Worte. »Wir sind nicht mehr viele, Simon, nicht mal zwei Prozent der Bevölkerung des Landes. Schwarze Städter werden wie die Weißen, verlieren ihre Kultur, sterben am Suff. Kinder gehen auf die Universität, lernen wie die Weißen, heiraten Asiaten, Europäer. Wir verlieren den Halt. Familien brechen auseinander. Die haben uns Halt gegeben.«
Er trat nach einem Baumrindengemälde, das auf einen Transporter der Genossenschaft wartete. »Schund. Nicht unsere richtigen Traumbilder. Glaub bloß nicht, wir teilen die mit den Weißen!«
Während er Plastikbecher mit Tee herumreichte, musterte er Vanya. »Wo sind Sie her, Missus? Torres Straits?«
Sie schüttelte lächelnd den Kopf. »Dunkel genug bin ich, was? Ich bin Hawaiianerin.«
»Eine Yankee.«

Sie seufzte. »Ja. Eine Yankee.«
»Ist schon okay. Sind ja mit Simon hier. Dem Kerl kann man trauen.«
Verlegen ließ Simon sich von einem Kind wegziehen, um Maden zu suchen. Hinter einer Gruppe von Eukalyptusbäumen hörte Vanya Männer auf Instrumenten spielen, die bei den Initiationsriten verwendet wurden, hörte das Klappern von Schlagstöcken, das tiefe Dröhnen des trompetenähnlichen Didgeridoos. Digger sah auf, machte ein halb pfeifendes, halb klagendes Geräusch. Blitzschnell kam ein bronzebrauner Falke herbeigerauscht und pickte ihm aus der Hand.
»Die ganze Erde, die alle sind meine Kumpel«, sagte Digger mit dröhnender Stimme. »Adler, Pflanzen, Känguruhs. Ich kann Ihnen die Namen von dreihundert Sachen sagen, die Sie noch nie gesehn haben.«
Ein verstörendes Glühen ging von ihm aus, die großen Augen trieften in der Hitze des Feuers. Er beugte sich vor und reichte Vanya ein Stück leicht narkotisierenden Kautabak, *pitjuri* genannt. Sie kauten schweigend, die Spitze seines Stockes glühte in den Flammen. Vanya nahm das Känguruhbaby auf den Schoß, der Alte liebkoste seinen zotteligen Hund. Wie sie so dasaßen, sahen sie aus wie eine prähistorische Familie. Langsam begann er sein Garn zu spinnen, und er erzählte ihr von heiligen Riten, von geheimen »Traum«-Orten, wo seine Ahnen das Land besungen hatten. Vanyas Zunge wurde taub, und erschrocken sah sie an sich hinab, als das Känguruh seine Schnauze an ihrer Brust rieb, denn gewöhnlich fühlten sich kleine Lebewesen nicht zu ihr hingezogen. Digger fragte sie, was sie draußen in der Welt machte, und als sie sagte, daß sie Rechtsanwältin sei, lachte er und streute eine Handvoll Lehm in den Wind.
»Da, das wird aus Recht und Gesetz! Sie sollten was machen, was hält. So 'ne hübsche Missus wie Sie. Was aus Fleisch sollten Sie machen!«
Sie schmuste mit dem Känguruh, ein hundegesichtiges Kleines mit großen Füßen. »Ich hatte einen Sohn. Er ist tot.«
Als sie sich diese Worte sagen hörte, war sie erschüttert über das Ausmaß des Schmerzes, den das in ihr wieder wachrief, über seine fast greifbare Gegenwart. Doch das Reden über Hernandos Verlust

schien den Schmerz auch zu lindern, schien sie daran zu hindern, ihn wirklich zu spüren. Sie sprach ruhig, endlos, und als sie fertig war, waren Diggers Wangen naß. Er senkte sein Kinn auf die Brust und betete für den Jungen. Als er sich schließlich wieder aufrichtete, schien seine dröhnende Stimme sie zu überfluten wie eine gewaltige Naturkraft.

»Legen Sie den Schmerz weg. Lassen Sie ihn hier bei mir. Packen Sie Ihre *Wut*. Wut macht Ihnen Mut.«

Als sie und Simon gingen, sah Digger ihnen nach und rief, während er mit seinem Spazierstock in die Luft stieß: »Wer hat das Land geträumt? Wer hat es besungen? *Wir! Wir sind das Land!*«

Simons Haus in Darwin war spartanisch kahl. Fadenscheinige Schaffellteppiche, nackte Wände. Billige Plastikstühle, die an ihrer Haut festklebten, so daß es ein reißendes Geräusch gab, wenn sie aufstand. Seine »Basis« nannte Simon es, und Vanya dachte, daß alleinlebende Männer wohl nie von ihrem »Zuhause« sprachen.

Er öffnete ein paar Dosen kaltes Bier, wischte das kalligraphische Muster aus toten Fliegen von einer Tischplatte. »Ich dachte, du würdest diesmal etwas länger bleiben.«

»Nächstes Mal«, log sie. »Bitte entschuldige, daß ich deine Post gelesen habe.«

»Vergiß es. Aber eins laß dir sagen. Du kennst mich nicht, Vanya.«

»Ich weiß, was du gewesen bist.«

»Und das paßt genau in dein Schema, stimmt's? Mit Männern schlafen, die du verachtest, Männern, mit denen dich nichts verbindet, damit sie dir ja nicht dein Leben durcheinanderbringen. Es gibt ein Wort dafür ...« Er verkniff sich den Rest, rieb sich erschöpft die Stirn. »Verzeihung. Ist so lange her, daß ich mir was aus jemand gemacht habe, ich merke kaum, was ich rede.«

Sie stand auf. »Ich verpasse mein Flugzeug.«

»Setz dich, bitte. Ich hab' dir was zu sagen.« Er hielt inne, und alles, was er sich zu sagen vorgenommen hatte, war auf einmal weg, wie versickert. »Ich bin nie zuverlässig gewesen.« Er brach ab, fing von vorne an. »Ich weiß, du wirst dich nie kompromittieren, aber du hast etwas an dir, das Zuwendung braucht.« Weil er sich wie ein kompletter Idiot vorkam, stand er auf und ging hin und her.

»Simon. Laß sein.«
»Wieso ›laß sein‹? Wir sind uns wohl zu nahe gekommen, wie? Bißchen mehr als dein übliches Abenteuer für eine Nacht?«
Sie stürzte sich auf ihn, schlug ihn heftig ins Gesicht, zuckte dann zurück, weil sie seine Reaktion voraussah.
Er hielt sich das Kinn, schob es vor und zurück. »Jetzt schlag' ich dich. Wir stacheln unsere Gier an, dann fallen wir ins Bett und treiben es, daß die Fetzen fliegen. Das alte Klischee, was?« Sein Gesicht bekam rote Flecken, die mit dem kupferroten Schnurrbart und den kupferroten Haaren verschmolzen, so daß es aussah, als habe er eine gräßliche rotblonde Maske aufgesetzt.
Da dachte sie an ihren Jungen und daran, wie er gestorben war. Und sie dachte an den alten Mann, der ihr geraten hatte, ihre Wut zu packen.
»Ich *hasse* dich! Ich hasse alles, was du bist und jemals warst. Ich hasse, daß ich mit dir geschlafen habe. Ich hasse mich selbst. Ich hasse ...« Es war, als könnte sie nicht mehr aufhören.
Er berührte sie nicht, trat ihr nicht zu nahe. »Hör mir zu, ich habe nicht viel zu bieten. Gesundheitsmäßig gehe ich auf die Achtzig zu. Malaria. Kontakt mit Agent Orange in 'Nam. Macht einen steril und die Innereien kaputt. Wenn ich in den Spiegel gucke, sehe ich das Gesicht eines Mannes, der nie ein Kind zeugen wird.«
Sie schüttelte den Kopf, wollte es nicht hören.
»Aber ich könnte dir etwas über das Land erzählen. Könnte dir zeigen, wie man Süßwassermuscheln unter dem Schilf findet und welche Krokodile verspielt und harmlos sind und aus welchen Kräutern man Tee macht, um Tropengeschwüre zu heilen. Ich könnte dir zeigen, welche Gräser giftig sind und wo in der Nähe von Keulenbäumen Wasser zu finden ist. Ich könnte dich an Plätze führen, wo die Kirschpflaumen so groß sind wie meine Faust und wo Austern dich mit Jod versorgen. Ich könnte dir beibringen, welche Trauben den Biß von Taubnattern heilen. Und wie Langusten Haie anziehen mit ihrem Gequieke. Ich könnte dir zeigen, wo man in der Rinde von Mangrovenbäumen eßbare Würmer finden kann, wo man Buschbananen findet, und dir die richtige Jahreszeit für Wildhonig nennen. Ich könnte dir zeigen, wie man Risse in Kanistern mit Spinifexharz flickt und wie man Unterstände aus

Bananenblättern baut. Ich könnte dir sagen, welches die beste Zeit ist, um die Hinterleibe von grünen Ameisen zu essen, und wie man die Larven aus ihren Nestern ißt.«

Er fuhr fort, wie unter Hypnose.

»Und, oh, ich würde dir die geheimen Jahreszeiten beibringen; die zwischen Nässe und Trockenheit, die nur die Aborigines kennen. Zum Beispiel weiß man, wenn bestimmte Lilien blühen, daß die Barramundi ködergierig in Schwärmen schwimmen. Und wenn bestimmte Bäume ihre Rinde abwerfen, daß die Krokodile laichen, und an welchen Stränden ihre Eier vergraben sind. Ich könnte dir sogar beibringen, Wasser zu riechen, das tief unter der ausgetrockneten, dürren Erde liegt. Ich könnte dir beibringen, kommende Regenfälle und kommende Staubstürme zu riechen. Du würdest lauschen lernen. Du würdest sehen, wie klug die Natur ist. Vanya, du würdest staunen.«

Sie weinte, und er kam zum Schluß.

»Ich habe gründlich darüber nachgedacht ... ich würde sogar sterben für dich, wenn du eine solche Großtat verlangen würdest.«

Auch später, am Flughafen von Darwin, berührte er sie nicht, trat er ihr nicht zu nahe.

Ihre Haut wurde sehr, sehr dunkel, sie sah alt und streng aus wie eine Frau, die sich von nun an äußerster Askese verschrieb.

»Simon, ich werde nicht wiederkommen.«

Er blickte nachdenklich zu Boden. »Du willst, daß es aus ist?«

»Ja.«

Ganz langsam zog er sie an sich. »Dann ist es aus, mein Herz. Aber ich verspreche dir ... es ist nicht vorbei.«

Er ließ sie gehen, über das Rollfeld zu der wartenden Maschine; die Sonne warf ihren Schatten vor ihr her.

Gaman suru, ganbaru

Ausdauer, Beharrlichkeit

❖

Sein Wagen in der Einfahrt, sein Chauffeur an die Kühlerhaube gelehnt. Er war schon im Haus, kam ihr entgegen.

Rachel stürmte die Treppe hinunter, ohne jeden Gedanken an Zurückhaltung. »Hiro, bist du da? Bist du es?«

Und durch die dunklen kühlen Marmorflure vernahm sie sein tiefes, volltönendes *»Hai!«* Ungemein männlich, eine Art heiseres Flüstern, eindringlich, daß ein Schauder sie überlief. Und da war er, geschmeidig, gefaßt, untadelig gekleidet. Das Gesicht, schön und gelblich durchscheinend wie Zitronensaft, die Hände wie schmale gelbe Eiszapfen, makellos bis auf das fehlende Glied eines Fingers, das Zeichen der *Yakuza*-Mitgliedschaft.

Sie stand ganz still, bezwang den Drang, zu ihm zu laufen, ihn zu berühren, zu ertasten, ob er Wirklichkeit war. In diesem Moment, fast unmerklich, musterte er sie, prüfte sie. Makellos das Porzellangesicht, der feine Knochenbau, die runden Brüste und Hüften einer Hawaiianerin. Ihr Haar, schwarz und fest wie Teer, ihre Augen von dem eigenartigen Grün patinierter Bronze. Ihre Wangen waren gerötet, und sie war schön, noch immer voller Anmut und Feuer. Sie würde niemals eine verhaltene, verhuschte Ehefrau sein, sie würde ihn immer erregen. Er würde immer zu ihr zurückkehren.

»Du bist es«, sagte sie, als hätte sie jemand anderen erwartet.

Er warf den Kopf zurück und lachte, ein Lachen, das durch das Haus schallte, als könne sein Körper es nicht mehr halten. Nur Rachel brachte ihn zum Lachen, es war das Lachen der Erleichte-

rung, zu Hause zu sein. Doch selbst in diesem Moment wirkte er verschlossen; nie ging er ganz aus sich heraus.
Und als sie ihn die Treppe hinaufführte, ihn entkleidete, langsam einseifte und abwusch, seinem Körper, der vom Hals bis zu den Fußknöcheln tätowiert war, ein Massagebad angedeihen ließ, da sah sie, daß nichts sich verändert hatte, nicht ein Zentimeter an ihm. Mit der Zeit waren die leuchtenden Rot-, Gelb- und Grüntöne seiner Tätowierungen zu einem schimmernden Stahlblau verschmolzen, lebendig und schön im Dampf. Es hatte Jahre gegeben, da sie diese Haut haßte, diesen kühlen Reptilienschild zwischen Hiro und der Welt, diese Manifestation seines Innenlebens, von Emotionen, die sie niemals kennen würde. Einmal, in den frühen Jahren, hatte sie ihn gefragt, warum er am ganzen Körper tätowiert sei.
Er hatte eine Weile überlegt und dann geantwortet: »Ich wollte ein Krieger sein.« Die Schmerzen waren erschöpfend; nur einer unter zweihundert Männern ließ eine Ganzkörpertätowierung zu Ende führen. »Oder vielleicht wollte ich etwas schaffen, von dem ich nicht sicher war, ob es der Welt überhaupt innewohnt – Schönheit, Legende, Tugend.«
»Oder«, sagte sie, »vielleicht wolltest du sterben.« Er hatte ihr nämlich erklärt, daß die Lebenserwartung der Ganzkörpertätowierten geringer als durchschnittlich sei, weil zu wenig Haut frei bliebe zum Atmen.
Rachel kniete neben der Badewanne, ausgezogen, nur ein Handtuch um sich, so daß sie, als sie sich zu ihm hinbeugte, mit hochgezogenen Schultern, die dichten schwarzen Haare zu beiden Seiten frei herabfallend, wie ein Schmetterling wirkte, der zitternd aus seinem Kokon schlüpft. Schläfrig betrachtete er ihre feuchten Schultern, dachte daran, wie ihr Körper hernach, in den Gefechten der Leidenschaft, Hitze verströmen würde, ein klaffendes, dampfendes Stück Lust. Er lächelte, küßte ihre Finger, einen nach dem anderen, als sie ihn mit dem Waschlappen abrieb. Nur bei ihr entspannte er sich, wurde er sittsam und scheu.
»Wie geht es deinem Kreislauf?« fragte sie.
»Gut«, grunzte er. »Außer bei Kälte und Feuchtigkeit.«
Er senkte den Kopf wie ein Kind, damit sie seinen Nacken schrubben

konnte, und in diesem Moment wirkte er verletzlich. Mit seinen sechzig Jahren hatte er immer noch den Körperbau eines sportlichen Vierzigjährigen, aber das Leben forderte seinen Tribut. Sie hörte ein leises Schnaufen, wenn er sich bückte. Während sie ihn sanft massierte, betrachtete Rachel seinen Rücken, den Drachen, diesen grimmigsten Teil seiner Körperkunst, von dem nur sie intime Kenntnis hatte. Hiro kannte ihn nur im Spiegel und von Photographien. Als junge Braut hatte sie sich vor dem Ding gefürchtet. Dann lernte sie, es zu umarmen, es im Liebesakt zu streicheln, ein Ungeheuer, das Kraft aus allen bizarren Geschöpfen zog, aus denen es zusammengesetzt war. Der Kopf war der einer schweinsnasigen Schlange mit den Hörnern eines Stiers, vom Karpfen hatte er die schillernden, messerscharfen Schuppen, dazu vier reißende Habichtsklauen, die Barthaare des schlauen Katzenfisches, Schultern und Hinterbacken aus Höllenfeuer. Als Hiro sich in der Badewanne bewegte, hüpfte der Drache, majestätisch, mystisch, grotesk.

»Wo bist du gewesen?« fragte sie. »Macau? Singapur? Erzähl mir etwas!«

»Ah, Rachel«, seufzte er, »jedes Jahr gibt es mehr zu sehen und weniger zu erfahren. Wie bedauerlich, daß du niemals weiter gereist bist, als es deine Phantasie zuließ. Ich könnte dir Wunder zeigen ...«

Ja, dachte sie. *Huren, die hinter den Vorhängen deiner Plüschbordelle über mich lachen. Süchtige, die höhnisch aus deinen Drogenhöhlen grinsen. Niemals! Lieber warte ich hier am Meer, wo alles rein und abgeschieden ist. Sogar unser Sex unter blassen Seidenlaken, als liebten wir uns im Inneren eines Augenlids ...*

»Ich würde dir die Tintenfischmänner von Kaulun zeigen, Verbrecher, die sich in riesigen unterirdischen Röhren versteckt halten, die Leiber blauschwarz vom Auswaschen der Sepia aus Tintenfischen für die Fischereibetriebe; sie bekommen nie Tageslicht zu sehen. Und ich würde dir die Mehlgeister zeigen, chinesische Flüchtlinge, die in den Katakomben der Tempel leben und sich ihren Unterhalt mit Nudelmachen verdienen. Ganze Räume weiß von Mehl, Fußböden, Decken, Wände. Jahr für Jahr kneten und formen sie ihre Nudeln. Haare, Augen, Kleider, alles voll Mehl, es lagert sich auf ihrer Haut ab, modert in ihren Lungen. Bis sie irgendwann daran ersticken ...«

Sie rieb seine Schulter mit *Kukui*-Öl ein.
»Und ich würde dir Schönheit zeigen, die goldenen Tempel von Bangkok, Prozessionen von safrangelb gewandeten Mönchen, die in Zweierreihen unter Eisenholzbäumen wandeln. Und den weißen Mond, der über den chinesischen Dschunken im Hafen von Victoria dahinzieht. Wie gerne hätte ich dir die Menschen gezeigt! Dich gelehrt, das Allgemeine zu ignorieren und nach dem Besonderen zu suchen.«
Manchmal dachte sie, ja, sie möchte mit ihm in die Welt ziehen. Wenn sie ihm zuvor das Gesicht tätowieren könnte. Ihn mit einem Delta brandmarken wie die Griechen. Seine Stirn kennzeichnen wie die der römischen Gladiatoren. ER GEHÖRT MIR. Oft, wenn sie ihm zuhörte, diesem Mann, der ein Dutzend Leben lebte, fühlte Rachel sich ungenutzt, ungelebt, und sie hätte ihn erdolchen können. Jetzt bückte er sich ein wenig, schnaufte wieder. Sie lehnte sich zurück, stellte sich vor, wie es sein würde, wenn Hiro alt sein würde: sanfte Haut, sanfte Manieren, nahezu gebrechlich, ausgenommen sein tätowierter Penis, ein blauer, großtuerischer Aufschneider. Sie griff ihm zwischen die Beine.
Sacht, ganz sacht streichelte sie ihn, fühlte deutlich drei Erhebungen in Vorhaut und Penishaut. Er seufzte. Echte Perlen, vollkommen rund, fest. Eingepflanzt zu Rachels koitalem Vergnügen. Sie bereiteten ihm kein Unbehagen, stellten vielmehr einen zusätzlichen Schmuck seines verzierten Penis dar, einen Schmuck, der beim Koitus seinen Orgasmus verzögerte und ihr größere und länger anhaltende Lust bereitete. Jetzt erhob sich sein Penis zwischen seinen Beinen, und Hiro erhob sich ebenfalls, er stieg aus der Wanne, nahm Rachel auf seine Arme, so daß sie aus dem Dampf des Bades geboren schienen, trug sie zum Bett.
Oh, diese süßen Verzögerungen, dieser kleine Kitzel ... ganz leicht strich er mit einem zierlichen Fächer aus Kolibrifedern über ihren Bauch, streichelte sie, bis ihre rosige Haut schauderte, sich dem Fächer entgegenzuheben schien. Hiros Finger entfernten sich, öffneten ein Lackkästchen, darin eine geschmeidige, glänzende Ameise mit einem Seidenfaden um den Leib. Ein Klecks Reishonig würde sie langsam, langsam in Rachels Ohr locken.
Und Rachels Augen rollten ängstlich hin und her als die Ameise ihre

Wanderung begann wie viele Menschen fragte Hiro betrachteten das Innenohr als erogene Zone und Rachels Zuckungen Gänsehaut bildete sich im Nacken kroch über Gesicht und Kopfhaut Schweiß brach ihr auf den Schultern aus tropfte die Arme hinunter diese sichtbaren Schauder das Rückgrat entlang dann umhüllten Kälteschauer ihren Körper als die Ameise sich in einem sich verdichtenden Gang vortastete hin und wieder von Hiros Finger sachte am Faden zurückgezogen dann suchend weiterkrabbelte winzige Härchen streifend die über winzige Nervenzellen Signale in ihr Gehirn sandten O Lustschmerz und Rachel schreiend trunken aus dem Gleichgewicht kleine Fühler Schritte kratzten kratzten hallend als das Tier in einem ölig kernigen Dschungel gegen das Ersticken ankämpfte keuchend strampelnd in kleinen Todeszuckungen und Rachel erstarrte Lustschmerz und Hiro eindrang sich auf ihr in ihr hebend und senkend Rachel fühlte das Tasten Gleiten O Überraschung die Perlen wurden poliert durch das Schieben Ziehen seiner Haut der Rhythmus schliff ihren Glanz helle Reflexionen wie Hitze die Licht von meertransparenten Schichten zurückwirft die Juwelen schimmerten schillernd wenn sie Hiro drehte Stöhnen ihr Stöhnen ihr Aufbäumen der Seidenfaden in wirrem Haar verloren etwas starb in ihrem Schädel der Leichnam würde morgen herausgeniest und sie kam und sie kam und sie kam kam kam beugte sich auf und Hiro erregt so erregt darüber wie sie im Kommen aufleuchtete die Flucht ergriff sich vor ihm zurückzog hinein in ihre Augen genau auf dem Höhepunkt der Wonne sich ihm entzog es ihm verdarb und er kam einsam kam auf eine Weise die ihn führte schob stieß über den Rand eines schrecklichen Ansturms er sprang kopfüber traf krachend auf wurde alt ja alt im Kommen seine müde Ejakulation wie die Perlen in der Vorhaut er würde sie würden weich werden alt werden ausgelaugt durch schabende Toxine Körpersäuren Hitze. *Wir sind dem Verfall preisgegeben.*

Sie wachten auf, als der Abend anbrach, erschöpft, sein Sperma war auf ihren Schenkeln getrocknet. Weit in der Ferne das Glitzern von Waikiki, die Lichterketten der Ozeanriesen, Blinklichter kleiner Frachter, die sich in der Flut brachen. Über die *lanai* trug die Brise ihnen *»Malagueña«* zu, gespielt von einem Orchester in einem Hotel. Rachel seufzte, legte ihren Arm über seine Brust, während seine langen, gelben Finger sanft ihre Brustwarzen streichelten. Und sie dachte daran, daß all das Theater, die Kostüme, die kleinen Tricks ihrem Liebesspiel eine Art Religiosität verliehen. Doch es war nichts Frommes darin, es war Phantasie, eine Art Flucht, das, was die Menschen taten, um Ängste einzudämmen, um die Wellen des Alleinseins zurückzuschlagen.

»Bedeutet das, daß uns das Begehren füreinander abhanden gekommen ist? Daß wir uns nicht lieben können ohne diese ... Accessoires?« In den frühen Jahren hatten sie keine Requisiten gebraucht, nur sich selbst.

»Nein.« Seine Stimme war rauh und zärtlich. »Es bedeutet lediglich, daß wir trotz allem Kinder sind. Wir brauchen ein bißchen Theater.«

»In unserem Alter? Wenn Liebe genügen sollte?«

»Gerade jetzt, Rachel. Liebe und Lust: Sie sind zwei verschiedene Dinge und doch ... irgendwie nicht unzertrennlich, nicht ununterscheidbar. Eins ist der Spiegel des anderen. Stell dir vor, du würdest mich lieben, ohne mich zu begehren.«

»Ich habe es mir vorgestellt«, sagte sie. »Wenn wir alt sind und es nur noch Erinnerung gibt.«

Er setzte sich halb auf und lächelte. »Du bist sehr aufgeschlossen in letzter Zeit.«

Das war neu an ihr, denn sie hatte immer einen Mangel an Neugierde auf Menschen und Dinge gezeigt, vielleicht aus Furcht, die Neugierde der Menschen auf sie zu wecken. Doch in jüngster Zeit wirkte Rachel rastlos, sie stellte Fragen, streifte ihre Teilnahmslosigkeit ab. Er bemerkte eine Unruhe in ihren Augen, einen Glanz, als ob Dinge, die in ihrem Kopf geschlummert hatten, plötzlich erwacht seien. Es war, als wollte Rachel das Leben hierhin und dorthin wenden, es untersuchen, Entscheidungen treffen. Ihre Unschuld, jene Mädchenhaftigkeit, die er so reizend fand, so besitzenswert, schien darunter durchaus zu leiden.

Doch wer besitzt wen? fragte er sich.

Selbst fern von ihr konnte er immer noch spüren, wie sie ihn in den Armen hielt. Manchmal ging er zu anderen Frauen, ohne es zu wollen, ohne es zu brauchen, nur weil es ihm ein Bedürfnis war, Rachel zurückzustoßen, um atmen zu können. Ihre Schönheit war außerordentlich, ihre Liebe auf morbide Weise unnachgiebig, allumfassend, und ihre Leidenschaft war wie die Lust aller Kindhuren, nach denen es ihn je verlangt hatte. Sie lud ihn auf, entspannte ihn, zog einen Blendladen vor die häßliche Welt, die er kannte. Sie war alles, was übrigbleiben würde, wenn ihm der Sinn des Lebens abhanden käme. Sie war hinter ihm, in ihm, zog seine Fäden wie die einer Marionette.

Er sah sie an, und sie war still, immer noch beunruhigt, immer noch nachdenklich, und das verstörte ihn. Er kannte ihre Widersprüchlichkeit, ihre Launenhaftigkeit, er wußte, daß sie auf raffinierte Weise, durch puren Willen, durch bemerkenswerte Behendigkeit ihn und sein Verlangen nach ihr vernichten konnte. Womit dann alles vernichtet wäre.

»Nimm dich in acht«, sagte er leise. »Du wirst reizlos und sehr ... nüchtern.«

Sie stand langsam aus dem Bett auf, warf sich einen Kimono um die Schultern. »Vielleicht ist es das Alter. Man fängt an, auf Dinge zu achten. Ist das unattraktiv?«

»Es kann gefährlich sein. Ich weiß, daß du manches bedauerst. Keine Kinder, keine Enkelkinder, kein Lachen in diesem Haus. Ein Haus ohne Echo. Meine Schuld, nehme ich an. Du warst genug Freude, genug Kind für mich.«

Sie erinnerte sich an die Jahre, als sie ihre unverkennbar schwangeren Cousinen angestarrt hatte – mit Widerwillen; die Vorstellung, daß ein Parasit in ihrem Bauch lebte, war ihr ein Graus.

»Ich bin kein Opfer, Hiro. Ich habe mir mein Schicksal selbst ausgesucht. Wir haben gelebt, wie es uns bestimmt war. Mein einziges Bedauern war, dich zu verlieren, fortwährend zu verlieren. Ich war dir nie genug. Und warum? Ich frage mich, warum?«

Mit anmutigen Bewegungen schlüpfte er in einen Morgenrock. »Rachel, Rachel. Wozu die Fragen? Es gibt nicht immer einen Grund. So logisch ist das Leben nicht. Vielleicht bin ich böse. Vielleicht bist du eine Zauberin. Vielleicht sind wir nur Kinder, die sich im Meer verirrt haben.«

Sie saß in ihrem Badezimmer, betrachtete die runenartigen Male auf ihren Brüsten, ihrem Bauch, ihren Schenkeln; Hiros Zähne, die Zuflucht gesucht hatten in ihrer Haut.

Seine Mutter starb, als er sechs war. Er konnte nicht aufhören zu weinen, dieser Junge, dieses Kind, er weinte tagelang. Sein Vater ruderte mit ihm bis hinters Riff, warf ihn hinein und ruderte fort. Als Hiro das Ufer erreichte, war er ein Mann ...

Das war sein Leben, alles, was er an Jugend gehabt hatte, bevor er nach Japan geschickt und seinem Vater zum Trotz *yakuza* wurde, Mitglied der Unterwelt. Sie dachte an die Nächte, als sie mit dem Gedanken gespielt hatte, sich die Pulsadern aufzuschneiden. Sich im Bambushain zu erhängen. In ihrem Mercedes eine Klippe hinabzustürzen. Nächte, Monate, Jahre, sein Kommen und Gehen. *Und doch sagt er, ich ließe ihn nie allein, sei immer bei ihm, wachte über ihn. Vielleicht ruht mein fester Blick auf dem Augapfel jeder Hure, die er in den Freudenpalästen auf der Ginza, den Gossen seines Wasserhandels, bestiegen hat!*

Vor kurzem hatte sie ihr vierzigstes Lebensjahr vollendet, und die Zentrifugalkraft dieser Vollendung, die sie aus dem Mittelpunkt der Dinge, aus ihrem Ego, getrieben hatte, gab ihr eine eigenartige, eine neue Perspektive. Sie erkannte nun, daß Hiro sie all die Jahre beherrscht hatte mit einem Ziel, das fast unmöglich zu begreifen war, nämlich Begehren in ihr zu wecken, das mit der Befriedigung nicht erlosch. Er hatte sie dazu gebracht, die Erregung von jemand anderem in sich zu spüren, jemand Unsichtbaren, der ihnen zusah. Eines Tages würde Hiro sterben, und sie würde allein zurückbleiben, nackt und sehnsüchtig, festgehalten im blinzelnden Auge von etwas Kaltem, Unbekanntem. Etwas Außermenschlichem vielleicht. Und eines Nachts erkannte sie, daß dieses unbekannte Etwas, der gesichtslose Zuschauer, all die Jahre ihr Mann gewesen war. Er hatte sie beobachtet, sie in Schach gehalten, damit sie nie genug von ihm haben, ihn nie ganz kennen würde. Auf diese Weise würde sie nie über ihn hinauswachsen, sich nie mit ihm langweilen. Er wollte ihre Krankheit sein, ihre Besessenheit, ihr Richter und Vollstrecker. Sie würde ihn begehren bis zum Tode. Sie dachte jetzt auf das zärtlichste an ihn, fühlte sich ihm gegenüber unwürdig. Er litt. Er hatte immer gelitten.

Beim Abendessen betrachtete er unwillig die Gerichte, die vor ihnen auf dem Tisch standen, Rinderfilets in Sahne und Kognak mit buttrigem Kartoffelpüree, den Pouilly Fumé in Kristallgläsern.

Er rief der Köchin leise zu: »Nimm das weg. Bring uns Tofu, Kuttelfisch. Mohnsamen. Und *sake.*«

Rachel lachte. »Du willst essen, wie Run Run kocht!«

Hiro schüttelte den Kopf. »Diese westliche Ernährung bringt frühen Tod. Ich sehe es überall in den Gesichtern – diese hektisch roten Wangen, wie kurz vor einem Schlaganfall.«

Während sie aßen, sah er sich im Zimmer um, betrachtete Vasen, Porzellan, alte Bronzen. Er schien sie mit seinem Blick zu entwerten. *Wie merkwürdig Gegenstände aussehen, wenn wir sie nicht mehr wollen. Wenn wir befreit sind von der Dinglichkeit der Dinge.*

Er stocherte ohne Appetit in seinem Essen. »Morgen abend gibt es *fugu akirame!* Und nun ... ist es Zeit für das Spiel!«

In dem von Kerzen erhellten Musikzimmer, das zart nach Nelken und Sandelholz duftete, sah er Rachels wohlgeformte Arme aus ihrem indigoblau gesprenkelten Kimono hervorragen. Ihre Finger zupften die *samisen* so grazil, daß die Klänge wie der betörende Gesang einer jungen Sopranistin anmuteten, die durch eine öde Welt zieht, auf der Suche nach ihrem Liebsten.

Eine solch altehrwürdige *samisen* besaß drei Darmsaiten, Decke und Boden waren aus Katzenleder, dadurch entstand ein ähnlicher Resonanzkörper wie bei einem Banjo. Ein Dilettant entlockte der *samisen* derart grauenvolle Töne, daß es weh tat, eine Art kratziges, mißtöniges Kreischen; in den Händen einer Könnerin wie Rachel jedoch klang sie ätherisch. Die Melodie, die Rachel spielte, begann mit sechs tiefen Tönen, die sich immer wiederholten, nur heller und heller wurden, wie kreisende Wespen, höher und höher, dann hatte die junge Sopranistin ihren Liebsten endlich gefunden, verwundet, sterbend an Stichwunden, und ihre Seelen schwebten über der irdischen Welt.

Rachel verneigte sich, stimmte eine neue Weise an. Nach vorn gebeugt, konzentrierte sie sich, begann dann, Laute aus der Natur zu zupfen, Laute aus einer Welt der Extreme. Und während sie spielte, begriff Hiro, daß sie die Melodien der Großen Insel spielte. Zuerst fließende Klänge, den Konturen der Vulkane gleich, die den größten Teil der Insel ausmachten – Mauna Kea, Mauna Loa, Hualalai. Dann Klänge wie flüssige Lava, die aus klaffenden Spalten hervorbrach. Zerstörung. Schwarze, dürre Wüsten, Hitze, die Melodie ferner Rauchfahnen, die aus neuen Vulkanschloten aufstiegen, der Laut des Brodelns unter der Oberfläche, auf der Suche nach dem nächsten Austritt, der nächsten Eruption.

Dann schwebte sie, sachte, verträumt zupfend, in die Täler der Großen Insel, zu Bambuswäldern, Königspalmen, zu Wirbelstürmen von Schmetterlingen in Orchideenfeldern. Einer nach dem anderen erklangen die Rufe der Inseltiere auf den Saiten, wiehernde Pferde, brüllende Ochsen, das Quieken der Mungos, das Grunzen der Wildschweine. Sich paarende Hirtenstare, zirpende Geckos in Guavenbäumen. Sie schuf diese Welt, ihre Welt, mit geschlossenen Augen, ihr vollkommenes Gesicht glühte, die Hände, losgelöst von ihrem Körper, schienen einem eigenen Willen zu folgen, während sie Weisen der unheimlichen Insel-*mana* schlug, Weisen heiliger Stätten, Tempel und Friedhöfe.

Dann stimmte sie die heiligen Melodien des *hula* an, jenes alten Erzähltanzes, der ersonnen wurde, um die Bedeutung der *mele* zu untermalen, der Sprechgesänge, welche die Legenden, Stammbäume und die Geschichte der Hawaiianer erzählen. Es war die Melodie der Tänzer, begleitet von Kürbistrommeln, Männer und Frauen in Lendentüchern und Sarongs, angetan mit Fußkettchen aus Hundezähnen, heiligen Farn- und Federkronen. Dies war nicht der billige, kokette *hula,* wie er für Touristen getanzt wurde. Dies waren die Klänge von Kriegern, ihre Bewegungen flink und kühn, Bewegungen der Hände, nicht der Hüften, von Tänzern, die nicht lächelten, die tanzten, um die Alten zu ehren oder ihren Feinden den Tod zu wünschen.

Dann ertönte der Rhythmus einer einzelnen Trommel auf den Saiten der *samisen,* der eindringliche Gesang einer Stimme, tief, ergreifend, unübersetzbar, und sie besang das Weh und Ach der Geschichte. Wie oft hatte Hiro Rachels hawaiische Abstammung vergessen, denn sie hatte so viel von ihm angenommen – Kultur, Gesten, Geschmack –, daß er sie gerne als seine Schöpfung betrachtete, eine reinblütige Japanerin. Jetzt aber sah er ihre hawaiische Seite hervortreten.

Schweißperlen glänzten auf ihrer Stirn, sogar ihr Hals transpirierte von der Anstrengung ihres Spiels; die körperliche Liebe, die sie für die Insel empfand, offenbarte sich in ihrer Haut, ihrem Mienenspiel, ihren Händen auf den Saiten. All diese herzzerreißenden Klänge auf drei Saiten! Es schien ihm ein Wunder. Er weinte. Und vielleicht weinte Hiro deshalb, weil er sah, wie sehr sie jene Insel liebte, wie sehr sie dorthin gehörte. Die Große Insel war ihre Geschichte, dort waren die Menschen ihres Volkes, die Menschen, die sie liebte. Und er hatte sie zu viele Jahre allein gelassen.

Spät in der Nacht redete sie, fast mehr zu sich selbst, als müßte sie es hören, um es zu verstehen. »Es geschieht etwas. Pono glaubt, sie stirbt. Diese *Kahuna*-Träume. Sie geht jetzt öfter auf ihre geheimnisvollen Reisen. Ich habe daran gedacht, ihr zu folgen, aber sie würde mich umbringen, mich totschlagen ...«

»Sie ist alt«, sagte Hiro. »Laß ihr ihre kostbaren Geheimnisse.«

»Ich habe Angst, Hiro, ich fürchte um uns alle! Vanya wirft sich an Fremde weg. Toru spricht davon, *Haole*-Bauunternehmer zu töten. Und Jess ... ich glaube, sie möchte nach Hause kommen. Sie ist eine *kanaka,* ein echtes Inselmädchen. Aber was soll sie dort tun? fragt sie. Alles verfällt.«

»Und wie geht es Ming?« Seine Stimme war ganz besonders sanft, da er wußte, daß sie krank war.

Rachel weinte und schmiegte sich an ihn. »Ach, Ming! Sie wird durchsichtig. Ich schwöre, ich kann direkt durch sie hindurchsehen. Was soll werden? Was soll ich tun?«

Er drückte Rachel an sich wie ein Kind. »Du warst das Waisenkind. Du mußtest dich erfinden, ein Leben schaffen aus dem Nichts.«

»Wie du«, flüsterte sie.

»Ja. Vielleicht wie ich. Es gibt einem Ausdauer, Beharrlichkeit. Du, meine Rachel, wirst überleben. Ganz bestimmt, du wirst dich wundern.«

Blumen schwankten im Passatwind, ließen die Köpfe hängen, verloren ihre Blütenblätter, so daß der Rasen aussah wie eine bekleckste Palette. Wespen summten wie Kamikazeflieger; hier und da stürzte eine Hornisse herab. Sie standen am Teich, fütterten Hiros kostbare Zierkarpfen, Hiro mönchisch und würdevoll in Kimono und Pantoffeln. Er bewegte sich vorsichtig auf den Trittsteinen, die über den Teich führten, und als er sich bückte, sah Rachel, daß er kahl wurde. Sein Haar war schwarz und dicht gewesen, und jetzt schimmerte der Schädel durch. Drei Karpfen kamen an die Oberfläche, ihre Schuppen glänzten in der Sonne.

»Die tapfersten aller Fische«, sagte Hiro. »Wenn sie gefangen werden, warten sie ruhig auf das Messer, ohne zu zucken.«

Er ließ sich langsam auf die Knie nieder, säuberte die Oberfläche des Teiches mit Eßstäbchen, entfernte zierlich ein Blatt, eine Vogelfeder, mit heiteren Gesten wie ein buddhistischer Mönch. Im Laufe der Jahre hatte sie gelernt, daß er meistens in Andeutungen sprach. Sie mußte auf das Echo achten, nicht auf den Ton, auf den Schatten, nicht auf das Licht, aber in diesem Fall sprach er unzweideutig.

»Ich habe dich viele Dinge gelehrt. Jetzt mußt du Geduld lernen.«

»Warum?«

»Sie überdauert die Begierde. Das Leben wird zu dir kommen, wenn ich von dir gegangen bin. Du wirst Geduld brauchen, um es zu überlisten.«

»Sprich nicht so. Das Leben wird vorüber sein, wenn du von mir gegangen sein wirst.« Sie griff nach einem Paar Stäbchen, um ihm beim Säubern des Teiches zur Hand zu gehen, und stocherte eifrig im Wasser herum. Ihre mit Edelsteinen besetzte Haarspange fiel ins Wasser und wurde sogleich von einem großen, kräftigen Karpfen verschluckt.

»Du!« schimpfte sie und jagte den Karpfen im Teich herum, die Kimonoschleppe wie eine Windel zwischen die Beine geklemmt.

Hiro setzte sich hin und bog sich vor Lachen. Ein halbzahmer Pfau kam hinzugehüpft, jagte Rachel, während sie den Karpfen jagte; der Vogel, mit ausgefächertem Rad, kreischte wie eine Hexe. Rachel bekam es mit der Angst, sie schlüpfte aus ihren Pantinen und lief barfuß vor dem Tier davon. Kori-Kori, der Gärtner, eilte von einem Jasminstrauch herbei und rückte mit einem Rechen dem Pfau zu Leibe, während dieser Rachel nachsetzte, die schreiend wieder und wieder um den Teich rannte. Der Karpfen, der ihre Haarspange verschluckt hatte, schwamm im Kreis, den Kopf knapp über Wasser, als ob er alles beobachtete. Hiro lehnte sich hilflos vor Lachen zurück, die Tränen strömten ihm übers Gesicht.

Später, als sie sich gefaßt hatten, saßen sie in ihrem kleinen Teehaus, das aufs Meer hinaussah, und tranken grünen Tee. Und dieser

Mann, der die Sprache stets mehr als Mittel des Verbergens denn als Mittel des Ausdrucks benutzt hatte, begann zu reden.
»Was die Welt von mir weiß, ist ein Mythos. Aber du, ach, du, liebe Rachel, bringst mich zum Lachen und zum Weinen. Mit Worten und Taten.«
Sie lächelte ein wenig scheu. »Warum jetzt, Hiro? Warum erzählst du mir jetzt so viel?«
»Darum. Es ist Zeit.«
In diesem flüchtigen Augenblick knackten ihre Rippen, und sie fühlte ihr Herz zittern. Sie fragte sich, ob er wohl bald stürbe, weil sein Leben verkürzt war durch die Tätowierungen. Sie schloß die Augen, sah ihn als Jungen von sechzehn Jahren, als er mit den Tätowierungen begann, bis er sie schließlich mit sechsundzwanzig vollendet hatte. Sie sah ihn Stunde um Stunde, Zentimeter um Zentimeter tapfer das Einführen der schwarzen Nara-Tinte ertragen, die sich blau färbte, wenn sie lebendiges Fleisch perforierte, und der tödlichen indischroten Farbe, die unter der Hautoberfläche braun schimmerte und seiner Tätowierung Glanz verlieh, während sie den Körper langsam vergiftete.
Sie dachte, daß für diesen Mann, der keine nennenswerte Kindheit gehabt hatte, die Nadel des Tätowierers vielleicht das erste gewesen war, das in sein fühlloses Dasein eindrang. Sie wußte, daß die Huren von Bangkok, Hongkong und Macau ihm nichts bedeuteten. Vielleicht bedeutete auch Rachel ihm nichts. Vielleicht hatte seine tiefste Liebe seinem Tätowierer gehört, der ihn zehn Jahre lang gestochen hatte.
Er stirbt. Er weiß, er hat den Tod in seiner Haut. »Hiro! Hast du Schmerzen?«
Er lächelte, griff nach ihrer Hand. »Nein. Es ist nicht so interessant wie Schmerz. Eher ein ... Vorgefühl.« Er log, weil es wichtig war, weil Lügen ihm erlaubten, der Wirklichkeit, der Wahrheit zu trotzen. »Verzeih mir, Liebste. Worte sind so unzulänglich.«
»Nein!« rief sie. »Fast dreißig Jahre warte ich darauf, daß du sprichst. Wie sollten wir uns sonst kennen?«
Er seufzte, schenkte frischen Tee ein. »Kennt einer jemals den anderen wirklich? Kennen wir uns selbst? Wir leben in Zweifeln. Und in Nichtigkeit. Und am Ende steht nur noch Schweigen.«

Als er das sagte, sah er so schön und stoisch aus – die Form seines Kopfes, die Grazie seiner Knochen, die langen Mandarin-Finger, die ein winziges Porzellantäßchen hielten. Doch seine außerordentliche Eleganz wurde beeinträchtigt durch die greulichen Blautöne seiner Brust, die den V-Ausschnitt seines Kimonos ausfüllten, durch die blauen Handgelenke, die aus seinen Ärmeln hervorschauten, durch das fehlende Glied eines Fingers.
»Wir können nichts weiter tun als unseren Augenblicken ein wenig Anmut und Schönheit verleihen.« Er sah auf seine Uhr. »Und nun ... ist es Zeit für die Kalligraphie?«
Wieder beobachtete er ihre Grazie, betrachtete er die Form ihres ausgestreckten Armes, als sie mit dem Ritual der Kalligraphie begann, das von Schweigen, Geduld, Präzision bestimmt wurde. In einem schwarzen Gewand, die schwarzen Haare im Nacken zusammengefaßt und aufgesteckt, kniete Rachel vor einem schwarzen Lacktisch, dem einzigen großen Gegenstand in einem mit acht *tatamis* ausgelegten Raum. Sie hielt die Hände im Schoß gefaltet, die Augen in meditativer Trance auf den Fußboden gerichtet.
Einer kleinen Schatulle entnahm sie den kohlschwarzen *Sumi*-Stab – ein mehrere Zentimeter langes Stück Harz – sowie einen glatten, schieferartigen Tintenstein mit einer Kerbe an einem Ende, in die sie einen Spritzer Wasser gab. Sie befeuchtete das Ende des Harzstabes und begann, ihn in stetem Rhythmus an dem Tintenstein zu reiben und so den Stein mit Wasser anzufeuchten. Langsam löste sich die Oberfläche des Steines unter dem Druck des Stabes auf. Das sich mit dem Tintenstein vermischende Wasser verdickte sich allmählich, und so entstand die dicke schwarze Tinte, die *sumi* genannt wurde. Dies war das Ritual des *sumi o suru.* Im Schreiben Geübte wußten, daß die *sumi* dann die richtige Konsistenz hatte, wenn das Herz des Schreibenden ruhiger und sein Puls langsamer ging.
Rachel legte dem *Sumi*-Stab beiseite, breitete ein Filztuch auf dem Tisch aus und darüber ein Blatt Reispapier, das sie mit einer alten Bronze beschwerte. Alles im Raum war schwarz, ihr Gewand, ihre Haare, der Lacktisch, die Schatulle, das Filztuch, der Stab, der Stein. Nur das Reispapier war weiß. Hiro atmete tief ein; ihm war, als berührte etwas sein Rückgrat.

Nun öffnete sie eine Schachtel, entnahm ihr einen großen Pinsel und tauchte ihn langsam in die *sumi,* knetete seine Spitze, bis sie durchfeuchtet war und weich wurde. Ihr ausgestreckter Arm verharrte einen Augenblick mit dem Pinsel über dem Reispapier, dann stieß sie ihn herab wie ein Schwert. Tiefes, gerundetes Trauerschwarz tauchte plötzlich auf, während ihre Hand sich fortbewegte. Den Arm hin und her schwenkend, schrieb und schrieb sie wie in Trance, als ziehe sie Konturen nach, die bereits im Papier schlummerten und darauf warteten, geboren zu werden.

Verhaltene Linien, schlank wie Pfeile, dann laut, kühn, schallend wie ein Schuß. Dann runenartige Spritzer, als der Pinsel sich in seinen eigenen nassen Spuren herumdrehte und senkrecht nach unten wischte. Stockende Schlingen, stumpfe Windungen, dann streifte der Pinsel nur wie ein Hauch über das Papier, dann ... Leere. Weiß erschien plötzlich im Leerraum zwischen schwarzen Schriftzeichen, es erzeugte Form, jene negative Form, die so geschätzt war bei den Meistern des *shodo,* der erhabensten Kunst des Schreibens.

Rachel setzte sich erschöpft hin. Er hörte ihr Herz schlagen. Sie legte den Pinsel beiseite, betrachtete schweigend die Schriftzeichen. Hiro setzte sich zu ihr, besah ihre Komposition, einen Liebesbrief in *kandschi,* der gewöhnlichen chinesischen Schrift. Er bemerkte die Veränderung sofort. Sie hatte acht Jahre täglich geübt, und es hatte eine Zeit gegeben, als ihre Schreibkunst im Druck ihres Pinsels, im Rhythmus ihrer Hand, in der Ruhe ihres Herzens von größter Delikatesse und herrlichem Schwung gewesen war. Alles hatte darauf hingedeutet, daß sie eines Tages dem Himmlischen Einklang nahekommen könnte, die *shodo* verlangte.

Jetzt aber sah Hiro, daß ihre Schreibkunst zwar kühner, aber weniger schön war, die Geschwindigkeit und der Druck bei der Handhabung des Pinsels waren deutlicher erkennbar, weniger abstrakt. Es gab dekorative Verbindungen, vorbildliche Windungen in der Gestaltung ihrer Schriftzeichen, aber für das geübte Auge besaßen sie keine Ästhetik. Und in dem Weiß der Leerräume war kein Klang, kein Blühen. Er sah, daß sie niemals zu *shodo,* der erhabensten Kunst des Schreibens gelangen würde, sondern immer bei *shuji,* dem bloßen Üben von Buchstaben, stehenbleiben würde.

Sie hatte einen anderen Weg eingeschlagen, sie bewegte sich in ihre eigene Richtung. Er sah, daß ihr das nicht bewußt war, daß es nicht in ihrer Macht stand. Mit ihren Gedanken würde sie stets in ihrem Haus am Meer auf ihn warten.
Jetzt war früher Abend. Die Stunde der Phantasie und Legende, doch noch lagen jene Stunden weit vor ihnen, die Stunden ihres Nachtmahls, *fugu akirame,* ihrer Todes-Lust-Übung. Doch zuerst dies: Der junge, parfümierte Prinz tanzte für Hiro in einer glitzernden, reich verzierten karmesinroten Robe. Scheu zunächst, flirtete er hinter einem Fächer, zeigte dann plötzlich sein Gesicht, lächelnd, starr, pure Wollust im Blick. Der knabenhafte Prinz geriet in Verzückung, splitternackt unter der offenen Robe, einen lebensechten erigierten Kunstpenis zwischen den Beinen, seine Knabenlenden langsam reibend, stoßend, bereit.
Hiro kniete sich hin, faßte dem Knaben zwischen die Beine, die Finger klebrig von *liliko'i,* so daß sie den Saugnäpfen der Flußfrösche glichen. Der künstliche Penis winkte ihm, lockte ihn. Dann fiel Hiro über den Knaben her, rang mit ihm, verfluchte ihn, sein stummes, häßliches, lachendes Gesicht. Er kniff ihm gehässig in die Wangen, die Maske rutschte vom Hinterkopf auf die Seite, Rachel auf Händen und Knien, den fleischigen Penis ums Steißbein geschnallt. Hiro rückte die Maske zurecht, stürzte sich auf den irrwitzigen Knaben, packte den Kunstpenis wie einen Sattelknauf, faßte mit den Armen herum, nahm Rachels Brüste in die Hände. Jetzt mußte sein unerschöpfliches Knabenmädchen nur noch gedreht werden wie am Spieß.
Und später, fast schon im Dunkeln, Rachel verkleidet als *bonze,* ein Mönch, der Keuschheit gelobt hatte, mit Umhang und Wollmütze; Hiro in Perücke und Frauenkleidern, eine Hure von Yoshiwara, der Kapitale der Sünde, spielte mit dem Mönch, verführte ihn, nötigte ihn, sich verbotene *shunga* anzusehen, erotische Drucke von Hokusai, Utamaro, aus der Edo-Zeit. (*Samurai* verdarben junge Knaben, Kurtisanen ritten auf Riesenphalli. Ein zerknittertes Totengesicht drang in eine Jungfrau ein, während sie schlief. Eine Frau trieb es mit einem Hund, ihrem Bruder, einem Priester. Eine Riesenzunge, eine klaffende Vagina.) Sie betrachteten die Drucke schweigend, wobei sie einander berührten, sich gegenseitig aufstachelten zu

fieberhafter Erregung. Und auf dem Höhepunkt dieser Erregung, als Rachel beinahe darum bettelte, von ihm genommen zu werden, ihn empfangen zu dürfen, hielten sie abrupt inne. Er ließ sein geschwollenes Glied in seinem Schoß ruhen, und sie verblieben in innerer Raserei.

Diese Raserei nahmen sie mit sich in einen Raum mit Kerzenlicht und einem mit Leinen gedeckten Tisch, wo sie das ruhigste, köstlichste Spiel aller Spiele spielten, ein Spiel, bei dem sie das höchste Risiko eingingen. Ein Koch erschien, in Berufskleidung, professionell. Er lächelte, verneigte sich, präsentierte auf einer Platte einen *fugu,* einen Kugelfisch, heil, harmlos aussehend. Hiro begutachtete den Fisch, berührte ihn, schnupperte, nickte dann. Der Koch begab sich in die Küche, leise summend hantierte er blitzschnell mit dem Messer, entfernte geschickt Haut und Innereien des *fugu,* beides hochgiftig. Denn wer den *fugu* mit seinem köstlichen Goldmakrelengeschmack unsachgemäß zubereitet aß, starb einen schleppenden, qualvollen Tod.

Haut und Innereien des Fisches enthielten Tetrodoxin, tödlicher als Zyanid. Ein Stückchen davon, nicht größer als der Flügel eines Glühwürmchens, konnte zwanzig Menschen töten. Heute abend bereitete der Koch den Fisch roh zu, er arrangierte ihn kunstvoll zu kleinen weißen Blütenblättern auf einer Platte, das Mittelstück zu doppelten Blättern geformt, wie eine seltene weiße Orchidee. Zweimal jährlich kam er, und zweimal jährlich spielten sie das tödliche Spiel *fugu akirame,* Hingabe ohne Verzweiflung. Denn hingeben, anheimgeben mußte man sich, sobald ein Blütenblatt verzehrt war.

Sie speisten. Die Angst auf ihren Lippen, das Kribbeln. Hiro ließ diesen Spezialkoch aus Kaulun einfliegen; er war speziell darin ausgebildet, die Kunst des Zubereitens von *fugu* so raffiniert zu zelebrieren, daß eben gerade genug Gift im Fisch verblieb, um die Lippen der Speisenden zu erregen, zu kitzeln. In bestimmten Straßen bestimmter Städte – Tokio, Kyoto, Hongkong, hier in Honolulu – gab es bestimmte kleine Restaurants, wo die Menschen mit dem Schicksal spielten, wo sie ihr Leben in die sanften, kundigen Hände von Köchen legten, die, gegen horrendes Geld, mehr und mehr Gift in dem von ihnen zubereiteten *fugu* beließen. Bis die Lippen das

Kribbelstadium überschritten, zu zittern begannen, bis die Zähne klapperten, der Körper in einen Schockzustand verfiel.
Manchmal führte ein einziger Bissen fast augenblicklich zum Tode. Meistens aber kam der Tod langsam, zuerst ein taubes Gefühl in einem Bein oder Arm, in einem Finger, dann dem nächsten. Auf diese Weise hatten *Fugu*-Anhänger in diesen kleinen Restaurants in dunklen Vierteln bestimmter Städte sogar noch Zeit zu diskutieren, während sie starben. Ob der Tod existierte. Ob er nicht existierte. Ob das Leben die Oberhand gewinnen würde. Oder nicht. Daß alles auf Zufall beruhe, das Gift in einem Bissen. Besucher und Fremde aus dem Westen waren nicht zum *Fugu*-Mahl zugelassen. Sie standen dem Tod zu befangen gegenüber.
Hiro und Rachel speisten immer einen kleinen Happen auf einmal, kaum groß genug, um ihn zwischen ihren Stäbchen zu halten. Sie führten winzige Blättchen an die Lippen, fühlten, wie die Lippen steif wurden, kribbelten, fühlten, wie die Zunge in die Mundhöhle zurückwich. Sie kauten bedächtig, warteten, bis die Nervenenden sich beruhigten, bis ihre Körper das Gift verarbeitet hatten. Und in dieser Stille war das Zimmer erfüllt vom Rasen ihrer Herzen, dem Rumoren eines sich krümmenden Darms. Sie schluckten ganz langsam, legten hin und wieder die Stäbchen beiseite, sahen sich an, bis ihr Pulsschlag sich verlangsamte, die Haare auf ihren Armen sich flachlegten.
Und als sie in ihrem erlesenen Spiel innehielten, berichtete Hiro von seinem ersten »*Fugu*-Tod«, seiner Aufnahme als Neunzehnjähriger bei der *yakuza*. Er sprach leise, legte hin und wieder eine Pause ein, wie ein Wahrsager in einem orientalischen Traum.
»Zuerst Benommenheit, Taubheit in Mund und Lippen. Ich erinnere mich, daß ich Mühe hatte zu atmen. Die Männer am Tisch aßen weiter, der eine oder andere warf mir einen Blick zu, sie dachten, ich scherze, würde nur so tun. Meine Lippen hätten sich blau gefärbt, sagten sie. Ich hatte Unterleibskrämpfe wie eine Frau. Und dann dieses schleichende Jucken, als ob Maden in meiner Haut brüteten. Ich drehte den Kopf weg und erbrach mich hinter dem Tisch. Die anderen aßen weiter. Ich starb, und sie beendeten ihre Mahlzeit. Siehst du, ich hatte einen zu großen Bissen genommen, zu viel Gift auf einmal, um zu beweisen, daß ich ein Mann war!

Ich sank auf meinem Stuhl nach hinten, rutschte etwas hinunter, und es war, als sähe ich einen Film. Ich war von Kopf bis Fuß gelähmt, doch ich sah, hörte, fühlte alles, was um mich vorging. Ich konnte kein Augenlid bewegen. Ich hatte keinen Puls. Da endlich wurde diesen Gangstern klar, daß ich gestorben war! Sie luden mich in ein Auto, fuhren weit hinaus aufs Land, in ein Nest außerhalb von Kyoto. Der Mann, der mich festhielt, hatte eine kleine blaue Narbe an der Schläfe. Das war alles, was ich vor mir sah, und ich dachte, wenn ich mich nur mit den Augen daran festhalten könnte, würde ich nicht sterben. Es war nur eine Narbe, aber sie wurde so blau, so rein und schön, daß es mir den Atem nahm. Da machte es mir nichts mehr aus zu sterben ...

Nach vielen Stunden hielt das Auto an. Sie wickelten mich in eine Decke, trugen mich zu einem halb ausgehobenen Grab. Ich merkte, daß sie mich beerdigen wollten, dabei war ich doch gar nicht gestorben. Ich versuchte zu schreien, mich zu bewegen, ich war gelähmt. Sie legten mich in eine Kiste, schlossen die Kiste, schaufelten weiter. Ich konnte sie hören, konnte die Erde riechen. Sie waren zu dritt, schaufelten immer weiter, verfluchten mich, weil ich gestorben war ... Und dann kam wieder Leben in meine Gliedmaßen, ein brennendes Gefühl, als würde ich auftauen. Ich öffnete die Kiste, setzte mich auf und bat um eine Zigarette. Und da sah ich etwas, das ich niemals wieder gesehen habe ...«

Hier lachte Hiro leise. »*Yakuza*, die auf den Knien um Gnade flehten. Sie dachten, ich sei von den Toten auferstanden. War ich wohl auch, was?«

Unendlich langsam nahmen er und Rachel ihre Stäbchen jetzt wieder auf, wählten ein weiteres Blättchen, mit klopfenden Herzen und leicht zitternden Händen, so daß es aussah, als ob die winzigen *Fugu*-Blättchen zu ihren Lippen flatterten.

Wir werden älter, dachte sie. *Das Leben ist nicht mehr kostbar. Trotzdem spielen wir noch immer diese Spiele.*

Er sah ihren Gesichtsausdruck. »Bedenke, unser Leben ist auf festgefügte Muster reduziert. In diesem Moment sind wir außerhalb des Musters.«

Plötzlich zitterte sie am ganzen Leibe und triefte von Schweiß. Sie war einen Augenblick blind, ihr Kreislauf, von Adrenalin durchschossen, kämpfte gegen die winzigen Giftpartikel in ihr. Ihre Zähne klapperten, sie konnte sich nicht mehr konzentrieren. Sie griff mit beiden Händen nach der Tischkante.

Hiro, der ungeheuer schwitzte, beugte sich vor. »Nutze diesen Augenblick. Nutze ihn. Denk daran, daß du dich nie so lebendig gefühlt hast – mit zitternden Gedärmen, kreischenden Nervenenden –, wie wenn du den *fugu* an die Lippen brachtest. Du mußt die Angst erstarren lassen. Zurücktreten. Beobachten. Und wissen.«

Nach einigen schrecklichen Augenblicken war ihr Blick wieder klar, hörten ihre Zähne auf zu klappern. Sie war schweißnaß und vollkommen erschöpft.

»Warum brauche ich dieses Wissen?« flüsterte sie. »Wozu dient es?«

»Wenn du weißt, was du aushalten kannst, wirst du dich niemals kompromittieren.«

»Hiro, ich bin deine Frau, kein *yakuza*.«

»Dies habe ich nicht als *yakuza* gelernt«, sagte er leise. »Dies habe ich in den zehn Jahren gelernt, als ich täglich von Nadeln durchbohrt wurde.«

In dieser Nacht, sein Lustkondom mit dem grünen Kamm in sich, bäumte sich Rachel auf und stöhnte, und sie liebte ihn, als würde sie sterben. Doch er spürte, daß ein Teil von ihr kühl beobachtend neben ihnen stand. Er bewegte sich langsamer, rhythmischer, brachte die kühle, beobachtende Seite von ihr aus dem Gleichgewicht; er zog sie an sich, so nahe, so fest, daß seine Hände auf ihrem Rücken jeden einzelnen Wirbel fühlten.

Und er flüsterte in ihr Haar: »Wie ich dich geliebt habe. Keine andere. Und ich werde dich immer lieben.«

»Und du wirst mir immer weh tun, immer fortgehen.«

Just da kam er in ihr, und aus ihm kam die Wahrheit. »Ja!«

Später, als er ihr leises, trauriges Schnarchen an seiner Brust spürte, fragte er sich, ob sie mit der Zeit heikel werden, ob sie die Männer verabscheuen würde. Denn was auf dieser Welt würde neu für sie sein? Er hatte sie alles gelehrt. Sie besaß jetzt eine Aura, eine Haltung, die von innerem Gleichgewicht kündete. Sie würde niemals Kompromisse schließen.

Du bist mein Strom der unversehrten Haut, du fließt aus dir allein. Ich möchte dich aufwecken, dich um Vergebung bitten. Für alles. Er seufzte, blickte aus dem Fenster zum Himmel. *Am Ende können wir nur uns selbst vergeben.*

'Imi 'ike

Suchen, Forschen, Verstehen

❖

Ich gestehe«, sagte Duke, »ich habe Erinnerungen.« »Nein! Wir haben es versprochen. Nicht zurückschauen, nicht trauern um das, was hätte sein können.« Pono rieb die fingerlose Keule, die einmal seine Hand gewesen war, mit Purpurwindenöl ein, das sie glatt und glänzend machte wie ein altes Kultgerät.

»Ach, Geliebte, wo ist der Unterschied? Erinnerung, Träume, in diesem Alter ist es fast dasselbe.« Er hatte es schon lange abgelegt, dieses zerstörerische, nachhaltige Ritual des Sehnens, das ihn in jüngeren Jahren beinahe zum Wahnsinn getrieben hatte.

Jetzt lehnte er den Kopf an ihre Brust; sein dichtes weißes Haar war von der Sonne zu schimmernden weißen Wellen gemeißelt. »Ich habe mich an Pfauen erinnert, die über gebohnerte Fußböden hüpften. Du trugst ein Pariser Kleid. Wir haben Walzer getanzt ...«

Pono schalt ihn sacht wie ein unbezähmbares, reueloses junges Mädchen. »Hör auf, dich wie ein alter Mann aufzuführen, der müßig am Fenster sitzt! Es gibt viel zu besprechen.« Sie fuchtelte mit Zeitungen vor ihm herum. »Angriffe von Haien. Widerwärtige geothermische Kraftwerke. Der Ärger mit Miloli'i ...«

Er seufzte, als sie weiche Baumwollhandschuhe über seine Hände zog, ihm einen alten Sonnenhut aufsetzte und hinter seinen Rollstuhl trat.

»... doch zuerst frische Luft, das Meer. Die Natur macht dich immer lüstern.«

Er legte den gewaltigen Kopf zurück und lachte, setzte sich eine Sonnenbrille auf, rückte den Hut schief wie ein Gigolo. Touristen, die von einem kleinen Flugzeug in einen Rundfahrtbus umstiegen, sahen die beiden aus der Ferne. Eine hünenhafte Frau, mit Haaren wie ein dicker grauer Schal, die sich mit mythischer Stattlichkeit und Grazie auf einer grasbewachsenen Anhöhe in Richtung Meer bewegte. Vor ihr im Rollstuhl ein breitschultriger Mann mit kräftigem Brustkasten, dessen Profil an alte Drucke von polynesischen Majestäten erinnerte.

»Sind *das* Leprakranke?« fragten die Touristen.

Der Busfahrer trat auf die Bremse und drehte sich zu den Passagieren um. »Wir sind alle Opfer der Hansen-Krankheit, wozu ihr Lepra sagt.«

Die Fremden machten schrecklich enttäuschte Gesichter. »Aber Sie sehen so gesund aus. Wir dachten ...«

»Ach, ihr dachtet, ihr würdet Affen zu sehen kriegen, bloß ohne Ohren und Nasen, was? Ihr wolltet Photos knipsen von Monstern, die in Käfigen stecken, hä?« Er schüttelte den Kopf. »Bedaure. Wir haben nix zum Vorzeigen als wie Häuser, Kirchen, Gräber. Und 'n paar Spucklöcher im Fußboden drin. Wollt ihr zurück ins Flugzeug?«

Es wurde still, und er fuhr langsam auf die Hauptstraße und zur Philomenakirche, dem ältesten Kirchenbau in Kalaupapa, die vollkommen intakt war, einschließlich der Spucklöcher in den Holzdielen. Bis das Touristenflugzeug wieder abhob, blieben die meisten Patienten hinter geschlossenen Jalousien zu Hause.

Als der Bus vorbeifuhr, zeigte Pono mit ihrem Stock darauf. »Sugar hat heute schlechte Laune. Da werden die *haole* nicht viel sehen.«

»Vorigen Monat hat er Post von zwei Enkelkindern bekommen«, sagte Duke. »Er hat sich so gefreut, daß er einer Gruppe Schweden die Supertour geboten hat!«

Sie lachten. Die »Supertour«: alte verlassene Hütten, wo noch künstliche Arme und Beine in den Schränken hingen. Und der Geräteladen: Eßlöffel, deren Stiele sich um eine Faust bogen, für diejenigen, deren Finger bis auf die Knöchel geschwunden waren. Und das längst verlassene Krankenhaus: Operationstische mit Arm- und Beinfesseln für Patienten, an denen Experimente ohne Narkose vorgenommen worden waren. Und Gefäße mit angespitzten Holzstäben, mittels derer opiumgetränkte Tupfer Nasengänge betäubt hatten, damit Gewebe für Versuche entnommen werden konnte – eine Methode, die die Patienten süchtig machte und ihnen allmählich den Nasenrücken zerstörte. Je schauerlicher, desto lieber war es den Touristen.

Da Lepra dank Sulfonamiden nicht mehr ansteckend war, waren jetzt nur noch zwei Dutzend Patienten in Kalaupapa geblieben, Menschen, die zu alt waren oder zu entstellt, um draußen in der Welt zu leben. Die Einnahmen von den Rundfahrten kamen ihnen zugute, und manchmal trafen sie sich abends in Rea's Bar, tranken Bier und ersannen neue »Greuel« für die Touristen: die Mungo-Radikalkur, ein Gefäß mit Mungo-Augen, die Patienten angeblich früher schlucken mußten, oder alte, verrostete Feuerlöscher, die den Patienten mit künstlichen Gliedmaßen um den Hals gehängt worden seien, weil die billigen Holzgliedmaßen manchmal Feuer gefangen und die Patienten in lebende Fackeln verwandelt hätten.

Folgendes aber war Dukes Lieblingsschwindel: An Supertourtagen sperrte der Besitzer von drei Hunden, die Amok liefen, wenn er durch die Zähne pfiff, die Tiere in seinen Keller und pfiff *»Amazing Grace«*, während der Bus den Block umrundete. Der Fahrer erklärte dann, das bestialische Heulen, das aus dem Haus drang, seien Patienten, denen man über Jahre hinweg Wildschweinblut injiziert habe, ein medizinisches Experiment, das schiefgegangen sei. Auf die Bitte, die heulenden Verstümmelten sehen zu dürfen, erschauerte der Fahrer dann und gab Gas.

Pono bremste Dukes Rollstuhl auf einer grasigen Anhöhe, breitete eine Decke aus, half ihm auf die Erde, legte ihm Imbiß und Zeitungen an die Seite.

Duke stöhnte, als er die Schlagzeilen des *Honolulu Advertiser* las. ÄLTESTE VON MILOLI'I VERKAUFEN AN BAUUNTERNEHMER.

»Einer von ihnen wird sterben, und vorher wird er seine Männlichkeit verlieren.« Pono hatte seine Beine schon in der Maschine eines nagelneuen Motorbootes zerfleischt gesehen. »Und es wird noch mehr Tote geben, bevor sie diesen verfluchten Urlaubsort bauen ...«

»Hast du wieder geträumt?« fragte er.

»Ja. Verwirrende Träume.« Sie trank abends mehrere Tassen Maulbeertee, versuchte immer wieder, ihr Gesicht im Moment des Todes zu sehen. Doch die Träume zeigten ihr nur den verschwommenen, anonymen Leichnam. Und in letzter Zeit hatte sie rennende Menschen gesehen, sich überschlagende Leiber auf mondbeschienenem Gras. »Ich wache mit einem bitteren Geruch in der Nase auf.«

Er sah sie an und wußte, was sie sah, würde auf die eine oder andere Weise eintreten. »Und hast du mich in deinen Träumen gesehen, Geliebte?«

Sie streckte sich auf der Decke aus, schmiegte ihre Wange in seine Hand. »Warum von dir träumen, wenn ich dich hier habe? Und wir hatten das beste, luxuriöseste Leben. Wir sind um die Welt gereist, haben viele Sprachen gehört, in vielen Gegenden gelebt. Vielleicht haben wir mehr mit den Sinnen gelebt, als die meisten Menschen sich trauen.«

Er hatte sie durch jahrzehntelanges Vorlesen gründlich eingeweiht in das Leben, in die Geschichte. Sie waren mit Marco Polo gereist, hatten mit Napoleon gekämpft, waren mit Alexander dem Großen geritten. Sie waren Zeugen von Enthauptungen, Amtseinsetzungen, Mordanschlägen gewesen. Sie waren vor Finnland ertrunken und bei der Erforschung der Antarktis verhungert. Sie wußte, was Erfrieren war, kannte das Gefühl, barfuß im Tiefschnee einzusinken, kannte die bläulichen Flocken, die einzeln herabrieselten, konnte die Kristalle in einer Schneeflocke zählen.

»Und heute nacht«, sagte Duke, »fliegen wir in die Zukunft. Ich werde dir H.G. Wells vorlesen.« Er zog sie an sich, so dicht, daß sie lagen wie ängstliche Kinder in einem Sturm. »Ah, Pono, abgesehen von dieser einsamen Insel und diesem Höllengrab eines Körpers, das ich bewohne, haben wir wie die Glücksritter gelebt! Wir haben mehr gesehen, als die meisten Menschen sich vorstellen können. Wir hatten die Zeit dafür. Ich frage mich ... ist ein nur im Geiste gelebtes Leben weniger intensiv? Wenn sämtliche Sinne beteiligt sind, was fehlt dann, außer Tatsachen?«

Sie wanderten in Tagträume hinein und hinaus, als seien sie blind für die Schönheit ringsum. Er war schon so lange an diesem Ort, daß Pono und er ihn nicht mehr sahen, der Ort war jetzt in ihnen. Ausgeworfene Fischernetze, die wie mit Edelsteinen besetzte Haut auf dem Meer lagen. Die üppig grüne Halbinsel, von der Sonne in einen kaiserlichen Pantoffel aus blendendem Gold verwandelt. Und massive Klippen wie schwere, purpurrote Chinoiserie-Roben, die schmale kaiserliche Schultern umhüllten. Und nahebei der alte Tanzpavillon, ausgewaschen von den Wellen, ein zerbrochener Diamant.

(Ja, sie hatten getanzt nach den Jahren der Verdunkelung, Tänze des Sieges über die Lepra, obwohl die Sulfonamidkur für viele zu spät kam. Manchmal, wenn sie bei dem zerfallenen Pavillon saßen, wehte der Wind ihnen die Erinnerung an Saxophone, Mandolinen, Ziehharmonikas zu, an klagende Hawai'i-Gitarren an leise singende Falsettstimmen. Und manchmal glaubte Duke, Geister zu sehen, die sich immer noch drehten, Paare, die über die Tanzfläche wirbelten; geschrumpfte Beine, gebrochene Buckel, nutzlose Hände verliehen ihnen einmalige, unerschrockene Rhythmen, Äußerungen eines neueren, vielleicht besseren Volkes.)

»Und nun zur Sache.« Pono setzte sich auf und wies auf eine Schlagzeile, die Run Run eingekreist hatte. »Was ist mit diesem Burschen los?«

Ein viereinhalb Meter langer Hai hatte eine einheimische Frau getötet, die in bekanntem Laichwasser schwamm, einer Ruhestätte von *'aumakua mano*. Die für Land und Natur zuständige Behörde hatte daraufhin professionelle Haijäger angeheuert, die blutigen Köder in der Bucht auswarfen und dann mit geladenen Gewehren in ihren Booten saßen und auf die Haie warteten. Hawaiische Aktivisten hatten gedroht, die Haijäger zu töten; sogar die Medien ergriffen Partei. Die Einheimischen waren zu Pono gekommen und hatten sie um Rat gefragt.

»Was wollen die machen?« Dukes Stimme klang wütend. »Jeden Hai töten, der ihnen vor die Augen kommt? Alle unsere Vorfahren ermorden? Die *mano* respektieren uns, die kommen nicht an Land. Sie schwimmen und laichen in ihren eigenen Gewässern, unsere Gewässer lassen sie in Ruhe. Warum können wir sie nicht respektieren?« Er las den Artikel schnell durch. »Die *wahine* war wahnsinnig. Sie ist in der Haibucht geschwommen, obwohl sie genau wußte, daß die *kapu* ist.« Er hielt inne. »Sag ihnen, für jeden Hai, den sie töten, nehmen wir einen Jäger gefangen.«

Pono lächelte, denn genau dies hatte sie den zornigen Aktivisten geraten. Auge um Auge, nach Art ihrer Ahnen.

»Hier.« Sie wies auf einen anderen Artikel. »Noch mehr Geothermalflüchtlinge.«
Die Explosion eines geothermischen Kraftwerks gut hundertvierzig Kilometer von Captain Cook entfernt hatte zum Austritt schädlichen Schwefelwasserstoffdampfes geführt, der die gesamte kleine Gemeinde Puna einhüllte. Wegen der zu erwartenden gefährlichen Luftverschmutzungen hatten die Einheimischen schon lange gegen den Bau des in israelischem Besitz befindlichen 100-Millionen-Dollar-Projektes gekämpft; jetzt stank die Luft nach faulen Eiern, Kinder konnten ihr Essen nicht bei sich behalten, hatten entzündete Augen, Erwachsene litten unter Atembeschwerden. Die Menschen der Nachbargemeinden waren erkrankt an Fischen, die in der Nähe des Werkes gefangen worden waren. Milch- und Fleischkühe lagen, alle viere von sich gestreckt, im Koma. Und als sie die Schließung des Geothermal-Projektes von Puna verlangten, waren die Einheimischen vom hawaiischen Zivilschutz zwangsevakuiert worden.
Duke hieb wütend mit der Faust auf die Erde. »Muß unser Volk sterben, bevor sie diese Werke schließen? Oder werden unsere Leute als Versuchskaninchen benutzt? Jetzt, wo sie krank sind, sagt man ihnen, sie müssen für immer umsiedeln, ihre Heimat aufgeben, ihr Leben!«
»Sie weigern sich«, sagte Pono. »Sie wollen keine Nomaden werden wie die Lavaflüchtlinge, die ihre Häuser an Pele verloren haben. Häuser, die niemand versichern wollte.«
»Sag ihnen«, meinte Duke, »sie sollen aufstehen und kämpfen. Kämpfen, bis alle diese Werke abgerissen sind. Sie sollen die Medien auf ihre Seite bringen. Vanya hat Verbindungen.« Er schlug wieder auf die Erde. »Israelis! Mein Gott! Als ob sie nicht wüßten, was Vernichtung bedeutet.«
Sie spürte seine Wut, seine Frustration, und sie wußte, daß er dabei auch an die vielen Aussätzigen dachte, die jahrelang eingesperrt, zu Experimenten benutzt und schließlich vergessen wurden. Aus den Stammbüchern ihrer Familien gelöscht. Ja, es gab viele Formen von Vernichtung, dachte sie.
Er blätterte den Zeitungsstapel durch, und seine Wangen waren naß. »Sie löschen uns aus der Geschichte. Wir können nichts tun

als kämpfen bis ans Ende. Daran sollen unsere Kinder sich erinnern. Wir haben mutig und ehrenhaft gekämpft bis ans Ende.«

Nach einer Weile riß er sich zusammen. »Erzähl mir von unseren Mädchen. Wie geht es Ming? Die Krankheit, ist sie fortgeschritten?«

»Er kommt und geht, dieser Lupus. Sie hat oft Schmerzen, wenig Appetit ...«

Er schwieg, aus Angst zu fragen.

Pono nahm seine Hand. »Nein, es ist nicht deine Krankheit. Sie hat nicht *ma'i Pake* im Blut.«

Es gab Nächte, da Pono, wenn Ming schlief, noch immer die Bettdecke fortzog und ihre Haut nach verräterischen Zeichen, nach Eiterbildungen untersuchte. Vierzig Jahre hatten die Angst in ihr nicht vertrieben.

»Sie nimmt ihre Medikamente. Sie erträgt es. Das ist alles, was man bei dieser Krankheit tun kann.« Das übrige erzählte sie ihm nicht, Mings kleine Pfeife, die Tage, wenn sie entschwebte und sie alle hinter sich ließ.

»Und die anderen? Wie geht es ihnen?« fragte er.

Sie denken, daß ich alt und kurzsichtig bin. Daß ich nicht sehe, was aus ihnen geworden ist. Eine Hure. Eine Süchtige. Eine Konkubine. Und eine, deren helle Haut für mich ein Schlag ins Gesicht ist.

Und doch, jedesmal, wenn sie sie in die Zufahrt einbiegen sah, zitternd und ängstlich, wallte etwas in ihr auf, ein hehres Gefühl, das an die Oberfläche drängte.

»Sie kommen langsam nach Hause«, sagte sie. Vielleicht würde es dadurch, daß sie es sagte, wahr werden. »Daß sie ihre Vergangenheit nicht kennen, macht ihnen die Reise sehr schwer. Duke, warum können wir ihnen nicht endlich die Wahrheit sagen?«

»Wahrheit ist vergänglich.«

»Aber eines Tages werden wir nicht mehr sein. Dann sind sie Frauen ohne Geschichte.«

Seine Stimme war schroff, unnachgiebig. »Ich bin ein Teil der Vergangenheit, den sie durch Mutmaßungen ergänzen müssen.«

»Nichts sagen ist eine Form von Lüge. Deine Töchter haben dich nie gekannt. Jetzt, eine Generation später, dauert die Lüge an. Wie könnte die Begegnung mit deinen Enkeltöchtern dir weh tun?«

»Pono. Ich will kein Vermächtnis des Schreckens hinterlassen.«
»Es ist so ungerecht. Du verweigerst mir sogar *meine* Geschichte.«
»Ja. Aussätzige sind auch egoistisch.«
»Ich werde dich noch im Sterben um dieses eine bitten. Ich werde niemals aufhören.«
Während er verstockt schwieg, betrachtete sie sein Gesicht und fand, daß die Jahre Erbarmen mit ihm gehabt hatten. Die Lepra, die vor Jahren seine äußere Erscheinung so stark geprägt hatte, war mittels der Sulfonamidpräparate fast ganz von der Oberfläche seines Gesichts verschwunden. Geblieben waren Vertiefungen und Keloide, um Nase und Wangen fehlte Knochensubstanz. Dukes Mund war zwar etwas seitwärts verzogen, aber die grauenhaften Eiterungen, das aufgequollene »Löwengesicht« waren verschwunden. Zwischen den Narben und Vertiefungen war seine Haut wieder dunkel und glatt, das immer noch ansprechende Gesicht ließ erahnen, wie gut er als gesunder junger Mann ausgesehen hatte. Und mit dem äußerlich sichtbaren Rückgang ging auch die Besserung in seinem Inneren einher, die verheerenden Auswirkungen jahrelanger Experimente mit Medikamenten, die seine Nieren, Lungen, das Herz angegriffen hatten, ließen spürbar nach.
Pono dachte, wieviel leichter das Leben hätte sein können, wäre sie imstande gewesen, ihren Enkeltöchtern die Wahrheit zu sagen. *Sie hätten mir vielleicht für all die Jahre vergeben. Sie hätten mich vielleicht geliebt.* Sie wußte, daß sie manchmal, wenn Pono schlief, vor ihrer Tür standen, warteten, hofften, sie möge es im Traum herausschreien. Und dann würden sie alles wissen.
»Ich habe Angst«, sagte Duke. »Eine folternde, rasend machende Angst, daß du sie mich in meinem Sarg sehen läßt.« Er nahm ihre Hand und drückte sie an sein Herz. Er zitterte am ganzen Körper. »Meine Enkeltöchter, die auf mich herabsehen. Auf diese gebrochene, zerlöcherte Schreckensgestalt, die zwischen Satinrüschen zu ihnen hinaufspäht. O Geliebte, versprich es mir!«
Da hatte sie eine Vision, so plötzlich, daß sie glaubte, ihre Rippen seien zersplittert. Duke, auf dem Schaum reitend, von kalten, mondbespritzten Wellen beleckt. Sie hielt den Atem an, zog sein Gesicht an das ihre heran. Ihre Finger fuhren flink, fast hektisch über seine Züge, wie Finger auf einer Flöte.

»Niemand außer *'aumakua* wird uns dann ansehen. Denn ich werde an deiner Seite sein.«

Jess bewegte sich verstohlen wie ein Einbrecher; ihre Finger strichen über Bürsten, Kämme, Bilderrahmen, eine *ukulele,* auf der Pono manchmal leise in ihrem Zimmer spielte. Sie war nun schon seit fast einer Woche fort, verschwunden zu einer ihrer geisterhaften, allmonatlichen Besorgungen, und sie würde zurückkehren wie jedesmal, in ein großes, sachtes Schweigen gehüllt, das niemand durchdringen konnte. Diese Frau, die so viele Jahrzehnte geschwiegen hatte, beherbergte ihr Geheimnis nicht mehr – es beherbergte sie.

»Wohin geht sie? Was sieht sie?« fragte Jess.

Run Run hatte am Küchenherd gestanden, mit etwas in der Hand, das wie ein Gehirn aussah. »Wie viele Jahre fragst du schon? Und wie viele Jahre sag' ich dir schon, du brauchst nich' alles wissen ...«

»Sie besitzt die Stirn, uns nach Hause zu zitieren. Was für ein Zuhause? Dieses Mausoleum voller Rätsel? Herrgott, wie ich es hasse!«

»Hassen, das is'n großes Wort, Jess. Dafür brauchste mehr Mumm, als du hast. Bist 'ne mutige *wahine,* wenn Pono nich' da ist, schreist rum, verlangst dies und das. Wann lernste endlich warten?«

»Ich habe mein ganzes Leben gewartet.« Jess' Stimme wurde sanft. »Mir scheint, das ist alles, was ich je getan habe.«

Jetzt tappte sie im Dunkeln umher, schnupperte Ponos Parfüm, das im Haus hing, selbst wenn sie fort war. Ein Duft, der Jess immer beunruhigt hatte, eine Spur Bergamotte und Vetiver, warme östliche Moose. Sie öffnete den Flakon, hielt ihn sich an die Nase, und es traf sie wie ein Hieb. Sie setzte sich schwankend hin, erinnerte sich an ihre Mutter, an seidene Unterröcke und wie vom Alter transparent gewordene Pfirsichhaut. Alte, zarte Kimonos. Orientalische Schals. Ein bestimmter Duft in ihrem Haar.

Jakarandablüten fegten über die *lanai,* das Mondlicht verwandelte sie in kalte, blaue Kinderhälse. *Mutter. Hattest du eine Kindheit? Hat sie dir eine Kindheit gegönnt?* Sie versuchte, sich ihre Mutter als kleines Mädchen vorzustellen, bemuttert von einer Persönlichkeit wie Pono, so mächtig, daß sie Adler vom Himmel herabrief, Riesentintenfische aus dem Meer herbeisang, eine Frau, deren Blick

Wildschweine in die Knie zwang. Sie stellte sich Pono vor, vier ungewollte Töchter betrachtend, ihr Unwille wie zerbrochenes Glas, auf dem sie knien mußten.

Jede Schwangerschaft mußte wie der Rückstoß einer schweren Pistole gewesen sein, der noch jahrelang nachhallte. Bis die Töchter eine nach der anderen sich auflehnten, jede auf ihre Art. Warum hatte Pono es überhaupt auf sich genommen, sie zur Welt zu bringen? Warum hatte sie sie nicht aus ihrem Leib gerissen? Sie hatte die Macht. Jess' Großmutter war keine Frau, die das Leben eines von den Umständen gefesselten Opfers führte. Als Jess so in diesem Zimmer saß, wurde ihr zum erstenmal bewußt, daß Pono irgendwann einen Plan, ein bestimmtes Vorhaben gehabt haben mußte.

Unsere Mütter waren kein Zufall. Sie wollte sie! Aber was ist dann in ihrem Leben so ungeheuer schiefgegangen?

Ihr Kopf begann zu hämmern, wie immer, wenn sie versuchte, die Vergangenheit zu verstehen, zu erkennen, was sie von ihr wollte, was sie zu bezahlen haben würde. Die Tür ging auf, ein Lichtstrahl durchschnitt das Dunkel. Jess erschrak dermaßen, daß sie für einen Augenblick geblendet war. In dieser Sekunde schien sogar das Haus den Atem anzuhalten. Es war, als hörte sie Pflanzen seufzen, etwas Feuchtes zu Staub werden. Sie wird meine Knochen zermalmen wie Hühnerteile.

»Wenn sie dich findet, hier in ihrem Zimmer, reißt sie dich in Stücke«, sagte Run Run leise, während sie den Raum durchquerte.

Jess stöhnte vor Erleichterung und schlang weinend die Arme um sie. »Sie benutzt das Parfüm meiner Mutter. Warum? Wer war meine Mutter? Wer bin ich? Es bringt mich um!«

»Vielleicht siehste das falsch herum, *keiki*. Vielleicht hat deine Mamma die ganze Zeit Ponos Parfüm benutzt. Sagt dir das nix?« Run Run strich ihr über den Kopf und summte leise. »Hör mal. Ich versprech' dir was, ja? Wenn Pono nie nix sagt, und sie stirbt vor mir, dann werd' ich dir eines Tages was erzählen. Damit das Leben dich nich' mehr umbringt. Vielleicht läßte dann deine Mamma in Frieden ruhn.«

Da sah Jess das Gesicht ihrer Mutter vor sich, in Sand versinkend, verschwimmend. Und sie sah sich ihre Hände unter das Gesicht schieben, es an die Luft heben, so als hebe sie ihr eigenes Spiegelbild aus einem Teich.

Als Pono zurückkehrte, saß sie bei ihnen, ohne sie zu sehen, aß, ohne etwas zu schmecken, unterhielt sich sogar, mit distanzierter, nahezu feierlicher Stimme, wie aus einem anderen Zeitalter kommend. Und sie schwebte verträumt durch die Flure, grübelte stundenlang vor den Bücherregalen im Arbeitszimmer, einem Raum, den sie gänzlich unberührt ließ – schaler Tabakgeruch, die mit Fingerabdrücken übersäten Glasflächen von Schimmel überzogen, zerfallende Schonbezüge auf verstaubten Sesseln. Auf diesen Sesseln saß sie, aufgeschlagene Bücher im Schoß, ohne zu lesen, sie nur ansehend, als versuche sie zu ergründen, auf welche Weise Wörter Trost spendeten. In manchen Nächten stand sie nachts vor Jess oder Ming, während sie schliefen, berührte einen Fuß, einen Kopf, erfüllt von einem großen Gefühl. In manchen Nächten saß sie bei Run Run und weinte, bis sie erschöpft einschlief.

Nach ein paar Tagen jedoch sprang sie schließlich zurück in die Gegenwart, sie schritt durch die Kaffeepflanzungen, schlug mit ihrem gräßlichen Stock nach Sträuchern, beriet sich mit dem Vorarbeiter über das Wetter oder die Verteilung von Dünger und Pestiziden, erkundigte sich nach der Gesundheit und Pünktlichkeit der Arbeiter. Wieder ganz die alte, hielt sie den Frauen beim Essen Standpauken, setzte ihnen zu. Wann würden sie sich entschließen? Wollten sie die Plantage? Begriffen sie, wie wichtig Landbesitz war?

Land, Land, dachte Jess. *Was wir brauchen, ist unsere Geschichte, eine richtige Vergangenheit.* Sie senkte erschöpft den Kopf, außerstande, Ponos Blick zu begegnen.

Pono, die ihren Rückzug spürte, wandte sich an sie. »Du könntest hier wahrscheinlich das meiste machen, Jess. Mit deinem Wissen über Tiere, die Natur. Natürlich muß jemand das Personal beaufsichtigen. Dafür wäre Rachel gut geeignet. Wo ist Rachel?«

Run Run räusperte sich. »Honolulu. Hiro is' für'n paar Tage zu Haus.«

Pono ging darüber hinweg, da sie Hiro nie akzeptiert hatte. »... und Vanya für die Rechtssachen, Steuerermäßigungen und so weiter ...« Sie betupfte ihren Mund mit einer Leinenserviette, legte sie dann

auf den Tisch. »Oder täusche ich mich, und wir sollten einfach die ganze Plantage zum Verkauf ausschreiben?«
Nur Ming besaß den Mut, es zu sagen. »Warum drängst du so, *tutu*? Du bist bei bester Gesundheit.«
Pono sah sie ungehalten an. »Wißt ihr, was Alter ist? Ich will es euch sagen. An den seltenen Tagen, wenn du ohne Schmerzen aufwachst, denkst du, du bist schon tot.«
Da lachten sie. Sogar Pono lachte.
»Du bist stärker als wir alle«, sagte Jess.
»Ich bin nicht mehr stark, Liebes. Nur entschlossen.«

»Wie können wir das alles hier übernehmen?« jammerte Jess. »Ein Haus, von dem wir nicht einmal wissen, ob es ihr rechtmäßig gehört. Was ist seine Geschichte? Wie hat sie es erworben? Willst du das nicht wissen?« Sie lag in Mings Zimmer, mied die Augen ihrer Cousine, die jetzt ständig tiefblau umschattet waren, während ihr Gesicht das bleiche Grau einer Motte angenommen hatte. Auch ihre Haare wurden schütter, gingen mehr und mehr aus.
»Ach, Jess.« Ming betrachtete ihre kleinen, arthritischen Finger. »Zu viel Wissen läßt einen verzweifeln. Was willst du denn wirklich wissen?«
»Was sie antreibt.« Sie setzte sich auf, sah Ming offen ins Gesicht. »Manchmal denke ich, du weißt es. Ich sehe unsere Geschichte hinter deinen Augen vorbeirasen. Deine Mutter war die Erstgeborene. Sie muß sich an Dinge erinnert haben, die sie ihren Schwestern nie erzählt hat ...«
Ming schüttelte den Kopf und sagte leise: »Du fühlst dich für den Tod deiner Mutter verantwortlich, nicht? Weil sie alleine gestorben ist. Du hast sie eine Minute in einem Leichenschauhaus gesehen, dann haben sie sie verbrannt. Es geschah zu schnell. Weißt du, daß du manchmal von ihr sprichst, als wäre sie nicht tot, bloß verreist? Dir blieb keine Zeit, an ihrer Leiche zusammenzubrechen und zu trauern. Wir brauchen diese Rituale, Jess, Liebes. Jetzt glaubst du, Ponos Vergangenheit aufzudecken sei die angemessene Geste, ein Trauerritual für deine Mutter.«
Jess saß reglos, erschüttert. Nach einer Weile fand sie ihre Stimme wieder. »Ja, es stimmt, was du sagst, ich habe mich schuldig

gemacht. Aber vielleicht ist Schuld, wie Liebe, eine Möglichkeit, meine Mutter lebendig zu erhalten, so daß ich sie verstehen kann. Wie kann ich mich sonst selbst verstehen? Wie kann ich hier irgend etwas erreichen, ohne Pono zu verstehen? Sieh uns an, dieses Nichtwissen in unserem Leben. Es hat unsere Mütter zerstört. Uns verzehrt es.« Ihre Stimme wurde lauter. »Ich habe es satt, dieses Gefühl, ich bin nicht dies, ich bin nicht das, also bin ich nichts wert. Wenn ich nichts wert bin, will ich wissen, warum! Ich will wissen, wer versagt hat!«

»Cousine, rühr nicht daran. Such die nächste Station auf, nicht die Vergangenheit.«

Ming setzte sich plötzlich auf und hustete, ein entsetzliches Rasseln, als ob Teile von ihr sich schüttelnd lösten. Jess roch das Blut, ehe Ming es ausspuckte.

Ming bedeckte den Fleck auf dem Bettlaken sogleich mit ihrer Hand. »Ein Papiertuch, bitte. Und jetzt«, flüsterte sie, »muß ich allein sein.«

Die Stunde der kleinen Gesten. Das Anzünden einer Pfeife.

»Nein!« Jess hätte die Pfeife am liebsten unter dem Bett hervorgezogen, sie ihr vor die Nase gehalten. Dachte Ming etwa, sie wüßten nicht Bescheid? »Dieses Mistzeug ... siehst du nicht, daß du dir deine Zukunft verdirbst?«

Ming zog Jess an sich, ihr Atem stank fürchterlich. »Ich *habe* keine Zukunft. Ich schrumpfe. Mein Rückgrat ist krumm. Wenn ich sitze, berühren meine Füße den Boden nicht mehr.«

Die Füße wirkten ebenfalls geschrumpft, der Traum einer Füßebinderin, so winzig, als könnte sie Schuhe von Teetassengröße tragen.

Sie schob Jess sachte fort. »Bitte, geh jetzt.«

Kurze Zeit später lag Jess zitternd im Bett, erdrückt von dieser kranken, verlorenen Sippschaft, von der sie ein Teil war. Am liebsten hätte sie ihre Sachen gepackt und wäre geflohen von dieser Stätte der Schlaflosigkeit, der Verschwörungen, des Geflüsters und der Schmerzen. In diesem Moment wollte sie alle Verbindungen zu dieser Alptraumfamilie abbrechen, die wie eine scheuernde, einschneidende Handschelle an ihr Handgelenk gefesselt war. Sie malte sich aus, wie die Frau nebenan eine Pfeife umklammerte, darin ein glimmendes Kügelchen, das ganz langsam seine Säfte an sie abgab, während ihre Seufzer die Wände ringsum befleckten. Jess hörte unten in den Guavenbäumen eine Ratte quieken, und sie stellte sich vor, wie der Mungo zuschlug, mit schimmernden Zähnen, glattem Silberfell.

Dies ist kein Ort für mich. Ich stehe auf und gehe fort, für immer.

Sie setzte sich halb auf, fühlte sich aber so benommen, daß sie, einen Fuß bereits zur Flucht erhoben, zurücksank. Träume wehten ihr Visionen von Ponos zupackenden Händen zu, die Erinnerung, wie sie, als sie jung war, heimlich zusah, wie Pono ein Wildschwein getötet und ausgenommen hatte, schneller als ein Mann, und wie sie die noch dampfende Leber des Tieres herausschnitt und aß. Als sie Jess bemerkte, hatte sie sich mit dem bluttriefenden Ding umgedreht und ihr einen Bissen angeboten. Eine Prüfung. Jess hatte einen Brocken abgebissen und zwischen den Zähnen gehalten, während sich ihr der Magen umdrehte und ihre Beine wackelten, als würden sie gleich abfallen.

Sie hatte dort gestanden, hatte langsam kauend ihre Großmutter angestarrt und gedacht: *Ich werde mich nicht übergeben. Ich werde es ihr zeigen.* Die Arbeiter hatte gelacht und darauf gewartet, daß sie das blutige Zeug ausspie. Sie kaute und kaute. Und als sie sahen, daß sie es heruntergeschluckt hatte, jubelten die Feldarbeiter und schwenkten sie durch die Luft. In dieser Nacht, die ganze Nacht lang, hielt Pono Jess im Schoß, während die Arbeiter am Feuer auf der *ukulele* klimperten und sangen. Erst Stunden später, in ihrem Bett, nahm Jess den Fleischklumpen heraus, den sie in der Backe verstaut gehabt hatte.

Jetzt wachte sie auf. Oder glaubte aufzuwachen. Jemand weinte. Sie legte ihr Ohr an Mings Wand. Tiefe Stille. Doch durch die Wand drang ein Geruch, säuerlich und barbarisch, der Geruch eines Zimmers mit entsetzlichen Geheimnissen. Jess raffte ihren Schlafsarong eng um sich und ging langsam über den Flur. Unten fiel gedämpftes Licht aus Run Runs Zimmer neben der Küche. Jess ging schneller, weil sie dachte, vielleicht sei Run Run krank, dann erstarrte sie vor der offenen Tür. Run Run saß in einem Schaukelstuhl, langsam schaukelnd, mit tränennassem Gesicht, Pono lag weinend auf dem Fußboden ausgestreckt, Kopf und Arme in Run

Runs Schoß. Ringsum verstreut Photoalben, Schnappschüsse von ihren Müttern über die Jahre und von den Enkeltöchtern, die befangen mit Pono posierten. Photos von Frauen, vornehmlich Frauen, Ehemänner und Söhne am Rande, verwischt oder unkenntlich an den Stellen, wo der Klebstoff getrocknet war.

Jess stand wie gelähmt. *Ich habe sie nie weinen sehen.* Es war, als sähe sie die genaue Struktur einer Seele vor sich.

Pono hob den Kopf, blickte starr, ohne zu sehen. »Er verbietet es mir. Er will nicht, daß ich es sage.« Sie ließ den Kopf wieder sinken, dann die Schultern, und die ganze gewaltige Schönheit dieser eigenartigen, unzugänglichen Persönlichkeit sackte in sich zusammen, und sie zitterte, schauderte wie ein Kind.

Als Jess stolpernd durch die Flure zurückrannte, hatte sie ein Gefühl, als ob sie ein kleines, todbringendes Tier verschluckt hätte, das nun irgendwo zwischen ihren Rippen klemmte, sie angriff, sich durch ihr Herz nagte. Sie schloß ihre Tür, lehnte sich dagegen, schrecklich aufgerüttelt.

Etwas anderes ist in diesem Haus. »Er.« Sie hat »Er« gesagt.

Jemand hatte Pono in der Hand. Sie war die Geisel von jemandes Vergangenheit. Das bedeutete, sie war menschlich, zerbrechlich, nicht immer beherrscht. Jess hockte sich auf den Fußboden, fragte sich verwundert, ob Ponos Forderungen an ihre Enkelinnen in all den Jahren verkappten Bedürfnissen entsprungen waren. »Ihre Mädchen« – das einzige zwischen ihr und der aufdringlichen Außenwelt. Jess dachte an den rohen Brocken Wildschweinleber, den sie als Kind nicht hinunterschlucken konnte. *Vielleicht waren wir in all den Jahren Ponos Schutzschild, die Backe, in der sie verstaute, was sie nicht verdauen, aber auch nicht erzählen konnte.*

Sie sah die Nacht vergehen, den Morgen verstohlen anbrechen und senkte erschöpft den Kopf, während sie an ihre Großmutter dachte, an die anderen Frauen in diesem Haus, jede von ihnen ein so besonderer, einmaliger Fall, daß es ein Wunder war. Ihre Empfindlichkeiten, Verschwörungen, ihre geheimen Tode. *Es ist so wenig geblieben. Wir dürfen uns nicht gegenseitig martern.*

Später hörte sie aus dem tiefsten Inneren des knarrenden Hauses süße Eingeborenenstimmen. Ann und Abe Dudoit sangen in leisem Falsett *»Ke Kali Nei Au«*, das klassische hawaiische Hochzeitslied.

Sie stellte sich Pono vor, wie sie in ihrem Bett lag und zuhörte, ausgelaugt von der Nacht. Sie stellte sich auch Ming vor, die im Schlaf ihre kleine Pfeife an sich drückte wie eine Puppe. Bald würde sie aufwachen, sie erneut stopfen, bis das Kügelchen glimmte und wieder verglühte. Sie würde ruhig zum Frühstück kommen, mit langsamen Gesten, die Schmerzen ein Hund, der zu ihren Füßen schlief.

Sie legte sich im Bett zurück, versuchte Ming in einem neuen, verständnisvollen Licht zu sehen. Was war denn schon Sucht? Eine andere Form von Schlaf. Eine gewisse Gesetzlosigkeit war ihr von Geburt an eigen gewesen. Vanya war zorniger, eine unermüdliche Rednerin, die ständig Messer aufblitzen ließ, ohne Blut zu vergießen. Aber Ming war immer die stille Anarchistin gewesen. Jess dachte tieftraurig, wie sehr sie sie liebte und daß keine von ihnen jemals ihre Schmerzen ermessen konnte. Doch diese Schmerzen beließen sie auch in einem Zustand der Anmut, und ihre Sucht stärkte diese Anmut und führte sie immer weiter aus der Reichweite der anderen Menschen hinaus.

Rachel hatte im letzten Monat in bezug auf Ming eine überraschende Zähigkeit und taktische Klugheit bewiesen. »Ich habe sie über zwanzig Jahre jeden Tag gesehen«, sagte sie. »Ich habe beobachtet, was Lupus anrichtet, diese langsame, unvermeidliche Zerstörung der Zellen. So nennen das die Ärzte ... Zerstörung der Zellen. Weißt du, wie viele Menschen dabei den Verstand verlieren?«

Jess hatte ihre eigenen Vorstellungen davon. »Sie sollte eine Therapie machen, psychologischen Beistand suchen. Oder stärkere Medikamente verlangen.«

Rachel hatte sich so schnell umgedreht, daß Jess mit einer Ohrfeige rechnete. »Ihr! Ihr kommt mit euren Hin- und Rückflugtickets nach Hause, setzt euch hin und richtet. Du und Vanya, mit eurem geschäftigen Leben, ihr findet euch ab und zu hier ein, als wären wir bloß irgendein Flugplatz.«

Sie hatte gelächelt, und ihr Gesicht war so makellos schön, daß es von innen her zu leuchten schien. »Ich weiß, was ihr zwei von mir denkt. Daß ich eine Papierpuppe bin, ein Spielzeug, das Hiro an- und auszieht, zum Spielen hernimmt, weglegt. Ihr habt keine Ahnung, was eine Ehe ist, was sie fordert. Wie lange hat deine gehalten,

Jess? Acht Jahre? Zehn? Ich bin über fünfundzwanzig Jahre mit ein und demselben Mann zusammen!«

Darauf wandte sie sich ab, weil sie Jess nicht sehen lassen wollte, wie schwer es ihr fiel, das alles auszusprechen. »Als wir Kinder waren, habe ich dich geliebt. Ich liebe dich auch jetzt noch. Aber das Leben ist dazwischengetreten. Es war niemand da, der mir zuhörte, dem ich alles beichten konnte. Nur Ming. Und ihretwegen bin ich hier.«

»Ich meinte ja bloß«, sagte Jess, »daß eine Therapie ihr ein bißchen Lebensqualität geben könnte, damit wir sie nicht an das Unsägliche verlieren. Heutzutage läßt alle Welt sich therapieren ...«

»Was heißt heutzutage? Was heißt alle Welt? Wach auf, Jess. Unsere Cousine stirbt.«

Jess war vollkommen erschüttert. In den folgenden Tagen sah sie eine Seite von Rachel, die sie nicht gekannt hatte, eine Spannkraft, eine Art, mit Ming umzugehen, die Mings Autorität und Würde als die älteste der Cousinen bewahren half.

»Natürlich weiß es Pono«, sagte Rachel. »Es bringt sie um. Aber was ist eine kleine Sucht, verglichen mit dem, was sein könnte? Ming gemartert und ohne Verstand, wie ein Gegenstand auf einem Teller.«

Bei den Mahlzeiten zog sie liebevoll Mings Kimonoärmel aus der Guavenmarmelade, beendete ihre Sätze, wenn sie den Faden verlor. Nachts huschte sie in Mings Zimmer hinein und hinaus wie eine Krankenschwester auf Gummisohlen.

»Sie war wie mein Kind«, sagte Rachel einmal. »Ein kluges, altes Kind, das Wahrheiten lehrt.«

»Welche zum Beispiel?« fragte Jess.

»Daß es nicht viel gibt, was wir ändern können. Daß jede von uns ihr schmutziges kleines Geheimnis hat, ihre Sucht. Daß wir nur schaffen können, was wir schaffen.«

Sie hielt inne und sah Jess an. »Du würdest Mings Not verstehen, wenn du öfter nach Hause kämst. Jahrelang wolltest du unbedingt nach Hause. Warum zögerst du?«

Ich werde enden wie meine Mutter. Als Opfer. Das dachte Jess, aber sie sagte etwas anderes. »Ich habe meine Tochter ... meine Praxis ...«

»Deine Tochter ist aus dem Haus. Deine Praxis sollte hier sein. Wir brauchen dich, Jess.«

Erschöpft, dennoch gegen den Schlaf ankämpfend, zog sich Jess jetzt das kühle Laken über die Brust. *»Er«. Wer ist »Er«?* Das Wort flackerte wie eine Flamme, und ihr Rauch stieg ihr sengend in die Nase. Dann übermannte sie die Müdigkeit, und alles glitt in einen Traum hinüber.

Am nächsten Tag war das Haus ganz still, als könnten die Frauen darin sich nicht aus dem Schlaf erheben. Ming rauchte und träumte. Pono spielte alte Schallplatten, klimperte auf ihrer *ukulele,* weinte vor sich hin. Run Run kochte ein Mahl, ließ die Schüsseln zugedeckt und nickte in ihrem Schaukelstuhl ein. Jess setzte sich auf, ein Pfeifen durchdrang ihr Nervengeflecht. Verwirrt, nicht wissend, ob es Morgen oder Abend war, welcher Tag, welche Stunde, tappte sie durch den Flur zu dem schrillenden Telefon.

Sie nahm den Hörer ab, sprach eine Weile, hörte zu, atmete tief ein und antwortete. Dann tappte sie langsam, verträumt zurück in ihr Zimmer und setzte sich, mit dem Gesicht zum Meer, auf einen Stuhl. Behutsam, zeitlupenhaft hob sie einen Handspiegel vor ihr Gesicht, dachte verwundert, wie einfach das Leben doch war, daß alle Geheimnisse, alle Rätsel, all die in Träumen verborgenen Gaukelgestalten oftmals nur das eigene Spiegelbild waren. Dinge, die zufällig zu geschehen schienen, waren einem statt dessen seit langem ins Unterbewußtsein gesät und Denken nur einleitendes Handeln.

Am Abend blickte sie in die Tafelrunde, ohne sich ihres Gesichtsausdrucks ganz sicher zu sein; sie wußte nicht, ob sie glücklich aussah oder verwirrt.

»Einer von meinen Kollegen in der Klinik hat heute angerufen«, berichtete sie. »Ich rede seit Jahren davon, New York zu verlassen ... sie wollen meinen Anteil an der Praxis kaufen.«

Die Tischrunde schwieg, Hände verharrten über Tellern. Ming lächelte, sie nickte, nickte immerzu. Run Run verdrehte ihre Serviette im Schoß, versuchte, an sich zu halten, und biß sich mit den großen gelben Zähnen auf die Lippe, um ihr Schmunzeln zu unterdrücken.

Dann sprach Pono, mit tiefer, gefaßter Stimme. »Fahr nächsten

Monat hin. Gib dein Haus auf, bringe dein Leben in Ordnung. Sei im Oktober zur Kaffee-Ernte wieder hier.«

»Hier?« fragte Jess.

»Hier!« Pono stieß energisch mit dem Stock auf, um ihren Worten Nachdruck zu verleihen. »Zu Hause. Wo du hingehörst.«

Ke one haena

Bellender Sand

❖

Auf Flugreisen ging es ihr jedesmal so. Sie fühlte die metallische Kälte, schloß die Augen und stand mit einemmal wieder in dem Leichenschauhaus in der Wüste und sah auf die Füße ihrer Mutter. Auf dem Flug nach New York City saß sie zurückgelehnt und dachte an die Briefe ihrer Mutter, in denen sie beschrieben hatte, wie die Tuareg-Frauen sich Miniaturszenen der Wüste, Palmen und in lange Gewänder gehüllte Gestalten mit Indigofarbe auf die Fußsohlen malten. Mit trüben Unterwasseraugen hatte der Aufseher des Leichenschauhauses Jess beobachtet, während sie die Füße ihrer Mutter betrachtete, als ob er sie verdächtigte, einen Teil der Leiche stehlen zu wollen.

Sie hatte ihre Fußsohlen blau und grün bemalt, in jenen sanften Tönen, wie sie Prellungen hervorrufen ... kleine Palmen, sich wiegende Männer. Der Aufseher deutete wiederholt auf ihr Gesicht, während ich mich tiefer zu ihren Füßen hinunterbeugte. Ich trug ein Bild ihres Gesichts in mir – wie sie im Tod aussah, hatte damit nichts zu tun. Meine Hand auf ihrer kalten Schulter, am liebsten hätte ich vor Kummer meine Zähne in die Kurve dieser Schulter geschlagen. Der Aufseher schob meine Hand fort. Sie schien sich zur Kampfschere eines Hummers zu vergrößern. Ich wollte meine Mutter wiederhaben, wollte sie kennenlernen ...

Ein Leichenschauhaus in Tamanrasset, der algerischen Oasenstadt mitten in der Sahara. Neun Millionen Quadratkilometer Sand. Mutter, um Gottes willen, warum?

Jess seufzte und zog sich eine Decke um die Schultern. Im Halbschlaf erinnerte sie sich an den kleinen Flugplatz von Tamanrasset, die geteerte Rollbahn, bronzefarbene Männer in Tuniken. Einer kam näher. Schräge Augen, breite, hohe Wangenknochen, lange, graziöse Hände wie in der Sonne gegerbtes Leder. In einen verblichenen blauen Kopfschleier und eine wehende blaue Tunika gehüllt, verströmte er die Aura eines verarmten Fürsten. Seine staubbedeckten Füße hatten einen grünen Schimmer wie alte, rissige Jade, die Wölbungen herrlich ausgeprägt. Rassi ould Mahmould ould Sheddadi. Er war zwei Jahre der Geliebte ihrer Mutter gewesen.

Und dann die Fahrt durch die Wüste in seinem verrosteten Laster. Nichts als spindeldürre Akazien, Kamelskelette, verlassene Autos, von ihren Besitzern keine Spur. Warum hatten sie ihre Autos zurückgelassen? Waren sie auf Wassersuche gegangen? Rassi schüttelte den Kopf, sagte, es sei etwas anderes. »Le baptême de la solitude. *Oft ist ihnen, als würden sie gerufen.*«

Dann Tamanrasset. Die Touristen in ihrer grellbunten westlichen Kleidung sahen billig aus neben den blaugewandeten Tuareg, die so majestätisch einherschritten. Eine einzige gepflasterte Straße, von der Lehmstraßen strahlenförmig abgingen, Betonbauten hinter Lehmmauern. Hinter einer Mauer lagen Wickelkinder, die Augen von Fliegen umrandet wie von Pailletten. Eine Frau in schwarzen Gewändern auf einer Türschwelle lächelte scheu.

Das Wohnhaus, errichtet aus Betonsteinen, so groß wie eine Einzelgarage. Mutters Heim für zwei Jahre ... dort hatte sie mit Rassi, seinen Frauen und fünf Kindern gelebt. Mutter hatte sie alle ernährt. Als sie zum erstenmal von ihrer »Oase« schrieb, stellte ich mir Innenhöfe, plätschernde Brunnen vor ... ein moscheeartiges Haus mit Zwiebelkuppeln. Mutter parfümiert, in Gewänder gehüllt, Bedienstete in hauchdünnen Hosen ...

Jess hatte das Haus betreten und halbwegs begriffen, was sie nie erfahren hatte und doch so gut wußte. Es war nicht Glück gewesen, was ihre Mutter suchte, sondern etwas anderes. Vergebung vielleicht. Das Haus war makellos gewesen, wie ein Vermeer-Gemälde, kahl bis auf Schlafmatten, Decken, ein Tablett und Teegläser. Und ein Hinweis auf ein Leben, das sie niemals kennenlernen würde: den Rauch verglühter Wüstengewächse, vermischt mit Ziegen- und Kamelgeruch.

Rassi zeigte mir ihre Bilder, ein Motiv in unendlichen Variationen: Palmen, sich wiegende Eingeborene, ein Ozean, unendlich weit. Mutter hatte ihr Leben damit verbracht, die Unschuld einer Kindheit in der Südsee zu malen, so wie sie sich ihre eigene gewünscht hätte ... Rassis Ehefrauen starrten mich durch ihre halb vor die Gesichter gezogenen Schleier an, die mich an Beichtstuhlvorhänge erinnerten. Da stand ich vor ihnen, blaß, knabenhüftig, nichtssagendes Gesicht, braunes Haar, rekrutenhaft kurzgeschnitten. Wie konnte ich, müssen sie sich gefragt haben, ihre Tochter sein? Die Leute haben sich das immer gefragt. Sogar ich habe mich das gefragt ...

Und dann ein zweitägiger Kamelritt, tiefer in die Sahara hinein, nach Assekrem, einem Ort der religiösen Einkehr, wo Jess' Mutter viele Stunden verbracht hatte. »Dieser Mann«, hatte Jess zu Rassi gesagt, »dieser Seher, dem meine Mutter sich anvertraute, ich möchte ihn treffen.«

Blendender Sand, Steine, die in der Sonne knackten. Rassi mit seinem weichen, federnden Gang; er machte Feuer, braute Tee. Und eisige Nächte, der Mond gewaltig, so nahe, daß sie sein kaltes Licht auf ihrer Wange spürte. Und Hitze, der bedrückende Aasgeruch: das Fleisch frisch Verstorbener, das am Skelett verweste, große Kamelgerippe, einmal ein Menschenschädel in einem halb vergrabenen Koffer.

Wie hat sie hier überlebt? Dem Tod so nahe, war es vielleicht eine automatische Reaktion, sich zu wehren, zu leben. Bis man diesen Wunsch überwand ...

Jean-Marie, teils Einsiedler-Priester, teils Seher und Medizinmann für die Tuareg. Seine Einsiedelei im Ahaggar-Gebirge bestand aus zwei Steinhütten unmittelbar unterhalb einer Bergspitze des Sandsteingebirges. Der drahtige alte Mann mit den traurigen, forschenden Augen hatte feierlich grünen Tee eingeschenkt und Jess dann in eine winzige Kapelle in einer der Hütten geführt, wo ihre Mutter oft meditiert hatte.

Da saß ich vor dem Altar, ließ den Raum auf mich wirken. Wollte ihre Gegenwart spüren, spürte aber nichts ...

Einen Moment hatte Jess gemeint, Mitsouko zu riechen, das Parfüm, das ihre Mutter jahrelang benutzt hatte. Es kam und ging, blitzschnell, Ergebnis eines Wunsches. Sie hatte den Kopf gesenkt und sich Bruchstücke der Briefe ihrer Mutter in Erinnerung gerufen.

Wir waschen uns abschnittweise in kleinen Becken mit Waschlappen an den points d'eau, *so halten wir uns sauber und verschwenden nicht viel Zeit ...*

Du fragst, ob ich einsam bin. Die Wüste hat nichts mit Einsamkeit zu tun. Es ist eher eine Notlösung. Hier zählt alles. Das geringste Wort, die kleinste Geste hat eine ungeheure Kraft. Die Wüste läutert, macht dich rein wie ein Kind ...

Und Jess hatte sie sich vorgestellt, wie sie in die Dünen schwamm, dem Sog nachgab. Der Gedanke daran erfüllte sie mit solchem Schmerz, daß sie die Kapelle mit den Zähnen hätte zerreißen mögen. Was hatte ihrer Mutter das Beten genützt? Sie war allein gestorben, der Mund klaffend und voller Sand. Später stand Jess bei dem weisen Einsiedler und blickte über die Wüste; das Sandsteingebirge erinnerte an traumhafte, nebelumhüllte erloschene Vulkane.
»Wir haben nicht über Religion diskutiert«, sagte er. »Sie verbrachte viel Zeit mit Nachdenken hier auf dieser natürlichen Terrasse.« Er wies mit der Hand über Tausende von Kilometern, unvorstellbar leer. »Ihre Mutter kam hierher, weil sie die Aussicht liebte. Es erinnerte sie an den Pazifik, zu dem sie niemals zurückkehren konnte.«
Jess hatte gedacht, er wollte sie beschwindeln, vor ihr verbergen, daß ihre Mutter eine Eiferin geworden war, eine Konvertitin, womöglich hellsichtig, etwas, das ihm nicht beschieden sein würde. Er fuhr fort, als spräche er zu einem Kind: »Sie suchen nach einer Antwort auf etwas, von dem Sie sich einbilden, daß es unumkehrbar ist. So kompliziert war Ihre Mutter nicht. Ihr Vater war gestorben, Sie selbst fingen damals Ihr eigenes Leben an; Reisen war ihre Art von Trauer. Was ihre Gemälde angeht, so denke ich, ihr größtes Kunstwerk war sie selbst. Alles in allem ist sie zurechtgekommen. Sie hat überlebt.«
»Können Sie mir nicht mehr erzählen?« Jess flehte ihn regelrecht an. »Ich muß begreifen, warum sie starb. Ich muß damit leben ...«

Er seufzte. »Ihr Tod war keine Absicht. Auch kein Zufall. Sie ist zu weit in die Dünen hinausgegangen, ohne Wasser. Fasten war ihr zur Gewohnheit geworden. Oder es war eine Prüfung. Das ist alles, mein Kind.«
Sie verließ die Einsiedelei mit leeren Händen, ohne Antworten, ohne Hinweise. In Tamanrasset hatte sie die Kleider ihrer Mutter an Rassis Ehefrauen verschenkt, dann ihre Bilder in Pappzylinder geschoben. Auf dem Rollfeld stand Rassi neben ihr, umgeben von einer Aura des Unausgesprochenen. Sie vermutete, daß er ihre Mutter sehr geliebt hatte. Über ihre üppige Schönheit und Großzügigkeit hinaus hatte sie eine Unschuld besessen wie ein unsichtbarer Schild, den die Natur um sie gelegt hatte. Rassi hätte sie beschützt, diesen Schild bis zum Tode verteidigt. Sie umarmten sich, dann stand er da und winkte, makellos hob er sich von dem Sand ab.
In dem kleinen Flugzeug war Jess' Hand an den Pappzylindern entlanggeglitten, und sie hatte sich erinnert, wie ihr Vater die Malerei ihrer Mutter als »Hobby« bezeichnet hatte, nicht, um ihre Begabung herabzusetzen, sondern vielmehr, um sich ihre Beachtung zu sichern. In dieser Nacht lag Jess in einem Hotel in Algier in ihrem Bett, einen Lederkasten auf dem Bauch.
Ihre Asche. Wie schwer sie ist. Mit dem Kasten in der Hand ging ich umher und dachte: »Das ist meine Mutter.« Ich erinnerte mich an ihre wüsten Anfälle, wenn sie sich Schmuck und Kleider vom Leibe riß, Vater anbrüllte, sie seien heimatlos, ohne Familie und Verwandtschaft, sie lebten wie die Zigeuner, wie könnte da ihr Kind normal sein? ... Meine Angst, sie könnte nicht mehr aufhören, Sachen zu zerreißen, und anfangen, sich die Haut herunterzureißen ... Dann ihre sanften, verträumten Stimmungen, die mir Trost gaben und die Hoffnung, die guten Stimmungen würden die schlechten überdauern, und sie würde nicht wahnsinnig werden ...
Erschöpft hatte Jess eine Schachtel mit alten Schnappschüssen geöffnet. Ihre Mutter und ihr Vater. Ihre Mutter als Kind auf Ponos Schoß. Ihre Mutter mit Jess auf dem Schoß. Sie betrachtete die Bilder, dann schlug sie ein Tagebuch ihrer Mutter auf.
Diese Aufnahmen von mir, wie ich im Schlamm von Tarofeldern herumtolle. Mama dunkel, stattlich, sieht zu. Ich jage Mungos nach, über Lavafelder, und renne, zu ihr hin, von ihr fort. Und dann laufe

ich für immer weg mit Vernon, blaß und blond ... renne fort vor dem Entsetzlichen, was sie erzählt hat ...

Dieser Schnappschuß in Vernons Koffer. Sein Vater in Decatur, Alabama, 1921. Er trägt ein weißes Gewand, eine komische spitze Kapuze. Hinter ihm andere Männer in Gewändern und Kapuzen und Masken mit Augenschlitzen. Ich konnte das Benzin riechen, das Holz knacken hören, das brennende Kreuz sehen. In dieser Nacht hatte ich Angst, mich neben ihn zu legen, ich schloß mich in einem anderen Zimmer ein, schlief im Stehen ein wie ein Pferd ...

Diese Aufnahme war mir immer ein Rätsel. Kaiser Hirohito und seine Gemahlin spazieren auf ihrem Palastgelände, neben ihnen hüpft und japst ihr Hund in der Sonne. Zwei Tage vor Hiroshima. Ich verstehe diesen Hund nicht. Wußte er nicht, was kam? Haben Tiere kein Gespür? Jedesmal, wenn ich dieses Photo sehe, denke ich daran, wie Vernon mich nach Alabama nahm, damit ich seine Familie kennenlernte. Wußte er nicht, was kam? Eine Türglocke klingelt, ein Vorhang zuckt, seine Angehörigen schauen durch ein Fenster auf meine Haut. Wie lange haben wir diese Glocke geläutet! Und niemand hat aufgemacht ...

Konnte nicht vorwärts gehen, konnte nicht zurück. Ein Leben auf einer Nadelspitze. Gott sei Dank, Jess' Haut ist so hell wie seine. Das Leben wird nicht jeden Tag eine Prüfung für sie sein. Fremde werden sie nicht anstarren ...

Die Jahre ... und jeden Sommer kommt Jess tiefbraun gebrannt aus Kona zurück. Das hawaiische Blut dringt nach außen. Vernons Augen nehmen es zur Kenntnis, bis ihre Haut wieder verblaßt, wieder die Helligkeit der Angloamerikaner hat ...

Dann veränderte sich Vernons Haut, blähte sich wie Pilzschichten. Dreißig Pfund Gewichtsverlust. Er erinnert sich, daß er in den fünfziger Jahren die Decks von US-Marineschiffen geschrubbt hat. Sie haben Atombombenversuche gemacht. Er erinnert sich an Ausschlag, Erbrechen, und dann war es wieder vorbei ...

Jess stellte sich die heimkehrenden Matrosen vor, junge Burschen, die Witze gemacht hatten, während sie knöcheltief im radioaktiven Staub standen. Die Matrosen kehrten ins Zivilleben zurück, ihre inneren Organe glühten, etwas Unheimliches war in ihren Knochen. Irgendwo alte Marineschiffe in Wassergräben wie giftige, strahlende Wale.

Was sage ich unserem Kind? Ihr Vater ist verstrahlt. Vielleicht ist es in ihren Genen. Sie wegschicken, das ist alles, was ich tun kann. Fort, zurück nach Kona. Wenn er stirbt, wohin werde ich gehören?

Als Jess' Vater schließlich starb, hatte ihre Mutter sich treiben lassen, war im Mittelmeerraum umhergezogen – Malta, Zypern, Kreta. Inseln, immer Inseln, der Versuch, ihre Südseekindheit wiedererstehen zu lassen. Schließlich wurde sie es müde und fand ein wenig Frieden in einer Oase, die im Meer der Sahara trieb. Am Ende war diese Metapher genug.
Jess hatte die ganze Nacht in dem Hotel in Algier wachgelegen, die Tagebücher ihrer Mutter gelesen und geweint, bis sie sich leergelaufen fühlte. Im Morgengrauen stand sie auf; das Bett war übersät mit gebrauchten Papiertaschentüchern, eine Kolonie kleiner, feuchter Mumien. Sie lehnte sich ans Fenster, roch Kreosot und Köder von den Docks, hörte Hähne auf den Dächern der Kasbah krähen, sah, wie ein Straßenverkäufer, dessen Karren umgekippt war, auf einer Kopfsteinpflasterstraße Apfelsinen nachjagte, ins bewegte Licht des Meeres hinein.
Der Morgen war Jess aufs Gemüt geschlagen, und sie dachte an ihre Mutter als Kind, die Haut feucht vom Dunst des Regenwaldes, wo sich Hirtenstare und Wildschweine tummelten. Dann sah sie ihre Mutter, als sie schon älter war, teefarben und schön – breite Wangen, volle Lippen, dunkles, knisterndes Haar –, ohne Sattel auf einem Strand aus Korallenteilchen reiten, der, wenn die Wellen darüberschwappten, ein bellendes Geräusch machte wie Hunde. Und im Hintergrund Pono, die ihr zuwinkte, stattlich, erhaben. Dann wieder ihre Mutter, die, verbannt aus der Welt ihrer Ursprünge, ihr Leben damit zubrachte, mit verzweifelten Farbexplosionen auf Leinwand jene Welt neu zu erschaffen. Jess dachte, daß das

Leben ihrer Mutter vor vielen Jahren auf einen Kurs gesteuert worden war, den weder Zeit noch Ort noch Alter ändern konnten. Vielleicht war ihr Tod mehr als Zufall oder Absicht gewesen. Vielleicht war er im endgültigen Sinne ein Beweis für Verantwortlichkeit.

Die Hähne krähten wieder, ein Kreuzfahrtschiff im Hafen gab ein opernhaftes Tuten von sich, und Jess wußte, es war Zeit zu gehen. Während sie den Händler beobachtete, der seinen Apfelsinen bis ins Meer nachjagte und immer kleiner wurde wie eine Gestalt, die in die Dünen schwamm, drückte sie den Kasten mit der Asche ihrer Mutter an sich. Sie wollte sie heimbringen zu ihren Meeresursprüngen, zu ihrem Strand mit dem bellenden Sand. Ihre Mutter würde mit *'aumakua* durch Korallentäler schweifen, »erzählen-was-war« mit den Geistern von ihrem Blut.

In jenem Sommer, als Jess mit den Überresten ihrer Mutter eintraf, wandte Pono sich ab. Aber Jess sah sie nachts im Meer trauern, tauchend und tauchend, die Asche ihrer Tochter trinkend. Ihre Mutter hatte immer gesagt, das Meer sei die Nahrung und die Rettung der Hawaiianer. Für Jess wurde es wie Fruchtwasser, das sie in den folgenden Monaten des Grams am Leben hielt. *Ich wollte mich nicht erinnern, wollte nur schwimmen.* Sie fand Frieden in den rauschhaften Stößen, Tag für Tag, Nacht für Nacht an den Gestaden des Pazifiks entlang schwamm sie mit dem Ungestüm einer Verhungernden, die sich in Nahrung suhlt. Nichts fühlend als den Sog und Zug der Gezeiten, schwamm sie kilometerweit, behende und schnell, Tag für Tag, Woche für Woche.

Manchmal, wenn sie das Knirschen ihrer schmerzenden Muskeln spürte, drehte sie sich auf den Rücken wie die Haie, die in der Ferne träumten. Oft vergaß sie die Zeit und erschrak, wenn sie über sich auf einmal Sterne und eine Mondsichel sah. Der Tag war vergangen, und Jess hatte nichts zu sich genommen als Luft. *Manchmal das Kanu in der Nacht, Vanya und Rachel, die mir folgten.* Sie fiel vom Fleisch und sah ausgehungert aus, ihre Zunge und ihre Lippen waren aufgesprungen. Wochenlang hielt Pono sie vom Meer fern, aber als ihr Mund heilte, tauchte sie wieder hinein, tief hinab in Straßen ewigen Vergessens, Straßen, die sie blind durchschwimmen konnte.

Eines Tages, als sie spürte, wie ihre Arme sich in den Gelenken drehten, während sie das Meer durchpflügte, blickte Jess auf den Meeresboden hinab und sah Wälder von Dornkorallen wie elfenbeinfarbene Zweige durch das Blau schimmern. Ihre Mutter hatte diese Korallen beschrieben, das Gefühl, als würde man über Reservaten mit rennenden Rentieren fliegen. Und in diesem Moment fühlte Jess sich in die Luft erhoben, unter sich Herden donnernder Hufe. Sie hatte das Gefühl, daß ihre Mutter in ihr lebte, daß sie die Welt mit zwei Paar Augen sah. Jetzt lebte sie für zwei.
Schwimmen wurde so sehr Teil ihres Körpers, ihres Inneren, daß Jess das Meer nicht mehr brauchte, um zu schwimmen. Sie schwamm in ihren Träumen, und die Träume waren beständig. Manchmal wachte sie auf und konnte vor Erschöpfung ihre Arme kaum bewegen. Zurück in Manhattan, schwamm sie durch ihre Tage, während sie sich über kranke Tiere beugte, schwamm durch die Stadt, stieß durch die Menschenmengen. Das Meer war ihr so unauslöschlich aufgeprägt, daß es in ihr war und ihren Bewegungen eine bestimmte Anmut verlieh. Vielleicht war es diese unwirkliche Aura, diese fließende Durchsichtigkeit, die den Mann namens Mars damals anzog.

In jenem Jahr hatte Jess damit begonnen, sich in dem Stil anzuziehen, den sie als Stadtguerillakleidung bezeichnete. In einem bestimmten Alter neigten alleinlebende Frauen in Manhattan dazu, Stärke zu zeigen. Sie schliefen mit offenen Augen, die Hand gleichsam am Pistolenhalfter. Es war eine Stadt schneller Ausweichmanöver, in der man alles tat, um nicht im eigenen Blut aufzuwachen. Eine Stadt, wo lakonische Reiche von marmorner Blässe durch Fenstertüren in den Park hinaussahen. Und im Park wilde Geräusche, Trommelmusik, Rituale, hin und wieder eine pelzige Klaue, ein Hundekopf. Auch mal ein Menschenopfer.
Nach fünfzehn Jahren in der Großstadt hatte Jess begonnen, sich einzuigeln, ihre Welt auf fünf, sechs Häuserblocks zu beschränken. Oder vielleicht schrumpft ja die Stadt, dachte sie. Ihr Haus und ihre Tierklinik lagen in einer stillen Straße in Greenwich Village, nicht weit von dort, wo einst schöne junge Männer in Bars auf Partnersuche gegangen waren, wo sie tanzten, sich stritten, sich in Hinter-

zimmern liebten. Jetzt waren die Straßen still, die jungen Männer verschwanden nach und nach. Die, die noch da waren, hinkten zusammen über das Pflaster, geschwächt, argwöhnisch, stolz, sterbend.

Sie hätte ihnen gerne gesagt: »Wir sind euch vollkommen ausgeliefert.« Denn dort, wo Jugend, Schönheit und Tapferkeit plötzlich ausgelöscht wurden, blieb der Ort verarmt zurück.

Und in irgendeinem versteckten Winkel ihres Kopfes beneidete Jess sie, diese jungen Männer, die einander pflegten, einander betrauerten, manchmal gar paarweise starben. Wer würde sie, Jess, in dieser Stadt pflegen? Wer würde um sie trauern? Seit ihrer Scheidung hatte sie Zufallsliebhaber gehabt, Affären, die löchrig wurden aus Mangel an Bemühen. Freunde hatten die Stadt in Scharen verlassen, ermattet von Tod, Verfall und Gewalt. Jetzt beanspruchte niemand mehr ihre Zeit. Sie war für niemanden von Interesse, außer vielleicht für Anna, ihre Tochter, die im Süden, in der Nähe ihres Vaters, aufs College ging.

Vor zwei Jahren hatte Jess eines Tages Tausende von Marathonläufern beobachtet, die über Brücken rannten, durch die Straßen der Stadt, wie Herden wilder Tiere in der Serengeti. Sie sah ihnen stundenlang zu, überlegte, daß der Körper nach fünfzehn Kilometern an seine eigenen Reserven geht und nach zwanzig Kilometern an Muskeln und Herz zu zehren beginnt. Laufen schien in der Stadt nicht einfach ein Sport zu sein, sondern vielmehr eine Form von Panik.

Später, als sie zurück ins Village schlenderte, hatte sie in der anbrechenden Dämmerung vor dem hohen, spitzwinkelig konstruierten Flat-Iron-Gebäude gestanden, das erleuchtet war wie der Bug eines in den Hafen einfahrenden Ozeandampfers. Es schien sich ihr zu nähern wie die Schiffe aus Hongkong und Singapur, die sie als Kinder im Hafen von Honolulu zum Aloha Tower hatten schaukeln sehen. Sie stand da, spürte die kleinen Tatzenhiebe des Heimwehs und wußte, in der Nacht würde es sie erst richtig packen. Sie überquerte die Straße, ohne den ausscherenden Krankenwagen wahrzunehmen.

Der Fahrer sah eine Frau mit jungenhaftem Haarschnitt verträumt bei Rot über die Straße gehen. Auf der Bahre hinter ihm verblutete

ein Obdachloser, ein Sanitäter brüllte: »Der Kerl kratzt ab, Blutdruck fällt ... er macht's nicht mehr ...«
Das Funkgerät knatterte, die Sauerstoffflaschen schaukelten wild, der Fahrer trat so heftig auf die Bremse, daß es den Sanitäter auf die Knie warf, doch der Rettungswagen fuhr noch ein Stück weiter.
Jess drehte sich um, etwas kam auf sie zu. Als sie aufwachte, prasselte Regen auf ihre Wangen.
»Miss, können Sie mich hören? Herrje, können Sie mich hören?«
Seine Stimme war tief, zornig, seine Augen verschwammen hinter dicken Brillengläsern. Sein Schweiß strömte auf sie herab. »Blinzeln Sie, Miss. Können Sie mit den Augen blinzeln?«
Sie blinzelte langsam. »Schon gut. Ich bin Ärztin.«
»Ist mir scheißegal, was Sie sind. Sie sind bei Rot über die Straße gegangen.«
Jemand untersuchte ihre Arme und Beine. Sie knickte ihre Finger ab. »Wirklich, ich glaube, mir fehlt nichts.«
Er beugte sich über sie, hob sachte ein Augenlid an, betrachtete sie mit einer Lampe. Unwillkürlich langte Jess hinauf und berührte sein Gesicht. Eine Menschenmenge versammelte sich wie eine kleine Herde zur Fütterungszeit. Der Sanitäter stieß die Leute zurück, als Jess aufstand, zitternd, aber ganz bei sich. Sie schien den Arm des Fremden nicht loslassen zu können.
»Okay«, sagte er. »Ins St. Vincent, wir machen ein paar Röntgenaufnahmen.«
Der tote Obdachlose wurde mit einem Laken zugedeckt, der Sanitäter übernahm das Funkgerät. Der Fahrer war groß, Afro-Amerikaner, seine Ellbogen und Handgelenke traten so deutlich unter der Haut hervor, daß er leicht unterernährt wirkte. Aber aus seinen straffen Gesichtsmuskeln sprach die Entschlossenheit eines Mannes mit starken Nerven. Er wartete mit ihr auf den Laborbericht, und als sie sagte, sie sei Tierärztin, lachte er.
»Tiere? Herrje, ganze Stadtviertel sterben vor Hunger, und Sie geben sich mit Schoßtieren ab.«
Mars Scoville. Eigentlich hatte er Orthopäde werden wollen. Jemand hatte ihn gefördert, war aber gestorben, so daß sein Stipendium verfiel. Da seine Mutter krank war und er seine jüngeren Brüder durchbringen mußte, ließ er das College sausen und nahm

Jobs an, die ihn jedoch nicht weiterbrachten. In den letzten Jahren hatte er einen Rettungswagen des städtischen Notarztdienstes gefahren.
»Aber ich bleibe ein Kämpfer. Ich habe noch Träume.«
Im Augenblick versuchte er, in Harlem einen freiwilligen Ambulanzdienst auf die Beine zu stellen, und verbrachte seine Freizeit damit, in seiner Nachbarschaft von Tür zu Tür zu gehen, um Geldspenden aufzutreiben. Er hatte einen alten Laster behelfsmäßig zu einem Rettungswagen umgebaut, und an den Wochenenden hörten er und mehrere Sanitäter den Polizeifunk ab; erfolgte ein Ruf nach Harlem, fuhren sie hin, trafen manchmal zehn, zwanzig Minuten vor der regulären Ambulanz ein, was oft Leben rettete.
Er stellte Jess hundert Fragen über ärztliche Behandlungsmethoden, den Unterschied im Blutbild zwischen Mensch und Tier, die Unterschiede bei Blutdruck, Körpertemperatur, fragte sie nach der schnellsten Methode, eine Wunde auszubrennen oder die Haut vor einer Injektion zu sterilisieren. Und was die schnellstwirkenden Brechmittel bei einer Lebensmittelvergiftung seien. Als Jess ihn durch ihre Klinik im Erdgeschoß ihres kleinen Stadthauses führte, war er wortkarg. Teppichbelegter Empfangsraum, kostspielig eingerichtetes Wartezimmer, Sprechstundenhilfe und Assistentinnen in weißen Kitteln. Sprechzimmer, Operationsraum, ein Raum voll verwöhnter Tiere in geräumigen Käfigen.
Schließlich schüttelte Mars lachend den Kopf. »In unserem Viertel gibt es so viele hungernde Familien ... wissen Sie, wie sie diese albernen kleinen Hätscheltiere nennen würden? Fleisch. Sie würden sie Fleisch nennen.«
Sie bot ihm etwas zu trinken an und verbrachte die folgenden Stunden mit dem Versuch, ihre Praxis und ihr gutes Einkommen zu rechtfertigen; sie erzählte ihm von den Nächten, in denen sie sich freiwillig um die Armen und Obdachlosen kümmerte, den Nächten, die sie auf einer AIDS-Station verbrachte. Sie sprach über die psychologischen Zusammenhänge zwischen Medizin und Anteilnahme, Heilung und Nächstenliebe. Und während sie redete und redete, sah er sie nur an, sein Blick lag auf ihrem Gesicht wie die kalte Klinge eines Messers.
»Sie gehören zu denen, die wir Zwanzig-Minuten-Wohltäter nen-

nen«, sagte er schließlich. »Ihr Leute ... wenn ihr mit eurer Sound-so-viel-Stunden-die-Woche-Freiwilligenarbeit fertig seid, wascht ihr euch die Hände, kämmt euch die Haare und geht auf einen Cocktail in eure Stadthäuser, eure Designer-Lofts. Ich hasse diesen Scheiß. Das bedeutet doch, die Armen und die Obdachlosen und die Sterbenden sind nur sichtbar, wenn es euch gerade in den Kram paßt. In eurem übrigen Leben sind wir einfach – Hokuspokus! – verschwunden.«

Jess sah ihn eindringlich an. »Ich arbeite freiwillig jede Nacht und jedes Wochenende. Ich habe Ihre Verachtung nicht verdient.«

Leise, überlegt antwortete er: »Ich wollte sagen, man muß es leben, um es zu verstehen. Arm *sein,* um zu wissen, wie das ist. Mit Ihnen scheint das Leben ziemlich sanft umgegangen zu sein. Sie erzählen mir, Ihr Volk in Hawai'i stirbt aus, es wird vernichtet. Warum gehen Sie nicht nach Hause und kämpfen für Ihr Volk? Ihre Geschichte findet ohne Sie statt.«

Er mußte seine Wut zügeln, wenn er mit ihr als einer Weißen sprach. Doch die Eingeborene in ihr zog ihn an, ihre Sehnsucht nach Halt in einer Familie, ihre Konfusion über ihre Hautfarbe. Umgekehrt fand Jess Mars manchmal kindlich, schien er ihr einer von denen, die, von reinen Absichten vorwärtsgetrieben, ohne nach links oder rechts zu schauen, verletzlich und kindhaft wirkten. Dann wieder hatte sie das Gefühl, wenn sie ihn berührte, liefe sie Gefahr zu verbrennen. Er war zornig, der zornigste Mann, den sie je gekannt hatte, und in diesem Zorn erstrahlte er in einer fremdartigen, erschreckenden Schönheit.

Als sie das erste Mal miteinander schliefen, nahm er sie rücksichtslos und rasch, in dem Glauben, daß sie es so wollte. Mit der Zeit wurde er langsamer, liebte sie zärtlich, geduldig, nahm Rücksicht auf das, was ihr gefiel; der Schweiß schmückte seine dunklen Schultern mit Epauletten aus Licht, zuckend paarten sich ihre Körper in wortlosem Verstehen. Dennoch war er voller Groll, er haßte ihre Privilegiertheit, ihren Mangel an Kampfgeist, ihre scheinbare Teilnahmslosigkeit gegenüber den Ungerechtigkeiten, den Widerwärtigkeiten des Lebens. Oft zog er sich von ihr zurück, vermißte sie, kam wieder, so daß sie sich seiner und seiner Gefühle nie sicher war.

Zwei Jahre lang vertrieb Mars ihr die Einsamkeit und den Schmerz über ihre Selbstverbannung von den Inseln. Wenn Jess auf die Zeit mit ihm zurückblickte, sah sie eine Zeit, in der die Stadt bedrohlicher, faßbarer und wirklicher wurde, als sie es je für sie gewesen war. Sie sah die Schrecken echter Armut, vor Hunger verkümmerte Kinder, an der Nadel hängende Teenager. Es war ein Rückblick auf Wochenenden in Harlem, an denen sie Notrufe entgegennahm, in Schichten im Lastwagen schlief, von Papiertellern aß, während über ihrem Kopf Infusionsflaschen klirrten. Geruch von Tiefkühlkost und Blut. Wochenenden, ohne sich zu waschen, ein Leben wie Guerillas, die durch Kriegsgebiete ziehen.

Als der Lastwagen endgültig zusammenbrach, spendete Jess Geld für einen richtigen Rettungswagen, und kaum sah Mars diesen Traum in Erfüllung gehen, erschien vor seinem geistigen Auge der nächste: ein halbes Dutzend freiwillige Ambulanzen in Harlem, sogar eine Bürozentrale. Jess' Anwesenheit, ihre helle Haut verursachten Spannungen, aber ihre medizinischen Kenntnisse waren unschätzbar.

»Wir können von ihr lernen«, sagte Mars seiner Mannschaft. »Unsere Wege werden kürzer, und wir können mehr Leben retten.«

Jess half, neue Freiwillige anzulernen, im Rettungswagen eine Reihe Untersuchungen auf Lebenszeichen vorzunehmen, was Zeit ersparte, wenn sie ins Krankenhaus kamen. Unter ihrer Mithilfe bildeten sie Jugendliche in Harlem als Jugendtruppe aus, deren Mitglieder Erste-Hilfe-Kurse besuchten. Manche fanden den Unterricht so aufregend, daß sie davon sprachen, Ärzte werden zu wollen, Herzchirurgen.

»Vielleicht schafft es einer von ihnen«, sagte Mars. »Und mein Junge bestimmt.«

Sein Sohn lebte bei seiner Ex-Frau in Philadelphia, ein Sportler und Musterschüler, der Kinderarzt werden wollte. »Er geht seinen Weg. Ich hab' ihm gesagt, wenn er stolpert, bring ich ihn eigenhändig um, eh' es die Drogen tun.« Mars wurde sanfter, wenn er von seinem Sohn sprach, und dann vergaß Jess seinen Zorn, die Wut, die ihn anzutreiben, ihn an seiner Vision festhalten zu lassen schien.

Eines Nachts wurde in Harlem ein sechzehnjähriger Junge überfallen, durchs Ohr geschossen und mit Bleirohren verprügelt. Blut floß

ihm in solchen Mengen aus Kopf und Brust, daß er in einer Lache zu schwimmen schien. Jess legte ihm einen Halsverband an, half ihm auf die Bahre, hielt ihm die Sauerstoffmaske ans Gesicht.
»Tief einatmen, Junge! Einatmen ...«
Doch der Puls des Jungen blieb stehen, bevor sie das Krankenhaus erreichten. Danach saß sie auf dem Parkplatz, ließ den Kopf hängen und schluchzte. »Warum? Wieso tun sie sich das gegenseitig an?«
»Warum?« Mars sah sie angewidert an. »Weißt du, wie das ist, in ein System hineingeboren zu werden, das dir sagt, du bist der letzte Dreck, ein System, das dich fertigmacht, Jahr für Jahr, bis du keine Selbstachtung mehr hast? Du verachtest dich, kannst es nicht erwarten, dein eigenes Fleisch zu töten, deine Rasse auszulöschen.« Er schüttelte den Kopf. »Nein, das wirst du nie verstehen. Deine eine Hälfte ist weiß, und die andere rennt bange durch die Gegend.«
Er stieß die Tür des Rettungswagens auf und ging weg.
Jess blieb zitternd sitzen, versuchte zu begreifen.
Nach einer Weile sprach einer der schwarzen Sanitäter leise von hinten zu ihr: »Hör zu, Jess. Ich weiß, du meinst es gut. Aber Mensch, es ist, als ... wären wir die kranken Katzen und Hunde in deiner Klinik. Du willst unsere Knochen einrichten, unsere Wunden nähen, uns gesundmachen. Das *kannst* du aber nicht, wenn du nicht weißt, wie wir ticken. Du mußt unser Blut kennen, unsere Geschichte, unser Evangelium. Du mußt wissen, wo es weh tut.«
»Ich liebe Mars.«
Er rückte ganz nahe an sie heran, bis sein Gesicht direkt hinter ihrem Kopf war.
»Nein, Baby. Du kennst ihn nicht mal. Du suchst etwas und glaubst, Mars könnte es dir geben, ein ... einen Schlüssel, eine Lösung.« Er fuhr sie nach Hause. Als er an ihr vorbei griff, um ihre Tür zu öffnen, sagte er noch: »Tut mir leid, Jess. Aber wie gesagt, du bist nicht wir. Egal, wer deine Leute sind, wir sind nicht sie.«

Als sie jetzt vom Kennedy Airport in die Stadt fuhr, konnte sie nur an Mars denken, was sie ihm mitzuteilen hatte, ihre Entschlüsse, ihre Schritte. Dann fiel ihr ein, daß er ja nicht mehr da war, und sogleich wurde das Leben außerhalb des Taxis eindimensional, flach. Zu Hause würdigte sie den Empfangsraum und die Klinik keines Blickes, ging geradewegs nach oben, legte eine Kassette ein, die Mars dagelassen hatte, John Coltrane, *Ascension.*

Sie vergrub das Gesicht in ein Hemd, das Mars vergessen hatte, und sein Geruch war wie die Musik – wild, herb, ironisch, ein wunderbarer Duft nach kirchlichen Geselligkeiten und Ausflügen, nach Gospel-Rock, Schnaps und Gelächter, nach Sklavenschiffen und Lynchen und Ermordungen und Weglaufen, nach Kummer, Poesie und Jazz. Der Geruch von einem, der ihr voraus war mit seinen Visionen, seinem Zorn, seinen Forderungen und seiner Freude an der Lebenskraft, am Leben selbst. Der Geruch eines Mannes, mit dessen Schritt sie nicht mithalten konnte.

Die Tage, mechanische Tage. Beratungen mit Anwälten, Kollegen, die ihre Praxis kauften. Treffen mit Immobilienmaklern, Kunden, ihrem Personal.

»Ich weiß, der Verkauf des Hauses wird Monate dauern«, sagte sie zu ihrem Anwalt. »Aber ich möchte, daß die Papiere für die Praxisüberschreibung so schnell wie möglich aufgesetzt werden. Ich will nächsten Monat zu Hause sein, wenn die Kaffee-Ernte beginnt.«

Sie saßen in ihrem Büro in der Klinik, Jess spielte mit einer Schere. Der Mann war ein geborener New Yorker, ein gewiefter und teurer Rechtsanwalt.

»Das ist Wahnsinn«, sagte er. »Ich rate Ihnen entschieden davon ab. Sie geben eine blühende Praxis auf, ein sechsstelliges Einkommen, um auf eine Insel zu ziehen, auf der Klempner ihre Flitterwochen verbringen. Jess, was wollen Sie da mit Ihrem Verstand anfangen?«

Ohne lange zu überlegen, griff sie nach seiner Krawatte und schnitt sie mittendurch.

Dann ein Flug nach Durham, North Carolina. Sie saß mit ihrer Tochter in einem Restaurant in der Nähe der Duke University. Das Mädchen war hübsch, grüne Augen, goldblonde Haare, die Haut von nahezu milchiger Transparenz. Jess sah eine blaue Ader an ihrem Hals pulsieren. *Daß es diesen Menschen gibt, das habe ich vollbracht. Auch wenn sie mir nicht mehr gehört.*

Sie sah ihre Tochter selten genug, um sie aus einer Perspektive betrachten zu können, die nicht vollkommen von Kummer oder

Reue verzerrt war. Im Laufe der Jahre stellte sie jedesmal, wenn sie sie sah, fest, daß ihre Persönlichkeit mehr erblüht war. Das freute Jess, dennoch fand sie, daß ihre Tochter ein wenig Kummer, ein bißchen Demut fehlten. Und doch ... wenn sie bei dem Mädchen Anklänge an die Gesichtszüge ihrer eigenen Mutter sah, ging ihr Atem anders, er schmerzte, als atmete sie mit den verletzten Lungen eines Vogels. Manchmal machte sich Jess der schwachen, merkwürdigen Hoffnung schuldig, daß sie ihre Tochter häßlich und verlassen vorfinden würde, darauf wartend, daß Jess käme und sie rette.

Sie erinnerte sich an einen Tag in der Stadt, als sie noch eine Familie waren, lange bevor sie und ihr Mann um Anna zu wetteifern begonnen hatten. Bevor Jess zu ahnen begann, daß sie diesen Wettstreit verlieren würde. Sie war an jenem Tag einkaufen gegangen, und plötzlich sah sie sie zusammen lachend die Straße entlang kommen. *So sehen sie aus, wenn ich nicht da bin,* dachte sie. *Ich bin auf das Leben gestoßen, das sie ohne mich führen.* Als sie sie sahen, hatten ihre Bewegungen, ihre Mienen sich verändert, sie hatten sich fast instinktiv zusammengenommen. In jener Nacht fand sie keinen Schlaf. Am nächsten Morgen tat es weh, aufzustehen, einer Ehe des falschen Scheins gegenüberzutreten und einer Tochter, die sie im Stich gelassen hatte.

Daß Jess' Mann ihr erlaubte, sich auf ihre Praxis zu stürzen, Überstunden zu machen, Erfolg zu haben, war ursprünglich ein gleichsam versöhnliches Entgegenkommen gewesen. Nun wurde etwas anderes daraus: kalte, absolute Apathie. Ihr war, als stünde sie in rüttelnden Untergrundbahnen, die nahe aneinander vorbeifuhren – so nahe, daß die Fenster sich zu berühren schienen. In einem Fenster ein zuckendes, flüchtiges Muränenauge, ihr eigenes Spiegelbild, von der Schwärze aufgesogen. Einst sichtbar als eine Ehehälfte, würde sie sich nun auflösen. In dem Jahr vor ihrer Scheidung hatte sie plötzlich einen leicht schiefen Gang, als sei sie eine Frau mit zwei Beinen, die sich erinnerte, einmal ein drittes gehabt zu haben. Und als Anna sich nach der Scheidung entschied, bei ihrem Vater zu leben, hatte dies Jess nicht sonderlich erschüttert. Anna war damals in einem Alter gewesen, in dem man keine Skrupel kannte.

»... und so habe ich beschlossen, heimzukehren nach Hawai'i. Das wollte ich mit dir besprechen.«
Anna machte ein erschrockenes, abwehrendes Gesicht. »Du läßt mich im Stich.«
Jess lächelte traurig. »Wir haben uns zwei Jahre nicht gesehen. Du hast mich nicht mal Weihnachten besucht.«
»Daddy ist Weihnachten immer so deprimiert.« Anna senkte den Blick, und auf einmal sah diese junge Collegestudentin sehr erwachsen aus. »Manchmal verstehe ich nicht, wieso ihr zwei geheiratet habt. Er ist ein so typischer Südstaatler, ihr seid so ... verschieden.«
»Eine Zeitlang haben wir uns geliebt.«
Anna schüttelte den Kopf. »Er sagt etwas anderes. Er sagt, du hast ihn aus Eigensinn geheiratet, weil du die Ehe deiner Eltern in deinem Kopf kitten wolltest, um sie endlich vollkommen zu machen. Er sagt, er hat dich nicht mal richtig gekannt.«
»Er meint, er *wollte* mich nicht kennen. Meine Familie, meine Herkunft. Die Eingeborene in mir. Er ist nie mit mir nach Hause gekommen. Er hat Hawai'i nie gesehen. Es war, als liebte er eine Hälfte von mir, die weiße Südstaatlerhälfte meines Vaters, und die andere existierte nicht. Nachdem wir durchgebrannt waren, hat er es drei Jahre aufgeschoben, meine Mutter kennenzulernen. Und sie war schön, Anna. Erinnerst du dich nicht?«
»Ich erinnere mich, daß ihre Haut dunkel war.« Anna fing an zu weinen. »Ich habe das Blut noch in mir, nicht? Ein Viertel hawaiisch. Angenommen, ich bekomme eines Tages ein Kind ...«
»Ja.«
»... und es ist dunkel wie ein Puertoricaner oder Mexikaner. Wie erkläre ich das meinem Mann?«
»Vielleicht erzählst du ihm, was du bist, *bevor* ihr heiratet. So halten es die Leute gewöhnlich.«
»Angenommen, er ist ein Südstaatler wie Daddy? Ich könnte es ihm nicht sagen.«
Sie schwiegen, ließen das Kränkende an der Bemerkung nachhallen. Dann stand Jess auf. »Anna, weißt du, was du bist? Du bist eine Rassistin, die sich ihres Blutes schämt. Gott helfe dir. Ich werde dich nicht mehr belästigen. Wenn du mich brauchst, du weißt, wo ich bin.«

»Warum jetzt?« Anna sah sie fragend an. »Du verdienst gut. Du könntest dir ein Sommerhaus leisten, um die Welt reisen. Warum wirfst du das alles weg, bloß um auf diese blöden Inseln zu gehen?«
Jess schlug mit der Faust auf den Tisch. »Hör zu! Ich liebe dich. Aber du bist oberflächlich und grausam. Das ist zum Teil meine Schuld. Ich hätte dir mehr Gefühl für Identität vermitteln sollen. Mehr Stolz. All die Sommer, die ich dich bei deinem Vater ließ, hätte ich dich mit mir nach Hause nehmen sollen; ich hätte dich *zwingen* sollen, Hawai'i kennenzulernen. Ich hoffe, du wirst endlich einmal erwachsen, Anna. Deine Welt ist häßlich und eng.«
Sie gingen zusammen, und doch jede für sich, zu einem Taxistand.
»Es tut mir leid. Ich liebe dich auch«, sagte Anna. »Schätze, ich bin Daddy zu ähnlich.«
Der Abschied fiel Jess leicht, weil sie nicht wußte, daß sie ihrer Tochter jetzt schon fehlte. Sie wußte nicht, konnte sich nicht vorstellen, daß, wenn sie fortging, Anna unweigerlich etwas in ihrem Innern schwinden fühlen würde.

Abends ging Jess durch die Straßen von Manhattan, und sie sah die Stadt als einen großen, langsam sinkenden Ozeandampfer, der sich mühte, sich über Wasser zu halten, während seine Kronleuchter noch strahlten. Einstürzende Brücken. Splitternde Wälle aus Glas und Chrom. Karawanen menschlicher Wracks, die durch abgenutzte Gewürzstraßen aus Abfalleimern zogen. Als sie einst hierherkam, war ihr Manhattan beängstigend, lärmend und rauh erschienen. Jetzt wirkte es nur müde und abgeklärt.
Sie dachte daran zurück, wie sie und die Stadt zusammen gereift waren, Manhattan in Gestalt des italienischen Lebensmittelhändlers, mit dem Jess die Jahre hindurch plauderte und dessen Gesicht sich langsam in ein koreanisches verwandelte, während ihres nur älter wurde. Sie fühlte eine tiefe Zuneigung zu der Stadt, diesem riesigen Basar, wo sie ein Zelt aufgeschlagen und ihr Talent verkauft hatte, die Fähigkeit, Tiere gesund zu zaubern. Sie würde Manhattan vermissen, weil sie ihm nie treu gewesen war und es sie daher nie ganz akzeptiert hatte. Und doch war es ein Refugium gewesen, eine Zuflucht. Hier durfte sie sich verstecken.
Als sie eines Abends nach Hause kam, trat sie in ihre dunkle

Wohnung und blieb erschrocken stehen; sie hatte eine leise Veränderung in ihrer Umgebung wahrgenommen, eine neue Form, wie mit dem Pinsel hingetuscht. Sie stand ganz still.

»Ich hab' gehört, du gehst weg.« Mars erhob sich von einem Sessel, klapperte mit einem Bund Schlüssel. »Ich wollte sie dir zurückgeben und mich ... ach, Herrgott ...«

Er durchquerte das Zimmer, nahm sie in seine Arme. Sein herrlicher, unerwarteter Geruch, sein Gefühl, es traf sie wie Hiebe. Jess senkte den Kopf und weinte.

»Ich weiß, Baby, ich weiß.« Seine Stimme war tief und ruhig. »Aber siehst du denn nicht, es wäre nicht gutgegangen. Außerdem hattest du deine Heimreise schon begonnen, als ich dich kennenlernte. Es war dir vielleicht nicht bewußt, aber du warst schon unterwegs.«

»Ich wußte es, Mars«, flüsterte sie. »Es ist bloß ... manchmal kreuzen Menschen unseren Lebensweg, und wir wollen sie nicht fortlassen, weil ... wer weiß, ob wir jemals wieder so empfinden werden? Du hast mich aufgeweckt, hast mir geholfen, mich zu finden. Und ich liebe dich. Ich werde dich immer lieben.«

Er setzte sich wieder, zog sie auf seinen Schoß wie ein Kind.

»Liebe. Das Wort hat so viele Bedeutungen«, sagte er. »Wenn du auf der Straße um dein Leben kämpfst, kann es ein Zehncentstück bedeuten. Ein Paar Schuhe. Es kann bedeuten, daß jemand nicht auf dich pißt, während du schläfst.« Er drückte ihren Kopf an seine Schulter. »Du wirst mir fehlen. Das ist eine Art von Liebe. Und ich bin stolz auf dich. Du hast die Dinge jetzt im Griff. Das ist eine zweite Art von Liebe. Ich weiß, ich habe dich ausgenutzt. Vielleicht haben wir uns gegenseitig ausgenutzt, aber ich glaube, wir haben es mit Anstand getan. Auch das ist Liebe. Wir haben es nicht allzu schlecht gemacht, Mädchen.«

Sie saßen die ganze Nacht, hielten einander fest, redeten, beschworen ihre Träume herauf. Bei Tagesanbruch stand sie am Fenster und sah ihm nach, als er ging.

Tagelang folgte sie Fremden durch ihr Haus, Umzugsmännern mit dem Körperbau von Preisboxern. Eines Abends stand sie in leeren Räumen, die Klinik leer, nur nackte Wände, die Einrichtung, alles weg. Und sie spürte das letzte Ausatmen der Jahre – das leise

Keuchen von Tieren in feuchten Räumen, nach operativen Eingriffen. Ihre Wange an den kalten Gitterstäben eines Käfigs. Jetzt spürte sie eine Wende, fühlte, wie sie sich drehend in Position für den nächsten Lebensabschnitt brachte.
Sie stand im Dunkeln, stand einfach nur da. Das Telefon klingelte. Als sie Rachels Stimme hörte, wurde ihr heiß und kalt. Jess dachte an jene Nacht in Ponos Haus, als sie durch die Wand auf Mings Atem gelauscht hatte, und daran, daß sie damals in Mings Sucht schließlich nur eine andere Art zu schlafen sah. Sie erinnerte sich sogar an den Pilzgeruch des Atems ihrer Cousine, als Rachel ihr sagte, daß Ming im Sterben lag.

Ka ’ano ’ano mo’o

Drachensaat

Ihr Wolf war jetzt immer da, er schlich in ihr, der Schmerz, ein persönlicher Mythos, ein persönliches Erinnern, brannte sich in ihre Knochen, vernarbte. Der Schmetterlingsausschlag breitete sich von ihrem Gesicht auf Schultern und Brust aus, ihre Brüste sahen aus wie zerstochen. Ihre Augen wirkten wie ein prähistorischer Obsidian, eine von innen angestrahlte Languste. Eines Nachts hatte Ming solche Schmerzen, daß sie die Drachensaat beiseite legte und dazu überging, Laudanum, flüssiges Opium, in ihrem Tee zu trinken. Rachel hielt die Teetasse, wenn Mings Hände zitterten, und sie wußte, Laudanum war das letzte Mittel. Danach blieb nur noch das Flehen um Gnade.

»Du mußt mich ekelhaft finden«, flüsterte sie.

»Nein.« Rachel küßte ihre Wangen und ihre kleinen Hände. »Weißt du noch, was du einmal gesagt hast? Wir alle haben unsere Sucht.«

»Ja, und sie ist so normal wie das Atmen.« Dabei wußte Ming, daß ihre Sucht mehr war als das, eine schreiende Not, der letzte Sprung über das umpeitschte Riff der Entscheidung.

Rachel sah Mings Lebenswillen langsam versickern, und eines Tages rief sie Vanya in Honolulu und Jess in New York an. Sie nahm Mings Hand, fragte sie, ob sie einen besonderen Wunsch habe, ob sie Musik hören wolle.

»Es ist alles gehört«, sagte Ming.

Rachel fragte sie etwas anderes. »Cousine, betest du?«

»Um was? Um Gesundheit? Um Verstehen? Beten ist so nutzlos, wenn deine Sinne ausgeschaltet sind. Du willst nicht mehr denken, nicht mehr Yeats oder Proust lesen, Bach hören oder auch nur das

Geschrei spielender Kinder ... Es kommt mit solcher Klarheit, das plötzliche Nichtwollen. Ja, ich bete. Daß der Drache das Rennen macht, nicht der Wolf.«

Immer öfter redete sie in Rätseln, und immer öfter ging Rachel verwirrt von ihr weg. Pono kam meistens abends, wenn Ming von Opium berauscht war. Sie stand weinend vor ihr, erinnerte sich, wie sie als junges Mädchen gewesen war, an ihr Lachen wie Mondlicht auf Wasser, tausendmal zurückgeworfen. Manchmal, des Nachts, hörte sie Rachel nebenan weinen, so voll sengendem Schmerz, daß Pono es aus ihren Gedanken verbannen mußte. Doch eines Nachts wachte sie selbst schweißgebadet und am ganzen Körper glühend auf. Im Traum hatte sie endlich das Gesicht des Leichnams gesehen, das sich ihr so lange entzogen hatte. »Ming!«

Auf einmal war das Haus voller Menschen, Mings Ehemann, Eltern, Kinder kamen von Honolulu geflogen. Und flogen wieder weg. Ming wollte sie nicht sehen, wollte niemanden sehen, nur Pono, ihre Cousinen und Run Run, die durch das Haus polterte, Gott verfluchte, versuchte, Ming ins Leben zurückzufüttern mit *laulau,* Täubchen, gefüllt mit Lotusknollen, Gerichten, deren Anblick niemand ertragen konnte.

Ming schien nichts anderes zu tun, als sich treiben zu lassen, dem Spiel wäßrigen Sonnenlichts auf den Wänden zuzusehen, Gegenströmungen von Strahlen und Schatten, die von ihrer *lanai* zurückgeworfen wurden. Das Blau der Vertiefungen unter ihren Augen wurde intensiver, als würde sie ständig im Schlaf geschlagen. Sie hatte keinen Appetit, das einzige, wonach sie hungerte, war Drachensaat.

»Wie du weißt«, sagte Rachel eines Abends, als sie und Vanya an ihrem Bett saßen, »handelt mein Mann mit Mohn, aber die Pfeife hat er mir nie erlaubt. Ich wüßte gerne, wie ist das?«

Ming sprach langsam, mit der Überlegenheit der Kennerin. »Es macht alles gütig.«

Rachel runzelte die Stirn. »Es tötet alle Empfindungen. Wie kannst du sagen, daß das gütig ist?«

»Ach, Rachel, siehst du es denn nicht? Güte ist wie Angst, sie hat weniger mit menschlichen Gefühlen zu tun als mit einer bestimmten ... Verteilung von Chemikalien im Körper. Wußtest du nicht, daß

eine Spinne, die die Tränen von jemand trinkt, der sich fürchtet, verrückt wird? Teuflische Gebilde erscheinen in ihrem Netz ...«
Rachel wandte sich an Vanya. »Sie hat den Verstand verloren. Sie redet sinnloses Zeug.«
»Sie stirbt«, sagte Vanya. »Sie muß nicht vernünftig reden.«
Dahintreibende Tage, nur Laudanum-Tropfen und rauchen, mehr wollte sie nicht. Manchmal mogelte sie, gab zusätzliche Tropfen Laudanum in ihren Tee, was sie unheimlich wach machte, so daß ihr Gehirn einem fruchtbaren Kern in einer faulenden Frucht glich.
Eines Nachts wachte sie auf und sah Pono an ihrer Seite. »Ich habe ihn gesehen, *tutu*. Großvater Duke.«
Pono schoß vorwärts, als hätte sie jemand von hinten gestoßen.
»Vor vielen Jahren. Eines Tages bin ich mit dem Schiff nach Moloka'i gefahren, zur Leprasiedlung. Ich habe ihn stundenlang aus der Ferne beim Angeln beobachtet. So ein großer, stattlicher Kopf. Ich war so stolz! Nie in meinem Leben habe ich mir so sehr gewünscht, jemanden zu berühren, seine Hand zu nehmen. Dann fuhr ich mit dem Schiff zurück ...« Ming lächelte verträumt.
»Denkst du, mein Vater konnte seine Kindheit hier vergessen? Dieses Haus ... die Gerüchte ... all die Geschichten von den ... Kopfgeldjägern?«
Pono ließ sich neben das Bett fallen und wimmerte. »Ich habe euch benutzt! Habe euch alle benutzt, um mein Schicksal zu verbergen!«
Ming setzte sich halb auf, faßte ihren Arm. »Tu es. Tu eins, laß sie ihn kennenlernen, bevor er stirbt. Großvater ist unser Bindeglied, unsere Geschichte.«
Pono sah sie an, diese langsam vergehende Frau, Abkömmling von ihrem Blut. In diesem Augenblick leuchtete Mings Gesicht, als wäre ihr Schädel ein Stundenglas, durch das Pono Sand rieseln sah, Sand, der die Sekunden ihres Lebens verzeichnete. Sie kletterte ins Bett, nahm Ming in ihre mächtigen Arme wie einen piepsenden Vogel.
»Ja«, flüsterte sie. »Ja.«

Vanya holte Jess mit dem Jeep am Keahole Airport ab. Sie fuhr wie eine Wahnsinnige, raste fluchend über Kreuzungen. Jess klammerte sich am Sitz fest, als sie in die Kaffeeberge des Kona-Bezirks hinauffuhren, durch die kleinen »Singsang«-Ortschaften, Holualoa, Kainali'u, Kealakekua, Captain Cook. Die kalte Luft biß wie mit kleinen Zähnen in ihre Wangen, aber sie fürchtete sich nicht, würde sich nicht fürchten, bis es vorüber wäre; denn sie konnte sich Ming nicht sterbend vorstellen. Vorerst war es nur ein Schauspiel, ihre Cousine im Opiumrausch, unaufhörlich im Rausch, ein Stück, das sich in einzelnen Akten betrachten ließ.

»Sie wird nicht sterben«, sagte sie. »Ming würde das Sterben als zu absolut empfinden.«

Vanya, über das Lenkrad gebeugt, verlor vorübergehend die Kontrolle, als risse ihr etwas den Lauf ihres Lebens aus den Händen. Sie faßte das Lenkrad wieder, wandte Jess ruckartig den Kopf zu. »Du blinde, egoistische *haole*!«

Jess erstarrte, als sie in Mings Zimmer trat. Ein durchdringender Geruch nach tödlicher Erschöpfung, nach todgeweihten Knochen, todgeweihtem Fleisch. Nichts rührte sich. Dann wandte ein Wesen den Kopf und sah sie an mit einem Blick, wie von Schimmel befallen. Da lag ihre Cousine in einem stockfleckigen Kimono, und es war wenig von ihr übrig. Zum erstenmal sah Jess das ganze Massaker, sah, wie der Körper eines Menschen ein Schlachtfeld werden konnte. Wie eine verheerende Flamme hatte der Lupus Mings Bauchhöhlengeflecht versengt, Gelenke, Knochenmark, Zellen; er strömte aus ihren Armen und Beinen, aus Niere und Milz, deformierte ihre Wirbelsäule, verbrannte ihre Hände zu Klauen. Und doch wehrte jeder Tropfen, jeder Zug Drachensaat ihn ab, spießte die Flamme auf wie einen Kopf auf einem Pfahl. Ming lächelte matt, und Jess erkannte, daß die Drachensaat im Moment obsiegte. Sogar die Erinnerung an Schmerzen war verwischt.

Aber ach, der Preis! Als Jess vor weniger als zwei Monaten abgereist war, hatten Mings Schmerzen vorübergehend nachgelassen, ihre lieblichen Gesichtszüge waren wieder aufgetaucht wie eine alte orientalische Münze mit erlesenen, reliefartig herausgearbeiteten Ziffern. Jetzt war sie bestürzt über die Veränderung. Mings Gesicht war erschreckend, nichts war von ihm übrig als vorquellende Augen, der Mund zerlaufen vom um sich greifenden Ausschlag. Ihre Haare waren ein Gewirr aus weißen Spinnen. Gefangen in dieser entsetzlichen Knochenhöhle, sah sie aus wie die lebendige Larve des Todes.

Jess schrie entsetzt auf. »Ming! Was ist passiert? Ich war nur so kurze Zeit weg …«

Mings Stimme glich der eines alten Weibes, das in einem dunklen, feuchten Verlies in Ketten lag. »Wer kann Zeit messen? Die Zeit mißt mich.« Unter großer Anstrengung streckte sie die Arme aus. »Bin ich zu gräßlich, um mich zu umarmen?«

Jess warf sich auf sie, umfing das magere Knochengestell. Es war so wenig übrig, fast konnte sie spüren, wie etwas die Flügel ausbreitete und Ming zum letzten Flug emporhob. »O Gott«, schluchzte sie. »Verlaß mich nicht!«

Ming schob sie ein wenig von sich. »Sei still und hör zu. Ich habe euch schon vor Jahren verlassen, dich und Rachel und Vanya … meine Existenz ist bereits eure Existenz. Verstehst du … mit der Zeit werdet ihr nicht mehr wissen, ob ihr euch an mich erinnert oder ob ihr ich *seid*.«

Jess wollte etwas sagen. Ming hob die Hand, zog sie näher zu sich, langsam, mit großer Mühe.

»*Milimili* Jess, hast du dir jemals überlegt, was dein Name bedeutet? Der Fußriemen am Bein eines Falken. Jess, das Ding, das den Falken fesselt.« Sie sackte erschöpft zusammen.

Jess legte sie sanft aufs Kissen, küßte ihr Gesicht, das kalt war wie ein gefangener Thunfisch im Dezember, wenn Hurrikane das Meer grau färbten. Sie hielt Mings Hände, bis es dunkel war, innerlich verzehrt von Kummer. Ming, der Fluß des Lebens, die Kraft, die sie alle durchströmte. Mit ihr als Schutzschild hatten sie eine Waffe gegen die Welt gebildet, sich durch alles einen Weg gebahnt. Was würde aus ihnen werden? Ein aufdröselnder Wandteppich, eine in sich zusammenfallende Komposition.

An ihrem letzten Abend – Jess wußte, es war der letzte, sie konnte es riechen –, als sie alle schluchzend in der Tür standen, winkte Ming sie zu sich.

»Versprecht mir«, krächzte sie, »kümmert euch um Toru. Ich habe ihn mehr geliebt, als er ahnen kann. Jess, bleib hier zu Hause, wo du hingehörst.«

Jess weinte, nickte eifrig wie ein Kind.

»Und denkt daran … zuerst kommt Traurigkeit, dann Verstehen …«

Matt hob sie die Arme, umarmte sie der Reihe nach.
»Allmählich werdet ihr das Gefühl haben, daß ich noch hier bin, daß ich in euch bin ... und ihr laßt mich wieder lebendig werden. Jede von euch wird sogar meine Gesten übernehmen. Eure Züge werden meine Züge sein. Alles, was klug und sanft war an mir, lasse ich bei euch.«
Ihre Stimme wurde dünn, es war, als trete eine Frau durch einen Spiegel.
»Ich werde das Gewissen sein, das in euren Genen flüstert ...«
Ganz langsam winkte sie sie fort. Und als sie die Tür hinter sich schlossen, griff Ming seufzend nach der Opiumtinktur.
Ein Jahr lang hatte sie die Tropfen gesammelt, und langsam hatte sich eine kleine Zehntelliterflasche mit der dunklen Flüssigkeit gefüllt. Jetzt hielt sie sie ans Licht, dann nahm sie das Fläschchen in den Mund.
Ihre Hände liebkosten es sie sog daran als wollte sie es verschlingen es pulsieren machen seine glatte Fläche erregte sie machte sie gierig seinen Inhalt in ihren Bauch fließen zu fühlen die Nervenenden klafften wie abgefallene Münder ihr Unterleib war lebendig wollte es wie eine Frau den Liebesakt wollte voll sein wand sich in jeder ranzigen Höhlung und fast ohne die Flasche aus dem Mund zu nehmen zog sie den Gummistöpsel heraus saugte wieder an dem schlanken Ding als wollte sie es im Ganzen verschlucken spürte den ersten Spritzer bitter brennen die Verkündigung in der Flasche fühlte den Inhalt fließen und sog und sog fühlte es in sich hinabströmen jetzt war *sie* die Verkündigung in der Flasche etwas kam zu ihr etwas rannte er kam geschmeidig und bernsteingelb sie kam wie unter Strom hellwach. *Toru.*
Die ganze Nacht hallte Wehklagen durch das Haus, Pono schrie, zog an Mings großem Zeh, wollte sie dem Tod entreißen. In der Küche hockte Run Run und drohte Gott fluchend mit ihrem Tranchiermesser. Am Morgen stand Run Run in der Zufahrt und fuchtelte mit dem Messer vor dem katholischen Priester, der sich bekreuzigte, als er wegfuhr. Er war in Mings Zimmer getreten, hatte die Pfeife und die leeren Flaschen gesehen und war geflohen, hatte ihr die Sterbesakramente verweigert wegen ihrer Gelüste nach Unflat.

Ho'omana'o

Erinnere Dich ... Erinnere Dich

In Kohala taumelte Toru über eine Weide und pfiff seinem Pferd. Eine dunkle Spur im silbernen Gras hinterlassend, preschte der große schwarze Hengst herbei und bekundete wiehernd seine Zuneigung. Toru strich ihm mit der Hand über den Rücken, barg den Kopf in seiner Mähne und weinte so heftig, daß das Pferd erschrocken davonstieb. Toru warf sich blindlings mit dem Gesicht nach unten auf die Erde.

Ming. Welche Reisen haben wir, von Drachensaat berauscht, unternommen, wie haben wir die Mauern durchbrochen! Noch einmal nahm er sie an der Hand und ging mit ihr nach Chinatown, lehrte sie rauchen, lehrte sie, die Stelle in der Wüste Gobi zu finden, wo ein Mongole ein singendes Pferd melkte. Lehrte sie, ihn anzunehmen, geschmeidig und bernsteinfarben, und Dinge zu lieben, für die sie keinen Namen hatte. *Und dann ließ ich sie wegen Heroin im Stich, eine Reise, die ich nur allein machen konnte ... Pono holte mich zurück, ein langer, beschwerlicher Weg in die Rehabilitation. Und ich fand Ming wieder, verloren an das, was ich ihr eingeflößt hatte. Eine Sehnsucht.*

Nach einer langen Weile packte er eine Handvoll hohes Gras, schien den Sauerstoff daraus zu saugen, dann stand er schließlich auf, innerlich leer bis auf die sich aufdrängenden Geschichten, die er und Ming sich hätten mitteilen sollen und sich nicht mitgeteilt hatten, all die lüsternen, gekeuchten Zwiegespräche, die den Menschen ihre Geschichte geben, etwas, um sich zu erinnern. *Paniolos,* die rittlings auf einem Zaun saßen, beobachteten von weitem, wie Toru zu einer Kiefer vom Umfang seiner Taille ging. Er stellte sich vor den Baum,

entschuldigte sich und schlug ihn, weil er nicht wußte, wie er es ertragen konnte, weiterzuleben.
Er konnte vielleicht leben ohne Mings tägliche Anwesenheit, leben ohne verbotene Nächte, in denen er ihren opiumberauschten, kindhaften Körper streichelte. Aber wie konnte er leben, ohne in ihrem Bewußtsein zu sein, wenn er einzig in ihren Gedanken an ihn existierte? Wieder schlug er mit der Handkante auf den Baum ein, einem scharfen Karateschlag. Taubheit, dann Brennen in seinem schmerzenden Arm.
Er rieb sich die Hand an seiner Überhose, dann hieb er wieder auf den Baum ein, bis ihm vor Anstrengung die Augäpfel aus den Höhlen traten. Die Männer näherten sich vorsichtig, als er den Baum umarmte und dabei sein Gleichgewicht zu halten versuchte, ihn umarmte und stöhnte, als wolle er in ihn eindringen, sich mit ihm paaren; seine Haare waren jetzt voller Nadeln, die Arme voll von Borke. Er stöhnte wieder, als hätte er einen Erguß, als wollte er mit diesem Baum ein Geschöpf zeugen, dessen Blut grün war. Wieder hieb er auf den Baum ein. Der Baum erschauerte.
»He, Mann«, brüllte einer. »Klappt nich' so gut, dein Karate. Brichst dir noch die Hand.«
Er schlug und schlug mit solcher Wucht auf den Baum ein, daß es durch das Holz hallte. Seine Hand riß auf, Blut spritzte hervor, er sah den Knochen. Ein Mannschaftsführer ritt herbei, zügelte seinen Schecken. Die Kiefer begann jämmerlich zu knarren. Dieser traurige, blinde, kummervolle Mensch, er prügelte und prügelte! Prügelte noch weiter, als der Baum fiel. Erschrockene Tauben schossen plötzlich zum Himmel, wie wehende weiße Notenblätter. Toru blickte auf, dachte an Ming und ihre Liebe zu Telemann und Bach, und er wies hinauf mit dieser Hand, dem zersplitterten Knochen, von dem sich zerfetztes Fleisch abspaltete wie Atome. Er spürte nichts, sein Schmerz saß tiefer als das Zellgewebe. Der Schock, nichts zu fühlen, warf ihn um, und er verlor das Bewußtsein.
Was jahrelang zwischen Toru und seiner Vergangenheit gestanden hatte, war nun ausgelöscht. Er setzte sich im Dunkeln auf, aufgewühlt von Erinnerungen. Kinder schwammen mit dem Gesicht nach unten in grünen Reisfeldern, aus Panzern sprossen Menschenköpfe. Zerstückelung, Menschen wurden ausgeweidet bis aufs Mark. *Ko-*

misch, der Feind sieht aus wie ich. GIs umrundeten ein nacktes Mädchen, Hände kneteten Hoden. Die Sage vom Heldenmut. Ming war die einzige gewesen, der er es erzählte. Allein das Wort auszusprechen – Vietnam – war wie das Anheben eines Schleiers vor dem Entsetzen, der Blick auf unendliches Grauen. Jetzt war er wieder dort, in einer anderen Zeit, an anderen Orten. Er ging auf Zehenspitzen, wartete auf einen Überfall aus dem Hinterhalt, tastete im Dunkeln nach Tretminen. Als er aufwachte, waren seine Nasenlöcher versengt vom Geruch der Phosphorgranaten. Er versuchte, sich davon zu lösen. Nichts war von Bedeutung, alle Hoffnung dahin. Es war eine Welt mit einer neuen Definition für das, was sie ihm von nun an verweigerte: Ming.

Er ward es müde, sich zu erinnern, ward es müde, fortzulaufen, stillzustehen. Er dachte ans Sterben, geschickt und schnell. Aber etwas preßte sich gegen ihn, genährt von Wut, und das genügte, ihn in Gang zu halten. Sein verletzter Arm war in Gips, er spazierte mit ihm wie mit einem Freund, wanderte in Tälern, über weite Felder. Er saß auf Felsen mit Aussicht auf den Pazifik, in peitschendem Regen und blendender Sonne, reglos, mit leerem Blick. Wochen vergingen, der Gram blieb, doch war er großmütig, schuf Raum für etwas anderes. Eines Tages sah Toru sich um, und er fühlte sich gespannt und gegerbt wie ein der Witterung ausgesetztes Fell. *Wozu war all das Leiden? Es muß zu etwas gedient haben. Jemand hat mir zwanzig Jahre gestohlen. Was ist mit ihnen passiert? Wie kann ich sie zurückbekommen?*

Er dachte an Ming, an das, was sie ihm immer gesagt hatte: »Finde, was deinen Zorn erhält.«

Vielleicht hatte er eine Mission – eine kläglich geringfügige Aufgabe auf der großen Waagschale des Lebens, aber fürs erste würde sie genügen.

Er stand bei anbrechender Dunkelheit im Sand, als muskulöse Paddler Mings sterbliche Überreste hinter das Riff hinausbrachten. An den von Fackeln erleuchteten Stränden entlang dröhnten Trommeln, *kahuna* sangen, während Pono majestätisch dastand und Asche aus dem Kanu streute. Die Arme hoch erhoben, blickte sie in die Tiefe, sie rief und rief, und langsam, einer nach dem anderen, und zu zweit, erschienen *'aumakua mano,* die Hai-Ahnen. Auf ihren Mäulern schillerten Partikel von Mings Asche. Sie schwammen in Kreisen, immer rundherum, und rieben sich trauernd am treibenden Rumpf des Kanus. Eine Menschenmenge hatte sich eingefunden, Schüler, Freunde; viele, die sie nie gekannt, nur von ihrem Leiden gewußt hatten, säumten den Strand. Es war eine ganz besondere Nacht.

Pono kam an Land, schüttete etwas in seine Hand. »Meine Enkeltochter, die viel für dich empfand.«

Toru blickte auf seine Hand, in der er nun die Frau hielt, die er geliebt hatte. Mit vollendeter Anmut holte er aus und warf ihre Asche in die Wellen.

»E pupukahi.« Wir sind eins.

Jess, Vanya und Rachel scharten sich um ihn. Dieser große, muskulöse, drahtige Mann, der nach Schweiß, Gras, Ochsen und Sattel roch, nach Bergen und Mythen, er, der Inbegriff ihrer Jugend, sah plötzlich schrecklich verwundet aus, alt. In den heftigen Rauschgiftjahren, nachdem er aus dem Krieg heimgekehrt war, war Ming sein Trost gewesen, seine Vertraute. Und danach? Dazwischen? Davor? Was er ihr gewesen war, wußte keine von ihnen genau. Ein junger, verträumter Verehrer? Kuppler? Geliebter? Was auch immer, er und Ming hatten sich zusammen an einen unsäglichen, unzugänglichen Ort zurückgezogen. Toru hatte sie am besten von allen gekannt.

Sie umstanden ihn, warteten auf eine Äußerung, eine Erklärung, die allem, ihrem Tod, diesem Tag, Anmut und Klarheit verleihen würde. Er sah in die Runde, wollte ihnen sagen, sie seien dumm, mittelmäßig, denn sie wüßten nichts von Schmerzen, wirklichen Schmerzen. Ming sei ein Soldat gewesen. Sie habe zu kämpfen verstanden. Zusammen hätten sie weite Reisen gemacht. Reisen, die sie erschüttern würden. Er sagte nichts.

Nach einer Weile drehte er seinen Stetson zwischen den Händen, setzte ihn auf und ging fort. Vor Vanya blieb er stehen, wandte ihr ruckartig das Gesicht zu, so daß ihre Blicke sich trafen. Er nickte kurz, schob sich den Stetson aus der Stirn und ging weiter.

In dieser Nacht, in Ponos Haus, fuhr Vanya plötzlich aus dem Schlaf. Eine Spannung wie ein elektrischer Strom durchfuhr sie. Als

folge sie einem Ruf, zog sie ihren Schlafsarong um sich und ging die Treppe hinunter. Torus Lieferwagen stand mit laufendem Motor in der Einfahrt.
»Im Kloster ... morgen nachmittag.«
»Wozu?« fragte sie.
Er atmete ein, schnippte eine Kippe über den Rasen. »Stell dich nicht dumm, Vanya. Du willst doch dabei sein, oder etwa nicht?«
Ehe sie antworten konnte, schaltete er in den ersten Gang und fuhr langsam aus der Einfahrt.
Die ganze Nacht betrachtete er das Spiel des Mondlichts auf den Wänden, Insekten, die über nackte Fußböden huschten, schnarchende Männer in Schlafsäcken. *Biwakieren ist das, Halbschlaf, kalter Schweiß, warten auf Morgengrauen und Kampf.* Doch noch war es kein Kampf, sie waren noch im Stadium des Redens. Nahebei erwachte eine herrenlose Katze und leckte sich die Geschlechtsteile. Das Mondlicht rückte weiter. Der Umriß des längst verschwundenen Buddhas schien an der Wand zu funkeln, und es erinnerte ihn an Bangkok, an safrangelbe Gewänder jungfräulicher Mönche, glitzernde Buddhistentempel. Die Zunge einer Mädchenhure, die ihn verschlang, seine Reise zum Heroin. Er rutschte tiefer in seinen Schlafsack, erinnerte sich an den Morse-Code vom Kampftraining, trommelte *Born to die* auf seine Brust, zum Sterben geboren, trommelte und trommelte, bis der Schlaf ihn übermannte.
Als sie am Nachmittag hinfuhr, hörte Vanya das Getöse schon, bevor sie die Lehmstraße erreichte, die zum Kloster abzweigte. Sie fuhr langsam über Massen von roten Jasminblütenblättern, die an den Reifen kleben blieben, durch Schwärme von Bienen, trunken von Geißblatt, und Libellen in Ingwerstauden. Die Musik war so ohrenbetäubend, daß Vanya kurz vom Weg abkam und einen Busch streifte, seine blauen Blüten zerquetschte.
Es war zornige Musik, die in ihren Kopf einschlug wie ein Geschoß. Musik, die Jahre furchtbarer Nachrichtensendungen zurückrief, Mönche in grimmiger Selbstopferung, Diem, Napalm, My Lai. Und sie fühlte die Last dieser Jahre durch sie hindurchgehen. Jemand hatte einen Knopf gedrückt, und all die Jungs in allen Gräbern auf dem Punchbowl-Friedhof erwachten zum Leben, marschierten in Formation. Die Musik wurde lauter, häßlicher.

The lunatic is in the hall
the lunatics are in my hall
the paper holds their folded faces to the floor
and every day the paperboy brings more ...

Überall schienen Lautsprecher zu sein.

The lunatic is in my head
the lunatic is in my head
you raise the blade, you make the change
you rearrange me til I'm sane.
You lock the door, and throw away the key.
There's someone in my head, but it's not me ...

Es war eine Wahnsinnsmusik. Die Musik der Apokalypse, die Musik der Männer, deren junges Leben verbrannte, als Licht durch sie hindurchfuhr, und die den Glauben an normale Dinge verloren. Toru stand in der Tür wie ein rauchendes Etwas, das im Begriff ist, in Flammen aufzugehen. Er winkte mit dem übergroßen, schmutzigen Gips, der seinen Arm wie eine graue Hummerschere aussehen ließ. Als er Vanya umarmte, konnte sie seine Muskeln surren hören, als ob alles, was hätte sein können, in ihm losgelöst sei.

»Dreh die gräßliche Musik leiser.« Sie sah Männer wie schlüpfende Larven aus ihren Schlafsäcken kriechen. »Was soll das? Was sind das für Kriegsspiele, die ihr spielt?«

Seine Worte kamen böse und schneidend, als hätte er sie zwanzig Jahre lang aufgespart. »Die Spiele sind vorüber. Jetzt treiben wir die Schulden ein.«

Sie saß stundenlang bei den Männern; einige waren Vietnam-Veteranen, einige nicht. Einige waren zornige Einheimische, die ihre Insel an die Meistbietenden gehen sahen, an Urlaubsunternehmen, Jachthafenplaner, an die Befürworter von Raumfahrtstationen. Und während sie zuhörte, Schaubilder betrachtete, Anleitungen für den Bau von Handgranaten durchblätterte, da sah Vanya ihren Sinn für Logik dahinschwinden.

»Was ist dabei zu verlieren?« fragten sie. »Die reden von Souveränität, aber wir haben nichts. Uns ist nicht mal ein Ort geblieben, um zu weinen.«

Sie redeten den ganzen Nachmittag, ein Austausch, bei dem Wut die Ware war. Alles, was sie zu tun hatten, war organisieren. Langsam erkannte Vanya ihren eigenen Drang nach Rache, nach Heimzahlung. Nach all den Jahren würde dies ihrem Leben eine Richtung geben. Sie dachte an die Jahre, die sie in Anwaltskanzleien arbeitete, als Frau Kleinkram erledigte. Die Jahre, wo sie die Medien hofierte, Reden hielt, für ihr Volk sprach. Theater, nichts als Theater.

Ich bin über vierzig, und ich habe nichts verändert.

Sie hörte zu, hörte sich alles an. Die Hawaiianer hatten es satt, Unterwürfigkeit vorzutäuschen, sie hatten genug von falscher Bescheidenheit. Ein Halbchinese schilderte, wie alkalische Dämpfe aus einem lecken geothermischen Kraftwerk sein Dorf einhüllten. Sein Gesicht war kränklich und fahl, er zeigte ihr Polaroidaufnahmen von seinen magenkranken Kindern: Sie sahen aus wie einbalsamiert. Einer nach dem anderen berichtete, die übrigen lauschten schweigend, hörten von Verfall und Verlust, vom Sterben ihrer Insel, aller Inseln.

Es war ein düsteres Bild, das sich ihnen bot: unumkehrbare Vergiftung der Korallengärten von Kaneohe; Lagerung von Kernwaffen in Waikele; Verstrahlung der ertragreichen Fischgründe bei Pu'uloa durch atomgetriebene Unterseeboote; eine geplante Güterzugstrecke auf Oahu, die die brüchigen Vulkanfundamente der kleinen Insel zerstören und das gesamte ökologische System Hawai'is erschüttern würde; und schließlich die im Bau befindliche häßliche und gefährliche H-3-Schnellstraße, die 1,2 Milliarden Dollar kostete, und das, während Schulen verfielen, Tagesstätten verrotteten, Collegestipendien für Einheimische rar wurden, unter Hawaiianern Arbeitslosigkeit, Trunksucht, Kriminalität und Selbstmord grassierten.

»Schluß mit der Ausbeutung«, sagte einer. »Hundert Jahre waren wir unterdrückt. Unserer Königin haben sie den Thron gestohlen. Die Souveränität käm' zu spät, 'n leeres Wort. Jetzt ist Zeit, es ihnen heimzuzahlen.«

»Es könnten Leute sterben«, warnte Vanya.

»So? Wir überrumpeln den Tod.«

»Was ist mit euren Frauen und Kindern? Euren Alten?«

»He, Vanya! Hast du vergessen? Wir Hawaiianer sind alles Krieger! Wart's nur ab, wirst schon sehen, wie die Leute hier bloß drauf warten!«
Sie stellte sich vor, wie sie sich auf allen Inseln versammelten, marschierten, für ihr Land kämpften. Digger fiel ihr ein, der alte Aborigine im Kakadu-Nationalpark, und sie spürte, daß sie damals einen Kurs eingeschlagen und das Ziel ihres Lebens anvisiert hatte. Sie lehnte sich zurück, sah den Männern zu, die über Landkarten grübelten, über Entwürfen zur Revolution.
Ja. Es gibt eine Verpflichtung. Die Wut muß sich offenbaren.
Und es begann, verbreitete sich unter den Einheimischen von Dorf zu Dorf, drang durch Wände wie Moleküle. Es war lediglich eine Sache der Organisation, der Entschlossenheit, der Bereitschaft zu sterben. Auf allen Inseln versammelten sie sich, Portiers und Hilfskellner, Ärzte, Lehrer und Hausmädchen, Hawaiianer, die es leid waren, geduckt und in Demut zu leben. Sie erstellten Pläne, brachten Geldspenden auf. Sie studierten Landkarten, nähten Transparente zusammen, furchtsam, aber entschlossen. Am 7. Dezember 1991, dem fünfzigsten Jahrestag des japanischen Angriffs auf Pearl Harbor, sollte es beginnen.

Nichts hielt sie auf. Touristen feixten, das Militär schob sie zurück, sperrte sie hinter Seilen ab. Würdenträger, Überlebende von Pearl Harbor, Angehörige der Toten von Pearl Harbor fuhren an ihnen vorbei, erschüttert, verständnislos. Eine Menschenkette aus Tausenden säumte die Autostraße außerhalb von Honolulu, die zum Marinestützpunkt Pearl Harbor führte, zum Arizona Memorial Center. Kein Gesang, keine Demonstration, nur der stumme, nachdenkliche Blick der Menschen, die sich erinnerten. Über ihren Köpfen große weiße Transparente, von einem Ende zum anderen bestickt, eine fortlaufende, schreckliche Reihe schwarzer Buchstaben, die die Opfer des Krieges, der Invasionen, gewaltsamer Annexionen aufzählten und die US-Regierung zur Rechenschaft zogen. Als sie in der Ferne Sirenen hörten – die Autokolonne, die den Präsidenten der Vereinigten Staaten begleitete – hoben sie die Arme höher, die Transparente bildeten plötzlich ein weißes Tüchermeer, soweit das Auge reichte. Die Limousine des Präsidenten kam näher, flankiert von Militäreskorten auf Motorrädern. Kameramänner, die gesamte internationale Presse liefen neben seiner Autokolonne her, schwelgten in seinem Profil, als er vorbeifuhr – kosmetisches Lächeln, Augen, die absolut nichts sahen – und freundlich winkte wie mit einem Zauberstab. Militärpolizisten lehnten an den Seilen und drängten die mit Transparenten bewehrte Menge zurück. Und die Leute waren still und zuckten mit keiner Wimper, als der Präsident der Vereinigten Staaten vorüberfuhr.

Und was ging unterwegs in ihm vor? Kam er zu einer Erkenntnis? Regten sich in ihm die Gespenster der Invasion, der Vorherrschaft? Oder sah er durch seine getönten Fensterscheiben nur etwas Verschwommenes, Weißes, von dem sich schwarze Lettern abhoben:

ERINNERE DICH AN BAGDAD ... ERINNERE DICH AN PANAMA ... ERINNERE DICH AN NICARAGUA ... ERINNERE DICH AN GUATEMALA ... ERINNERE DICH AN DIE FALKLAND-INSELN ... ERINNERE DICH AN ARGENTINIEN ... ERINNERE DICH AN EL SALVADOR ... ERINNERE DICH AN KAMBODSCHA ... ERINNERE DICH AN LAOS ... ERINNERE DICH AN KENT STATE ... ERINNERE DICH AN MONTGOMERY, ALABAMA ... ERINNERE DICH AN MISSISSIPPI ... ERINNERE DICH AN DIE SCHWEINEBUCHT ... ERINNERE DICH AN MIKRONESIEN ... ERINNERE DICH AN BIKINI ... ERINNERE DICH AN HIROSHIMA ... ERINNERE DICH AN NAGASAKI ... ERINNERE DICH AN ALAMOGORDO ... ERINNERE DICH AN MANZANAR ... ERINNERE DICH AN TULE LAKE ... ERINNERE DICH AN DAS MASSAKER VON HILO ... ERINNERE DICH AN LILI'UOKALANI ... ERINNERE DICH ... ERINNERE DICH ... ERINNERE DICH ...

Und als am Ende der Präsident weinend am Denkmal für die U.S.S. *Arizona* stand, die Hand auf dem Herzen wie ein Operntenor, und die Welt aufforderte: »Erinnert euch an Pearl Harbor!«, an seine Waffenbrüder vor fünfzig Jahren – 1 200 junge Männer verwundet, als Japan angriff, 2 400 lagen noch immer in diesem nassen Grab –, da weinten die Menschen, da schlug die Welt die Augen nieder.

Den Rest durfte die Welt nicht sehen – die Schnellstraße kilometerweit voll schwitzender Menschen, die leuchtende Transparente hielten. Sie sah die kilometerlangen Reihen von Einheimischen

nicht, die heftig und lange um ihre eigenen Pearl-Harbor-Opfer weinten – zufällig getötet in dem Chaos, das auf Japans Angriff folgte, verbrannt, verstümmelt durch die amerikanische Fliegerabwehr. Die Einheimischen weinten auch um die jungen *Haole*-Seeleute, die in der *Arizona* begraben waren, und um die hawaiischen Jungs in Guadalcanal und Anzio, Korea, Vietnam, die Krüppel in Veteranenheimen, um die Toten auf dem Punchbowl-Friedhof und um die lebenden Toten, die Drogensüchtigen, die Ausgestoßenen.
Und als der Präsident der Vereinigten Staaten Pearl Harbor verließ und auf demselben Weg zurückfuhr, da flatterten die Transparente immer noch oben, und die Worte spiegelten sich in seinen getönten Scheiben. Erinnere Dich ... Erinnere Dich ... Erinnere Dich ... Als er näher kam, ergriff Rachel zitternd Vanyas Hand, und sie hoben ihr Transparent höher, und Jess umklammerte Torus Hand, und so wie sie nebeneinander standen, bildeten die vier eine Aufeinanderfolge von Farben, die der Zusammensetzung der Menschenmenge entsprach: bernsteinfarben, mahagoni, milchweiß, gelbbraun. Der Präsident sah einen Moment hinaus, einen abschätzigen Ausdruck in den blassen Augen; was da draußen stand, war eine unbedeutende Minderheit, ein paar Querulanten, nicht weiter beachtenswert.

Hinter seiner Wagenkolonne fuhren dunkel gekleidete Männer in schlichten Autos langsam vorüber und filmten die Menge auf Video. Und immer noch hielten die Menschen die Transparente hoch, blickten böse in die Kameras, wiesen kampflustig auf ihre T-Shirts: MALAMA'AINA ... ALOHA 'OHANA – das Land erhalten, die Familie lieben –, nicht gewillt, ihre Gesichter zu verbergen, sich abzuwenden.

Der Tag war zu Ende, Hände klatschten im kühlen, erfrischenden Wind. Nebel kam auf, linderte schmerzende Handgelenke. Manche Leute konnten die Arme gar nicht mehr sinken lassen. Ihre Ellbogen waren wie erstarrt, die Finger an die Transparente geschweißt. Und dann, mit einem langen, ungeheuren Seufzen, wehte der Wind die Transparente herunter. Erschöpft rollten die Menschen sie zusammen, umarmten sich, schüttelten sich die Hände und schlurften nach Hause, in das Dunkel der Nacht.

Doch leisen Schritten gleich ging hörbar im Dunkeln etwas neben ihnen her – den Arbeitslosen, den Obdachlosen, Familien, die in Pappkartons lebten, in den blauen, jurteähnlichen Zelten im neuen Armenviertel von A'ala Park. Und was sie leise in der Luft ertönen hörten – was zwischen ihnen zu schweben schien wie Asche, sogar in ihre Träume sickerte –, das war ein einziges schlichtes Wort, ein Laut. Kinder erwachten aus dem Schlaf, unheimlich munter, Ehepaare setzten sich auf wie heimliche nächtliche Lauscher. Und was da durch die Gassen, die schmutzigen Straßen, die Behausungen aus Pappkartons zu schweben schien, was die kleinen blauen Zelte von A'ala zu erhellen schien, das war dieses eine Wort: HULI. Revolution.

Die alten Leute erschauderten, ihnen war das Wort aus anderen Jahrhunderten noch in Erinnerung; Erinnerungsketten reichten zurück bis in die Tage der Krieger. Denn in dem Wort lag etwas Heiliges, Angestammtes, fast Vergessenes: Heldenmut. Die Menschen schliefen wieder ein. Der Morgen würde die üblichen Schicksalsschläge bringen, wie jeden Tag, an dem sie zu überleben versuchten. Aber Tage, vielleicht Wochen später kehrte das Wort in der Eingebung eines Augenblicks zurück, floß in die Gespräche ein. HULI. Es war jetzt mit ihnen. Es verbreitete sich, füllte die Leere ihres Lebens.

He mohai o na maka

Und die Augen wurden ihnen geöffnet

❖

Auf ihren Wirbelsäulenstock gestützt, kämpfte Pono gegen eine Furcht an, die nahezu unerträglich war. Sie ging in ihrem Zimmer auf und ab, ein unnatürliches Leuchten in den Augen, die Schultern erschlafft von der Anstrengung, sich aufrecht zu halten. Unten tappte Run Run umher, trug ganze Armladungen voll Plumeria, Heliconia, Orchideen, Paradiesvogelblumen in die Zimmer. Immer, wenn sie sich ängstigte, verwandelte sie das Haus in einen Dschungel. Jetzt waren Flüche aus der Küche zu vernehmen; Run Run rupfte offenkundig ein Huhn, knetete dann schlechtgelaunt *poi.* Unversehens erschien sie oben, zerkratzt und zerbissen von Ula, dem Mungo, den sie versehentlich angesengt hatte.

»Du!« jammerte sie, auf Pono deutend. »Nach all den vielen Jahren nimmste mich nich' mal in die Arme und tröstest mich! Ich hab' Ming auch verlor'n. War fast mein Liebling, das Mädchen.«

Pono durchquerte das Zimmer und umarmte sie innig. »Ach, Run Run, verzeih! Berühren ist so neu für mich, mir ist bange davor.«

Run Run kuschelte sich in Ponos mächtige Arme, putzte sich die Nase und seufzte. »Gibt Dinge, die mußte fix lernen, Pono. Das Leben, das schleicht sich langsam weg von uns.«

Pono sah aus dem Fenster, über die Kaffeepflanzungen hinweg aufs Meer. »Mein Herz ist hart gewesen. Ich war gemein und böse. Aber tapfer. Meinst du, sie werden Mitleid haben mit mir?«

»Wer weiß?« sagte Run Run. »Du hast nie gezeigt, was Mitleid is'. Jetzt kannste ihnen bloß noch sachte die Zukunft beibringen.«

»Und die Vergangenheit.«

Run Run starrte sie an. »Was haste vor?«
Pono schauderte, beugte sich vor, als suche sie einen Platz, sich zu verstecken. Sie dachte an ihre Enkelinnen, an die Narben ihrer Töchter, die in verschiedenen Schattierungen verheilt waren.
»Ich werde diese Frauen, meine Töchter, immer in meinem Leib behalten, und die Erinnerung an ihre Geburt. Alles, was ich tun kann, ist die Frucht *ihrer* Leiber zu befreien. Und dazu ist es vielleicht zu spät.«
Einen Augenblick wurden das Haus, das Land ringsum ganz still, als hätte das Leben mit Ming aufgehört. Und Pono versuchte, sich dieses Land, dieses Haus ohne ihre Mädchen vorzustellen, ohne den Schlag ihrer Herzen, der alles belebte. Wasser würde zu fließen aufhören, Vögel und Blumen würden verschwinden, Feldfrüchte, alles Leben würden vergehen.
»Mutter Gott«, flüsterte Run Run. »Warum haste so lange gewartet? Warum jetzt, nach so vielen Jahren?«
»Weil ich alt bin; meine Sinne werden taub, der Schmerz ist erträglich. Oder ... vielleicht tu ich es aus Eitelkeit.«
»Ja, eitel biste wohl, Schwester. Aber wennste das tust, dann isses nich' für dich, auch nich' für Duke oder Ming. Du tust es für *kahe koko,* den Blutstrom, für *'aumakua,* den Ahnenstrom. Die Sachen, die du ihnen erzählen willst, die haben jahrelang gewartet. Aufgeschrieben von der Hand der Großnutter deiner Mutter. Die Mädchen, die haben immer mit leeren Händen gelebt in der Welt. Jetzt gibste ihnen ihr Schicksal.«
Pono fühlte sich plötzlich gefährlich, hochexplosiv. Sie hatte vor, ihr Leben in Worte zu fassen, es mit den Lippen zu formen. Und alles würde sich ändern.
»Run Run, hilf mir! Etwas tief in mir geht durch eine Mauer!«
Run Run bekreuzigte sich, legte die Arme um sie, hielt sie wie ein Kind. In diesem Zimmer, in all den alten Räumen dieses Hauses fühlten sie Furcht sich zusammenballen wie Gewitterwolken.

Sie lehnten sich zurück und lauschten auf das Schnaufen und Quietschen von Ponos altem Buick mit dem ramponierten Kühlergrill. Ponos Vorarbeiter hatte sie vom Flugplatz abgeholt und fuhr sie auf dem längeren Weg nach Hause, auf dem alten Mamalahoa

Highway, der kurvig aufwärts führte durch Holualoa, Kainali'u, Kealakekua, dieses Archipel aus von Vokalen geprägten »Singsang«-Orten, alten Kaffeedörfern, Ansammlungen von rostigen kleinen Blechdachschuppen unter majestätischen Topffruchtbäumen, erfüllt vom fruchtigen, weinigen Geruch der Kaffeekirschen. Jess kurbelte das Fenster herunter, schnupperte den süßen, landeinwärts treibenden Duft eines Kona-Abends, ein Duft nach Dschungel, Meer und fruchtbarem Boden, vermischt mit dem von Holzkohlenfeuern, in denen Guavenstrünke und Kokosnußrinden verbrannten. Etwas zerrte an ihr, ein Pochen war in ihren Rippen, wie eine Vorahnung. Es überlief sie kalt, sie wäre am liebsten immer so weitergefahren und in der Geborgenheit des Wagens eingeschlafen.

In Kainali'u kamen sie an Kimuras Stoffgeschäft vorbei, Frau Kimura fegte gerade den Bürgersteig. Sie blickte auf, als das Auto vorbeifuhr, und winkte. Jess, Rachel und Vanya lächelten sich zu, in Erinnerung an vergangene Jahre, an die kleine Frau Kimura, die wie ein Schmetterling zwischen ihren Stoffen hin und her flatterte, an ihr Gesicht, das zwischen Ballen von Baumwolle, Seide, Batikdrucken hervorschoß, während Pono über den Preis nachsann.

»Dieses Blumenmuster, gefällt es Ihnen? Die Farbe steht Ihnen viel besser, oder?«

Stunden, oft ganze Nachmittage hatten sie zwischen all den Stoffmustern zugebracht – Stoffen mit Papageien oder Orchideen, in schreienden Farben und in kühlen Pastelltönen. Während Pono und Frau Kimura sich den neuesten Klatsch erzählten, ließen sich die Mädchen auf den Hartholzboden fallen, tranken Coca Cola, lehnten sich mit den Köpfen an Glasvitrinen, in denen uralte Hershey-Schokoriegel und Säcke mit japanischen Reiskuchen verstaubten. Nebenan spielte ein ramponierter Plattenspieler Lieder aus der *West Side Story*.

Jetzt blickte Jess sehnsüchtig hinter sich, sah Frau Kimura kleiner und kleiner werden, während Vanya den Vorarbeiter fragte, ob Pono und Run Run sie mit ihren Transparenten im Fernsehen gesehen hätten.

Er schüttelte den Kopf. »Hat keiner gesehn. Wirklich schade. Bloß 'n kurzer Artikel in die Zeitung.«

Toru, der vorne saß, drehte sich herum. »Ich hab's euch ja gesagt. Die ignorieren uns so lange, bis es mal brennt.«
Jess spürte wieder das Pochen in den Rippen, ein diffuses Unbehagen, als ob zu Hause etwas auf sie alle wartete. Sie beugte sich vor, stupste den Fahrer an. »Laß uns beim Hotel Manago anhalten. Heute ist der richtige Abend für Schweinekoteletts.«
Der Vorarbeiter grinste und schüttelte den Kopf. »Ihr seid *pau,* ihr Mädels, wenn ihr Zeit verschwendet. Kann mich glatt mein' Job kosten. Außerdem ...« Er drehte sich nach hinten um. »Eure *tutu,* die hat was vor. Wie ich aus 'm Haus bin, war sie ganz fein angezogen ... richtig elegant.«
Blicke schossen hin und her, dann zog sich jede in ihre Ecke zurück.
Pono stand auf der Veranda, als sie aus dem Wagen stiegen, doch dann kehrte sie ihnen, schwer auf ihren Stock gestützt, den Rücken zu und ging ins Haus. Sie traten langsam ein, spürten wieder die feuchte, kühle Luft in den Fluren, sahen das gespenstische Sonnenlicht in jedem Raum. Hier war der Ort ihrer Kindheit, ihre Zuflucht vor einer Welt, die sie korrumpieren wollte. Doch jedesmal, wenn sie zurückkehrten, fühlten sie sich erst recht korrumpiert durch das, was jedes Zimmer verschwieg.
Pono kam nicht zum Essen. Sie merkten es kaum, denn ihre Aufmerksamkeit ruhte gebannt auf Run Run, die zurechtgemacht war, wie sie sie nie gesehen hatten. Das graue Haar hatte sie mit Jadekämmchen aufgesteckt; die geschminkten Wangen gaben ihr das Aussehen blühender Gesundheit. Sie hatte sich zarte schwarze Augenbrauen aufgemalt und duftete nach Jasmin. Die elfenbeinfarbenen Arme lugten aus einem *cheongsam* aus hellblauem, mit gelben Chrysanthemen geblümten Satin. Sie wirkte sehr aufgeregt und dabei geheimnisvoll und zerbrechlich.
»Run Run?« Vanya hörte sich ängstlich an. »Warum bist du so angezogen? Was ist los?« Die anderen starrten nur vor sich hin.
Run Run blickte auf ihren Teller, schüttelte den Kopf, bedeutete ihnen, still zu sein. Aber sie aß nicht. Niemand aß. Es war so still, daß sie die Sauggeräusche der kleinen Klauen der Geckos an der Decke hörten. Jess blickte hinauf und sah durch grüne Haut ein winziges blaues Herz schlagen.

Schließlich griff Run Run nach einer Gabel und führte einen Bissen zum Mund. »Eßt«, flüsterte sie. »Langsam kauen, wie immer.«
Rachels Stimme brach im Falsett eines alten Mannes aus ihr hervor. »Das ist wieder mal typisch für sie. Theater! Geheimnisse! Run Run als Requisit benutzen. Uns nach Hause rufen und uns dann ignorieren. Ming ist tot. Das einzig Beständige in meinem Leben ist dahin.« Sie stand auf, warf ihre Serviette hin. »Ich geh' zurück nach Honolulu.«

»Setz dich!« Run Run sprach mit solcher Autorität, daß sie selbst sich unwillkürlich umsah, als hätte jemand anders gerufen.

Nach einer Weile räumte Run Run die Teller mit dem kaum angerührten Essen ab und trug mehrere Schalen auf. Sie waren mit Jakarandablüten ausgelegt, darauf lagen in Scheiben geschnittene Mangos, Papayas, Kiwis. Tiefgelb, orangerot, grün – grelle, fast zu strahlende Farben. Sie starrten sie nur an.

Dann brachte Run Run Ingwertee und Flaschen mit Pflaumenwein. »Trinkt«, sagte sie. »Damit der Schock euch aus den Gliedern fährt.«

Während sie sprach, öffnete Pono die Flügeltür zum Wohnzimmer, das sie selten benutzte. Sie trug ein langes Samtkleid mit Schleppe, purpur-schwarz wie die Lippen eines Hirsches. Die Haare hatte sie wie eine Krone um den Kopf gewunden, so daß sie einer Königin glich. Staub stieg im Zimmer hinter ihr auf und umgab sie mit einer Gloriole.

»Bringt Wein und Gläser, bitte. Und Kissen und Fächer, damit ihr es euch bequem machen könnt.«

Ein Pfau hüpfte über den Flur, blieb in der Tür stehen, entfaltete dann langsam, majestätisch seinen prächtigen Schwanz, während die türkisfarbenen Augen sie ansahen. Auf der breiten Türschwelle putzte er sein Gefieder, dann drehte er sich zu Pono um.

Pono griff sich ans Herz und stöhnte. *Ich gestehe, ich habe Erinnerungen ...* Duke hatte den Kopf an ihre Brust gelehnt ... *Pfauen, die über gebohnerte Fußböden hüpften. Du trugst ein Pariser Kleid. Wir haben Walzer getanzt ...*

Ihre Enkeltöchter saßen ihr gegenüber im Halbkreis auf alten Sesseln, aus denen modriger Kapok hervorquoll. Run Run teilte Wein in kleinen Gläsern aus, und als sie fertig war, nahm sie sich

den Sessel neben Pono. So saßen sie sich gegenüber wie zwei Parteien, hier Run Run und Pono, dort Ponos Enkelinnen.
Sie hat die Seite gewechselt, dachte Jess. *Wir sind ganz allein.*
»Ich habe Ming ein Versprechen gegeben, als sie starb«, begann Pono. »Das ist mit ein Grund, allerdings nur ein kleiner, weshalb ich mit euch sprechen will.«
Ihre Gesichter waren ihr zugewandt, und in ihren Zügen erkannte Pono plötzlich Züge ihrer Mütter: diese Wehrlosigkeit und Traurigkeit um die Augen, aber auch einen Hang zur Härte, die leicht in Haß und Bosheit umschlagen konnte.
»Ich werde reden und reden, stundenlang. Und wenn ich fertig bin, werdet ihr andere Menschen sein. Vielleicht wollt ihr mich dann nicht mehr sehen.«
Sie sah Vanyas Haut dunkler werden, bis sie diesen tiefbraunen Ton der Einheimischen annahm, wie immer, wenn sie wütend oder ängstlich war. Vanya legte abwehrend die Arme um sich, so daß ihre Bluse von ihrem Pulsschlag zitterte.
Pono begann. »Mein Leben wurde zu einem großen Teil im Schatten gelebt ...«
Sie schüttelte den Kopf, sah zu Run Run hinüber, die die Augen niedergeschlagen hatte.
Sie begann noch einmal. »Eine Mutter hat eine Verpflichtung gegenüber ihren Töchtern. Ihnen alles zu vermitteln, was sie zum Überleben brauchen.« Einen Moment lang sah Pono ihre Töchter vor sich, in jenen langen, für immer entschwundenen Jahren, Mädchen in gestärkten blauen Uniformen, weißen Söckchen, Lederschuhen. Sie fuhr sich mit der Hand übers Gesicht. »Ich habe bei meinen Töchtern versagt. Ich habe mit zehntausend Zungen geschwiegen. Auf diese Weise habe ich sie zerstört.«
Die drei sahen sie stumm an, zu erschrocken, um sich zu rühren.
»Mings Mutter, Holo, meine Älteste, hat viel gewußt. Sie hatte zuviel gesehen. Ich habe sie abgestumpft, damit sie schwieg. Ich habe ihr ihre Sprache genommen.«
Sie sah Vanya an. »Vor deiner Mutter, Edita, hatte ich Angst. Sie war sprühend, verlangte nach Liebe. Ich sorgte dafür, daß sie Distanz hielt. Ich ließ ihr Herz erstarren.«
Sie drehte sich ein wenig, blickte Jess an.

Jess nickte. »Ich weiß. Meine Mutter ist mit einem *haole* durchgebrannt.«

»Emma. Ich habe sie fortgeekelt.«

Rachel stand auf, als wollte sie fortlaufen, aber ihr Gehirn erteilte den Beinen keinen Befehl. Sie ließ sich auf den Sessel zurückfallen.

»Meine jüngste Tochter, Mina ... ich habe sie verächtlich gemacht.«

Ein ganz leiser Laut war zu hören, ein Schluchzen, dann schweres Atmen, als sei das Zimmer voll keuchender Hunde. Nach einer Weile sahen sie, eine nach der anderen, Pono wieder an, tauchten ihre erschrockenen Blicke in Lichtflecke. Pono wußte nicht, was sie sahen: nämlich wie das Lampenlicht auf ihrem Gesicht flackerte und den tiefen Gram in ihr zum Vorschein brachte, all die tochterlosen Jahrzehnte, als die Abwesenheit ihrer Töchter, ihre Distanz zu Pono und zueinander sich wie eine tagtägliche Kreuzigung über Ponos Leben verteilte.

»Viele Menschen hassen und fürchten mich. Einige sagen, ich sei *kahuna,* halb Hai, und daß mir im Wasser Flossen am Rücken wüchsen. Sie sagen, Ula, der Mungo, sei mein Ehemann, den ich verhext hätte, damit er mir diese Plantage gibt. Daß ich ihn verflucht und in ein Nagetier verwandelt hätte, das sich von anderen Nagetieren ernährt. Manche sagen, ich hätte prähistorische Gelüste, daß ich mich mit Kraken paare, daß der Stich von großen Skorpionen mich erregt. Sie sagen, ich hätte Run Run durch einen Zauber zu meiner Sklavin gemacht und daß ich sie in meiner Nähe halte, damit ich im Vergleich schön erscheine. Nichts davon ist wahr. Meine große Sünde war Ehrgeiz. Ich bin absichtlich streng mit euch gewesen, damit ihr die Fähigkeit zu überleben entwickelt.«

Sie schenkte ein Glas Wein ein, sah es zittern, sah, wie das Glas halb leer wurde, bevor sie es an den Mund hob. Sie setzte sich, fühlte, wie die kühle Abendluft den Schweiß, der ihren Hals hinabrann, verdunsten ließ. Sie fächelte sich, tauchte ein Taschentuch in Wasser, wischte sich die Stirn. Run Run saß jetzt auf dem Fußboden, die Arme um die Knie geschlungen, wie eine junge *Lei*-Binderin, ein Blumenmädchen am Fuße des Aloha Towers in den fünfziger Jahren, als die Menschen noch Vergnügungsreisen machten.

Pono fuhr fort: »Ich habe nie Trost gespendet. Deswegen habt ihr

gelernt, euch nur aufeinander zu verlassen, einander zu vertrauen. Nicht nur auf euer Leben bezogen, auch auf die Erinnerung aneinander. Auf den Ruf einer jeden. Ja, ihr kritisiert euch, lehnt euch gegenseitig ab und streitet viel. Aber ich habe gesehen, daß ihr euch auch gegenseitig verteidigt. Getrennt leidet ihr, sehnt euch nach den anderen. Zusammen seid ihr wie kleine Mädchen, sogar heute noch. Und, oh!, ich habe euch beneidet. Ich weiß, ihr werdet Ming auf immer in euren Herzen bewahren, ich sehe sie schon in eurer Haltung, euren Gesten. Ihr seid die Quelle eures gegenseitigen Lebens. Das habt ihr ohne mich erreicht. Ich bin stolz auf euch.«
»Du? Stolz?« fragte Vanya. »Warum sollen wir dir glauben?«
»Weil ihr mutig seid.«
Pono stand auf, umrundete das Zimmer, hielt sich dann an der Rückenlehne des Sessels fest, als würde sie ohnmächtig.
»Jetzt werde ich euch eine Geschichte erzählen. Wenn ich fertig bin ... werdet ihr wissen, wer ihr seid.«
Aus Gründen, die ihnen unbegreiflich waren, begann Run Run in diesem Moment zu weinen. Sie war auf einmal nicht mehr die muntere, liebenswerte, reizbare alte Köchin, Ponos rechte Hand, diejenige, die die Schlüssel verwahrte, sondern schien sich trotz ihrer Runzeln, ihres von fünfundsiebzig harten Jahren krummen Rückens, ihrer gelben Pferdezähne und Ingwerwurzelfüße rückwärts zu entwickeln, zu einer jüngeren und immer jüngeren Version ihrer selbst. Langsam wurde ihnen deutlich, daß Pono, als sie »erzählte-was-war«, auch Run Runs Geschichte erzählte.
Und Pono begann:
»Im Leben eines jeden gibt es jemanden, der darauf wartet, ihn zu erretten. Heute glaube ich das. Ich wußte es nicht, als ich diesen Fremden zum erstenmal erblickte, der auf den Wellen ritt, auf einem Ding, das ich für einen langen, festen Leichnam hielt. Ein Brett zum Wellenreiten. Er sah mich, wußte, daß ich zu ihm gehörte, wußte aber auch, daß ich es noch nicht wußte. Ich war verletzt, und er nahm mich mit zu sich nach Hause, pflegte mich und wartete geduldig. Bis ich entdeckte, daß ich zu ihm gehörte, es von ganz allein entdeckte.
Sein Name war Duke. Duke Kealoha. Er wohnte in einem Haus voller Porzellan und Linnen, einer Auffahrt, die beschirmt war von

hohen Eisen- und Eukalyptusbäumen. Es war und ist dieses Haus, wo ihr zu Frauen herangewachsen seid. Ich habe mir immer vorgestellt, daß er euch im Schlaf betrachtete, euch bewachte. Und wenn ihr nachts in euren Schlafsarongs wie kleine flackernde Kerzen durch die Flure huschtet, stand er vor dem Haus, ging in der Einfahrt auf und ab und verscheuchte laut rufend die nächtlichen Heerscharen, die draußen ihr Unwesen trieben. Und er bat sogar die Geister seiner Ahnen, leise aufzutreten, damit ihr euch nicht erschrecktet ...

Bis er kam, war mein Leben ein halbes Leben. Er brachte mir bei, mich zu kleiden, er bürstete sogar meine Haare, rieb meine Hände, die rauh waren vom jahrelangen Plantagenleben, mit Kukui-Öl ein. Er bestellte mir Kleider aus Paris und Hongkong. Ich hatte Wildlederhandschuhe und die passenden Schuhe dazu. Und er war kultiviert, ließ Gemälde und Schallplatten aus dem Ausland kommen, Bücher aus London und Japan. Er zeigte mir Landkarten, erklärte mir die Welt und erzählte mir von all den fremden Sprachen. Er las mir vor; sogar schreiben versuchte er mich zu lehren, doch das wollte ihm nicht recht gelingen. Wir blieben für uns, und die Leute redeten, denn wir waren jung und hochmütig, mit gutem Aussehen gesegnet und gespannt auf die Zukunft ...

Dukes Familie war königlicher Abstammung. Er erzählte mir ihre Geschichte, die zurückreichte bis hin zu einem Heilkundigen, der Kamehameha dem Großen diente. Ich erzählte ihm von Mathys Coenradtsen, dem holländischen Walfänger, der eine Tahitin heiratete, die Tochter eines großen Häuptlings aus Papeete. Das waren unsere Vorfahren, eure Ahnen ...

Am meisten brachte er mir über die Kaffeeplantage bei, über Bodenbeschaffenheit, Regenfälle, ideale Höhenlagen. Über Düngen und Pflanzen. Über Pflücken und Verarbeiten. Aber damals schien mir das alles sehr kompliziert. Ich war jung, und es langweilte mich, deshalb kehrten wir bald zu den Büchern zurück, zum Plattenspieler, wir tanzten zu den neuesten Liedern aus Europa und New York, stellten uns vor, auf einem Luxusdampfer zu sein, der den Atlantik überquerte ...

Und mit der Zeit erfuhr ich, weshalb wir für uns blieben, was seiner Familie widerfahren war: Sie hatte eine schreckliche Krankheit im

Blut. Die Verwandten, die verschont blieben, waren geflohen. Damals, müßt ihr wissen, hatte die Plantage einen Namen, ein Stigma. Haus des Todes. *Die Leute sagten, Duke sei ansteckend, seine Arbeiter würden die Krankheit in die Stadt tragen. Es war natürlich ...* ma'i Pake. *Irgendwann bildete sich ein Fleck auf seinem Arm. Nach und nach liefen seine Kaffeearbeiter davon, alle bis auf Tang Pin, den Vater von Mings Vater. Und bald darauf kamen die Kopfgeldjäger ...*
Und wir haben uns im Waipi'o-Tal versteckt, monatelang lebten wir wie Nagetiere im Busch. Manchmal war es ein Paradies, denn wir waren ringsum von Natur umgeben, aber manchmal blickten wir ins Angesicht des Todes. Ein falscher Schritt, und man wäre einen Felsen hinabgestürzt. Ab und zu schlichen wir heimlich hinunter ins Tal und ans Meer, und dann lebten wir tagelang von Fischen. Manchmal aßen wir wochenlang nur Wurzeln.
Wir waren nicht die einzigen; es versteckten sich noch mehr Menschen mit dieser Krankheit in dem Tal. Wenn wir konnten, teilten wir mit ihnen, was wir hatten. Hie und da sah man verkohlte Menschenknochen; hier hatten Anverwandte ihre versteckten Angehörigen, die gestorben waren, verbrannt. Manchmal hörten wir nachts gellende Schreie, wenn Kopfgeldjäger den Versteckten auf die Spur kamen. Dukes Krankheit breitete sich aus, seine Haut eiterte ...
Ich war siebzehn. Über ein Jahr versteckten wir uns im Tal. Und als ich eines Tages in einen Bach blickte, sah ich ein häßliches Weib; ich war sehr alt geworden. Duke sagte, ich sei immer noch schön, auch wenn ich verhungert aussähe. Sein Zustand wurde schlimmer, viel schlimmer. Vielleicht wäre er im Dschungel gestorben; die Natur kann grausam sein. Doch eines Nachts, nach all den Monaten, die uns für allezeit miteinander verbunden hatten, eines Nachts fanden sie uns. Als wir aufwachten, hatten die Kopfgeldjäger uns schon gefesselt ...
Und sie führten uns aus dem Tal. Und denkt euch, die Leute haben um ihn getrauert. In den Dörfern weinten sie. Auf den Docks fielen sie auf die Knie, als unser Schiff auslief. Er war ihnen der edelste Repräsentant der hawaiischen Rasse gewesen, er hatte alles verkörpert, Würde, Tapferkeit und Gerechtigkeit. Als man ihn fortbrach-

te, sagten die Leute, ein Löwe sei aufgestanden und habe das Land verlassen ...«

Sie schwieg eine Weile und sah aus dem Fenster hinaus in die Nacht. Sie spürte eine unendliche Leichtigkeit, eine allmähliche Entleerung, fühlte sich wie ein riesiger Schwamm, der aus sich herauswrang, was er ein Leben lang in sich aufgenommen hatte. Heute nacht würden Gefühle und Kummer sie überwältigen, doch in diesem Moment sah sie nur, wie gesprochene Worte – dieser ruhige, nahezu märchenhafte Bericht – ihr Zugang zu einer Welt verschafften, die bis zu diesem Erzählvorgang unsichtbar geblieben und daher nicht wirklich gewesen war. Sie sah ihre Enkeltöchter an, und auch sie hatten sich ein wenig verändert, Kummer und große Ruhe sprachen aus ihren Gesichtern. Sie sahen Pono mit großen Augen an. Die Haltung ihrer Körper war jetzt entspannt, ganz auf Zuhören eingestellt.

Pono fuhr fort: *»Von da an lebte ich in einem Zustand des Losgelöstseins. Ich stand außerhalb der Zeit. Und ich lebte mit Schuldgefühlen, verfluchte Gott wegen meiner vollkommenen Gesundheit. Seht, ich hatte mir die Krankheit gewünscht, mich nach* ma'i Pake *gesehnt, um immer bei Duke sein zu können. Als ich allein war, auf der Flucht, und wie eine Wilde lebte, fühlte ich mich vor Angst wie zugeschnürt. Ich hatte kein Geld, stahl armen Bauern Lebensmittel, tötete ihre Hühner mit bloßen Händen. Ich stahl ihnen ihr Werkzeug, begann jeden Tag mit einer Axt. Und eines Tages, unter einem Malvenstrauch, legte sich ein Schal aus gelben Blütenblättern um meine Schultern. In meinem Leib regte sich etwas, Dukes Kind ...*

Ich brachte sie in einem Bambushain zur Welt, auf Gras, so dick und warm wie frisch gebackene Brotlaibe. Anschließend schlug ich mich zu Dukes Plantage durch, aber die Leute fürchteten sich vor ma'i Pake, *und weil sie wußten, es war sein Kind, bewarfen sie mich mit Steinen. So lief ich fort. Ich habe dieses erste Kind, Mings Mutter, Holo genannt, denn sie wurde auf der Flucht geboren. Einige Jahre lebten wir auf einer Zuckerplantage. Dort hat man mir die Seele herausgeschnitten. Es war schmutzige und gefährliche Arbeit. Die Arbeiter versuchten, sich gewerkschaftlich zu organisieren, und einige wurden getötet. Ich dachte, Duke sei längst tot, denn die meisten Menschen mit dieser Krankheit wurden nicht alt.*

Man hatte ihn in die Kolonie auf Moloka'i gebracht, den Ort namens Kalaupapa. Ein Gewerkschafter half mir, ihn ausfindig zu machen. Ja! Er lebte ...«

Die Erinnerung ließ sie innehalten. Sie blieb eine Weile stumm.

»Und so fand ich ihn. Und dann verlor ich ihn aufs neue. Ich durfte nicht auf Kalaupapa leben. Ich hatte nicht ma'i Pake. *Ich war immun. Ich zog nach Honolulu, nach Chinatown, nähte Kleider für Straßendirnen und Plantagenarbeiterinnen. Und sooft ich konnte, stahl ich mich auf den Dampfer nach Moloka'i und blieb eine Weile bei Duke in Kalaupapa. Dann kam die Depression der dreißiger Jahre, niemand konnte sich neue Kleider leisten ...*

Ich setzte mich an Straßenecken und sagte den Leuten mit meinen Träumen wahr. Ich war keine kahuna, *insofern ich keine langen heiligen Gesänge und Rituale kannte. Aber ich hatte die Gabe des Traum-Sehens, der Prophezeiung. Ich war mit* mana *geboren. Wenn ich* kahuna *war, dann als* kahuna na, *eine Hüterin. Das Geheimnis, das ich hütete, war Duke, mein Leben. Filipinos waren meine besten Kunden, zarte, einsame Männer, die von Träumen lebten. Ich versteckte philippinische Streikende, die für anständige Löhne und Arbeitsbedingungen kämpften. Seht ihr, die Gewerkschaft war übers Meer gekommen ...«*

Sie sah Vanya an. »Du wärst stolz auf mich gewesen.«

»Jahre vergingen, eine zweite Tochter kam, dann noch eine, und noch eine. Duke vermachte mir die Plantage, aber sie war heruntergekommen. Ohne Geld und Arbeiter konnte nichts angebaut werden. Tang Pin lebte dort mit seiner Frau und seinem Sohn, er beaufsichtigte niemanden, kümmerte sich nur um das Nötigste und nur, weil ich es wünschte. Weil ich gut zu ihnen gewesen war, halfen mir philippinische Streikende, in Kalihi ein kleines Haus zu mieten, damit eure Mütter nicht in der Nähe der Huren und Lasterhöhlen von Chinatown aufwachsen mußten. Die einzige redliche Arbeit gab es in der Konservenfabrik. Das war gar nicht so übel. Finger zu verlieren war derart alltäglich, daß es fast einem Verwundetenabzeichen gleichkam. Und ich hatte durch die Fabrik mein Einkommen. Dazu kam Geld von den Filipinos. Sie hatten keine Familien und liebten deshalb meine kleinen Mädchen abgöttisch, paßten auf sie auf, wenn ich in Kalaupapa war ...

Ich habe hart gearbeitet und für meine Töchter gesorgt. Uniformen, katholische Schule. Aber ich war keine gute Mutter. Ich habe sie so eingeschüchtert, daß sie in meiner Gegenwart nicht zu lachen wagten. Sie gingen auf Zehenspitzen durchs Leben. Dann kam der Zweite Weltkrieg, und auf den Inseln wurde alles anders. Eure Mütter wurden schnell groß. Eines Tages war ich fünfunddreißig. Dann warfen sie die Bombe, und der Krieg war zu Ende. Und eine nach der anderen liefen eure Mütter fort, heirateten, verschwanden. Wer konnte es ihnen verdenken. Ich habe ihnen nie Liebe gezeigt ... ich habe sie kaum berührt ...«

Pono zögerte, sie streckte die Hand nach Run Run aus, die jetzt leise weinte.

»Eines Tages schwemmte eine tsunami *Run Run wieder in mein Leben. Sie hatte es schwer, versuchte, ihren Enkel allein aufzuziehen. Ihr Sohn war gestorben, die Mutter verschwunden. Run Run rettete mich, rettete, was von mir übrig war. Sie schenkte mir etwas, das ich nie gekannt hatte: Freundschaft, die Liebe einer Frau. Wir wurden wie Schwestern. Eines Tages fanden wir dich, Rachel, an meiner Tür. Wir kamen mit dir und Toru hierher auf die Große Insel und versuchten, die Plantage wieder in Gang zu bringen. Das waren harte Jahre! Pflanzen, beschneiden, pflücken, über Bodenverbesserungen nachdenken. Aber wißt ihr, das Land nahm uns gefangen, wie es das eben tut ...*

Ja, es war viel Arbeit. Kaffeebäume wiederbeleben, die in den Pflanzungen verwildert waren. Die schlechten entfernen. Kleine Kisten mit jungen Kaffeepflanzen aus Baumschulen holen, sie in Reihen in nasse Erde setzen, zusehen, daß sie nicht zuviel Sonne bekamen. Alles Arbeit im Bücken, mörderische Arbeit, abends konnten wir uns nicht gerade aufrichten, wir liefen herum wie kleine alte Weiber. In den ersten Jahren haben wir alles allein gemacht. Drei, vier Jahre vergingen, bevor die jungen Bäume trugen. Viele gingen ein. Trockenheit, Unkraut, Ratten, Krankheiten ...

Und, oh!, die Erntezeit! Die Mittagssonne in Kona, wie weißes Feuer und grauer Staub. Und der Saft der Kaffeekirschen, klebrig wie Harz, ätzend, die Haut sprang einem davon auf. Und dann das weintraubenartige Fruchtfleisch der äußeren Hülle, bevor man zu der Bohne kam, dieser übersüße, fruchtige Geruch, der einen berauschte, von dem einem übel wurde. Und der Schweiß, schmieriger, ingwerfarbener Schweiß, der einem am Körper klebte. In manchen Jahren haben mich die endlosen Kaffeefelder erschöpft. Wohin das Auge sah, reihenweise alptraumhaftes Grün. In manchen Jahren betete ich um den Tod, er schien eine notwendige Erholung. Aber wir sind nicht gestorben. Wir haben in zehn Jahren kein einziges Mal Pause gemacht ...

Und wieviel Schönheit es gab! Wolken von Kaffeeblüten wie Gardenien im Frühling, die ihr als ›Kona-Schnee‹ kennt. Die Nebel- und Regenzeit. Dann die reifen Kirschen. Die Pflücker kamen mit ihren Lastautos und pflückten die ganze Nacht, und ihre Fackeln beleuchteten die Spinnennetze auf den Kaffeebäumen und die dunklen, glänzenden, lachenden Gesichter. Im Sonnenlicht harkte man dann die Bohnen auseinander und trocknete sie auf dem Sonnendach, anschließend schleppten Esel Jutesäcke mit Bohnen. Abends schimmerten die Kaffee-Verarbeitungswerke wie an einen Berg gehängte Schmuckstücke. Darin klapprige alte Maschinen, die die Bohnen schälten und sortierten. Und was für eine Aufregung, wenn vollbeladene Fuhrwerke, Lastwagen, Pferde auf dem Weg waren von den Werken zum Hafen, wo die Bohnen nach Honolulu verschifft wurden!

Jahr für Jahr haben wir hart gearbeitet, und dann kam der Erfolg. Noch heute, alt wie ich bin, gehe ich manchmal auf die Felder, pflücke immer noch. Ich sehe mich um, Mexikaner, Mikronesier, Filipinos arbeiten für mich, ein alter Hawaiianer. Und mein Herz wird durchströmt von einem Gefühl für alle die verschwitzten Gesichter, für diejenigen, denen Bückarbeit immer noch Lebensunterhalt ist. Ich zahle ihnen bessere Löhne als irgend jemand, übernehme die Krankenversicherung für ihre Familien, schicke ihre Kinder aufs College. Ja, irgendwie habe ich gelernt, gütig zu sein. Manchmal möchte ich den Arbeitern von dem Mann erzählen, der mir dieses Land gab. Ich tu's natürlich nicht. Ich kann nur den Boden bestellen, die Plantage am Leben erhalten, zum Gedenken an ihn bewahren ...

Und wenn ich euch dieses Land hinterlasse, hinterlasse ich euch sein Vermächtnis. Duke Kealoha. Wir hatten ein gemeinsames Leben, ein herrlicher Teppich, aus Resten gewirkt. Wenn einem nur die Reste vergönnt sind, brennt sich das Leben tief in die Seele, jedes Wort, jeder Lichtbogen, den man sieht, ist ein Sakrament. Er war mein Leben. Der Vater eurer Mütter. Ich habe gegen alle Gesetze verstoßen, habe alles riskiert, Krankheit, Gefängnis, sogar von Torpedos hätte ich beschossen werden können, als ich damals im Krieg zu ihm ging. Er war meine Bestimmung. Er ist es noch. Mein Ziel, wohin ich jeden Monat gehe ...

Sie verstummte, alle schwiegen, sprachlos, wie vor den Kopf geschlagen.

Dann sah Jess Pono verwirrt an. »Wohin du gehst ... du meinst sein Grab in Kalaupapa? Wann ist Großvater gestorben?«

Run Run wiegte sich laut schluchzend auf dem Fußboden.

»Gestorben?« flüsterte Pono. Dann wurde ihre Stimme fest. »Versteht ihr nicht? Er lebt. Er ist, wer ihr seid.«

Aus Rachel brach etwas hervor, ein heller Schrei. Vanya neben ihr zitterte heftig, hielt sich die Hände vor den Mund.

Da weinte Pono. Jeglicher Verstellung ledig, senkte sie den Kopf und weinte. »Er *lebt.*«

Und sie waren eine Sippe, und sie schluchzten und holten tief Luft, und ihr Blut wallte auf. Sie erhoben sich, traten vor, alle drei im selben Moment. Als Pono sie hörte, hob sie die Hände vors Gesicht, als kämen sie, um sie zu schlagen. Und sie beugten sich vor, umfingen sie, die so gebrochen war und so mutig, umfingen sie in einem Ansturm von Armen.

Kupuna kane
Großvater

❖

Er saß in dem alten Tanzpavillon, der längst verfallen und verwittert war, hinter ihm in Nebel gehüllter Dschungel, hohe bucklige Felsen, die ihn vor der Welt abschirmten. Langsam drehte er sich in seinem Rollstuhl im Kreis, immer rundherum, so daß Meerstranddschungelfelsen zu einem verwischten Fleck verschmolzen. Als er anhielt, sah er den Friedhof vor sich, kilometerweit schimmernde Grabsteine in der Sonne. Die Krieger von Kalaupapa.

Er schüttelte den Kopf, schaltete sein kleines Transistorradio aus. Die Berichte von den Feierlichkeiten zum fünfzigsten Jahrestag des Angriffs auf Pearl Harbor hatten Erinnerungen an die Kriegsjahre geweckt, als Patienten freiwillig die ganze Nacht auf den Felsen Wache hielten, die Nerven gespannt, die Herzen pochend wie Preßlufthämmer, und mit Ferngläsern Ausschau hielten nach auftauchenden japanischen U-Booten, nach feindlichen Flugzeugen, die auf den Stränden landeten. Und sie hatten Opfer gebracht: Lebensmittel waren rationiert, Benzin, sogar Arzneimittel. Kleider wurden aus Lumpen hergestellt, Tabak aus Keulenlilienblättern. Wer Finger hatte, saß den ganzen Tag und wickelte Verbände, die anschließend durch Dampf desinfiziert und zu Krankenhäusern verschifft wurden. Wer Augen hatte, sammelte Blech und Abfall. Doch im großen und ganzen war der Zweite Weltkrieg nicht nach Kalaupapa gekommen, als hätte der Feind gewußt, was er tat.

Dann kamen die Soldaten aus dem Krieg zurück, es gab Paraden, Angehörige bekränzten die Heimkehrer mit *lei*. Diese Dinge mußten die Patienten von Kalaupapa sich in ihrer Phantasie ausmalen, aber vielleicht, so meinten einige, war ja der ganze Krieg nur ein Phantasiegebilde gewesen! Trotzdem feierten sie den Tag des Sieges über Japan, Kirchenchöre sangen, und sie veranstalteten Siegestänze, hier, in diesem Pavillon; die Patienten spielten Klavier, *ukulele,* Baßgitarre und Trommel, begleitet von den hellen süßen Tönen von Trompete und Tenorsaxophon. Lippenlose, fingerlose Musiker, die improvisierten, die gewagt falsch spielten.

Und, oh!, die Tanzenden! Einige konnten kaum mehr als schlurfen auf ihren verstümmelten Füßen, und doch suchte sich jeder seinen Partner, leugnete für ein paar Momente das Entsetzen, das ihn bald schon wieder umfangen würde. Soldaten kamen nach Hause, aber die meisten Menschen hier sollten ihr Zuhause nie wiedersehen. Ihre Krankheit würde sie überdauern. So wie bei Johnny, der Tangoschlange, zart, selbstbeherrscht, die Haare glatt zurückgekämmt wie ein Filmstar, eleganter Schnurrbart, Zigarette schräg im Mundwinkel, lange, schlanke Beine, strammer Po. Wie eine Peitsche war er damals über die Tanzfläche gefegt. Obwohl er Blut hustete, wetteiferten die Frauen darum, ihn als Partner zu haben, mit diesem feurigen, ekstatischen Kerl ein Paar zu bilden.

Oder Lomi, deren Gesicht wie massakriert war, die Wangen unheimliche Krater, der Mund ein klaffender Schlund. Aber wenn sie *hula* tanzte – Hüften und Schenkel schwingend, die langen Arme wellenförmig bewegend wie werbende Seeschlangen –, dann stöhnten die Männer, und ihre Augen trieften von Begierde. Es gab freilich noch schlimmere Fälle: Manche sahen aus wie alte Ruinen, deren zerfallene Fundamente von Moos überwuchert waren. Einige waren nur noch Torsos, andere hatten Gliedmaßen wie Riesengemüse.

Und doch gab es auch Schönheit. Laue Nächte, in denen sich das Kreuz des Südens im Meer spiegelte, das Universum der Sterne, und dann die Lieder, *»Sweet Lorraine«*, *»Toot Toot Tootsie Goodbye«*, *»The Sheik of Araby«*. Wilhelmina Lono, die, auf Stöcke gestützt, *»I'll Get By«* sang wie ein Engel. Schwingende, karmesinrote Papierlaternen, die die Tänzer abwechselnd in Licht und Schatten tauchten. Der Duft nach Jasminblüten und Jasminparfüm. Rum, der einem in der Kehle brannte, und Coca Cola. Das Glitzern eines Ohrrings. Nächte, in denen Rotwild aus dem Dschungel trat, die Nasen schwarz wie Trüffel, die Ohren gespitzt, die Augen leuchtend hinter dem Bambusrohr.

Es hatte Abende gegeben, an denen auch Duke mit Partnerinnen über die Tanzfläche glitt, gebieterisch, stattlich. Doch meistens saß er nur da und dachte an Pono, und wenn er dem Gewoge der Tänzer zusah, schien es ihm manchmal, als sei der Pavillon ein luftiges, schwebendes orientalisches Grabmal geworden, worin den früh Verstorbenen alles bereitet war, was sie für das Leben nach dem Tode brauchten: Musik, Nahrung, Kleidung, Parfüm, sogar Haustiere. Und sie tanzten weiter, mit Anmut und Entschlossenheit, als wollten sie ihr bevorstehendes Dahinscheiden beschleunigen.

Jetzt neigte er den Kopf zurück, blickte zum Himmel und dachte an die verlorene Vergangenheit, an Erinnerung und Wahrheit, und daß erinnern leichter war als glauben. Erinnerung war selektiv, sie siebte das Entsetzen aus. Das Entsetzen über die ganz Jungen, die, gnädigerweise, jung starben. Männer mit Gesichtern wie Leinwandidole, die in Windeseile verfielen. Und Reklameschönheiten, die von ihren Angehörigen immer noch Kosmetika geschickt bekamen, obwohl sie ohne Profil sterben würden, die Nase weg, das Kinn. Tausende, so viele Tausende, ein jeder entsetzlich einmalig, wie von einem wahnsinnigen Bildhauer geschaffen, jeder mit anders verstümmelten Gliedmaßen, hier eine in die Knöchel hinein verkürzte Hand, dort vom Brand zerfressene Füße, elefantenhafte Ohrläppchen. Fleisch wie eiternde Ornamente, lippenloses Lächeln, Augenhöhlen wie verbranntes Fett.

Die Lepra machte vor gesellschaftlichen Schranken nicht halt. Da gab es Straßendirnen, Töchter aus gutem Hause und würdige alte Damen, Lehrer, Nichtstuer und Bauern, Bettler und Schwerreiche. Manche starben schnell. Andere – wer wußte warum? – hielten aus, zwanzig, vierzig, gar sechzig, siebzig Jahre. Manche Patienten waren Intellektuelle gewesen, sie konnten Griechisch und Latein. Manche waren Kenner von Chopin, Brahms und spielten ihre Platten wieder und wieder, lauschten und weinten, weil die Kunst bereichern, aber nicht heilen konnte. Sie konnte sie nicht zurückführen in die Welt der Normalen.

Und doch, wir haben mit Würde gelebt. Vielleicht haben wir intensiver gelebt als sie.

Wer konnte es aufnehmen mit der Leidenschaft von KimChee, einem hawaiisch-koreanischen Halbblut, die Duke vor langer Zeit ihre Liebe erklärt hatte. Wenn sie mit ihm tanzte, befühlte sie seine Brust, seine Arme, genoß es sichtlich, daß er so muskulös war.
»Ich hör', du bist diese Hexe treu, diese Pono. Aber ich wart' auf dich, Duke, bis sie *pau* ist mit dir.«
KimChee war blind, ihre Augen nur leere, tränende Höhlen – eine ramponierte, wilde Frau, die eine Hand immer an ihrer um die Hüfte geschnallten Pistole hatte. Ob ein Mann sie wollte oder nicht, KimChee schleppte ihn auf die Tanzfläche, drückte ihre ausufernden Körpermassen an ihn, richtete ihre Pistole auf ihn und riß ihm das Hemd herunter (wer wußte, ob die Waffe geladen war?). Das Tanzen machte sie längst nicht so verrückt wie die anderen, nur wenn sie mit jemandem Tuchfühlung hatte, Brust an Brust, und seine Hüften und Knie an ihre stoßen fühlte. Manchmal schnappte sie sich einen blinden Mann, dann torkelten und polterten die zwei herum wie Fässer im Laderaum eines Schiffes. Oder sie fand einen mit einem verkümmerten Bein, der mit ihr hin und her über die Tanzfläche pendelte wie ein wildgewordenes Metronom. KimChee machte das nichts aus. Was sie liebte, war Musik, Bewegung, das Pumpen eines anderen Herzens.
Es gab Patienten, die nur zuschauen konnten, weil ihre Gliedmaßen so furchtbar aufgequollen und deformiert waren, daß sie sich kaum fortbewegen konnten und zum Pavillon gefahren werden mußten. Dort saßen sie dann oder lagen halb, Krücken und Stöcke neben sich, ihr Atem ging laut und kratzend. In manchen Nächten jedoch spülten die Lieder ein wenig von den Schmerzen fort und berauschten auch diese Menschen. Lachend richteten sie sich auf, stützten sich gegenseitig und wiegten sich, mit ihren Stöcken und Krücken winkend, wie Elefanten, die die Stoßzähne ihrer Toten wiegen.
Die Tanzenden jubelten ihnen dann zu und tanzten weiter, tanzten aus vollem Herzen, als wäre der Pavillon eine Palette, auf der sie alle Schönheit, die in ihnen geblieben war, ausdrückten, so daß alle Farben der Trauer und des Verlangens und des Wahnsinns für einen Moment überdeckt waren. Und sie tanzten, bis die Musik sich erschöpfte und die Nacht verblaßte. Und im trüben Licht des anbrechenden Tages, inmitten verschwitzter, zerfetzter Kleider und

verlorener Schuhe, suchten sie ihre Blicke, neigten sie die Köpfe einander etwas näher zu, lauschten sie einer auf des anderen Atem. Und sie hofften. Hofften, daß dieses Leben ein langer, böser Traum gewesen sei und sie endlich aufwachten. Zärtlich, aufmerksam berührten sie ihre Gesichter, die eigenen und die der anderen, vereint in dem tiefen Verlangen, zu genesen, geheilt zu werden, vollständig und ganz in die Welt zurückzustolpern. Doch was sie fühlten und hörten, was sie wahrnahmen, war nur Verschleiß, Zerstörung und Zerfall. Und ein süßlicher Geruch im Fleisch, ein Reißen in den Lungen. Manche lachten, ihnen schwindelte von ihrem eigenen Trümmerfeld, wenn sie ihr Spiegelbild in den Augen ihrer Partner sahen.

Während die müden Musiker ihre Notenblätter einpackten, zitterten die Stimmen der Tanzenden wie atmosphärische Störungen, man beeilte sich fieberhaft auseinanderzugehen, um sich in Zimmern ohne Spiegel niederzulegen und in den Schlaf zu schluchzen. Liebende, die sich am Strand gepaart hatten, schleppten sich nach Hause und zogen die Vorhänge zu, die Männer erschöpft vom Erguß, während nebenan die Frauen sich das Sperma aus der Scheide spülten. Das Blut, das sie im Liebesakt angetrieben hatte, trieb nun ihre Hirne an.

Keine *Ma'i Pake*-Kinder, im Ei schon war der Tod.

Mitte der vierziger Jahre ermöglichten Sulfonamidpräparate in vielen Fällen eine Heilung der Lepra. Doch für die schon Verwüsteten gab es keine Heilung. Kratergesichter, eingesunkene Körper; Nieren, Lungen und Herzen geschwächt von jahrelangen medizinischen Experimenten. Viele entschieden sich, in Kalaupapa zu bleiben, nachdem sie so lange außerhalb der Außenwelt gelebt hatten. Die starrenden Blicke fremder Menschen würden nur eine andere Form der Verheerung sein.

Das Orchester schrumpfte auf eine kleine Kapelle zusammen, aber die Musik spielte weiter. Die Tanzschritte wechselten von Jitterbug zu Cha-Cha-Cha, dann zu etwas Mühevollem namens Twist; manche improvisierten dazu eine nicht ganz so schwierige Mischform, die sie *Hula*-Twist nannten. Doch die Tänzer wurden weniger und weniger, allmählich ruinierten große Risse die Tanzfläche des Pavillons. Banyanwurzeln brachen aus einer Zementecke hervor. Die

Säulen neigten sich leicht, als würden sie lauschen. Und als die Patienten zu alt wurden zum Tanzen, kamen sie wenigstens, um in Erinnerungen zu schwelgen, sie saßen in ihren Rollstühlen neben dem Tanzpavillon und erzählten sich lachend von früher.
»Weißt du noch, Jitterbug-Thaddeus, wie der getanzt hat, bis seine Schuhe matschten wie Galoschen, voll Schweiß. Jesus Maria und Josef!«
»Und KimChee, das blinde, wilde Ding, aus der Hüfte raus hat sie gezielt ... *Auwe!* Das Leben ist uns lang geworden ohne all die andern.«
Der Pavillon verkörperte für sie all das, was ihnen an Jugend, Anmut und Träumen vergönnt gewesen war. Und in manchen Nächten sogar an Liebe, die animalische Wärme von jemand, der sie in den Armen hielt, mit ihnen und in sie hinein atmete. Das Leben nahm ihnen immer mehr fort – Freunde, Gesundheit, sogar die Erinnerung. Manche Alten vergaßen ihre Freunde, vergaßen die weit zurückliegenden funkelnden Tanznächte. Doch hin und wieder zog etwas draußen beim Strand, ein Säulenbau, ihren Blick auf sich. Und sie lächelten, ohne sich recht zu erinnern. Und erinnerten sich doch. Eine schluchzende Klarinette. Glitzernde Pailletten auf einem Kleid. Mondlicht auf einem jungen Mann, der sich bewegte wie ein Matador. Sich drehende Paare, schemenhaft, hochmütig.

I'm the Sheik of Araby / your love belongs to me /
at night when you're asleep / into your tent I'll creep ...

Duke lächelte, senkte den Kopf auf die Brust und nickte ein.

Ponos Anspannung hielt sie alle in einer Art Bann. War sie still, erstarrten sie. Erst wenn Pono wieder in Bewegung geriet, schienen sie wieder zu atmen. Meistens aber bedachten sie sie mit beflissenem, ängstlichem Lächeln, diese Frau, diese majestätische, liebende, dennoch nach wie vor einschüchternde Mutter ihrer Mütter, die ihnen endlich ihre Geschichte offenbart hatte.
Sie langte nach vorn, tippte Toru auf die Schulter. »Du fährst wie ein Verrückter.«
Toru verringerte das Tempo des alten Buick, sah sich im Wagen

um. Vanya saß neben ihm, auf dem Rücksitz Pono zwischen Jess und Rachel, die ihre Hand hielten wie kleine Mädchen.
Er grinste. »He, ich krieg' Verstärkung! Endlich kommt noch 'n Mann ins Haus!«
»Er ist ein alter Mann«, sagte Pono. »Und was ich vorhabe, bringt ihn vielleicht um. Du solltest mit uns kommen, Toru. Du bist uns beiden wie ein Enkelsohn.«
Toru schüttelte den Kopf. »Nichts für mich. Ich bleib' mit dem Vorarbeiter hier, seh' zu, daß alles bereit ist, die Arbeiter sauber, die Pflanzungen ...«
Pono seufzte, als er in die Schnellstraße zum Keahole Airport einbog. »Die Pflanzungen ... das Land ... ja! Das Land.« Sie betrachtete die anderen, eine jede sorgfältig gekleidet wie zum Kirchgang. »Ich hoffe, was ich euch in diesen zwei Tagen erzählt habe, war nicht umsonst. Freiheit ist abhängig von Landbesitz. Ich kann euch das nicht tief genug einprägen.«
»Aber das hast du getan«, sagte Jess leise. »Alles bedeutet jetzt etwas. Das Haus, die Plantage ...«
»Jetzt? Erst jetzt, weil ihr plötzlich einen Großvater aus Fleisch und Blut habt?« Pono beugte sich vor und sah Jess ins Gesicht; ihr altmodischer Federhut versperrte ihr die Sicht. »Nun, Jess? Du weißt so viel und bist doch naiv. Du denkst, Land bedeutet bloß Bäume und Boden.«
Sie wies mit dem Finger nacheinander auf jede Enkeltochter. »Du und du und du. Ihr marschiert, kämpft für euer Volk, aber sobald ihr wegseht, treten euch die *haole* auf die Schleppe!«
»Was meinst du damit?« fragte Vanya.
»In Kona sagen die Leute, daß meine Enkeltöchter sich zu fein sind, um sich um die Plantage zu kümmern, daß ihr, wenn ich sterbe, sie an den Meistbietenden verkauft.«
Rachel schüttelte den Kopf. »Dummes Gerede.«
»Das ist kein Gerede! Immobilienmakler, deren Kunden die Plantage wollen, sind bereits an den Vorarbeiter herangetreten. Widerwärtige Dilettanten, die Weingärten in Kalifornien besitzen, reiche Schlangen, die damit angeben wollen, daß sie in Hawai'i Kaffee anbauen. Sie warten nicht mal, bis ich tot bin. Und die einheimischen Erzeuger, reiche Konkurrenten wie die Familie Sugai, würden

meine Pflanzungen nur zu gerne mit den ihren vereinigen. Aber sie würden sich nie hinter meinem Rücken anschleichen. Nur *haole* tun das ...«

»Was hat der Vorarbeiter ihnen gesagt?« fragte Jess.

Toru lachte laut. »Zakaria läuft neuerdings immer mit seiner Remington 'rum, ihr wißt schon, die, an der er dauernd herumwienert. Das letzte Mal, wie so 'n Immobilienmakler schnüffeln kommt und fragt, ob Pono Geld braucht, hat Zakaria dem seine Visitenkarte in die Luft geschnippt und ein paarmal in den Staub geschossen.«

Gelächter im Wagen, dann wurden sie wieder ernst.

»Dieser Mann, euer Großvater, ich bin viele Male für ihn gestorben«, sagte Pono. »Mehr als sechzig Jahre habe ich gewartet! Mutter Gott, ihr Mädchen seid alle um die Vierzig und wißt noch immer nicht, was Liebe ist.« Sie sah aus dem Fenster, wischte sich die Augen. »Aber nicht seinetwegen sollt ihr die Plantage lieben, euch auf die Erde knien, ihr Leben einhauchen, sie nähren.«

Sie hielt inne, lehnte sich zurück und fächelte sich, dann tat sie einen langen, tiefen Atemzug. »In der Geschichte hat noch nie jemand Achtung für diejenigen gehabt, die kein eigenes Land hatten. Wißt ihr, warum die Hawaiianer hundert Jahre lang von den Weißen verachtet, geknechtet, nur als halbe Menschen angesehen wurden? *Weil unsere Könige unser Land weggegeben haben.* Die *haole,* ob Missionare oder Kaufleute, haben sie behext, sie haben die Majestäten verleitet, unser kostbares Land gegen ihre Bücher, ihre Bibel, ihre Kinkerlitzchen einzutauschen. Ja, das geschriebene Wort ist mächtig, aber auch Könige können Fehler machen. Und so haben wir bezahlt. Ihr Mädchen wißt das alles, aber ich will auf etwas anderes hinaus.«

Toru fuhr langsamer, hörte zu; denn er wußte, was jetzt gesprochen wurde, war wichtig.

»Seht, das Land gehört uns nicht. Wir gehören dem Land. So ist es immer gewesen, auch als wir unter einem Feudalsystem lebten, lange bevor die *haole* kamen. Aber das können die *haole* nicht sehen. Sie benutzen unser Land, um sich selbst zu schmücken. Und so geschmückt geben sie sich der Täuschung hin, daß sie überlegen sind. Diejenigen Hawaiianer, die dumm und habgierig sind, verkaufen mit ihrem Land ihre Ehre für leichtes Geld, dann stellen sie fest, daß die Weißen sie auslachen, sie für primitiv, für träge halten, für unkultiviert. Denn wer sonst würde sein Land auf diesen kleinen, herrlichen Inseln verkaufen? Und wenn die Weißen dann unser Land haben, bringen sie uns nichts Vorbildliches bei – sie lehren uns nur, uns selbst zu verachten, Almosen zu nehmen, unser Fleisch zu schädigen mit Alkohol, der Nadel.«

Sie zögerte, sah Toru an, fuhr dann fort: »Aber – und darauf will ich hinaus – *haole* werden allmählich eine Minderheit in der Welt. Eine so absolute Minderheit, daß sie langsam wie Souvenirs aussehen. Sie werden bedroht, überlistet von Afro-Amerikanern, wirtschaftlich überholt und überboten von Japanern, in Mittel- und Südamerika meistenteils gehaßt ...«

Vanya sah sie perplex an. *»Tutu,* so habe ich dich noch nie erlebt, so ... informiert.«

»Was denkst du denn, was euer Großvater und ich sechzig Jahre gemacht haben, bloß schnäbeln wie die Turteltauben? Er ist sehr gebildet, er spricht drei Sprachen. Er verfolgt die Nachrichten, diskutiert darüber mit mir, hämmert mir wichtige Tatsachen ein. Er glaubt, und ich stimme ihm zu, daß es fünf vor zwölf ist für das weiße Amerika. Die *haole* haben Angst, halten Ausschau nach neuen Opfern, und deswegen haben sie sich wieder dem Pazifik zugewandt, wo sie wieder ihre alten Opfer ausbeuten, kleine Inselvölker wie die Mikronesier und, ja, uns Hawaiianer. Wir sind die Kleinen, die gar nicht richtig da sind. Seht ihr, sie fürchten uns nicht, weil wir so klein sind, daß es nicht auf uns ankommt. Sie brauchen nichts weiter zu tun, als uns in Schach zu halten. Und das tun sie, indem sie unser Land aufkaufen.«

Als Toru sich dem Flugplatz näherte, setzte sie sich gerade hin, rückte entschlossen Kleid und Hut zurecht. »Ich verausgabe mich. Ich wollte euch nur eins sagen: Wenn ihr das Land verkauft, dann verkauft ihr eure Seelen, ihr verurteilt euch selbst zur Sklaverei und überlaßt die Macht den Weißen.«

Sie saßen in der Abfertigungshalle und warteten, bis sie an Bord gehen konnten, während stämmige Hawaiianer Gepäckstücke auf Rampen luden. Ankommende Touristen betrachteten lächelnd die dunklen, muskulösen Körper, die hübschen, runden Gesichter, die

Mühelosigkeit, mit der sie sperrige und schwere Gegenstände hoben. Abreisende Touristen machten Schnappschüsse von ihnen.
»So sehen sie uns«, flüsterte Pono. »Als Träger und Dienstboten. Als *Hula*-Tänzerinnen und Clowns. Sie sehen uns nie, wie wir sind, individuelle, vielfältige, intelligente Menschen.«
»Nicht alle *haole* sehen uns so«, wandte Jess ein.
Vanya sah sie an. »Doch, *alle. Haole* und alle Ausländer, die hierherkommen, stecken uns in eine von zwei Schubladen: das böswillige Klischee der lasterhaften, betrunkenen, Nichtstuer-*kanaka* und ihrer hüftenschwingenden Huren-*wahine.* Oder das wohlwollende Klischee der kindlichen, touristenfreundlichen, barfüßigen *Aloha*-Eingeborenen.«
Darauf schwiegen sie, bis der Aufruf für den dreißigminütigen Flug nach Moloka'i kam. Als die Maschine über den Pazifik dröhnte, als sie die sattelförmige Insel Maui überflogen, faltete Pono die Hände, die kalt und hart waren wie Eiswürfel, und betrachtete ihre Enkeltöchter, die furchtsam aus dem Fenster sahen. Von Moloka'i brachte ein kleineres Flugzeug sie über die Felsen nach Kalaupapa. Und auf diesem kurzen Zehnminutenflug ließen sie ihrer Angst freien Lauf, drängten sich regelrecht an Pono, umklammerten ihre Arme.
Zeit, dachte sie. *Ich hatte so viel Zeit. Aber nie Zeit für Mitleid. Mutter Gott! Habe jetzt Mitleid mit mir. Ich habe einen lebenslänglichen Schwur gebrochen.*
Ponos Atem ging jetzt keuchend; sie wollte, daß es schnell vorbeiging. An der Landebahn erschrockene Blicke von Patienten, die sie kannten, die Zeugen ihrer heimlichen Besuche über die Jahrzehnte gewesen waren; die Mädchen folgten ihr, den kurzen Weg am Strand entlang zum Pavillon, wo er jeden Tag an der Brandung neben rauschenden Palmen saß. Er wandte den Kopf. Langsames Begreifen.

Er hatte von seiner Familie geträumt, Mutter und Vater, Schwestern, Cousins, die alle miteinander im Laufe der Jahre erkrankt waren, um verlassen und begraben zu werden. Nur Duke war übrig, ein Wrack. Im Traum sah er sie als Schatten rings um ihn, dahinter die Felsen von Kalaupapa wie riesige Säulen der verlorenen, verschwendeten Jahre. Dann rückten sie immer näher, verschlangen ihn, und er lag nur da, eine menschliche Hülle, sah sie herabstürzen und ihn begraben.

Er erwachte mit einem Schrei, rieb sich die fröstelnden Arme und sah, daß der Tag schön war, die Luft scharf und klar, die Sonne strahlend. In der Ferne der Dschungel, so voller Leben, und weit droben die Felsen wie polierte Mosaiken, *seine* Felsen, vertraut, gefahrlos, gütig. Er lehnte sich zurück, bewunderte die Intelligenz der Natur. Wehte der Wind, beugten sich die Gräser. Prasselte Regen nieder, öffneten die Blumen weit ihre durstigen Kelche. Wurde es Abend, schlossen sich die Blüten. Selbst die Luft schien ihm wie ein lebendiges intelligentes Wesen, da sie ihre Temperatur mit der Tageszeit veränderte. Er fühlte sich ungeheuer reich. Mochten die inneren Organe, Lunge und Herz, auch hinfällig werden, so war er doch immer noch im Besitz seiner fünf Sinne.

Widerwillig kehrte er zu seinem Traum zurück. Und er dachte, daß eine Familie nicht leben konnte, wenn sie sich nicht entwickelte, daß sie sich selbst erschöpfte, ans Ende ihrer Bahn gelangte. Daß eine lebende Familie die Führung der Toten brauchte, jene Muttersprache, die auf immer in den Genen flüsterte.

Aber mich hat niemand geführt. Meine Familie starb in Schande und Stille, hier, verborgen vor der Welt. Ohne Pono wäre unser Blut mit mir gestorben. Unser Name. Unsere Geschichte. Dahin. Spurlos. Wer wird wissen, daß ich diesen Weg gegangen bin? Jetzt werde ich schwach. Was wird aus ihr werden? Milimili *Pono ...*

Während er an sie dachte, drehte er sich wieder in seinem Rollstuhl. Allein seine Hartnäckigkeit und Zornesausbrüche hielten die Ärzte davon ab, Duke für bettlägerig zu erklären. So ließen sie ihm freundlich seinen Willen und dachten sich insgeheim, daß ihn wohl eines Tages eine Krankenschwester tot in seinem Rollstuhl im Tanzpavillon finden würde. Abends brachten sie ihm das Essen auf einem Tablett mit Füßen, das er auf dem Schoß balancierte, so daß er unter einer Brücke zu sitzen schien, auf der sich fade Kost, Schreibstifte, Bücher, Zeitungen türmten, wovon er fast nichts anrührte. Er wollte nur noch im Pavillon sitzen, sich zurückerinnern, Ponos Hand halten, ihr wunderbares Gesicht anschauen.

Sie schien ihm die einzige Nahrung zu sein. Ihre Berührung belebte und erregte ihn noch immer. Er liebte sie so leidenschaftlich, daß,

wenn sie fort war, ihr Mund auf seinem Mund, ihre Hand, heiß wie eine Wunde, in seiner verharrte. Und manchmal drückte er nachts seine Hand, in die die Hitze der ihren eingebrannt war, an seinen Körper, an sein Glied, und wunderte sich nicht, wenn es steif wurde.
Alles wird hinfällig, außer der Begierde. Und weil wir alt sind, wollen die Ärzte es uns mit Beschämen ausreden. Diese jungen Knilche! Verlierst du deine Jugend, nehmen die Ärzte es als selbstverständlich an, daß du auch deinen Verstand und deine Lust verloren hast.

Er kicherte, seufzte, dachte an Ponos üppige Brüste, die zwar der Schwerkraft nachgaben, aber immer noch schön waren, so wie ihre Hüften, die immer noch umarmenswert waren. Nur Polynesierinnen konnten noch in hohem Alter eine solche Begierde wecken – ihre gemächliche Anmut, die fließenden Bewegungen ihrer Arme und Hüften, der Goldton der Haut, das verschmitzte Lachen machten sie alterslos, verstörend. Und Pono war erst recht außergewöhnlich, sie war immer eine Schönheit gewesen, größer als die meisten Männer, geheimnisvoll und stolz.

Er lehnte sich zurück, dachte an ihre gemeinsame Jugend – und was Pono für ein verängstigtes, schlankes Mädchen gewesen war, als er sie fand. Aber er hatte sie in anderer Gestalt gefunden: Flossen, die soeben schwanden, Sandpapierhaut, die von fleckigem Grau in Gold überging.

Die Haie waren unser Ursprung, sind unsere Bestimmung. In meinen Augen hat es Pono nur noch erhabener gemacht. Deswegen hat sie mich geliebt. Ich habe mich nicht gefürchtet.

»Pono«, flüsterte er, »die aus dem Meer zu mir kam.«

Er setzte sich erschrocken gerade, denn sie kam tatsächlich auf ihn zu, er sah sie gegen die Sonne, so daß sie wie eine gesichtslose Silhouette wirkte, die sich ihm aus dem Meer näherte. Er schüttelte den Kopf, überzeugt, daß er träumte.

»Pono, bist du es?«

»Ja, Geliebter.« Sie stand stocksteif, ihr war, als sei alles an Ort und Stelle erstarrt – die Pferde auf der Weide, die Möwen, die sich vor den Felsen tummelten. Selbst das Meer hinter ihr schien den Atem anzuhalten.

Sein Gesicht erstrahlte vor Glück. Er breitete die Arme aus. »Ist es

soweit? Die dritte Woche des Monats? Oh, mein Liebling. Komm her!«
Sie bewegte sich mechanisch, langsam, wie in Zeitlupe. Aber als sie näher kam, war sie erschüttert über die Veränderungen, die eingetreten waren, seit sie ihn vor knapp einem Monat das letzte Mal sah. Trotz Narben und Runzeln war sein Gesicht noch immer schön; die wilden Mephisto-Brauen verliehen ihm etwas geradezu Übermütiges. Aber der graue Star war fortgeschritten, machte seinen Blick wolkig und milde. Die Knochen seiner großen Schultern traten hervor, so daß das Fleisch an seinen Oberarmen schlotterte. Auch seine Haltung hatte sich verändert. Er saß zusammengesackt in seinem Rollstuhl, wie ein müdes Kind.
Sie eilte zu ihm, barg seinen Kopf an ihrer Brust. »Duke, was ist geschehen?«
Er schüttelte den Kopf und seufzte. »Kein Appetit.« Dann klopfte er auf sein Herz. »Manchmal habe ich hier Schmerzen. Aber wenn ich dich sehe, den Duft deiner Haut rieche, fängt mein Puls noch immer an zu rasen. Fühl mal!« Er drückte ihre Hand an seine Brust, dann sah er sie wieder an. »Du siehst so elegant aus. Wo bist du gewesen?«
Unsicher nahm sie den Hut ab. Zog ihre Sonntagsstöckelschuhe aus und setzte sich ihm zu Füßen, sah sich in dem alten Pavillon um, als ob sie ihn sich einprägen wollte. Draußen in den Wellen paddelte ein einsamer Kanufahrer ostwärts.
»Duke ... oh, Duke.« Ihre Stimme war wie die eines Kindes, dünn und flehend.
»Du trauerst um Ming, ich weiß«, erwiderte er. »Und ich trauere auch. Um Töchter, die ich nie gesehen habe. Emma und Mina tot, Edita und Holo stumm, unversöhnlich. Jetzt scheiden auch *ihre* Töchter dahin ... das Leben nimmt eine nach der anderen. Und ich habe nur Photographien.« Er hielt inne. »Ich habe mein Leben im Schatten gelebt. Ich habe dich mit mir im Dunkeln gehalten. Und doch war dieses Leben, das wir geträumt, dieses Leben, das wir improvisiert haben, erfüllter, intensiver als alles, was ich mir hätte vorstellen können. Bitte sei nicht traurig, Geliebte. Komm, lehn dich an mich. Erzähl mir alle Neuigkeiten und wo du gewesen bist.«
Sie lehnte den Kopf an sein Knie. Er merkte, daß sie am ganzen

Leibe zitterte. Er entfernte ihre Haarnadeln, löste zärtlich die langen, dichten grauen Haare, die sie sich um den Kopf gewunden hatte. Ohne den Halt der Nadeln umwehten sie sie gleich einem dicken Schal. Sie sah zu ihm hoch wie ein blindes Kind, die Augen irrten hilflos umher.

Doch als sie sprach, war ihre Stimme kühl und nüchtern. »Ich habe ... einen Schwur gebrochen. Einen heiligen Schwur, den wir uns gaben. Wenn ich es dir sage, wirst du mich vielleicht hassen. Mich verstoßen.«

Er lehnte sich zurück, so fest, daß seine Wirbel die Unebenheiten im Rollstuhl ertasten konnten. Als sie fortfuhr, war er still, reglos.

»Zwei Generationen lang haben du und ich unser Blut verleugnet, unsere Töchter und deren Töchter. Wir haben sie unsichtbar gemacht, waren schuld daran, daß sie wie Geister durch ihre Tage schwebten. Du und ich, wir vergehen, Duke, unsere Körper, unsere Sehkraft. Die *'aumakua* werden uns bald an die Hand nehmen. In mir aber brennt jetzt eine Verpflichtung wie eine weiße Flamme. Sie brennt so hell, daß sie jede Furcht schmelzen läßt. Es ist das Bedürfnis – das moralische Bedürfnis –, Blut mit Blut zu vermengen, Fleisch mit Fleisch in Berührung zu bringen. Ich habe den Schwur, den ich dir geleistet habe, gebrochen, um einen Ming gegebenen Schwur zu halten.«

Sie nahm seine Hände, drückte sie leise weinend an ihre Brust. »Ach, Duke. Wir haben so wenig Zeit. Da bleibt keine Zeit für Stolz.«

Seine Stimme schien aus einer anderen Dimension zu kommen. »Pono, wovon sprichst du?«

Sie sah sie in der Ferne, hinter ihm am Strand, und jetzt erst fiel ihr auf, daß sie alle ganz in Weiß waren. Sie drängten sich zusammen, rückten wieder voneinander ab, Jungfrauen, Krankenschwestern, Altardienerinnen gleich.

»Mutter Gott, hilf mir!« flüsterte sie. »Ich habe sie hierhergebracht, nach Kalaupapa. Die Töchter deiner Töchter. Sie sind gekommen, um dich zu sehen.«

Und in der ganzen Siedlung, auf der langgestreckten Halbinsel, hörten sie seinen Schrei. Den gequälten Schrei der Scham, der Demütigung. Den Schrei von Generationen verstümmelter Menschen, die man aus der Welt verstoßen hatte. Es war ein Schrei um Erbarmen, ein Schrei der Wut. Ein Schrei für all die stummen Opfer, die in ihren Gräbern lagen. In ihm war nur der Wunsch, fortzulaufen, zu sterben.

Duke stand mühsam auf, machte einen Schritt vorwärts, dann noch einen. Er schwankte, fühlte, wie ihn die spärlichen Kräfte verließen, taumelte rückwärts, sackte in seinen Stuhl, schlug die Hände vors Gesicht und weinte. Tief in seinem Inneren rollte sich etwas zu einer Kugel zusammen, wollte schrumpfen, sich verstecken.

Ich bin halbblind. Meine Ohren sind kraus wie Gemüsestrünke. Eine Hand nur noch eine Klaue. Eine Hand weg. Zehenlose Füße. Die Beine alptraumhafte Krater. Zernarbt. Entstellt. Bucklig und runzlig bin ich wie ein Affe. Normale Menschen bezahlen Eintritt, um einen wie mich zu sehen.

Sie kamen den Hang hinauf, eine weiße Woge, die plötzlich unentschlossen verhielt. Sie betrachteten ihn, oder das, was sie von hinten sehen konnten – das Hemd, weich und verblaßt wie alte Dollarscheine, die breiten Schultern eines Mannes, der einst wie ein Athlet gebaut war, einen schönen weißen Haarschopf, vom Passatwind zerzaust. Er schluchzte, das Gesicht in den Händen. Pono kniete vor ihm, sie flüsterte und flüsterte. Schließlich hob sie den Kopf, bedeutete ihnen mit einem Nicken, sie mögen näher kommen.

Sie kamen stumm herbei. Und standen hinter ihm, keuchend wie junge Tiere, die bis zur Erschöpfung gerannt waren. Er spürte etwas hinter sich, setzte sich stöhnend aufrecht und wischte sich übers Gesicht. Dann drehte er sich mühsam um und sah zu ihnen hin, mit aufgerissenen Augen, ruhig, wie in die Enge getrieben. Es verschlug ihnen nicht den Atem, sie sahen nicht weg. Sie hielten seinem Blick stand, eine jede, und schauten weit jenseits der Narben, der Verstümmelung, erschauten, wer er war, und wer sie waren. Sie lächelten und streckten die Arme aus.

»Großvater.«

Und es war, als ob die Felsen ringsum sich auftaten und ihm endlich sein Leben freigaben. Als Pono sah, wie sie ihn umringten, wie sie regelrecht über ihn herfielen, ihn mit *lei* bekränzten, trat sie zurück. In diesem Augenblick gehörte er ihnen.

Keine Menschenmenge begrüßte ihn. Im Kona-Bezirk fanden keine Paraden statt. Er kam nach Hause, wie er es wünschte, anonym, ein Fremder im Rollstuhl. Als er aber den alten Buick am Flugplatz sah, den er Pono in den zwanziger Jahren gekauft hatte, mit den Dellen, wo sie mit einem Hammer auf den Wagen eingeschlagen hatte, da weinte er hinter seiner Sonnenbrille. Als er Toru begegnete, ihn umarmte, seinen einzigen »Enkelsohn«, da weinte er abermals. Doch während der Fahrt durch die alten Kaffeedörfer, vorbei an alten Blechhütten, dem alten Aloha- und dem Kainali'u-Theater, einer Fahrt zurück in die Landschaft seiner Jugend, als er landeinwärts die Düfte von Kaffeekirschen, Holzkohlenrauch und Jasmin roch, da war Duke ganz still.

Als sie dann auf der Napo'opo'o-Road fuhren, sah er weit unten die Kealakekua-Bucht glitzern, blau und jadegrün, und ringsum Kaffee- und Macadamiapflanzungen, reihenweise Avocados und Papayas, Blumen in unerhörten Farben, die ganze schwelgende Natur, ein Teppich, für ihn ausgebreitet. Und als sie in die Auffahrt einbogen und er das Haus auf dem Hügel sah, dieselben alten Schaukelstühle auf der *lanai,* da stieß er einen langen, leisen Schrei aus.

Feldarbeiter und Gärtner, Nachbarn und Fabrikarbeiter säumten die lange, mit einem Blumenteppich bestreute Zufahrt, einem Teppich, so dick, daß der Wagen ein wenig ins Schleudern kam. Sie standen stumm und neigten die Köpfe, denn sie waren nicht zum Gaffen gekommen. Viele weinten um Freunde und Angehörige, Opfer von *ma'i Pake,* gejagt, gefangen, verbannt an den Ort, wo sie dann gestorben waren. Und während sein Wagen in der Zufahrt weiterfuhr, gingen die Leute nach Hause und saßen in stillem Gedenken in ihren Zimmern. An diesem Tag war es still in den Kaffeedörfern von Kona. Die Betriebe waren geschlossen. Keine Hunde bellten. Sogar die Tauben in den Bäumen schwiegen.

Run Run stand auf der *lanai,* in richtigen Schuhen, einem neuen Kleid, so adrett, daß sie kaum wiederzuerkennen war. Sie trug ein Netz um die Haare, hatte sich die Nägel geschnitten und Reispuder aufs Gesicht gestäubt. Und sie war äußerst gefaßt. Als sie ihn aus dem Auto trugen, ging sie neben ihm, berührte mehrmals seinen Rollstuhl wie einen vertrauten Gegenstand, den sie innig liebte. Sie setzten ihn ins Wohnzimmer, und er blinzelte im Sonnenlicht, bat sie, den Rolladen herunterzulassen.

Dann sah er Run Run an. »Ich hoffe, ich mache dir keine Angst ...«

Sie schüttelte den Kopf, auf alles gefaßt. Befangen setzte er die Sonnenbrille ab.

Run Run zögerte einen Moment, dann lief sie zu ihm, bedeckte sein Gesicht mit Schlabberküssen. »Guckt euch das Gesicht an! Guckt mal, das Gesicht! Immer noch 'n teuflisch hübscher Mann!« Unter Tränenströmen trat sie zurück, bemüht, ihre Fassung wiederzuerlangen. »So. Und wie soll ich Sie jetzt nennen, Sie? Sir? Oder Boß?«

Er lachte, zog sie an sich. »Ich bin Duke. So, und was hast du für mich zum Essen, kleine Schwester?«

Wochenlang saßen sie bei ihm, Tag und Nacht, neben seinem Rollstuhl, an seinem Bett, zu seinen Füßen gekuschelt auf der *lanai,* wenn er sein Gesicht dem Passatwind entgegenhob. Sie berührten ihn unablässig, küßten seine Wangen, weinten in seine Hand, mußten ihn fühlen, sich wieder und wieder bestätigen, daß er Wirklichkeit war. Zum erstenmal seit Jahren hörte Jess das Meer nicht, vermißte sie nicht den Sog der Gezeiten, das Drehen ihrer Arme in den Gelenken beim Schwimmen. Vanya verlor jeglichen Unternehmungsgeist, alles, alle Anwaltsarbeit stand still. Und Rachel konnte auch nicht ohne ihn sein, saß vor seiner Tür, wenn er schlief.

In den folgenden Monaten erzählten sie ihm alles über ihr Leben, ihre Arbeit, ihre Reisen. Und es war, als sei der Mann sein Leben lang gereist, er wußte so vieles über Sprachen, Geschichte, Kunst, war auf dem laufenden über Politik, den Wahnsinn der Welt. Er fragte Jess nach den Obdachlosen in New York, nach dem Guggenheim-Museum, nach ihrer Arbeit als Tierärztin. Er diskutierte mit Vanya über die gerichtliche Verfolgung ärztlicher Kunstfehler, über den Kampf der Hawaiianer um Souveränität. Er fragte sie nach den Maori auf Neuseeland, den Aborigines von Australien, die wie die Hawaiianer kämpften, um ihr gestohlenes Land zurückzubekommen.

»Ihr Mädchen wundert euch anscheinend«, sagte er, »daß ich so gut informiert bin. Sechzig Jahre habe ich Zeitung gelesen, Nachrichten gehört, ich bin ein Nachschlagewerk voll Informationen!«

Er nahm Ponos Hand. »Und was lokale Skandale betrifft, hat mich eure *tutu* auf dem laufenden gehalten!«
Besonders erfreute er die Frauen mit Erinnerungen an Pono als junges Mädchen, an ihre geheimen Heilkräuter, ihre Sucht nach dem Meer. »Immer über das Riff hinaus, zusammen mit Riesenkraken und Delphinen. Und wie sie Gewitter liebte! Wenn es donnerte, mußte ich sie festbinden.« Er sah Jess an. »Diese Liebe zum Meer ist euch gemeinsam.«
Er erzählte ihnen, wie Pono sich gerne um das Kochen drückte und Duke immer bat, mit ihr ins Hotel Manago zu gehen, »leckere Schweinekoteletts essen«. Wie sie lernte, Champagner zu lieben und Walzer zu tanzen. Er zeigte Toru, wie er ihr eine Schwimmbrille aus einem robusten Malvenast geschnitzt hatte, wie man aus Seeigelstacheln Angelhaken und aus Lava Tintenfischköder machte.
Die Jahreszeiten wechselten, und Tag für Tag schoben sie ihn durch das Haus, von Zimmer zu Zimmer, wo noch immer all die alten Möbel aus *koa,* aus Topffruchtbaum- und Teakholz standen, alle von Hand gefertigt. Manchmal ließ er seine Gedanken schweifen, und er erinnerte sich an zitterndes Sonnenlicht auf einem Seidenkleid, an seine Mutter an einem Fenster. An Lippenabdrücke auf alten venezianischen Kelchgläsern. An Passatwinde, die die Seiten der Bücher seines Vaters umblätterten. Manchmal zog er einen Band aus einem Regal in der Bibliothek, und das Papier zerfiel in seinen Händen.
»Termitenfutter. Das Schicksal ganzer Geschlechter.« Er seufzte. »Aber ihr Mädchen werdet weitermachen. Eine Familie wird erhalten, wenn sie ihren eigenen Grund und Boden hat. Und ihr habt diesem alten Haus Leben gegeben.«
»Nein, Großvater«, sagte Rachel. »Das bist du. Die Plantagenarbeiter sagen, das Haus scheint zu vibrieren, seit du zu Hause bist.«
Und das stimmte. Das Haus hallte wider von seinem tiefen Baritonlachen. Nach so vielen Jahren im Hintergrund der Plantage schien das Haus nun hervorzutreten, als der weiße Mittelpunkt, die Achse allen Lebens, Behältnis all der Jahre der Mühsal, der Erbitterung und Sehnsucht. Die Wände schienen zu leuchten, wenn Dukes starker männlicher Geruch durch die Räume wehte. Selbst das Geräusch, wenn er in die Toilette urinierte, schallte durch das Haus,

sein Pfeifen, wenn er spülte, wie ein kleiner Junge, der fröhlich durch die Flure lief und das Haus mit Leben erfüllte.
Nachts versammelten sich die Frauen auf der *lanai* unter seinem Fenster, nur um sein lautes, gedehntes Schnarchen zu hören. Und morgens warteten sie atemlos auf das laute Plumpsen seiner Füße auf dem Fußboden, wenn Pono ihm aus dem Bett half. Und dann das Schnaufen vor Anstrengung, wenn er langsam zum Frühstück die Treppe hinunterstieg; jeden Tag standen die Cousinen schon wartend in der Tür, er gab jeder einen Kuß und nahm seinen Platz am Kopf des Tisches ein. Und der stille, feierliche Augenblick vor dem Essen, der Augenblick des Dankes an Mutter Gott, nicht für die Speisen, sondern für das Leben, dieses Wunder.
Eines Abends sah Duke Vanya und Toru in einem anderen Zimmer miteinander sprechen. Später rief er Vanya zu sich.
»Du bist sehr begabt, mein Kind. Und schön. Deiner *tutu* sehr ähnlich.«
Sie schmiegte sich auf der großen Couch an ihn; sie liebte seinen Duft, den eigenartigen Minzgeruch der Medikamente und den scharfen, reinen Salzgeruch, den ein Mensch annimmt, der jahrelang am Meer gelebt hat.
»Danke, Großvater. Run Run sagt auch, daß ich ihr gleiche. Aber sie und ich ...«
»Ich weiß.« Er tätschelte ihren Arm, küßte sie auf die Stirn. »Sie hat mir all die Jahre davon erzählt, und ich habe zugehört. Ihr seid euch so ähnlich. Sie sah ihre Beharrlichkeit in dir, sie wußte, daß sie dich nie ganz beeinflussen konnte. Jede von euch beunruhigt sie, denn jede trägt andere Züge in sich, die alle ein Teil von Pono sind.«
Vanya scherzte: »Du meinst, sie erkennt, wie absolut unmöglich sie ist!«
Duke lachte. »Ah, es braucht so viel Energie, diese Frau zu lieben. Ein solcher Mann muß halb wahnsinnig sein.« Dann wurde er ernst. »Vanya, ich weiß, du und Toru seid beteiligt an ... vielen Dingen, die wichtig sind für unser Volk. Dingen, die gefährlich werden können. Ich begrüße das. Ich bewundere dich. Aber ich empfehle dir eines: Bevor du etwas Unumkehrbares tust, frage dich, wie du uns Hawaiianern besser dienen kannst: durch Zusammenarbeit mit anderen Rechtsexperten, die organisierte Reformgruppen vertreten,

oder durch Zusammenschluß mit Aufwieglern und zornigen Aktivisten, die unzufrieden sind mit dem System?«
Sie setzte zu einer Antwort an. Er hob die Hand. »Ich bitte dich nur, sieh in den Spiegel, wenn du allein bist. Prüfe, was du siehst. Frage dich, was dein wahres Motiv ist. Vielleicht braucht unser Volk ja tatsächlich Gewalt. Wir haben uns nie gut auf Worte verstanden. Schließlich haben wir erst seit zweihundert Jahren eine Schriftsprache. Aber denk nach, Kind; bedenke, was du tust, wird unumkehrbar sein.«
Sie legte die Arme um seinen zernarbten, fleckigen Hals. »Ich weiß seit Jahren, was mein Auftrag ist. Schau, Großvater, ich habe nichts mehr zu verlieren. Mein Junge, er sah aus wie du. Dein Ebenbild ...«
Duke nickte, streckte und beugte die verkrüppelten Finger seiner Hand. »Als Hernando starb, habe ich geschrien vor Schmerz. Jahrelang habe ich getrauert, habe seine Photographie geküßt, bis nichts mehr übrig war vor lauter Staub und Tränen. Verlust scheint unser Vermächtnis zu sein. Gram und Verlust.«
»Er glaubte an etwas, als er starb«, sagte sie. »So jung er war, er hatte Ideale. Seine Freunde sagen, daß er ermordet wurde. Daß die US-Marine ein Exempel statuieren wollte als Warnung für diejenigen, die gegen ihre Bombenversuche auf Kaho'olawe protestierten.«
»Du darfst nicht mit diesem Gedanken in deinem Herzen leben, Vanya.«
»Aber er war ein ausgezeichneter Schwimmer, besser als alle anderen. Und die See war ruhig in jener Nacht. Das Ufer war felsig, deshalb haben sie ihr Boot in einiger Entfernung verankert und sind zum Strand geschwommen. Sie sahen, daß etwas ihn hinunterzog. Er hat sich gewehrt. Es war kein Hai, denn dann hätten sie Blut gesehen. Er hätte geschrien. In jener Nacht waren Marineboote unterwegs, Froschmänner haben Protestierern aufgelauert. Es war Zufall, daß sie ausgerechnet Hernando erwischt haben.«
Duke stöhnte; denn er wußte, was sie sagte, konnte wahr sein.
»Jetzt gibt die Marine unserem Volk Kaho'olawe zurück, so ist mein Sohn vielleicht für eine gute Sache gestorben. Aber bitte verstehe, Großvater, ich kann mit dieser Wut nicht fertig werden. Was immer ich tue, ich habe nichts mehr zu verlieren.«

Einige Wochen später hielt Toru in der Auffahrt, rief Vanya zu seinem Lieferwagen und übergab ihr einen Umschlag. »Das muß nach Honolulu. Jemand will eine Anzahlung leisten.«
Sie sah in den Umschlag. Ein Scheck über zehntausend Dollar.

»Etwas braut sich in ihr zusammen«, sagte Rachel.
Jess schüttelte den Kopf. »Sie hat Verpflichtungen. Immer, wenn Vanya dich nicht beachtet, denkst du, sie haßt dich.«
»Ich weiß, daß sie mich liebt. Sie kann nur nicht an mich heran. Das beunruhigt sie.« Sie streichelte das feuchte Fleisch einer Mango wie ein entkleidetes menschliches Wesen. »*Tutus* Leben dreht sich jetzt um Großvater. Sie läßt Vanya in Ruhe. Vanya muß sich nicht wehren, somit hat sie mehr Zeit, mich zu quälen.«
Jess fühlte, wie etwas in ihr aufbrach. »Rachel, hör auf! Immer wenn Hiros Reisen sich ausdehnen, wirst du *pupule*. Sieh doch, wie es uns ergangen ist. Wir haben jetzt Großvater. Wir haben Stolz, denn wir wissen endlich, wer wir sind. Hiro war deine Zuflucht. Du brauchst jetzt keine Zuflucht mehr. Du warst sein Spielzeug. Das bist du nicht mehr. Du bist eine Frau über vierzig. Wie kannst du es mit einem Mann aushalten, der dich immer wieder verläßt?«
Rachel wandte ihr ihr schönes Gesicht zu, und im Sonnenlicht sah Jess die Krähenfüße, die sich um Rachels Augen bildeten.
»Ja«, sagte Rachel. »Sieh mich im Sonnenlicht an. Kleine Spinnennetze um die Augen, die Lippen werden schmaler. Ich habe ein Muttermal, aus dem ein Haar sprießt. Wer sonst würde mich jetzt noch wollen? Hast du ihn nie erfahren, Jess, den Trost der ... Gewohnheit? Der Abhängigkeit? Ming hat das vollkommen verstanden.«
Sie verließ das Zimmer und schloß die Tür. Fünf Minuten später kam sie zurück. »Ich habe neben ihm geschlafen und die Gerüche von anderen Frauen gerochen. Er liegt zwischen meinen Schenkeln und ruft ihre Namen. Alles Kinder, stell dir vor. Ich habe ihre Photographien gesehen. Und ich fange an, mich mütterlich zu fühlen, besorgt. Sind sie gesund? Bezahlt er sie gut? Sag mir, Jess, ist das das Alter? Ein Nachlassen der Begierde, wenn das Haar im Muttermal länger wird? Oder habe ich zur Moral gefunden?«
Jess hielt den Atem an; Rachel hatte noch nie so vertraulich gespro-

chen. Ihre Stimme wurde sanft, als sie ihr antwortete. »Ich weiß nur, Cousine, daß du das Leben verpaßt. Das, was Hiro dir aufgebaut hat, ist nur Schein.«
Rachel stand auf, überlegte. »Vielleicht. Vielleicht. Großvater sagt, ich muß lernen, die fünf Türen des Begehrens zu schließen. Ich muß lernen, die Elemente des Zorns zu beherrschen.«
Sie verließ das Zimmer, diesmal endgültig. Jess lehnte sich zurück und dachte darüber nach, wie sie all die Jahre geglaubt hatte, daß Ming die Rätselhafte sei, das Geheimnis. Aber Ming war krank gewesen und hatte einen Ausweg gefunden. Um sie gab es kein Geheimnis. Nein, Rachel war es die ganze Zeit gewesen, das Rätsel, die unlösbare Gleichung.

Ein Hund, der die rauhe See bereist

❖

Sie starrte auf einen Katzenkadaver, der auf dem Ala Wai Kanal trieb. Ein *haole* in grellbunten Radlerhosen, Baseballmütze und Zehensandalen kam auf sie zu. Er blieb so nahe bei ihr stehen, daß er ihr seinen Atem auf die Wange blies. »Wie heißt das Zauberwort?«

Sie drehte sich um und ging weg.

Er lief ihr nach. »War bloß 'n Scherz. Hab' vergessen, was ich sagen soll.« Er schob ihr ein Päckchen hin. »Hier. Bruchsicher. Haben Sie den Scheck?«

Vanya zögerte. »Sind Sie Torus ... Verbindungsmann?«

Er sah sich nervös um. »Zeit ist Geld. Wo ist der Scheck?«

Sie händigte ihm einen Umschlag aus.

Jetzt saß sie in ihrem Haus in Honolulu und starrte auf das Päckchen. Der erste Schritt vom Weg ab. Noch ein paar Schritte mehr, und die Dinge würden unumkehrbar sein. Sie dachte an Hernando, ihren Sohn. Würde sie dies tun, wenn er noch lebte? Oder lag es ihr sowieso im Blut? War sie eine Frau, die immer gegen den Strom schwamm? Sie saß lange grübelnd da, dann bewegte sich etwas, etwas, das nicht in diese Wohnung gehörte. Sie blickte in einen Spiegel an der Wand und sah außer ihrem Spiegelbild das eines Mannes, der auf einem Stuhl saß.

Er stand langsam auf, knipste eine Lampe an; sein Gesicht war hager, hart, die Blässe hob das Kupferrot von Schnurrbart und Haaren hervor. Sein Blick wirkte seltsam gefühlsleer, ruhig, beinahe ritterlich.

»Simon, was machst du hier?«

»Sagen wir's mal so: Mein Leben hat ohne mein Wissen eine Wendung genommen.«

Sie knipste noch eine Lampe an. Er war unrasiert, seine roten Bartstoppeln erinnerten Vanya an funkensprühende Äxte auf einem Schleifstein.

»Was willst du?«

»Schau, Vanya, es war nicht meine Absicht, so ... hierherzukommen, ich glaub', ich bin irgendwie daneben. Ich gehöre anscheinend nicht mehr dorthin, wo ich herkomme.«

»Hierher gehörst du auch nicht.«

»Ich gehöre zu dir.« Seine Stimme nahm plötzlich einen fast streitlustigen Ton an. »Und komm mir nicht mit dem Stuß von wegen animalischer Lust. Es ist etwas anderes. Etwas in dir, das ich nicht habe. Das mir, wenn ich bei dir bin, das Gefühl gibt, einigermaßen intakt zu sein. Herrgott, ich weiß nicht. Du hast mir gefehlt.«

Sie ging in die Küche, füllte Wasser in einen Kessel. »In meinem Leben ist kein Platz für dich. Wenn du Heilung brauchst, such dir eine Krankenschwester.« Sie stellte sich an den Herd, kehrte Simon den Rücken zu. »Such dir eine Frau, die dich bemuttert, dich zurückbumst bis zu deiner Jugend im Busch. Das willst du doch: Unschuld. Das wollen wir alle.«

»Du kannst nicht dastehen und sagen, daß du nichts für mich empfindest, daß du nicht eine Sekunde an mich gedacht hast. Nach dem, was zwischen uns gewesen ist?«

Sie knallte den Kessel hin und drehte sich zu Simon um. »Du ... gehörst ... nicht ... hierher! Ich will dich hier nicht!«

»Weil ich weiß bin? Weil ich die Visage des Unterdrückers habe? Weil ich, wie du sagtest, ein gedungener Mörder war? Oder ist es, weil du nicht zugeben kannst, wie wohl du dich bei mir fühlst?«

Etwas geschah mit ihrem Gesicht, es schien vor Wut zu pulsieren. »Hör mir gut zu. Ich habe meinen Großvater gesehen, von dem ich lange Zeit gar nicht wußte, daß es ihn gibt. Tagelang habe ich bei ihm gesessen, ihn in meinen Armen gehalten. Er hat Lepra, er ist verkrüppelt, zernarbt. Er hat in der Verbannung gelebt, wurde versteckt ... *sechzig Jahre lang*. Sie haben sie alle versteckt, Tausende und Abertausende, bis sie starben, langsam, auf grauenhafte Weise. Oh, Lepra ist jetzt heilbar, nicht mehr ansteckend, man hat ihr einen hübschen Namen gegeben, Hansen-Krankheit, als hätte jemand sie *gestiftet*. Sie hat zweihundert Jahre lang verhindert, daß wir eine Familie hatten. Fremde haben uns diese Krankheit gebracht. So wie die Syphilis. Und die Pocken. Dafür haben sie uns unser Land gestohlen. Und stehlen es *noch immer*. Du bist ein Fremder. Ich will dich nicht in meinem Leben.« Sie hielt inne, um zu verschnaufen. »Aber die Zeiten ändern sich, wie man so schön sagt. Wir werden es ihnen heimzahlen.«

Es ging ins Wohnzimmer, setzte sich auf einen Stuhl. »Was meinst du mit ›heimzahlen‹? Das Wort hat in deinem juristischen Wortschatz nichts zu suchen.«

»Ich spreche nicht als Rechtsanwältin.«

»Nein. Du hörst dich eher an wie eine ... Kriminelle. Eine Terroristin.«

Sie baute sich vor ihm auf. »Es gibt bestimmte Fälle, wo Terrorismus unumgänglich ist.«

»Vanya, was hast du vor? Nichts, was du tust, kann so wirkungsvoll sein wie das, was du als Juristin für dein Volk tun kannst. Du bist ein Vorbild für die Hawaiianer. Du stehst für das, was sie erreichen können. Verdirb es nicht, du darfst sie nicht demoralisieren.«

»Simon, ich habe jahrelang gearbeitet, und sieh mich an – ich vertrete noch immer Menschen, die gesichtslos, landlos sind. Moral steht nicht auf unserer Tagesordnung.«

»Hört sich an, als hätte dich jemand indoktriniert. Du denkst nicht klar.«

»Denken ist Luxus.«

»Hör zu. Ihr Hawaiianer seid eine verschwindend kleine Gruppe. In zehn, zwanzig Jahren seid ihr alle assimiliert, das weißt du. Und die meisten von euch begrüßen den Fortschritt. Schnelle Autos, Schnellimbiß, Videorecorder. Sag, wofür kämpft ihr also? Was wollt ihr wirklich?«

»Wir wollen unser *Land* zurück. Wir wollen unsere *Meere* zurück. Wir wollen sichtbar sein. Wir wollen ein Morgen, nicht nur ein Heute. Wir wollen nicht, daß Fremde uns sagen, was wir zu *wollen* haben.«

Er berührte den Saum ihres Kleides. »Du bist wie die Amazonen, die sich eine der Brüste abgeschnitten haben, um ihre Bogen besser

spannen zu können. Du willst am ausgefransten Rand leben. Ich kann dir sagen, es gibt bessere Methoden, um mit Trauer fertig zu werden, die deinen Sohn stolz machen würden.«
»Sprich nicht von ihm. Hau ab! Hau ab!«
Er stand auf, hielt respektvoll Abstand. »Ich geh' nirgends hin. Ich hab' alle Brücken hinter mir abgebrochen. Den Hubschrauber-Job hab' ich geschmissen, hab' denen gesagt, sie können mich mal. Meinen ganzen Kram hab' ich Digger im Kakadu geschenkt. Ich bin ein Hund, der die rauhe See bereist. Du bist meine Endstation. Verfüge über mich, Vanya. Ich will in deinem Leben sein.«
»Du meinst, du willst mich bumsen.«
»Nein! Nicht nur. Ich meine, ich will an deiner Seite sein. Ich will derjenige sein, der dir zuhört. Wenn jemand sich die Zeit nimmt, dir zuzuhören, wirfst du dich vielleicht nicht weg. Vergiß meine Hautfarbe. Verfüge über mich. Laß mich dafür sorgen, daß die Trauer dich nicht noch mehr auffrißt.«
Sie wandte sich ab, erschöpft, sah das Päckchen auf dem Tisch und ging instinktiv, halb taumelnd, darauf zu. Simon hob es auf, wollte es ihr geben.
»Laß die Finger davon!« schrie sie. »Faß das nicht an.«
Ihre Stimme versetzte ihn in Alarmbereitschaft. Vorsichtig schüttelte er die Schachtel, schnupperte daran. »Gott im Himmel.«
»Leg das hin, Simon. Bitte!«
»Du dummes Stück. Worauf hast du dich eingelassen? Ich erkenne Kordit am Geruch. Wer montiert das Zeug?«
Sie setzte sich, stumm.
»Rede mit mir!«
»Einheimische, die beim Bau und bei Abbruchunternehmen arbeiten. Und Veteranen ...«
Er schüttelte leise lachend den Kopf. »Bauarbeiter. Und Aussteiger.«
»Mein Cousin Toru war Bombenexperte in Vietnam.«
»Toru, der Ex-Junkie.« Er schüttelte wieder den Kopf. »Vanya, Vietnam ist zwanzig Jahre her. Siehst du denn nicht, die Jungs sind Laien, vermutlich wissen sie gerade noch so viel, um sich selbst in die Luft zu jagen.«
»Jetzt ist es zu spät.«

»Was wollen sie in die Luft jagen?«
»Das kann ich dir nicht sagen. Ich trau' dir nicht. Woher weiß ich, daß du nicht für die arbeitest? Woher weiß ich, daß das Militär dich nicht geschickt hat? Darin bist du doch Experte, im Spionieren. Und im Morden.«
Er senkte den Kopf. »Ich weiß, Vertrauen ist rar. Ich weiß, was Verrat ist. Kannst du niemandem seine Vergangenheit verzeihen? Ich bitte dich, vertrau mir.«
»Ich hasse das Wort, es ist sentimental und gefährlich.«
»Wie die Liebe. Wenn du einem nicht trauen kannst, der dich liebt, wem willst du dann trauen? Jetzt sag mir, was wollen sie in die Luft jagen?«
Sie senkte den Blick, schüttelte den Kopf. »Hotels vor allem ...«
»Wann?«
»Im Januar. Zur hundertjährigen Gedenkfeier für Königin Lili'uokalani. 1893 kamen US-Marineinfanteristen mit aufgepflanzten Bajonetten. Die Weißen haben unsere Königin zur Abdankung gezwungen. Sie haben uns unser Königreich gestohlen. Wir wurden widerrechtlich annektiert.«
»Ich kenn' die Geschichte. Seid froh, daß es nicht die Franzosen waren. Oder die verfluchten Holländer.« Er sah sie lange an. »Mein Herz, tu das nicht.«
»Zu spät. Zu viele Leute sind beteiligt. Auf jeder Insel sind Gruppen bei der Planung, suchen geeignete Stellen aus.«
»Wie viele Weiße wollt ihr umbringen, um euer Ziel zu erreichen?«
»Gar keinen. Wir wollen bloß unseren Standpunkt klarmachen. Damit die Welt weiß, daß wir existieren.
»Ach, liebes Kind, du bist so naiv.« Er lehnte sich zurück, schloß die Augen, als würde er beten. »Ich dachte, ich hätte das alles hinter mir.«
»Du hast nichts damit zu tun«, sagte sie. »Diese Sache geht dich nichts an.«
»Hör mir zu.« Er beugte sich vor. »Ich war in Laos, Kambodscha, hab' ganz tief dringesteckt. Falkland-Inseln, Nicaragua, Argentinien. Man hat uns durch die Gegend geflogen wie Leute vom Jet-set. Uns Phantasienamen gegeben. Elitekorps. Trainingsstrategen. Internationale Todesschwadronen, das sind wir gewesen. Wir hatten

einen besonderen Appetit, ein Gelüst auf Guerilleros, Terroristen. Vanya, wenn du da einmal drinsteckst, von dem Tag an, wo du die erste Kugel abfeuerst, die erste Granate zündest, bist du auf der Flucht. Du wirst dein Leben als Flüchtling verbringen, immer verfolgt von Polizei, Militär. Sie werden jahrelang hinter dir her sein. Sie werden an deinen Exkrementen schnüffeln, dich wie die Hunde zur Strecke bringen. Hast du das alles bedacht?«

Sie sah ihn erschrocken an.

»Alle, die du kennst, werden gehetzt, unter ständiger Beobachtung stehen. Deine Freunde, Angehörigen, deine Großeltern. Jeder, der jemals mit dir gesprochen hat. Priester, Feldarbeiter. Sie werden ihre Stellen verlieren. Einige werden spurlos verschwinden. Was wird aus ihren Kindern? Wer wird sie ernähren? Und wofür das alles? Für dein Ego? Damit dein Bild in den Nachrichtensendungen auftaucht? Das Volk wird marschieren, dich Heldin nennen, Märtyrerin. Aber ändern wird sich nichts. Eure Sache ist verloren. Sie war von dem Tag an verloren, als ihr anfingt, mit den Weißen Handel zu treiben. Mit Bomben werdet ihr nichts erreichen. Höchstens ein paar Touristen töten. Und ihr werdet euer Leben auf der Flucht verbringen.«

Sie schwieg, ihr Gesicht sah seltsam fremd und blutleer aus. Nach einer Weile antwortete sie: »Ich habe jede andere Möglichkeit ausgeschöpft. Fast zwanzig Jahre habe ich es versucht. Jetzt bleibt nur noch dies. Ich mache keinen Rückzieher.«

Sein Blick verfinsterte sich, er hörte in der Küche den Kessel pfeifen. Sie nahm ihn vom Feuer, kam zurück, schritt in höchster Erregung auf und ab.

Simon stand auf, nahm ihre Hand, drehte sie hin und her, betrachtete ihre goldbraune Haut. Sein Blick war verschleiert. »Ich weiß, daß du mich nicht liebst. Eines Tages vielleicht. Aber ein Teil von dir vertraut einem Teil von mir, das kannst du nicht leugnen. Ich will damit sagen, wenn du dies beschlossen hast ... dann beschließe ich, mit dir zu gehen. Ich will an deiner Seite wirken, deinen Leuten beibringen, was ich über Sprengstoffe, Montage, Zündung weiß.«

»Sie werden dir nicht trauen. Sie werden dich nicht akzeptieren.«

»Dann bring sie dazu!« Er rieb sich mit der Hand übers Gesicht. »Herrgott, ich bin fix und fertig, ich war drei Nächte unterwegs, um dich aufzuspüren. Es ist spät. Ich hab' mir im Ilikai ein Zimmer genommen. Ich glaube, ich hab' dir genug zum Nachdenken gegeben.« Er küßte sie schüchtern auf die Wange. »Wir sehen uns morgen früh, Vanya.«

Sie packte ihn am Arm. »Ich muß wissen, warum. Warum bist du wirklich gekommen? Warum bietest du mir an, mir zu helfen?«

Er sah sie an, diese dunkle, üppige Schönheit mit den zornigen Augen. Er nahm ihren Geruch wahr, konnte sogar die Veränderung ihrer Körpertemperatur wahrnehmen. »Du begreifst es immer noch nicht, nein?«

Als er gegangen war, schritt sie wieder im Wohnzimmer auf und ab, immer noch erregt. Dann berührte sie den Stuhl, auf dem er gesessen hatte, als würde diese Berührung das Erlebnis, daß er tatsächlich hier gewesen war, konservieren. Ein schlichter Stuhl, gerade, einladend. Simon war fort, und wenn er nie zurückkehrte, war dies alles, was sie besaß: einen Stuhl, auf dem er gesessen hatte.

Im Bett wälzte sie sich hin und her, dachte an seine rötlichen Haare, die ihre Schultern streiften, und wie sie das verstört, dann erregt hatte. Sie fuhr sich mit der Hand zwischen die Beine, rieb und rieb, bis sie ganz feucht war. Tiefer und tiefer stießen ihre Finger, und als sie kam und abermals kam und erschöpft dalag, begehrte sie ihn immer noch. Sie stöhnte, setzte sich auf, lehnte sich an ein Fenster, fragte sich, ob es der Körper sei, der seinen Lebenswillen hinausschrie, wenn man eine solche Begierde empfand. Blüten regneten herab, Flamboyants, Jasmin, Bäume neigten sich wie betend im Wind. *Was ist geschehen, daß ich nicht mehr beten kann?*

Sehr spät klingelte das Telefon, es war Simon. »Vanya, da war was in den Nachrichten. FBI-Agenten haben soeben Marihuana-Anbauer auf der Großen Insel verhaftet, in der Nähe von Hilo. Du weißt natürlich, daß der FBI dort eine Außenstelle eingerichtet hat?«

»Ich habe Gerüchte gehört.«

»Also, das könnte zu dem passen, was ich über die Militärleitung gehört habe, bevor ich aus Darwin weg bin. Außerhalb von Kailua gibt es einen Laden, der verkauft gebrauchte Armee- und Marinesachen, du weißt schon, Zelte, Stiefel, Kleidung. Der Laden soll eine Tarnung für den Army-Geheimdienst sein.« Er hielt inne. »Verstehst du, worauf ich hinauswill?«

»Nicht ganz.«
»Sie verstärken die Überwachung, Vanya. Auf der Großen Insel tut sich zuviel: das geplante Raumfahrtzentrum, die riesigen Hotelkomplexe, zu viele verärgerte Einheimische. Jetzt überwachen sie beide Seiten der Insel, Hilo und Kailua.« Er hielt inne, überlegte. »Ich wäre auf jeden Fall vorsichtig bei Telefongesprächen.«
Sie hängte langsam ein, dachte an Simon, wie er ihr helfen könnte, und an die Möglichkeit, daß er sie wirklich gern hatte. Sie wies all diese Möglichkeiten von sich, und noch im Einschlafen sagte sie sich ihre lange Liste von Gründen auf, weshalb sie ihm nicht trauen konnte.

Ka hale o ka 'ili
Haus der Haut

❖

Rachel lag auf einer Chaiselongue, Sonnenlicht sprenkelte ihre Hand. Ihr Großvater schlummerte neben ihr in seinem Rollstuhl, die Zeitung war ihm vom Schoß geflattert. An seiner Seite schnarchte Pono leise im Schaukelstuhl, ihre Haare wallten bis auf die *lanai* hinab und wehten sacht im Passatwind. Ponos Schönheit war aufgeblüht im letzten Monat, seit sie Duke heimgeholt hatten. Wie sie so dalag, schienen ihre Wangen ganz glatt, als seien sämtliche Falten ausgebügelt. Sie sah aus wie ein junges Mädchen, das mit ihrem Liebsten am Sonntagnachmittag auf der Veranda sitzt.

Ein Pfau stolzierte vorbei, pickte auf der Erde herum, Tauben gurrten in den Guavenbäumen, und Rachel war wie berauscht von dem strahlenden Tag, dem schweren, süßen Duft von Jasmin. Sie betrachtete ihre Großeltern, auf deren Gesichtern Licht und Schatten spielten. Im Schlaf berührte Ponos Fuß Dukes Fuß, dessen Hand wiederum Rachels Hand hielt. So waren sie vereint, jeder spürte des anderen Pulsschlag. Rachel war von einer solchen Glückseligkeit erfaßt, spürte ein solches Einssein, daß der Augenblick sie wie ein Sakrament dünkte.

Ponos Bewegungen aber waren in den vergangenen Wochen langsamer geworden, so als ob all die Tage in all den Jahrzehnten, in denen sie jene übermenschliche Kraft aufbrachte, die ihr Leben, ihr Land, ihr Geheimnis schützte, schließlich ihren Tribut gefordert hätten. Duke war zu Hause, nun durfte sie ausruhen.

Rachel setzte sich auf, als hätte in ihrem Inneren eine Glocke geschlagen. Sie fühlte das Vergehen eines jeden Augenblicks wie einen elektrischen Schlag und wußte, daß sie diese Vollständigkeit, diesen Zauber niemals wieder in solcher Intensität erleben würde. Diese Lektion würde sie von nun an tagtäglich lernen müssen: daß alles, was eine Person ausmacht, was ihr Würde und Willen verleiht, daß alle Antworten auf die Fragen menschlichen Lebens zuweilen in wenigen Momenten, in wenigen Tagen konzentriert und alle Tage danach nur mehr eine Rückschau sind. Sie schloß die Augen, streichelte Dukes Hand, und Tränen liefen ihr über die Wangen. *Dies ist meine Kindheit. Sie ist so spät gekommen. Aber nun ist sie da.*

Als Run Run später hinauskam, fand sie die drei in so tiefem Schlaf – Seite an Seite, sich an Händen, Füßen berührend –, daß sie wie soeben Verstorbene aussahen.

Sie bekreuzigte sich, rüttelte Rachel wach. »Telefon. Is' was mit Hiro.«

Rachel wurde nicht schlau aus dem, was sie hörte. Fumiko, ihre Köchin, haßte das Telefon, bloß »Klingeling« und »Gequassel«, wie sie immer klagte. Wenn sie etwas ausrichten sollte, schrieb sie nichts auf, merkte sich nur Stichworte. »Hiro ... verletzt ... kommt nach Hause.« Verwirrt ging Rachel nach oben, um zu packen.

Während der Taxifahrer ihr Gepäck ins Auto lud, saß sie bei Duke, den Kopf an seiner Schulter. »Ich war so jung, als wir geheiratet haben, so voller Sehnsucht. Ich dachte, ich hätte meinen Vater gefunden, und das Zusammensein mit Hiro würde mich vor der Welt beschützen.«

Duke strich ihr übers Haar und fragte leise: »Hat er dich Weisheit gelehrt?«

Pono murrte: »Die Bildung der Unterwelt hat er sie gelehrt!«

Duke sah sie stirnrunzelnd an. »Aber, aber. Lerne Nächstenliebe in deinem Alter, Weib.«

»Er lehrte mich ...« Rachel hielt inne und überlegte. Er hatte sie gelehrt, die vielen geheimen Stellen der Lust zu erforschen, hatte sie Nuancen, Illusionen, verschleierte Anregungen gelehrt. Aber er hatte sie auch gelehrt, die Welt mit List abzuwehren, sie zu entwaffnen. Er hatte sie gelehrt, daß es nichts Reineres gab als Stille.

»Er lehrte mich, auf die Stimme eines Menschen, auf versteckte Anspielungen zu hören, auf das Echo zu achten, nicht auf den Ton.

Auf den Schatten, nicht das Licht. Ja, Großvater, er hat mich Weisheit gelehrt. Und Demut.«
»Das sind wesentliche Dinge, wie sie ein Vater dich gelehrt haben würde. Sei deinem Mann dankbar. Es gibt viele Formen der Liebe.« Er wandte sich an Pono: »Hast du unserem Kind, das zu seinem verletzten Mann geht, nichts zu sagen?«
Pono wandte den Blick ab, strich ihr Kleid glatt, sah dann Rachel an. »In jeder Nacht meines langen Lebens sind die Füße deiner Mutter über mein Herz gelaufen. Jeden Tag rühren deine Schönheit, dein Großmut gegen andere mich zu Tränen. Komm her, *keiki.*« Und Pono hielt sie fest, als wollte sie sie nie mehr loslassen, dieses verwaiste Kind. »Ich werde stolz auf dich sein bis in alle Ewigkeit, wenn nur noch Knochen von mir übrig sind.« Sie drückte sie mit solcher Wildheit an sich, daß Rachel sich fragte, ob sie es wohl sei, die ihre Großmutter von allen am meisten liebte.

Ein Taxi in der Zufahrt ihres Hauses. Ein fremder Mann stand auf ihrem Rasen. Von hinten dachte sie, es sei Hiro, glattes, ebenholzschwarzes Haar, schmale Taille, Schulterblätter, die sich wie Drachenschwingen durch seinen maßgeschneiderten Anzug drückten. Er drehte sich um, und er war jung, niemand, den sie schon mal gesehen hatte. Er ging langsam auf sie zu, verbeugte sich. Erschrocken, leicht verwirrt, winkte Rachel ihn durch die Fenstertüre ins Wohnzimmer.
Er sah sich um; der Wohlstand präsentierte sich in diesem Haus so dezent, daß er einem ungeübten Auge hätte verborgen bleiben können. Aber Hiro hatte ihn gut erzogen. Er sah die milde Strenge der schlichten, mit Seide bezogenen Sofas und Sessel. Sah, in einer ansonsten leeren Ecke, eine einzelne Menji-Vase, eines Museums würdig. An einer Wand hing eine alte, gut zweieinhalb Meter lange Schriftrolle mit erhabenen Blattgoldlettern.
»Ming-Dynastie«, sagte er leise, während er die Rolle betrachtete. Sein Englisch war stockend, aber korrekt.
Rachel wartete, während die Köchin Tee in hohen Gläsern mit Trinkhalmen aus Jade servierte, dazu Plätzchen, die wie Lotosblüten geformt waren. Sie musterte ihn, ehe sie sprach. Er war nicht älter als dreißig, ungemein zartknochig, wie ein Vogel, was ihm eine

natürliche Eleganz verlieh. Flaches Gesicht, breite Wangenknochen, die Bernsteinhaut eines Indo-Chinesen.
»Wo ist mein Mann? Was ist ihm zugestoßen? Wer sind Sie?«
Er sah sie verwundert an. »Ich dachte, Sie hätten die Nachricht erhalten. Von der US-Botschaft.«
Sie schüttelte den Kopf. »Ich weiß nichts. Man hat mich nicht erreicht. Meine Köchin rief mich an, Hiro sei verletzt und komme nach Hause.«
Der junge Mann barg das Gesicht in den Händen und schluchzte. »Der Herr ... ist tot!«
Rachel starrte ihn an, seinen dunklen Kopf, der einen schillernden Sonnenstrahl zurückwarf. Hiro würde bald hier sein, würde durchs Haus stürmen und sein lautes *»Hai!«* ertönen lassen. Selbst wenn er tot war, würde er bald zu Hause sein.
Ihre Stimme war heiser, fast männlich. »Was haben Sie gesagt?«
»Der Herr ist tot!«
»Sagen Sie dieses Wort nicht in meinem Haus. Stehen Sie auf. Wie ist Ihr Name?«
Er erhob sich mühsam, immer noch weinend. »Ban Somporn Chantai.«
»Erzählen Sie mir, was passiert ist.«
Er trocknete sein Gesicht, putzte sich dezent die Nase. »Der Herr ... Mr. Hiro wurde erschossen. In einer Spielhölle in Chiang Mai.« Erschöpft fing er wieder an zu weinen. Sie hätte sich am liebsten auf den Boden gelegt, so schwach fühlte sie sich plötzlich. »Wer ... hat ihn erschossen?«
Er sah ängstlich auf. »Gangster aus Birma, das jetzt Myanmar heißt. Er ist ihrem Gummihandel in die Quere gekommen.«
»Gummi?«
»Mohn.«
Opium. Heroin. Sie fuhr sich mit der Hand über die Augen, dachte an Ming. »Wo ist der Leichnam meines Mannes?«
»In Honolulu, am Flughafen. Sie brauchen einen Totenschein für die Freigabe.«
Sie hatte immer gedacht, sie würde sterben, wenn Hiro stürbe. Sie würde sterben ohne ihn. Doch in ihrem Brustkorb schlug ihr Herz weiter. *Vielleicht sind Herzen kurzsichtig,* dachte sie. *Viel-*

leicht denkt es, der Mann vor mir ist Hiro, ein jüngerer Hiro. Er war nicht tot. Noch nicht. Auch wenn er gestorben war. Sein Tod würde langsam kommen, sich in ihren Schreien offenbaren, in einer dunklen Stunde, wenn sie ihn akzeptierte. Ihre Hände zitterten in ihrem Schoß, doch ihre Stimme war ruhig, unnatürlich ruhig.
»Was haben Sie mit alledem zu tun? Seien Sie aufrichtig. Ich werde Sie ohnehin überprüfen lassen.«
Seine dunklen, ernsten Augen beunruhigten sie. Er wirkte so zart, so wehrlos, und sie fragte sich, wie er dazu kam, jemanden wie Hiro zu kennen.
»Es war ... vor ein paar Jahren, er kam in mein Dorf in der Nähe von Chiang Mai, einige Stunden nördlich von Bangkok. Er war auf der Suche nach jungen Mädchen für seine Freudenhäuser. Ich habe ... ich hatte ... drei Schwestern, und er wollte sie.«
»Wie alt?«
»Kim war dreizehn. Mein Vater war bereit, sie zu verkaufen. Die anderen, acht und neun, waren Schönheiten. Hiro bot viel Geld. Meine Mutter sagte, die Mädchen seien zu jung, sie sagte, sie würde sich umbringen. Da nahm er die älteste. Und mich. Ich war damals zwanzig. Ich hatte die Pali Introductory School in Bangkok besucht und studierte, um Lehrer zu werden. Man rief mich erst wieder nach Hause, als mein Vater an Tuberkulose erkrankte.«
Hiros Tod – wenn er denn tot war –, sein Leben, das zu seinem Tode führte, schien ihr mehr und mehr wie eine Odyssee, die sich mit anderen Odysseen verschränkte.
»Wofür hat mein Mann Sie ausgebildet?«
Er blickte zu Boden, dann auf die gegenüberliegende Wand. »Zuerst mußte ich einer von seinen Knaben sein. Die er als Mädchen verkleidete.«
Sie schloß die Augen, glaubte in Ohnmacht zu fallen. *Wie kann ich das aushalten? Wie kann ich mich selbst aushalten?* Sie erinnerte sich der Nächte, wenn Hiro sie selbst als Knaben verkleidete, ihre Hände mit zierlichen geflochtenen Seidenfesseln band, verstohlen in sie eindrang, wie er in einen Knaben eingedrungen wäre. Und wie er ihr Knabennamen gab.
»Aber ich bin schlau«, fuhr Ban fort. »Ich begann ihm Geschichten zu erzählen, Mythen, von unserem Leben, unserem Dorf. Ich war

wie Scheherazade – ich erzählte Nacht für Nacht. Er erkannte, wie klug ich war, und begann mich auf andere Weise zu sehen. Er zog mir die Mädchenkleider aus und bildete mich zum Gehilfen aus. Er begann, mich Sohn zu nennen, sah in mir den Sohn, den er nie hatte.«

Sie atmete schwer. *Das Kind, das ich ihm nie geschenkt habe. Wie konnte ich? Dafür war ich nicht da, dafür war ich nicht geschaffen. Ich war eine Art Kind, in endloser Brunft. Wer weint da? Ja, das könnte ich sein.*

»Ach, bitte, nicht weinen!« bat er.

Rachel beruhigte sich, bedeutete ihm fortzufahren.

»Er war gut zu mir«, sagte Ban. »Und geduldig. Aber dann geschah etwas mit meiner Schwester Kim. Er hatte sie in ein Freudenhaus für Seeleute gesteckt, für Gangster. Die Männer waren sehr grausam, weil sie nicht schön war. Eines Tages hat sie sich erhängt. Sie war mein Liebling gewesen, und ich lief fort. Mr. Hiro fand mich und versprach mir ein besseres Leben. Er gab mir mehr Verantwortung, ich bestellte seine Kleidung und seinen Schmuck, verhandelte mit Ärzten, veranlaßte die Untersuchungen der Mädchen, während ich still die geschäftliche Seite von alledem erlernte. Versand, Großhandel und wie bei säumigen Lieferungen zu verfahren sei. Doch in meinem tiefen Inneren hatte ich immer den Wunsch, meine Ausbildung zu beenden, ein geachteter Mann zu werden.«

»Und wie haben Sie seinen Leichnam aus Thailand herausbekommen?«

»Ich habe die Behörden bezahlt, Polizei, Konsulate, sogar Leute in der US-Botschaft. Keiner will etwas damit zu tun haben. Wissen Sie, er ist den USA während des Koreakrieges gefällig gewesen. Und im Vietnamkrieg.«

»Gefällig?«

»Na ja, mit Informationen. Durch seine Wasserhandelsverbindungen. Dafür, sagte er, hat sich niemand in seine Geschäfte eingemischt. Sie haben weggesehen, ihm freien Zugang gewährt, überall, wohin er wollte. Aber jetzt ...«

»Jetzt ist er ohne Nutzen für sie. Und woher hatten Sie das Geld, um diese Leute zu bezahlen?«

»Ich habe ein bescheidenes Bankkonto in Hongkong.«

»Ja. Sie sind klug, Ban. Und nun möchten Sie, daß ich mich Ihnen erkenntlich zeige. Vielleicht ein hoher Scheck?«
Er beugte sich vor, faltete die Hände wie zum Gebet. »Ich denke an etwas anderes, wenngleich es Sie schockieren dürfte.«
Sie lehnte sich zurück, fragte sich, was er ihr noch erzählen, was er ihr noch antun könnte. Eine Veränderung hatte er bereits in ihr bewirkt: Sie war keine wartende Frau mehr. Es gab niemanden, auf den sie hätte warten können.
Er sah Rachels Anspannung. »Bitte. Ich bin kein Opportunist. Eines Tages werde ich wieder studieren. Ich will Arzt werden. Ja, es klingt affektiert und klischeehaft, zu sagen, was jeder strebsame Thai sagt, nämlich: ›Ich will meinem Volk helfen.‹ Aber ich werde Erfolg haben. Und ich muß mein Gewissen reinhalten.«
»Worum wollen Sie mich bitten?«
Er sah sich im Zimmer um und hinaus auf den weitläufigen Rasen, die im Teich planschenden Karpfen, den Gärtner, das lange, breite Schwimmbecken. »Sie sind nicht arm.«
»Offensichtlich nicht.« Sie schlug die schlanken Beine übereinander, unglaublich gefaßt. Doch in ihrem Kopf drehte sich alles. Sie fühlte sich ungeheuer schwach und wußte, wenn sie erst erfaßte, was dieser Ban ihr erzählt hatte, würde sie schreien, würde ihr Körper sich auflehnen.
»... da müssen Sie eine Menge Verbindungen haben. Bei den Einwanderungsbehörden, beim Gesundheitsamt. Leute, die Ihnen helfen würden.«
Eine Vision tauchte auf, Hiro in einer Kiste. Sie stand auf, schrie beinahe. »Bitte, reden Sie weiter.«
»Ich will Ihnen alles geben, was ich besitze, meine sämtlichen Ersparnisse. Ich will ganz von vorne anfangen, wenn Sie ihnen nur helfen, sie fördern. Sie würden ihnen das Leben retten.«
Sie sah ihn verständnislos an. »Wem? An wem liegt Ihnen denn so viel?«
»An meinen Schwestern! Männer, die für Ihren Mann arbeiteten, haben sie meinem Vater schon abgekauft. Sie sind erst dreizehn und zwölf und schon in einem Bordell. Dabei gibt es nicht einmal irgendwelche Vorschriften zu ihrem Schutz. Nur schmutzige Schilder: DIE KUNDEN WERDEN GEBETEN, KONDOME ZU BENUTZEN. Die

Männer lachen darüber! Die Tochter unserer Nachbarn haben sie aus dem Bordell geworfen, als sie zu dick wurde. Sie kam als Bettlerin mit ihrem Neugeborenen nach Hause, beide sind mit dem AIDS-Virus infiziert.«

Rachel saß ganz still. Es war zuviel auf einmal, womit er sie konfrontierte.

»Ich weiß nicht, wohin ich mich wenden soll. Mein Visum für hier gilt nur zwei Wochen. Ich kenne sonst niemanden außerhalb Thailands.«

»Was meinen Sie mit ›fördern‹?« fragte sie.

»Meine Schwestern kaufen. Jeder kann sie kaufen, Männer, Frauen. Holen Sie sie hierher nach Honolulu, beschäftigen Sie sie als Dienstmädchen, im Garten, egal.« Er weinte wieder, schlug sich wieder und wieder mit der Faust aufs Knie. »Sie sind mein Leben, meine Verbindung zu dieser Erde. Sie werden geschlagen, weil ich ihnen das Versprechen abgenommen habe, sich Männern zu verweigern, die keine Kondome benutzen. Sie sitzen hinter Glasscheiben auf einer Bühne. Die Kunden wählen sie aus wie ein Stück Obst. Aber in sechs Monaten, einem Monat, einer Nacht wird der Falsche kommen, und sie werden sich unweigerlich mit dem Virus anstekken. Es ist eine furchtbare Epidemie in meiner Heimat, haben Sie das gewußt?«

Sie konnte nicht glauben, was sie hörte, um was er sie bat. »Ich soll nach Chiang Mai reisen, um diesen Ungeheuern Ihre Schwestern abzukaufen?«

»Ja! Wenn ich reich wäre, würde ich sie kaufen und weit fort bringen.«

»Warum bitten Sie mich?«

Er sah Rachel lange an. »Weil es moralisch geboten ist. Ich habe andere Ehefrauen wie Sie gesehen, deren Männer mit Mädchen, Knaben und Drogen handeln. Die Frauen stellen sich unwissend, sie geben vor, ihre Männer seien internationale Financiers, die ihr Geld in Jachten und Sojabohnenöl anlegen. Aber in ihren Augen lese ich Schuldgefühle, furchtbaren Selbsthaß.«

Rachel deutete mit dem Finger auf ihn. »Mein Mann hat Sie von Gewinnen bezahlt, die er mit jungen Mädchen machte. Wie konnten Sie das annehmen?«

»Ich habe für ihn gearbeitet, um meine Schwestern zu retten. Jetzt bitte ich *Sie,* sie zu retten.«
Sie starrte lange Zeit auf ihren Schoß. »Ich habe Sie noch nie gesehen. Wie können Sie es wagen, hierher zu kommen und so etwas zu verlangen? Außerdem habe ich diese Inseln noch nie verlassen. Ich weiß nichts von der Welt.«
»Ja«, sagte er, »Sie leben hier im Paradies. Niemand hungert, niemand ist verzweifelt ...« Seine Stimme nahm einen verträumten Klang an, er sprach wie in Trance. »Haben Sie jemals einen Menschen genug geliebt, um ihm das Leben zu nehmen? Ich habe daran gedacht, meine Schwestern zu töten, damit sie unbefleckt sterben. Es würde kurz und schmerzlos sein. Natürlich würde ich mich hinterher selbst umbringen. Das Leben ist nicht so kostbar. Das Leben ist sehr schmutzig.«
Er wirkte jetzt wie ein geprügelter, verlorener kleiner Junge. Gerne hätte sie ihm über den Kopf gestrichen wie eine Mutter.
»Sie sind meine letzte Hoffnung«, sagte Ban. »Sie haben Macht.«
Sie sah ihn an. Rachel hatte sich nie für eine Frau mit Macht gehalten. Nur die Macht ihrer Schönheit hatte sie besessen. Ein schönes Kind. Hiros Kind. Eines von Hiros vielen Kindern. *Du Dreckstück. Du Hurenbock. Päderast. Du Sklavenhändler.*
»Ban, Sie sagen, mein Mann ist tot. Ich muß jetzt allein sein, damit fertig werden. Wenn es wahr ist, habe ich Dinge zu erledigen. Auf der anderen Seite des Rasens ist ein Gästehaus. Kori-Kori wird Sie begleiten. Gehen Sie sich jetzt ausruhen.«
»Bitte, denken Sie an meine Schwestern! Sie sind sonst verloren. So viele sind schon verloren.«
Rachel sah, wie Kori-Kori ihn ins Gästehaus führte, dann wankte sie in die Küche. »Hiro ... ist tot.« Wie eine einknickende Papierpuppe sank sie langsam zu Boden.
Sie erwachte von den Schreien Fumikos, die ihr schlückchenweise Gin einflößte. Rachel würgte, warf die Flasche Bombay Sapphire an die Wand. Das Klirren tat ihr wohl.
»Hör auf! Sonst schlage ich dich.« Sie sagte das in so verändertem Ton, kalt, gebieterisch und beherrscht, daß Fumiko sofort zu schreien aufhörte.
Wie im Traum glitt Rachel von Zimmer zu Zimmer. So viel

vergeudeter Reichtum. Sie öffnete Schränke mit Dutzenden von Kleidern, Abendkleidern, Schuhen, geordnet nach Farben, nach der Höhe der Absätze. Manche Kleider hatte sie nie getragen. Sie trat in Hiros Zimmer, eine Harmonie in Grau. Er hatte so viele Anzüge besessen, daß er eine Wand abreißen und eine Art Karussell wie in einer Reinigung einbauen ließ. Unter jedem Anzug die passenden Schuhe. Sie versuchte, Trauer zu empfinden, versuchte, sein krankhaftes, verrufenes Leben zu rechtfertigen. Doch wenn sie die Augen schloß, sah sie Kinder, postiert hinter Glasscheiben, an denen kleine, fliegenfleckige Schilder angebracht waren. DIE KUNDEN WERDEN GEBETEN, KONDOME ZU BENUTZEN.

Sie setzte sich an ein Fenster, erfüllt von finsteren Mutmaßungen, die nüchternen Erkenntnissen wichen, und von Zorn, gemäßigt von ihrem gesunden Menschenverstand. Schließlich kehrte sie in Hiros Zimmer zurück. Auf einem alten Teak-Sockel stand unter einer Kristallglocke ein Gegenstand, den er sehr geschätzt hatte. Eine vollendete, reinweiße Porzellanschale aus der Yi-Dynastie. Sie war edel gerundet, runder als alles, was Rachel je gesehen hatte, und so vollkommen, daß sie, wenn sie sich darüber beugte, das Gefühl hatte, daß das Gefäß die Form ihrer Augen beschämte. Diese Schale hatte stets Neid, Gehässigkeit in ihr geweckt, denn sie war von jener Vollkommenheit, die Hiro sich in ihr, Rachel, gewünscht hatte.

Sie entfernte die Glasglocke, nahm die Schale, ging in Hiros Badezimmer, dessen Wände und Fußboden mit dem geäderten grünen Marmor der Renaissance-Palazzi gekachelt waren. Sie streichelte die Schale, die von so feinem Porzellan war, daß sie ihre Hand durchscheinen, das Blut in den blauen Adern ihrer Hand pulsieren sehen konnte. Und dann ließ sie, während sie sich im Spiegel betrachtete, die Yi-Schale aus ihren Fingern gleiten; das Geräusch auf den Marmorfliesen war nur ein Klingeln, das hallte und hallte wie Tempelglöckchen in uralten Träumen. Sie schüttelte die Splitter von ihren Schuhen, drehte sich um und ging hinaus.

Als erstes rief sie Dr. Seko an der Universität Tokio an, einen Mann, den Hiro bei zahlreichen Erwerbungen zu Rate gezogen hatte, zum Beispiel einem antiken Fächer aus Jakhaarspitze vom Hofe Kaiser K'ang-hsis oder einem konservierten gebundenen Fuß, hart und puppenhaft winzig, aus der Mandschu-Dynastie. Hiro hatte ihm ansehnliche Beratungshonorare gezahlt, hatte ihm seine Pathologieabteilung gestiftet, die Sekos Namen trug und dem Mann somit zu hohem Ansehen verhalf. In seinem Metier war er außerdem berühmt für seine geschickten Chirurgenhände.

Als Seko ihre Stimme vernahm, atmete er schwer, und es klang, als weinte er. Er hatte schon von Hiros Tod gehört.

»Ja«, sagte sie. »Eine Tragödie.« Dann sagte sie ihm, was sie wünschte. »Ich zahle Ihnen jeden Preis. Ich weiß, Sie sind ein Experte in dieser Kunst.«

»Sind Sie ganz sicher?« fragte er. »Es ist so ein außergewöhnlicher ...«

»Es wäre das schönste Andenken an meinen Mann.«

Dennoch schien er zu zögern.

»Es wird doch sicher nicht länger als eine Woche dauern, um die Dinge in die Wege zu leiten?« meinte sie. »Sie werden alles zu Ihrer Verfügung haben, auch einen Wagen mit Chauffeur, und ich werde Ihnen eine Suite im Royal Hawaiian reservieren. Alles, was Sie brauchen oder wünschen. Alles.«

Schließlich erklärte er sich bereit, nach Honolulu zu kommen.

Als nächstes rief sie das Bestattungsinstitut und Krematorium Shiroshi in Honolulu an. Der Besitzer war *yakuza;* Hiro hatte ihn vor dreißig Jahren ins Geschäft gebracht, als er sich von einigen Schmalspurgangstern befreien mußte. Herr Shiroshi hatte die birmesischen Drogenbarone verflucht, die den Tod eines Freundes auf dem Gewissen hatten, und Rache geschworen.

»Ja, tragisch«, sagte Rachel, während sie abgesplitterten Lack von ihren Fingernägeln kratzte. »Selbstverständlich ist es angemessen, daß Sie die Zeremonie des letzten Lebewohls ausrichten.«

»Ich fühle mich zutiefst geehrt.«

»Zuvor muß aber noch einiges erledigt werden. Ein Dr. Seko aus Tokio wird in zwei Tagen eintreffen. Er wird es Ihnen erklären. Ich denke, er wird vor den Bestattungsfeierlichkeiten vielleicht eine Woche brauchen und einen Raum in Ihrem Institut zum Arbeiten.«

»Zum ... Arbeiten?«

Er schwieg, während sie den Zweck von Dr. Sekos Besuch erläuterte. Nach einigem Nachdenken klang Shiroshi außer sich, hoch erfreut.

»Ja. Wie passend! Genau das Richtige! Wir schicken jetzt einen Wagen, um den Leichnam zu holen.«
Zuletzt rief sie Hiros Anwalt Lee an. Der Mann hatte noch nicht von seinem Tod gehört, und als sie es ihm sagte, schluckte er, und seine Stimme nahm einen furchtsamen Klang an. »Was geschieht nun? Wer übernimmt das Geschäft?«
Sie wußte, daß er bei Hiro Spielschulden in Höhe von ungefähr sechzigtausend Dollar hatte. »Keine Bange, Lee. Niemand wird Ihnen etwas anhaben. Ich streiche Sie aus dem Ordner. Aber hören Sie auf zu spielen.«
Ein langes Schweigen folgte; er brachte vor Erleichterung kein Wort hervor. »Ich tue alles. Alles, was in meiner Macht steht.«
»Rufen Sie unsere Steuerberater an. Stellen Sie fest, wieviel ich besitze. An flüssigem Vermögen.«
»Nicht am Telefon, Rachel. Ich komme gleich morgen früh zu Ihnen.«
»Nein. Ich will es noch heute abend wissen.«
Ein paar Stunden später saß er ihr gegenüber. »Es scheint, daß er voriges Jahr große Aktienpakete in seinem Portfolio hier in Honolulu abgestoßen hat. Er hat Geld in Geschäften in Hongkong und Bangkok angelegt – im Wasserhandel. Die Gewinne aus dem gesamten Bereich – Spielkasinos, Alkohol, Prostitution und so weiter – liegen unter Firmennamen auf Banken in Tokio. Sie werden niemals imstande sein, da heranzukommen, Rachel. Aber wollen Sie das überhaupt?«
»Nein. Bitte fahren Sie fort.«
Er blickte auf ein Blatt mit Zahlen. »Hier, sein persönliches Vermögen – Schuldverschreibungen, Goldzertifikate, Grundbesitz ...« Er sah sie entschuldigend an. »Es tut mir leid. Wenn er die Aktien nicht verkauft hätte, wäre es viel, viel mehr.«
»Lee, sagen Sie mir einfach, was ich besitze.«
Er blickte wieder auf die Aufstellung. »Sie sind natürlich seine Alleinerbin.« Dann schrieb er eine Zahl auf einen Zettel.
Als Rachel in dieser Nacht im Bett lag, sah sie sich im Zimmer um wie eine Fremde. Sie schüttelte den Kopf, setzte sich auf, fiel wieder in die Kissen zurück. *Was habe ich gerade gemacht, als sie ihn erschossen, in dem Moment, als sein Körper den Aufprall der Kugel*

spürte? Seine Tätowierungen – haben sie die Farbe gewechselt, als er starb? Werde ich die Kraft haben, zu leiden, wenn das alles wahr ist? Plötzlich schrie sie und konnte nicht aufhören. Sie war endlich frei von ihm; aber sie war vollkommen allein. Jetzt konnte sie in die Welt hinaus; aber sie war gelähmt. Sie war verwitwet und reich; aber sie war auch verwaist und verdammt. Sie schrie wieder, ein erschreckender Laut, den auch der junge Mann, Ban, im Gästehaus hörte. Er schauderte, senkte den Kopf, stellte sie sich vor, gramgebeugt vor Scham und Schmerz; er wußte nicht, daß der Ursprung dieses Schmerzes der Schrecken eines Kindes war, das verlassen wurde vom Vater, vom Liebhaber, vom Richter und Henker.

Lange vor Tagesanbruch stand Rachel auf; das zerknitterte Papier in ihrer Hand fiel auf den Bettvorleger. Sie hüllte sich in Hiros alten Kimono aus mitternachtsblauer bestickter Seide und tappte leise, halbblind, hinaus auf den Rasen, legte sich neben den Teich, ließ ihre Hand ins Wasser hängen. Die Karpfen wirbelten herum, knabberten sanft an ihren Fingern, und sie streichelte sie, diese blumengemusterten Fische, die tapfersten von allen, die, wenn sie gefangen wurden, dem Schlachtmesser entgegenblickten, ohne zu zucken. Sie lag da, spürte, wie der Passatwind ihre Wangen streichelte, sah, wie sich die Meeresoberfläche im Sonnenaufgang rötete. In ihrem Schlafzimmer wehte ein Blatt Papier im Wind, so daß die Zahlen zu schwingen schienen: »$ 27 000 000.«

Toru kam mit Jess und Vanya, und alle waren verwundert, daß Rachel so wenig Trauer zeigte, überhaupt keine Gefühlsregung irgendwelcher Art. In makellosem Schwarz wirkte sie eher heiter oder wie im Drogenrausch. Der Strom der Kondolierenden riß nicht ab. Politiker, Industriemagnaten, Museumsdirektoren, Leute, die Hiro im Laufe der Jahre gefördert hatte, die alle in seiner Schuld standen. Rachel staunte über den beklagenswerten Geschmack, den ein Armeegeneral in Zivilkleidern bewies. Und da waren die Gesichtslosen, die Männer, die niemand kannte. *Yakuza.* Eine Hand stets in der Tasche, das fehlende Fingerglied verbergend, standen sie stumm, teuer gekleidet.

Herr Shiroshi, bei dem der Sarg aufgebahrt war, verbeugte sich immerzu, salbungsvoll, übereifrig. Der Sarg hatte kein Fenster,

Hiros Gesicht war nicht zu sehen. Dafür war an der Wand darüber auf einer Art hängendem Altar eine große Photographie von ihm angebracht. Gleich darunter auf einem Bord Sühneopfer, Bällchen aus ungekochtem Reis, Obst, Weihrauch. Überall Blumen. Die Menschen defilierten am Sarg vorbei, schüttelten Rachel die Hand. Manche schüttelten sie zu heftig, so sehr waren sie von Hiros Tod erschüttert. Eine Begräbnisfeier gab es nicht. Rachel hatte die Priester des buddhistischen Tempels mit einer großen Spende bedacht; sie zog eine Gedenkfeier irgendwann in der Zukunft vor.
Hinter Shiroshis Leichenhalle lag das Krematorium, wo den Gästen Weihrauchstäbchen gereicht wurden, die freilich den durchdringenden Geruch nach verkohltem Menschenfleisch, der hier überall in der Luft lag, nicht milderten. Zehn Minuten etwa stand Rachel allein in einem Raum mit dem Sarg und sagte Hiro Lebewohl. Während sie noch in dem Raum war, öffnete eine alte philippinische Putzfrau die Tür und trat ein. Sie hörte Gemurmel und wollte sich schon zurückziehen, doch die Neugierde hielt sie fest. Was sie sah, sollte sie noch jahrelang im Traum verfolgen.
Eine schöne Frau in Schwarz lehnte an einem offenen Sarg wie ein Matrose an einer Bar. Sie schien leise zu lachen, zu scherzen mit dem, der darin lag. Ja, dachte die alte Frau, die Menschen taten hier die seltsamsten Dinge. Manche begruben ihre kleinen Lieblinge in Riesensärgen, die vollgestopft waren mit Babysachen. Ein Paar war hier getraut worden, in Särgen! Aber mit wem lachte die schöne Dame? Die alte Frau kam noch ein paar Schritte näher.
Die Haare auf ihren Armen standen ihr zu Berge. Sie schrie gellend, ließ Putzlappen und Eimer fallen und floh aus dem Raum, floh aus der Leichenhalle. Erst am Parkplatz hielt sie an, fiel auf dem Kies auf die Knie. Sich mehrmals bekreuzigend, versuchte sie zu begreifen, was sie gesehen hatte. Die schöne Frau hatte, an den Sarg gelehnt, mit etwas gescherzt, das aussah wie ein riesiges gehäutetes Tier. Was einmal rosiges Fleisch und klares, glänzendes, schieres Fett gewesen war, war grau verfärbt und schimmernd fest geworden, ein gräßlicher Anblick. Ja, ein riesiges gehäutetes Tier hatte da in dem Sarg gelegen, ganz bestimmt kein Mensch.
Jetzt wurde Hiros geschlossener Sarg hinausgerollt; Rachel ging gesetzten Schritts neben ihm her. Ein kleiner Mann im Arbeitskittel,

der vor einer Art Fahrstuhl stand, rief theatralisch: »Der Augenblick des letzten Lebewohls!« Dann drückte er, ohne weitere Umstände, einen Knopf, worauf sich die Tür zum Verbrennungsofen öffnete. Der Sarg rollte hinein, Flammen loderten auf, die Tür schloß sich hinter ihm. Während der Verbrennung und der Aufbereitung der Asche wurden die Trauernden in einen Raum geführt, wo Tische mit Damast, Porzellan und Kristall gedeckt waren.

»Er hätte es so gewollt«, sagte Rachel, als Kellner Dom Perignon und Beluga-Kaviar servierten.

Die Menschen tranken und aßen reichlich, während im Krematorium die Asche abkühlte. Zwei Stunden später schlenderten sie gemächlich zurück in die Haupthalle des Krematoriums. Sie wurden in einen Raum geführt, wo Hiros Überreste auf einem Tablett lagen. Das Häufchen Knochen und Asche war von rötlichbrauner Farbe, größere Stücke ragten heraus wie Korallen. Neben dem Tablett stand eine große Jade-Urne, daneben lagen mehrere Paar sehr große Eßstäbchen.

Einer nach dem anderen traten die Gäste nun vor und beförderten behutsam ein Stück Hiro vom Tablett in die Urne. Ein Schädelstückchen war so unhandlich, daß Jess es einige Male fallen ließ; jedesmal, wenn es ihren Stäbchen entglitt, glaubte sie, sie würde ohnmächtig. Rachel kam ihr schließlich zu Hilfe, hob das Stückchen mit den Fingern auf und warf es nonchalant in die Urne. Als der letzte Einwurf vollzogen war, wurde die Urne versiegelt. Nachdem Rachel ihnen pflichtschuldig die Hände geschüttelt hatte, entfernten sich die Gäste still.

Der letzte, mit dem sie sprach, war Dr. Seko aus Tokio. »Eine schöne Arbeit«, sagte sie. »Sehr ... sauber.«

»Es war mir eine Ehre. Es wird ein Kunstwerk sein.« Er nahm sie beiseite. »Verzeihen Sie mir diese Dreistigkeit, aber Ihr Gatte war ein blendender Stratege, er hat keine Fehler gemacht. Ich glaube, er hat sich selbst die Kugel gegeben. Sehen Sie, er war bereits im Sterben begriffen, ein langsames Ersticken, bedingt durch die Tätowierungen. Die Farbgifte im Blut sammelten sich in seinen Lungen an, das ist bei Ganzkörperkunst normal. Wir haben sehr oft darüber gesprochen. Soviel ich weiß, hatte er Sie vorbereitet.«

»Ja«, sagte sie. »Aber ich hätte ihm besser zuhören sollen.«

Seko blickte auf seine schmalen Hände. »Der Tod ist am schönsten, wenn es schnell geht. Das ist am Ende alles, was in Erinnerung bleibt: wie wir sterben.« Er tätschelte ihren Arm. »Wie Sie gesehen haben, ist die Kugel an der Schädelbasis eingedrungen und dort steckengeblieben. Alles übrige von ihm wurde nicht beeinträchtigt. Die Konservierung wird Monate beanspruchen.«
»Solange Sie brauchen, Dr. Seko. Geduld gehört zu den Dingen, die Hiro mich gelehrt hat.« Sie gab ihm die Hand und sah ihm nach, als er ging, ein Meister in der Kunst des Präparierens.

Später, zu Hause, schenkte sie Toru und den anderen Sake in kleine Becher.
»Sag, wie fühlst du dich?« fragte Vanya. Rachels Verhalten verwirrte sie; sie wartete immer noch auf ein Anzeichen von Trauer, auf ein bißchen Theater.
»Nicht drängen, Vanya. Die Trauer kommt zu ihrer Zeit.« Sie lehnte sich zurück, sagte in bescheidenem Ton: »Hiro hat mir natürlich alles hinterlassen.«
»Mitsamt einem neuen Hausdiener?« Toru sah aus dem Fenster auf einen jungen Mann, der grübelnd am Teich stand.
»Ban. Er hat für Hiro gearbeitet. Ich habe eine Verlängerung seines Visums erwirkt. Ich möchte ihm helfen.«
Toru lächelte. »Und was wird er für dich tun?«
Ihr Gesicht wurde bleich. »Meine Gefühle sind mütterlicher Natur. Hiro hat ihn als seinen Sohn betrachtet, als das Kind, das wir nie hatten. Wißt ihr, ich habe jetzt ein Verlangen, das über das Körperliche hinausgeht, das ...«
Sie beugte sich vor, unversehens gespannt.
Jess fragte sie im sanftesten Ton: »Cousine, so sag doch, was ist dein Verlangen?«
»Ich will lernen.« Sie bemerkte die Skepsis der anderen. »Habt ihr gedacht, Hiros Tod würde auch meinen Lebenslauf zum Stillstand bringen? Ich will die Dinge kennenlernen. Die Dinglichkeit der Dinge. Ich will all die Jahre aufholen, die ich ...« Sie schob diese Gedanken fürs erste beiseite. »Wie gesagt, Hiro hat mich als reiche Frau zurückgelassen. Ich möchte etwas für die Familie tun, für euch alle. Sagt mir, was braucht ihr?«

Jess schüttelte den Kopf, ihr fiel nichts ein.
»Kommt. Ihr müßt doch etwas wissen, das ich euch geben kann!«
Vanya musterte Rachel, wie um sie abzuschätzen. Sie sah Toru an, und schließlich sprach sie.
»Bomben«, sagte sie. »Mehr Bomben.«

Hiamoe loa
Ewiger Schlaf

❖

»Hör auf damit, Jess. Das hier ist eine Revolution, keine Marotte.«

Jess schüttelte langsam den Kopf. »Revolution ist die Amtsenthebung einer politischen Organisation durch eine andere. Was hier geschieht, ist nicht organisiert. Es ist Chaos.«

Sie saßen am Strand, zwei Menschen, die darum rangen, einander zu verstehen.

»Wir sind hier in Amerika, Vanya. Du kannst nicht ...«

»Sag mir nicht, ich kann dies nicht, ich kann das nicht! Die Rückzugspolitik ist am Ende. Du hast gesehen, was im Pazifik passiert.«

Jess mußte es zugeben. Seitdem sie hier lebte, erfuhr sie aus Zeitung und Fernsehen von Tragödien, die nie bis zum amerikanischen Festland vordrangen.

»Sieh doch, was in den letzten zehn Jahren passiert ist«, sagte Vanya. »Morde in Palau, Militärcoups in Fidschi. Panzerbrigaden in Neukaledonien und die Ermordung von Schulkindern. Vielleicht ist das alles eskaliert, nachdem die Franzosen 1985 das Greenpeace-Schiff *Rainbow Warrior* angegriffen haben, wobei der kanadische Photograph ums Leben kam. In kleinerem Maße spiegeln die Umwälzungen im Pazifik wider, was auf der ganzen Welt geschieht. Die Inselvölker schlagen zurück. Terrorismus ist jetzt unsere Muttersprache.«

»Was könnt ihr Gutes bewirken?« fragte Jess. »Es ist Theater, schlechtes Theater. Hotels in die Luft jagen gibt uns Hawaiianern unser Land nicht zurück. Das kann nur die Souveränität.«

»Jess, hör mir zu. Die Erlangung der Souveränität dauert acht bis zehn Jahre. Weitere zehn Jahre dauert der bürokratische Papieraustausch zwischen hier und Washington. In zwanzig, dreißig Jahren wird unser Volk also immer noch auf sein Land warten. In der Zwischenzeit werden unsere Kinder und alten Menschen an verschmutzter Luft, vergifteter Milch und verseuchtem Wasser sterben, an Drogen und Alkohol zugrunde gehen. Wir müssen der Welt zeigen, daß wir die Nase voll haben. Dies ist kein Protest mehr. Es ist Krieg.«

Jess sah sie an, als ob sie wahnsinnig wäre. »Ein Dutzend Radikale gegen Milliarden-Dollar-Geschäftsinteressen und das US-Militär. Das ist kein Krieg, das ist Selbstmord.«

Vanyas hübsches Gesicht pulsierte vor Zorn. »Glaubst du, ich will sterben? Ich will leben. Ich will etwas verändern. Ich hab's so satt – Reden, Verhandeln, Kompromisse.«

»Kann ich dich nicht umstimmen? Wirklich nicht?« Jess schlang die Arme um sie, schaukelte sie zärtlich hin und her. »Gott im Himmel, wir sind beide über vierzig. Wir haben endlich Großvater bei uns. Können wir nicht für eine Weile eine Familie sein?«

»Familie!« Vanya riß sich los, musterte sie. »Früher habe ich dich gehaßt, weil du in die Welt hinausgehen konntest und dorthin gepaßt hast. Ich stand in irgendwelchen Aufzügen, saß in Klassenzimmern voller *haole* und fragte mich, ob ich da lebendig herauskommen würde. Weißt du, wie das ist? Diese Angst? Das Gefühl, du taugst nichts, weil du dunkelhäutig bist? Nein. Du wirst es nie wissen.« Sie lachte, versuchte einen Scherz: »Du bist nur halbtags dunkel.«

Jess rieb sich die Handgelenke, weil sie plötzlich an die Riemen denken mußte, die dieser Kurpfuscher ihr vor Jahren um Arme und Beine geschnallt hatte, denn was er ihr damals angetan hatte, schien ihr erst vor einem Augenblick geschehen zu sein, es war nie verblaßt, nie zu Vergangenheit geworden.

»Weiße Haut rettet dich nicht, schon gar nicht, wenn du eine Frau bist. Obwohl ich mich hier sicherer fühle.«

»Vielleicht ist das alles, wofür ich kämpfe«, sagte Vanya leise. »Ein Ort, wo wir uns sicher fühlen können. Ich weiß, daß wir verdammt sind, daß wir aussterben. Vielleicht muß ich einfach nur beweisen, daß wir ehrenvoll versagt haben.«

»Was ist mit Pono und Großvater? Was du vorhast, wird sie umbringen.«
»Sie wissen es.«
Jess sah sie völlig fassungslos an.
»Akzeptiere es, Jess. Akzeptiere es einfach. Warum mußt du immer alles *verstehen*?«
Darauf schwieg Jess. Sie sah aufs Meer hinaus und dachte, daß auch die See ihre eigenen geheimen Rituale hatte, Rituale des Schaffens, des Zerstörens; winzige Organismen starben im Schaum, andere wurden phosphoreszierend geboren.
»Also ... was kann ich tun, um dir zu helfen?« fragte sie. »Ich tu alles, was du verlangst, ich schwöre es.«
»Kümmere dich um sie.«
Sie sahen den Strand entlang zu ihren Großeltern, die auf einer Decke dösten wie junge Liebende. Plötzlich stand Pono auf und sauste hinter Dukes Rollstuhl her, den die Wellen in die Brandung trugen. Duke wälzte sich auf die Seite und lachte schallend; sein schönes, zerstörtes Gesicht strahlte.

Jess verbrachte ihre Tage und Nächte mit ihnen, jede Stunde, die sie ihr schenken konnten. Und alles, was Duke sagte, schien sie zu bestätigen, all die Dinge, die Jess nie erfahren hatte und dennoch wußte.
»Ich habe nie gedacht, daß meine Mutter mich liebte. Das hat sie so interessant gemacht für mich.«
»Sie hat dich geliebt«, sagte Duke. »Aber vielleicht warst du ihr nicht genug. Nach dem, was du erzählst, führte sie ein Leben in Buße. Man kann sterben an der Sehnsucht nach einem Ort. Ich weiß das.«
Was Jess bekannte, war auch für Pono bestimmt, und damit gab sie ihr Teile ihrer Tochter Emma zurück. »Mutter war schön und sehr empfindsam. Sie war eine Künstlerin, Malerin, deswegen war sie soviel auf Reisen.«
»Sie war so klug, sie hätte alles werden können.« Pono schüttelte traurig den Kopf.
»Sie wollte, daß ich Chirurgin würde, nicht Tierärztin«, sagte Jess. »Sie meinte, Ärztin sei man nur, wenn man sich an Herz und Leber

des Menschen zu schaffen machte, dort, wo er wirklich sterblich ist. Vielleicht habe ich das an Anna weitervererbt.«

»Ich hätte mich für die Pathologie entschieden«, sagte Pono.

»Ja, ja, um Tote auferwecken zu können«, neckte Duke sie.

Jess versuchte sich ihre Großmutter vorzustellen, als *kahuna* neonbeleuchteter Korridore, überdreht aus Schlafmangel, in Chirurgenkluft, einen Piepser an der Taille. Sie stellte sich vor, wie sie das Gehirn eines Menschen in die Höhe hielt, eine quarkähnliche Masse mit feinen filigranartigen Windungen in der geöffneten Hand. Sie stellte sich vor, wie Pono dieses Gehirn außerhalb des kranken Körpers wiederbelebte, als Starthilfe für das Herz eines anderen Körpers, der ein gesundes Hirn benötigte. Zu so etwas war Pono tatsächlich imstande. Jess hatte sie einen Feldarbeiter mit zerquetschtem Schädel wiederbeleben sehen, hatte miterlebt, wie sie Geburtsschmerzen von der Frau auf den Ehemann übertrug. Pono hatte eine von Krebs befallene Bauchspeicheldrüse geheilt, indem sie sich auf den Urin der Frau konzentrierte. Sie hatte einen Mann, der seine Frau prügelte, gelähmt, indem sie sich barfuß auf seine Spucke stellte.

»Dein Leben ist unglaublich genug gewesen«, sagte Jess. »Und ich weiß nicht einmal die Hälfte davon.«

Ponos Miene wurde kalt, beinahe grimmig. »Und das wirst du auch nie.«

»Diese *wahine.*« Duke tätschelte ihr Knie. »Alles, was ich von ihr weiß, ist nur zum Teil wahr! Nach sechzig Jahren kenne ich sie nur zur Hälfte. Das ist erschütternd. Und aufregend.« Er zwinkerte Jess zu. »Erinnere dich daran, was sie dich alles gelehrt hat, *keiki.* Diese Frau ist die Erhabenheit in Person.«

Jess, die zu Ponos Füßen saß, rückte näher zu ihr hin und spielte mit einem ramponierten Fächer in ihrem Schoß. »Das hat Mutter immer gesagt, wenn sie mich den Sommer über hierherschickte. ›Pono wird dir Angst machen, aber sie wird dich lehren, dich vor dem Ertrinken zu bewahren.‹« Plötzlich ließ sie den Kopf hängen. »Sie hat das Meer geliebt! Ich habe nie verstanden, warum sie in der Wüste endete.«

Duke schüttelte den Kopf. »Manchmal, Kind, ist der Tod eine Metapher.«

»Vater hat sie geliebt, aber sie fühlte sich nie weiß genug für ihn. Er hat die Leute belogen, sie sei nur ein Achtel hawaiisch. Eines Tages fragte ich ihn vor der ganzen Gesellschaft, was denn die anderen sieben Achtel seien. Er hat mich aus dem Zimmer geschickt. Wißt ihr, er ist in Panik geraten; sie schien dunkler zu werden, als sie älter wurde ...«
»Das wirst du auch«, sagte Pono. »Das Blut verschafft sich Geltung.«
Duke richtete sich in seinem Rollstuhl auf, schob energisch die Schultern zurück. »Du bist auch *haole,* Jess. Vergiß das nie. Ihr seid Mischlinge, alle miteinander. Ihr seid die Zukunft.«
»Die Zukunft macht den Menschen angst. Meine Tochter Anna zum Beispiel. Für sie bin ich ›teildunkel‹, wie man im Süden sagt.«
Jess schüttelte traurig den Kopf. »Manchmal frage ich mich, wann ist Liebe zuviel, und wann ist sie nicht genug? Ich weiß nur, ohne zu lieben, ist man arm. Ich habe ihr alles gegeben, ich habe mich bemüht, sie für das zu entschädigen, was sie als meine Unzulänglichkeit betrachtete. Oder vielleicht wollte ich wettmachen, was meine Mutter nicht geben konnte – Wärme, Gemeinsamkeit.«
»Die ich ihr nie gegeben habe«, sagte Pono. Sie schien in Trance zu fallen. »Eines Tages wird sie kommen, deine Tochter Anna. Sie wird bei dir sitzen und nach deiner Herkunft fragen, nach unserer Geschichte.«
Jess umschlang Ponos Knie. »Oh, *tutu*, hast du das im Traum gesehen? Woher weißt du es?«
»Gesunder Menschenverstand. Mütter sind das letzte Rätsel, der schlimmste Schrecken, der einzige Trost.« *Mama gab mir einen Beutel mit Perlen. »Geh fort. Zieh in die Welt hinaus. Wir haben Angst vor dir. Vor deiner* Kahuna-*Macht.« Mama, ich vergebe dir. Ich bin unversehrt und werde geliebt.*
Als Jess an ihre Tochter dachte, hielt sie sich die Augen zu und weinte ein wenig. Duke strich ihr über den Kopf; er wußte, Jess war diejenige, um die Pono sich die meisten Sorgen machte. Sie war die unsicherste von allen, ohne Vanyas beunruhigende Zuversicht und hartnäckigen Schwung, ohne Rachels Schönheit und unermüdliche Eitelkeit. Doch er nahm an, daß Jess die körperlich stärkere war. Trotz ihrer schlanken Gestalt war sie die kräftigste von allen, besaß

sie die größte Ausdauer. Er stellte sich vor, daß sie notfalls erschreckend grausam sein konnte, wenn es galt, zu schützen, was ihr kostbar war. Es steckte so viel von Pono in ihr, daß sie miteinander zu verschmelzen schienen, und beiden war der würzige Geruch des Meeres eigen.

»Hör mir zu, *keiki*«, sagte er. »Vergiß deine Tochter für eine Weile. Sie wird kommen, wenn die Zeit reif ist. Konzentriere dich auf dich selbst, denn du hast in den letzten Jahren allerhand an Umwälzungen und Leid erfahren und dein Leben vollkommen geändert. Du verfolgst die Lebensspur deiner Mutter, du wandelst in ihren Fußstapfen. Das erfordert viel Energie und Unerschrockenheit. Aber du hast dich dabei viel zu schnell vorwärtsbewegt und Teile von dir zurückgelassen. In deiner Tochter, in deiner Ehe, in dem Mann, den du erwähnt hast, Mars.«

Bei seinem Namen zuckte Jess zusammen. Wie zur Antwort zuckte Duke ebenfalls zusammen und rieb sich die Brust, als hätte er einen kleinen Tritt in die Rippen erhalten.

»Du mußt dich ein bißchen bremsen, Jess, damit diese Teile von dir dich einholen können. Aber du darfst nicht grübeln, sonst wird diesen anderen Teilen deines Ichs nichts mehr daran liegen, sich wieder mit dir zu vereinen. Sieh dich um, erinnere dich an vergessene Dinge, an Namen von Blumen, Vögeln. Lerne neue Dinge. Und wenn du das getan hast, rufe hinaus: ›Seht! Ich habe etwas gelernt, das ich vorher nicht gewußt habe!‹ Erinnerst du dich an das Entzücken, das du als Kind empfunden hast? Das wird die anderen Teile von dir begierig machen, sich wieder mit dir zu vereinen. Es wird dich wieder zu einem Ganzen machen.«

»Und«, sagte Pono, »du mußt mehr Zeit im Meer verbringen. Iß von ihm, trink von ihm. Du mußt das Meer wissen lassen, daß du zu Hause bist, damit du ihm wieder willkommen bist. Meerwasser ist immer noch das beste Tonikum, die beste Reinigung. Drei große Gläser täglich. Wenn es erst in deinen Adern fließt, wirst du nie ertrinken, denn du wirst die Angst vor dem Ertrinken verloren haben. Du wirst das Meer *sein.* Eins noch: Iß Tintenfisch, viel Tintenfisch, das ist gut für Muskeln und Hirn. Aber keine Kraken; das sind deine Cousins und Cousinen, sehr intelligente Lebewesen. Und nie, niemals darfst du einen Hai essen.«

Zu einer anderen Zeit in ihrem Leben hätte Jess gelacht. Jetzt aber war sie in ein altes Reich zurückgekehrt, umgeben von Meer und daher in seinem Machtbereich. Sie wollte seine Gesetze achten, sich an seine Legenden halten. Sie begriff, daß Pono ihr ein Vermächtnis machte, das auch die Achtung der Hawaiianer vor Mythen enthielt. Sie erinnerte sich an einen Sommer, als sie als Mädchen mit ein paar Straßenkindern aus Kainali'u Kraken gejagt hatte. Die Kinder hatten ihr und Vanya zeigen wollen, wie sie den gefangenen Kraken das Hirn mit den Zähnen herausrissen. Jess war losgeschwommen, sah schließlich, wie ein Krake von einem Köder angelockt wurde; er glitt langsam ihr Bein hinauf, heftete sich sacht an sie, und seine Saugnäpfe hinterließen kleine weiße Kreise auf ihrer Haut. Sie erinnerte sich, daß etwas Kindliches, Menschliches in diesen Ärmchen war, die sie so verzweifelt, wie um Schutz flehend, umwanden. Schwarze Augen blinzelten sie unverwandt an, Jess starrte zurück, und sie hatte eine solche Klugheit und Verständigkeit in ihnen gesehen, daß ihr die Tränen kamen. Nein, sie wollte ihm nicht das Gehirn herausreißen. Sie wollte das Ding umarmen und mit nach Hause nehmen.

In seichtem Wasser war sie mit dem um ihr Bein gewundenen Kraken aufgetaucht. Als die anderen Kinder johlend und schreiend, mit erhobenen Harpunen auf sie zugelaufen kamen, hatte Jess ganz langsam und bedächtig ihr schmales Schälmesser aus der Scheide gezogen und gedroht, ihnen die Wangen aufzuschlitzen. Vanya stellte sich neben sie und rief den Grobianen ein paar deftige Schimpfwörter hinterher, während diese sich über den Strand zerstreuten, ihre Harpunen schwenkend und Jess ihrerseits beschimpfend. Jess und Vanya waren im flachen Wasser stehengeblieben und hatten den Kopf des Kraken gestreichelt wie ein Hündchen, hatten ihn »liebes Ding« genannt und ihn so lange liebkost, bis sich seine Saugnäpfe langsam lösten. Mit einem Arm hatte er noch ein paarmal Jess' Bein getätschelt, beinahe zärtlich, dann schwamm er ins Tiefe.

Jetzt sah Jess ihre Großeltern an, im sanften Licht des Zimmers, und das Zimmer im Haus und das Haus in der Welt und die Welt im All waren flüssiger Balsam, ein See, und sie war mitten hineingefallen.

»Ich bin da, wo ich hingehöre«, sagte sie. »Hier, wo ihr seid, wo wir zusammen sind, wo wir reden, argumentieren. Das bedeutet, meine Mutter ist nicht von einem Stern gefallen. Es bedeutet, daß niemand ein Waisenkind war, daß *tutu* all die Jahre ein Leben hatte, ein wirkliches Leben.« Sie machte eine Pause. »Warum heiratet ihr zwei nicht?«

Pono lachte so herzhaft, daß sich ihre Haare aus den Nadeln lösten. »Ich habe jahrelang versucht, ihn zu angeln, um euren Müttern einen Namen zu geben. Er hat sich zu sehr geschämt. Er hatte Angst, sie würden herausfinden, wer er war. Jetzt will *er* mit *mir* vor den Traualtar. Soll er leiden!«

Duke schüttelte den Kopf. »Sie ist meine Strafe, auf ewig.«

Des Nachts hält Pono ihn zwischen ihren Schenkeln, immer noch erstaunt über seine Leidenschaft, seine Energie. Sie liebt es so sehr an ihm, dieses pergamentene Überbleibsel, diesen schwachen Abklatsch gewesener Lust. Später, nachdem er gekommen ist, schaudernd und seufzend, kommt der Schlaf, ein gequälter Schlaf, sein heftig pfeifendes Einatmen, dann das lange Ausatmen, wie Messer, die langsam zustoßen.

Duke setzte sich keuchend auf, die Augen quollen ihm hervor, schon die dritte Nacht hintereinander. Vor einigen Wochen hatte ein Arzt ihn untersucht, seine Herzwerte für alarmierend befunden und ihn ins Krankenhaus einweisen wollen. Er weigerte sich.

»Versprich mir, Geliebte, daß du mich denen nicht ausliefern wirst. Ich bin unzählige Male in Anstalten gestorben.«

Pono versprach es ihm. Und eines Nachts fuhr sie aus dem Schlaf. Im Traum hatte sie zwei Leichen gesehen, zwei vertraute Gesichter. Sie blieb die ganze Nacht wach, hielt seine Hand und wußte, die Zeit nahte, da sie ihren Weg finden mußten. Am folgenden Abend ging sie weinend von Zimmer zu Zimmer, berührte die Gesichter ihrer Enkeltöchter, erinnerte sich der Jahre, als sie sie im Schlaf untersucht und nach verräterischen Eiterbildungen, Anzeichen für *ma'i Pake,* Ausschau gehalten hatte. Sie saß einen ganzen Tag mit Run Run zusammen, redete mit ihr, hielt sie im Arm, während die alte Köchin sich wiegte und schluchzte. Eines Nachmittags rief Pono Toru und ging mit ihm durch die Pflanzungen, sprach mit ihm über Kaffeeanbau, über das Düngen, Pflücken, Sortieren.

»Du bist immer mein Junge gewesen. Laß das hier nicht verkommen.«
Und mit Jess ging sie am Strand auf und ab, sprach mit ihr über ihre Feldarbeiter, deren Bedürfnisse. Eines Tages faßte sie Jess an den Schultern und sah ihr in die Augen. »Du wirst in meinen Schatten treten. Du wirst hineinpassen.«
Jess blieb wie angewurzelt stehen.
»Ja, du. Die wahre *kanaka*. All die Jahre hast du darum gerungen, zu deiner Herkunft zurückzufinden. Dachtest du, ich sei blind?«
Jess schüttelte den Kopf. »Ich dachte, du hättest mich nur geduldet. Ich dachte nicht, daß du mich liebst.«
Pono ging über ihre Worte hinweg, es war keine Zeit. »Jetzt mußt du den anderen helfen, um diese Familie intakt zu halten. Rachel muß sich selbst finden, sie braucht eine Aufgabe, um ihr Leben zu bestätigen. Sie ist stärker, als sie denkt. Und Vanya mußt du zu Disziplin zwingen. Ihre Sache ist gut, aber sie muß sich an Recht und Gesetz halten, sie darf keine hündische Kriegsschlampe werden, die im Untergrund lebt. Was wird damit erreicht? Und sie hat schon zu viele Jahre als Schlampe gelebt.«
Jess trat zurück, schockiert, zitternd vor Wut. Sie starrte diese Frau an, die sich sechzig Jahre lang durch ein Leben voll Kummer, Verstümmelung, Verlust gekämpft hatte. Und doch, sechzig Jahre war sie nicht allein gewesen. Jemand an einem traurigen, verbotenen Ort hatte zu ihr gehalten. Mehr als ein halbes Jahrhundert hindurch hatte jemand sie geliebt, für sie gelebt. Sie hatte ihr Glück im verborgenen gehabt.
Was weiß sie, dachte Jess, *von äußerster, absoluter Lieblosigkeit? Was weiß sie davon, wie es ist, in der Anonymität der Welt zu leben, selbst ein Mensch ohne Gesicht? Allein dazustehen im mittleren Alter, vollkommen ausgeliefert? Sie hat alles gehabt. Wir hatten nichts.*
In diesem Moment richtete sich Pono zu ihrer vollen monumentalen Größe auf. Jess, die ihren Schmerz und ihre Angst nicht wahrnahm, sie nur überlegen und selbstgefällig sah, griff sie scharf an.
»Matrosen, Leprakranke, Opiumraucher, Spione ... mit so 'ner Familiengeschichte, wie haben wir da was anderes werden können

als Schlampen?« Sie drehte ihr den Rücken zu, ging fort, in Richtung Wasser, und tauchte in eine Welle.
Das waren ihre letzten Worte zu Pono.
In dieser Nacht, als nichts mehr übrigblieb, als Dukes Schmerzen in der Brust so schlimm waren, daß er nicht liegen, nicht sitzen konnte, da wußte Pono, daß es Zeit war. Während alle im Haus schliefen, rollte sie ihn zum Auto, hob ihn langsam, unbeholfen in den alten Buick, deckte ihn zu und fuhr langsam aus der Zufahrt. Während der Fahrt saß er an ihre Schulter gelehnt wie ein Kind, schien halb zu schlafen, halb zu wachen. Sie fuhr eine Weile auf dem Mamalahoa Highway, vorbei an Captain Cook, Kealakekua, Kainali'u, Holualoa, zurück durch ihrer beider Vergangenheit, das Leben in umgekehrter Reihenfolge durchlaufend. Schließlich bog sie auf den Highway 19 ein und fuhr in nördlicher Richtung zur Kohala-Küste. Eine Stunde später, als sie sich der Hafenstadt Kawaihae näherten, bog Pono scharf links auf eine kaum sichtbare Lehmstraße ab.
Duke setzte sich abrupt auf, plötzlich bei vollem Bewußtsein, und zeigte auf einen gewaltigen Tempel, der sich auf einer grasbewachsenen Anhöhe erhob.
»Pu'ukohola!« rief er.
Pu'ukohola Heiau. Einer der allerheiligsten Tempel, Stätte der Verehrung für Kamehamea I., den Einsamen, den größten aller hawaiischen Könige. Auch Opfertempel für seine Feinde war dieses Heiligtum gewesen. Auf halber Höhe stand ein kleinerer Tempel, Mailikini, wo einfache Bürger – Bauern und Soldaten – in Kriegszeiten beteten. Beide Tempel sahen auf eine große Wasserfläche hinaus, Shark Bay, die Bucht der Haie, die jenseits des Riffs in offenes Meer überging. Man erzählte sich, daß einst Kamehamea I. vom Tempel zur Bucht zu laufen pflegte, wo er weit hinausschwamm, seine *'aumakua mano* rief, mit ihnen spielte und balgte. Jetzt war die heilige Bucht ruhig, Haie träumten in Höhlen unterhalb des Riffs. Selbst der Pu'ukohola-Tempel war still, von keinen schlaflosen Göttern bevölkert.
»Wohin gehen wir?« fragte Duke; seine Stimme war rauh vor Schmerzen.
Pono fuhr den Wagen unter eine Gruppe von Kiawe-Bäumen, wo Toru auf ihre Anweisung hin ein großes, handgemachtes Kanu

deponiert hatte. Sie zog den Rollstuhl aus dem Auto, hob Duke mit nahezu übermenschlicher Kraft heraus und setzte ihn in den Rollstuhl. Ihre Muskeln spannten sich, als sie den Stuhl durch den Sand schob, bis Wasser Dukes Füße netzte. Dann schleppte sie das Kanu von den Bäumen ins seichte Wasser.

Er lächelte, als er endlich verstand. »Das Leben ist erfüllt. Jetzt gehen wir heim.«

»Ja«, sagte sie, »dorthin, woher unsere Vorfahren kamen. Auf jenen Fährten, die im verborgenen bleiben und nur für jene sichtbar sind, die den Weg wissen.«

Duke war durchnäßt, als sie ihn in das Kanu setzte und eine Decke um ihn legte. Sie warf den Kopf zurück, sah zu den Sternen, dann stieß sie das Kanu weiter hinaus. Ihre Lippen bewegten sich unablässig. Als das Kanu im Tiefen war und die Wellen ihre Brüste netzten, kletterte sie hinein und begann zu paddeln. Und die ganze Zeit sang sie dabei, leise zuerst, dann so laut, daß es weithin zu hören war. Plötzlich leckten Flammen vom Pu'ukohola-Tempel empor, ein gezackter Blitzstrahl streifte den Himmel, sengte ihnen die Gesichter, betäubte sie. Eine Weile lagen sie bewußtlos.

In diesem Moment sah Pono sie warten, ihr winken. »Ming!« rief sie. »Wir kommen. Emma! Mina! Wartet, meine Töchter. Wartet!«

Und während sie rief, hatte sie Traumvisionen von der Zukunft: Rachel, auf *Tatami*-Matten sitzend, mit einem düster-grauen Kimono bekleidet, unterwies fremdländisch aussehende Mädchen in der japanischen Teezeremonie. Dann knallten Bomben auf alle Inseln, Vanya, die durch den Dschungel taumelte, gejagt wie Beutewild.

Pono rief ihr einen letzten Wunsch zu, dieser unbesonnenen Tochter ihrer Tochter. »Lauf, Vanya! Lauf um dein Leben!«

Sie erwachte singend, und singende Stimmen antworteten vom Pu'ukohola-Tempel. Tempelfeuer machten die Nacht zum Tag. Pono stand auf, wies auf die Silhouetten der Köpfe. Alte Häuptlinge standen in einer Reihe, Gehilfen hielten *kahili,* heilige Stöcke, in die Höhe, an denen Bilder befestigt waren. Die Mauern des *heiau* waren jetzt gesäumt von lebenden Gottheiten. *Kahuna* in weißen Gewändern reckten Pono, die laut Gebete sang, ihre Stäbe entgegen. Häuptlinge, angetan mit Federbuschhelmen und gemusterten Umhängen aus roten und gelben Federn, erhoben sich von ihren Sitzen auf einer Reihe von Steinen, die sich entlang der äußeren Empore des Tempels zogen. Jetzt sangen *kahuna* Ponos Namen, und ihr Gesang hallte durch die Nacht.

Pono breitete die Arme aus und antwortete auf den Gesang, während ihr Haar sie umwehte wie ein großer Umhang.

»*Ja! Ich bin Pono! Dies ist Duke, mein Mann, der euch unter großen Schmerzen gedient hat. Wir sind müde! Wir kehren heim zu* 'aumakua. *Welches* mana *ihr mir auch gegeben habt, es wurde nicht mißbraucht. Ich habe anständig gelebt. Mein Herz ist rein!*«

In diesem Augenblick erschauerte die Erde, riesige Wellen stiegen zu beiden Seiten des Kanus empor, der Tempel spie große Flammen und verwandelte den Himmel in eine Arena voll explodierender Feuerkugeln. Sogleich verblaßten die Gottheiten und verschwanden, und es waren nur noch Flammen da. Das Kanu war in tiefste Wasser getrieben worden, und als Pono sich Duke zuwandte, ihn umarmte, sah sie die Tempelfeuer gespiegelt in den goldenen, glühenden Augen der *niuhi*, gigantischer, weißer, heiliger Haie, die nur das Fleisch von *kahuna* und von Menschen königlichen Geblüts aßen. Sie umschwammen das Boot in gemächlichen, anmutigen Kreisen.

»Geliebter«, sagte Pono, »wir gehen an jenen tiefen, immerwährenden Ort. In ewiger Meditation werden wir, du und ich, uns wiegen, Seite an Seite mit unseren *'aumakua.* Hin und wieder werden uns Lichtstrahlen berühren, das sind die Gedanken unserer Enkeltöchter, die sich unser erinnern. Durch sie wird unsere Geschichte weiter wachsen, wie die Haare der Toten.«

»Pono«, flüsterte er, und er schlang seine müden Arme um ihre Taille, küßte ihren Mund voller Leidenschaft. Dann nahm er ihr Gesicht in beide Hände. »Denk nur! Es wird keine Zeit sein zu vermodern.«

Wie es zwei Liebende tun, legten sie sich hin, und die Wellen überspülten sie. Dann glitten *niuhi* herbei. Goldene Augen. Und Flossen.

NA KAIKAMAHINE O MOA'E

Töchter der Winde

❖

Sie fanden Run Run in Ponos Zimmer. Dort hockte sie und starrte auf das gewaltige Himmelbett, das verhängnisvoll wirkte, da nun niemand mehr darin lag. Doch Run Run war nicht zum Sprechen zu bewegen.

»Wo sind Pono und Großvater?« Vanya schüttelte sie ungehalten. »Was hast du nur?«

Jess dachte, Run Run hätte einen Schlaganfall erlitten. Ihre Augen blickten leer. »Vanya, ruf Dr. Nori an.« Sie kniete sich vor Run Run hin, sah ihr in die Augen und fühlte ihren Puls.

»Brauch' kein Doktor nich'«, flüsterte Run Run. »Ich will gekochte Erdnüsse. Dann erzähl ich euch vielleicht was ...«

Vanya brachte ihr eine große Schüssel mit gekochten Erdnüssen, dann verschränkte sie die Arme und setzte sich ungeduldig aufs Bett.

Run Run schrie sie an: »Daß mir bloß keine von euch dieses Bett anrührt, nie wieder!«

Sie konzentrierte sich ganz auf eine einzige Erdnuß, die sie mit der Zunge bearbeitete wie ein Papagei. Reden wollte sie immer noch nicht. Schließlich holten sie Toru. Er trat leise ins Haus, blickte nicht nach rechts und nach links, sondern stieg die Treppe zu Ponos Zimmer hinauf, stand ganz still und sah Run Run an.

»Pono und Großvater sind schon den ganzen Morgen weg«, sagte Jess und nickte zu Run Run hinüber. »Sie will nicht reden. Sitzt bloß da.«

Toru kniete sich zu ihr, nahm sie in seine Arme, flüsterte auf japanisch. Sie antwortete leise.

Er ließ den Kopf sinken, unterdrückte ein Schluchzen. »*Gomen nasai! Gomen nasai!* Es tut mir so leid!«
Run Run fuhr ihm mit den Fingern durchs Haar und seufzte. Sie winkte die anderen heran, und sie setzten sich zu ihr auf den Fußboden. In der Stille hörten sie unten in den Pflanzungen ein paar Arbeiter scherzen.
»*Basho-gara*«, sagte Run Run. »*Basho-gara.*«
»Herrgott noch mal, sprich Englisch!« rief Vanya. »Wo *sind* sie?«
Toru setzte sich aufrecht, sah sie beide an. »Es bedeutet ... benehmt euch angemessen. Ich glaube, Pono und Großvater Duke ... sind tot.«
Schweigen, Kopfschütteln. Keine von ihnen wollte glauben, was sie da gehört hatten. Und dann ging ein schrecklicher, durchdringender Laut durch das Haus, schwebte zu den Fenstern hinaus, ein Laut wie jener der schwarzgewandeten, trauernden Frauen der alten Griechen. Der Drang, aufzustehen, die Leintücher auf dem Bett zu streicheln, ihre Gesichter an die Kissen zu drücken. Der Drang, Toru zu schütteln, ihn zu beschimpfen, ihm verständlich zu machen, daß sie nichts verstanden.
Toru sah Jess an. »Du hast es kommen sehen, du hast gesagt, du könntest es riechen, diesen Ammoniakgeruch, wenn die Nieren versagen. Du hast gesagt, du könntest Dukes drohendes Herzversagen an der Blaufärbung seiner Fingernägel erkennen.«
Sie nickte bestürzt. »Ich dachte, daß noch genug Zeit wäre, damit *tutu* ihn ins Krankenhaus bringt. Mein Gott, wo sind sie?«
»Shark Bay!« schluchzte er. »Sie sagte, wenn es Zeit sei, wenn die Zeit um sei, wollten sie gehen. Eines Nachts würden sie nach Hause paddeln, zu ihren *'aumakua.*«
Rachel beugte sich kniend vornüber, schlug mit dem Kopf mehrmals auf den Boden. Sie hatte den Buick nach Mitternacht langsam aus der Einfahrt fahren sehen. Jetzt stieß sie kreischende, bellende Laute hervor. *Es war Vollmond. Ich dachte, sie machten eine Spazierfahrt,* wollte sie sagen, konnte sich aber nicht artikulieren.
»Woher weißt du es? Woher?« Vanya schüttelte Toru heftig, ihr Gesicht war eine häßliche Maske.
Er packte sie an den Armen. »Ich habe ihnen geholfen. Sie hat mir gesagt, wo ich das Kanu verstecken soll, unter den Kiawe-Bäumen

am Fuß des Pu'ukohola-Tempels. Ich bin jeden Morgen hingegangen. Heute morgen war es nicht mehr da. Der Buick stand dort.«
Vanya schlug ihn mit voller Wucht ins Gesicht, dann warf sie sich schluchzend in seine Arme. Die sich steigernden Schreie bekamen Flügel, schwebten aus den Fenstern, ließen die Arbeiter drunten verstummen. Toru hielt Vanya in seinen Armen, bis sie sich beruhigte. Dann setzte er sich auf einen Stuhl, nahm Run Run in seine Arme und wiegte sie wie ein Kind. Sie umringten ihn erschüttert, fassungslos.
»Sie wollten zusammen sterben«, sagte er. »Ist das so ein schlimmer Wunsch? Sie waren beide über achtzig. Die Welt hat sie mehr als sechzig Jahre getrennt. Der Schock, in ein Krankenhaus zu kommen – wieder eine Anstalt, nachdem er sechs Jahrzehnte in Anstalten zubrachte –, das wäre Großvaters Tod gewesen. Sie wären getrennt gestorben. Könnt ihr euch das vorstellen?«
Jess drückte Ponos Morgenrock an ihr Gesicht und weinte leise vor sich hin.
»Irgendwie hat sie ihn ins Kanu geschafft und ist aus eigener Kraft hinausgepaddelt.« Er wischte sich die Augen. »Und dann sind sie eingeschlafen.«
»Vielleicht sind sie noch da draußen«, rief Rachel. »Und irren auf dem Meer herum. O Mutter Gott, laß sie am Leben sein!«
»Rachel, wie kannst du?« fragte Toru. »Ist es nicht besser, wenn sie allein und in Frieden scheiden?«
Sie schluchzte laut auf. »Ich wollte ihnen erzählen, daß ich Pläne habe, daß ich etwas Bedeutendes leisten will. Ich wollte, daß sie stolz auf mich ist.«
Vanyas Stimme klang gemein. »Klar war sie stolz auf dich. Du bist ihr ähnlich. Wie bei dir war alles, was sie tat, *hoffnungslos.*« Blindlings, untröstlich stolperte sie aus dem Zimmer.
Wenige Stunden später wußte es ganz Kona. Das Klagen griff vom Haus auf die Felder über und dann auf die kleinen Städte. Am Abend säumten die Leute die Zufahrt und die Napo'o Po'o Road bis hin zur Kealakekua-Bucht. Dort stand eine Menschenmenge mit Fackeln. Der Gesang währte die ganze Nacht. *Kahuna* sprenkelten die Wellen mit Keulenlilienblättern, und in Kanus wurden ganze Bootsladungen Blumen-*lei* hinaus in die Tiefe gebracht. Die Men-

schen in den Booten riefen die *'aumakua mano* an, baten sie, Duke und Pono nach Hause zu geleiten.
Die Einheimischen dachten, das greise Paar hätte seine Reise vom Kealakekua-Ufer aus angetreten und ruhe nun im Wasser dieser Bucht. Nur Toru und die Frauen wußten, daß ihre Großeltern von der Shark Bay aufgebrochen waren, eine Stunde nördlich von Kealakekua.
»Es ist besser so«, sagte Toru. »Sie sollen die Shark Bay in Frieden lassen; keine Menschenmassen, keine Feiern. Und außerdem ist es sowieso dasselbe. Sie sind heimgegangen zu Mutter See.«
Tage und Nächte wandelten sie durchs Haus wie Phantome, konnten nicht glauben, daß sie nicht mehr da war, warteten auf ihren Duft, ihren Blick, ihre Gegenwart, die sie plötzlich überwältigen und wieder zu Kindern machen würde. Vanya versagte sich ihren Schmerz; sie ging weiter zu spätabendlichen Verabredungen mit Einheimischen, zu Booten, die Kisten mit Dynamit jenseits von Punalu'u entluden, nicht weit vom Jadetal-Kloster. Rachel schloß sich in ihrem Zimmer ein, wo sie oft stundenlang schluchzte oder grübelnd über einem abgegriffenen Sepia-Schnappschuß saß, der ihre Mutter als Mädchen zeigte. Nun, da die letzte Verbindung zu ihrer Mutter abgebrochen war, verlor sie zunehmend den Halt.
Jess' Schmerz war daran zu erkennen, daß sie sich an Run Run klammerte wie ein Kind. »Ich habe sie beleidigt, ich habe unsere Ahnen beleidigt, ich habe ihr gesagt, wir würden als Schlampen enden. Das waren meine letzten Worte zu ihr. Mein Gott, ich möchte sterben.«
Run Run schüttelte den Kopf. »Nee, *keiki,* du willst leben. Hör mal, du bist stark, oder? Meine Schwester, die is' tot. Ich will nich' leben ohne meine Schwester, ich brauch' wen, der stark is', der mir hilft, rauszufinden, was Mutter Gott mit mir vorhat. Hat keinen Zweck, weiterzumachen ohne Plan.« Sie weinte ein wenig. »Pono, die hat mir Stolz gegeben, Bedeutung, Würde. Du weißt, was ich mein'?«
Jess schlang verzweifelt die Arme um ihren Oberkörper und wiegte sich vor und zurück. »Ich will sie wiederhaben. Ich weiß nicht, wie ich ohne sie leben soll.«
Abend für Abend fuhr sie zur Shark Bay und rief nach Pono. Doch ihr Schmerz nahm nicht ab. Noch nach Wochen, dann Monaten,

war er so verzehrend, daß Jess nichts mit sich anzufangen wußte, nicht wußte, wie sie ihren Körper bewegen sollte, und erstaunt war, wenn er es von selbst tat. Benommen zog sie kreuz und quer durch das Kaffeegebiet von Captain Cook nach Kainali'u, nach Holualoha, half Lämmern auf die Welt, rettete Kühe mit Kalziuminjektionen vor dem Milchfiebertod. Sie stapfte durch Stallmist, nahm Blutproben von quiekenden Schweinen, schrubbte abends ihre Gummistiefel mit Seifenlauge, um keine Krankheiten zu verbreiten. Und dann fuhr sie, nach Dung, Trockenfutter und Vieh riechend, mit Ponos altem Transporter zur Shark Bay.

Ihre Arbeit als Tierärztin war jetzt ganz anders als in Manhattan. Ihr Wirken dort kam ihr im nachhinein unnütz und blutleer vor. Hier war es schmutzige, manchmal schaurige körperliche Arbeit. Ein zuckendes Ferkel wies Symptome einer Krankheit auf, die den ganzen Bestand eines Bauern dahinraffen konnte. Ein fiebernder Ochse konnte eine Herde von mehreren hundert anstecken. Manches war Routine: Impfungen, Geburten, eine Stute, der die Zähne gefeilt werden mußten, ein Kaninchen, dem ein Auge tränte. Anderes stellte eine richtige Herausforderung dar – ein Lama in Kohala mußte am Star operiert werden, ein Reitpferd verfiel in tiefe Depressionen, nachdem es kastriert worden war. Jess hatte sich geweigert, die Kastration vorzunehmen, doch hinterher saß sie Tage und Nächte bei dem großen Tier und beruhigte es, bis es zwar nicht in Frohsinn, aber in eine gemessene Melancholie verfiel.

Eines Abends saß Jess in der Tierklinik in Kealakekua, deren Mitarbeiterin sie jetzt war, am Mikroskop und untersuchte die Blutprobe eines Hahns auf Parasiteneier. Als sie die letzten Daten in den Ordner eingetragen hatte und diesen schloß, war sie so müde, fast gelähmt vor Erschöpfung, daß sie das Gewicht der Trauer um Duke und Pono nicht spürte, ihr nur die Ansammlung von Augenblicken, jener kleinen, aber bedeutsamen Ereignisse, bewußt wurde, die diesen Tag, seine Launen und Einfälle ausgemacht hatten. Blut und Gestank eines neugeborenen Kalbs, das auf der Suche nach einer Zitze blind sein Maul an ihrer Brust rieb. Die Hitzewallungen eines überanstrengten Schäferhundes, der auf Kissen starb wie ein indischer Fürst. Das Schluchzen des Halbblut-Hawaiianers, der ihn beim Hüten offenbar zu hart rangenommen hatte.

An diesem Abend trieb sie ihre Erschöpfungstrance nicht zur Shark Bay, sondern direkt nach Hause. Und obwohl auch in dieser Nacht in Jess' Träumen das wilde Meer auf leere Strände schlug wie eine Schicksalstrommel und obwohl sie im Schlaf nach Pono rief, erwachte sie am nächsten Morgen mit dem Wissen, daß der Schmerz langsam beiseite rückte, um anderen Dingen Platz zu machen.
Als sie mit Run Run vor dem Küchenherd hockte, schilderte sie ihr, wie die tiefe Erschöpfung sie abends zuvor nach Hause getrieben hatte. »Ich war nicht an der Shark Bay. Ich habe zu trauern vergessen.«
»Pono hat's nich' gemerkt«, flüsterte Run Run. Alle Dinge waren vergänglich. Sogar der Schmerz.

Es kam der Tag der Testamentseröffnung. Der Anwalt war schlank wie ein Mädchen, zierlich und hübsch trotz auffällig vorstehender Zähne. Sein Großvater war einer der philippinischen Gewerkschafter gewesen, mit denen Pono in den dreißiger Jahren in Chinatown befreundet war, und Pono hatte diesem Mann das Jurastudium in Stanford finanziert. Er verlas das Testament, sah sie dann alle der Reihe nach an. Das Haus, die Kaffeepflanzungen, das Land dahinter, fast dreihundert Morgen, waren vierfach geteilt worden; Mings Anteil fiel an Toru. Mings Kinder, die unterdessen in Kalifornien ihren Berufen nachgingen, wollten mit der Plantage nichts zu tun haben, Mings Eltern ebensowenig. Zehn Morgen am südlichen Ende des Besitzes, von denen aus man einen Blick über die Bucht hatte, waren Run Run vorbehalten.
»Ehrlich?« sagte sie traurig. »Bin ich jetzt Landbesitzerin?«
Die anderen lächelten, denn sie wußten, daß Run Run mit Ponos Hilfe seit Jahren immer wieder kleine Landparzellen gekauft hatte. Nichts so Erstklassiges allerdings wie diese zehn Morgen, die aufs Meer hinaussahen.
Run Run überschrieb das Land unverzüglich Toru. »Damit er was hat, wofür er sorgen kann.«
Am nächsten Morgen flog Rachel nach Honolulu. Zwei Tage später kehrte sie zurück und händigte Jess ein Bündel Dokumente aus. »Die Vollmachtsurkunde. Wenn mir etwas zustößt, geht alles, was ich besitze, an dich, Toru und Vanya.«

Jess sah sie fest an. »Warum sollte dir etwas zustoßen?«
Rachel wählte die Worte sorgfältig. »Ich gehe, Jess. In die Welt hinaus.«
»Was?«
»Ich will sehen, ob ich es aushalte.«
Jess packte sie an den Schultern. »Ich brauche dich, Rachel. Pono ist tot. Ming auch. Und Vanya verändert sich zusehends. Du mußt mir helfen, weiterzumachen.«
Rachel drückte sie auf einen Stuhl, und sie sahen sich an. »Hör mir zu, Jess. Dein Leben lang hast du dich bemüht, nach Hause zu kommen. Jetzt hast du es geschafft.«
»Was hat das mit –«
»Mein Leben lang wollte ich erwachsen werden, ausbrechen. Aber ich hatte zuviel Angst. Ich wußte, die Welt würde mir zeigen, wie unnütz mein Leben war. Außerdem konnte ich damals die Ordnung meines selbstgewählten Gefängnisses nicht verletzen. Jetzt kann ich es.«
»Aber wo gehst du hin? Woher willst du wissen, wie man mit den Menschen redet?«
Sie erzählte ihr von Ban und seinen Schwestern. Daß sie nach Thailand wolle. »Ich möchte sie fördern, sie hierherbringen. Es wird nicht lange dauern. Hiro hatte überall Verbindungen, bei Einwanderungsbehörden, beim Gesundheitsamt, bei der US-Botschaft: alles Leute, denen es lieb wäre, wenn ich sie gegen ein paar Gefälligkeiten aus seinen Unterlagen löschen würde. Die Mädchen werden bei mir in Kahala leben, zur Schule gehen, eines Tages die Universität besuchen. Im Sommer können sie hier in den Pflanzungen arbeiten, in einer gesunden Umgebung ...«
Jess starrte sie völlig fassungslos an. »Wie kannst du das tun? Warum willst du das tun?«
»Geld ist etwas Seltsames, Jess. Es hilft einem herauszufinden, wer man ist. Ein Teil von einem lehnt sich zurück und beobachtet, wartet ab, was man tun wird, wenn es keine Grenzen mehr gibt. Hiro hat mir Millionen hinterlassen, wie du weißt, die gesamten Erlöse aus seinem Wasserhandel: Drogen, Glücksspiele, Prostitution. Ich habe eine ganze Menge davon verbraucht, Stipendien für einheimische Kinder und so weiter. Jetzt aber will ich diesen Mäd-

chen helfen, und anderen auch. Wenn sie krank sind, wenn sie sich mit dem AIDS-Virus infiziert haben, werde ich für eine erstklassige medizinische Betreuung sorgen. Ich weiß, das braucht Zeit. Und siehst du, Zeit habe ich.«

»Mein Gott«, flüsterte Jess, »ich kann's nicht glauben.«

Rachel lächelte. »Weißt du, mein Leben lang habe ich davon geträumt, daß ich meine Mutter eines Tages finden würde, in Hongkong zum Beispiel, und sie würde als Straßenmädchen arbeiten. Ich würde sie mit mir nach Honolulu nehmen und für sie sorgen. Jungen Mädchen zu helfen, ist vielleicht eine Möglichkeit ...« Ihre Stimme versagte. »Eine Möglichkeit, Mutter heimzuholen.«

Jess betrachtete sie, als wollte sie sie sich einprägen, diese Cousine, mit der sie untrennbar verbunden war dadurch, daß sie beide nach Müttern suchten, die sie nie kennen würden. Wie war es dazu gekommen? Jede von ihnen schien blindlings in den Raum geschleudert worden zu sein, wo sie sich allein auf ihrer Flugbahn drehte. Jess gab Pono die Schuld daran. Die Jahre mit ihr hatten sie zu äußerst gefährdeten Frauen gemacht, die auf unwegsamem Gelände über einen Abgrund balancierten. Andererseits sah Jess, daß ihre Großmutter sie gefeit hatte gegen alles, was falsch, flüchtig oder verachtenswert war. Sie umarmte Rachel und sagte ihr, daß sie sie liebe. »Ich habe kein Recht zu versuchen, dir das auszureden, obwohl es sich nach Wahnsinn anhört. Aber da ich dich kenne, weiß ich, daß irgendwie etwas Vernünftiges dabei herauskommen wird. Aber sei *bitte* vorsichtig. Ich will dich nicht verlieren.«

Rachel lächelte. »Ich war immer vorsichtig. Ich war diejenige, die in dieser Familie die Teile auflas. Es hat nur niemand gemerkt.«

Jess stand auf, und plötzlich hörte sie sich schroff, entschlossen an. »Bevor du gehst, hilf mir mit Vanya reden. Sie möchte ich auch nicht verlieren.«

Sie saßen im Wohnzimmer des großen Hauses, Toru neben Vanya, Rachel und Jess ihnen gegenüber wie die gegnerische Partei in einem Prozeß. Run Run hantierte klappernd in der Küche, draußen schrien Pfauen. Anfangs waren die Menschen im Zimmer still, ein jeder versuchte, sich seine Argumente zurechtzulegen, seine Erklä-

rungen. Jess wollte Dinge sagen, die ihnen das Leben retten würden, aber sie fand nicht die richtigen Worte.
Vanya brach das Schweigen. »Dies ist Zeitverschwendung.«
»Das will ich nicht hoffen«, sagte Jess. »Ich muß nur begreifen, was ihr eigentlich zu beweisen versucht.«
»Daß wir kein totes Fleisch sind. Daß wir uns nicht schweigend in die Geschichte zurückziehen.«
»Könnt ihr das nicht ohne ...«
»Es ist zu spät«, sagte Toru. »Liest du keine Zeitung? Sämtliche Umweltschützer auf den Inseln stehen hinter dieser Bewegung. Sie bereiten Boykotts vor, sie wollen die Villa des Gouverneurs stürmen. Sie haben die Schnauze voll.«
»Na, großartig«, sagte Jess. »Das heißt, die Leute werden Plakate mit eurem Bild herumtragen, wenn ihr im Gefängnis sitzt.«
Vanya beugte sich vor. »Jess, ich liebe dich. Auch wenn wir uns nicht immer verstanden haben. Aber jetzt fahren unsere Züge endgültig auf verschiedenen Gleisen. Du führst *tutus* Tradition fort, die Plantage, den Kaffeebetrieb. Wir brauchen das, ohne Land sind wir Sklaven. Aber jemand muß für die Erhaltung dieses Landes kämpfen. Verstehst du das nicht?«
Jess deutete mit dem Finger auf sie, und sie schrie beinahe. »Ich verstehe nur dies: Wenn Umweltschützer gegen milliardenschwere Industrien vorgehen, gewinnt das Busineß ... und zwar immer. Es ist nicht auszudenken, was diese Industrien unserer Luft, unseren Riffen, unserem Land antun. Aber sie haben das Land nicht gestohlen, Vanya. Irgend jemand, ein Farmer oder Rancher oder ein Treuhandausschuß, jedenfalls Einheimische haben das Land *verkauft*. Wenn ihr Bomben über der Insel abwerft, wie viele von diesen Leuten werden euch unterstützen?«
»Genug. Toru ist derselben Meinung.«
»Das glaube ich nicht«, sagte Jess leise. »Er hat seine Schlachten schon geschlagen, mehrmals.«
Toru sah jede von ihnen an, blickte zu Boden, rieb sich seine verwundete Hand. Sie war so gut geheilt, wie es ging, aber die Finger waren steif geblieben, die Sehnen auf Dauer vernarbt. Seine Stimme war tief und volltönend. »Ich habe einen Vertrag mit meiner Regierung unterzeichnet, als ich nach Vietnam ging. Daß ich für sie

kämpfen, vielleicht für sie sterben würde. Aber wenn ich überlebte, so dachte ich, könnte ich nach Hause kommen und in Frieden leben. Man hat mich reingelegt. Ich hatte einen miesen Vertrag unterschrieben. All den Politikern und Bauplanern und Wissenschaftlern, die die Demokratie verteidigen, denen ist die Umwelt doch ... scheißegal.« Seine Stimme wurde sanfter. »Diese Insel ist alles, was ich habe, der einzige Ort, der mir etwas bedeutet.«

»Du wirst vielleicht für sie sterben müssen.«

»Sterben ist nichts. Es ist nicht genug.«

Run Run in der Küche war plötzlich still.

»Wir sterben soundso«, sagte Vanya. »Wir waren verloren, als wir geboren wurden, weil wir Polynesier sind, intelligent, ehrgeizig, stolz. Wir begehrten Dinge, die die *haole* besaßen. Sie gaben uns Fortschritt, wir gaben ihnen Land. Ich kann nur nicht verstehen, wieso die Natur dafür bezahlen muß.«

»Wann hat die Natur nicht bezahlt?« fragte Rachel. »Was ich wissen möchte, ist, warum wir, diese Familie, bezahlen müssen. Wir sind bereits praktisch ausgelöscht. Warum müßt ihr euer Leben in Gefahr bringen? Verachtet ihr uns so sehr?«

Vanya starrte sie an. »Miss Geldsack. Hast du vergessen, daß du Geld für diese Sache gespendet hast?«

»Ich dachte, ihr wolltet nur ein Fischereischiff bombardieren, ein bißchen Aufmerksamkeit erregen.« Rachel schüttelte den Kopf. »Wie dumm von mir, Vanya. Ich vergaß, daß du stets aufs Ganze gehst. Du mußt gleich Hotels in die Luft sprengen und Schlagzeilen machen, obwohl dabei Menschen zu Tode kommen können.«

Toru schüttelte den Kopf. Aus ihm sprach eine Resignation, die nicht bedrohlich wirkte und erst im zweiten Moment erkennbar wurde.

»*Zum Töten geboren, zum Sterben geboren.* Dafür haben sie mich ausgebildet.«

Jess betrachtete ihn mit unendlicher Traurigkeit. *Ja. Vielleicht ist er lebensmüde.*

Sie stritten erbarmungslos während des Abendessens, beschimpften sich, griffen sich gegenseitig an wie wilde Hunde. Und irgendwann während dieser Diskussion, die bis in die Nacht hinein andauerte, begriff Jess, daß ihre Argumente vergeblich waren. Vanyas »Revo-

lution« klang nicht mehr nach einer moralischen Bewegung. Sie war eine Droge für sie geworden.
Niedergeschlagen, mit dem Gefühl, daß alles verloren war, startete Jess einen letzten verzweifelten Angriff. »Mir scheint, die Schufte bei alledem, diejenigen, die unser Land rauben, sind Fremde. In erster Linie Japaner und *haole,* stimmt's?«
Vanya nickte, sie war dieses Spiel leid.
»Trotzdem bringst du einen Fremden her, damit er an der Stelle unseres Volkes kämpft, setzt bei allen Transporten, Plänen, Kampagnen auf diesen ... *haole.* Woher weißt du, daß er kein Geheimagent ist, der für das Militär arbeitet?«
Toru blickte in die Runde, bei Vanya kamen seine Augen zur Ruhe. »Verdammt, wovon spricht sie?«
»Er heißt Simon Weir«, sagte Jess. »Ehemals bei den Green Berets, oder wie sie diese Spezialgruppe in Australien nennen.«
Vanya sah sie mit solch abgrundtiefem Haß an, daß sich Jess der Magen zusammenzog. »Verzeihung, Cousine, ich hab' am Nebenapparat mitgehört.«
Plötzlich erschien Run Run. Als sie in der Küche polterte, als sie Ula, den Mungo, aus dem Weg schubste, war ihr aufgegangen, wozu sie bestimmt war, was Mutter Gott im Sinn hatte. Sie erkannte es mit solch erschreckender Klarheit, daß sie förmlich glühte, als sie nun in der Tür stand.
Sie winkte Vanya zu sich. »Komm. Muß mit dir reden.«
Noch ganz erschüttert stand Vanya auf, ging aus dem Zimmer, ließ die anderen mit Toru allein.
»Simon Weir, ihr Liebhaber«, sagte Rachel leise. »Sie bringt also den Feind hierher. Wie kommt ihr euch dabei vor?«
Toru schob seinen Stuhl zurück, sah von einer zur anderen. »Ich hätte nie gedacht, daß ihr so weit sinken würdet.« Still verließ er das Haus.
In ihrem Zimmer ließ Run Run ihren Rosenkranz durch ihre Finger gleiten. Sie berührte die Füße von Jesus, der gelangweilt und gekreuzigt an der Wand hing, und um ihre geteilte Ergebenheit zu demonstrieren, rieb sie einem im Lotussitz thronenden Buddha über den Kopf. Dann ließ sie ihre alte Kassette in Gestalt einer Miniaturmusikbox aufschnappen.

»Setz dich. Ich will dir was zeigen.«

Vanya ließ sich auf einem knarrenden Stuhl aus Topffruchtholz nieder. Sie erschrak über das halbe Dutzend Fläschchen, die herumstanden, mit Medizin für undichte Blasen, für Arthritis, für Schlaflosigkeit. Sie sah erschüttert auf, als sei ihr zum erstenmal bewußt geworden, daß Run Run – dieser heißgeliebte Fixpunkt in ihrer aller Leben – alt war. Und Ponos Tod hatte sie doppelt altern lassen. Ihr Zimmer hatte den melancholischen Geruch von erschöpftem Fleisch, den Geruch einer Frau, die kurz davor war, aufzugeben.

»O Run Run«, rief sie und schlang die Arme um die alte Frau. »Was immer geschieht, du darfst mich nicht hassen. Behalte mich in Erinnerung, wie du mich am meisten geliebt hast, als ich jung war.«

Run Run entzog sich ihrer Umarmung. »*Keiki,* ich hab' dich nie lieber gehabt als jetzt. Du bist *pupule,* find' ich, trotzdem haste Grundsätze. Aber ich werd' dich verfluchen, wennste nich' tust, was ich sag'. Ich fluch' dich *tot.* So. Sei still. Halt den Mund. Und guck.«

Vanya sah, worauf die alte Frau zeigte. Run Run hatte einen Gegenstand von der Größe einer Weinbeere in der Hand. Eine vollkommene Kugel, die das Licht aus allen Tiefen reflektierte, daß sie von Schwarz zum dunkelsten Blau zu pulsieren schien.

»Mein Gott«, flüsterte Vanya.

»'ne ganz seltene Südseeperle«, flüsterte Run Run. »Die is' von deiner *tutu.* Sie hatse von ihrer Mutter, und die von ihrer Mutter, und immer weiter zurück. Waren mal viel mehr, die hier is' die letzte. Pono hatse mir gegeben, sie hat gesagt, wenn ich sterb', soll ich sie einer von euch geben. Aber ich wart' nich', bis ich sterb'. Hab' zu viel zu tun. Du sollst sie haben, *keiki.* Ich geb' sie dir.«

Vanya schüttelte den Kopf. »Ich kann nicht. Sie sieht zu kostbar aus.«

»Und ob die kostbar is'. Hab' sie mal zu 'nem Juwelier gebracht.« Run Runs Augen weiteten sich. »Der hat fast geheult. Hat gesagt, diese Perle ist mehr wert als – kannste das glauben – dreihunderttausend Dollar. Wegen dieser Vollkommenheit, dieser Größe. Solche Perlen gibt's nich' mehr, sagt er. Er wollte sie mir abkaufen.« Sie machte eine Pause.

»Vanya, ich mach' 'nen Handel mit dir. Die Perle gehört dir ... wennste mir meinen Jungen zurückgibst.«

Vanya sah sie verständnislos an, als spräche Run Run eine andere Sprache.
»Ich will, daß Toru am Leben is', er soll Erde graben mit seinen Händen. Familie soll er haben, 'n Mann sein. Gestorben is' er schon. Im Krieg. Und in den Jahren mit Heroin. *Kein Sterben mehr!* Kapiert?«
Vanya schüttelte den Kopf. »Run Run, ich kann ihn nicht umstimmen. Er steckt schon zu tief drin in der Sache.«
»Wennste ihm sein Grab gräbst, Mädchen, werd' ich dich hassen, ich wünsch' dir den Tod. Nimm mir den Jungen nich' weg! Für ihn leb' ich. Pono is' tot, ihr Mädels erwachsen, is' nix mehr übrig für mich. Mutter Gott hat ihn mir zweimal weggenommen und zweimal wiedergegeben. Ich kann sie nich' noch mal um Gnade bitten. Jetzt bitt' ich dich, gib ihn mir zurück. Hier!« Sie warf Vanya die Perle in den Schoß. »Kauf Bomben und Soldaten, so viele du brauchst. Aber laß mir meinen Jungen!«
Vanya sprach in flehendem Ton. »Wie soll ich ihm das erklären? Wie kann ich ihn überzeugen ...«
Run Run faßte sie am Arm und zog sie ans Fenster. Drunten flimmerten Millionen von Glühwürmchen in den Pflanzungen. Die Mondsichel stand inmitten einer Gruppe von Guavenbäumen, und ihr Licht fiel auf helle Teppiche aus Jasmin, dessen berauschender Duft dem Land schier den Atem nahm.
»Guck, guck genau hin!« Run Run schüttelte Vanya. »Land siehste da, kostbares Land. 'n bißchen davon gehört jetzt Toru. Dafür hat er geschuftet, davon hat er sein ganzes Leben geträumt. Pono hat ihn liebgehabt, hat ihm seinen Traum geschenkt. Das Land wartet nur drauf, daß er mit seinen Fingern durch die Erde fährt. Schößlinge warten, daß er sie setzt, damit sie wachsen können. Das Bauholz singt ihm zu, hörst du's nich' singen? ›Komm bau dir 'n Haus und leb'!‹«
Die Augen liefen ihr über, ihre runzligen Wangen waren naß. »Und die Kaffeekirschen werden reif für ihn, wollen, daß er sie pflückt und auslöst und wiegt. Das is', wofür die Hawaiianer leben, wofür sie sterben: Land! Er hat mit zwanzig dafür bezahlt. Vanya, das isses doch, wofür du kämpfst, daß wir das Land haben können. Gib meinem Jungen 'ne Chance. Du mußt ihn leben lassen!«

Vanya seufzte, schlang die Arme um sie, hielt sie fest – eine stumme Bitte, selbst festgehalten zu werden. Sie blickte hinaus auf die Felder, dieses summende Universum aus Insekten, Mineralien und Boden, ein Universum, das die Hawaiianer ebenso brauchten wie die Luft, die sie atmeten. Da dachte sie an Pono, was sie ihnen beigebracht, was sie ihnen eingeschärft hatte. Land, Besitzerstolz, Erde, die das Blut anreicherte.

Sie sackte todmüde in sich zusammen. »Behalt die Perle, Run Run. Sag mir nur, was du willst. Und wie du es getan haben willst.«

Run Run drückte ihr die Perle in die Hand, hieß Vanya sich setzen und redete und plante.

Schließlich bedeckte sie Vanyas Gesicht mit schmatzenden Küssen. »Laß dir Zeit, laß dir Zeit! Mußt es schlau anstellen, daß er nich' mißtrauisch wird. Jetzt werd' ich für dich beten. Mutter Gott bitten, daß sie dich beschützt.«

Vanya war kühl, fast förmlich, als Toru seinen Lieferwagen langsam aus der Zufahrt lenkte.

»Warum hast du mir nichts von deinem Freund erzählt?«

»Ich *habe* ihn nicht eingeladen, Toru.«

»Warum ist er dann in Honolulu?«

»Es war aus zwischen uns. Er ist hierhergeflogen, um mich umzustimmen. Er saß in meinem Wohnzimmer, als ich mit der ersten Lieferung ankam, dem Paket Kordit.«

»Herrgott im Himmel!«

»Das meiste hat er sich selbst zusammengereimt. Ich mußte ihm nicht viel erzählen. In Australien passiert genau dasselbe. Die Aborigines haben die Nase voll, sie veranstalten Demonstrationen, Streiks.«

»Und jetzt will er sich uns anschließen«, sagte Toru leise. »Sich mit *kanaka* und Kulis zusammentun.«

»Er hat darum gebeten, ja.«

»Warum? Die Hawaiianer können ihm doch scheißegal sein.«

»*Ich* bin ihm nicht scheißegal.«

Toru schlug mit der Faust aufs Lenkrad. »Heilige Mutter Gottes. Er ist der Feind.«

»Ist er nicht. Er ist bloß ... *haole.*«

»Bring den Kerl nicht hierher. Verstanden?«
»Davon hab ich doch gar nichts gesagt.«
»Aber du hast ihm nicht gesagt, er soll sich verziehen, ab nach Australien.«
»Er ist ein Experte, Toru. Nur drei von euch können mit Schußwaffen und Sprengstoff umgehen. Einer von euch könnte verletzt werden, es sich anders überlegen, aussteigen.«
»Ich meine es ernst, Vanya.«
Seine Scheinwerfer erfaßten eine kleine Gruppe Männer, die auf einer Kreuzung einen Reifen reparierten.
Toru hielt, rief aus dem Fenster: »He! Wie läuft's?«
Jemand lehnte sich zu seinem Fenster herein. »Prima, Kumpel. Lieferung war genau pünktlich. Dreißig Gewehre im Kofferraum.«
»Herrje, macht, daß ihr damit auf die Straße kommt!« brüllte Toru. »Die Bullen können jederzeit aufkreuzen.«
»He Kumpel, reg dich ab. Die Reifenpanne ist *echt.*«
Vanya sah dem Mann nach, wie er davonschlenderte, etwas zu lässig, zu nonchalant. »Ist er high oder was?«
»Kann sein.«
»Na großartig! Er ist einer von deinen Sprengstoffjungs.«
Toru schaltete in den ersten Gang und fuhr langsam an. »Er ist in Ordnung. Ich hab' gesehen, wie er in Vietnam mit feuchtem Schießpulver und einem Kaugummi ein Dorf plattgemacht hat.«
»Das ist zwanzig Jahre her. Seit zwanzig Jahren raucht er Dope.«
Er sah Vanya an. »Kifft dein *haole* etwa nicht?«
»Natürlich nicht.«
»Richtig. Er bumst bloß unsere *wahine.*«

Keaumiki

Flinke Hände

❖

Die Versammlung hatte bis nach Mitternacht gedauert. Erschöpft bog Vanya in die Zufahrt ein. Die Weihnachtszeit rückte näher, Amerika hatte einen neuen, jungen Präsidenten gewählt, und die Einheimischen waren abgelenkt; sie wollten die nationalistischen Aktionen bis nach den Feiertagen und der feierlichen Amtseinsetzung des Präsidenten verschieben. Vanya fand das unzumutbar.

»Was geht es uns an, was auf dem Festland passiert? Die Festlandamerikaner haben uns nie geholfen. Der siebzehnte Januar ist ein bedeutendes Datum. Vor hundert Jahren wurde unsere Königin abgesetzt, unser Land wurde uns gestohlen, und der US-Präsident hat weggesehen. Nach Weihnachten ist es zu spät, um mit der Organisation und Durchführung unserer Pläne zu beginnen.«

Ein Hawaiianer mit japanischem Einschlag hatte ihr widersprochen: »Aber Weihnachten wollen wir auch feiern. Die Kinder wissen nichts mehr von Lili'uokalani. Sie wollen bloß den Weihnachtsmann. Warum sollen wir's ihnen nicht gönnen?«

So ging die Diskussion weiter. Vanya sah, daß sich der alte hawaiische Sinn für *pa'ani* einschlich, für die Freude am Spiel, am guten Leben.

»Das ist es, weshalb wir bald wirklich der Geschichte angehören werden«, erklärte sie. »Ich rede von der Revolution, und ihr sorgt euch um den Weihnachtsmann!«

Ein großer Hawaiianer sprang auf, deutete mit dem Finger auf sie. »Für wen sind denn diese Inseln, wenn nicht für unsere Kinder?

Wenn ich mich schon in die Luft sprenge, sollen meine Kinder erst mal 'n schönes Weihnachten haben!«

Die Leute klatschten ihm immer noch Beifall, als Vanya hinausging. Jetzt stellte sie den Motor ab, stieg aus dem Wagen. Jemand faßte sie am Arm, sie drehte sich um.

»Simon! Was tust du hier?«

Er sah anders aus im Mondlicht, seine Züge waren weniger scharf konturiert. »Ich hab' das Warten satt, Vanya.«

»Wie kannst du es wagen, hierherzukommen! Ich habe dich nicht gerufen.«

Er zog sie in den Schatten. »Hör zu. Ich hab' lange genug Tourist gespielt, wochenlang in Waikiki am Strand gesessen. Und du hast dich nie gemeldet, außer wenn du mich in irgendwelchen technischen Fragen aushorchen wolltest.«

»Die Leute wollen dich hier nicht.«

»Ich *bin* aber hier.«

»Du mußt gehen. Bitte.«

Er zog sie tief zwischen die Bäume, setzte sie in das hohe Gras, auf dem das Mondlicht schimmerte. »Sprich mit mir! Sag mir, was vorgeht.«

In diesem Augenblick drückte die ganze Last auf ihren Schultern sie nieder. Ihre Stimme wurde brüchig. »Meine Großeltern ... sind tot. Sie sind ins Meer hinaus gepaddelt ...«

»Ich weiß, mein Herz. Du hast es mir erzählt.«

Sie weinte, und Simon zog sie an sich.

»Wir hatten so wenig Zeit«, sagte sie. »Das ist ungerecht. Alles bricht zusammen. Rachel geht fort von zu Hause, ich glaube, sie hat den Verstand verloren. Ich habe Run Run versprochen ... Toru herauszuhalten. Mein Gott, er hat das Ganze angefangen, und jetzt muß ich ihn ausbooten. Und die anderen machen auch einen Rückzieher. Sie wollen alles verschieben. Auf einmal bin ich ganz allein.«

»Nein, bist du nicht.« Er küßte sie aufs Haar, küßte sie auf die Stirn. Es war das erste Mal, daß er sie berührte seit Darwin, vor Monaten. Er fühlte, wie seine Muskeln sich spannten. »Ich bin hier. Ich geh' nirgends hin.«

Seine Lippen knabberten an ihrem Gesicht, an ihrem Hals. Ihr Blut summte, ihr Herz schlug schneller, sie fühlte, wie ihre Poren sich erweiterten.

»Nicht ...«

»Sag nicht nicht zu mir! Verfüge über mich, mein Herz.«

Er schien sie einzuhüllen, dann auseinanderzufalten, alles schien er zu wollen – ihr Plasma, ihre Milz, die Konturen ihres Mundes, alles Leben in ihr, an ihr. Er ging langsam vor, als registriere er jede einzelne der Millionen Zellen, aus denen diese Frau bestand. Sie stöhnte, streckte sich auf dem Gras aus. Noch wehrte sie sich gegen die List ihres Körpers, dagegen, wie die Nervenenden klafften gleich kleinen Mündern, wie die Haut erst fröstelte, dann glühte, wie winzige Gefäße in Arterien und Venen auf und ab wogten, ihm einen Weg bahnten.

Er knöpfte ihre Bluse auf, tat einen leisen Schrei, als er ihre Brüste im Mondlicht sah. Voll, golden, die Warzen hart, die eigene kleine Schatten warfen. Er nahm beide Brüste in die Hände, seine Finger zwirbelten die Warzen, so daß sie leise stöhnte. Er vergrub seinen Kopf zwischen diesen Brüsten, wollte weinen, sich verstecken.

»Ich will das nicht«, log sie, drehte sich weg von ihm, legte die Arme vors Gesicht, die Wange an der Erde. Er betrachtete die Konturen ihrer Schultern, ihrer Schenkel, ihren ganzen sinnlichen Körper.

»Doch. Du willst es.« Er umarmte sie von hinten, zog sie an sich. Sie fühlte seine langen Wimpern in ihrem Nacken, spürte seinen Atem, der in kleinen Stößen kam, während seine Hände sie streichelten, ganz sacht, als wolle er eine große Katze beruhigen.

Sie drehte sich wieder zu ihm hin, sah ihm ins Gesicht. »Es hat nichts zu bedeuten.«

Er nahm ihre Brustwarze in den Mund; der Mond hinter ihm bekränzte sein rötliches Haar. Sie fühlte, wie ihr Schoß sich elektrisch auflud, und zog seinen Kopf weiter hinunter, wollte, daß er ihre ganze Brust in den Mund nahm, daß er nuckelte wie ein gieriges Kind. Seine Hände fuhren über ihren Körper, als wische er Wasser von ihrem Bauch und ihren Schenkeln. Vanya seufzte, drehte ein Bein leicht auswärts.

Er strich mit der Hand über ihren Schenkel, fühlte, wie die Muskeln sich spannten. Dann hielt er ein, hob ihren Kopf und küßte sie auf die Augen, die Wangen, legte seinen Mund auf ihren, eine lange, zärtliche Begrüßung, dann drückten die Lippen fester, Zähne klickten gegen Zähne. Ihr Mund öffnete sich weit, saugte seine Zunge mit solcher Macht in sich hinein, daß er das wellige Gaumendach fühlte. Flinke Bewegungen, ihre Unterwäsche flog fort, hob sich weiß ab vor der Nacht.

Simon bäumte sich im Liegen auf, zog sein Hemd aus, senkte langsam die behaarte Brust. Seine Hand war zwischen ihren Beinen, seine Finger wanden sich durch ihr kräuseliges Haar, erkundeten sie langsam, neugierig, geschickt. *Die Nässe, die wartende Nässe.* Seine Finger teilten sacht ihr Geschlecht, er beugte sich hinunter und küßte sie dort. Vanya stöhnte, warf den Kopf zurück. Seine Zunge schoß hervor, schob sich in sie hinein, und dann – o Überraschung – nahm er ihre Klitoris zwischen die Zähne, ganz sanft, oh, so sanft, daß sie wie elektrisiert erschauerte.

Sie schrie auf, als seine Zunge wieder in sie hineinfuhr, und hinaus und hinein, in stetem Rhythmus. Er spürte, wie sie mitging, sah sie sich aufbäumen und strampeln, ihre Beine in der Luft kreisen. Ihre Hand faßte seinen Kopf, seine Zunge schob sich tiefer hinein, wie ein Docht, ein Zünder. Rhythmen trieben Rhythmen an, und schnaubend wie eine Stute hob sie sich ihm entgegen und griff nach ihm.

»In mich ... komm in mich!«

Zischend ging der Reißverschluß auf, die Hose verhedderte sich um seine Knöchel, er trat alles von sich und sah zu, wie sie sein hartes Geschlecht in die Hand nahm, ihn führte, Simon hineinführte.

»So?« rief er. »So?«

Sie stöhnte laut; langsam, stockend drang er ein. Sie biß in die Schulter dieses bleichen Tieres, fand zu einem Rhythmus: Mörder Mörder Mörder. Er würde sie Zelle für Zelle zugrunde richten, und sie würde ihm helfen, sie würde ihn auswringen.

Und sie rasten ja sie raste mit ihm daß seine Augen Schweiß bluteten dem Rücken Nässe entsprang paillettengleich alles konzentrierte sich in seinem Rückgrat kleine Kügelchen aus Hirnmasse schossen durch jeden gefederten Wirbel hinab in seinen Schwanz tief tief raste er in ihr sie rasten und rasten wälzten sich herum und sein Speichel riffelte ihren Rücken und o wie sie es liebte wie er es liebte zu sehen wie sie es liebte ihr Gesäß hob sie ihm entgegen und er rammte nein nicht in den Hintern die dunklen köstlichen Pfade zu lockendem Ort waren zu eng nein die Vagina bot den besseren Winkel und er spießte fiel trieb ihn hinein so weit er konnte und liebte sie liebte es und sie trieben es und jaulten wie zwei obdachlose Hunde die Kehlen ausgetrocknet das Kinn aufwärts gereckt sich hingebend alles gebend Münder schlaff Augen zugekniffen dann blind starrend hilflose Zuckungen des Wahns sie verlor die Sicht verlor alles in der Konzentration auf seine feuchte stoßende harte Kraft eingezwängt verschlossen in Hingabe und zum Beweis ihr heißer Muskel die beschleunigte Inbesitznahme ihrer Sinne für eine Sekunde einen Blick erhaschend auf vollkommene Reinheit rasch weggeschwemmt in weinigem Fruchtgeruch Kirschen Boden Pflanzungen alle beide entschwanden schwindende Reste eines brüchigen wilden Traums. Der Mond ließ ihre Leiber leuchten, die rot und gelb bekleckst waren von zerdrückten, reifen, modernden Kaffeekirschen, die an ihnen klebten wie Leim. Der Duft sengte ihre Nasenlöcher, pappig und widerwärtig, Erdklumpen hafteten an Wangen und Brüsten. Erdgeruch wie Samen. Er war noch in ihr, und sie war mit Samen gefüllt.

Die Männer in Dschungelkluft, die mit Gewehren vor dem Jadetal-Kloster standen, waren plötzlich auf der Hut.
Toru näherte sich dem Wagen, sah zum Fenster hinein. »Ich hab' gesagt, kommt nicht in Frage, Vanya.« Er sah Simon an. »Dieser Ort ist tabu, *haole*. Kapiert?«
Simon lächelte. »Du hörst dich an wie ein verdammter Apache, Kumpel.«
»Ich steige jetzt aus«, sagte Vanya. »Außer du hast vor, uns zu erschießen.«
Toru warf sich gegen die Wagentür. »Kommt nicht in Frage! Jetzt macht, daß ihr hier wegkommt, verdammte Scheiße!«
Sie seufzte, blickte durch die Windschutzscheibe, dann wieder zu ihm. »Glaubst du, ich würde das riskieren, wenn ich nicht sicher wäre, daß auf ihn Verlaß ist? Hör zu. Es war ausgemacht, daß ihr fünf Kilometer von hier Wachen auf der Straße postiert. Sie hätten mich anhalten sollen und fragen, was ich mit dem *haole* mache.«
Toru runzelte die Stirn. »Was ist passiert?«

»Willst du wissen, was ich gefunden habe? Einen halbleeren Kasten Bier, ein Typ hat geschnarcht, die anderen zwei haben über einem *Playboy*-Magazin gegeifert.« Sie schob sich aus dem Wagen. »Wir legen unser Leben in die Hände von Schwachsinnigen, und du giftest mich an, weil ich einen Experten mitbringe.«

»Experte im Ficken vielleicht.«

Die anderen lachten und packten ihre Gewehre fester.

Vanya drehte sich um und richtete eine Pistole auf ihn. »Wag es ja nicht, mich noch einmal so zu erniedrigen!« Sie warf ihm die Pistole und zwei Gewehre vor die Füße. »Die haben wir deinen ›Sicherheitsposten‹ abgenommen. Sie haben keine Waffen verdient.«

»Was meinst du mit ›abgenommen‹?«

Simon stieg lässig aus dem Wagen. »Sagen wir, wir haben sie ... von dieser Verantwortung befreit. Ihr Jungs solltet Karate trainieren, ihr seid miserabel in Form.«

Ein großer, stämmiger Hawai'i-Portugiese näherte sich und versuchte ihn von hinten zu erwischen; seine Arme schlugen zu wie eine Keule. Simon sprang instinktiv zur Seite, drehte sich um und knallte dem Mann seine Faust auf die Luftröhre. Er sackte zusammen wie ein Baby.

Simon schüttelte den Kopf. »Ganz gut, aber keine Meisterleistung.« Er blickte in die Runde: große Einheimische, kräftig gebaut, aber mit weichen, dicken Bäuchen. »Sonst noch jemand?«

Sie sahen, daß er ihnen körperlich überlegen war: muskulös, drahtig, kein Gramm Fett zuviel. Niemand rührte sich. Dann wandte Simon sich Toru zu. Körperlich waren sie ebenbürtige Gegner, und Toru war so offensichtlich von Haß erfüllt, daß Simon mutmaßte, der Mann sei tatsächlich imstande, es mit ihm aufzunehmen, ihn vielleicht sogar fertigzumachen.

Vanya trat zwischen sie. »Gib ihm eine Chance, Toru! Wir haben ein halbes Dutzend fähiger Männer. Und die übrigen? Bauern, Leute vom Bau, vom Gaswerk. Wir haben ganze Dörfer organisiert, die ›Revolution!‹ schreien. Aber die Leute haben Familie. Sie wollen keine Bomben werfen. Sie wollen nur Aufmärsche.«

Toru sah die anderen an. Sie zuckten die Achseln. Er trat trotzig in den Lehm, winkte Vanya und Simon nach drinnen. Hier herrschte wie immer Chaos: Schlafsäcke, leere Imbißkartons, an den Wänden

Karten, Schaubilder. Toru führte sie zu einer auf dem Fußboden ausgebreiteten Decke.
»So, ein *haole* will sich also den *kanaka* anschließen?«
Simon beugte sich vor, mit ernstem Gesicht. »Könnte man sagen.«
»Du willst helfen, Hotels in die Luft zu jagen?«
»Ich denke, ich kann von Nutzen sein.«
»Du glaubst an unsere Sache, was? Ha!«
»Ich will's dir leicht machen, Kumpel.« Simon beugte sich so dicht heran, daß Toru seinen Atem spürte. »Eure Sache ist hoffnungslos. Nein, ich glaube nicht dran. Ich glaube überhaupt nicht an viel. Ich bin wegen Vanya hier. Und wenn ich was in die Luft sprengen muß, um mich ihr zu beweisen, dann tu' ich es.«
»Sag ihm, was du weißt, Simon«, warf Vanya ein.
»Ich weiß nichts Genaues. Ich traue niemand, und ihr solltet auch niemand trauen. Wenn wer von euch Klamotten kauft, dann rate ich euch, geht nicht in den Army-Reste-Laden in Kailua. Dasselbe gilt für alles drüben in Hilo. Diese Operation ist so schluderig vorbereitet, da kann sich jeder einschleusen. Was ist das da in der Ecke?«
Toru zögerte. »Munition, Sprengstoff, der ganze Kram.«
Simon ging in den hinteren Klosterbereich und hob einige wasserdichte Planen an.
»Heiliger Strohsack! Ihr habt hier ein vollständiges Arsenal. Ich dachte, ihr wolltet bloß ein paar Hotels bombardieren, vielleicht eine Fabrik.«
»Mit 'n paar Hotels ist es nicht getan«, sagte Toru. »Bei uns steht 'ne Menge auf der Abschußliste.«
Simon sagte angewidert zu ihm: »Ich habe noch nie was so ...« Er nahm Toru beiseite, rang um Beherrschung. »Es braucht bloß jemand eine Zigarette fallen zu lassen, und schon habt ihr diesen Teil der Insel von der Landkarte gesprengt. Brecht das Lager hier ab, Mensch! Versteckt das Zeug, kilometerweit verstreut. Du hast erlebt, was Kampf ist. Hast du den Drill vergessen?«
Toru ballte die Fäuste, sah auf all die Kisten, es waren Dutzende.
»Da gibt's ein Problem. Verlagerung, Transport. Die einzigen Männer, denen ich traue, sind hier im Raum.«
»Ihr habt ganze Dörfer hinter euch.«

»Hierbei nicht. Außerdem ... sag's ihm, Vanya.«
Sie blickte verlegen zu Boden. »Die Leute hier bitten uns zu warten.«
»Bis wann?«
»Bis nach den Feiertagen.«
Simon warf die Arme in die Höhe und ging hinaus zum Wagen.
Als Vanya ihn zu seinem Motel außerhalb von Captain Cook fuhr, spürte sie die tiefe Verachtung des Berufssoldaten in ihm, der es mit Amateuren zu tun hat.
»Ich hab' dir gesagt, daß wir Hilfe brauchen.«
»Vanya, Vanya, das ist ein Witz. Ein sehr trauriger, teurer Witz.«
»Wenn ich das hier mache, gebe ich meine Praxis auf, vielleicht sogar meine Freiheit. Das ist kein Witz.«
Er fuhr sich mit der Hand über die Augen. »Nein. Es ist ein Sinnbild. Es steht für alle egoistischen, unpassenden, lächerlichen, grauenhaft amateurhaften, absurden, anarchischen Komplotts, die je danebengingen. Ihr könnt das nicht durchziehen!«
Sie hielt vor dem Motel, blickte geradeaus. »Ich ziehe es durch. Allein.«
Er seufzte, sah auf seine Hände. Seine Stimme klang alt, resigniert. »Schön. Sag mir nur, was du tun willst. Und wir werden es tun.«

Jess stand zögernd in ihrer Tür. »Vanya? Alles in Ordnung mit dir?«
Sie deckte einen Stapel Papiere, Landkarten, Schaubilder zu. »Komm rein.«
Liebevoll legte Jess den Arm um ihre Schulter. »Ich sehe dich kaum noch. Wo treibst du dich herum?«
»Ach, alle möglichen Versammlungen.«
»Er ist hier, nicht? Dein Freund, meine ich.«
»Er ist gekommen, um uns zu helfen, Jess.«
»Liebst du ihn?«
Vanya schüttelte, halb lächelnd, den Kopf. »So ein komisches Wort. Es bedeutet so viel. Oder nichts. Ich würde sagen, wir sind uns sexuell hörig.«
Jess löste sich von ihr, trat einen Schritt zurück. »Das ist schon ein richtiges Klischee bei dir. Alles mußt du reduzieren auf ...«
»Ja. Auf Lust. Auf Gier nach dem Neuen.« Vanya kreuzte die Füße auf dem Schreibtisch, setzte eine philosophische Miene auf. »Ich

will dir mal was sagen, Jess. Abgesehen von Verwandtschaftsbeziehungen, von Familienbindungen, ist das, was die Leute für Liebe halten, ein Zustand lähmender Langeweile, ein treuer Hund, der dir zu Füßen liegt. Aber Lust, echte, bohrende Lust, das ist was anderes. Sie ... ich weiß nicht, sie fordert dich heraus, verdreht dir das Hirn. Du bemühst dich nicht um sie, sie überfällt dich einfach hinterrücks, wenn du nicht aufpaßt. Denke an einen Löwenbändiger. Und jedesmal, wenn der Löwe brüllt, gehst du ein paar Schritte zurück, knallst mit der Peitsche, forderst ihn zum Sprung heraus. Und das alles findet im Kopf statt. Total verrückt.«

»Stimmt«, sagte Jess. »Mit der Peitsche hast du alles unter Kontrolle. Selbst während du im Clinch bist, knallst du mit der Peitsche.« Sie betrachtete sie, versuchte, aus ihr schlau zu werden. »Wenn du diesen Simon nicht liebst, dann benutzt du ihn.«

»So sind die Menschen nun mal. ›Benutzen‹ ist kein schlimmes Wort. Wir benutzen Menschen, um zu lernen, um Fortschritte zu machen. Wir vergleichen uns mit anderen, sehen, wie wir abschneiden, versuchen dann, es besser zu machen. Hast du deinen Freund in New York nicht benutzt?«

Jess zuckte zusammen; sie vermißte Mars noch immer. »Er half mir verstehen, was wichtig für mich ist und daß meine Geschichte hier ohne mich stattfand. Ich habe ihn nie benutzt. Ich habe ihn geliebt.«

»Oder war es Lust? Sein großer, glänzender schwarzer Körper ...«

»Halt den Mund, Vanya. Sei still. Ich habe ihn geliebt, und ich habe ihn geachtet, ich habe sogar seine Wut geachtet.«

»Du hast dir was vorgemacht, Jess. Du hast nicht dieses Temperament, du wärst nicht in der Lage, etwas in die Luft zu sprengen. Du bist eine Heilerin, vergiß das nicht. Du bist nach Hause gekommen auf der Suche nach der Vergangenheit, nach einer tropischen Utopie. Du hast uns in einem romantischen Licht gesehen, und jetzt fühlst du dich betrogen.«

Jess schlang die Arme um sich, als wollte sie sich vor Vanyas heftigen Angriffen schützen. »Betrogen werde ich mich erst fühlen, wenn du und Toru sterbt oder ins Gefängnis kommt. Dann existiert diese Familie nicht mehr. Nur noch ich und Rachel werden dasein und uns mit dieser Plantage abmühen.«

Vanya lächelte. »Du kannst das, Jess. Ich bin nicht dafür geschaffen, eine Plantage zu leiten.« Sie lachte plötzlich verächtlich. »Rachel und ihr kleiner Harem ernten die Felder ab. Gott, so ein Witz. Wir kämpfen um unser Land, und sie geht nach Thailand, um Prostituierte zu retten.«

»Sie hat die Hälfte eurer Sprengstofflieferungen mit Geld bezahlt, das mit Prostitution verdient wurde. Wie fühlst du dich dabei?«

Vanya stellte die Füße auf den Boden. Sie dachte ernsthaft über die Frage nach. »Ich bin sehr froh, daß Hiro tot ist. Ich verstehe, daß Rachel das Bedürfnis hat, den ganzen Reichtum sauber zu waschen, ein bißchen Gutes zu tun für ihr Gewissen. Aber warum bleibt sie nicht zu Hause und kümmert sich um *unsere* Prostituierten? Dieses ganze Vorhaben ... stell dir vor, sie hat mich gefragt, was ein Visum ist. Sie besitzt nicht mal einen Paß.«

»Jetzt hat sie einen.« Jess verschränkte die Arme. »Das mußt du ihr doch hoch anrechnen, oder nicht? Sie zieht allein in die Welt. Stell dir das mal vor!«

Vanya wirkte plötzlich gequält. »Dieses sture, frivole, verrückte Miststück! Sie kann nicht mal eine Landkarte lesen. Und wenn ihr was passiert? Dann bin ich nicht da, um ihr zu helfen. Jess, laß sie nicht weg.«

»Ich kann sie nicht aufhalten. Ich kann dich nicht aufhalten. Niemand konnte Ming aufhalten. *Tutu* hat einmal gesagt, sie brauchte *keaumiki,* flinke Hände, um uns zusammenzuhalten. Wir haben ihre Sturheit geerbt. Ich habe kein Talent für *keaumiki.* Wir driften auseinander, Vanya.«

Vanya saß nachdenklich da, tätschelte beinahe geistesabwesend Jess' Arm. »Wann hast du Waipi'o Jimi das letzte Mal gesehen?«

»Das ist Jahre her. Fünf? Zehn? Als wir das letzte Mal wandern waren.«

»Ich möchte, daß du zu ihm gehst, Jess. Du mußt ihm eine Nachricht überbringen. Ich kann mich aus mehreren Gründen nicht dort sehen lassen. Weiter werde ich dich nicht mit hineinziehen.«

Jess nickte. »Versprich mir nur, daß du nach der Hundertjahrfeier ein für allemal Schluß machst.«

»Wir werden sehen.«

Am nächsten Tag fuhr Jess an die Nordwestspitze der Insel, vorbei an der Shark Bay und am Pu'ukohola-Tempel, an den tiefen Wassern von Kawaihae und den verträumten kleinen Zuckerstädten Hawi und Kapa'au, wo die Luft kühler, scharf und glasklar war. Sie gelangte in eine Gegend mit üppigen tropischen Schluchten, wo Wasserfälle von Dschungelfelsen tausend Meter tief auf schwarze Lavastrände stürzten. Unter ihr lag eine fast fünf Kilometer breite, sich über zehn Kilometer windende Dschungelebene.

Es war das geheimnisvolle Waipi'o-Tal, das Tal der alten Könige Umi und Liloa. Hier hatte Kamehameha im Jahre 1780 das Abbild seines Kriegsgottes Kukailimoku aus den Händen regierender Häuptlinge empfangen, und hier wurde er zum zukünftigen Herrscher erwählt und erhielt den Titel »der Große«. Hier beteiligten er und Kaheiki sich an der ersten Seeschlacht der hawaiischen Geschichte, in der eine Kanone zum Einsatz kam, auf hawaiisch *kepuwahaulaula,* rotmäuliges Geschütz.

Waipi'o war die Heimat von Tausenden hawaiischen Siedlern gewesen, die Stätte zahlloser Menschenopfer und mit Knochen übersäter Begräbnishöhlen, die jahrhundertelang unberührt geblieben waren. Im Laufe der Jahre war es dann zum Heiligtum für Priester, *kahuna,* geworden, eine Zuflucht für Aufständische, Ausgestoßene und die Opfer von *ma'i Pake.* Abgesehen von einigen alten Aufständischen, die noch immer Tarofelder bestellten, lebten jetzt nur noch wenige Menschen in dem Tal. Wer hinkam, verließ es bald wieder mit Geschichten von Nachtmarschierern, die sie im Schlaf mit Knüppeln schlugen, zornigen *menehune,* die ihnen Äste durch die Wangen trieben, und blaugesichtigen Hunden, die auf ihren Hinterbeinen tanzten wie *wahine.*

Jess parkte ihren Wagen am Lookout Point, dem von Touristen frequentierten Aussichtspunkt. Für robuste Wanderer, die gewillt waren, sich durch den Dschungel zu den schwarzen Sandstränden gegenüber dem Tal durchzukämpfen, gab es rutschige Lehmwege, den meisten Touristen aber genügte es, sich neben ihre Autos zu stellen und Aufnahmen von der üppigen Vegetation weit drunten zu machen. Nachdem sie eine halbe Stunde gewartet hatte, hörte Jess ein Pferd wiehern. Leise fluchend drängte jemand es den Bergpfad hinauf. Sie lächelte, als das dunkle, ledrige Gesicht des alten Mannes auftauchte. Er winkte, stieg ab, band sein Pferd an einen Baum.

Sie saßen im Sonnenlicht und lutschten Kona-Apfelsinen, während er Vanyas Brief las. Waipi'o Jimi hatte sein ganzes Leben in dem Tal verbracht; er war ein Abkömmling von zu Guerilleros gewordenen Royalisten, die vor hundert Jahren, als Amerika Königin Lili'uokalani zur Abdankung zwang, in dem Tal Schutz suchten, nachdem sie fünf Angehörige der US-Marine gekidnappt, ihnen Uniformen und Waffen abgenommen und sie auf der Hauptstraße von Honolulu nackt an Palmen gefesselt hatten. Und vor sechzig Jahren hatte dieser *'ohana* Duke und Pono geholfen, als sie um ihr Leben rannten.

»Kannst du mir sagen, was drinsteht, Jimi?«

Er faltete den Brief zusammen und schüttelte den Kopf. »Vanya sagt nein. Weißt du, *keiki,* sie will dich in Sicherheit wissen, damit du die Plantage leitest. Ihr seid jetzt die Bosse, ihr Mädels. Passiert dir was, ist es *pau* mit der Plantage.«

»Wirst du ihr helfen?«

Er lächelte und entblößte dabei sein lilafarbenes Zahnfleisch. »Ich tu' alles für Vanya. Für jedes *keiki* von Pono würd' ich mir das Herz rausreißen. Guck mal, mein Pferd, hübsch, was? Hat Pono mir geschenkt, ist Jahre her. Fünf Pferde hat sie mir geschenkt. Ich sag' zu Pono, ist genug! Ich will doch keine Ranch, oder? Aber sie hat mich nie vergessen. Sechs Jahre war ich, als die Kopfgeldjäger sie und Duke bis hier nach Waipi'o verfolgt haben. Wochenlang hatten wir nix zu essen für sie, bloß Taro. Aber weißt du, selbst als sie verhungert aussah, wie 'ne Vogelscheuche, war sie immer noch die schönste *wahine,* die ich je gesehen hab'.«

Er wischte sich die Augen und betrachtete Jess. »Hast 'n bißchen ihr Gesicht. Nase, Kinn haste von ihr. Gott segne dich, *keiki.* Geh heim, kümmer dich um die Plantage.«

Sie stand auf und umarmte ihn. »Was soll ich Vanya sagen?«

»Ja – sag ihr, Waipi'o Jimi sagt ja.«

Gekleidet wie ein Tourist, in Bermudashorts und mit Schildpattsonnenbrille, las Simon Weir stirnrunzelnd in einer Broschüre. »Zwölf Restaurants, zehn Bars, zwei Diskotheken, sechs Swimmingpools, sechs Tennisplätze, davon ein Turnierplatz mit neunhundert Zuschauerplätzen. Golf, Badminton, Squash. Ein Kurbad. Siebenunddreißig Boutiquen. Dreitausend Gästezimmer, alle mit Bidet. Alles unter einem Dach. DAS PHANTASTISCHSTE FERIENZENTRUM DER WELT.« Er sah Vanya über den Tisch hinweg an. »Herrgott, das ist der reinste Zirkus.«

Sie las von weiteren »Annehmlichkeiten«, die das Halenani Ressort zu bieten hatte. »Außer dem Kurbad bieten sie einen Workshop für ›holotopisches Atmen‹ an. Außerdem beratende Workshops ›zur Verbesserung der Lebensqualität‹. Hier ein Wochenendseminar, geleitet von einem Cranial-sakral-Therapeuten namens Dr. Rebirth, es findet im Tempel der Liebe statt.« Sie sah ihn an und meinte leise: »Dr. Rebirth, Dr. Wiedergeburt. Daß ich nicht lache. Nicht zu glauben, dieser Mist.«

Sie saßen in einem der schicken Hotelcafés im Freien; dieses blickte auf einen von hohen Lavasteinmauern umgebenen Teich, in dem Hotelgäste unter Aufsicht acht gefangengehaltene Große Tümmler fütterten und mit ihnen spielten.

»Sie preisen die Delphine als Teil einer Stiftung an; angeblich werden sie hier gehalten zur ›Förderung der Bewahrung und Erforschung des Meereslebens‹«, sagte Vanya. »Ich habe mich bei zwei Meeresbiologen von der Stanford University erkundigt, die sie in ihrem Forschungsausschuß aufführen. Es sind qualifizierte Forscher, so viel steht fest. Das Hotel bezahlt sie für den Gebrauch ihrer Namen, aber keiner von ihnen hat je einen Fuß auf diese Insel gesetzt.«

In einer Art Eckkäfig waren vier Delphine durch Gitter von den anderen vieren getrennt.

»Das machen sie, um ihnen Disziplin beizubringen«, sagte Simon. »Der Wärter sagte, daß sie manchmal deprimiert sind und nicht auftreten wollen. Zur Strafe kommen sie dann für eine Weile in den Käfig, wie Verbrecher. Drei Delphine sind hier mittlerweile schon eingegangen, und schuld daran soll der Verzehr vergifteter Fische sein.«

Vanya sah zu den intelligenten, anmutigen Meeressäugern hinüber, die sich in dem jämmerlich kleinen Teich tummelten.

»Was sagt die Öffentlichkeit dazu?« fragte Simon. »Ich hätte gedacht, die Einheimischen würden einen bewaffneten Aufstand machen.«

»Als man die Delphine hierherbrachte, haben die Leute demonstriert, vor dem Hotel, auf der Straße, in der Stadt. Sie haben Briefe an den Gouverneur geschrieben und die Freilassung der Tiere gefordert. Keine Reaktion. Als die ersten Delphine starben, versuchte eine Gruppe Hawaiianer die übrigen Tiere zu befreien. Sie kamen vom Meer her und versuchten sie mit Schlingen über die Lavamauern zu hieven. Eine Katastrophe. Die Leute kamen ins Gefängnis, und jetzt wimmelt es hier von Sicherheitsleuten.«

Simon sah sich in der Bar und an dem sich anschließenden Swimmingpool um und erkannte sie mühelos. Ihre Kleidung und Haltung waren betont lässig, aber die Körper eine Spur zu trainiert, die Augen eine Spur zu rege hinter den Sonnenbrillen.

»Wer hier gehört zu deinen Leuten?« fragte er.

»Gärtner, Zimmermädchen. Alles Einheimische. Der Personalchef hat Zugang zu den Installationsanlagen, zu Rohrleitungen und zur Kläranlage.«

Als sie später umherschlenderten, Schnappschüsse von Vanya in weißem Tenniszeug machten, mit dem strategisch wichtigen Hotel im Hintergrund, schüttelte Simon den Kopf, fassungslos über die Anlage dieses Vierhundert-Millionen-Dollar-Mega-Urlaubszentrums. Der zweihundert Morgen umfassende Komplex war einst eine zum Pazifik hin gelegene, öde Lavawüste gewesen. Man hatte tonnenweise Sand angeschleppt, Tausende von tropischen Pflanzen, Palmen, morgenweise Rollrasen. Jetzt prägte die Landschaft ein halbes Dutzend künstlicher Teiche und Grotten, von großen Lagunen getrennt durch Inselchen, auf denen fernöstliche Statuen zur Schau gestellt waren, und kleinere »Besinnungsteiche«, die durch unzählige Brückenbögen miteinander verbunden waren.

PS-starke Vergnügungsboote mit uniformierten »Kapitänen« kreuzten auf den Kanälen und beförderten die Gäste zu den sechs Wohntürmen. Führer brüllten den Namen des Turms, dem man sich gerade näherte, in Megaphone. Eine hochtechnisierte »Torpedo«-Einschienenbahn auf erhöhtem Gleis umrundete den gesamten Komplex. Das Ding, das sich von wogenden Palmen und den alten Vulkanen in der Ferne grotesk abhob, kam an festen Haltestellen quietschend zum Stehen, dann fuhr es schnaubend weiter. Die meisten Gäste jedoch mochten die Bahn nicht. Besonders abends, wenn sie die Multimediashow des Hotels mit ihrem Quietschen übertönte, glich sie einem Geisterzug, der immer rundherum ratterte wie das vernachlässigte Spielzeug eines launischen Riesenkindes.

Sie schlenderten durch die Lobby, einem orgiastischen Architektentraum von einem polynesischen Palast des 21. Jahrhunderts, und stiegen zwischen hoch aufragenden Säulen eine monumentale Treppe empor. Von hier aus bot sich ein Panoramablick auf eine Lagune und einen künstlichen Strand dahinter – der Sand hatte extra von einer anderen Insel herangeschafft werden müssen – und schließlich das Meer.

»Der reinste urbane Alptraum«, flüsterte Simon. »Das ganze Ding gehört dem Erdboden gleichgemacht.«

»Wo würdest du anfangen?«

»Genau hier. Nachts.« Er sah zu dem grandiosen säulengestützten Dach hinauf, zu der leeren Treppe hinter ihnen. »Kaum Menschen unterwegs. Weit weg von Geschäften und Restaurants. Am liebsten würde ich auch die alberne Bahn in die Luft jagen. Ist aber zu riskant. Muß was Feststehendes sein.«

»Wie lange würde es dauern, wenn die Bombe erst gelegt ist?«

Er sah sie fest an. »So lange du willst und ganz *wie* du willst. Zeitzünder. Klimaaktiviert. Es geht trocken, es geht naß. Stimmaktiviert. Sogar mit Code. Ich kann in drei Kilometern Entfernung ›*Waltzing Matilda*‹ singen. Beim zweiten Refrain würde sie explodieren.«

Sie verknipsten noch einen Film, schlenderten dann wieder zum Parkplatz. Überwachungskameras hingen in der Lobby, vor dem Hoteleingang, in Sträuchern entlang dem Weg zu den Tennisplätzen.

»Das wichtigste ist, wie wir sie deponieren«, sagte er. »Das muß einer vom Personal machen, jemand Unauffälliges, dem wir trauen können.«

Vanya nickte. »Hier arbeitet ein älterer Gärtner namens Kito. Liebt Blumen, haßt *haole*. Verdienter Infanterist in Korea.«

»Hoffen wir, daß er den Umgang mit Sprengstoff nicht verlernt hat.«

Am späten Nachmittag standen sie in Kailua und blickten auf die Bucht hinaus, wo gerade die Ankunft des Weihnachtsmannes in einem Unterseeboot, begleitet von einer Flotte von Weihnachtsbooten, zu bewundern war. In der ganzen Stadt, in allen Städten auf der ganzen Insel hatte man Ketten mit Flimmerlämpchen um die Palmenstämme gewunden. Musikbands marschierten durch die Straßen und spielten *»Mele Kalikimaka«,* fröhliche Weihnachten. Im Hotel König Kamehameha sang ein Kinderchor »Jubel auf Erden« und »Kleiner Trommler« auf Hawaiisch.

»Weihnachten auf den Inseln.« Simon lächelte. »Unschuldig und rührend.«

»Wie ist es bei dir zu Hause in Kakadu?« fragte Vanya.

»Oh, ich sitze mit den Jungs am Lagerfeuer, wir futtern und reden von der Traumzeit.«

»Vermißt du es, Simon?«

»Noch nicht. Aber ich habe vor zurückzugehen. Nachdem wir unsere Gefängnisstrafe abgesessen haben, denke ich, können wir uns dort zur Ruhe setzen, du und ich, und im Busch unsere Memoiren schreiben.«

Auf der Fahrt nach Norden zu den Städten in den Bergen sahen sie, daß die Hütten der Kaffeearbeiter mit Gold- und Silbergirlanden und blinkenden Geburtsszenen auf Pappkarton geschmückt waren. In Kainali'u donnerte ein offener Kleinlaster an ihnen vorüber, auf dessen Ladefläche ein halbnackter Mann mit roter Nikolausmütze, roten Gummistiefeln und Bastrock torkelte. In der einen Hand hielt er eine Whiskyflasche, in der anderen einen Gegenstand, der wie ein Gewehr aussah. Der Fahrer hielt, stieg aus und signalisierte ihnen anzuhalten. Er war leicht angetrunken.

Er beugte sich zu Vanyas Fenster hinein. »Vanya! Wir haben heute abend 'n erstklassiges Ding hingekriegt. Zwanzig Kisten verstaut in 'nem Versteck, das keiner findet. Wie 'n riesiger Bunker!«

Simon stieß seine Tür auf und starrte auf den taumelnden Weihnachtsmann auf dem Laster. »Hör mal, Kumpel, sag bloß, das ist ein Sturmgewehr, womit der dämliche Scheißkerl da rumfuchtelt.«

»Oh, Scheiße!« Der Fahrer lief zu seinem Wagen, während der Weihnachtsmann die Flasche in die Luft warf, mit dem Gewehr zielte und schoß. Ein Telefonmast knickte ein, die Drähte hingen durch.

Bevor der Betrunkene noch einmal zielen konnte, war Simon neben ihm auf dem Wagen und drückte ihm mit Daumen und Zeigefinger die Luftröhre zu. Der Weihnachtsmann ließ das Sturmgewehr fallen, schien im Stehen einzuschlafen. Simon trat ihn so, daß die Beine unter ihm wegknickten, schnappte sich dann das Gewehr, sprang herunter und warf den stämmigen Fahrer gegen den Wagen. Er schien ihn etwas zu fragen, dann winkte er ihn weiter. Der Kleinlaster brauste los, Simon stieg wieder ins Auto und strich mit den Händen über den Gewehrlauf.

»Ich hätte den Kerl erschießen sollen. Alle beide. Er sagt, sie hätten das Gewehr aus dem Versteck geholt, um schießen zu üben. Schießen üben!«

Als sie später im Bett neben ihm lag, konnte sie seine Spannung noch spüren. Sie versuchte eine Entschuldigung, aber sie klang ziemlich kleinlaut. »Tut mir leid, Simon, daß sie nicht die Moral einer Eliteeinheit haben.«

»Ich muß schon sagen, das ist ein schöner Schlamassel. Wär' ein Wunder, wenn wir nicht hinter Gittern enden.«

»Du kannst jederzeit aussteigen.«

Er drehte sich zu ihr. »Nein, kann ich nicht. Wenn ich das deinen *Kanaka*-Jungs überlasse, sprengen sie sich selbst in Stücke. Wenn du es mich doch bloß einfach alleine machen ließest, ich könnte es mit geschlossenen Augen.«

Sie setzte sich fröstelnd auf, rieb sich die Arme. »Ich wette, du könntest es im Schlaf.«

»Es erfordert eine gewisse Erfahrung. Man muß fix sein, und gleichgültig. Keine Spannung. Man sollte nicht mal schwitzen.«

»Gott, wie du das genießt. Im Herzen bist du immer noch ein Mörder.«

Er rückte von ihr ab, so verblüfft, daß seine Stimme leise wurde. »Nein, bin ich nicht. Es ist erst mit der militärischen Grundausbildung gekommen; ich wurde darin geschult, wurde zum Experten. Eines Tages stellte ich fest, daß ich süchtig war nach dem Drill. Ködern, verfolgen, vernichten. Ich begann, um meinen Verstand zu fürchten.« Er nahm ihre Hand, ihm wurde übel bei der Erinnerung.

»In Mittelamerika habe ich gesehen, wie ein Freund von mir eine ganze Familie niedermähte, während sich die Leute noch den Schlaf aus den Augen rieben. Er wußte nicht, warum; es waren keine Rebellen. Es war, als ob seine Waffe die Funktion seines Gehirns übernommen hätte und ihm jede Bewegung diktierte. Als er fertig war, sah ich drei Generationen am Boden liegen, Menschen mit guten, einfachen Gesichtern, sogar Kinder, in Pantoffeln und Nachthemden. Da sah ich, was aus uns geworden war. Ich habe ihn umgelegt, meinen besten Freund. Alles, was ich an Munition noch hatte, habe ich ihm in den Bauch gejagt, und dann habe ich jenes Land und jenes Leben verlassen. Hinterher war da jahrelang diese tiefe Ermattung, eine Art Mutlosigkeit; mir fehlte der Mumm für jede Art von Konfrontation. Und diese Mutlosigkeit ist mir geblieben.«

»Warum bist du dann hier?«

Er zog sie an sich. »Ich habe gesagt, ich würde tun, was nötig ist, um mich zu beweisen. Ich würde dies nicht freiwillig tun, aber jetzt sehe ich, daß ich dir das Leben retten könnte. Du kannst unverantwortlichen, besoffenen Kerlen keine Bomben in die Hand geben, auch wenn es *ihre Sache ist.*« Er strich ihr das Haar aus dem Gesicht wie einem Kind. »Ich bin kein Mörder, mein Herz. Ich bin nur ein Mann, der versucht, einen Menschen zu retten, der ihm etwas bedeutet.«

Viel später wachte sie auf, weil das Bett neben ihr leer war. Simon saß am Fenster und kratzte sich heftig am Arm und am Hals.

»Was hast du?«

»Verdammte Schleppscheiße ...«

Sie zündete eine Lampe an und stellte sich neben ihn. Auf seinem Arm sah sie einen pickeligen roten Ausschlag und dazwischen verstreut merkwürdige kleine weiße Flecken. Sie schloß die Augen, zwang sich zur Ruhe. »Wie lange hast du das schon?«

»Es kommt und geht. Jetzt hab' ich's am Hals.«

Sie sah sich seinen Hals genau an; da waren kleine rote Stellen. »Simon, weißt du, daß dein Ohrläppchen geschwollen ist?«

»Das wundert mich nicht.«

Sie setzte sich aufs Bett. »Bist du beim Arzt gewesen?«

»Bei mindestens einem halben Dutzend.«

»Was sagen sie?«
Er zögerte. »Sie sagen, es ist die Schleppscheiße. Tabletten helfen ein bißchen.«
Sie dachte, sie müßte sich übergeben. »Was meinst du mit ... Schleppscheiße?«
Er sah aus dem Fenster, dann wieder zu ihr. »Nachwirkungen von Agent Orange. Es ist krebsauslösend. Wir haben in Vietnam und Kambodscha zuviel davon abgekriegt. Ich hab' dir ja gesagt, mit mir ist nicht viel los. Gesundheitsmäßig bin ich ein Wrack.« Er kratzte sich wieder. »Ich dachte, von den Tabletten wäre es weggegangen. Jetzt fängt dieser blöde Ausschlag wieder an.«
»Deine Entzündungen, die sehen aus wie bei meinem Großvater.«
»Stimmt. Flecken, Schwellungen. Ich habe Lepra bei den Aborigines gesehen. Diese Schleppscheiße ist ähnlich. Manchmal befällt sie innere Organe, das zentrale Nervensystem. Die Veteranen erblinden. Ihre Kinder sind Mißgeburten; ein Sohn wurde ohne After geboren.« Er seufzte. »Keine Bange, mein Herz, es ist nicht ansteckend.«
Sie berührte behutsam seinen Arm. »Simon, du mußt zum Arzt.«
»Nach unserer Multimediashow, das verspreche ich dir.«
Sie knipste die Lampe aus, zog ihn ins Bett. In der Stille konnte sie seine Verletzlichkeit fühlen, ja nahezu hören. Erfüllt von dem Wunsch, ihn zu halten, zu trösten, nahm sie ihn in ihre Arme. Anfangs war er scheu, als könnte sie sich ekeln vor seinem Fleisch mit den neuen Flecken, den vergifteten Zellen, dann entspannte er sich, barg seinen Kopf zwischen ihre Brüste und schlief ein.
In tiefer Nacht wachte er auf und fühlte ihren Mund, der sich um sein Geschlecht schloß, ihre Zunge, die rhythmisch hin und her glitt und Farbfunken in seinem Gehirn entzündete. Sie saugte langsam, nahm alles von ihm, soviel sie konnte, bis ihr Kieferknochen knackte. Sie hob den Kopf, ihre Augen trafen sich, schläfrig, geschwollen. Dann nahm sie ihn wieder in den Mund, machte ihn bereit, seine Schultern färbten sich silbern von Schweiß, bis er, gegossenem Metall gleich, kam. Und als er kam und seine nassen Schenkel gegen ihre Wangen klatschten, schrie er auf in einer geheimen Sprache, traurig und einsam, ganz für sich.
Als er schlief, berührte Vanya den Ausschlag auf seinem Hals und

seinen Armen und dachte dabei an ihren Großvater Duke. Dann legte sie vorsichtig, beinahe ehrfürchtig, die Arme um Simon und hielt ihn mit zärtlicher Erschöpfung, in erwachender Verwunderung.

Pauku manawa

Eine Portion Zeit

❖

Fliegen schwirrten vor ihrem Gesicht, ihre Wangen waren klebrig von Pflanzensaft, ihre Arme juckten und schmerzten. Der Korb, den sie um die Taille gebunden hatte, sackte durch vom Gewicht der Kaffeekirschen. Jess fühlte den Druck wie einen zwanzigpfündigen Fötus, der ihre Lenden beschwerte. Sie kniete sich hin, schnallte den Korb ab, befreite ihren Rücken von der ungeheuren Last. Ein philippinischer Arbeiter half ihr, die Kirschen in einen großen Jutesack zu leeren, dann sank sie zusammen, ließ den Kopf zwischen die Knie hängen.

»Macht Spaß, hä?« Der Mann lachte. »Machen gute Arbeit, Boß-Lady. Haben heute 'n Zentnersack ganz allein vollgekriegt, das is' mal sicher!«

Sie stöhnte, betrachtete ihre rissigen Finger, die schmutzigen Nägel. *Und das vierzig Jahre lang.* Tutu, *wie hast du das überlebt?*

Rachel kämpfte sich zwischen den Bäumen hindurch, leerte ihren Korb, warf sich neben Jess ins Gras. Trotz langärmeligem Hemd, Kopftuch und Sonnenhut hatten Mücken sie erwischt, ihr die linke Wange zerstochen. Ihr Gesicht war fleckig, ihre Nase rot von zuviel Sonne. Die Luft, die sie atmeten, war dick vom Saft der Kaffeekirschen, der die Schwere des Landes, die Wechselhaftigkeit des Wetters, selbst den Staub und Schweiß der Pflückerinnen in sich trug. Stumm vor Erschöpfung blickten sie auf die Straße vor ihnen, wo Verlader Zentnersäcke mit Kaffeekirschen auf offene Kleinlaster luden, die zu den Verarbeitungswerken fuhren.

Diese Werke, scheunenartige Gebäude voll von Staub, wo Männer, maskiert wie Banditen, Säcke abwarfen, hatten für Jess immer etwas

Geheimnisvolles gehabt. Vor ein paar Wochen dann hatte der Kona-Bezirk sein alljährliches Kaffee-Fest gefeiert, mit Kirschenpflückwettbewerben, Festzügen, Paraden. Pono war für ihre vierzigjährige Tätigkeit im Kaffeegeschäft geehrt worden, und anschließend hatte ein junger Kaffee-Anbauer, Lee Sugai, Jess zu einer Besichtigung der Verarbeitungsbetriebe seiner Familie eingeladen. »Kommen Sie«, sagte er. »Sehen Sie sich an, wie wir Ihre Bohnen aufbereiten.«

Als Jess Run Run von der Einladung erzählte, versuchte die alte Frau sie davon abzubringen. »Paß bloß auf bei diesen Sugais! Die wollen dir schöntun, dir dein Land abkaufen. Dieser gerissene Sohn will dich vielleicht heiraten, damit er nix bezahlen muß für dein Land!«

Jess lachte. »Er ist schon verheiratet, Run Run!«

Bald darauf besichtigten sie und Rachel Sugais Kirschenverarbeitung und sahen vor Ort, wie die Kaffeebohnen aufbereitet wurden. In Säcken von den Feldern gebracht, wurden die Kaffeekirschen in klappernde Schälmaschinen geschüttet, wo das rote Fruchtfleisch entfernt wurde. Dann wurden sie in Wasser geschwemmt, und die fleischige Samenschale, die sogenannte Silberhaut, wurde entfernt. Danach wurden die Bohnen gespült und mehrere Tage in der Sonne getrocknet, bis ihre dünne, goldene »Pergamenthülse« spröde wurde, aufsprang und abgeschält werden konnte.

Nach dem Trocknen transportierte man die Bohnen zu den Schälmaschinen, wo die Pergamenthülsen entfernt und die jadegrünen Bohnen poliert wurden. Dann kamen die Bohnen auf einen Rütteltisch zum Vorsortieren nach Größe, Form und Schwere und wurden nach Größe, Farbe, Geschmack und Fehlerzahl pro Pfund begutachtet. Schließlich wurden sie handverlesen, fertig zum Rösten, und abgepackt.

»Kein leichtes Geschäft«, erklärte Lee Sugai. »Aber es tut sich etwas. Die jungen Leute bringen frischen Wind hinein.«

Reiner Kona-Kaffee war neuerdings gefragt und konkurrierte mit den besten französischen Feinschmeckersorten. Das Geschäft lockte Unternehmer vom Festland an, die die einheimischen Anbauer zu verdrängen suchten.

»Ich helfe Ihnen, wo ich kann«, sagte Lee. »Nur, bitte, verkaufen

Sie Ihr Land nicht an Außenstehende.« Er sah über die Felder, atmete die Luft ein. »Wir besitzen ein paar hundert Morgen in Kalifornien. Aber, wissen Sie, ich kann was draus machen oder es bleibenlassen. Es ist einfach nicht dieselbe Erde.«
Er war der einzige Kaffeeplantagenbesitzer in der dritten Generation auf der Insel; seine Familie hatte vor achtzig Jahren damit angefangen. Als eine der wenigen Kaffeefamilien, die ihr eigenes Land bestellten und eigene Verarbeitungsbetriebe hatten, konkurrierten Lee und sein Vater erfolgreich mit großen Vertriebsgesellschaften wie der AMFAC. Nach dem Studium war der Sohn aufs Festland gegangen, hatte sechs Jahre als Raumfahrtingenieur gearbeitet, aber die Inseln hatten ihm gefehlt, die Gerüche und das Klima von Kona. Er kam nach Hause, lernte die Aufbereitung, Röstung und Vermarktung von Kaffee, während er die Kirschen immer noch, zusammen mit seinen siebenundachtzig Jahre alten Großeltern, von Hand pflückte. Mit den Jahren war es den Sugais gelungen, ihren Markennamen auf dem amerikanischen Festland und in Asien zu vermarkten.
Jess mutmaßte, daß Lee neugierig auf sie sei, sie vielleicht auch bewunderte. Wie er hatte sie ein anderes Leben hinter sich gelassen, um nach Hause zu kommen, aufs Land. Er war freundlich, seine Frau ebenso, und sie boten ihr Freundschaft und Rat an, was Jess um so entschlossener machte, auf der Plantage zu arbeiten, sie zu einem Erfolg zu machen. Trotzdem fürchtete sie sich vor so viel Verantwortung; der Lebensunterhalt so vieler Arbeiter hing von ihr ab.
»Und wenn es mal eine Dürre gibt? Ein Erdbeben? Angenommen, ich verliere die Nerven!«
»Ich sag' dir doch, du bist nicht allein«, versicherte Rachel ihr. »Du hast mich und Toru. Wir sind in diesen Pflanzungen aufgewachsen, hast du das vergessen? Schon als Kinder haben wir uns an gegorenen Kaffeekirschen berauscht, und die Arbeiter fanden uns halb bewußtlos in den Bäumen hängend. Sie zeigten uns, wie man Tabak aus Kaffeeblättern macht. Und so oft ich konnte, bin ich Pono gefolgt, ein kleiner Schatten, und habe jedes Blatt berührt, das sie berührte. Diese Plantage ist mein Ursprung, Jess, meine Heimat.«
»Ich dachte, dein Haus in Kahala ...«

»Das ist doch nur Hiros Schaustück, das er gebaut hat, um seine Feinde einzuschüchtern. Ich wollte immer hier sein.«
Sie schleppten sich zum Haus, wischten sich die verschwitzten Gesichter ab.
»Ich dachte immer, du wärst egoistisch, weil du keine Kinder wolltest. Jetzt sehe ich, daß du genug damit zu tun hattest, Hiro aufzupäppeln.«
»Am Anfang war ich *sein* Kind. Aber dann ... Ich vermute, ich hatte immer diesen mütterlichen Instinkt, auch wenn ich ihn verleugnet habe. Du hast ihn auch. Ming hatte ihn nicht. Und Vanya? Ich weiß nicht.«
»Sie hat ihren Sohn geliebt.«
»Aber mit der Verantwortung der Mutterschaft wollte sie nichts zu tun haben. Der Junge war ein Stabilisator, ein Beruhigungsmittel. Als Kind hat er sie gebremst. Aber schon damals flog sie von einer Konferenz zur anderen. Er war zuviel allein. Wenn Vanya aufgepaßt hätte, wäre er nicht nach Kaho'olawe geschwommen. Er hat versucht, seine Mutter nachzuahmen, sich einer Sache zu verpflichten.«
Jess schüttelte den Kopf. »Sie ist immer noch ein abgeprallter Pfeil, der sein Ziel sucht. Ich möchte wissen, ob sie je geliebt hat.«
Rachel fiel Vanyas Samoaner ein, Ta'a Utu. »Sie hätte ihn geheiratet. Ich habe mich immer gefragt, warum er sie aufgegeben hat.«
Jess erinnerte sich, wie sie Vanya nach dem Tod ihres Sohnes zu Ta'a Utu gebracht hatte. Sie hatte in einem Hotelzimmer gelegen und die zwei durch die Wand gehört. »Er hat sie nicht aufgegeben; er lief um sein Leben.«
»Was können wir tun, um sie zu retten, Jess? Was braucht sie?«
»Etwas –«, antwortete sie langsam, bemüht, die volle Bedeutung dessen, was sie sagte, zu erfassen, »– etwas so Erschütterndes, daß es sie milde macht.«

Tausende von Weihnachtssternsträuchern ließen die Straßen erglühen, und auf der ganzen Insel blinkten bunte Lichter. Stämmige Einheimische schlängelten sich, Christbäume auf den Rücken geschnallt, durch den Verkehr, und sieben Weihnachtsmänner mit Baströcken rasten in einem Feuerwehrwagen vorbei, der auf einen

Alarm hin ausgerückt war. Ein Fernsehsender strahlte Bilder von den eisigblauen Hängen der Mauna Kea aus, wo in viertausend Meter Höhe ein gigantischer einsamer Schneemann ein Transparent hielt. »Jubel auf Erden«, stand da. »Wenn du das lesen kannst, bist du mit deinem Scheißflugzeug zu nah dran!«
Als Jess am Markt von Kamagakai vorbeikam, rief einer ihrer Feldarbeiter: »He, Boss-Lady! *Mele Kalikimaka!*«, fröhliche Weihnachten also.
Es war Heiliger Abend. Geräusche und Gerüche überschwemmten sie, als sie ins Haus kam. KCCN sendete Weihnachtslieder gespielt auf einer altmodischen *ukulele* Run Run summte mit über Tiegeln voll *laulau* die Katzen hatten silberne Glöckchen um und vertilgten Krakenbrocken Toru roch wunderbar nach Pferd Gras Vieh schlug seine alte *ukulele* sang im Falsett im Ofen schmorten und brutzelten Schweinefleisch und ein gefüllter Truthahn aus einem Tiegel roch es fischig nach Lachs mit Tomaten und Zwiebeln Ula winselte und sabberte der Duft von geschmolzener Schokolade und Röstkastanien vermengte sich mit dem Geruch von Sojasoße Kutteln Schweinebacken *poi* in Schüsseln hauchdünnem Gebäck geformt wie kleine Blasen Entensoße Austern eingelegtem Kohl Apfelpastete alles stürmte auf sie ein berauschte sie daß ihr fast die Sinne schwanden sie trat aus der Küche der feuchterdige Geruch von Kokosnußschalenfeuern wehte den Hügel hoch.
Beim Essen sprachen sie über Düngung, Beschneiden, Rattenbekämpfung und über ein neuartiges Gerät zum Rösten der Kaffeebohnen.
Run Run fuchtelte mit ihrer Gabel herum. »Ihr habt ja keine Ahnung, was richtige Arbeit war, als noch alles mit der Hand gemacht wurde. In die alten Zeiten, da waren wir so arm, Pono und ich, da haben wir die Bohnen im *wok* geröstet ...«
Sie brach ab, als sie Vanyas Auto in der Einfahrt hörte. »So spät zum Essen! Die *wahine* gehört durchgewalkt.«
Ihr Eintritt ins Haus war anders als sonst. Kein Türenschlagen, kein Begrüßungsruf. Leise, fast verstohlen trat sie ins Eßzimmer, wartete, bis er ihr gefolgt war.
»Das ist Simon Weir. Ich habe ihn zum Essen eingeladen.«
Niemand rührte sich. Niemand schien dazu imstande.

Run Run starrte ihn an, dann sprang sie auf. »Mädel, warum kommst du so spät am Heiligabend!« Sie rückte einen Stuhl für Simon zurecht. »Kommen Sie, kommen Sie! Wir haben massenhaft. Sie haben doch großen Hunger?« Sie begann, einen Teller zu füllen. »Vanya, stell mal alle vor.«

Toru stand abrupt auf und ging hinaus. Run Run kümmerte sich nicht um ihn, bis Simons Teller gefüllt und ein Gespräch im Gang war, dann stürmte sie in die Küche.

»Du, was soll das?«

»Verdammter *haole!* Die hat Nerven!«

»Geh sofort ins Eßzimmer!« Sie nahm das Tranchiermesser in die Hand.

»Verdammt noch mal, ich setz' mich nicht mit dem an einen Tisch. Bloß weil sie mit ihm bumst, sollen wir unser Essen mit ihm teilen!«

Run Run packte ihn am Arm, drehte ihn herum. »Was kümmert's dich? Was hat er dir getan?«

»Er ist *haole. Pilau.*«

Sie stieß ihn gegen die Wand. »Hör zu. Du bist kein Habenichts-*kanaka* mehr. Bist jetzt Landbesitzer. Da kommt dieser Mann, und du bist auf einmal rauflustig wie 'n Straßenflip. Toru, du mußt dich ändern. Sonst schneid' ich dir die Zunge ab.«

»Was willst du? Soll ich dem *haole* vielleicht die Füße küssen?«

Sie schlug ihn ins Gesicht, aber sacht. »Du sollst anständige Manieren zeigen. Benimm dich wie ein Enkel von Pono. Wie 'n Mann mit Land unter seinen Füßen. Dieser *haole,* was hat er schon? Is' der etwa reich?«

»Er ist nichts. Er hat ihretwegen Australien verlassen. Kannst du das glauben? Vanya und ein *haole?*«

»So, nix is' er. Dann behandel' ihn wie 'nen streunenden Hund. Mit Würde, wie dein Großvater Duke. Das mußt du noch lernen, Junge, eh ich sterb'.«

Jess musterte Simon von der Seite. Seine Offenheit, seine unverkennbare Männlichkeit machten den Augenkontakt zu einer Herausforderung. Er schien nur aus straffen Muskeln zu bestehen, und seine abgehackte, nasale Sprache klang in ihren Ohren geradezu abstoßend. Doch sie merkte, daß er sich bemühte; alles in ihm strebte danach, sich zu entspannen. Sie wünschte, Vanya würde

seine Hand nehmen. Sie wünschte ... plötzlich wurde sie aus ihrer Gedankenwolke katapultiert, als die ganze Tischrunde in Lachen ausbrach.
»Wie war das? Oh, das is' vielleicht lustig, das ...« Run Run füllte seinen Teller ein zweites Mal randvoll.
»Sehen Sie«, erklärte er, »wir dachten, es wär' was Alkoholisches. Haben es in jeder Bar bestellt. Bourbon Dwarf, Kumpel, eine Runde Bourbon Dwarf. Und dauernd haben sie uns Kaffee serviert! Bis sich herausstellte, es ist eine Kaffeebohnensorte in Mittelamerika.«
»Wo is' das, Mittelamerika?« fragte Run Run.
Simon zeichnete mit dem Finger eine gedachte Landkarte aufs Tischtuch.
»Ganz schön weit weg von Australien. Was haben Sie da gemacht?«
»Hm, Vieh gekauft.« Er wechselte das Thema und wandte sich an Toru. »Und was ist das für ein Gefühl, ein schönes Stückchen Land zu besitzen?«
Toru sah Run Run an. Sie starrte zurück, bis er verlegen wurde. »Ich hab' das Gefühl, daß ich es verdient habe. Dafür kämpfen wir.«
»Das ist nur gerecht«, sagte Simon. »Aber du bist kein Hawaiianer. Denen gehört das Land doch rechtmäßig, oder?«
Toru überkam eine Zuversicht, die ihn ruhig bleiben ließ. »Ich bin hier geboren, drum bin ich Hawaiianer. Ich hab' im Krieg für dieses Land gekämpft. Man hat mich nicht gebeten, man hat es mir befohlen. Fünfzehn Jahre hab' ich mich im Norden abgerackert für 'n *Haole*-Plantagenbesitzer. Für ihn hab' ich mir die Knochen gebrochen, mein Blut ist in seine Erde gesickert. Und weißt du, was ich dafür vorweisen kann? Ein Pferd, ein Geschenk von Rachel. Nicht mal die Hütte, in der ich wohne, gehört mir. Ich verdiene die zehn Morgen, weil ich dafür getötet habe. Ich habe dafür wie ein Sklave geschuftet in einem System, das will, daß wir Sklaven bleiben.«
Simon antwortete nachdenklich: »Da kann ich nichts dagegen sagen, Kumpel. Ich kenn' die Schufterei in- und auswendig.«
Vanya nahm unter dem Tisch Simons Hand. Diese Geste, so herbeigewünscht, rührte Jess, und sie lächelte. Dann löschte etwas ihr Lächeln aus, etwas, das ihr durch und durch ging, bis ins

Innerste. Als Simon beim Reden den Kopf wendete, bemerkte sie sein gerötetes, leicht geschwollenes Ohrläppchen. Darunter eine kleine weißliche Hautstelle. Während Run Run einer Forelle, die in Seetang gegart war, den Magen entnahm, riß etwas in Jess auf, als bräche ihr eine Rippe.

Langsam füllte sich die kleine Kirche in Honaunau zur Mitternachtsmette. Von irgendwo war Weinen zu vernehmen. Ein junger Priester, Pater Florin, hieß alle willkommen, dann dankte er Krash Kiwaha dafür, daß er seine Zeit und seine schweren Gerätschaften zur Verfügung gestellt und auf dem Friedhof ein paar alte Guaven- und Mangobäume gerodet hatte, deren Früchte ständig auf die Grabsteine spritzten. Er erklärte, daß Hualani Amarino weine, weil jemand ihre *Hula*-Trommel »entliehen« habe, und nun sei Weihnachten, und man möge sie ihr bitte zurückgeben.
Dann hob er die Hände. Oben stimmte der Chor Händels *Messias* auf Hawaiisch an, die alternden Zwillinge Daisy und Pansy Freitas übertönten immer noch alle anderen. Die Gemeinde stimmte ein, anfangs zaghaft, die Menschen faßten sich an den Händen. Jess, die leise mitsang, fühlte den Lebensstrom von Hand zu Hand gehen, von Rachel zu ihrer Rechten zu Vanya zu ihrer Linken, anschließend zu Run Run, zu Toru, sogar zu Simon Weir. Sie sang für Ming, Großvater, Pono, spürte ihren Atem, ihren Pulsschlag in ihrem Inneren. Sie sang für ihre Tochter Anna, die sie nicht brauchte, für ihre Mutter Emma, die verdurstet war, für Rachels Mutter, die sie so jung verloren hatte. Sie sang, und beim Singen weinte sie ein wenig, weil Weihnachten war, weil die Gemeinde fürchterlich falsch sang. Und weil sie nicht allein war.
Eine Erinnerung brach sich Bahn. Ein Mädchenchor, der auf Hawaiisch sang, in eben dieser Kirche, Jess war elf, ängstlich. Pono draußen auf dem Rasen, sie winkte durch ein Fenster, entlockte Jess ein Licht, eine solche Erhabenheit, daß ihre Stimme, ihr Gesang die Menschen aufstehen ließ. Sie würde Pono immer durch dieses Fenster sehen, mit den Armen rudernd wie ein Dirigent, den Kopf geneigt, Jess beflügelnd, im Gleichgewicht haltend.
Der junge Pater Florin schien in Trance verfallen zu sein. Die Augen geweitet, war er auf einem Stuhl zusammengesackt. Jess vermutete,

daß ihn die Leute zuviel Weihnachts-*okolehao* gegeben hatten. Der Chor sang und sang, schwang sich zu opernhaften Höhen empor, so daß die hölzernen Säulen, die die Empore stützten, zu knarren und zu schwanken schienen. Und die Gesichter der singenden Gemeinde leuchteten, und alle standen auf, rückten in die Gänge und streckten die Arme nach ihren Nachbarn aus.

Durch die Kerzen an den Wänden warfen die Menschen riesige Schatten, und Jess sah ihre Cousinen als gewaltige, scharf umrissene Figuren. Sie fühlte die Hitze der Leiber, die Vibrationen des hingebungsvollen Gesangs, die Schärfe des gegenwärtigen Augenblicks, alles, mit schneidender Deutlichkeit. Und in dieser warmen, pulsierenden Menge überkam sie ein Frösteln; ihr war, als hätte etwas Kaltes ihre Knochen gestreift.

In diesem Moment hörte sie auf zu singen, sogar ihr Atem stand still. Sie hatte plötzlich Visionen, so deutlich wie Bilder auf einer Leinwand. Rachel fuhr in einem Zug durch Malaysia.

Milimili Jess,
ich fahre über die Halbinsel nach Chiang Mai. Die Menschen haben so winzige Knöchelchen wie Vögel. Sie winken aus ihren Reisfeldern. Überall riecht es nach Abwasser und Jasmin. Ich trinke nur Wasser aus der Flasche. Ein Reisvogel sitzt in der Sonne.

Dann hatte Jess eine andere Vision. Vanya, die durch grünes Feuer rannte.

A'A ME PAHOEHOE

Rauhe und glatte Lava

Radio- und Fernsehsendungen wiegelten sie auf, Stunde für Stunde. Schon seit Wochen erging der Aufruf, zu marschieren, zu demonstrieren, sich an Sit-ins zu beteiligen, die anläßlich der hundertjährigen Wiederkehr der erzwungenen Abdankung von Königin Lili'uokolani und der Wegnahme des Landes am 17. Januar 1893 veranstaltet wurden. Die Weihnachtsfeiern wurden nun unterbrochen durch die Massen von Hawaiianern, die allnächtlich vor dem königlichen Mausoleum in Honululu Wache hielten. Der Iolani-Palast war in Schwarz gehüllt, und während der Gedächtniswoche sollte die Flagge der Vereinigten Staaten vom Kapitolsgebäude und allen Regierungsgebäuden des Staates Hawai'i entfernt werden. Allein die hawaiische Fahne sollte flattern.

Auf allen Inseln marschierten Tausende in den Städten und verlangten die Rückgabe ihres Landes, Reparationszahlungen für die vergangenen hundert Jahre und die Souveränität als eigenständiger hawaiischer Staat. Die Einheimischen bezeichneten die 1990er Jahre als Jahrzehnt der Entscheidung: Sie waren gewillt, geradewegs ins 21. Jahrhundert zu marschieren. Sie waren *onipa'a,* fest entschlossen.

Gewisse wohlhabende *haole* lachten; in ihren Augen waren die Hawaiianer faule Nichtstuer, ihre Nachtwachen eine Art Unterhaltung und ihre Demonstrationen ein Witz. Es werde vorübergehen, sagten die *haole,* und die Hawaiianer würden zu ihrem Primo-Bier und ihrer *ukulele* zurückkehren.

Dann trat ein Mann in schwarzer Kapuze mit Augenschlitzen im

Fernsehen auf. »Wacht auf, *haole!* Diese Revolution geht schon jahrelang. Habt ihr eine Ahnung, wie viele Stewards in eure Drinks pissen? Restaurantköche wischen sich mit euren Steaks den Schweiß aus den Achselhöhlen. Wie kommt's, daß ihr eure Schoßtiere vermißt? Daß viele *Haole*-Touristen ausgeraubt wurden, viele Matrosen verschwunden sind?«
Der Reporter, der ihn interviewte, erwiderte, was er aufgezählt habe, seien Schikanen, keine Revolution.
Der Mann nickte. »Ja, wir wissen, das ist nur Kleinkram, drum wollen wir eins drauflegen. Jetzt machen wir Dampf, unsere libyschen Brüder zeigen uns die hohe Kunst der ... *Plastik*. He, Bruder! Willkommen im Kriegsgebiet!« Er grüßte mit dem *Shaka*-Zeichen, indem er mit Daumen und kleinem Finger wackelte.
Der Reporter wurde verhaftet, weil er sich weigerte, die Identität des Mannes preiszugeben.
Als Simon von der Sendung hörte, schüttelte er den Kopf. »Das hat uns gerade noch gefehlt. So ein verdammtes Großmaul!«
Sie saßen im Jadetal-Kloster über Plänen, mehrere Bomben sollten so gelegt werden, daß sie gleichzeitig in einem Hotel und einem geothermischen Kraftwerk hochgingen. Die Männer stritten mit Simon; sie wollten, daß die Bomben am genauen Datum der Niederschlagung ihrer Monarchie explodierten.
»Hört gut zu«, sagte er. »Gestern sind Bomben auf einer Bowlingbahn nahe dem Luftwaffenstützpunkt Kaneohe hochgegangen. *Kanaka* haben ein Bekennerschreiben hinterlassen, das mit den Worten schloß: ›Denkt an Lili'uokalani!‹ Am 17. Januar wird die Lage auf allen Inseln explosiv sein. Polizei und Nationalgarde verdreifachen schon ihre Kräfte. Der Sicherheitskordon wird bald so straff sein, daß es euch nicht gelingen wird, auch nur in die Nähe eines Hotels zu kommen.«
»Er hat recht«, sagte Vanya. »Es wurde so viel berichtet; von hier bis Botswana wissen alle von unserem Jahrestag und was man uns angetan hat. Sympathisierende Gruppen faxen Botschaften rund um die Welt. Gestern kam eine aus Nordirland. Und eine aus Lettland.«
»Es muß bald geschehen, sehr bald«, sagte Simon. »Ich denke, am Neujahrstag, frühmorgens. Die ganze Nation ist in Katerstimmung.

Die meisten Leute sind noch im Bett. Ihr seid nicht auf Töten aus. Ihr wollt nur etwas klarstellen, stimmt's?«
Simon war angespannt, und das verlieh seiner nasalen Stimme eine Schärfe, eine Arroganz, die bei den Einheimischen eine Abwehrhaltung hervorrief.
»Was soll das? Wir sollen nüchtern bleiben, Silvester in diesem Drecksloch hocken?«
»Heiliger Strohsack«, flüsterte er. »Wollt ihr eine Revolution oder ein gottverdammtes *luau?*« Er stand auf, stieß die Männer beiseite. Vanya stellte sich im Dunkeln zu ihm und sah zum Himmel hinauf.
»Das Komische, das absolut Lächerliche ist«, sagte er, »daß ich da auch noch freiwillig mitmache.«
»Du bist immer noch der Feind, Simon. Kluge Männer wie du waren es, die uns unser Land gestohlen haben.«
»Bei allem Respekt, mein Herz, da braucht's nicht viel Klugheit. Nein, das ist unfair. Diese Männer sind schlau, sie sind zäh und zornig. Aber etwas hemmt sie. Das geht zurück auf eure alten Zeiten – Könige, Häuptlinge, das ganze Kastensystem, immer war jemand über ihnen, hat ihnen gesagt, was sie zu tun hatten.« Er machte eine Pause. »Und was ist mit Toru? Er weiß immer noch nicht, daß er draußen ist, oder?«
Sie schüttelte den Kopf. »Er würde mich umbringen.«
In der Ferne hörten sie es grollen. Der Pu'u O'o Vent, ein Auslaß des Kilauea, war wieder in Bewegung geraten, bahnte sich kochend neue Wege, verbrannte kleine Wälder. Nachts fuhren Autos durch den Volcanoes National Park; die Leute hofften, den Pu'u O'o im Mondlicht speien zu sehen, eine Art natürliches Feuerwerk.
»Wir haben noch zwei Nächte«, sagte Simon. »Die Nacht, bevor es losgeht, transportieren wir die Bomben in Lagerschuppen, jede Gruppe rückt ihrem Ziel näher. Eine begibt sich an die Westküste zum Halenani-Hotel. Eine an die Ostküste zum geothermischen Kraftwerk in Puna. Dann sitzen sie die ganze Nacht still in den Lagern.«
»Das hast du ihnen vorhin aber nicht gesagt.«
»Ich will sie nicht alle zusammen haben. Männer, die in den Kampf ziehen, haben einen ganz eigenen Geruch. Riecht wie brennendes Fleisch; Adrenalin zischt durch die Adern. Quetschst du so eine

Gruppe an einem Ort zusammen, dreht unweigerlich einer durch. Ich hab' das immer wieder gesehen. Sie können nicht schlucken, sie können nicht spucken. Wenn einer hustet, laufen sie Amok und ballern los wie wild.«

Sie bog den Kopf zurück, sah zu ihm hoch. »Wie fühlst du dich?«

»Ganz gut, mein Herz. Ich acker' mich durch.«

»Wenn dies vorbei ist ...«

»Wenn dies vorbei ist, mach' ich Urlaub mit dir. Denpensar. In einem Bungalow mit richtigen Gardinen. Wir liegen in Hängematten und schlürfen Drinks.«

Sie lachte verächtlich. »Urlaub. Das klingt so ...«

»Kleinkariert?« Er sah sie fest an. »Vanya, mußt du unbedingt jeden Tag am Schopf packen? Willst du nie mal stillsitzen und sehen, was das Leben dir zuträgt?«

Sie versuchte, es sich vorzustellen, ein ruhiges, geregeltes Leben, und es war, als sähe sie sich bis zum Hals in nassem Sand vergraben, während etwas Riesiges, Obszönes sich neben ihr ausstreckte und ihr das Gesicht leckte.

»Nimmt Simon Medikamente?« fragte Jess.

»Wozu?«

»Vanya, ich bin Ärztin. Hast du das vergessen?«

Sie blickte ängstlich zu Boden. »Er sagt, es kommt von Agent Orange im Krieg.«

Jess schloß die Augen. »Herrgott im Himmel, Dioxin. Ohne Medikamente wird der Organismus zerstört. Die Leber, das zentrale Nervensystem. Die Haut. Als ich ihn sah, dachte ich an ...«

»An Großvater, ja. Er sagt, es ist ähnlich, Jess. Er ist sich nicht sicher, ob die Medikamente helfen. Sowie wir mit unserem Projekt fertig sind, gehe ich mit ihm zu einem Spezialisten in Honolulu.«

Jess sah auf ihre Hände hinunter, die zitterten. »Vanya, du *kannst* das nicht durchziehen.«

»Zu spät.«

Jess packte sie an den Schultern. »Es ist etwas im Gange. Seit Pono tot ist, habe ich Träume, Visionen ...«

Vanya schüttelte sie ab. »Wir sind alle sonderbar. Es liegt in der Luft. Die Menschen denken nach. Sie denken richtig nach.«

»Es ist mehr als das. Ich habe Angst.«

»Denkst du, ich hätte keine Angst? Todesangst habe ich. Du mußt bei deiner Sache bleiben und dich um die Plantage kümmern. Deswegen bist du nach Hause gekommen. Verstehst du nicht, Jess, du wurdest gerufen.« Sie zögerte, dann entnahm sie einem Beutel die große schwarze Perle, schimmernd, herrlich, kostbar. »Nimm sie, Pono hat sie uns vermacht. Sie hat unserer Ururgroßmutter gehört. Verkauf sie, wenn du mußt, um die Plantage zu erhalten.«

Jess nahm die schwarze Kostbarkeit in die Hand. Die Schönheit, das Gewicht der Perle empfand sie plötzlich als Bürde. Als sie genau hinsah, schwindelte ihr, denn sie sah Hunderte von Menschengesichtern, die ihr aus der blauschwarzen Tiefe entgegensprangen – oder war es das Licht, das sich brach? Einen Augenblick lang wurde sie von Furcht ergriffen und hatte das Gefühl, daß die ungeheure Hitze, die von der Perle ausging, ihr die Nerven versengte.

Sie schob sie Vanya wieder hin. »Ich könnte sie nie verkaufen.«

»Jess, wir haben keine Zeit für Gefühlsduseleien!«

Jess legte die Perle in den Beutel und drückte ihn Vanya in die Hand. »Behalte sie, behalte sie bei dir. Großvater hat gesagt, man solle immer etwas Kleines und Schönes besitzen, weißt du noch? Entscheiden können wir später.«

Vanya umarmte sie, und ihr war, als wären sie wieder kleine Mädchen. Stumm hielten sie einander in den Armen und schienen erfaßt von Sonnenstrahlen, die alsbald verdämmerten, wie Botschaften eines schwankend gewordenen Gottes. In diesem Augenblick drängte es Vanya, die Wahrheit auszusprechen. »Ich liebe dich, Jess. Ich habe dich immer geliebt. Du mußt unsere Welt zusammenhalten. So viel von ihr ist uns schon entglitten.«

Und dann sprach sie das aus, von dem sie wünschte, daß es die Wahrheit sei. »Und ich verspreche, wenn es vorbei ist, nie wieder Bomben. Ich werde wieder ein sicheres, bürgerliches Leben führen. Ich helfe auf der Plantage. Wir werden eine Familie sein.«

Jess sah ihr nach, als sie zögernd hinausging und dabei mit den Händen über die alten *Koa*-Stühle strich; sie bewegte sich würdevoll und melancholisch, als wollte sie die Gegenstände aufheben und an ihre Brust drücken.

Den ganzen Tag war Run Runs Gesicht gerötet, ihre Bewegungen waren flink, unstet.
Toru, der in der Küche saß und eine Lederpeitsche flocht, beobachtete sie. »Was hast du nur? Nun mach mal langsam.«
»Was heißt hier langsam?« Sie trat zu ihm, strich ihm über den glattgekämmten, hübschen Kopf. »Pono hat immer gesagt, langsam bewegen is' unanständig.«
Er legte die Peitsche hin, betrachtete seine schwieligen Hände. Er trank seinen Guavensaft zu Ende, direkt aus der Packung, dann sagte er: »*Tutu.* Ich hab' dir's nie gesagt, weil ich weiß, du weißt es schon. Aber manchmal ist es doch schön, es zu hören.«
»Was, was?« Sie eilte umher, schlug auf einen frischen Kalmar ein, daß die Tinte ihr die Arme bespritzte.
»Alles, was ich mache, ist für dich. Damit du stolz bist. Verstehst du?«
Sie schloß die Augen, bekreuzigte sich. *Enkelsohn. Vergib mir, was ich tun muß.*
»Okay! Okay!« Sie warf ihm einen Sack in den Schoß. »Das is' bester Mohnsamen.« Sie schob ihn zur Küchentür. »Jetzt aus'm Weg mit dir, bis ich *pau* bin mit Essen machen.«
Beim Essen hielt Jess den Kopf gesenkt, außerstande, jemandem in die Augen zu sehen. Gleichzeitig wäre sie am liebsten aufgestanden und hätte sie alle angebrüllt.
Vanya, Liebe! Sei tapfer. Das wird dein Leben reicher machen. Vergiß Bomben und Revolutionen. Wir sind nur so kurze Zeit hier. Toru, dreh dich um. Schau! Deine Jugend vergeht. Hör auf, auf dich zu zielen, du bist nicht die Zielscheibe. Das Leben ist die Zielscheibe. Lebe!
Sie saß schlaff über ihrem Teller, die Schultern eingezogen. Rachel war vor ein paar Tagen abgereist. Wenn diese beiden hier auch noch fortgingen, würde Jess allein sein. Eine Frau in mittlerem Alter und allein. Seit Ponos Tod hatte Jess das Gefühl, die Jugend habe eine Tür zugeschlagen und einen rostigen Riegel vorgeschoben. Sie sah es im Spiegel, als hätte jemand im Schlaf eine ältere Haut über ihr Gesicht drapiert. *Komisch, es passierte, als ich nicht hinsah. Es kam so verstohlen, wie im Flugzeug Tag in Nacht übergeht.*
Während der Mahlzeit polterte Run Run hin und her zwischen

Tisch und Küche, die Hand an der Schürzentasche. Sie schien außerstande, sich zu setzen. Jetzt räumte sie das Geschirr ab und brachte ein Tablett mit fein geschliffenen Schnapsgläsern herein.
»Eurer *tutu* ihr Kristall, wird Zeit, daß wir's mal benutzen. Weil morgen abend alle weg sind, wird jetzt Silvester gefeiert!«
Simon schnupperte an seinem Gläschen. »Riecht wie erstklassiger Schnaps.«
»Beste Sorte«, sagte Run Run. »Haben Freunde gebracht, wie Duke von Kalaupapa nach Hause gekommen is'.«
Sie hoben ihre Gläser, riefen *»Okole Maluna«,* zum Wohl, und kippten den Schnaps hinunter.
Run Run ging um den Tisch herum und füllte ihre Gläser aufs neue. *»Hau 'di Makahiki Hou!«* Frohes neues Jahr.
Diesmal trank sie nicht mit. Sie stand nur da, angespannt, und hielt ihr Glas in der Hand, während die anderen ihre Gläser leerten. Toru schluckte, leckte sich die Lippen, wollte sich noch einmal einschenken lassen. Dann wechselte sein Gesichtsausdruck, er blinzelte, wie wenn er versuchte, unter Wasser etwas zu sehen. Er ächzte zweimal, versuchte aufzustehen. Schließlich rollte er mit dem Kopf und sackte mit dem Gesicht nach unten auf den Tisch.
»Mutter Gott.« Run Run weinte, als sie seinen Kopf aufrichtete und die anderen ansah. »Okay. Ihr helft mir ihn festbinden, dann alles *pau,* ich mach' den Rest.«
Simon starrte erst sie, dann Vanya an, und dann ging ihm ein Licht auf. »Schön. Und wie wollen Sie ihn sechsunddreißig Stunden bewußtlos halten?«
Run Run zog ein Fläschchen aus ihrer Tasche. »K.o.-Tropfen. Wacht er zu früh auf, geb' ich ihm noch was. Hält ihn wochenlang bewußtlos, wenn's sein muß.«
Zu viert schleppten sie ihn mühsam die Treppe hinauf in Ponos großes Himmelbett.
»Warum in dieses Zimmer?« fragte Jess. »Wir haben es immer reingehalten, unberührt.«
Die alte Frau weinte bitterlich, als sie Torus Handgelenke vorn über Kreuz fesselten, ihn in ein Laken einwickelten und fest mit einem Seil umschnürten.
»Er schläft mit dem Geruch von Duke und Pono, nach und nach

kommen sie in seine Träume. Vielleicht ist er milde gestimmt, wenn er aufwacht. Bringt mich nich' um für das, was ich getan hab'.«

Am frühen Silvesterabend sah Vanya die Männer das Kloster verlassen, Sporttaschen auf den Armen tragend. Vorsichtig, als wären Babys in den Taschen, stellten sie sie in ihre Autos. Zwei Autos transportierten Bomben, zwei waren Begleitwagen. Ein Auto mit Begleitwagen sollte zur Westküste fahren und über Nacht in einer verlassenen Autowerkstatt außerhalb von Kailua bleiben. Um fünf Uhr am Neujahrsmorgen sollten die Männer die fünfundvierzigminütige Fahrt zum Halenani-Hotel machen, wo Kito, der Gärtner, sie erwarten würde. Ein anderes Auto sollte zur Ostküste fahren, in einem verlassenen Flugzeughangar versteckt werden und am nächsten Morgen, ebenfalls um fünf, in die Nähe von Puna fahren, wo ein Kontaktmann nahe beim geothermischen Kraftwerk warten würde. Simon, Vanya und ein Fahrer sollten den Begleitwagen nehmen, der ostwärts nach Puna fuhr.

Jetzt sah Simon sich im Kloster um, das vollkommen leergeräumt war; sogar die Wände waren von Fingerabdrücken gesäubert.

»Das wär's dann wohl«, sagte er. »Ich an eurer Stelle würde nicht wieder hierherkommen. Sie werden jeden Winkel absuchen, sie bringen Hunde mit. Wenn ihr hier erwischt werdet, riechen sie es in euren Haaren, euren Kleidern. Eine Spur Sprengpulver, und die Dobermänner sind außer Rand und Band.« Er gab allen die Hand. »Viel Glück. Ihr seid prima Kumpel, auch wenn ihr mich nicht ausstehen könnt!«

Vanya umarmte einzeln jeden Mann. Ihr war zum Heulen zumute. »Helft Hawai'i«, flüsterte sie. »Es lebe die Revolution!«

»*Aloha*. Für unser Land!«

Sie fuhren mit ausgeschalteten Scheinwerfern durch die Wälder, bis sie die gepflasterte Straße erreichten. Einer nach dem anderen schalteten sie die Lichter ein, gaben vorsichtig Gas, jeder Wagen in einigem Abstand vom vorderen. Nach fünf Kilometern rumpelte ihnen ein offener Laster entgegen, sein einzelner Scheinwerfer war wie ein auf und ab hüpfendes Auge.

Simon schaltete sein Funksprechgerät ein. »Ruhig, Jungs, ruhig. Bloß ein Zuckertransport.«

»Woher willst du das wissen?« fragte sein Fahrer.
Er knipste das Gerät aus. »Weiß ich nicht. Steht fifty-fifty.«
Der Laster fuhr leicht schlenkernd vorbei. Sie fuhren ein paar Kilometer ruhig weiter, bis sie den Highway Nr. 11 erreichten. Die ersten zwei Wagen bogen rechts ab, fuhren westwärts nach Captain Cook und weiter bis Kailua. Simons Auto folgte dem vorausfahrenden Wagen links ab zur Ostküste. Nach zehn Minuten kurbelte er das Fenster herunter, begutachtete den Verkehr. Viele Leute fuhren zum Volcanoes National Park in der Hoffnung, daß der Pu'u O'o Vent in dieser Nacht aktiv sein werde. Der Park war rund um die Uhr geöffnet, und die Leute kamen zu jeder Stunde und fuhren hinunter ans Meer, um sich das vulkanische Feuerwerk anzusehen.
Weitere zehn Minuten vergingen. Der Fahrer, ein drahtiger Hawai'i-Chinese namens Lloyd, sah Vanya im Rückspiegel an.
»Sag mal, Vanya, was is' mit Toru los? Is' er schwer krank?«
»Sehr schwer«, log sie. »Lebensmittelvergiftung. Er kommt nach, wenn er kann.«
Simon kratzte an dem Ausschlag hinter seinem Ohr, schaltete sein Sprechgerät ein. »Hier Simon. Carl, wie sieht's aus an der Westküste?«
Das Gerät knatterte, eine heisere Stimme war zu hören. »Ah-okay! Schwacher Verkehr. Den Jungs vorne geht's prima.«
Er schaltete sein Gerät ab, lehnte sich zurück und erstarrte. Über ihren Köpfen war plötzlich das *Wop! Wop! Wop!* von Hubschraubern zu hören. Er drehte sich zu Vanya um; sie sah Panik in seinen Augen.
»Parkwächter, Simon. Sie bewachen nachts den Pu'u O'o Vent.«
Er blickte hoch, sah sie kreisen, heuschreckengleich, weit weg, dann wieder nahe. *Wop! Wop!* Einer schien direkt über dem Wagen zu schweben. Simon fühlte, wie ihm der Schweiß an den Handgelenken ausbrach, er roch den Dschungel von Vietnam und Laos, die mit infektiösen Exkrementen beschmierten, nadelspitzen Bambusstökke, die in die Erde gesteckt wurden, um feindlichen Soldaten die Füße zu durchbohren. Er zitterte am ganzen Leibe, hatte das Gefühl, seine Haut schlottere wie ein schlechtsitzendes Kleidungsstück, das er sich für diese Reise geborgt hatte. Eine Reise, die eine gefährliche Wendung nahm.

»Und wenn es keine Wächter sind? Wenn man uns verfolgt hat? Der Laster hinten beim Kloster – das wäre ein zu großer Zufall gewesen.«
»Warum haben sie uns dann nicht verhaftet?«
»Vielleicht wissen sie nicht, nach wem sie suchen. Vielleicht haben sie bloß einen Tip gekriegt.« Er schaltete sein Funkgerät ein. »Carl? Wie steht's bei euch? Irgendwas hinter euch?«
Carls Stimme, knatternd, weit weg. »Nichts, Mann. Alles klar.«
Sie fuhren weiter, alles war still bis auf den Hubschrauber, der mit ihnen Schritt zu halten schien. Simon fluchte, als der vorausfahrende Wagen plötzlich bremste, anhielt und ihnen ein Zeichen machte.
Er war aus dem Auto, noch bevor es stand. »Was ist los?«
»Unheimlich, Mann. Der Scheißer, warum verfolgt der uns?« Der Fahrer des vorausfahrenden Wagens sah zu dem Hubschrauber hoch, dann zeigte er nach vorn auf die Straße. »Da stimmt was nich', Simon. 'n Stau. Sieht nach Unfall aus.«
Simon ging ein paar Schritte nach vorne, strengte die Augen an, um im Dunkeln etwas zu erkennen. Er ging noch ein paar Minuten, stand ganz still, kam dann, halb rennend, zurück. »Verdammt! Eine Straßensperre.«
Er stieg in den Wagen, schaltete das Sprechgerät ein. »Hier Simon. Carl, hör zu. Wo seid ihr Jungs ungefähr? Welche Stadt?«
»He, nich' weit von bei mir zu Haus'«, knatterte Carl. »Nach zehn, elf Kilometern die Straße lang kommt die Abzweigung nach Miloli'i. Acht Kilometer kurvige Strecke, und schon biste unten am Meer. Das reinste Paradies, Mann!«
Simons Stimme wurde schneidend und rauh. »Hör gut zu. Mach dem Wagen vor euch ein Zeichen. Ich will, daß ihr beide nach Miloli'i abbiegt. Kapiert? Beide Autos. *Nach Miloli'i abbiegen.*«
»Was is' los, Mann?«
»Seht zu, daß ihr eure Autos loswerdet. Versteckt sie.«
»Aber ...«
»Es ist dein Dorf. Leiht euch andere Wagen. Morgen früh, alles nach Plan.«
»Simon, verdammter Mist, was is'?«
»Sie haben was vor. Ein Hubschrauber kreuzt über uns, und sie

haben eine Straßensperre errichtet. Vielleicht ist der Lastwagen vom Kloster hinter euch her. Wenn wir uns verlieren, hörst du, *wenn wir uns verlieren,* seid ihr Jungs auf euch allein gestellt.«

Er schaltete das Funkgerät ab, saß da und überlegte. »Wir müssen die Autos loswerden.«

»Du übertreibst mit deiner Panik«, sagte Vanya. »Die Hubschrauber, das sind Parkwächter.«

Der Hubschrauber über ihnen schien abzudrehen in Richtung Straßensperre.

»Sei still, Vanya.« Simon wandte sich an Lloyd. »Wenn wir in den Park reinfahren, sitzen wir in der Falle, stimmt's? Von da aus geht's nirgends hin, nur ans Meer.«

»Stimmt.«

»Sie werden nicht damit rechnen, daß wir das tun.«

»Wer sind ›sie‹?«

»Weiß ich nicht. Das ist es ja eben, was mir Sorgen macht.« Er knipste eine Taschenlampe an, studierte eine Straßenkarte. »Sag den Jungs vorne, was los ist. Sie sollen nichts im Auto lassen.«

Lloyd sah ihn verwirrt an. »Aber die werden die Autos finden.«

»Richtig. Und annehmen, wir hätten sie reingelegt, ihre Straßensperre mit Geländewagen umfahren.«

»Aber wohin gehen wir?« fragte Vanya.

»Wir fahren per Anhalter, mein Herz. In den Volcanoes Park. Mischen uns unter die Menge, die den Lavastrom begafft.«

Drei Mann stiegen aus dem vorausfahrenden Wagen, einer trug die Sporttasche auf den Armen. Simon erklärte ihnen schnell die Lage und nahm die Tasche an sich.

»Geht zu zweit los. Wir treffen uns am Kamoamoa-Strand, seht zu, daß ihr so schnell wie möglich hinkommt.«

Einer schlug mit der Faust auf die Kühlerhaube des Wagens. »Gut und schön, die Autos loswerden, aber die Idee mit dem Park, die gefällt mir nicht. Besser, wir bleiben auf dem Highway, trampen am Park *vorbei.* Dahin, wo wir sowieso hinwollten.«

Simon schnalzte ungeduldig mit der Zunge. »Hör zu, Kumpel. Da vorne ist eine Straßensperre. Vielleicht ist es nur eine Verkehrskontrolle. Andererseits kann es sein, daß sie auf uns warten. Wer von euch will es riskieren und mit dieser verdammten Tasche erwischt

werden? Ihr habt hier drin zwei montierte Bomben, und jede enthält soviel Nitroglycerin wie zehn Stangen Dynamit.«
»Simon, was machen wir, wenn wir am Strand sind?« wollte Vanya wissen.
Er blickte wieder auf seine Karte. »Vertraut mir.«
Ein Mann lächelte und nahm die anderen beiseite. »Ganz schön schlau, der Kerl! Ich glaub', der hat am Strand 'n Boot warten. Dann fahren wir die Küste lang bis Puna!«
Sie verteilten sich auf der Straße und hielten die Daumen hoch. Binnen zehn Minuten nahm ein Ehepaar Simon und Vanya mit.
»Heute nacht sieht's nicht so gut aus«, sagte der junge Mann. »Den ganzen Tag ist nichts ausgeströmt. Meistens sieht man bloß einen roten Schein am Himmel, dort, wo der Kessel blubbert.«
Simon beugte sich nach vorn, gab sich gesprächig. »Wie lange dauert es, bis die Lava fest wird?«
Der junge Mann zuckte die Achseln. »Stunden. Tage. Kommt drauf an, was sich unter der Oberfläche tut.«
Vanya nickte erschöpft ein, die Stimmen erreichten sie nicht mehr. Als sie wieder aufwachte, kurvten sie eine Straße entlang, die zum Meer hinunterführte, vorbei an riesigen, toten Kratern von früheren Eruptionen. Es war Vollmond, und in der Ferne konnten sie Wellen erstarrter Lava sehen, die sich deutlich voneinander abhoben; jüngere schwarze Ströme stießen an ältere graue Flächen. Die Luft roch deutlich nach Schwefel, und im Scheinwerferlicht sahen sie, wie die Landschaft sich veränderte und zu einer abstoßenden schwarzen Mondlandschaft wurde. *Vog* verdickte die Luft; wie ein schlackiger Schleier waberte er vor den Scheinwerfern. Die Ehefrau des Fahrers machte »Ooh« und »Aah« bei dem gespenstischen Anblick; die Autos vor ihnen waren unsichtbar geworden.
Simon kurbelte sein Fenster herunter, worauf die Frau zu kreischen anfing. »Nicht! Die Nachtmarschierer sind überall. Sie greifen ins Auto rein, reißen einem glatt die Wange ab! Einmal haben sie unser Auto im Kreis gedreht und die Windschutzscheibe rausgerissen. Wir hatten Sandwiches mit Schweinefleisch mit. Sie können Schweine nicht ausstehen.«
Simon und Vanya lehnten sich zurück und sahen auf die Tasche zwischen Simons Füßen. Nach einer knappen Stunde erreichten sie

Kamoamoa. Der Strand, anderthalb Kilometer glitzernder schwarzer Sand, war vor drei Jahren durch einen gewaltigen Lavaausbruch entstanden, der Wälder verbrannt hatte und in das kalte Meer geströmt war. Die Lava war unter Wasser explodiert wie ein Feuerwerk und in winzige Partikel zerbrochen, die himmelwärts geschleudert und dann aufs Land geworfen worden waren. Jetzt betrachtete Simon diesen Streifen Sand, der glitzerte wie schwarze Diamanten.

Sie verabschiedeten sich und stiegen aus. Vanya vergaß vorübergehend die Gefahr, in der sie sich befanden, und hob eine Handvoll schwarzen Sand auf. »Die explodierten Eingeweide dieser Insel, ihr gefriergetrocknetes Blut. Es ist sehr fruchtbar. Leider begräbt es auch Städte unter sich.« Sie schüttelte den Kopf. »Entweder machen die Bauunternehmer uns fertig, oder die Natur erledigt das. So, Simon, und was nun?«

Er suchte den Himmel ab, wo Hubschrauber unter den Wolken schwebten. Einer kam schwankend heran, und Simon war es, als blicke er zum Umriß eines Gedankens empor. Er ließ sich, unendlich müde, in den Sand fallen, und zum erstenmal ging ihm auf, daß er versagt hatte, als Mensch und als Stratege.

»Ich weiß nicht, mein Herz. Ich muß erst mal die Lage peilen.«

Einzeln und zu zweit kamen die anderen im Laufschritt über den Sand. Simon stand auf und sagte entschuldigend: »Mir fällt im Moment nicht viel ein. Hat jemand eine Idee?«

Sie sahen ihn ungläubig an, dann entfernten sie sich ein Stück, berieten sich untereinander.

Einer kam schließlich zurück, sein mächtiger Brustkasten wogte, als er Simon gegenüberstand. »Kein Boot, hä? Kein gar nix. Der reine Wahnsinn. Wir geh'n wieder zum Highway. Trampen nach Milo-li'i, den andern helfen. Von 'nem beschissenen *haole* lassen wir uns nix mehr sagen!« Drei von ihnen machten kehrt und gingen.

Lloyd verschränkte die Arme und musterte Simon, dann verschwand auch er im Dunkeln. Nach wenigen Minuten war er wieder da. »Simon. Die Telefone, die funktionieren ...«

»Welche Telefone?«

»Die Münztelefone hinter den Klos.«

»Schön. Wen sollen wir anrufen? Die Nationalgarde?«

Lloyd zögerte. »Is' zwar riskant, aber ... ich hab' *Calabash*-Cousins, bei Puna in die Nähe. Vielleicht können sie uns mit 'nem Boot holen kommen.«
Simon packte ihn am Arm. »Herrgott, Mann! Los, versuch's! Versuch's!« Er drückte Lloyd Kleingeld in die Hand, zog ihn zu den Fernsprechern, Vanya lief neben ihnen her.
Sie und Simon setzten sich in den Sand, während Münzen in den Schlitz fielen. Und sie warteten. Eine flüsternde Stimme. Nach einer Weile wurde der Hörer aufgelegt. Minuten später klingelte das Telefon, klingelte wie ein schreiendes Neugeborenes. Wieder Lloyds flüsternde Stimme, beschwörend. Dann Stille, als hätte er sich in Luft aufgelöst. Der sanfte Druck von Vanyas Hand in Simons, die Unfähigkeit zu sprechen. Lloyd trat aus der Dunkelheit.
»Simon ... is' unmöglich mit 'nem Boot, wegen der Strömungen. Sie treiben einen zu weit raus.«
Simon überlegte einen Moment. »Was ist mit der Tasche? Könnten sie wenigstens die holen und morgen früh zum Kraftwerk bringen?«
Lloyd klang verlegen, aber nicht richtig niedergeschlagen. »Hab' gefragt. Aber die Cousins sagen, vergiß es. Mit der Tasche kommst du durch keine Straßensperre. Vielleicht sucht Polizei sie ja auch schon.« Er rückte näher heran. »Aber sie sagen, sie können uns helfen. Sie können mit dem Auto auf uns warten.«
Vanya sprang auf. »Wo?«
Er räusperte sich. »Auf der anderen Seite von der Lava.«
»Herrgott im Himmel«, rief Vanya. »Wir sollen zu Fuß gehen?«
»Zu Fuß über ... die Lava.« Simon schüttelte verwundert den Kopf, seine Gehirnzellen überschlugen sich, formulierten ein neues Konzept. »Wie weit? Wie viele Kilometer sind es von hier bis ans andere Ende, über die von der Lava begrabenen Dörfer?«
»Zwölf, dreizehn vielleicht.«
»Hat das schon mal jemand gemacht?«
Vanya zögerte. »Dieser Junge im Fernsehen, wegen einer Wette. Hat knapp sieben Stunden gebraucht.«
»Kein Wunder«, sagte Lloyd. »Letzte Woche sind Freunde von mir drei Kilometer am Strand entlang spaziert, die Lava da is' ganz schön hart.«
»Es ist gefährlich«, warnte Vanya. »Man kann in Erdspalten fallen

und sich die Beine brechen. Oder du denkst, du bist auf festem, steinigem Grund, aber darunter ist kochende Lava. Selbst wenn die Oberfläche fest ist, kann die Lava unter deinen Füßen noch einmal ausbrechen.«

»Wir haben keine Wahl«, sagte Simon.

Lloyd klimperte mit dem Kleingeld in seiner Tasche. »Also? Okay?«

»Okay.«

Er verschwand wieder im Dunkeln. Das Geräusch von Münzen, die in den Schlitz fielen, Gemurmel. Lloyd kam zurückgerannt.

»Die Cousins sagen, es geht klar!«

Simon sah auf die Uhr. »Jetzt ist es kurz vor neun. Wenn wir sieben Stunden brauchen, sind wir um vier Uhr morgens drüben. Unser Mann am Kraftwerk ...« Er betrachtete eine Blaupause vom Plan des geothermischen Kraftwerks; ein X markierte die Stelle, wo der Zaun durchschnitten war. »Er wartet dort um sechs Uhr früh. Er sagt, um die Zeit lösen sich die Wachen ab, plaudern ein bißchen. Das gibt ihm Gelegenheit, sich reinzuschleichen, die Bomben zu legen, rauszuschleichen. Gegen sieben sollen sie dann hochgehen.«

Sie verließen den Strand, gingen die Straße entlang. Die Autos neben ihnen fuhren immer langsamer; sie näherten sich der Stelle, wo geschmolzene Lava 1986 die Parkstraße überflutet und blockiert und sich dann zum Meer gewälzt hatte. Jetzt bedeckte gehärtete Lava, drei bis sechs Meter hoch und geriffelt wie Elefantenhaut, die Straße über zwölf Kilometer lang, der Küstenlinie folgend. Wo der schwarze Asphaltrand unter der Lava verschwand, parkten Einheimische und Touristen ihre Autos, setzten sich auf Matten und Decken und sahen hinauf zum Pu'u O'o Vent, gespannt, ob es heute nacht zu Eruptionen kommen würde. Hier und da flackerten kleine Feuer auf wie Kerzen, aber größere Strömungen gab es keine.

»Diese Stelle hatte acht Jahre Zeit, um fest zu werden«, sagte Vanya, als sie die strapaziöse Wanderung begannen. »Im Moment sind wir auf festem steinigen Untergrund, aber seht ihr den Dampf da drüben aus der Öffnung strömen? Das bedeutet, irgendwo in der Tiefe heizt es sich wieder auf.«

Sie gingen langsam, umgeben von flackernden Taschenlampen, von lachenden, scherzenden Menschen; der Vollmond gab fast taghelles Licht. Simon hatte das Gefühl, als wandele er auf einem schwarzen

Ozean, der sich achthundert Meter zu seiner Rechten zu kathedralenartigen Klippen emporhob, dann ins echte Meer hinunterkrachte. Jetzt war die See ruhig; blinkende Schiffe sprenkelten den Horizont.

Der Mond wirkte so nahe, daß sein Licht kühl auf ihren Wangen lag und Lloyd hinter ihnen rief: »Mensch, das ist so hell, da kannste ja *rennen* über das Zeug. Brauchst nicht mal 'ne Taschenlampe.«

Sie gingen weiter auf wogenden Hügeln aus glatter Lava, dahinter kamen plötzlich Gräben, angefüllt mit gezackten, rauhen Lavabrocken. Hier und da warnten orangegelbe Fahnen vor schweren Dämpfen, plötzlichen Spalten, Stellen, wo die Oberfläche so dünn war wie Eierschalen. Es herrschte ein durchdringender Schwefelgeruch, aber der *vog* hatte sich verzogen, die Luft war klar. Ab und zu ging oben auf dem Berg etwas in Flammen auf, *Ohia*-Bäume oder verlassene Häuser, um dann wie Sterne zu verlöschen. Hier unten waren nur gelegentliche winzige Lichter zu sehen: Touristen, die mit Taschenlampen in der Hand über die Lava stolperten. Vanya strauchelte, fiel fast hin, fing sich. Einen Moment lang stand sie still, versuchte, ihre Nerven zu beruhigen. Die Nacht war kühl, dezemberkühl, trotzdem war ihr fiebrig heiß.

Plötzlich hörte sie ein Stöhnen und fuhr so schnell herum, daß ihr schwindlig wurde; die Lava schien sich zu drehen und zu winden, eine große Schlange, die sie aufgeweckt hatte.

»Lloyd?« Sie knipste ihre Taschenlampe an, ging zurück zu ihm. Simon beugte sich hilflos über ihn, und Vanya dachte, wie wenig doch ein Mensch einem anderen wirklich von Nutzen sein kann.

»Ah, Mensch, guck dir das an«, rief Lloyd. Er lag auf den Knien und versuchte seinen Fuß zu befreien, der im Gestein begraben zu sein schien. »So dünn, bin glatt durchgebrochen. Gemein, was?«

Ein Ehepaar in neonfarbenen Radfahreranzügen, mit Grubenlampen und pinkfarbenen Knieschützern trat hinzu. Sie leuchteten mit ihren Lampen auf Lloyd. »Brauchst du Hilfe, Freund?«

Er zappelte, bis er seinen Fuß befreit hatte, und brüllte sie an: »Von wegen, *Freund!* Verpißt euch, ihr Typen! Das is' kein Club Med! Häuser von Menschen sind begraben unter euren *Haole*-Füßen!«

Sie stolzierten weiter, neonglänzend, vulgär.

Eine Wolke segelte heran, und es wurde stockfinster. Um sie herum schien nichts mehr zu existieren. In diesem Moment gab es keine bewußte Ordnung, nur das Branden der fernen See. Für Simon drehte sich die Zeit zurück, es war, als löse sich sein Körper in ein nahezu mystisches Nicht-Sein auf. Dies war die Stunde, die er am meisten fürchtete, wenn der Feind nahe war. Er hatte die Vietcong an ihrem Atem erkannt, an dem Geruch von Fisch, der sich in ihren Gedärmen zersetzte.

»Vanya ...«

»Hier bin ich.«

Er schnellte zurück in die Gegenwart. »Was ist das für ein gräßlicher Gestank?«

Sie leuchtete mit ihrer Taschenlampe auf einen Haufen verwesender Fische, die das Meer bei einem Sturm angespült hatte. Die Wolke verzog sich, der Mond bahnte sich seinen Weg, und sie gingen langsam weiter, wie Bergwanderer, vorsichtig, blinzelnd, um sich herum nur unkartiertes, unbewohntes Land. Sie waren nun schon gut anderthalb Kilometer weit auf der Lava draußen, hatten die anderen Leute hinter sich gelassen. Plötzlich ragte ein Wald aus riesigen, verzogenen Stahlträgern zum Himmel, unheimlich, abstoßend.

»Das Besucherzentrum des Parks.« Vanya ließ ihre Lampe über die häßlichen Metallskelette leuchten. »Das hat sich der Lavastrom '89 geholt. Eine Million Dollar einfach futsch.«

Sie gingen weiter, über ein jetzt begrabenes, einst stark belebtes Gelände namens Royal Gardens, dann über kleine verschüttete Städte, ehemals Zuflucht alter Leute, die hier noch auf althergebrachte Weise gelebt hatten. Der Mond rückte näher, und es war, als gingen sie auf Silber. Erdspalten tauchten auf, groß genug, um Menschen zu verschlingen. Sie wanderten um Löcher herum, streckenweise mußten sie in der Hocke gehen, fast kriechen. Hier und da ragte harte Lava auf, schauerlich und wirr, wie futuristische Bauten, halb errichtet, halb eingestürzt.

Ein Schulbus aus orangefarbenem, versengtem Metall ragte in voller Länge aus dem Boden hervor wie ein prähistorisches Ungeheuer, das in einem See trieb. Die nackten Stämme verkohlter Palmen standen starr, doch in ihrer Mitte hatte sich eine kleine Insel aus jungen, grünen Palmen gebildet, die sich im Wind bogen und

wie kleine Kinder quietschten. Die geschmolzene Lava hatte sich wunderbarerweise um sie herum verzweigt.
Vanya kniete sich unter einer Palme auf die Erde. »Simon, schau!« Sein Blick folgte dem Schein ihrer Taschenlampe. Inmitten von Lavabrocken, verkohlten Ästen, verbrannter Erde war reges Leben – Ameisen, winzige Käfer.
»Siehst du«, flüsterte sie, »das Leben bricht sich wieder Bahn.«
Sie gingen weiter, fünf, sechs Kilometer. Die Landschaft veränderte sich, die glatten Lavahügel wichen tückischen Gräben und Schluchten. Sie traten nun in das Zentrum der Zerstörung, wo der Lavastrom am gewaltigsten gewütet hatte. Hier bewegten sie sich nur noch vorsichtig, blieben stehen, traten zurück, wenn die Erde unter ihnen knackte; es hörte sich an wie brutzelnder Speck, ein Zeichen, daß die Oberfläche bröckelig und dünn war. Manchmal gingen sie auf die Knie und prüften die Erde vor ihnen mit den Händen, dann setzten sie vorsichtig die Füße auf. Manchmal verharrten sie keuchend.
Jetzt standen sie im Innersten der vulkanischen Zerstörung. Seit dem ersten Ausbruch 1983 hatten zweitausend Grad heiße Fluten geschmolzener Lava hier alles verschluckt, was ihnen im Weg war. Manchmal ostwärts, manchmal westwärts strömend, hatte die Lava Autostraßen, Friedhöfe, heilige *heiau,* Kirchen, Wohnhäuser, ganze Städte verschlungen.
»Generationen von Menschen«, sagte Vanya, »liegen unter uns begraben.«
Sie bewegte sich zögernd spürte Geschichte unter ihren Füßen aufflammen Generationen von Fischern schleppten Netze herein flickten sie bei Fackelschein Bauern bestellten bescheidene Felder Frauen entfachten Kochfeuer Schweiß perlte auf mahagonifarbenen Schultern gesenkte Köpfe bei Tisch geteiltes Blut geteilte Nahrung Geburten Begräbnisse Examensfeiern Tanz und das Schlurfen von Füßen das Klicken von Mah-Jongg-Steinen das Zisch! von Primo aus Dosen getrunken und über die Jahre das Wehklagen von *ukulele* Mandolinen Harmonikas irrsinnige Schatten turnten an Zeltwänden Männer spielten Kampfhähne töteten mit grandioser Anmut und Gerüche rote Erde Ingwer frischer Dung die Triebkraft der Erde.

Kalapana. In diesem Dorf bin ich als Mädchen gewesen. Sie schauderte, die Erinnerungen waren so dicht unter der Oberfläche, daß sie Stimmen unter sich zu hören meinte. Sie konnte riechen, was es dort zu essen gab.
»Wir haben einmal hier gegessen«, flüsterte sie. »*Sushi* mit Cola. Pono ist mit uns zum alten Lava Tree Park gefahren. Sie hat bei dem *Sushi*-Mann Flamingoblumen und Preiselbeermarmelade gekauft. Ich glaube, ich stehe direkt über seinem Laden. Hört ihr ihn, hört ihr die Stimmen seiner Kinder?«
Lloyd trat nahe heran, sah ihr ins Gesicht. »Vanya, hier is' nix zu hören außer uns selbst. Du hörst Hitzegeister.«
Er und Simon nahmen sie in die Mitte, und so schritten sie weiter vorsichtig über die Lava. Vanya schien nicht unterscheiden zu können zwischen dem, was sie in der Sporttasche bei sich trugen, und dem, was hier bereits geschehen war. Sie bewegten sich über Zerstörung zu Zerstörung. Sie *lieferten* die Zerstörung. Etwas regte sich in ihr. Ein Schuldgefühl. Vielleicht verließ sie der Mut. *Was tue ich? Das ist doch genau, was sie wollen. Daß wir Hawaiianer uns selbst zerstören.* Sie sah zum Meer hin, auf riesige Spalten in Lavafelsen. Sie hatte Durst, großen Durst. Die Füße taten ihr weh, ihre Lungen schmerzten.
Plötzlich bebte die Erde, der Himmel explodierte, Vanya wurde aufs Gesicht geworfen. Simon warf sich schützend über sie, die Sporttasche in einer Hand, in der anderen schwenkte er die Walther langsam nach links und rechts.
Lloyd sah zum Himmel. »Ach, Scheiße, Mann! Silvester!«
Eine lebendige Zirkusarena mit schwankenden Lichtern, riesigen Windmühlen, Sternenregen. Ein schreiendes Grün entwickelte sich zu einer Palme, die den ganzen Himmel einnahm, dann verglühte. Feuerräder, Leuchtkugeln, Raketen in zwanzig Farben, es wollte nicht enden, ließ die kleinen Funken des Pu'u O'o Vent, die gelegentlich Flammen spuckten, zwergenhaft erscheinen. Dann die größten, lautesten Feuerwerkskörper, eine amerikanische Flagge, rot, weiß und blau, die Sterne und Streifen über das Universum gebreitet, so schien es, ein Salut für den neugewählten Präsidenten. Der Lärm war ohrenbetäubend, die Flagge machte die Nacht taghell, und in diesem Moment blickte Simon über das schwarze, abschreckende Land.

»Verdammt, was –?«

Die Lava war bevölkert mit Menschen, die aussahen wie Opfer eines Flugzeugabsturzes, denn viele von ihnen lagen hingebreitet wie tot, andere saßen, knieten. In Reichweite von Simon erhob sich ein älteres Ehepaar verlegen von den Knien. Vor ihnen war ein kleiner Altar aufgebaut, mit Räucherstäbchen und einem Buddha. Simon starrte die Leute erstaunt an.

Vanya zog ihn fort und flüsterte: »Laß sie. Laß sie.«

»Sie beten direkt über ihrem Haus«, sagte Lloyd. »Über den Sachen, die sie dalassen mußten.«

»Was, mitten in dieser Schwärze?« fragte Simon. »Wie können sie wissen, wo –?«

»Sie wissen's halt.«

Ungläubig knipste Simon seine Taschenlampe an, schwenkte sie im Kreis. Ringsum blickten Dutzende von Gesichtern auf, sahen wieder weg. Schnell knipste er die Lampe aus.

»Lavaflüchtlinge«, sagte Vanya. »Sie kommen und sitzen stundenlang da, machen sogar ein Schläfchen. Sie träumen, daß sie ihren Rasen wässern, ihre Orchideen pflegen. Ich habe hier alte Männer mit Schubkarren voll Dünger gesehen. Sie bringen Blumen auf ihre Friedhöfe. Sie liegen auf Plaids, sie sprechen vom Dachdecken, einem Warmwasserbereiter, einem neuen Auto. Ein Mann hatte zwei Jahre für eine Toilette im Haus gespart. Er hat sie einmal benutzt, bevor die Lava kam. Die meisten waren nicht versichert. Die Gesellschaften hatten sie abgewiesen; sie wohnten zu dicht am Vulkan.«

Ringsum hörten sie Gemurmel, Menschen, die ihr Geisterdorf betrauerten, ihr verschüttetes Leben. Wolken senkten sich herab, die Nacht wurde schwarz, und sie gingen weiter. Als er festen Boden fand, stellte Simon die Sporttasche ab, drehte sich um, um sich zu erleichtern, und im selben Moment stürzte er tief hinab. Im Schein von Vanyas Taschenlampe sah er aus wie ein Opfer am Boden einer verkohlten Grube, einem schmalen Graben aus gezackter rauher Lava.

Langsam, mühsam kletterte er heraus. Sein Hemdsärmel war zerrissen, sein Arm voller Schürfwunden. »Es ist nichts, bloß ein paar Kratzer.«

Er hob die Tasche auf, öffnete sie, überprüfte den Inhalt. Zeitschalter, Bombenbehälter, Zünder, Sprengstoff, alles intakt, fast vollständig montiert, nur die Zeitzünder mußten noch eingestellt werden. Er zog eine Feldflasche heraus, trank einen Schluck Wasser, bot Vanya die Flasche an. Sie trank gierig, gab sie an Lloyd weiter. Während sie rasteten, riß Lloyd das untere Stück seines T-Shirts rundum ab und verband damit Simons Arm. »Du blutest stark, Mann. Paß auf, daß dich die Hitzegeister nich' kriegen. Die lieben *Haole*-Blut.«

Simon klopfte ihn auf den Rücken. »Gehen wir weiter.«

Stunden vergingen. Kilometer um Kilometer schleppten sie sich vorwärts. Erschöpfung hatte sich eingestellt; sie konnten einer des anderen Atem, ihre klopfenden Herzen hören. Ihre Augen juckten, weil die Höhlen ausgetrocknet waren, ihre Nasenlöcher brannten von Schwefel. Sie hatten das Gefühl, als seien ihre Gliedmaßen riesige Wurstpellen, die mit nassem Sand gefüllt waren. Endlich merkten sie, daß es leicht bergab ging – sie hatten den höchsten Punkt der Lava also passiert. Langsam wurde es eben, ein Zeichen, daß die verschütteten Dörfer hinter ihnen lagen. Sie überließen sie den Trauernden; immer noch wandelten gelegentlich Schatten vorüber wie Bummler auf dem abendlichen Corso in italienischen Kleinstädten.

»Schaut mal.« Vanyas Taschenlampe beschien Bäume in einiger Entfernung. »Je näher wir an den Strand herankommen, desto dünner wird die Lavaschicht. Dort, wo der Strom langsamer wurde und schließlich zum Stillstand kam, wird sie auf einer Ebene mit dem Erdboden sein.«

Es war fast drei Uhr morgens. Eine Stunde später waren sie am Strand. Palmen schwankten und rauschten im Mondlicht.

»Taschenlampen aus«, sagte Simon.

Sie hörten einen Lastwagen irgendwo auf einer Fahrstraße. Ein Hund bellte.

»Was ist mit deinen Cousins?« flüsterte Simon.

»Die sind da, ganz bestimmt«, sagte Lloyd. »Ich muß nix weiter tun als ein Signal geben.«

»Hört zu. Wir müssen sehr vorsichtig sein. Jeder Schritt, den wir tun, kann einen Überfall aus dem Hinterhalt auslösen.«

Lloyd deutete auf die Baumgruppe. »Wenn wir fast am Ende von der Lava sind, gehen wir in das Wäldchen da. Wo der Highway wieder anfängt, ist 'n großer Parkplatz, wo mal 'ne Kirche war. Die Kirche haben sie wegtransportiert, als die Lava losgegangen is'. Da warten meine Cousins, garantiert.«

Ho'auhuli

Revolution, Umsturz

Nach acht Stunden der Geruch von Bäumen, reine Luft drang in ihre Poren. Sie warfen sich bäuchlings ins Gras, kurze Zeit wie betäubt vom Ausströmen des Adrenalins in ihren Körpern. Der Himmel hatte sich verändert, das Dunkel ließ nach, wich dem Licht. Nach ein paar Minuten stand Lloyd auf, ging tiefer in die Baumgruppe hinein. Vanya und Simon folgten in einigem Abstand. Hundert Meter weiter lag der Parkplatz im Licht einer einsamen Straßenlampe, ein halbes Dutzend Lastautos und Personenwagen stand da.

Lloyd ging in die Hocke, atmete mehrmals tief durch, bog den Hals zurück und stieß dann einen furchtbaren Klagelaut aus, höllisch, magisch, so schauerlich, daß sich Vanya die Nackenhaare sträubten. Simon liefen Schauer über den Rücken, und er hatte ein Gefühl, als ob jemand Nadeln in seine Augäpfel bohrte. Er dachte an Menschenopfer, schwarze Messen, Kannibalen.

»Herrgott«, flüsterte er, »einen so abscheulichen, unheimlichen Ton hab' ich noch nie gehört.«

»Ich dachte, du kennst den Dschungel«, sagte Vanya. »Das ist das Geräusch, das Wildschweine machen, wenn sie sich paaren.«

Lloyd wartete ein paar Sekunden, dann wiederholte er den höllischen Laut. Ein Motor sprang an, ein zweiter stotterte. Zwei Autos umrundeten gemächlich den Parkplatz, die Scheinwerfer erfaßten die Bäume, blendeten mehrmals auf. Vorsichtig stand Lloyd auf und pfiff. Jemand pfiff zurück. Er winkte Simon und Vanya heran, und dann rannten sie, warfen sich in die Autos und rasten los, noch bevor sie die Türen geschlossen hatten. Nach ein paar Kilometern

auf der Straße bogen die Autos rechts ab, dann links und wieder rechts und hielten schließlich vor einer Baracke.
Drinnen umarmten zwei Männer Lloyd und klopften ihn auf den Rücken. »He, Cousin, wie geht's, wie steht's?«
Dann traten sie zurück, musterten Simon. Es waren Einheimische, aber sie hatten etwas Abweisendes, Abschreckendes.
Simon wußte sofort, mit wem er es zu tun hatte. »Wo seid ihr ausgebildet, Jungs?«
»US-Marine, S.E.A.L.S.«
Er grinste. »Vermutlich hab' ich in Vietnam mit euren Jungs kooperiert.«
Einer trat vor, ein drahtiger, muskulöser Hawai'i-Chinese. »Wir sind keine Jungs, und du kooperierst jetzt nicht mit uns.« Er wandte sich an Lloyd. »Bis sechs Uhr habt ihr zwei Stunden Zeit. Das Kraftwerk ist vierzehn Kilometer von hier. In dem Moment, wo ihr's trefft, werdet ihr zu lebendigen Zielscheiben.« Er sah Simon wieder an. »So. Und wieso interessiert dich das? Bist du scharf auf Eskimos? Navajos? Hawaiianer?«
Simon sah Vanya an, bemüht, ruhig zu bleiben.
»Ich hab' nichts gegen Australier«, sagte der Mann. »Sind dumm, aber zäh. Bloß, warum könnt ihr Scheißer unsere Frauen nicht in Ruhe lassen?«
»Hör mal zu, Kumpel ...«
»Nee, du hörst zu. Wir tun Lloyd einen Gefallen, er ist *'ohana*. Einen einzigen Gefallen, mehr nicht. Dies ist *unser* Gebiet. Hier bestimmen wir.«
Ganz lässig zog er die Sporttasche zwischen Simons Füßen hervor, besah sich die Bomben darin, die komplizierten Verdrahtungen. »Hmmm. Nicht schlecht. Reicht gerade aus, um das Kraftwerk für uns sturmreif zu machen.«
Er stand auf, nahm Lloyds Arm. »So. Trefft euren Kontaktmann, und dann nix wie weg aus dieser Gegend. Fahrt so schnell, wie ihr könnt. Und sei vorsichtig, Cousin, ja?«
Er umarmte ihn wie einen Bruder, dann ging er hinaus zu den anderen, die sich alle in einen Wagen gezwängt hatten. Sie ließen einen unauffälligen Hyundai zurück. Draußen bewölkte es sich, der Morgen war kühl und bedeckt. Die drei saßen schweigend und wie

betäubt in der leeren Baracke, sahen nichts, hörten nichts. Sie waren so erschöpft, daß sie weder sprachen noch sich bewegten. Nach einer Weile ging Simon hinaus, um Wasser zu lassen. Beim Hereinkommen streichelte er die Sporttasche wie ein Schoßtier, setzte sich dann wieder.

Vanyas Blick war auf ihn gerichtet, ohne daß sie etwas sah, denn sie schaute nach innen. *Mein Leben lang bin ich gerannt. Und warum, frage ich mich, warum? Was ist denn da in der Ferne, das mich heilen wird?* Sie ließ den Kopf hängen und sah Pono durch die Zeit rennen, während die Jahre zersplitterten wie Glas, eine Frau aus Glut und Licht, beinahe zerbrochen, aber sie rannte weiter, zischend die Lahmheit jedes mittelmäßigen Lebens durchbrechend. Tutu! *Wo bist du jetzt? Ich brauche dich. Etwas richtet sich gegen mich. Etwas ist stärker.*

Sie sah sich um, versuchte, sich auf etwas zu konzentrieren, dann fiel ihr Blick wieder auf Simon, sein geschwollenes Ohr, den roten Ausschlag am Hals, und sie hörte wieder die Stimme ihres Großvaters. *Denk nach. Bedenke, was du tust, wird unumkehrbar sein.*

»Simon!«

Er hob erschrocken den Kopf.

»Ich werde sterben«, flüsterte sie. »Der Tod, ich fühle ihn so nah.«

Er setzte sich neben sie, und sie sah, daß seine Augen feucht waren. Rasch blinzelte er die Tränen fort. »Alles wird gut, mein Herz. Niemand wird sterben. Wir liefern bloß eine Sporttasche ab.«

»Was hast du?« fragte sie. »Warum bist du so traurig?«

»Ich mußte an die Menschen da draußen denken, an die Dörfer, an all das Leben unter der Lava. Ich habe mich gefragt, wie die Natur, die alles ist, was wir von Gott kennen, so verdammt grausam sein kann, so rücksichtslos!« Er wischte sich die Augen und legte die Arme um sie, als wollte er auch sich selbst trösten.

»Ich weiß die Antwort nicht, Simon. Wer kann sie wissen? Die Erde war zuerst da. Diese Insel ist aus Lava geboren. Sie strömt, und sie bleibt. Vielleicht verehren wir deswegen das Meer, es ist das einzige, was die Lava aufhält.«

»Warum bleibt ihr dann hier?«

»Das Land steckt jetzt in uns. Die Leute sagen, dies war eine heilige

Insel; es war nicht vorgesehen, daß sie bewohnt wurde, sie sollte nur aus der Ferne verehrt werden. Unsere Vorfahren haben diese heiligen Gesetze gebrochen, und dann kam die Zerstörung. Wände aus flüssiger, kochender Lava. Tausende starben oder verloren den Verstand. Die Überlebenden hatten kein Gedächtnis. Sie blieben. Das Land nahm sie in Besitz.«

Er lehnte den Kopf an die Wand. »Einmal habe ich an der Grenze zwischen Vietnam und Laos gesehen, wie der Mekong hochstieg wie ein ekliges Ungeheuer und das Land auf einen Zug verschlang, Reisfelder, Dörfer, Vieh, ganze Wälder. Hinterher war da nichts mehr, nur Schlamm, der in der Sonne trocknete. Wochenlang hockten die Familien dort, wo ihre Baracken gewesen waren, und starrten auf den Schlamm. Wenn wir keine Granaten auf sie warfen, vergaßen sie sogar den Krieg. Ich fragte einen einheimischen Kundschafter, warum die Leute sich so nahe am Mekong ansiedelten, direkt im Hochwassergebiet, wenn sie doch wußten, daß Jahr für Jahr, Generation für Generation ihre Häuser verschwanden, ihre Dörfer zerstört wurden. Und da sagt dieser magere kleine Kerl zu mir: ›Wir müssen es dem Fluß gönnen.‹« Simon schüttelte den Kopf. »Sie haben dort ein Sprichwort: Hüte dich vor der Logik.«

»Aber das sagen wir hier auch.« Sie sprach langsam, nachdenklich. »Logik ist ein *Haole*-Begriff, sie war uns immer verdächtig. Deswegen folgen wir noch heute den Mystikern. Ich glaube, ich habe mich aus purer Perversion für Gesetz und Logik entschieden.«

Er zog ihren Kopf an seine Schulter, sachte wegen seines verletzten Armes. »Du bist nicht pervers, Vanya. Du bist eine Frau mit einem nahezu greifbaren Bedürfnis, sich dem Leben hinzugeben. Obwohl das Leben deinen Anforderungen nie entspricht.«

Während sie redeten, sah er, wie ihr Leben war, wie es immer sein würde; ein unbesonnener, unentwegt wiederholter Sprung, eine Zickzacklinie, die sich immer deutlicher auf seiner Netzhaut einbrannte.

Als hätte sie seine Gedanken gelesen, sagte sie: »Es tut mir leid, daß ich kein anderer Mensch bin, daß ich dich hier hineingezogen habe. Du gehörst nicht hierher. Du hast deine Kriege schon gekämpft, wie Toru.«

»Komm mir nicht metaphysisch, mein Herz. Nein, ich hätte mir das hier nicht ausgesucht. Aber ich will dir was sagen, was die meisten Männer nicht zugeben können – Soldat sein ist viel leichter als Mensch sein. Jetzt schlaf ein bißchen, es ist bald Zeit.«
Sie schloß kurz die Augen, dann sah sie ihn wieder an. »Simon, die Straßensperre, die war für uns. Sie sind hinter uns her, nicht?«
»Sie sind hinter irgendwas her. Oder vielleicht auch nicht. Meine Intuition ist mir abhanden gekommen.«
Um sechs Uhr früh standen sie auf, streckten sich und gingen nach draußen. Lloyd, der auf gespenstische Weise wach war, setzte sich ans Steuer, und langsam fuhren sie eine Straße entlang, auf der noch kein Verkehr war. Sie führte durch kleine Städte, deren Einwohner zur Räumung ihrer Häuser gezwungen gewesen waren. Die Bohrer eines nahe gelegenen geothermischen Kraftwerks waren in tausend Meter Tiefe auf eine Stelle in der Erdkruste gestoßen, aus der Magma austrat, und hatten dadurch einen Ausbruch von Schwefelwasserstoffdampf verursacht. Weil die Sicherheitssysteme zur Verhinderung der Eruption versagten, war Schwefelwasserstoff auf die Dörfer herniedergeströmt, sogar Fischerboote draußen auf dem Meer waren von der Wolke eingeholt worden. Es war der zweite derartige Ausbruch innerhalb eines Jahres; Erwachsene litten in der Folge unter Atembeschwerden und Übelkeit, kleine Kinder konnten ihre Nahrung nicht verdauen. Doch die Erbauer des 100-Millionen-Dollar-Projektes hatten sich geweigert, das Werk stillzulegen, und Familien, die seit Generationen hier lebten, hatten sich zur Umsiedlung gezwungen gesehen.
Vanya kurbelte das Fenster herunter und würgte. »Immer noch Gas in der Luft. Stinkt wie faule Eier.«
»Noch so ein Ausbruch«, sagte Lloyd, »und die Leute sterben womöglich. Warum tun die uns das an? Warum?«
»Weil wir *pau* sind«, sagte Vanya leise. »Wir gehen unter, wie die Cheyenne und die Sioux.«
Fünfzehn Minuten später fuhren sie an der Stelle vorbei, wo die Straße zum geothermischen Kraftwerk abbog. Hinweisschilder auf das Werk waren entfernt worden.
»'n paar Kilometer weiter auf dieser Straße«, sagte Lloyd, »kommen Zäune, dreifacher Stacheldraht. Wächter gehen auf Patrouil-

le.« Er sah auf seine Uhr. »Bald is' Zeit.« Dann wendete er den Wagen und bog an der Abzweigung rechts ab.
»Achtet auf so 'nen komischen Baum, sieht aus wie von 'nem Auto gestreift. Da biegen wir ab auf 'n Feld.«
»Am hellichten Tag?«
»Die Wächter lösen sich jetzt ab und passen nich' auf. Die denken, Ärger gibt's nur nachts.«
Unter den vielen Bäumen am Straßenrand erspähten sie einen, dessen Borke abgeschält und fransig war, so daß das rohe grüne Holz durchschien. Lloyd riß das Steuer herum, schwenkte auf ein Feld; hohes Gras verdeckte die Sicht auf das Auto, als es weiterfuhr. Vanya schloß die Augen, und sie waren wieder Mädchen. Als Heranwachsende liefen sie über unendliche Zuckerrohrfelder, die nackten Gliedmaßen den scharf gezackten Gräsern ausgesetzt und so oft gestochen, daß ihre Arme und Beine rot anliefen. Sie sah, wie Feldarbeiter erschrocken vor ihnen davonliefen, als seien sie, die roten Mädchen, Zuckerrohrgeister, Todesboten. Vanya hielt den Kopf gesenkt; überall wollte sie sein, nur nicht in diesem Augenblick. Sie wollte darüber hinwegsteigen, wollte Bomben werfen, nicht sie abliefern. Mit der Rolle des Boten, der Komplizin auf dem Rücksitz eines Autos konnte und wollte sie sich nicht abfinden. Es schien ihr so unehrenhaft, so nichtssagend.
Lloyd fuhr geradeaus weiter, bis sie den Zaun sahen. Er drosselte das Tempo, steckte den Kopf heraus, machte ein komisches Zwitschergeräusch. Gut drei Meter weiter teilte sich ein Busch, ein Mann in Wächteruniform lag auf dem Bauch. Simon und Vanya öffneten ihre Wagentüren, ließen sich auf die Erde fallen und schoben kriechend die Tasche vor sich her. Der »Wächter« schob Gestrüpp zur Seite und deutete auf ein großes Loch, das in den dreifachen Stacheldrahtzaun geschnitten war. Eine Sekunde flüsterten er und Simon miteinander, die Sporttasche zwischen sich, dann schob der Mann sie durch den Zaun und wand sich hinter ihr hindurch.
Als sie wieder zum Auto kamen, hatte Lloyd inzwischen leise gewendet. Sie fuhren los, und hohes wisperndes Gras streifte das Metall. Vanya saß zusammengesunken hinter den zwei Männern; sie verspürte einen ungeheuren Druck auf der Blase, und die Spannung in ihr war so fühlbar, daß ihr war, als würde ihr Gehirn an

der Schädeldecke kleben und ihre Augen würden jeden Moment platzen und Adrenalin verspritzen.

Simon sah auf seine Uhr. »So. Wie kommen wir hier weg?«

»Zurück zum Parkplatz, den wir von der Lava aus erreicht haben«, sagte Lloyd leise. »Dann auf die 130 nach Hilo. Besser wir nehmen den weiteren Weg nach Haus, die Küstenstraße um die Insel.«

Simon beugte sich vor, fummelte am Funkgerät. »Gleich halb sieben. Wenn die Jungs es zum Halenani-Hotel geschafft haben, sollte bald was passieren.« Im Funkgerät war nichts zu hören, nur Knistern. Er ließ die Augen nach links und rechts schnellen, schaltete das Gerät ab.

In den Bäumen über ihnen wurde es lebendig, Tausende von Hirtenstaren stimmten ihre lauten Rufe an. Auf einem Feld galoppierte ein Junge auf einem krummbeinigen Albino-Maultier. Junge Priester kamen langsam um die Ecke einer Kirche geschritten, züchtig ihre Gewänder festhaltend wie junge Mädchen. Händler bauten ihre Straßenstände auf, stapelten Früchte in kunstvollen Pyramiden, wie bunte Edelsteine. Eine schwarze Katze sprang über die Straße, ein Vollblutpferd trabte reiterlos daher. Auf dem Asphalt ein grauer Fleck: ein toter Mungo. Sie spürten dies alles, sahen es, hörten es, nahmen sie wahr, die Jungfräulichkeit eines neuen Morgens – und doch sahen, hörten sie nichts, ihre Gedanken waren einzig und allein mit Flucht beschäftigt.

Simons linker Arm schmerzte, die tiefen Risse pulsierten, Blut tropfte durch den provisorischen Verband. »Herrgott, ich glaube, da hab ich Scheiße gebaut.« Er dachte an den Mann, der im Gras gelegen und auf die Tasche gewartet hatte. »Ob er wohl singen wird? Ich meine, wenn sie ihn erwischen?«

Lloyd sah ihn an und fluchte leise. »Mann, du kotzt mich an! Möcht' bloß wissen, warum Vanya sich mit jemand wie dir abgibt.«

Simon schüttelte den Kopf. »'tschuldige, Lloyd. Bist in Ordnung. Du hast uns heute nacht den Arsch gerettet.«

»Scheiße. Denkste, wir sprengen unsere Heimat zum Spaß in die Luft? Früher, da haben wir für die Ehre gekämpft, jetzt kämpfen wir fürs Überleben. Mein Cousin, der bei der Marine war, echt intelligent is' der, könnte 'n Professor sein, 'n Vorbild für unsere Kinder. Oder guck dir Vanya an, schleppt Bomben durch die

Gegend, wo sie im Gerichtssaal sein sollte und feine Reden schwingen. Sei bloß nicht gönnerhaft zu mir, Mann!«
Sie fuhren schweigend weiter, kamen an einer Bäckerei vorbei; der Duft von Morgenkaffee, von Pfannkuchen.
»Ich muß schiffen, sonst sterb' ich«, sagte Lloyd.
Der Parkplatz, auf den er fuhr, war schon voll von Rundreisebussen, in denen Touristen zur Besichtigung der Lavaschäden herangekarrt wurden. Die Leute liefen umher, wechselten die Schuhe, füllten ihre Wasserflaschen auf, Führer erboten sich, sie über die Lava zu begleiten. Lloyd schlug sich in die Büsche. Simon und Vanya stiegen aus dem Wagen, streckten ihre Glieder wie Kinder. Simon fluchte, als Blut durch den schmutzigen Verband sickerte und seinen Arm hinunterlief. Als er sich bückte, um es an seiner Hose abzuwischen, bemerkte er einen *haole* im Hawai'i-Hemd, der ihn beobachtete. Der Mann löste sich aus der Menge und kam lässig näher.
»War'n das Fische?« Er grinste und deutete auf Simons Arm.
»Ja«, sagte Simon. »Die verdammten Muränen. Nichts Ernstes.«
Als der Mann noch näher herankam, nahm Simon den Geruch von Old Spice wahr. Bürstenschnitt, glattrasiertes Gesicht, kantig, sauber. Er kannte diesen Typ. Er warf einen Blick auf den Bauch des Mannes; sein Hawai'i-Hemd, das er über der Hose trug, war an einer Stelle ausgebeult; möglicherweise eine Pistole. Intuitiv, ohne im geringsten die Augen zu bewegen, wußte Simon, daß noch einer von der Sorte da war. Dann sah er den zweiten Mann, groß, gemächlich, von links heranschlendern. Fast taten sie ihm leid, er hätte ihnen gerne gesagt, daß heutzutage niemand mehr Hawai'i-Hemden trug, außer ehemaligen Army-Angehörigen und Touristen. Kaum merklich, nur durch ein plötzliches Einatmen, verständigte er Lloyd und Vanya. Die beiden stiegen wieder ins Auto.
»Leben Sie hier?« fragte der eine der Männer.
»Kann schon sein.« Simon lächelte böse. »Und was habt ihr vor?«
Der kleinere zeigte nonchalant auf die Menschenmenge. »Och, Lava.«
»Also dann.« Simon ging langsam zum Wagen. »Macht's gut, Kumpel.«
Der Große trat zu ihm. »Was dagegen, wenn wir ein paar Fragen stellen?«

Simons Gesichtsausdruck veränderte sich. »Verdammt, wer seid ihr?«
Der Mann griff in seine Tasche, vielleicht griff er auch nach seiner Pistole. In diesem Moment beugte sich der andere Mann hinunter und blickte in den Wagen. Simons Knie schnellte hoch, krachte gegen seinen Hosenschritt. Sein Ellbogen schnellte vor, traf das Kinn des anderen. Simon sprang in den Wagen, Lloyd gab Gas und raste vom Parkplatz, die Wagentür schwang hin und her wie ein gebrochener Flügel.
Auf dem Rücksitz fuhr Vanya Simon an. »Du Esel! Das waren bloß Touristen.«
»Sei still.« Er drehte sich um, sah aus dem Rückfenster. Er hielt seine Pistole in der Hand; sein Gesichtsausdruck war fürchterlich.
»Das hat uns noch gefehlt!« schrie sie. »Genau das richtige, wirklich.«
Lloyd drehte sich am Lenkrad halb rum. »Vanya, das waren keine Touristen. Ich hab' ihre Pistolen gesehen.«
Sie machte erstaunte Augen, ließ dann den Kopf in die Hände sinken.
»Die Scheißkerle waren zu neugierig.« Simon steckte seine Pistole wieder ein. In seinem Arm pochte es. Und in seinem Kopf. Die Frau neben ihm hatte Angst. Er liebte sie und hatte sie nicht beschützen können. »Vanya, ich kenn' diese Typen.«
»Wer sind sie?«
»Geheimdienst, Polizeispitzel, was weiß ich. Die Bomben können jede Minute hochgehen, und wir stehen da und vertreiben uns die Zeit mit Männern vom FBI!«
Sie fuhren schweigend, bis sie in der Ferne eine Reihe von Explosionen hörten. Lloyd trat unwillkürlich auf die Bremse, dann beschleunigte er.
Vanya stöhnte, beugte sich vor, wiegte sich hin und her. »Ich muß aufs Klo. Dringend.«
Sie hielten hinter einem alten Schnellimbiß, gingen auf die Toilette, holten sich etwas zu essen und Kaffee. Um sieben Uhr zwanzig kam Lloyd von einem Münztelefon, sein Gesicht war schneeweiß.
»Sie sind hochgegangen, Mann. Sie sind hochgegangen. Jetzt is' die Hölle los!«

Simon senkte den Kopf und atmete laut aus.
»Mein Cousin sagt, wir sollen so schnell wie möglich in die Gegend nördlich von Hilo fahren. Er taucht vorerst unter. Kann ihn nicht mehr anrufen.«
Er fuhr schnell, der Kaffee hatte ihn in Schwung gebracht. An der Abzweigung zum Flugplatz von Hilo zählten sie vier Streifenwagen, die auf beiden Seiten des Highways den Verkehr anhielten. Die Ampel sprang auf Rot. Sie blickten starr geradeaus und beteten, bis die Ampel grün wurde.
Lloyd fuhr den Banyan Drive entlang, vorbei an den schicken Luxushotels der Bucht von Hilo. »Wir fahren die Bucht lang bis zum Highway 19 Nord. Dann sind wir zu Haus und frei. Vorerst.«
Sie fuhren zehn, fünfzehn Minuten, dann bremste Lloyd unvermittelt und hielt am Randstein.
»Was machst du?«
Er sah in den Rückspiegel, hob die Hand zum Zeichen, sie sollten still sein. Drei Autos hinter ihnen hielt ein schiefergrauer Honda am Randstein. Lloyd wartete ein paar Minuten, dann fädelte er sich wieder in den Verkehr ein. Der Honda folgte ihm, hielt einige Wagen Abstand. Ganz lässig bog Lloyd in eine stille Straße ein. Er war einen halben Häuserblock gefahren, als der Honda hinter ihm in die Straße einbog. Lloyd beschleunigte, bog rasch rechts ab, schoß über ein Stoppsignal hinweg. Der Honda beschleunigte, überfuhr das Signal.
»Simon, wir werden beschattet.« Lloyd raste durch die schmalen Straßen von Chinatown, bog willkürlich mal links, mal rechts ab. »Guck mal, ob du feststellen kannst, wer die sind.«
Simon, der von einer Seite auf die andere geworfen wurde, setzte sich aufrecht und sah, während er seine Pistole zog, nach hinten. »Die Typen vom Parkplatz!«
Lloyd überfuhr fluchend eine rote Ampel. Eine Frau schrie, es sah aus, als werfe sie lauter kleine Kinder in die Luft, es war eine Tasche voll orientalischer Puppen. Als der Honda hinter einem Müllauto feststeckte, verlor er den Hyundai. Langes, lautes Hupen.
»Wir können nicht nach Norden«, sagte Simon. »Die haben womöglich einen Funkspruch hingeschickt.«

Vanya beugte sich vor. »Denselben Weg zurück können wir auch nicht. Bleibt nur sie Saddle Road.«
Lloyd trat auf die Bremse, kam zum Stehen. »Bloß nicht. Dann lieber Gefängnis.«
»Es ist unsere einzige Chance.«
Er hob entsetzt die Hände. »Da darf keiner fahren. Nebel, Regen. Alles *kapu*! Die heben unser Auto hoch, schmeißen uns in die Hölle runter!«
Simon starrte Lloyd an, als hätte er plötzlich den Verstand verloren. »Was quasselt er da? Was soll das?«
Vanya schüttelte den Kopf. »Die Saddle Road ist eine Abkürzung über die Insel um die Hänge vom Mauna Kea herum. Ganz oben haben die Wissenschaftler ihre Observatorien.«
Lloyd schrie sie an: »Da darf keiner fahren! Die Wissenschaftler fliegen da mit Hubschraubern rauf.«
Vanya seufzte. »Die Nachtmarschierer. Er fürchtet sich.«
»Gespenster? Davor hat er Angst?« Simon drängte sich blitzschnell vom Rücksitz nach vorne, schob Lloyd auf die Seite und nahm das Steuer. »So, Vanya, und jetzt sag mir, wie ich zu dieser verdammten Saddle Road komme!«
Vanyas Anweisungen folgend, fuhr er mit hoher Geschwindigkeit durch Wohnviertel, die bald in Außenbezirke, dann in kühles, feuchtes Buschland übergingen. Noch war die Straße gepflastert und passabel, aber die Landschaft zu beiden Seiten war plötzlich ganz grau, wie mit nassem Schwamm bedeckt.
»Das ist der Lavastrom«, erklärte Vanya. »Aus den 1880er Jahren. Da ist nie wieder was gewachsen. Es heißt, die Gegend ist verflucht.«
Dies war nicht die fruchtbare schwarze Lava der vergangenen Nacht. Unter einer spärlichen, veloursartig grauen Vegetation lag nichts anderes als ebenso graue, erstarrte Ströme. Die Luft wurde merklich kühler, als die Steigung begann, die Straße wurde schlechter, der Asphalt zerbröckelte, öffnete sich immer wieder zu riesigen Schlaglöchern. Lloyd saß zitternd da, mit gesenktem Kopf, um nur ja nicht aus dem Fenster sehen zu müssen.
Simon warf ihm einen Blick zu. »Ein erwachsener Mann fürchtet sich vor dämlichen Gespenstern!« Als ein gewaltiger Lavabrocken

auf die Kühlerhaube knallte, fuhr er zusammen. Und dann noch einer. »Verdammt, wo kommt das her?«

Lloyd schrie und hielt sich die Hände vors Gesicht. Vanya lehnte sich nach vorn, faßte Simon an der Schulter. »Das hatte er gemeint. Sie wollen uns hier nicht. Das ist ihr Gebiet.«

Eine Kugel aus grauem Schmutz kam von links geflogen und zersplitterte das Fahrerfenster. Simon mühte sich mit dem seitwärts schlenkernden Wagen ab, dann trat er auf die Bremse und blieb stehen. Er las Glas von seinem Schoß, stieß die Tür auf und brüllte: »Ihr Scheißkerle glaubt wohl, ich hab' Angst vor euch!« Er fuchtelte mit seiner Pistole in der nebligen Leere. »Ich komme aus Aborigines-Land, dem Kakadu! Wir haben die Geisterwelt erfunden. Wir haben *euch erfunden*!« Wieder fuchtelte er mit der Pistole, aber da war nur Stille.

Es wurde kälter, als sei es Herbst geworden. Nebel beschlug die Windschutzscheibe. Der Wagen kam ins Schleudern, als er in ein großes Schlagloch rumpelte. Simon fluchte, riß das Steuer herum, fuhr weiter. Ein einsamer Baum aus grauem Schwamm hob sich von der Landschaft ab wie ein triefendes Phantom, durch die zersplitterte Scheibe drang der Geruch von Verfall, und es war, als säße ein abscheuliches Gebilde neben ihnen und legte seine Arme um sie. Lloyd wimmerte und bedeckte sein Gesicht mit seinem Hemd. Mittlerweile krochen sie vorwärts fast ohne Sicht. Regen prasselte auf sie hernieder, es roch furchtbar nach Schwefel.

Simon hörte den Wind – war es der Wind? –, ein Stöhnen, fast ein Weinen, dann Schreie, unmenschliche Schreie. Die Scheinwerfer erfaßten Nebelfetzen, die die Gestalt von sich bewegenden Menschen hatten. Sie verwehten, rannten vorwärts, warfen sich gegen das Auto.

Lloyd schrie: »O Jesus, Maria und Joseph ...«

»Gottverdammte Scheißinsel«, schimpfte Simon. »Warum bleibt ihr überhaupt hier? Ich meine, was hier ist es wert, *gerettet* zu werden?«

Er merkte an Vanyas Schweigen, wie diese Bemerkung sie getroffen hatte. Und er dachte an ihre Seite der Insel, den Kona-Bezirk. Leichte Regenschauer, die auf tiefe Täler fielen, Bananen- und Papayahaine netzten, dann zu schweren Regenfällen wurden, die zum Meer wanderten und schließlich als Regenbögen wiederauferstanden wie strahlende, erschöpfte, aber unversöhnliche Krieger, die hügelan heimwärts kletterten, und überschwemmte Tarofelder, die in der Sonne schillerten, und Lotusfelder wie die flaumigen Köpfe Neugeborener, und der beißende Rauch kleiner Kochfeuer, der die Hügel hinaufstieg, und dann die Abenddämmerung, der Moment, in dem alles unwirklich wurde, und Simons Verblüffung, die er jetzt wieder spürte in Erinnerung an jenen ersten Abend, als sie ihn mitgenommen hatte zu dem Haus, die Straßen blutrot schimmernd von Kaffeekirschen, und als sie die Einfahrt entlangkamen, der Geruch nach Dünger, Erde, Kaffee, Ingwer, Guaven, Blumen, die ringsum in den wildesten Farben sprossen, und das Haus so weiß, so alt, so bestimmend, Heimstatt dieser reizbaren, trauernden, fiebernden Sippe.

Wie ist das, wenn man so verwurzelt ist? Ist es das, was ich für Uluru empfinde, diese gewaltige Erhebung im Busch? Und für die rosabrüstigen Inkakakadus, die in Scharen zum Felsen hinauffliegen, und was ich fühle, wenn ich in der Ferne das Auf und Ab hüpfender Kängurubs sehe und weit hinter Perth das azurblaue Meer, und dann der Augenblick, wo die Sonne sinkt und die ganze Natur, alles, in Amethyst taucht, eine unwahrscheinliche Farbe, reine Dichtung, vielleicht ist alles Dichtung, Erfindung ...

»Simon!« Vanya packte ihn von hinten an der Schulter und riß ihn aus seinem Tagtraum.

»In dieser Suppe kann man nicht fahren«, murmelte er.

»Genau dann packt es dich aber«, sagte sie. »Der Nebel verschluckt alles. Menschen, Autos, sie verschwinden einfach. Wir müssen wach bleiben.«

Sie sah zu Lloyd, der leise schnarchte, und beim Anblick seines entspannt gesenkten Kopfes fühlte sie eine unsägliche Erschöpfung, und sie versuchte sich zu erinnern, wann sie das letzte Mal geschlafen hatte.

»In ungefähr drei Kilometern kommt eine Jagdhütte. Wir ruhen uns eine Stunde aus, dann fahren wir weiter. Dorthin kann uns niemand folgen.«

Die Hütte war trostlos, kaum mehr als ein Unterstand aus feuchtem Holz, ohne Fenster, ohne Tür, ohne Strom, im Kamin ein paar verkohlte Knochen. Eine an die Wand genagelte Holzkiste mit zerfledderten, vergilbten Formularen, in die die Jäger eintragen mußten, welches Wild sie erlegt hatten. Wildsau. Eber. Bock. Reh. Ziege. Und welche Wildvögel. Wachtel. Fasan. Truthahn. Taube.
Erstaunt, weil sie noch am Leben waren, kam Lloyd langsam wieder zur Vernunft. Er holte Lumpen und Kleinholz aus einer Ecke, zündete ein Streichholz an, kauerte sich ans Feuer. »Lange können wir hier nicht bleiben. Zu kalt. Simon, was macht der Arm?«
Simon runzelte die Stirn, löste den blutigen Verband. Die Haut an seinem Unterarm war überall aufgerissen, oberhalb des Ellenbogens klafften zwei Wunden. Es tat weh, aber nicht so, wie er erwartet hatte.
»Weißt du, warum du keine Entzündung gekriegt hast?« sagte Lloyd und machte ein zufriedenes Gesicht. »*Kukui*-Öl, ist 'ne prima Medizin für die Haut. Die *kanaka* reiben ihre Bäuche damit ein, reiben's überallhin. Der Verband aus meinem T-Shirt war voll davon!«
»Danke, Kumpel.« Simon ballte die Hand des verletzten Arms zur Faust und ließ sie wieder locker. »Bißchen steif ist es aber schon – und ausgerechnet mein rechter Arm, mein Schießarm.« Er zog die Walther unter seinem Hemd hervor, prüfte das Magazin, ließ es zuschnappen, während Vanya kniend seine Wunde mit einem Streifen ihrer Bluse verband.
»Und jetzt wird ausgeruht«, sagte sie. »Eine Stunde, dann geht's weiter.«
Die Männer rollten sich auf die Seite. Sie legte sich ihnen gegenüber, schloß die Augen, und hinter ihren Lidern huschten Bilder vorbei. Ein Nachtflug über schwarze Lava. Gestalten wie Opfer eines Flugzeugabsturzes über das Land verstreut. Ein Feuerwerk. Explosionen. Zwei Fremde in einem Auto auf Verfolgungsjagd. *Die Bomben sind hochgegangen. Und was haben sie erreicht? Wird es etwas ändern? Wie viele noch, ehe wir etwas ändern?* Sobald sie die Männer schnarchen hörte, setzte sie sich vorsichtig auf, nahm Simons Pistole an sich. Dann schlich sie in eine Ecke und lehnte sich gegen die Wand.

Jetzt ließ sie den Schlaf kommen, sie hatte nicht mehr die Kraft, gegen ihn anzukämpfen. Aber es war der Schlaf einer Frau mit einem tödlichen Etwas im Schoß, als schliefe sie mit einer Puffotter und müsse sie stets im Auge behalten.
Im Halbschlaf lief ihr plötzlich das Wasser im Mund zusammen, das Gewicht in ihrer Hand wurde zum Gewicht von Nahrung, die sie zu ihrem Mund führte. Sie roch *laulau* und gebackenen Reis. *Poi.* Und gebratenen Tintenfisch. Sie konnte ihn schmecken, konnte Öl in der Pfanne brutzeln hören. Sie wachte auf, hörte etwas auf Kies knirschen, es klang wie Brutzeln. Regen. Sie schlief wieder ein, Träume ebbten auf und ab wie Gestalten, die durch eine Tür gingen.
Eine Gestalt beugte sich mit einer Pistole über Simon. »So. Schön langsam die Hände über den Kopf. Und jetzt auf den Bauch drehen.« Er bückte sich und durchsuchte ihn.
Der andere schwenkte seine Pistole vor Lloyds Gesicht, eine Hand hatte er zwischen Lloyds Beinen. Er ertastete ein Jagdmesser und wollte es aus dem schmalen Futteral ziehen, das in die Innenseite von Lloyds Jeans eingenäht war. Lloyd grunzte, machte eine komische Bewegung mit seinem Bein, der *haole* taumelte rückwärts. In diesem Augenblick wälzte Simon sich blitzschnell von dem anderen Mann fort.
»Laß das!« brüllte der Mann. »Ich schieße!«
Simon wälzte sich unbeirrt in Richtung Eingang. Der Mann ging in die Hocke, zielte mit beiden Händen. Der Schuß hallte von den Wänden wider. Ein Stück Türschwelle splitterte, und er zielte noch einmal.
Später dachte Vanya, was sie zum Schießen veranlaßte, sei seine Haltung gewesen, die sie abstieß, sein erkennbarer Vorsatz zum Töten. Vanya stand auf, seufzte, hob beide Arme, die Finger am Abzug, und dann drückte sie ab, drückt ab mit der wehmütigen Gewißheit, daß diese Tat alles unumkehrbar machte. Ihre Arme schienen in den Gelenken zu explodieren. Taub wurde sie gegen eine Wand geworfen. Die Hütte flammte auf von dem Schuß, und in der plötzlichen Helligkeit drehte sich der Mann, erstaunt, bestürzt, versuchte zu sprechen, doch etwas in seinem Inneren versagte. Er sank in die Knie, sah auf seine Pistole, dann hoch zu Vanya,

seine Lippen wurden schlaff, die Augen verständnislos, sein Gesicht verblaßte wie die Farben eines Fisches am Angelhaken.
Simon trat hinter ihn, stieß ihn mit dem Fuß an. Er kippte nach vorne, die Blumen auf dem Rücken seines Hawai'i-Hemdes waren rot von Blut.
An der gegenüberliegenden Seite der Hütte lag sein Partner ausgestreckt, Lloyd stand über ihm gespreizt, eine Pistole in der einen Hand, das Messer in der anderen.
Der Mann starrte Vanya ungläubig an. »Lady, der, den Sie da gerade erschossen haben, war ein Agent des ...«
Lloyd schlug ihm die Pistole ins Gesicht, dann hielt er ihm den Lauf an die Nase und sagte: »Jetzt bist du dran, *haole.*«
Simon durchquerte den Raum mit großen Schritten, nahm Lloyd die Pistole ab und zog den Mann auf die Füße. »Dein Glückstag. Wir lassen dich leben.« Er schob ihn nach draußen, stieß ihn in den Kofferraum des Hyundai. »Wenn du schreist – wenn du auch nur daran zu denken wagst –, wird man deine Eingeweide auf der Straße finden.«
Der Mann kauerte sich in den Kofferraum, hielt sich das blutende Gesicht. Im Inneren der Hütte rührte sich niemand. Der Mann auf dem Boden sah aus, als ob er schliefe. Ganz vorsichtig nahm Simon Vanya die Pistole ab und faßte ihre Hand.
»Simon.« Lloyd wirkte halb wütend, halb erschrocken. »Warum läßt du den andern am Leben? Der hetzt uns die Polizei auf den Hals ...«
»Er *ist* die Polizei. Hätte ich noch eine Minute gewartet, hättest du ihn umgelegt.«
»Stimmt. Guck dir den hier an, der wollte dich erschießen.«
Simon schüttelte den Kopf. »Lloyd, hör mir zu. Noch hast du die Chance, davonzukommen, ohne jemand umzubringen. Sobald du das tust, diesen Schritt tust ...«
Er sah Vanya an, die neben ihm stand und doch weit fort von ihm war. Sie war plötzlich weit fort von allem. Er trat zu dem Leichnam, bückte sich, um ihn zu berühren.
»Der ist tot«, sagte Lloyd. »Mausetot. Was machen wir jetzt?«
»Abhauen. Allein. Es ist nicht gut für dich, wenn du bei uns bist.«
»Nee, Mann. Ich steh' das durch mit euch. Such' uns 'n Versteck.«

Vanya murmelte etwas.
»Was ist, mein Herz?«
Ihre Stimme war ganz klein. »Waipi'o ...«
»Ja«, rief Lloyd, »das Tal. Dschungel, Höhlen, viele Alte, die uns helfen. Für Fremde *kapu*. Da kann uns nich' mal die US-Army finden.«
»Schön, dann nichts wie hin.« Simon sah zum Eingang hinaus. »Wir nehmen das Auto von denen, dann versenkst du's im Meer. Danach gehst du zu deinen Jungs zurück.«
»Aber Simon ...«
»Keine Bange, der Kerl würde dich bei einer Gegenüberstellung nicht erkennen. In der Hütte war es ziemlich dunkel. Für den bist du bloß irgendein *kanaka*.«
Lloyd schüttelte trotzig den Kopf. Simon packte ihn. »Kapierst du nicht? Für Vanya ist alles aus. Wir sind jetzt Flüchtlinge.«
Lloyd sah Vanya an, und was er in ihrem Gesicht las, machte ihn frösteln. Langsam begriff er. Er ließ den Motor an, während Simon mit ihr hinten einstieg, stumm, denn er wußte um die Vergeblichkeit von Worten zu jemandem, der unter Schock stand. Er legte seinen Arm um sie, und sie sah ihn an mit einem Ausdruck, den er noch bei keinem Menschen gesehen hatte, nur bei wilden Tieren auf der Flucht. Dann veränderten sich ihre Augen; urplötzlich erfaßte ihr Verstand, daß Simon bei ihr war. Er zog ihren Kopf an seine Schulter, drückte sie an sich.
Eine Landschaft hatte ihn geprägt, der Busch, eine Weite, so grenzenlos, daß sie manche Menschen süchtig nach menschlicher Gesellschaft machte; andere wurden schweigsam, wunderlich. Diese Wunderlichkeit hatte jahrelang in ihm gegärt, so daß Simon sich irgendwann außerhalb der Gesellschaft befunden hatte, nichts und niemandem verpflichtet als einer Gemeinschaft von Mördern. Eines Tages dann hatte er in einem rauschhaften Akt des Verrats das Recht für sich beansprucht, auch hier nicht mehr dazuzugehören, nicht verläßlich zu sein, und er hatte diese Gemeinschaft verlassen und war zu einem Mann geworden, der nun endgültig außerhalb von allem stand.
Ganz allein war er durch die Jahre getrieben, und da war nichts. Er war auf der Suche gewesen nach etwas Absolutem, nach einer Kraft,

etwas, das sich nicht vereinnahmen, sich nicht leicht lösen ließ. Schließlich war er zu den Aborigines zurückgekehrt, zu den Mystikern, die wußten, wohin sie gingen. Aber sie waren in die Jahre gekommen; jetzt schlurften sie mit ihren Stöcken durch das Land und starben langsam. Simon war wieder seiner Wege gegangen, und dann hatte er Vanya gesehen.

Ihre Haltung war beeindruckend, stolz, und als sie sich zu ihm umdrehte, hatte sie etwas Gebrochenes in den Augen. Diese unpersönliche, animalische Würde, gepaart mit einer bitter-menschlichen Empfindsamkeit, hatte ihn ganz stumm gemacht. Sein erster Gedanke war nicht, sie zu besitzen, sondern vielmehr: *Sie wird mir etwas beibringen. Sie ist meine Lehrmeisterin.* Jetzt liefen sie Seite an Seite, und er lief mit dem versöhnlichen Wissen, daß hier etwas war, das er niemals verraten würde. Er würde sie retten, indem er mit ihr unterging.

Ganz allmählich, während sie westwärts fuhren, veränderte sich die Landschaft. Der graue, alles überziehende Schwamm ließ nach, die Bäume wurden zahlreicher, Sonne durchdrang den Nebel, es wurde grüner. Noch war die Luft feucht und kalt, die Straße höllisch, Haarnadelkurven, Schlaglöcher. Lloyd drehte den Kopf nach links und rechts, hielt Ausschau nach Nachtmarschierern, aber er zuckte nicht mehr zusammen, wenn Lavabrocken, kreiselnd, als hätte sie jemand geworfen, auf das Auto schlugen. Nachdem er Zeuge geworden war, wie eine Kugel einen Menschen völlig auslöschen konnte – wie schnell sie alle inneren Strömungen und die Atmung zum Stillstand brachte –, erschienen ihm die launischen Geister der Landschaft harmlos, ein bloßes Aufblitzen von Messern, ohne Blutvergießen.

»Simon«, sagte er, »vielleicht komm' ich euch besuchen, wenn die Lage sich beruhigt. Die Alten in Waipi'o verwahren massenhaft Kisten für uns. Huuh, war das grausig, nachts mit Gewehren und Sprengstoff durch den Schlamm rutschen.« Er sah Simon im Rückspiegel an. »Was habt ihr vor, ihr zwei? Wollt ihr für immer da leben? Vanya is' jetzt richtig kriminell, das steht mal fest.«

»Wir gehen es langsam an.« Simon sah Vanya an. »Ganz langsam.«

Sie löste sich aus ihrer Erstarrung, griff in ihre Tasche, zog aus einem kleinen Beutel eine vollkommene Kugel, eine große, glänzende

schwarze Perle. Sie starrte sie an, als wollte sie sie zum Sprechen bringen, dann hielt sie sie an die Wange.
»Waipi'o?« flüsterte sie.
»Wir sind auf dem Weg.«
»Und dann ... was geschieht dann?«
»Nichts, mein Herz. Es ist alles geschehen.«

’Awa
Der Tee, der Kummer heilt

❖

Stammeln, Stottern, Sprachfetzen, festgehalten zwischen zusammengebissenen Zähnen. Er strampelte wie ein Kind, das gerade geboren wird, fahrig bewegte Hände, eine kratzend, eine sich schließend und öffnend. Das Bett schien in bauschige weiße Haut drapiert, unter der die Mumie zum Leben erwachte. Sie wappneten sich, ignorierten den Gestank, der beinahe an den eines Todkranken erinnerte.

Vierundfünfzig Stunden lang hatte Run Run mit einer geladenen Pistole dort gesessen. Zweimal hatte er gestöhnt, aus den Tiefen auftauchend, und zweimal hatte sie versucht, ihm mehr K.o.-Tropfen einzuflößen. Doch er, der fest in Laken gewickelt und eingeschnürt war, war nur zu einem Viertel bei Bewußtsein, konnte einfach nicht schlucken.

Sie flehte Jess an. »Mach’s. Mit der Nadel.« Und sie sah zu. *Mutter Gott. Nie hätte ich gedacht, daß ich noch mal zusehen muß, wie jemand ’ne Nadel in seinen Arm pikst.*

Jess war professionell und ruhig. Es lag etwas Würdevolles in der Art, wie sie die Nadel ans Licht hielt, sie dann einführte. Anschließend stand sie da und schluchzte, denn sie dachte an seine Fixerjahre, als Toru an der Nadel hing wie ein Fisch am Angelhaken. Und jetzt das fürchterliche, wunderbare Wiedererwachen.

»Wasser ...«

Jess hob das Moskitonetz an, dann den Kopf, hielt ihm einen Becher an den Mund. Er trank langsam, während sein Blick über ihr Gesicht schweifte.

»Fühl’ mich gräßlich ... was ist passiert?«

Sie sah ihn nicht an.
»Sag's ihm!« sagte Run Run. »Was kann er schon machen, außer mich umbringen.«
Er wand sich, blickte an sich hinunter, sah das beschmutzte Laken, die einschneidenden Schnüre an seinen Handgelenken. Plötzlich zappelte er wie wild, warf den Kopf hin und her, die Bewegung setzte Gestank frei, nach Urin, nach Schlimmerem.
»Mach mich ... los ...«
Der Schock. Die Medikamente wirkten. Er schlief wieder ein.

»Ich stink' wie Scheiße.« Jetzt war er vollends wach.
Run Run und Jess traten ans Bett, schlugen stumm das Netz zurück. Beide sahen sehr alt aus. Sie machten sich mit Scheren an ihm zu schaffen.
»Wieviel Uhr ist es?«
»Fast Mitternacht.«
»Welcher Tag?«
»Erster Januar.«
Sein Gesicht war blaugrau, rasend verzerrt, weil er jetzt wußte, daß sein Vorhaben vereitelt worden war. Er schluchzte. Sie schnippelten und schnippelten. Laken, Kissen, Matratze, alles mußte verbrannt werden.
Als seine Arme befreit waren, wollte er Run Run an der Kehle packen. »Ich bring' dich um, du gemeines Miststück!«
»Ja, ja.« Sie wirkte erschöpft. »Aber erst wird gebadet. Dann kannste mich totprügeln.«
Sie setzten ihn langsam auf, dann ließ Jess ihm ein Bad ein; ihre Miene war seltsam ausdruckslos. Toru saß schluchzend in der Wanne und verfluchte die Frauen, während Run Run ihn einseifte. Dann stand er zitternd auf, brauste sich ab, spülte alles, all die ungelebten Stunden, den Abfluß hinunter.
Run Run hüllte ihn in ein Badetuch, drückte ihn in einen Sessel. »Wart hier. Ich bring' dir Essen. Wennste aufstehst, wirste ohnmächtig.«
Er trat nach ihr. »Warum? Warum? Sie haben mit mir gerechnet ...« Er ließ den Kopf hängen und weinte wieder, noch immer leicht benommen und durcheinander.

Sie kam mit einem Essenstablett zurück. Toru grapschte und rutschte auf den Fußboden, aß mit den Händen wie ein Bettler.
»Mich siehst du nie wieder. Nie! Du bist schuld, daß ich jetzt dasteh' wie 'n Feigling.«
Stumm bückte sich Run Run, um das Tablett aufzuheben. Ihre ausdruckslose Miene machte ihn wütend.
Er warf das Tablett durch den Flur, schlug sie ins Gesicht. »Bist du taub? Du hast 'n *Mädchen* gemacht aus mir!«
Sie taumelte rückwärts, rutschte an der Wand entlang. Irgendwas stimmte nicht mit ihr. Keine Antwort, keinerlei Gefühlsregung.
Jess rief die Treppe herauf: »Run Run, Nachrichten!«
Sie sah Toru an. »Ja. Kannst mich ruhig hassen, ich hab's verdient. Aber erst komm' fernsehen, damit du weißt, was los is'«.
Fernsehkameras erfaßten die Trümmer eines Lagerhauses, wo Bohrausrüstungen für ein geothermisches Kraftwerk im Bezirk Puna aufbewahrt wurden. Am Kraftwerk selbst hatte die Bombe nur geringfügigen Schaden angerichtet.
Dann das Gesicht eines Reporters, der von einem anderen Schauplatz berichtete. »Bei einem anderen Vorfall, der vielleicht damit im Zusammenhang steht, explodierte heute am frühen Morgen eine Bombe hier im Halenani-Hotelkomplex, wodurch eine Bademodenboutique zerstört wurde und ein Mitglied des Personals eine Hand verlor. Eine weitere Bombe, ein Blindgänger, wurde im Sprechzimmer von Dr. Rebirth gefunden, einem sogenannten Cranial-sakral-Therapeuten, der Seminare im polynesischen Tempel der Liebe des Hotels anbietet. An die Wand war eine Botschaft gekritzelt: DIES IST UNSER GRUSS FÜR SIE. REVOLUTION!«
Der ganze Komplex war evakuiert worden, während Bombensuchmannschaften das Gelände durchkämmten.
Toru fluchte, als Sprecher des Hotels ihre Ansichten über »einheimische Terroristen« äußerten. Dann erschien ein bekannter Nachrichtensprecher auf dem Bildschirm. Jess und Run Run rückten zusammen und hielten einander fest.
»Hier noch eine Ergänzung der Abendnachrichten. Richard Flanner, ein Agent des FBI-Büros hier in Hilo, wurde heute nach Mitteilung der Polizei von einem weiblichen Mitglied einer mutmaßlichen Terroristengruppe ermordet. Der Partner des Mannes,

Fred Moriarity, Augenzeuge der Schießerei, berichtet, daß Flanner heute früh kaltblütig in einer Jagdhütte an der Saddle Road erschossen wurde. Unerklärlicherweise ließ die Gruppe Moriarity frei. Er beschrieb die Verdächtige als dunkelhäutig, einheimisch aussehend, in Begleitung eines ebenfalls einheimisch aussehenden Mannes und eines großen Weißen mit rotem Schnurrbart und australischem Akzent. Der Mann schien am linken Arm verletzt zu sein ...«
Ungläubig drehte Toru sich um. An ihren versteinerten Gesichtern erkannte er, daß sie die Nachrichten schon früher gehört hatten.
»... Das Blut, das an der Stelle, wo die Terroristen das Werk Puna betraten, auf dem Gras entdeckt wurde, entspricht dem Blut an der Tür des Autos, das die Flüchtigen an der Saddle Road zurückließen. Die Verdächtige war zuletzt mit khakifarbener Hose und Jacke, schwarzem T-Shirt und schwarzen Laufschuhen bekleidet. Die Männer trugen Bluejeans, T-Shirts und Jacken. Vermutlich sind sie im Auto des FBI-Agenten geflüchtet, einem hellblauen Honda. Sie sind bewaffnet und gefährlich. Wer etwas über den Aufenthalt dieser Gruppe oder ihrer Mitglieder weiß, wird gebeten, diesen Sender anzurufen. Ihre Anrufe werden vertraulich behandelt ...«
Run Run hielt den Kopf gesenkt. »Jetzt is' sie gezeichnet. Meine Asche wird keine Ruhe finden.« Ihre Stimme brach, und sie schluchzte.
Toru taumelte hinaus auf die *lanai,* sank auf die Knie, breitete die Arme über das filigrane Geländer und hing lange Zeit da wie eine große, versehrte Spinne. Verloren die Tage, die Stunden; die Medikamente zehrten noch an seinen Nervenenden, das Ganze war ein Alptraum. Ein neues Jahr war angebrochen, und alles war aus.
»*Vanya!*« Sein Schrei schallte über den Rasen, durch die Felder, hing in den Bäumen. Zwei vorbeilaufende Hunde blieben stehen und horchten. Er sackte zusammen, weinte wie eine Frau. Jess kam und kniete sich neben ihn.
»Ich hätte dabeisein sollen. Dann wär das nich' passiert!«
»Toru, Run Run wollte nicht, daß du mitmachst.«
»Warum?« Er schlug auf den Boden der *lanai* ein.
»Sie wollte, daß du hierbleibst und mir mit dem Land hilfst. Sie hatte Angst, daß dein Leben ungelebt vergeht.« Sie schlang die Arme um ihn, wiegte ihn wie ein Kind, bemühte sich, ihn nicht

hören zu lassen, wie zerbrochen sie in ihrem tiefsten Inneren war.
»Sie hatte Angst, wenn du einmal mit ihr gehst, gibt es keinen Weg zurück.«
»Aber es war *mein* Plan. Wie konnte sie mich so hintergehen?«
Jess schüttelte ihn, und die Bewegung schmerzte sie bis in die Knochen. »Siehst du denn nicht, daß sie versucht hat, dir den Weg zu weisen?«
»Vanya, o Vanya ... Was machen wir jetzt, Jess?«
»Ich weiß es nicht. Woher sollen wir das wissen?« Jess wiegte ihn, wiegte sich selbst, senkte den Kopf und betete. Wofür, wußte sie nicht; sie wußte nur, daß sie endlich, endlich einen Mittelpunkt in ihrem Leben brauchte.
Er lag gekränkt in ihren Armen und rief Vanyas Namen, und sein Rufen war wie der Schlag eines Metronoms in einem hohlen Schädel. Nach einer Weile hob Jess den Kopf und horchte. Knirschen von Kies, langsam zeichneten sich Silhouetten von Gestalten ab. Winzige Lichter flackerten entlang der Straße, Menschen trugen kleine Papierlaternen mit Kerzchen darin. Ganz leise versammelten sie sich in der Zufahrt, gingen über den Rasen, näherten sich dem Haus. Der Abend war kühl; manche trugen Kopftücher, gefütterte Westen und Stiefel, wie mongolische Nomaden, die zur Melkzeit aus ihren Jurten treten und nach ihren Stuten pfeifen. Jess sah den Mondschein auf ihren Gesichtern. Manche weinten.
»Toru. Sie sind gekommen, um uns beizustehen.«
Kleine Päckchen flogen aus ihren Händen wie Vögelchen und landeten weich auf der *lanai*.
Jess hielt eines an ihre Nase, atmete ein. »*'Awa*. Um den Kummer fortzuspülen.«
Und dann wehten die geflüsterten Worte der Menschen zu ihnen herauf.
»*Malama 'aina!*« Bewahrt unser Land!
»*Kokua Hawai'i!*« Rettet Hawai'i!
»*Aloha 'ohana!*« Wir grüßen die Familie!
»*Imua ... imua ... imua ...!*« Haltet durch!
Run Run schleppte sich hinaus, beugte sich über das Geländer, warf ihre Schluchzer hinab wie Geldstücke. »Betet! Betet für sie! Vanya is' auch meine Enkelin!«

Jess schloß Run Runs alten, vogelknochigen Körper in die Arme und wiegte sie. Und als sie die Gesichter sah, die zu ihnen hinaufblickten, die weinenden, betenden Menschen, die ihnen beistehen wollten, rief Jess ihnen zu: »Kommt, kommt herein! Wir sind alle *'ohana!*«

Sie kamen und kamen. Sie stellten sich an den Wänden auf, setzten sich auf Fußböden, füllten Küche und Wohnzimmer, kauten schweigend, zerstampften die *'Awa*-Wurzeln, seihten sie ab. Jess schöpfte das Gebräu aus großen Schüsseln in Becher. Sie hielten ihre Becher in wettergegerbten Händen, und als sie ihre Becher geleert hatten, hielten sie einander, schöpften Kraft aus dem alten hawaiischen Brauch, sich zu umarmen und gegenseitig die Wangen mit Tränen zu netzen. Einige streckten sich aus und schliefen auf dem Fußboden ein, einander an Hand oder Fuß berührend; ihr Blut, ihre Wärme und Zuneigung, der tiefe Glaube an ihr Einssein waren die Brücke, auf der sie diese furchtbaren Stunden überquerten.

Als die Farben des anbrechenden Tages heraufdämmerten, verschwanden die Arbeiter leise auf die Felder. Die Wärme der Körper, mit denen das Haus erfüllt gewesen war, hatte Jess Kraft gegeben. Als sie nun aufstand, fühlte sie sich unendlich abgespannt, aber tatkräftig. Sie würde durchhalten. Was immer geschah, sie würde nicht zusammenbrechen, und sie wußte, bald würden sie kommen. Sie weckte Toru und Run Run, kochte starken Kaffee, hieß sie sich setzen und gab ihnen Anweisungen.

»Seid höflich, entgegenkommend. Wir müssen erschüttert wirken, konfus. Aber ... brecht nicht zusammen. Wir müssen *kanaka*-stark sein.«

Toru beugte sich vor. »Und wenn sie Fragen stellen?«

»Lügt. Lügt, was das Zeug hält, ganz egal. Auch wenn sie euch schlagen. Wir wissen nichts von Vanyas Aktionen. Sie werden uns getrennt verhören. Uns bedrohen. Die Arbeiter bedrohen. Uns vielleicht einsperren. *Lügt!* Wir wissen nichts. *Nichts.*«

Sie kamen die Zufahrt hoch. Streifenwagen, Autos voll Militär und andere. CIA. FBI. DEA. Jess war undurchdringlich wie eine Mauer. Toru beobachtete sie erstaunt; ihre Stimme, ihr Körper schienen verändert; er kannte sie immer noch nicht ganz. Von nun an kamen

sie Tag für Tag. Sie blieben stundenlang sitzen und stellten Fragen, sie durchsuchten das Haus, die Scheunen, die Felder.
Sie zeigten Videos von Vanya, wie sie in Pearl Harbor demonstrierte. ERINNERE DICH ... ERINNERE DICH ... ERINNERE DICH.
»Das sind Sie, da neben ihr, stimmt's? Belästigen den Präsidenten der Vereinigten Staaten!«
»Ja«, sagte Jess. »Ich, meine Cousinen und unsere Freunde. Leute von allen Inseln. Wir haben niemanden belästigt, es ging sehr geordnet zu. Es gab keine einzige Verhaftung.«
»War es nicht Ihre Absicht, den Präsidenten in Verlegenheit zu bringen?«
»Nein. Er sollte daran erinnert werden, daß Menschen in aller Welt gelitten hatten, nicht nur die Opfer von Pearl Harbor.«
Sie zeigten ihr Videos von Vanya bei Demonstrationen, an der Spitze von Hawaiianern, die für Souveränität marschierten, die das Land zurückforderten, das ihrem Volk gestohlen worden war. Sie zeigten Berichte aus Nachrichtensendungen, in denen Vanya Bautrupps verfluchte, weil sie uralte *heiau* entweihten. Zeitungsausschnitte, in denen ihr Ausspruch zitiert war: »Terrorismus ist die neue Muttersprache.« Wenn die Hawaiianer nicht alle Strände haben könnten, empfahl sie, die Strände in die Luft zu sprengen, ebenso die meisten Luxushotels, wo Einheimische nur als Personal Zutritt hatten. FBI-Agent Moriarity hatte sie als die Frau identifiziert, die seinen Partner erschossen hatte.
»Da muß ein Irrtum vorliegen«, log Jess. »Sie hat nie eine Waffe angerührt.«
»Der Mann, mit dem sie herumzieht, der *haole,* von dem haben Sie nie etwas gesehen oder gehört?«
»Nein, nie. Ich glaube nicht, daß die Frau meine Cousine ist.«
»Wo ist dann Ihre Cousine?«
»Auf Reisen vermutlich. Wir wissen nicht immer, wo sie sich gerade aufhält.«
Toru nahmen sie sich jeden Tag bei Morgengrauen vor. Sie fragten ihn nach seinen Aussteigerjahren, den zehn Jahren, als er Heroin nahm. Nach seinen Freunden erkundigten sie sich, und mit wem er seine Zeit verbringe. Er nannte *paniolo* in Kohala, zahnlose alte Männer. Sie fragten, wo er an den Tagen der Bombenexplosionen

und der Schießerei gewesen war. Ein einheimischer Arzt log, er habe einen Hausbesuch gemacht, eine Lebensmittelvergiftung festgestellt und Toru Jess' Obhut überlassen. Ein Apotheker zeigte ihnen seine Einträge, ein Rezept, das Jess ausgestellt hatte. Toru zeigte ihnen das Bett, worin er fast drei Tage krank gelegen hatte; die Schlafstatt roch immer noch streng, unangenehm. Seine Vorgesetzten auf der Ranch verbürgten sich für ihn; immer ein guter Arbeiter sei er gewesen, er habe kein Strafregister, und jetzt sei er zusätzlich noch ein kleiner Landbesitzer, der einfach seine Ruhe haben wolle. Sie befragten Run Run, die ihnen mit Schluchzen und Achselzucken antwortete und kaum etwas begriff. Ein einheimischer Polizist sprach Pidgin mit ihr, redete ihr zu. Sie umklammerte ihren Korallenrosenkranz, steckte sich ein Bild von der Heiligen Jungfrau ans Kleid, bekreuzigte sich mehrmals. Der Polizist wurde ungeduldig, drohte ihr, Toru schwer zuzusetzen, darauf hinzuwirken, daß er seinen Job verlor. Sie warf sich auf die Knie und murmelte unverständliches Zug.

Mutter Gott, schaff dieses Arschloch aus meinem Zimmer, eh ich ihm eine knall'. Das muß man sich mal vorstellen! 'n Junge von hier, dieser Polyp, und arbeitet für Haole-*Teufel. Der denkt, ich bin 'ne* pupule *olle* wahine. *Ha! Dem würd' ich am liebsten scharfe Chilischoten ins Essen machen. Kacke is' der, sein Hintern is' so heiß, vielleicht wird er blind. Und jetzt schaff ihn bitte aus meinem Zimmer!*

Und immer noch kamen sie, schlichen herum, stellten Fragen, suchten nach einem Hinweis. Wenn die Ermittler dann fort waren, schrieben Toru und Jess sich Zettel, lasen sie und verbrannten sie sogleich.

DAS TELEFON WIRD ABGEHÖRT, ÜBERALL SIND WANZEN IM HAUS.
WIR MÜSSEN LERNEN, DAMIT ZU LEBEN.
WIR STEHEN 24 STUNDEN UNTER BEWACHUNG, MACHT KEINE DUMMHEITEN.
ICH WEISS, WO SIE IST.
WENN DU VERSUCHST, SIE ZU ERREICHEN, SETZT DU IHR LEBEN AUFS SPIEL. EINES TAGES SCHICKT SIE BESTIMMT EINE NACHRICHT, IRGENDWAS.

Sie könnten sich ein Boot besorgen. Er könnte sie nach Australien bringen.
Sie wird tun, was sie tut.
In Waipi'o sind eine Menge Waffen versteckt. Ich glaube, sie macht weiter.
Toru, so etwas darfst Du nie, niemals aufschreiben! Merk Dir, was Du zu sagen hast. Wir machen jeden Abend einen Spaziergang über die Felder. Hast Du mir und Run Run verziehen?
Niemals.

Jess war unendlich erleichtert. Zorn und Verbitterung waren besser als Schuldgefühle. Schuld führte zu Kummer, zu Lethargie und Resignation. Sie und Run Run taten alles, um Toru zu reizen, sein Blut in Wallung zu halten.
An Werktagen wachte Toru bei Tagesanbruch auf, fuhr zu der Ranch nach Kohala, fing Kälber ein, brandmarkte und untersuchte sie. Am Wochenende kam er erschöpft nach Hause, versuchte zu schlafen und zu vergessen. Doch Run Run polterte ab morgens um fünf herum, weckte ihn, schleppte ihn in die Kirche. Monatelang hatte sie für ihn ein Mädchen ins Auge gefaßt, eine junge, stramme Nichte von Daisy und Pansy Freitas aus der Gemeinde. Gleich ihnen protzte sie im Chor, ihre Stimme war grauenhaft, aber laut genug war sie, weiß Gott. Sie studierte an der hiesigen Universität und wollte Lehrerin werden.
Run Run beobachtete sie.
Klug. Prima Verstand. Und sie hat kräftige Schultern und Hüften. Die wird mit 'nem störrischen Kerl wie Toru schon fertig. Die klopft ihn weich. Guck, wie sie ihrem Brüderchen den Kopf streichelt. Braves Mädchen, hat Kinder gern. Will vielleicht selber welche.
Sie wies Toru auf die junge Frau hin: »Siehste die *wahine*? Nix wie Ärger. Is' 'ne Angeberin, 'ne Wilde, bricht ihrer Mutter 's Herz. Zieht Männer gerne auf. Geht nackich schwimmen! Eines Tages seh' ich sie bei der Kaffeepflanzung. Ich sag' zu ihr, verschwind von hier! Einer von die Arbeiter will tanzen gehn mit ihr. Ich sag' zu ihm, wenn du tanzt mit diese billige, eitle *wahine*, biste hier erledigt. Ich kann die nich' angucken. Sie lächelt so bös'.«

Ihr Name war Lena. Goldbraun, halb hawaiisch, halb philippinisch. Sie trug eine Blume im Haar und ging stolz direkt an ihm vorüber. Er wandte sein Gesicht ab, aber er beobachtete sie, ohne sich dessen bewußt zu sein.

Eines Tages wurde von einem Army-Hubschrauber aus eine Frau beobachtet, die im Waipi'o-Tal in einem Fluß badete. Kurz darauf schwärmten Soldaten an der Stelle aus. Die Nachricht sickerte durch, wurde gesendet, und Toru saß vor dem Fernsehapparat und kritzelte auf einen Zettel: ICH MUSS HINGEHEN, IHR HELFEN. ICH KANN NICHT EINFACH HIER RUMSITZEN WIE EIN FEIGLING.

Run Run verbrannte den Zettel und schleppte Toru in die Felder. »Paß bloß auf, Junge. Die Hand, wo dich füttert, schlägt dich, daß du zur Vernunft kommst. Wennste's versuchst und zu ihr gehst, schieß' ich dich ins Bein, das schwör' ich. Nich' wegen dir. Wegen Vanya! Du führst die Kerle direkt zu ihr hin. Da warten die doch nur drauf!«

»Das bringt mich um«, weinte er. »Ich schäm' mich so, am liebsten würd' ich sterben.«

»Ich weiß, du schämst dich.« Ihre Stimme wurde sanft. »Ich schäm' mich auch. Aber du willst nich' sterben. Weswegen weinste sonst? Zwanzig Jahre haste nich' geweint. Jetzt weinste. Für Ming, Pono, Großvater, alles. Guck, *keiki,* weinen is' wie Wäsche waschen, es macht sauber. Wennste ausgeweint hast, dann kommt 'n neuer Anfang, nich' dieselbe alte Leier. Nur zu! Heul dich aus! Dann *pau,* stehste auf wie 'n Mann.« Sie legte ihre Hände auf seine Schultern, sagte einschmeichelnd: »Toru, willste Vanya helfen? Du hast zehn Morgen bestes Land. Bau was Dauerhaftes. Für sie.«

Sie dachte sich allerhand Möglichkeiten aus, ihn zu beschäftigen, stellte sich krank, so daß er zu Hause bleiben mußte, er half kochen, die Arbeiter verköstigen, half Jess dabei, das Pflücken, Einsacken und Wiegen der Kaffeekirschen zu beaufsichtigen. Er saß mit Lee Sugai zusammen, und sie sprachen über Dünger, neue Röstmethoden. Und noch einen Trick dachten sich Run Run und Jess aus: Jede Nacht warfen sie im Mondschein große Steine auf die verfallenen, durchhängenden Verandastufen, die zur Küche führten. Am nächsten Tag beklagten sie sich dann bei Toru, daß alles verkomme. Er

begann zuerst die Stufen, dann die Veranda selbst zu erneuern, und obwohl sie ihn ständig dabei fluchen hörten, wirkte sein Gesicht entspannt und besänftigt, denn sein Körper war beschäftigt.
Wenn er und Jess auf den Feldern waren, wurde er manchmal rückfällig, sprach vom Kloster im Jadetal, wollte die Jungs zusammentrommeln, die jetzt untätig waren.
»Wir haben etwas angefangen. Wir müssen in Schwung bleiben.«
»Ihr habt es nicht angefangen. Es hat vor Jahren angefangen. Es läuft ganz gut ohne euch.«
In dieser Woche war ein großer Erdbewegungskran an einer Baustelle für ein Golf-Hotel in die Luft gejagt worden.
»Was sagst du, Jess? Meinst du, Vanya hat jemand umgebracht, damit ich mich zurückziehen kann?«
»Ich sage, du hast genug getan. Vielleicht ist es jetzt deine Aufgabe, dich um das zu kümmern, *wofür* wir kämpfen.«
»Das Land, das Land. Das ist alles, woran du denkst.«
Sie fuhr ihn ungehalten an: »Ich weiß, du vermißt die Auseinandersetzung, den Kitzel, den Nahkampf. Aber sieh doch, sie lassen Bomben hochgehen, und für die Hawaiianer ändert sich nichts. Die Bauunternehmer bringen noch mehr Kräne her, bauen die geothermischen Kraftwerke wieder auf. Eure Strategie ist falsch. Keiner denkt klar. Das ist ein individueller Prozeß, das könnt ihr nicht als Bande machen. Toru, du kannst nicht ergründen, wer du bist und woran du glaubst und was du persönlich tun willst, wenn die Leute um dich herum Bomben werfen. Vielleicht bin ich ja schwer von Begriff, aber kannst du mir sagen, wie Hotels in die Luft jagen unser Volk weiterbringt?«
Er sah sie fassungslos an. »Ich dachte, du stehst auf Vanyas Seite.«
»Vanya lebt nach anderen Regeln. Das hast du immer gewußt.«
»So, und was soll ich deiner Meinung nach tun?«
»Ein Haus bauen, eine Familie gründen, Kinder großziehen. Du bist klug. Du hättest Jura studieren können wie Vanya. Vielleicht wird es wenigstens eins von deinen Kindern tun.«
Wie von ungefähr blickte sie über die Kaffeepflanzungen hinweg einen Hügel hinauf und über die Napo'opo'o Road.
Etwas blinkte in der Sonne, vielleicht eine Spiegelung aus einem Fernglas. Sie gingen schweigend weiter, und Jess dachte, daß Vanya

in gewisser Weise tatsächlich dafür gesorgt hatte, daß Toru sich zurückzog. Da seine Freunde nämlich wußten, daß er unter Bewachung stand, hatten sie bislang die Verbindung mit ihm nicht wieder aufgenommen, und das hielt ihn fern von allem Umstürzlerischen.

Eines Tages kam Jess in Run Runs Zimmer gerannt und zog sie von ihrer Näharbeit fort. Sie stellten sich ans Küchenfenster. In der Ferne zwei Gestalten zu Pferde, Toru und die junge Frau, Lena. Sie befanden sich am südlichen Ende des Landes und ritten gemächlich in großen, immer weiter werdenden Kreisen, Toru zeigte ihr offenbar die zehn Morgen, die er besaß. Dann sprangen sie über einen Zaun und trabten die Straße entlang.

Plötzlich spornte Lena ihr Pferd zum Galopp an. Golden und stramm war sie und golden das Pferd, und golden waren die Staubwolken, die sie aufwarfen, ihre Stimme brach vor Freude, als sie ihn herausforderte, sie einzuholen, und sie trabten dicht an dicht, vorbei an Feldern mit Guaven, die gärend an den Bäumen hingen, und Eukalyptus und reifen *liliko'i,* an aufgescheuchtem Geflügel und milchweißem Jasmin und an Wurzeln, die Flechten auswarfen, Moder, Humus, Düfte wie der Ozean nach einem Regen, der goldene Staub färbte das Meer golden, und der Tag war golden, und Run Run klatschte in die Hände und tat Mutter Gott gegenüber ein Gelübde.

Als er nach Hause kam, klopfte Run Run Hühnerteile und trat in gespielter Übellaunigkeit nach Ula.

»Was gibste dich mit dieser billigen *wahine* ab? Erstens isse häßlich. Hat vorne nix und hinten nix. Zweitens isse verlogen. Quasselt hochgestochen daher. Kann nich' sprechen wie richtige Hawaianer.«

Über Wochen saß Toru verträumt und zerstreut beim Essen. Eines Abends endlich schob er entschlossen seinen Teller von sich. »Ich denke, ich werde meine Arbeit auf der Ranch von jetzt an einschränken. Ich kann mich schwer konzentrieren; immer sind da komische Typen in nicht gekennzeichneten Autos, die sich alle Mühe geben, auszusehen wie Cowboys. Sitzen da und warten, daß ich ... ich weiß nicht, was.«

Stumm malte er ein W in die Luft. Sie warteten darauf, daß er

versuchte, mit Vanya im Waipi'o-Tal Verbindung aufzunehmen. Army-Schwadronen, die dort gewesen waren, kehrten bislang nämlich mit nichts zurück als Skorpionstichen, Verletzungen von zwei Wildschweinattacken und einem Ohrensausen, das nicht mehr aufhören wollte, so daß eine ganze Reihe von ihnen zur ärztlichen Behandlung zurück »in die Heimat« geschickt werden mußte.
»Außerdem«, fuhr Toru fort, »tut es der Arbeitsmoral der Leute gut, wenn ich mich hier öfter sehen lasse und Interesse zeige.«
Run Run hielt den Blick gesenkt, stellte sich gleichgültig, während ihre Hände unter dem Tisch vor Anspannung ihre Knie umklammerten.
Toru befand sich an einem Kreuzweg, einem Ende und einem Anfang. Er würde nie seinen Frieden mit dem Leben machen, mit dem Krieg, der ihm seine Unschuld geraubt hatte, mit Run Runs Verrat und mit Vanyas Opfer für ihn – ja, er würde immer das Gefühl haben, daß sie für ihn gewesen war, die Kugel, die in einen Menschen eindrang, der Schuß, der Vanya aus der Zeit katapultiert hatte. Ja, vielleicht war das für ihn gewesen, für seine verlorenen Jahre, aber jetzt sahen sie ihn manchmal abends auf seinen zehn Morgen umhergehen oder einfach dasitzen und leise seine *ukulele* zupfen. Neuerdings wachte er vor Tagesanbruch auf. Er begann, sein Land zu roden.
Eines Tages sahen sie ihn auf einem Schemel sitzen, nackt bis zur Taille, über einen Wassereimer gebeugt. Lena, die goldene, stramme Frau, wusch ihm umständlich die Haare, summte und sang, während sie ihn schrubbte, ganz so, als würde sie ein Pferd striegeln. Sein eingeschäumter Kopf sah aus, als hätte er einen weißen Turban auf, ihre Arme wirkten wie mit Frost behangen. Sie übergoß seinen Kopf mit Wasser, füllte den Eimer mit einem Schlauch und übergoß Toru langsam noch einmal. Als seine Haare gespült waren, rubbelte sie sie mit einem Handtuch, bis sie schwarz glänzten wie nasser Teer. Feierlich schloß er die Augen, während sie seine Haare mit einem Kamm frisierte, im Nacken ein wenig stutzte, dann zurücktrat und seinen Kopf, seine Schönheit bewunderte.
Plötzlich griff sie unerwartet noch einmal nach dem Schlauch und richtete ihn mit aller Kraft auf Toru, und es sah aus, als ob er explodierte, als würden Gesicht, Haare, alles in Stücke gerissen. Er

schrie auf, jagte sie den Hügel hinab, beide waren sie jetzt naß und glänzend, und ihre Körper schimmerten abwechselnd violett und terrakottabraun, als sie zwischen den Bäumen umherliefen, Licht und Schatten durchkreuzten. Schließlich fing er sie ein, umfaßte ihre Taille, und sie standen still, ihre Silhouetten hoben sich wie in würdevoller Huldigung von dem Land ab.

'Awa drang in ihren Kreislauf, schwamm in ihren Adern wie Blut. Jeden Abend legten Arbeiter Päckchen davon hin, zu kleinen Pyramiden getürmt, um wortlos zu sagen, wir sind eins. Aber es schien nicht zu helfen. Schlaflos und schrecklich allein vertiefte sich Jess abends in alte Photoalben, als ob die fleckigen, sepiabraunen, von Termitenlöchern zerfressenen Gesichter ihr Ponos Geheimnis verraten könnten, ihr sagen könnten, wie sie in die Fußstapfen der Vorfahren treten, wie sie überhaupt weitermachen sollte. Sie betrachtete einen Schnappschuß von ihrer Mutter Emma, dann einen von ihrer Tochter Anna, und sie fragte sich, ob sie ihre Tochter verloren habe, weil sie, Jess, aus einer Familie von Frauen kam, die selbst so verloren waren.

Dann sah sie eines Nachts sich selbst in einem Traum, den Pono in der Tiefe träumte. Sie hörte Ponos Stimme.

Du trittst in die Mitte des Lebens. Brauchst weniger. Begehrst weniger. Die meisten Dinge lohnen sich am Ende nicht. Zieh dich von ihnen zurück. Erfreue dich an der Mühe mit dem Land. Sei deinem Blut treu. Blicke immer zum Meer.

Sie wachte ruckartig auf, schleppte ihr Bett über den Fußboden, so daß sie im Liegen aufs Meer blicken konnte. Ihr Traum von Vanya fiel ihr ein, wie sie durch grünes Feuer rannte, und jetzt träumte Jess von ihr, wie sie sacht mit dem Inneren des Dschungels verschmolz, erfüllt von ihrer uneingeschränkten Vision. Und sie träumte von Rachel, die auf einer Fähre von der Insel Hongkong nach dem Festland übersetzte, auf die Halbinsel Kaulun. Eine Frau allein am Rande eines Kontinents. Jess wußte, in wenigen Tagen würde eine Postkarte aus Kaulun eintreffen.

Nun erkannte Jess, daß sie einen Teil von Ponos Gabe geerbt hatte, nicht die vollständige, üppige, belastende Gabe der *kahuna,* Leben zu schenken und zu nehmen, wohl aber die kleinere Gabe der

Traumseherei, der Vision realer Bilder. Sie dachte an die Tage vor Rachels Abreise nach Thailand, an ihre Ruhe, an die Reinheit ihres Vorhabens. Jess war nach Honolulu geflogen, um sie zu verabschieden, und alle Ereignisse, die sie zuvor geträumt hatte, waren auch eingetreten.

Sie war mit dem Taxi gekommen, dann stand sie in Rachels Zufahrt, beeindruckt von dem Grundstück, dem Haus, davon, wie gepflegt und luxuriös es war, welch ein Vergleich zu Ponos wuchernder, heruntergekommener, termitendurchlöcherter Plantage! Dann kam Rachel über den Rasen zu ihr, mit einem merkwürdig schwankenden Gang, wie eine Wahnsinnige, und schritt in Kreisen um Jess herum.

»Ich habe eine Überraschung!« Feierlich hatte sie Jess über den Rasen geführt. Hinter dem Fischteich stand für sich allein ein Teehaus, reich verziert, mit einem geschwungenen Dach. Dort zog Rachel Jess hin.

»Warte ein paar Minuten, dann kannst du anklopfen.« Sie war nach drinnen verschwunden.

Die untergehende Sonne warf breite Streifen auf das Meer, wie goldene Straßen. Unten am Strand zankten sich ein paar Vögel, statt zu balzen, und die Fische schienen seltsam krumme Kreise zu ziehen. Schließlich klopfte Jess an, zog ihre Schuhe aus und trat in das Teehaus. Drinnen herrschte Halbdunkel, und es roch nach Zedernholz. *Tatami*-Matten bedeckten den Fußboden, das einzige Möbelstück war ein niedriger schwarzer Lacktisch mit einem Teeservice, vor dem Rachel kniete, jungfräulich in einem weißen Kimono. Das Haar trug sie im *Geisha*-Stil, und wie eine *geisha* neigte sie, scheinbar scheu, den Kopf.

Jess ging entzückt zu ihr und kniete sich ihr gegenüber. Es roch nach Jasmintee. Neben ihnen war ein Fenster mit Blick aufs Meer. Ansonsten befand sich nichts in dem Raum.

»Aber ... was ist die Überraschung?«

Rachel schien in tiefe Meditation zu versinken, und Jess setzte sich verwirrt auf ihre Fersen. Die Sonne wanderte ein Stück, und Licht flutete in den Raum. Plötzlich geriet die Wand hinter Rachel in Schwingungen. Auf einer Art Bild hinter Glas war ein grimmiger roter Drache mit einem Krieger in einen Kampf auf Leben und Tod verstrickt. Das Bild war lebensgroß und eigenartig geformt; es ähnelte entfernt einer präparierten Hirschhaut.

Jedesmal, wenn die Sonne weiterwanderte, schien der Drache zu neuen Kräften zu kommen, seine Adlerklauen wurden länger, seine großen Schuppen glitzerten, und die groteske Schnauze stieß Flammen aus. Ahornblätter fielen auf das Haupt des Kriegers, ein Hinweis auf die Sterblichkeit. Und weiter unten, wo das Ungeheuer seine plattgedrückten Schenkel abwinkelte, schwammen blaue Karpfen mit langen Wimpern stromaufwärts und versuchten zu laichen.

Rachel hob den Kopf, ihre Augen waren in einem unheimlichen, exaltierten Blick erstarrt. »Als sie ihn töteten, war er schon ein Sterbender. Er ist an seinen Tätowierungen erstickt.«

Jess hatte ein Gefühl, als schlügen sich scharfe Zähne in ihr Hirn, und sie war einen Moment wie geblendet. Dann stand sie schwankend auf und trat vor die Wand. Das Ding sprang ins Auge wie ein Firmament, grell, blendend, doch bei nahem Hinsehen war die Eleganz feinster Kalligraphie zu erkennen. Was sie da anstarrte, war ein kleines Wunder: das Wunder von Hiros blauglänzender Haut.

Auf jeder Gesäßbacke durchschnitten Schwerter aufblühende rote Pfingstrosen, und gelbe kriegerische Löwenhunde bellten auf seinen Schultern. Dicke grüne Schlangen umringelten seine Arme, schräg um seine Waden wanden sich buddhistische Gebete. Auf seinen Bauch aber hatte sich dieser kinderlose Mann, der selbst kaum je ein Kind gewesen war, einen perfekt modellierten, molligen, lachenden kleinen Jungen tätowieren lassen, der auf einem schnurrhaarigen Katzenfisch ritt.

»Nach fast dreißig Jahren«, flüsterte Rachel, »habe ich es doch verdient, etwas von ihm zu behalten, oder nicht?«

Indem sie sich seinen Panzer gegen die Welt angeeignet hatte, besaß sie Hiro endlich ganz. Jess stellte sich den armen Hiro vor, wie er als großes, hilfloses, gehäutetes, kaninchenartiges Wesen das Leben nach dem Tode durchstreifte, dann streckte sie die Hand nach dem Glas aus und verlor das Bewußtsein.

Zwei Tage später, als Jess ihre Cousine zum Flughafen nach Honolulu brachte, schien Rachel schon weit fort zu sein; den Kopf abgewandt, sah sie mit undurchdringlichem Blick in die Ferne.

»In Hongkong gibt's eine Zwischenlandung. Ist das in der Nähe von Rußland?«

»Es ist sehr weit davon weg.«

Rachel schlang die Arme um Jess, hielt sie einen Moment umklammert. »Ist das nicht seltsam? Ich weiß nicht, was nah ist und was fern.«

»Rachel.« Jess' Stimme zitterte, sie kämpfte mit den Tränen, nahm sich schließlich zusammen. »Tu, was du tun mußt. Mehr nicht. Bring dich nicht in Gefahr.«

»Ban wartet auf mich. Er wird mir zur Seite stehen wie ein Sohn.«

Sie standen ganz still, und Jess hatte ein Gefühl, als wären sie in Licht getaucht, aber unsichtbar, geschützt vor anderen. Dann hörten sie einen Gong, den Aufruf zum Einsteigen, eine Stimme, entkörperlicht wie der Ruf Gottes. Rachel ging schnell, mit großen Schritten, noch einmal winkte sie, bevor der Ziehharmonikagang sie aufnahm, dann schien sie sich aufzuschwingen in eine neue Dimension.

In manchen Nächten lag Jess stöhnend im Dunkeln und versuchte verzweifelt, ihre Träume herbeizuzwingen. *Wo ist Rachel jetzt? Ist Vanya verletzt?* Nichts. Träume kamen, wenn ihre Zeit reif war. Eines Tages kam ein Anruf, eine junge Stimme, etwas außer Atem. »Hallo, bist du's, Mutter? Männer waren bei uns, sie haben Daddy nach dir gefragt. Geht's dir gut?« Annas Stimme klang fast hysterisch.

Nein. Mir geht's nicht gut. Du hast mich im Stich gelassen. Ich bin über vierzig. Ich bin allein.

»Ja, danke. Es hat ein bißchen Ärger gegeben, ein Mißverständnis. Das legt sich wieder.«

»Sie sagten, jemand ist gestorben!«

»Jeder stirbt irgendwann. Meine Großmutter ist gestorben. Und mein Großvater. Und meine Cousine Ming.«

»O Gott, tut mir leid. Was machst du dort allein?«

»Ich lebe, Anna. Ich leite eine Kaffeeplantage. Dies ist jetzt mein Zuhause.«

»Kommst du irgendwann mal wieder in den Osten? Zu Besuch, meine ich?«

»Wahrscheinlich nicht. Aber du bist hier jederzeit willkommen.«
»Im Moment hab' ich gerade –«
»Eines Tages, wenn du bereit bist.«
»Daddy läßt dich grüßen. Er hat sich auch Sorgen gemacht.«
Als das Gespräch zu Ende war, taumelte Jess durchs Haus, erinnerte sich an ihren Ex-Mann und wie am Schluß ihrer Ehe alles für sie zum Zeichen dafür geworden war, daß er sie haßte oder einfach nicht mochte. Wenn sie gelb trug, war ihm braun lieber. Trug sie grau, sagte er, sie sehe bleich aus. Kleidete sie sich schwarz, wollte er sie in Rot. Sie hatte aufgehört, sich zu kleiden, hörte auf zu funktionieren, lief unbeansprucht durch ihre Ehe. Und doch war er ein guter, treusorgender Vater; er hatte Anna zu dem Anruf gedrängt.
Run Run, die Jess' Furcht spürte, ihre Einsamkeit, den Druck der gewaltigen Aufgabe, die sie mit der Plantage übernommen hatte, nahm sie eines Tages am Arm und ging mit ihr durch Ponos Zimmer in einen begehbaren Schrank. In einer Schachtel waren dort alle Briefe aufbewahrt, die Jess im Laufe der Jahre, der Jahrzehnte an Pono geschrieben hatte.
Jess fiel auf die Knie, vergrub die Arme in den Briefen. »Aber sie hat nie geantwortet! Nie. Auf keinen einzigen!«
Run Run seufzte. »Du hast keine Ahnung gehabt davon, aber deine *tutu* ... weißt du, sie konnte nich' lesen und schreiben.«
Jess sah sie fassungslos an.
»Ich hab' ihr vorgelesen, Zeitung, Briefe. Ich hab' Schecks unterschrieben, alles. Duke haben sie weggebracht, eh er's ihr beibringen konnte. Und später wollt' sie's nich' mehr lernen.«
Jess stöhnte, weil sie jetzt so manches verstand, was sie früher nie begriffen hatte. »Manchmal habe ich mich schon gefragt ... weißt du, ich habe sie zum Beispiel nie etwas aufschreiben sehen.«
»Du warst die einzige, wo Briefe geschrieben hat, Jess. Von dir hat sie 'n anderes Leben kennengelernt. War richtig aufregend für sie, hat ihr Wissen gegeben, Würde, wie Duke 'se ihr gegeben hat. Is' dir dankbar gewesen. Hat dich sehr liebgehabt.«
Sie saßen stundenlang, lasen Jess' Briefe, und Run Run ahmte Pono nach, wie sie mit stolzgeschwellter Brust dasaß, wenn Run Run ihr die Stellen vorlas, an denen Jess ihre Klinik, ihre Tierarztpraxis, ihre

Operationen schilderte. Und wie Pono auf und ab geschritten war und mit ihrem Stock erbost auf Dinge eingeschlagen hatte, wenn Run Run Briefe vorlas, in denen Jess von ihrer gescheiterten Ehe schrieb und wie sie von Mann und Kind verlassen wurde.

»Durch dich hat sie gelebt«, sagte Run Run. »Du hast alles gehabt, was sie sich für deine Mutter gewünscht hat. Jetzt is' sie in dir drin. Du mußt leben für sie. Du bist diejenige welche, Jess. Du.«

Wie in Trance ließ Jess sich von Run Run über die Felder führen. Das neue Wissen versetzte sie in einen traumartigen Zustand, so daß sie sich bewegte, ohne sich dessen bewußt zu sein. Pono hatte sie geachtet, geschätzt: Diese Erkenntnis war für Jess neu und wunderbar. Sie hörte Run Run zu, die sie an alle erinnerte, deren Leben mit ihr – und durch sie miteinander – verbunden waren: Anna und Rachel, Vanya, Toru. Die Arbeiter auf den Feldern, die Nachbarn, die ihre verletzten Haustiere brachten, diejenigen, die kamen und ihr einfach zur Seite standen. Die Familie Sugai, andere Kaffeeanbauer, die *'awa* brachten. Die Kinder, die Jess' Hand hielten und sie zu abenteuerlichen Wanderungen mitnahmen. All das sei ein sich drehendes Rad, und Jess sei die Nabe, die früher Pono gewesen war. Run Run wiederholte dies so lange, bis Jess anfing, es selbst zu glauben, bis sie das Bildmuster gefunden hatte, das die Punkte miteinander verband, und das Ganze endlich einen Sinn ergab.

»Auch dein Ex-Mann is' irgendwo da drin verbunden«, sagte Run Run. »Ohne ihn hättste nie das Kind gekriegt. Guck, vielleicht sind sogar diese Polypen-Trottel mit deinem Rad verbunden. Gar nich' so schlecht, wenn man dauernd ausspioniert wird. Da macht man sich besser klar, was man tut. Jede Kleinigkeit wird plötzlich wichtig.«

Sie wurden nach wie vor beobachtet, würden immer beobachtet werden: vorbeifahrende Autos, eine Gestalt auf einem Hügel, Licht, das von Ferngläsern zurückgeworfen wurde.

»Denk dran, Jess. Alles is' ein Rad, und du bis' die Nabe. Hat Pono mir gesagt. Sie hat das schon vor Jahren in dir gesehen. Du bist ruhig, zuverlässig, klug, hat se gesagt. Genau wie deine Mamma.«

Mutter, verloren im Raster der Zeit.

Eines Nachts wachte Jess im Meer auf. Wie sie vom Bett dorthin gekommen war, wußte sie nicht. Sie schwamm stundenlang, das

Mondlicht spielte auf ihren Schultern. Sie schwamm wie eine Wettkämpferin, die Arme drehten sich in ihren Gelenken, sie schwamm wie eine Verhungernde, für die das Meer Nahrung war. *Genau wie meine Mutter und* tutu. *Ein Volk von Schwimmerinnen, wir haben den Ozean in unseren Genen. Jetzt sind sie tot, so sagt man. Aber wo ist der Beweis? Mutter! Pono! Nichts geblieben zum Berühren, zum Anschauen. Nichts geblieben zum Betrauern.*

Sie hielt im Schwimmen inne, ließ sich schluchzend auf dem Meer treiben, eine menschliche Boje, doch im selben Moment nahmen sie ringsum hinter den Wellen Gestalt an, lauschten auf ihren Herzschlag. Sie weinte so heftig, daß sie nicht spürte, wie sie sich versammelten. Und wenn das Meer sie hinunterzog, stupsten sie sie alle miteinander sachte wieder in die Luft. Jess fühlte nichts, bloß Erschöpfung. Des Weinens, des Schwimmens müde, wollte sie nichts als schlafen. Als sie am Morgen aufwachte, hätte sie fast geglaubt, das sei alles ein Traum gewesen – das mitternächtliche Schwimmen, das rauhe Raspeln an ihrer Haut, das Gefühl, aus der Tiefe gehoben, nach Hause gestoßen zu werden, in seichtes Wasser. Aber ihre Haare waren klebrig vom Meer, und ihre Arme und Beine brannten, als wären sie mit Schmirgelpapier abgerieben worden.

Von da an konnte niemand sie vom Ozean zurückhalten. Er nahm sie wieder auf, kräftigte sie. Sie saß am Strand und aß Seetang, schleppte Garnelen und Muscheln zum Putzen nach Hause. Sie tauchte tief, beobachtete, wie gewitzte Polypen Muränen überlisteten. Zuweilen wand ein Polyp seine Tentakel um ihr Bein, drückte sich fest an sie. Dann schleppte Jess ihn ins seichte Wasser, streichelte seine Arme, tätschelte ihm den Kopf, bis seine Arme ausschlugen, einer Hindu-Tänzerin gleich, und er anmutig davonschwamm. Jess entwickelte Muskeln, ihr Rücken und ihre Beine wurden stark, und Run Run bemerkte, wie sie sich veränderte, allmählich immer kräftiger wurde.

»Genau wie deine *tutu*«, sagte sie. »Nach und nach schläfste weniger. Schwimmst immer mehr. Schwimmen wird für dich 'ne andere Art von schlafen.«

Hele loa
Fortgehen, ohne Hoffnung auf Wiederkehr

Jetzt lebte sie nach älteren Gesetzen. Im maßvollen Schritt ihrer Vorväter. Jeden Tag saugte sie ein wie ein Schwamm, Natur und Vegetation, selbst Rinde wurden ein Teil von ihr. Wenn sie ganz still saßen, sahen sie Vögel, so altertümlich, so unbekannt, daß sie keine Namen für sie hatten. Und dann das wuchernde Gestrüpp – Kletterpflanzen, Mangroven –, das verborgene Leben, wo uralte Geister ruhten. Sie lernten, sich wie Tiere zu verhalten, aßen alles, Wurzeln, Pflanzen. Manche Lebewesen, die sie töteten, waren so klein und hatten so wenig Fleisch, daß sie die Eingeweide mitaßen.

Es gab wilde Ziegen, Schweine, Hirsche, aber es war ihr verhaßt, diese zu schlachten. Im ersten Monat, jenem Monat, als Vanya nur Stammeln hervorbrachte, als Sprache und Sinne erst langsam wieder zum Leben erwachten, hatten sie aus schierem Hunger ein Wildschwein getötet. Doch in seinem Kadaver lag Traurigkeit, ein nachhallender Vorwurf, als trage jeder Akt des Tötens zum Sterben dieses wilden, heiligen Tales bei. Wenn Hubschrauber es zu niedrig überflogen, fielen Vögel vor Schreck tot vom Himmel.

Eines Tages brachten ein paar von den Alteingesessenen die Nachricht, daß zwanzigtausend Dollar auf Vanyas Kopf ausgesetzt waren.

»Zeit abzuhauen«, sagte Simon. »Ein Schiff könnte uns nachts wegbringen, ein kleiner Kreuzer zum Tarawa-Atoll, zu den Salomon-Inseln, dann weiter nach Darwin.«

Sie schüttelte den Kopf. »Sobald wir unterwegs sind, sind wir auffindbar, sie werden uns sofort auf der Spur sein. Außerdem ist mein Platz hier. Solange ich bei ihnen bin, bringe ich die Leute zum Nachdenken. Vielleicht sehen sie ein, daß einige Dinge, die sie für wichtig halten, doch eher stupide sind.«

»Du meinst, sie könnten Bomben attraktiver finden als Primo-Bier und Videorecorder.«

»Ich meine, Simon, sie fangen vielleicht an, über Stolz nachzudenken.«

Eines Tages teilte sich ein Gebüsch, ein Soldat trat heraus, richtete ein Gewehr auf sie. Vanya dachte lächelnd: *Das ist der, der mich töten wird.* Simon trat hinter ihn, schlug ihm mit den flachen Händen gleichzeitig auf beide Ohren. Der Mann ging bewußtlos zu Boden.

»Das hab' ich von den Aborigines gelernt.« Er hob das Gewehr auf, legte es sich über die Schultern. »Er wird mit einem Sausen in den Ohren aufwachen und wird sich nicht erinnern, dich gesehen zu haben. Er wird sich an überhaupt nichts erinnern.«

Er brachte auch den anderen den Trick bei. Vanya lernte noch so manches mehr von ihm, zum Beispiel wie man mit Pfeil und Bogen, gefertigt aus Bambus und Därmen, kleines Getier jagte. Oder er fand Blätter, die, als Tee getrunken, Moskitos und Skorpione abwehrten, und entdeckte unter Schilf in Bächen süße, Träume auslösende Muscheln. Er spießte Guaven, Papayas und riesige *pomelo* auf, machte Vanya Fruchtsalat aus komischen kleinen Beeren, die zwischen ihren Zähnen aufplatzten wie harte Blasen.

»Antiseptisch. Spül damit den Mund, spart Zahnpasta.«

Sie kaute, und *Plopp! Plopp!* jede kleine Explosion löste Gelächter aus. »Ich hätte nie gedacht, ich würde mal –«

» – in der Wildnis hocken und mit einem heruntergekommenen *haole* lachen.«

Seine Haut war mittlerweile gebräunt und ledrig, die roten Haare und der Schnurrbart dunkel von Borkenöl und *kukui,* und er trug einen – stets adrett gestutzten – Bart. Vanya vergaß allmählich, daß er *haole* war, außer wenn er nackt vor ihr stand. Aber selbst dann machte ihr die helle Hautfarbe nicht mehr so viel aus. Er war nun jemand, dem sie vertraute, ein Mann, der an ihrer Seite dem Tod mit großer Gelassenheit entgegensehen würde. Während sie sich immer tiefer in diesen Ort versenkten, langsam in das üppige grüne

Gewirk hineinwuchsen, schien es, als würde auch die Farbgebung ihrer Körper grünlich-braun mit einem altbronzenen Überzug. Ihre Ausdünstungen rochen immer weniger nach Mensch. Sie hatten begonnen, den Duft von Blumen, von Blattgrün, den feuchten Geruch von Erde in sich aufzunehmen. Vanya spürte, wie all die Erfahrungen ihres Lebens, ihre Philosophie, ja sogar das Zeitgefühl langsam von ihr abfielen. Alles, was sie hatten, war das Hier und Jetzt. An manchen Tagen fühlte sie sich frei von allem, außer von der Erinnerung an jenen Moment. An die Walther, kompakt und tödlich, zuckend in ihren Händen. An den brennenden Schmerz in ihren Schultern. An einen Fremden, der sich drehte, kniete, als sei sie ein Priester. An Simon, der still ihre Hand nahm, fortging mit ihr, für immer fort aus jeder Form eines normalen Lebens. An manchen Tagen war sie voller Fürsorge und Zärtlichkeit, voller Erstaunen über Simons wunderliche, ausgefallene Liebe zu ihr. An anderen Tagen aber war sie schneidend, bitter.
»Sieh dir an, was aus uns geworden ist: fickende Mörder.«
Manchmal sah sie nachts eine Eidechse den Kopf heben, der Mond spiegelte sich in einem Auge, und dann war es Zeit zu rennen – was gefährlich war –, kilometerweit hinab zu dem schwarzen Sandstrand, der Öffnung des Tales. Sie mußte es berühren – nicht Bäche, Flüsse, sondern es, das Meer, den Ozean, aus dem sie kam. Sie mußte Ponos Wasserstimme in ihrem Blut summen hören. Einheimische gingen voran, säumten Strände und Baumgrenze, achteten auf Soldaten, Eindringlinge. Erst dann verließen Vanya und Simon ihr Versteck, liefen geduckt und geschmeidig wie Mungos durch den Dschungel, warteten auf mondverdeckende Wolken und stürzten sich in der vorübergehenden Schwärze kopfüber in die brechende Brandung.
Simon wußte, wenn sie dies nicht hätte, die Wellen, die an ihr pochendes Herz trommelten, den Mutterklang, der ihr Halt gab, würde sie womöglich fortgehen, Kontakt aufnehmen mit Jess oder Toru, sich verraten. Er beneidete sie um dieses Blutband, diese *'Aumakua*-Liebe, so tief, daß sie alles, selbst ihr Leben, dafür riskieren würde. In Nächten, wenn die Brandung ruhig war, gingen sie und Simon mit ein paar Einheimischen als Rückendeckung zum Ozean hinunter, schwammen mit Netzen in die Untiefen, setzten

sich dann mit Taschenlampen hin und beobachteten all die kleinen Fische, die sie schimmernd, blubbernd, surrend umspielten. Ziegenfisch, Doktorfisch, Molluske, Kugelfisch, Halfterfisch.
Eines Nachts legte sich ein gefleckter Kofferfisch in Vanyas Hand. Sie hielt ihn ans Ohr, lauschte auf sein hohes Piepsen, das sich anhörte wie das Weinen eines Kindes. Sie streichelte ihn, küßte sein kleines Mäulchen und trug ihn liebevoll zurück ins Meer. An manchen Tagen saßen sie hoch oben auf den Felsen in engen, verborgenen Höhlen, die mit Kletterpflanzen überwachsen waren, und beobachteten weit draußen im Meer hochschnellende und wieder hinabtauchende Wale, lauschten ihren sphärischen Gesängen. Manchmal sahen sie bei Sonnenuntergang Züge von Haien von der Jagd heimkehren, in Formationen schwimmend, die Rückenflossen aufgerichtet wie Segel. Eines Tages fing Vanya dabei zu weinen an, ohne es zu merken. Simon hielt sie im Arm, und sie weinte.
»Rachel dachte, ich hasse sie. Ich werde sie nie wiedersehen. Und Jess, die sich immer meine dunkle Haut gewünscht hat! Wie kann ich ohne die anderen leben? Wie kann ich weitermachen?«
»Erzähl es mir«, sagte er. »Erzähl dir den Kummer von der Seele.«
Sie erzählte von den frühen Jahren, von der Mädchenzeit, dem Haus der weißen Sarongs. Von Ponos Tyrannei und ihrer Zuneigung, von den Legenden, die sich um sie rankten, dem Geheimnis, das sie umgab. Und von Run Run, die sie alle vor dem Sterben bewahrte, davor, sich gegenseitig zu töten. Lachen, sie erinnerte sich an Lachen. Und an den Geruch, als sie sich veränderten, als aus Mädchen Frauen wurden. Dann das allmähliche Abwenden voneinander, Rachel zuerst, dann nach und nach die anderen.
»Eigentlich kein Abwenden, das Leben eben. Heirat. Kinder. Scheidung. Tod.«
Sie sprach stundenlang, bis sie einschlief. Und als sie aufwachte, sprach sie weiter. »So hat Pono es gemacht. Sie hat uns geweckt, stundenlang zu uns gesprochen, wie zu Patientinnen oder Gefangenen. Danach schliefen wir Tag und Nacht. Zu viert in einem großen Bett schliefen wir, wachten gerädert auf, schliefen wieder ein. Vielleicht ist ja alles ein Schlaf gewesen, ein langer, langer Traum.«
Sie erzählte von der ersten Begegnung mit ihrem Großvater Duke

und dem Gefühl, die Welt mit anderen Augen zu sehen, weil sie endlich geborgen waren. Sie hatten eine Geschichte, eine Bindung. Und sie erzählte von Pono und Duke in der Shark Bay, der Bucht der Haie, von ihrem endgültigen Schlaf.

»Der ganze Bezirk hat getrauert. Ich habe es nie begriffen, solange sie lebte, aber sie war dort so etwas wie eine Königin. Sie hatte Stipendien gestiftet, hatte junge Menschen aufs Festland zum Jura- und Medizinstudium geschickt. Uns hat sie nie geholfen, damals war kein Geld da. Und ich glaube, sie wollte, daß wir zäh wurden wie sie, daß wir es allein schafften, das Leben mit den Zähnen packten. Ich dachte jahrelang, daß ich sie haßte. Bis ich sie wirklich entdeckte.

Sie wollte so viel für ihre Töchter; sie schuftete wie eine Sklavin in der Konservenfabrik, verlor dabei einen Finger, aber sie konnte die Mädchen auf eine katholische Schule schicken. Und weil sie Ponos Töchter waren, wurden sie rebellisch. Dann kamen wir. Rebellinnen der dritten Generation. Und doch wurde Ming Lehrerin, Jess Ärztin, ich Anwältin. Und da war Rachel, unsagbar schön und gütig. Manchmal, wenn Pono uns ansah, habe ich es in ihren Augen gesehen: Demut. Und ungeheuren Stolz.

Eines Abends gingen Toru, Run Run, wir alle in ihr Zimmer. Es war noch erfüllt von ihnen, von Ponos Parfüm, vom minzeartigen Geruch von Großvaters Medikament und dem schalen, nagenden nach *ma'i Pake,* den er nie hatte abschütteln können. Wir standen in dem Zimmer, überwältigt von dem, was ihnen gemeinsam gewesen war, denn alles, was sie in sechzig Jahren gehabt hatten, waren Träume gewesen, nichts als Träume.

Sie hatten in ihrer Phantasie die Welt bereist. Großvater las ihr Marco Polos sämtliche Reisen vor. Sie waren in Persien, in der Mandschurei. Er las ihr den ganzen Keats vor, alles von Flaubert; sie lebten in Frankreich und Rußland. Sie *kannte* die Länder alle, Simon. Sie erzählte so kenntnisreich, daß wir dachten, sie sei wirklich durch die Welt gereist. Musik, Politik, er lehrte sie alles. Sie glaubten daran. Sie machten aus jedem Augenblick den reinsten Extrakt dessen, was das Leben geben konnte.

Großvater wußte nicht sicher, ob er an das Schicksal glaubte, er konnte nicht sagen, ob sie füreinander bestimmt waren. Aber sie hatten sich gefunden und ließen sich nie mehr los. Sie waren sich treu. Großvater sagte, er glaubte, daß das Liebe sei. Erdulden. Fanatisch. Über den Verstand hinaus. Ich denke, die Liebe ersetzte ihnen das Bedürfnis nach einem Glauben. Wären sie gläubig gewesen, hätten sie sich vielleicht nicht so innig geliebt ...«

Wieder war ein Tag vergangen, während Vanya erzählte, und als Simon bei Mondaufgang eine Eule sah, die sich in die Lüfte schwang, senkte er den Kopf und schlief ein. Und sie sprach weiter; manchmal schrumpften ihre Worte zu bloßen Lauten, und sie entschlüsselte, rekonstruierte ihr Leben anhand von Tönen. Sie sprach, bis die Jahre, die Erinnerungen erschöpft waren, dann legte sie sich in ihrer Höhle nieder und schlief, schlief wie eine Urzeit-Frau, die Tage auf der Mammutpirsch verbracht hatte.

Als sie diesmal aufwachten, hatte Waipi'o Jimi ihnen *poi,* frischen Seetang und gedünsteten Fisch hingestellt. Sie aßen langsam, feierlich, vollkommen konzentriert, wie Leute essen, wenn es sonst nichts zu tun gibt. Als sie satt waren, blickten sie wieder meerwärts, und Simon sprach von seiner großen Achtung vor den Haien, den großen weißen, die in bestimmten Wassern Australiens heimisch waren, und den anderen Arten, die er auf Reisen um die Welt gesehen hatte, die bösartigsten vor den Küsten Mittel- und Südamerikas.

»Wie ist es in jenem Teil der Welt?« fragte sie. »Ich kenne nur die asiatische Küste und die Südsee.«

Und er begann zu erzählen, von Mexiko, Guatemala, El Salvador, von der windgepeitschten Schönheit der argentinischen Pampas, den beklemmenden Dschungeln des Orinoko. Vanya hörte aufmerksam zu, erkundigte sich nach Gebräuchen, den politischen Verhältnissen, den Menschen. Er kannte Kuba, Südafrika, die Seychellen, und langsam trat Vanya ein in seine Welt, erlangte Kenntnis von fernen Religionen und Gegenden.

Sie erzählte von Büchern, die er nie gelesen hatte, von Musik, die er nicht verstand. Er beschrieb Speisen, von denen sie nie gehört hatte, Tiere, die sie sich nicht vorstellen konnte, den Unterschied zwischen dem Sand in der Wüste Gobi und dem Sand in der Sahara. Er wies sie auf die Ähnlichkeit von Worten aus Peru und Somalia, Ulan Bator und Holland hin. Allmählich glaubte Vanya, daß sie diese Welten gesehen, sie bereist hatte. Und während sie erzählten, verschlangen sich ihre Welten langsam ineinander, so daß es schien, als hätten sie all diese weiten Reisen gemeinsam unternommen.

Eines Tages brachte Waipi'o Jimi frisch zubereitetes, fetttriefendes *laulau,* dazu apfelartige Maui-Zwiebeln, die süßesten der Welt. Sie setzten sich und aßen sie mit grobem hawaiischen Salz, tranken Primo-Bier dazu. Jimi betrachtete Vanya erleichtert, denn jedes Mal, wenn er zu ihr kam, glich sie mehr einem Menschen, weniger einem Gespenst. Er sah, wie sie wieder zum Leben erwachte, ihr Körper wurde robust, energiegeladen, straff wie eine Leine, an der fünf Hunde zogen.

»Eine kleine Neuigkeit gibt es«, sagte er leise zu ihr.

Ihre Augen weiteten sich, sie saß ganz still.

»Toru hat 'ne Freundin, und die Sache sieht ziemlich ernst aus. Er macht 'nen Plan von seinem Land, wird sich 'n Haus bauen. Langsam, er macht alles langsam.«

Vanya schloß die Augen, legte sich die Hände aufs Herz. »Und Run Run?«

»Alt. Sehr alt. Ich glaub', sie is'n bißchen gestorben wegen dir.«

»Und Rachel? Irgendwas gehört?«

»Die *wahine* hat was Komisches vor. Die Leute sagen, sie is' Hiros Kinder holen gegangen.«

»Und Jess? Das Haus?«

Er schüttelte den Kopf. »Is' schon komisch. Sie is' keine große *wahine* wie Pono, oder? Aber die Leute sagen, Jess sieht langsam aus wie Pono, hält sich aufrecht, gebieterisch. Is' jetzt dunkel wie die Hiesigen, vielleicht bißchen dicker um die Taille. Sogar den Transporter fährt sie wie Pono. Verrückt! Wirklich komisch. 'n Cousin von meinem *Calabash*-Cousin, der arbeitet bei Sugai im Werk. Kaffeekirschen entfleischen. Er sagt, wenn die *wahine,* die Jess, ankommt, denkt er, er is' *pupule* geworden, er sagt, sie *riecht* jetzt sogar wie Pono. Und weißte, was? Manchmal geht sie mit Ponos Stock. Der wo so gruselig aussieht. Uuuh, unheimlich, was?«

Vanya ließ den Kopf hängen. »Und sprechen sie von mir?«

»Was denkst denn du, Vanya? Für dich leben sie doch. Die im Haus stellen alles an, weil sie rauskriegen wollen, wie's dir geht. Aber schlau sind sie. Sie warten. Hab' gehört, daß Toru und Jess dauernd im Feld sitzen und heulen. Sie lieben dich, Vanya. Müssen dich nich' sehn, um dich zu lieben. Sie lieben dich in alle Ewigkeit. Jess is' älter im Gesicht vor lauter Kummer. Geht schnell, so was.«

Simon musterte Jimi verwundert. »Hast du wirklich mit ihnen gesprochen?«

Er schüttelte den Kopf. »Ich geh' nich' weg aus diesem Tal.«

»Woher weißt du das dann alles?«

Jimi lachte. »He, Bruder, du weißt wirklich nix von die Hawaiianer. Wir sind alle 'ne große *'ohana,* verstehste? Cousin hat Cousin, wo Cousin hat und so weiter. Wir haben Spitzel, die wo die Spitzel bespitzeln, wie, ja, wie soll ich sagen? Wie 'ne große Gänseblümchenkette!«

»Wenn ich ihnen eine Nachricht zukommen lassen könnte«, sagte Vanya, »daß es mir gut geht, daß ich sie vermisse ...«

Jimis Körper straffte sich. »Da warten die vom FBI doch bloß drauf. Dann wissen die endgültig, daß du hier bist. Im Moment sind sie nämlich ziemlich durcheinander. *Haole* sind hier gewesen, haben Geld gezückt, 'n Haufen Geld, und die Leute hier, die Tarobauern, gefragt, ob sie dich gesehen haben. Die Leute sagen, nix haben sie gesehn. Einer von den Spitzeln behauptet, er hätte dich rausfahr'n sehn auf 'nem Fischerboot, und du wärst für immer abgehaun. Guck, sie wissen also nich' mal sicher, ob du noch auf den Inseln bist. Ein Zettel, ein geschriebenes Wort, Vanya, und du bringst massenhaft Truppen hierher mit Panzerfäusten und Gasbomben. Vielleicht kriegen sie raus, wo die Munitionskisten vergraben sind. 'ne Menge Leute, wo dich schützen, würden dann deinetwegen verletzt. Aber eines Tages, *keiki* ... ich sag' dir's, wenn die richtige Zeit is'.«

Er stand auf, sah einen Moment zu Simon hinunter, dann ging er.

Als Vanya am nächsten Tag zu einem Bach ging, wartete Jimi auf sie.

»Simon sieht nich' gut aus.«

Sie zuckte zusammen. »Sein Arm ist geheilt, sind nur die paar Narben.«

»Ich mein' nich' den Arm. Vanya, ich hab' so was schon mal gesehn, weißte. Warum sagste mir nich', daß er *ma'i Pake* hat?«

»Das ist nicht *ma'i Pake!*«

»Aber was ganz Ähnliches. Wunden am Hals, ein dickes Ohr und dieser Glanz in den Augen!«
Sie setzte sich ins Gras und fing an zu weinen, dann riß sie sich zusammen. »Das ist von Agent Orange im Krieg, Jimi. Von unseren Jungs sind auch welche damit nach Hause gekommen. Simon hat eine Medizin, aber die ist nicht stark genug. Er braucht einen Arzt.« Sie sah zu ihm hoch. »Was kann ich tun?«
»Ich hab' so was schon gesehen, is' genau wie *ma'i Pake*. Wenn sich das weiter ausbreitet, wird's ganz schlimm für ihn. Dann is' es ihm egal, ob er lebt oder stirbt. Ich will sehn, ob ich 'n *kahuna* für euch find' oder 'ne Medizin besorgen kann. Nächstes Mal bring' ich euch Maulbeerwurzeln und Cayennepfeffer und ganz viel Meerwasser, um das Blut zu reinigen.« Er legte die Arme um sie, hielt sie wie ein Kind. »Vanya, du mußt stark sein. Wie deine *tutu* Pono. Wie sie und Duke hier in diesen Dschungel geflohen sind, wie die Kopfgeldjäger sie langsam eingekreist haben, da hat Pono zu meinem Vater gesagt, *töten* würde sie für Duke, sterben würde sie für ihn. Das einzige, was die zwei in Gang gehalten hat, das war der Wille von dieser *wahine*.«

Sie atmete vorsichtig ein, roch ihn, seit Wochen roch sie ihn und hatte ihn doch wochenlang nicht wahrhaben wollen, diesen schalen, nagenden Geruch an Simon, den Geruch der Krankheit ihres Großvaters. Die Infektion fraß sich weiter, tötete Simons Nervenenden ab, Fäulnis verbreitete sich. Manchmal schlief Simon unendlich lange, dann jagte sie allein, kehrte siegreich zurück mit kleinen Beutetieren, und die Stunden, die sie fort von ihm war, machten ihre gemeinsamen Stunden um so kostbarer.
»Du liebst mich, Vanya. Sag es.«
Sie schüttelte den Kopf.
»Warum hast du mich dann mit dir wegrennen lassen? Warum bin ich hier?«
Sie blickte in den sich lichtenden Nebel, hörte um sich herum knackendes Wachstum, tropfendes Grün, die alten Lieder des Dschungels. »Du bist, was übrig ist.«
Er lachte heiser. »Allmächtiger Gott, meine Leber ist im Eimer, mein Ohr sieht aus wie ein Euter, die Schleppscheiße kriecht mir

die Beine rauf. Du solltest dich besser beeilen und *lieben,* was übrig ist!«

Sie lachte, zog ihn an ihre Brust und wiegte ihn wie ein Kind. In diesem Moment traf sie die Erkenntnis, daß dies dauerhaft war. Sie würde bei ihm sein, egal, was kam. Er war der Schmerz, der ihr zugeteilt war.

»Als wir uns zum erstenmal begegneten, hast du mir angst gemacht. Du warst einer der Männer, die geschaffen wurden, bevor die Menschheit sich ein Gewissen zulegte. Du sahst aus, als könntest du ein Menschenherz essen. Wenn es sein müßte, könntest du dein eigenes Herz essen. Und jetzt ... machst du mir noch mehr angst.«

»Weil du mich liebst.« Er rüttelte sie sacht am Arm.

»Sag es, mach's mir nicht so schwer.«

»Ich denke nicht dran, es dir leicht zu machen. Was du bekommst, mußt du dir verdienen.«

Sie neckten sich, lachten hier und da, erreichten eine gewisse Gelassenheit, ein Hinnehmen. Simon war schwerkrank, Vanya wurde gejagt – sie beide waren so in das Entsetzen verstrickt, daß sie auf einmal zurücktreten und es aus deutlicher Distanz betrachten konnten. Eines Tages hustete Simon Auswurf, und das Signal war deutlich: Er trug in seinem Körper nicht Leben, sondern eine Krankheit, deren endgültige Geburt sein Tod sein würde. Er fieberte, sein Husten wurde schlimmer. Vanya träumte, daß sie seine Lunge straff gespannt an einer Schnur hielt. Sie trug sie umher wie einen Luftballon. Die Lunge schwebte, federte zwischen Bäumen hindurch, dann fiel sie plötzlich in sich zusammen. Was war mit dem Körper geschehen? Wo war der Leichnam? Nachts zitterten Simons Hände und Beine, eine Art Schüttellähmung, er verlor vorübergehend das Augenlicht, Schweiß teilte sein Haar in strähnige Muster, Vanya wusch ihm das Gesicht.

»Ich möchte dich lieben«, sagte er. »Mit dir schlafen. Hast du Angst?«

Mit einemmal fühlte sie sich jungfräulich und scheu. »Ich habe mein Leben lang Angst gehabt, Simon. Ich kann sie nur nicht ausdrücken, das ist alles.«

»Bis ich steif daliege wie eine Leiche, will ich mich um dich kümmern.«

Sie bemühte sich um Humor, das tat sie neuerdings immer öfter. »Gott, sieh mich an! Ich hab' mich der Revolution angeschlossen und ende als Krankenschwester.«
»Du hast dich ihr nicht angeschlossen, mein Herz, du hast sie gekidnappt wie ein Flugzeug.«
Wochen vergingen, ein weiterer Monat. Manche Tage waren schlimm, manche besser. Eines Abends spuckte er etwas Großes, Dunkles aus, einen ranzigen Klumpen. Er warf ihn ins Gebüsch.
»Herrgott, ich hätte nie gedacht, daß sterben so schwer sein würde.«
Sie wusch ihm Mund und Hände. Er griff nach ihr, hielt sie sacht an der Taille. »Sag es«, bat er. »Du liebst mich.«
Sie würde es nicht sagen, denn ihr schien, daß er nur noch dafür lebte. Sobald sie es sagte, würde er sterben.

Phantome umkreisten sie, wurden zu Schatten, nahmen Fleisch an, wurden zu Menschen. Drei Einheimische liefen herbei, Studenten, die geholfen hatten, wieder ein Kraftwerk in die Luft zu sprengen.
»Wir sind gekommen, um uns dir anzuschließen, Vanya.«
Sie setzte sich mit ihnen zusammen, sprach leise auf sie ein. »Mir anschließen? Wißt ihr, wie ich meine Tage verbringe? Der Mann, der bei mir ist, stirbt.«
Sie wichen erschrocken zurück, entspannten sich dann. Sie waren eine neue Generation, für sie war der Tod wie ein Magnet, der Revolutionäre anzog, sich willkürlich einen oder zwei unter ihnen auswählte.
»Wir wollen dir helfen«, sagten sie, »Medikamente und Vorräte heranschaffen. Dafür kannst du uns sagen, was wir tun sollen, um die Leute hier im Tal zu organisieren. Sie vertrauen dir.«
»Was meint ihr mit organisieren?«
»Militarisieren.«
»Und warum?«
»Die Souveränität braucht noch Jahre. Manche von unseren Alten haben sechzig, siebzig Jahre auf die Rückgabe ihres Landes gewartet. Sie werden sie nicht mehr erleben. Und was wird für die übrigen von uns bleiben? Nichts. Alles ist besudelt. Nur hier ist es rein. Waipi'o. Wie es zu Kamehamehas Zeiten war. Wir werden es bis zum Letzten verteidigen.«

»Verteidigen? Gegen was?« Sie beugte sich verwirrt vor.
Einer der jungen Männer schüttelte den Kopf. »Hast du es nicht gehört? Überall in der Gegend sind schon Landvermesser am Werk. Japanische Bauunternehmer haben das Land rings um dieses Tal gekauft. Sie planen riesige Urlaubszentren rund um Waipi'o. Sie werden unsere Flüsse vergiften, unsere wildlebenden Tiere töten, sie werden ihre Exkremente in unser Meer spülen.«
Vanya blickte lange Zeit zu Boden. Nach einer Weile richtete sie sich auf. »Geht dahin, wo die Kisten vergraben sind, mehrere Dutzend. Ich gebe euch den Lageplan. Macht eine Bestandsaufnahme. Bringt mir die Liste.«
»Und dann?«
»Dann werde ich euch helfen, die Leute im Tal zu organisieren. Es sind nicht mehr viele. Sie sind alt, aber immer noch Krieger.«
»Keine Sorge, Vanya. Viele von außerhalb kommen hierher, um sich uns anzuschließen. Kaum hatten die Leute von den Plänen gehört, die der Entweihung von Waipi'o Tür und Tor öffnen, sind sie auf die Straße gegangen.«
Vanya blickte über das Tal. »Es wird uns genommen, das steht fest. Nach und nach werden sie uns bezwingen, zermürben. Aber das ist nicht wichtig.«
Die drei gingen schweigend fort, und sie stand still da und atmete die süßduftende Luft ein.
Simon rappelte sich von seiner Pritsche hoch und lehnte sich an einen Baum. »Ich hab' jedes Wort gehört.«
»Und du denkst, ich bin eine Idiotin. Du denkst, ich sollte mit dir abhauen, Hawai'i für immer den Rücken kehren.«
»Nein. Das denke ich nicht mehr. Ich hab' das Denken aufgegeben. Komm her, mein Herz. Ich schaff's nicht bis zu dir.«
Sie saßen Hand in Hand, blickten in den wirren Dschungel und hinaus über das von Geistern bewohnte, schöne, gefährdete Land.
»Ich habe es liebgewonnen«, sagte er. »Es ist wie im Kakadu. Ihr werdet es für eine Weile halten können. Die Bauunternehmer werden sich zurückziehen, bis die Presse gelangweilt ist. Aber sie werden es zerstören, zerhacken, Stück für Stück. Sie werden euch begraben.«
»Es spielt keine Rolle, Simon. Hauptsache, wir haben uns bemüht, haben aufrichtig gekämpft um das, was geblieben ist.«

In dieser Nacht, während sie schlief, betrachtete er ihr Gesicht im Mondlicht, ein schönes Gesicht, erfüllt von einer Verwundbarkeit, der sie nicht nachgeben wollte. Und er prägte sich diese Schönheit ein, das Aussehen eines unschuldigen Kindes, das ihn liebte, ohne es zu wissen. Das Wissen würde ihr Verzweiflung bringen. Nein, er würde sie nicht wieder um Liebe bitten.

Imua

Durchhalten, Vorwärtsgehen

Der Frühling kam mit Regengüssen. Das Land erblühte zu »Kona-Schnee«, die weißen Kaffeeblüten rochen wie Gardenien und berauschten die Menschen mit ihrem Duft. Es wurde Sommer, Reifezeit, der endlose Zyklus nahm seinen Lauf, es kam das Pflanzen neuer Kaffeebäume, das Verjüngen der alten, das Bewässern, Jäten, das Beschneiden mit Sicheln und leichten Äxten, alles vor der Erntezeit im Spätherbst. In kleinen Gewächshäusern zog Jess Kaffeesämlinge in Tontöpfen. In zwei Jahren würden sie in die Erde umgesetzt werden. Einige Arbeiter besorgten die Ernte der Macadamia-, Avocado- und Papayabäume, die genügend Profit eintrugen, um die Plantage zu halten, falls der Kaffee in diesem Jahr keine Rekordernte einbrachte.

Als im Juni die warmen Passatwinde kamen, kam Rachel zurück und brachte ihre Mädchen aus Honolulu mit. Sie waren schön und scheu, mit der goldenen, feuchtschimmernden Haut der Thais, zartknochig wie Vögel, aber mit erstaunlich kräftigen Rücken und Schenkeln. Und sie waren voll Mißtrauen; die Erinnerung an jenes andere Leben, aus dem Rachel sie erlöst hatte, haftete noch an ihnen. Anfangs folgten sie Rachel ängstlich auf Schritt und Tritt, offenbar in der Furcht, sie seien hierhergebracht worden, um an Feldarbeiter verkauft zu werden. Und Rachel wußte, Vertrauen würde sich wohl erst langsam einstellen.

Eines Tages dann lachten sie. Es war Run Run, die sie zum Lachen brachte. Sie lehrten sie einen Thai-Ausdruck, *ling ling,* kleiner Affe. Sie lehrte sie *tutu,* Großmutter. Sie wurden ihre *linglings,* sie wurde ihre *tuutuu.* Toru setzte die Mädchen sacht auf sein Pferd, ließ es langsam im Kreis traben. Er lehrte sie seine *ukulele* spielen. Jess schälte *pomelo* für sie, flocht ihnen Blumen ins Haar. Dann liefen sie zurück zu Rachel, hielten ihre Hände, zählten ihre Finger, als könnte dies verhindern, daß sie für immer verschwand. Wenn es Abend wurde, saß sie mit ihnen auf der *lanai*, unterrichtete sie in Englisch, und sie brachten ihr dafür Thai bei, dankbar, geduldig, hingebungsvoll.

»*Mai pen rai.*« Ist schon gut. Macht nichts.

Wenn Run Run über einen Ausdruck stolperte, lachten sie, eine klingende, helle Tonleiter, wie Pausenglocken im Theater.

Jess beobachtete sie aus einem Fenster, der Passatwind zauste ihnen die Haare, schwarzglänzend hoben sich ihre Köpfe von den Enzianfeldern hinter ihnen ab.

»Soll ihnen lieber beibringen, was fürs Überleben gut is'«, maulte Run Run. »Dieses ganze Gequassel is' bloß Zeitverschwendung.«

Jess lächelte. »Warum dürfen sie nicht ein bißchen Zeit verschwenden? Wozu ist Zeit sonst da?«

Rachels Haare waren zu einem kurzen, praktischen Pagenkopf gestutzt, sie hatte aufgehört, sich die Lippen rot zu schminken. Ihre langen Nägel hatte sie bis zur Fingerkuppe abgeschnitten, und manchmal ging sie mit forschen Schritten. Für Jess war dies Anlaß zur Belustigung, denn selbst mit Mitte Vierzig, trotz kleiner Krähenfüße, trotz »Muttermal, aus dem ein Haar sprießt«, war Rachel noch so wunderschön, waren ihre Züge noch so vollkommen, daß die Leute stehenblieben und sich nach ihr umdrehten. Und während sich Jess so viel von Pono angeeignet hatte – getrieben von einer enormen Starrköpfigkeit, die sie alles beiseite drängen ließ, was nicht notwendig, nicht lohnenswert war –, schien Rachel nun Züge anzunehmen, die an Vanya erinnerten. An die Stelle der trägen, geheimnisvollen und ängstlichen Rachel von früher war eine Frau getreten, die schnelle Entscheidungen traf und dann strikt danach handelte. In den seltenen nachdenklichen Momenten wirkte sie doppelt schweigsam, wie es bei energischen Menschen der Fall ist, wenn sie still sind.

Jess schüttelte den Kopf. »Sie ist wie ausgewechselt. Es ist richtig unheimlich.«

Run Run betrachtete Jess' stolze Haltung, den Wirbelsäulenstock,

der seit geraumer Zeit immer an ihrer Seite war wie ein Degen. Run Run bedauerte nur, daß sie Jess die Geschichte dieses Stockes nicht erzählen, ihr nicht sagen konnte, was sich unter dem polierten Holz befand, was es mit den Wirbelhöckern auf sich hatte, die ihm seine Unebenheiten gaben. Aber versprochen war versprochen, auch nach Ponos Tod. Jetzt brüllte Jess, wenn Arbeiter faul waren, sie fluchte, wenn sie es für geboten hielt, schlug mit dem Stock, rücksichtslos wie eine Krähe.
»Alle verändern wir uns«, sagte Run Run. »Kriegen alle ... wie soll ich sagen? Was Überspanntes!«
Zu bestimmten Stunden an bestimmten Tagen saßen sie zu dritt in der Küche und packten kleine Päckchen – Geld, Medikamente –, die leicht und rasch zu befördern waren. Sie wurden einem Arbeiter auf dem Feld übergeben, von ihm an seinen Cousin, von Cousin zu Cousin und dann von *paniolo* an einheimische Wellenreiter, die lange Wege über schlammige Dschungelpfade zurücklegten, um vor den schwarzen Sandstränden von Waipi'o zu surfen. Die Wellenreiter gaben die Päckchen an Tarobauern weiter, die sie auf Maultieren ins Tal zu Waipi'o Jimi beförderten, der sie schließlich zu Vanya brachte. Aber nie erfuhr Jess den letzten Bestimmungsort dieser Päckchen, nicht ein Hinweis drang zu ihr.
»Ich würde jede Summe bezahlen«, sagte Rachel. »Ein Hubschrauber könnte sie nachts dort herausholen. Zu einem Wasserflugzeug bringen. Nach Australien. Singapur. Wohin sie will.«
Jess schüttelte den Kopf. »Sie macht es auf ihre Art. Und zu ihrer Zeit, wenn ...« Sie wollte es nicht sagen, war sich erst bewußt, daß sie es gesagt hatte, als sie das Entsetzen in Rachels Gesicht sah. »Wenn sie noch lebt.«
Sie ging hinaus auf den Rasen und übergab sich.
Ban kam aus Thailand und verbrachte Wochen bei seinen Schwestern auf der Plantage. Sie waren wie drei Kinder, die man schlimm gequält hatte und denen man plötzlich erlaubte, ihr Gefängnis zu verlassen und zu leben. Zuweilen standen sie ganz still, alle drei, als ob sie lauschten, darauf wartend, zurückgesogen zu werden in das vergangene Leben. Manchmal sprang das ältere Mädchen aus dem Bett, stand keuchend im Finstern in Rachels Zimmer, bis sie ihre Gestalt ausmachen konnte. Dann ging sie leise zu ihr, lauschte auf

ihren Atem, berührte ihr Gesicht, ging schließlich getröstet wieder ins Bett.
»Ich lasse ihn Medizin studieren. Er wird Chirurg.« Mit mütterlichem Stolz sah Rachel Ban im Sonnenlicht umherschlendern, schlank und anmutig wie eine Frau. »Er hilft mir, noch mehr Mädchen herauszuholen.«
»Woher nimmst du bloß die Nerven?« fragte Jess. »Du hast es mit Verbrechern zu tun.«
Rachel beugte sich vor, versuchte es zu erklären. »Seltsam, wenn du den Leuten genug Geld bietest, werden sie beinahe ... vornehm. Außerdem wissen diese Männer, wer ich bin. Sie wissen, Ban war Hiros Sohn.«
Sie wanderten Arm in Arm über die Felder, Jess mit dem Gefühl, als sei das Gewicht auf ihren Schultern leichter geworden, denn Rachels Stärke nahm ihr einen Teil der Bürde ab. Sie wußte freilich, daß diese Stärke auch Rachels Reichtum entsprang. Geld schenkte ihr Beweglichkeit und Schnelligkeit – sie übersprang Belangloses, Zeitraubendes, stürmte direkt hin zu dem, was sie benötigte.
»Geld soll man nie unterschätzen«, sagte sie. »Es schenkt einer Frau Abgeschiedenheit, schirmt dich ab vor dem alltäglichen Dreck. Du mußt dich nicht bei jedermann lieb Kind machen. Du kannst dir deinen Umgang aussuchen. Oder als Außenseiterin leben. Und, ja, es gibt dir Macht. Die Leute hören auf dich.«
Wenn sie nicht bei ihren Mädchen war, verbrachte Rachel ihre Zeit in Honolulu, wo sie sich mit Beamten traf, eingeschlossen in dunklen Räumen, Männern von der Einwanderungsbehörde, dem Gesundheitsministerium, der US-Botschaft, und sich ihrer Unterstützung versicherte, um weitere junge Mädchen aus Chiang Mai zu holen.
Eines Tages, sie war gerade aus Honolulu zurück, rief sie Jess in ihr Zimmer. In ihrer Hand lag ein winziges Büchlein, ein Tagebuch mit goldenem Einband. Es enthielt fast transparente Jadeseiten, dünn wie Augenlider, an denen sepiabraune, seidenartige Pergamentblätter, zierlich beschrieben mit spinnenartigen goldenen Lettern, befestigt waren. Das Tagebuch einer Kaiserin der Ming-Dynastie, fast fünfhundert Jahre alt, auf manchen Seiten mit goldenen Spuren von den Fingerabdrücken der Kaiserin.
»Erkennst du es, Jess?«

Jess schüttelte den Kopf, nahm es dann genauer in Augenschein. Und langsam dämmerte es ihr, eine Erinnerung an sie beide mit neun oder zehn, wie sie, von Neugierde verzehrt, in Ponos Zimmer schlichen. In ihren Sachen stöbernd, hatten sie das Tagebuch mit einer verblaßten Inschrift auf der Rückseite gefunden. Nun drehte Jess es um. »Band I. für Kelonikoa. Von Rostov Anadyr. 1873.« Ein weiteres ungeklärtes Geheimnis aus Ponos Vergangenheit.

»Eines Tages«, sagte Rachel, »nachdem sie Großvater nach Hause geholt hatte, fiel mir das Tagebuch ein, und ich fragte sie danach. Pono erzählte mir, Kelonikoa, unsere Ururgroßmutter, sei eine berühmte tahitische Schönheit gewesen, und dies sei das Geschenk eines Russen, der sie geliebt hatte. Aber sie war mit unserem einäugigen Vorfahren Mathys Coenradtsen verheiratet.«

Rachel legte ihre Hand an die Schläfe, wie um Schmerzen zu vertreiben.

»Am Abend jener letzten Nacht, der Nacht, als ich ihr Auto aus der Zufahrt fahren sah, brachte Pono mir das Tagebuch und sagte, es sei für uns. Wir könnten es verkaufen, wenn es nötig sein sollte. Später habe ich es vergessen. Es hat die ganze Zeit hier gelegen.«

Sie betrachteten das Tagebuch der Kaiserin.

»Ich möchte wissen, was sie geschrieben hat«, flüsterte Rachel. »Was die Worte bedeuten.«

Jess zögerte, und als sie sprach, schien ihre Stimme aus weiten Fernen zu kommen, über die Jahre hinweg, die Generationen.

»Vielleicht schrieb sie, daß das eigentliche Leben durch Träume und Eingebungen gelebt wird, nicht durch Schicksal und Umstände. Daß die meistersehnte Liebe wirklich existiert, anderswo, auf einer anderen Ebene.«

Jess dachte an Duke und Pono, die das Leben in ihrer Phantasie gelebt und dabei aus vollen Händen geschöpft hatten. Und sie dachte an ihre Mutter, und an Rachels, die kaum gekannte, nie gesehene. Tränen traten ihr in die Augen, und ihre Wangen wurden naß.

»Ich weiß.« Rachel seufzte. »Ich suche sie immer noch in jedem runzligen Gesicht. Ich habe sie so lange gesucht, daß ich in gewisser Weise meine Mutter *geworden* bin. So wie du deine geworden bist,

Jess. Indem du nach Hause kamst, hast du sie heimgeholt. Sie haben sich das Recht auf Frieden verdient.«
Als im September die Schule begann, brachte Rachel ihre Mädchen zurück in das Haus in Kahala außerhalb von Honolulu. An den Wochenenden saßen sie still beisammen, wenn Rachel sie in Kalligraphie unterrichtete; sie wollte, daß sie gewisse Fertigkeiten erlernten, die Hiro ihr selbst beigebracht hatte. Und manchmal saßen sie in Kimonos im Teehaus, und Rachel unterwies sie in der traditionellen Teezeremonie. Hinter ihr an der Wand beschien die Sonne eine unheimliche Landschaft hinter Glas wie eine ausgebreitete präparierte Hirschhaut. Sie schimmerte im Blau alter Tätowierungen.

Man hörte jetzt Gerüchte. Die Leute im Waipi'o-Tal organisierten sich. Geplänkel mit Soldatentruppen. Schußwechsel. Guerilleros schleppten die Toten zurück in den Dschungel, damit sie nicht identifiziert werden konnten. Überall auf der Großen Insel erzählten sich die Leute flüsternd von einer Frau, der ins Herz geschossen worden war. Ob es Vanya war, würden sie nie erfahren, vermutete Jess. Der Untergrund mußte ihren Namen lebendig halten, das, was sie symbolisierte. Jess und Toru saßen am Strand, wiegten sich hin und her, die brausende Brandung erstickte ihre Schluchzer.
Eines Tages stolperte Run Run in die Küche und griff sich an die Brust, Jess dachte, es sei ein seelischer Schmerz, sie habe von Vanyas Tod gehört. Doch Run Run schüttelte den Kopf, ihre starr blickenden Augen schienen halb überdeckt mit winzigen Perlmuttschalen.
»Kann nix mehr sehn. Augen werden ganz trübe. Ah, *keiki*, vielleicht werd' ich blind für alle meine Sünden.«
Run Run hatte den grauen Star. Während der Operation an ihrem linken Auge ging Toru im Krankenhausflur auf und ab, zitternd wie ein Kind. Sie brachten sie mit verbundenen Augen nach Hause, und er hielt ihr den Kopf, während Jess ihr Arzneitropfen einflößte. Einen Monat später, nach der Operation am rechten Auge, hielt Jess ihren Kopf, während Toru die Tropfen verabreichte.
»Wie versteh' ich denn das?« fragte Run Run sanft. »Hast du mir etwa verziehn, daß ich dich festgebunden hab', dich abgehalten hab' vom Bombenwerfen?«

»Das verzeih' ich dir nie«, antwortete er ebenso sanft und tätschelte dabei liebevoll ihre Wange.
Run Run war jetzt wie ein Kind, sie sauste herum, machte Entdeckungen. »Farben, ooh, so viele Farben. Lauter Sachen, wo ich jahrelang nich' gesehn hab'. Ooh, guck mal, wie die Töpfe glänzen in der Sonne! Guck mal, der rote Jasmin! Jess, du kriegst ja graue Haare!«
Als sie ruhiger geworden war, blickte sie ernst über die Felder.
»'s Leben is' lang gewesen, Jess. Hat mir viele Schläge beschert. Guck' ich mit mein linkes Auge, seh' ich mich und Ponos Jugend, seh' uns Blut opfern für diese Erde, diese Pflanzungen. Dann guck' ich mit mein rechtes Auge, und ich seh' dich und Toru pflanzen, jäten, ernten. Als würdet ihr unsere Gesichter waschen und unsere Haare schneiden, unser Blut frisch halten in dieser Erde.«
Sie seufzte, wölbte die Brust. »Siehste die Stelle, wo ich jeden Tag sitz' und Toru zuguck', wie er sein Haus baut? Da auf 'm Hügel, wo man auf seine zehn Morgen runterguckt? Da möcht' ich begraben sein. Genau da! Dann kann ich in alle Ewigkeit zugucken, ihn *pupule* treiben, den Kerl.«
Run Run bewegte sich jetzt langsamer, sprach weniger, aß weniger. Jeden Tag saß sie in ihrer kleinen Nische auf jenem Hügel und sah auf die Plantage und aufs Meer hinab, und dabei schmunzelte sie, hielt ihre Knie umfaßt wie ein Mädchen, sah dem Sohn ihres toten Sohnes zu, wie er baute, weitermachte. Jess wußte, eines Tages würden sie sie dort finden, mit gesenktem Kopf, vom Regen gewaschen, von der Sonne gegerbt, zu einer kleinen Statue erstarrt.
In einer stürmischen, schlaflosen Nacht fand Jess Toru in Vanyas Schlafzimmer; ehrfürchtig berührte er ihre Sachen. »*Tutu* stirbt. Vanya ist wahrscheinlich tot. Wir vergehen, Jess.«
Erbost schlug sie ihm mit ihrem Spazierstock auf den Fuß. »Bist du ein Mann? Bau dein Haus! Pflanz deine Saat! Lebe!«
Sie erzählte ihm nicht, daß sie geträumt hatte. Ein Leichnam. Ein gesichtsloser Leichnam. Ihre Nächte wurden jetzt immer öfter von Gesichtern heimgesucht. Eines nahen Tages würde Run Run tot sein, Toru würde heiraten, Rachel vielleicht in einem Mündungsarm des Mekong verschwinden, um ihre Chiang-Mai-Mädchen zu retten. Plötzlich war ihr das Rad einerlei, das Run Run ihr beschrie-

ben hatte, von dem sie, Jess, die Nabe sei, der Mittelpunkt von so viel Leben. Das Rad brach auseinander, alles verfiel. Tagsüber bewegte sie sich selbstsicher und zielstrebig, gab den Arbeitern mit stoischer Ruhe ihre Anweisungen, doch abends saß sie allein da, in sich verkrochen, fühlte sich entblößt.

Wenn Lee Sugai sie mit attraktiven Männern bekannt machte, Männern mit ethischen Grundsätzen und Achtung vor dem Land, geriet Jess in Panik; sie fühlte, daß sie nicht bereit war. Sie dachte an Pono und Duke, deren Liebe sechzig Jahre lang allein auf dem geheimnisvollen Willen gefußt hatte, an das Unmögliche zu glauben: daß sie nämlich eines Tages zusammen in die Welt hinausgehen würden. Ihre Geschichte bedeutete, daß Wunder existierten, sie bedeutete, daß möglicherweise eines zukünftigen Tages auch für sie jemand – vielleicht etwas verwittert, etwas faltig, aber mit unerschöpflichen inneren Reserven – des Weges kommen würde. Jess würde warten, auf Hinweise achten. Und wenn er nicht käme, wollte sie ihn aufspüren.

Sie rief Rachel in Honolulu an, um sich in ihrem Beschluß bestärken zu lassen. »Ich will ein Leben mit Gedankenaustausch. Ich will keine Jahre mit einsamen Nächten, erfüllt von Belanglosigkeiten ...«

Rachel seufzte. »Belanglosigkeiten haben viel für sich. Und was ist die Nacht anderes als Erlösung von all den verrückten Drehungen und Wendungen, die notwendig sind, um den Tag durchzustehen? Die wichtige Hälfte des Lebens fängt gerade erst an, Jess! Wir müssen wählerisch sein, wen wir in unseren Nächten bei uns dulden.« Sie hielt inne, schien in Gedanken an Hiro zu versinken. »Und was die Liebe betrifft, wer kann mehr als eine große Leidenschaft überleben? Wer wollte das schon?«

»Hast du ihn wirklich geliebt, Rachel?«

»Es gab Dinge zwischen uns ... diabolisch, unaussprechlich. Aber Hiro hat mich vor dem Leben abgeschirmt, mich davor bewahrt, mich wegzuwerfen. Und er hat mich vor dem Sterben bewahrt; es gab nämlich Zeiten, da mir nichts am Leben lag.« Rachel schwieg einen Moment. »Ja, er war böse. Es ist möglich, zu lieben, unendlich zu lieben, was böse ist. Als ich ihn zum erstenmal sah, wußte ich, wenn ich bei ihm blieb, würde nichts mir jemals etwas anhaben können.«

»Dann war es Schutz, was du eigentlich wolltest.«

»Nein! Ich wollte benutzt werden, ausgenutzt, unaufhörlich, immer wieder. Aber der Geschmack an solchem Wahn ist mir mittlerweile abhanden gekommen.«

Jess fragte sich, ob das stimmte. Die meisten Menschen suchten eine blindmachende, leidenschaftliche, unübertroffene Liebe, die einzige, unmögliche und tragische. Gleichzeitig wünschten sie sich eine weniger vollkommene, prosaischere Liebe, die sie das Tagtägliche überstehen ließ. Sie dachte hierüber nach, fragte sich, ob es das Alter war oder einfach nur Erschöpfung, was uns die großen Gelüste nahm, uns ein berechenbares, mildes Leben wünschen ließ. War weniger wünschen der erste Schritt auf dem Weg zum Sterben oder zu Weisheit? Pono hatte gesagt: *Brauchst weniger. Begehrst weniger. Die meisten Dinge lohnen sich am Ende nicht.* Aber körperliche Zuneigung, Kameradschaft lohnten sich gewiß. Das Glück mußte von mehr abhängen als dem Land, das ihr das Rückgrat zu zerbrechen drohte, und von ihrer *'ohana,* die sie laufend im Stich ließ.

»Ich vergesse dauernd, daß wir Ponos Mädchen sind. Vielleicht ist es uns nicht bestimmt, glücklich zu sein.«

»Dann *tun* wir wenigstens so«, sagte Rachel. »Wir machen es uns zur Gewohnheit, komme, was wolle.«

Das ist alles, was wir tun können, dachte Jess. *Bereit sein für das Kommende, was immer es ist.*

Sie hatte sich um so vieles zu kümmern, daß sie den Jungen zuerst nicht bemerkte, der sich bei den Feldern herumtrieb. Er war neun oder zehn, und an manchen Tagen stand er nach der Schule da, seine Büchertasche geschultert, aß aromatisiertes Wassereis, scherzte mit den Feldarbeitern. Er kam so oft, daß er Teil der Landschaft wurde. Dann vergaß sie ihn vollkommen, denn sie hatte wieder geträumt, von einer gesichtslosen Leiche, und war, nach Vanya schreiend, aufgewacht.

Sie fuhr zur Shark Bay, der Bucht der Haie, setzte sich an den Strand und rief nach Pono, ihrer *'aumakua,* bat um Kraft, bat, nicht verlassen zu werden. Eines Morgens, nachdem sie die ganze Nacht dort gesessen hatte, sah sie sie am Fuß des Pu'ukohola-Tempels

zwischen Rundreisebussen parken. Sie beobachteten sie also immer noch, würden sie immer beobachten.
Und der Junge kam nach wie vor, schien sich mit den Arbeitern und den Leuten vom Haus anzufreunden. Als Jess eines Tages an der Bucht der Haie saß, glaubte sie ihn draußen auf der Mole fischen zu sehen, doch sie befaßte sich nicht weiter mit ihm; ihr Leben nahm sie einfach zu sehr in Anspruch. Sie machte immer noch Hausbesuche, um Kälbern auf die Welt zu helfen, Ochsen zu impfen, Blutproben von einem Dutzend Säue zu nehmen, das alles neben den strapaziösen Erntestunden, manchmal die ganze Nacht hindurch. Jeden Morgen schritt sie die Felder auf und ab, rief den Arbeitern zu, schlug mit Ponos Stock auf Sträucher ein. Und jeden Abend stand sie mit dem Vorarbeiter auf der Laderampe und zählte die Zentnersäcke Kaffeekirschen. Sie hatte entdeckt, daß das Stützen auf den Stock manchmal große Erleichterung brachte, als walle ein lindernder Balsam daraus empor, als übernähme ein anderer Buckel ihre Bürde.
Eines Tages kam Lena zu ihr, golden, wunderschön, aber sehr besorgt. »Ich bin ganz durcheinander. Mit Toru ist einfach nichts anzufangen.«
»Hab Geduld«, sagte Jess. »Er ist traurig, weil Run Run alt wird.«
Lena schüttelte den Kopf. »Es ist nicht nur das. Es ist Torus Leben, diese Familie. Kein Vater, zu viele Mütter ... so konfus, ich kann es nicht verstehen. Wie soll ich unseren Kindern erzählen, was was war? Und wer wer war?« Sie ging verzagt fort.
Jess sah ihr nach und dachte: *Ich war eine egoistische* wahine, *hab nur an mich gedacht. Ich hab all die Kinder vergessen, die nach uns kommen.*
In fünf Jahren würde sie fünfzig sein. Eines Tages würde Anna, ihr Kind, ein Kind haben. Was konnte Jess diesem Kind und Torus Kindern geben? Den Kindern ihrer Kinder? Was gab es Wertvolleres als eine Familienchronik? Ja, das war es, das konnte sie für sie tun: die Rückwärtsreise beginnen. Ihre Erben würden den Reichtum der Geschichte haben, um damit nach dem Leben zu zielen, wenn das Leben nach ihnen zielte. Sie setzte sich, nahm Stift und Papier. Wo sollte sie anfangen? Es gab noch so vieles, was sie nicht wußte. Was war Wahrheit, was Vermutung? Was war reiner Mythos?

Hatte ihre Vorfahrin Kelonikoa wirklich versucht, heim nach Tahiti zu schwimmen? War ihr einäugiger Ehemann Mathys wirklich ein Kannibale gewesen? Waren ihre Kinder wirklich Steineesser gewesen und hatten Königin Lili'uokalani verteidigt? Hatte Pono wirklich Wildschweine hypnotisiert, Hirsche in Baumrinden verwandelt? Hatte sie wirklich Tote auferweckt? Hatte Großvater Duke wirklich sechzig Jahre lang außerhalb der Welt gelebt? Hatte er wirklich als menschliches Versuchskaninchen gelitten? Hatten die Leprakranken wirklich Tango getanzt? War Vanyas Sohn einfach ertrunken, oder war er wirklich ermordet worden? War Hiro wirklich von Kopf bis Fuß tätowiert, und war er wirklich ein *yakuza* gewesen? Oder nur ein habgieriger Gangster? War Ming wirklich an Lupus gestorben? Oder an Drachensaat? War Vanya eine idealistische Revolutionärin? Oder war es ihr einfach bestimmt, sich selbst zu zerstören? So vieles war in ihrer aller Leben geschehen – aber war es wahr? Oder waren sie alle Statisten, die sich in den verknoteten Fransen der Illusion verloren? Allein die Vorstellung von ihrer Geschichte war anstrengend. Jess legte Stift und Papier beiseite.

In Waipi'o waren die Guerilleros noch aktiv. In der Nähe der Felsen, die das Tal umgaben, waren Landvermessertrupps erschossen worden; überall auf der Insel zerstörten Bomben nach wie vor Golfplätze und Jachthäfen. Doch die Bevölkerung schien sich jetzt Wichtigerem zuzuwenden: der Souveränität. Vielleicht würde sie noch in diesem Jahrzehnt kommen. Kommen würde sie, das stand fest. Kräfte sammelten sich. Der Kongreß zog ein Dekret in Erwägung. Es lag in der Luft.

Jess saß an der Bucht der Haie und stellte sich den Tag vor, an dem die hawaiische Flagge wieder gehißt, eine unabhängige hawaiische Nation wiederauferstehen würde, mit einer eigenen Regierung durch und für das einheimische Volk. Sie fragte sich, mit wem sie den Augenblick des Hissens der Flagge gemeinsam erleben würde. Würde sie allein sein? Weihnachten stand vor der Tür. Wie würde sie die Feiertage überstehen? Es gab nur noch ein Geisterhaus.

Eines Abends sah sie an der Bucht den Jungen im Sand spielen, denselben Jungen, der sich auf ihren Feldern herumgetrieben hatte. Sie hatte ihn seit Wochen nicht gesehen, und nun war etwas mit seinem Gesicht passiert. Er hatte eine furchtbare Infektion, seine Nase war entsetzlich geschwollen. Ohne auf die Schilder zu achten – WARNUNG ... HAIE! –, trödelte er am Wasserrand entlang. Sie war neugierig, woher er kam, warum sie ihn immer wieder sah, was nicht stimmte mit ihm.

Sie ging auf ihn zu. »Woher bist du? Wohnt deine Familie hier in der Nähe?«

Er lächelte, nickte.

»Wieso kommst du immer auf meine Plantage?«

»Geh' da ganz nah in die Schule. Hab' da *'ohana*. Hier die Schule is' nich' so gut. Weihnachten geh' ich heim nach Kawaihae, da besuch' ich meine Eltern und Geschwister.« Er sprach halb Pidgin, halb korrektes Englisch, als könnte er sich nicht recht entscheiden.

»Was hast du da im Gesicht? Eine Entzündung?«

Er nickte, sah dabei ängstlich zu dem Hügel hinter ihnen hinauf.

»Bist du beim Arzt gewesen?«

Er nickte wieder, entfernte sich scheu, befangen. Jess setzte sich ratlos in den Sand und beobachtete ihn. Dann verlor sie sich wieder in ihren Gedanken.

Vorsichtig, ganz langsam, näherte der Junge sich ihr, setzte sich neben sie. »Die hübschen Mädchen, wo im Sommer auf deine Felder arbeiten, sind das deine Töchter?«

Sie lächelte. »So was Ähnliches. Die Pflegetöchter meiner Cousine Rachel.«

»Ach so.« Er spielte mit den Zehen im Sand. »Hast du Kinder?«

Die Antwort fiel ihr schwer. »Eine Tochter. Weit weg.«

»Schade, daß sie nich' bei dir is'.«

»Sie wird kommen. Ich hab's im Traum gesehen.«

Er rückte noch ein Stückchen näher. Er hielt den Kopf gesenkt und verzog das Gesicht, als müsse er gleich kräftig niesen. Dann prustete er, ein so schreckliches Geräusch, daß Jess sich abwendete.

»Guck mal«, flüsterte er. »Bitte.«

Sie wandte sich ihm wieder zu, und ihr stockte der Atem. Seine Nase war auf mysteriöse Weise geschrumpft und sah auf einmal ganz normal aus. Jess blinzelte, sah genauer hin, nahm dann Abstand. Er stupste mit der Faust die Außenseite ihres Schenkels. Sie blickte hinunter. Die Faust öffnete sich, und in seiner kleinen, sandigen, feuchten rosa Hand lag etwas Schimmerndes, durchzogen von Farben wie elektrische Impulse. Eine große, vollkommene schwarze Perle. Jess schrie.

Er schloß die Faust. »Nicht! Bitte. Nich' schreien. Mann in Auto auf Hügel guckt hierher.«

Tränen strömten ihr über die Wangen, sie konnte nicht aufhören, saß nur zitternd da und schluchzte leise. Er führte ihre Hand unter ihren Rock, legte die Perle hinein. Jess umklammerte sie wie ein Menschenherz. Solange sie es umklammert hielt, würde es schlagen. Dann fielen ihr ihre Träume von einem gesichtslosen Leichnam ein.

»Vanya!«

Der Junge blickte unauffällig den Hügel hinauf, stand dann gemächlich auf, warf mit Muschelscherben, als ob er sich langweilte. Nach einer Weile setzte er sich wieder. Sie sahen aufs Meer hinaus.

»Ist sie am Leben?«

Er nickte.

»Verletzt?«

Er schüttelte den Kopf.

»Braucht sie mich?«

»Nein.« Er sprach jetzt schnell, bewegte dabei kaum die Lippen. »Ich hab' dich lange Zeit beobachtet bei dir zu Haus', hab' Nachricht ins Tal geschickt, daß dir's gutgeht. Eines Tages greifen mich *haole,* durchsuchen Schultasche, Anziehsachen, sogar Unterwäsche! Denken, ich hab' 'ne Nachricht bei mir. Mein Papa sagt, ich soll lieber aufhören, eh' sie mich schnappen. Aber dann hieß es, Vanya wird verrückt, wenn sie dich nich' bis Weihnachten erreicht. Ich darf keine schriftliche Nachricht bei mir haben. Deswegen die Perle, Beweis für dich, daß sie am Leben is'. Papa hat gesagt, ich soll sie in die Nase stecken. Sieht aus wie was Ansteckendes, wie *ma'i Pake.* Wenn mich die Polizei durchsucht, sag ich, ich hab' 'ne ganz schlimme Entzündung. Dann fassen sie mein Gesicht nich' an. Schlau, äh?«

Ihr Herz klopfte heftig, sie fühlte, wie ihre Haare sich sträubten, sie bekam eine Gänsehaut an Hals und Armen.

»Vanya! Oh, Vanya ...« Dann fiel ihr Simon Weir ein. »Weißt du, was aus dem *haole* geworden ist? Dem Mann, der bei ihr war?«

Der Junge sah sie an. Seine Augen waren traurig. Er harkte den Sand mit einem Stock, zeichnete ein Kreuz. »Er träumt jetzt in Erde von Waipi'o ...«

Jess weinte wieder, ihr Kopf war starr, aber ihr Körper zitterte. Vanya hatte Andeutungen über Simons Vergangenheit gemacht, und Jess dachte jetzt, *vielleicht war der Tod für ihn nicht das Ende des Lebens. Vielleicht war er das Ende der Schuld.* Nach einer Weile ließ das Schluchzen nach. Als ihre Augen wieder klar waren, als sie ruhig war, sagte der Junge noch etwas.

»Sie schickt dir ein Wort.« Ganz lässig malte er mit den Stock wieder etwas in den Sand.

IMUA. Vorwärtsgehen. Durchhalten.

Es war, als hätte er das Wort mit glühender Kohle für immer in ihr Hirn gebrannt. Nach einer Weile schlenderte er wieder zum Wasser. Sie saß ganz still, so erfüllt von diesem Augenblick, daß sie sich nicht bewegen konnte, nicht wußte, was die nächste Bewegung sein würde. Die Zeit verstrich, es war die Stunde der Flut, der Ozean schien zu stöhnen. Dann sah Jess durch das Spiel des Lichts vor sich in den Wellen unzählige Bilder aufspringen; das Licht war wie eine Brunnenkette, die nicht Wasser hochzog, sondern Gesichter, lauter Gesichter aus anderen Zeitaltern, und die Geschichte der jüngeren war verklärter in der Erinnerung. Sie sprach ihre Namen, Kelonikoa und Emmaline und Lili, Pono, Duke, Emma, Mina, Hernando, Ming, sogar Hiro, ihr Leben strömte noch, in Mythen, Träumen, Phantasien. Ihrer aller Leben war ewig, weil jemand, Jess, da war, um es festzuhalten und weiterzugeben.

Der Junge winkte vom Wasserrand, wies auf eine alte Frau in weiter Ferne, die ihr Fischernetz auswarf. Das Netz flog von ihren Händen auf und breitete sich aus wie Vogelschwingen. Jess fragte sich, warum sie dort war, wieso sie in gefährlichem Hai-Wasser ihr Netz auswarf. Die alte Frau arbeitete geduldig und langsam, sie zog ihr Netz ein, entwirrte es. Dann warf sie es wieder aus, es blähte sich, die vier Ecken spannten sich, die Mitte war schlaff, wie ein großer, hängender Baldachin. Es blieb lange Zeit in der Luft, eine Ewigkeit. Die alte Frau hob die Arme, ihre Meisterschaft preisend, die Kunst des Netzewerfens. Sie griff sich an die Brust, hob dann erneut die Arme, als werfe sie ihr Herz empor, um es mit dem Netz zu vereinen, das immer noch schwebte, entgegen dem Zug der Schwerkraft, entgegen aller Logik. Dann wandte die alte Frau den Kopf und sah Jess an. Jess empfand plötzlich unendlichen Frieden. Sie schloß die Augen und döste eine Weile. Als sie wieder hinsah, war das Netz herabgefallen und trieb auf dem Wasser. Die alte Frau war verschwunden. Aber eine einzelne Rückenflosse, riesenhaft, dunkel und glänzend, pflügte zum Horizont.

»PONO!«

Sie waren alle da draußen, wachsam, in Formation versammelt zur uralten Zwiesprache. Sie war nicht verlassen, sie würde nie allein sein. Solange sie lebten, lebte auch sie. Sie sah auf den Sand hinunter. Der Wind hatte ihn verweht. Doch das schlichte, machtvolle Wort blieb bestehen.

»IMUA.«

Es verweilte rings um sie in der Luft, ein Klang schwebender Geister, ein Klang, hallend und rein. Ein Klang, der den Glauben der Vorfahren wiedergab, der in alle Ewigkeit fließen würde, weit hinaus über die engen Schranken des Menschenlebens, der Zeit.

Langsam, wie in Trance, zog Jess einen Stift und ein Blatt Papier aus ihrer Tasche. Sie wollte mit der Geschichte beginnen, die sie am besten kannte. Pono und Großvater. Sie würde sich nach rückwärts vorarbeiten. Was sie nicht wußte, würden sie ihr erzählen. Sie würden aus anderen Zeiten kommen, anderen Generationen, alle einzeln, sie würden in ihren Träumen zu ihr kommen. Sie umklammerte die schwarze Perle in ihrer Hand, rieb sie wie ein Herz, das sie am Schlagen halten mußte. Sie fühlte ihre Wärme in ihrer Hand. Ihr Stift war gezückt.

Und sie begann:

»... Pfauen hüpften über gebohnerten Fußböden ... Er war dunkel und groß und edel ... Sie war dunkel und schön ... Sie trug ein Pariser Kleid ... Sie tanzten Walzer ... Bald sollten sie durch grünes Feuer laufen ...«

IMUA

Danksagung

Mahalo 'a nui all denen, deren Unterstützung, Liebe und Vertrauen es mir ermöglicht haben, diesen Roman zu schreiben.

Auf den US-Festland: Kaye Burnett und Morris Shaxon, Peter Dee und Ed Nemeth, Kimiko Hahn und Ted Hanna, Camille Hykes, Edith Konecky, Florence Ladd und Bill Harris, Richard Miller, Joyce und John McGinnis, Nancy Nordhoff, Elizabeth Nunez-Harrell, Tilli Olsen, Kathrin Perutz, Patricia Powell und Teresa Langle, Alix Kates Shulman und Scott York, Mary Tallmountain. Dank auch meiner »Festland-Familie«, Mary und Braxton B. Davenport, Anita Bergin, Braxton R. Davenport, Denise Davenport und Pauline Kreitz.

Im Südpazifik: Peau Lomu, Momata; Suliana Fifita, Vava'u, Tonga; Peter Kafcaloudis, Brisbane, Australien; Jeanette und Sanele Mageo, Pago Pago, Amerikanisch-Samoa; Papu und Alofa Va'ai, Savai'i, Westsamoa; Kapitän John Sloane, Papua-Neuguinea; sowie Buffer Joe und Jim Jim und ihrem Traumgesang in Arnhemland.

In Honolulu: Marie Hara und Esther Kiki Mo'okini.

Auf der Großen Insel Hawai'i: Lana und Lorenzo Aduca aus Honaunau; Gus und Flo Becklund aus Kailua; Paul Gomes aus Kapa'au; Jill Olsen, Kona Historical Society; Fusao Sugai und Lee Sugai von Sugai Kona Coffee, Kealakekua; Luke und Ron vom Ocean View Inn, Kailua; der Familie Manago aus Captain Cook.

Besondere *alohas* meiner *'ohana* in Honolulu für Beratung und Unterstützung beim Aufspüren unserer Familiengeschichte; Lucille und Daniel True Houghtailing jun., Helene und Calvin Bailey,

Hazel Stone, Evelyn und Richard Liu, Pearly und George Kam jun., Leinaala und Arthur Kam, Rosemond Aho, Teddy und Mary Houghtailing, Raenette Ing, Aileen Rodriques, George Stone, Vernon Stone, Marshell und Richard Raymond, Danette und Bill Gardner, Kathleen Viela, Pat und Clifford Everett, Carrie und Sonny Chang.

Und Onkel George Ayau Kam sen., dreiundneunzig Jahre alt, achtundsechzig Jahre lang Ehemann von Minnie Kelomika. Eine Liebesgeschichte.

E PUPUKAHI. WIR SIND EINS.

Nachwort

❖

Einige Charaktere in diesem Buch haben historische Vorbilder, und viele der beschriebenen Gegenden – etwa Kalaupapa auf der Insel Moloka'i und das Waipi'o-Tal auf der Großen Insel – gibt es wirklich, aber *Haifischfrauen* ist dennoch ein Roman, und seine Figuren sind ebenso erfunden wie einige der Ereignisse.
Auf der anderen Seite ist es wichtig, darauf hinzuweisen, daß die Absetzung unserer Königin Lili'uokalani im Jahre 1893 durch Kräfte, die eine Bindung an Nordamerika anstrebten, und die unrechtmäßige Annexion der hawaiischen Inseln durch die US-Regierung im Jahre 1898 belegte Tatsachen sind. Die tragische Geschichte der Lepra in Hawai'i und die Entstehung der Siedlung Kalaupapa auf Moloka'i sind historisch korrekt.

Danken möchte ich dem Personal der Bernice Pauahi Bishop Museum Library, den Mitarbeitern der Hawaiian State Archives sowie der Hawaiian Historical Society Library für die Erlaubnis, alte Dokumente und Photographien einzusehen. Ferner danke ich Beverly Fujita and Janice Otaguro, die mir alte Ausgaben des Magazins *Honolulu* besorgt haben. Mein Dank gilt auch den Mitarbeitern der New York State Archives in Albany.

Viele Bücher waren für meine Recherchen wichtig. Davon seien einige genannt: *Kumulipo – the Hawaiian Hymn of Creation,* neu interpretiert von Rubellite Kawena Johnson; *Hawai'i's Story by Hawai'i's Queen* von Königin Lili'uokalani; *The Betrayal of Li-*

li'uokalani von Helena G. Allen; alte Ausgaben von *Bamboo Ridge, the Hawai'i Writer's Quarterly,* herausgegeben von Eric Chock und Darrell Lum; *All I Asking for is My Body* von Milton Murayama; *Na Paniolo o Hawai'i,* herausgegeben von Lynn Martin; *Ma'i Ho'oka 'Awale, the Separating Sickness,* herausgegeben von Ted Gugelyk und Milton Bloombaum; sowie *Moolelo Hawai'i* von David Malo, übersetzt von Nathaniel Emerson.

Waimea Summer von John Dominis Holt ist ein großartiger Roman, der sich mit dem Problem der ethnischen Identität und der Bedeutung unseres kulturellen und geistigen Erbes auseinandersetzt. *Mahele O Maui,* ein Roman von Lynn Kalama Nakkim, befaßt sich mit dem alten hawaiischen Landleben und seinem drohenden Untergang.

Ferner haben mich folgende Bücher beeinflußt: die Werke von Lu Xun, insbesondere *Aufruf zum Kampf; A Dream of Red Mansions* von Tsao Hsuehchin und Kao Ngo; *The Pillow Book of Sei Shonagon. The Life of an Amorous Woman* von Ihara Saikaku; die Werke von Kenzaburô Ôe, insbesondere *Eine persönliche Erfahrung.* Außerdem *Die Dichterin und die Masken* von Fumiko Enchi, *Schweigen* von Shusaku Endo und *Ich zähmte die Wölfin* sowie *Die imaginären Gefängnisse des Piranesi* von Marguerite Yourcenar, deren Betrachtungen über das Geistesleben mich noch immer stark beeinflussen.

Für die Stelle im Buch, wo Pono sich erstmals in einen Hai verwandelt, konnte ich mich von einigen Passagen aus Kobo Abes Roman *Der Schachtelmann* inspirieren lassen, wofür ich sehr dankbar bin.

Die Stelle meines Buches, wo von den verschiedenen Wasserarten in der Wüste Gobi die Rede ist, gibt, wenn auch nicht als direktes Zitat, einen Tagebucheintrag in dem Buch *Ich, Kaiser von China. Ein Selbstporträt des Kangxi-Kaisers* wieder, übersetzt und herausgegeben von Jonathan D. Spence.

Für die Genehmigung des Abdrucks bereits veröffentlichten Materials danke ich:

der *Richmond Organization* für den Auszug aus »*Brain Damage*«

Glossar

❖

In diesem Glossar sind die wichtigsten Ausdrücke aus dem Hawaiischen, Japanischen und Chinesischen aufgeführt, die im Roman wiederholt vorkommen und nicht bereits im Textzusammenhang erklärt werden.

aloha	(haw.) Liebe, Dank; hawaiischer Gruß
'aumakua	(haw.) Familien- oder persönlicher Gott
Aussie	Slang für: Australier
auwe	hawaiischer Ausdruck des Bedauerns
'awa	(haw.) leicht narkotisierender Tee aus Kawawurzeln
calabash	(haw.) Menschen, die nicht blutsverwandt sind, aber zur Familie gehören, weil alle aus derselben Schüssel – *calabash* – essen
cheongsam	(chin.) figurbetontes Kleid mit Mandarinkragen
flip	hawaiischer Slang für: Filipino
fugu	(jap.) wohlschmeckender Kugelfisch, dessen Haut und Innereien hochgiftig sind und der nur von Spezialköchen zubereitet werden darf

geisha	japanische Gesellschafterin und Tänzerin
hai	(jap.) Ja!
haiku	japanisches Kurzgedicht
haole	(haw.) weiß, Weiße(r), fremd, Fremde(r)
heiau	(haw.) Tempel zur Verehrung der Ahnen
holoku	(haw.) langes Festkleid mit Schleppe
hula	hawaiischer Nationaltanz
ikebana	japanische Kunst des Blumensteckens
kachi-kachi	hawaiischer Slangausdruck für puertoricanische Musikkapellen
kahuna	(haw.) Prophet(in), Seher(in), Priester(in)
kalua pig	typisches hawaiisches Gericht; ein Schwein wird in einem Ofen zwischen glühenden Steinen einige Stunden geschmort
kanaka	hawaiischer Slang für: Hawaiianer
kane	(haw.) Mann
kapu	(haw.) verboten, tabu
keiki	(haw.) Kind
koa	hawaiische Holzart
kukui	(haw.) Kerzennußbaum; dient zur Ölgewinnung und Schmuckherstellung

lanai (haw.) Balkon, Terrasse, Veranda

laulau (haw.) Fleisch, von gedünsteten Bananenblättern umhüllt

lei (haw.) Kranz; Halskette aus Blumen

liliko'i (haw.) Passionsfrucht bzw. deren Saft

luau hawaiisches Fest, Bankett

maile hawaiisches Schlinggewächs für *lei*

ma'i Pake (haw.) Lepra (wörtl: chinesische Krankheit)

mana (haw.) göttliche Macht

mano (haw.) Hai

menehune (haw.) legendäres kleinwüchsiges Volk

milimili (haw.) liebste, geliebte ...

netsuke in der japanischen Volkstracht kleiner, geschnitzter, oft verzierter Knopf aus Holz, Elfenbein oder Jade, der am Gürtel getragen wird

'ohana (haw.) Familie, Familie im weiteren Sinne

okolehao (haw.) Schnaps aus gegorenem Reis oder Ananas

origami japanische Kunst des Papierfaltens

Pake (haw.) Chinese, chinesisch

paniolo hawaiischer Cowboy (abgeleitet aus dem Spanischen) *pau* (haw.) erledigt, beendet

Pele hawaiische Göttin der Vulkane, des Feuers

pilau (haw.) verfault, vergiftet

poi (haw.) Brei aus Tarowurzeln

pomelo hawaiische Grapefruitart

pupule (haw.) verrückt

sake japanischer Reiswein

samisen japanische Laute

sushi (jap.) Häppchen verschiedener Art, die zu Beginn einer Mahlzeit gereicht werden

tatami (jap.) Binsenmatte

tsunami (jap.) seismische Woge; plötzlich auftretende, durch Bewegungen des Meeresbodens hervorgerufene Meereswelle

tutu (haw.) Großmutter

ukulele (haw.) viersaitige Hawai'i-Gitarre, wörtlich »hüpfender Floh«

vog (haw.) Mischung aus Vulkanasche und Nebel

wahine (haw.) Frau

yakuza japanische Mafia; Mafioso

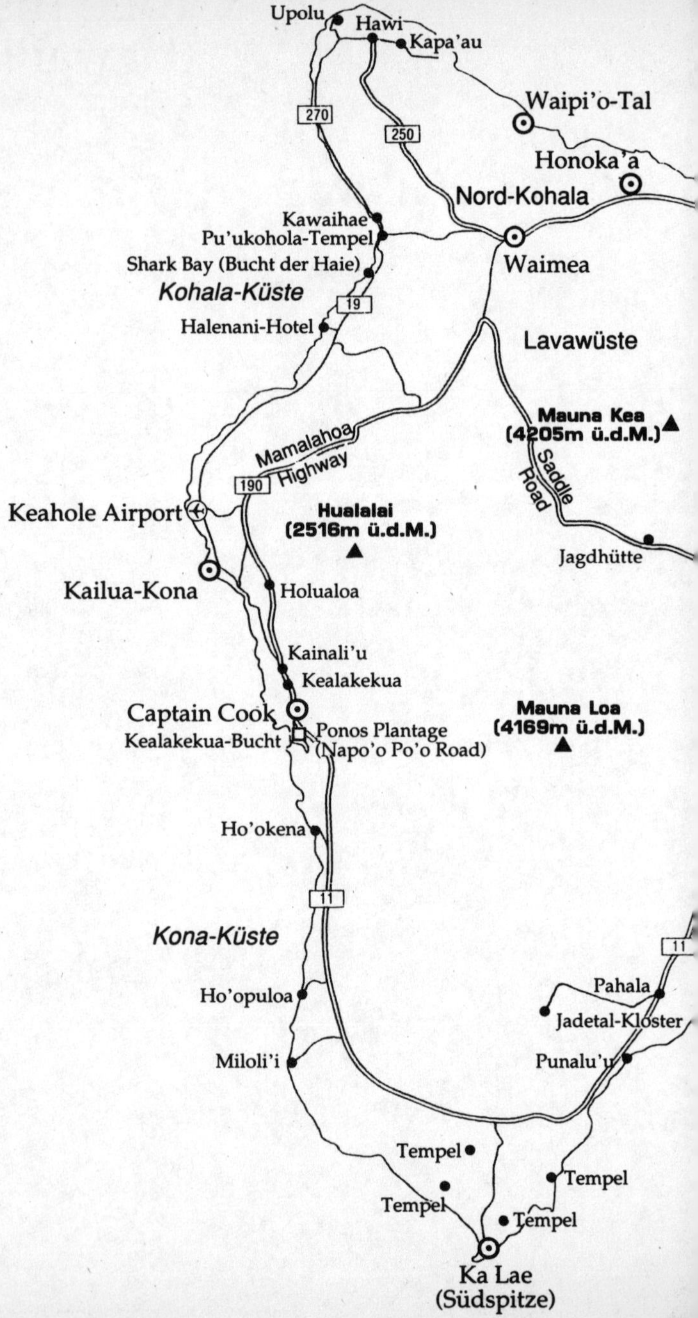
Upolu
Hawi
Kapa'au
Waipi'o-Tal
Honoka'a
Nord-Kohala
270
250
Kawaihae
Pu'ukohola-Tempel
Shark Bay (Bucht der Haie)
Waimea
Kohala-Küste
19
Halenani-Hotel
Lavawüste
Mauna Kea
(4205m ü.d.M.)
Mamalahoa
Highway
190
Saddle
Road
Keahole Airport
Hualalai
(2516m ü.d.M.)
Jagdhütte
Kailua-Kona
Holualoa
Kainali'u
Kealakekua
Captain Cook
Ponos Plantage
(Napo'o Po'o Road)
Kealakekua-Bucht
Mauna Loa
(4169m ü.d.M.)
Ho'okena
11
Kona-Küste
11
Pahala
Ho'opuloa
Jadetal-Kloster
Miloli'i
Punalu'u
Tempel
Tempel
Tempel
Tempel
Ka Lae
(Südspitze)

Große Insel (Hawai'i)

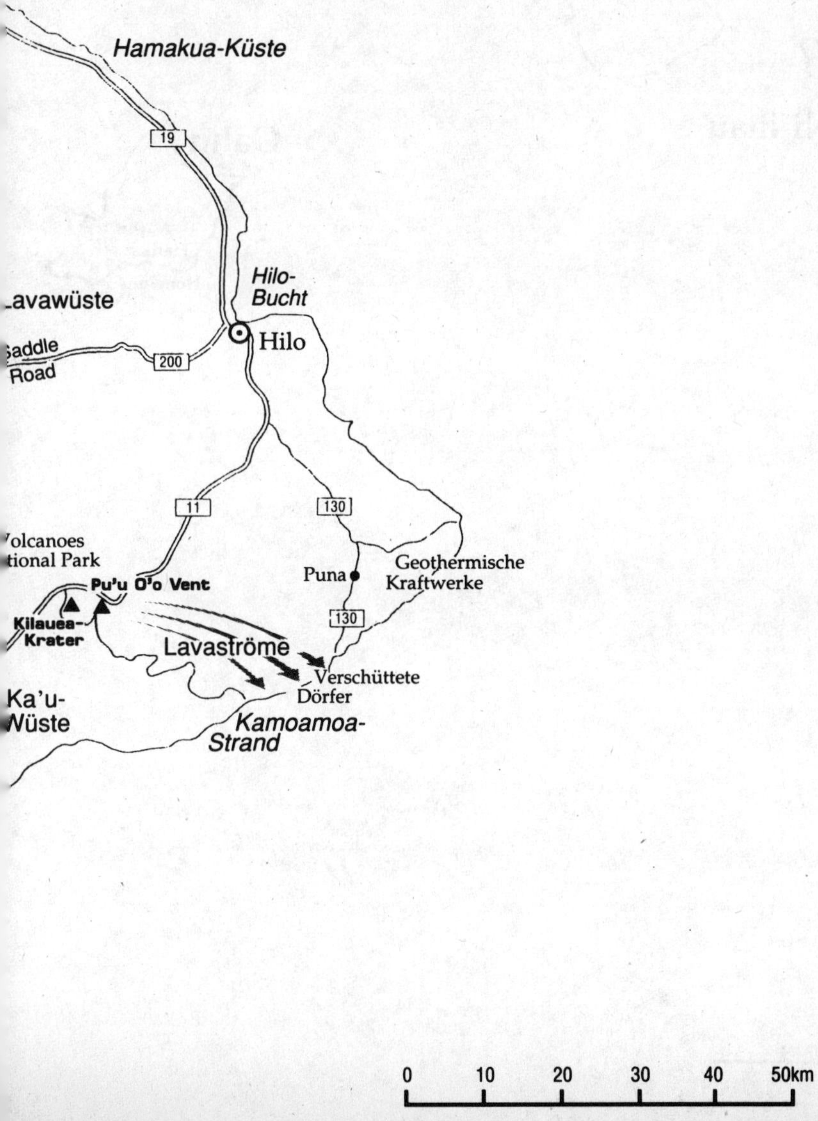

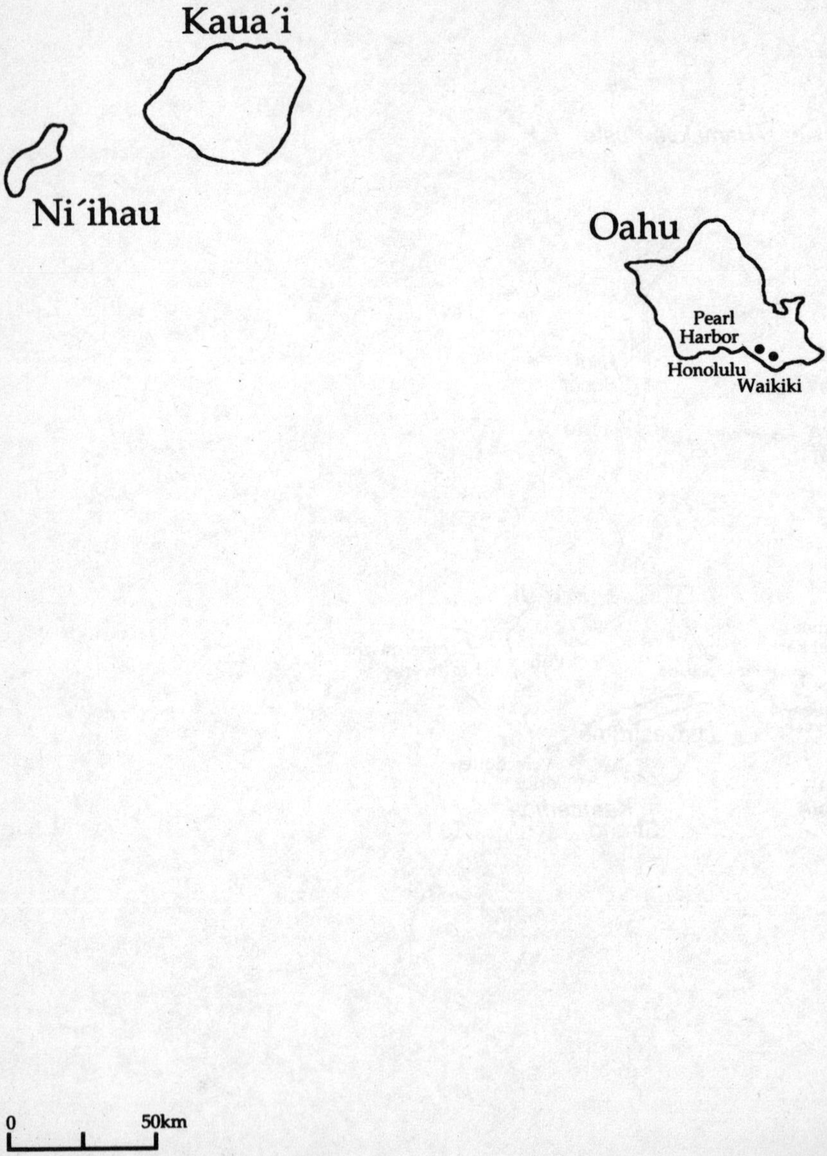

Kaua´i
Ni´ihau
Oahu
Pearl
Harbor
Honolulu
Waikiki
0
50km

Die Inseln von Hawai´i

Sabine Kornbichler

Klaras Haus

Reif für die Insel

Ein Zufluchtsort für schwierige Zeiten – das soll laut Klaras Testament ihr Haus auf der Nordseeinsel Pellworm werden. Was man zunächst für eine Schrulle der Verstorbenen hält, wird schneller genutzt, als alle gedacht hätten – von Nina, deren Mann sie mit ihrer besten Freundin betrügt, und von Charlotte, der scheinbar glücklichen Mutter.

Klaras Haus: Ein ebenso hinreißender wie einfühlsamer Roman über Abschied und Aufbruch.

»›Klaras Haus‹ – feine Frauen-Story mit Heilklima.«
Jounal für die Frau

40 Jahre Seite an Seite

Barbara Bickmore

Wer den Himmel berührt

Roman

Ein lebensgefährlicher Job mitten in der Wildnis! Die junge Ärztin Cassandra Clarke arbeitet für die *Flying Doctors*, die Fliegenden Ärzte. Nicht nur ihr Beruf stellt hohe Anforderungen an die mutige junge Frau: Drei Männer, die ihr Leben für immer verändern sollen, kämpfen um ihre Liebe.

Ein leidenschaftlicher Roman um eine ungewöhnliche Frau vor dem atemberaubenden Hintergrund der australischen Landschaft.

Knaur

[illegible]

[illegible]

[illegible]

[illegible]

Stefanie Gercke

Ich kehre zurück nach Afrika

Der große Schicksalsroman einer Frau, die ihren Traum von Afrika zu verwirklichen sucht.

Als die junge Henrietta Ende der fünfziger Jahre auf Geheiß ihrer Eltern nach Südafrika zieht, ist das eigentlich als Strafe gedacht. Doch Henrietta ist froh, dass sie der Enge und den Konventionen ihrer Heimatstadt entfliehen kann, und baut sich in dem fremden Land ein neues, glückliches Leben auf.

Ihre Seele blieb in Afrika ...

Knaur

Stefanie Gercke

Ich kehre zurück nach Afrika

[illegible]

[illegible]

40 Jahre Seite an Seite

Benoîte Groult

Salz auf unserer Haut

Über zwei Jahre auf Platz 1
der deutschen Bestsellerlisten!

Die Geschichte einer im Grunde unmöglichen, einzigartigen Liebe, einer Beziehung voll Zärtlichkeit und Sinnlichkeit, die Geschichte der Pariser Intellektuellen George und des bretonischen Fischers Gauvain. Doch der Roman bietet noch mehr: Er entwirft das Bild einer freien, selbständigen Frau, die zu ihren Gefühlen steht und sich keiner gesellschaftlichen Scheinmoral beugt.

»Ein Plädoyer für eine Liebe ohne Schuldgefühle.«
Abendzeitung, München

»Eine erotische Geschichte von Body and Soul.«
Cosmopolitan